AMANDINE

LES FEMMES DE CARDABELLE

Marie de Palet

AMANDINE

LES FEMMES DE CARDABELLE

ÉDITIONS FRANCE LOISIRS

Édition du Club France Loisirs,
avec l'autorisation des Éditions De Borée

Éditions France Loisirs,
123, boulevard de Grenelle, Paris
www.franceloisirs.com

ISBN : 978-2-298-06510-7

Amandine

1

Une invitée inattendue

Il faisait doux. L'air embaumait l'aubépine. Les longues hampes des graminées inclinaient doucement leurs grappes vers le sol. La montagne s'éveillait au soleil printanier et de minuscules bestioles, sentant un temps plus clément, sortaient de leur cachette pour se joindre au réveil de la nature. Le printemps souriait jusqu'au-devant de la porte de la maison de Marie Béraud.

Elle sortit en traînant la jambe, regarda le ciel bleu, écarta un moucheron ivre de soleil et murmura de sa voix éraillée :

« Tiens, il fait beau ! »

La nouvelle, qui aurait dû la réjouir, la laissait indifférente : le printemps revenait. Et après ? Ce n'est pas lui qui lui apporterait le bonheur.

Il y avait longtemps qu'elle en avait oublié le goût ! Son homme était couché, un peu plus bas, dans le cimetière du village et il se moquait bien du printemps. Ce n'est pas que Marie regrettait beaucoup Paul – elle avait été battue plus souvent qu'à son tour et c'était le vin plutôt que le travail qui avait conduit son époux à la mort –, mais c'était son homme et il avait emporté avec lui toutes ses espérances.

Mais le passé était le passé et elle aurait volontiers accepté ce coup du sort s'il n'avait été le premier d'une longue série.

Il n'en avait pas été de même avec deux de ses fils :

de beaux gaillards qui avaient à peine dépassé vingt ans et qui étaient tombés quelque part à l'Est, elle ne savait où. Elle ne pouvait même pas aller prier sur leur tombe.

Ils étaient partis en riant de ses angoisses :

« Ne vous en faites pas, maman. Pour Noël, on sera de retour ! »

Pauvres naïfs ! Plus de quatre ans elle avait duré cette guerre ! Le premier à mourir, Edmond, était tombé dans la bataille de la Marne. Ils avaient reçu l'avis de décès et elle avait cru en mourir. Jean, l'aîné, son préféré, avait disparu en 1916. Mais jamais elle n'avait eu de faire-part officiel de décès.

Ils étaient plusieurs de la commune à être tombés dans cette ville de Verdun dont personne ne parlait avant la guerre. Et qui, depuis, était devenue tristement célèbre. Il ne lui restait que Basile, le plus jeune. Lui était rentré avec juste une petite égratignure, mais moralement mort.

Elle repensa à Jean. Il aurait dû hériter des quelques hectares où elle avait travaillé toute sa vie avec son homme. Mais Jean, attiré par la ville, avait quitté la ferme bien avant la déclaration de guerre. Il avait essayé plusieurs métiers depuis balayeur de rues jusqu'à facteur sans rester longtemps au même endroit.

Le malheur avait voulu qu'il rencontre l'Amandine, « une moins que rien », pensait toujours Marie. Elle ne connaissait pas sa belle-fille puisqu'elle n'avait jamais voulu la rencontrer. Elle savait que Jean l'avait mariée du côté de Montpellier où il traînait ses guêtres comme vendangeur, avant la guerre.

Peu de temps après – elle avait compté que ça ne faisait pas neuf mois –, un garçon était arrivé. Jean le lui avait écrit et il s'appelait Bernard. Un nom inconnu dans la famille. Bref, peu après la naissance, Jean était parti à la guerre où il avait disparu. Marie avait enfoui sa douleur tout au fond de son cœur et n'en parlait jamais à personne.

Un jour, une voisine avait voulu prendre des

nouvelles de sa belle-fille et de son enfant. Marie lui avait jeté un bref regard et lui avait ordonné de se taire.

« Ces gens-là, je ne les connais pas.

— Mais enfin, c'est votre belle-fille et votre petit-fils !

— J'avais deux autres fils et ils sont morts à la guerre. »

Elle parlait rarement de Basile. Celui-là, elle aurait préféré qu'il y reste : un vaurien qui ressemblait à son père et qui passait son temps au café, rentrant le soir en frôlant les murs car sa démarche était plus que chancelante. Autrefois pourtant, il était plutôt sobre. Mais, depuis son retour, il buvait comme un trou. Quand elle le voyait dans cet état, elle serrait les dents et se retenait pour ne pas le mettre à la porte. Dire qu'il avait fallu que ce soit cet ivrogne qui revienne du front !

Et puis cet accident, cette mauvaise chute qui l'avait laissée boiteuse, elle qui, autrefois, était la première pour courir les chemins, monter aux arbres ou lier les gerbes. Maintenant, elle restait enfermée dans cette bicoque des jours entiers quand son dos la rappelait à sa façon à son bon souvenir !

Elle marchait pliée en deux, traînant la jambe et souffrant atrocement.

Pareille misère était-elle possible dans une vie ?

Marie, toute à ses pensées, s'était engagée dans le chemin. Des bourdons, au vol lourd, la frôlaient en batifolant dans le ciel. Une alouette passa comme un trait par-dessus son épaule, la faisant sursauter. La rosée faisait scintiller les brins d'herbe et les sabots de Marie furent bientôt luisants d'humidité. Elle ne s'en aperçut pas, préoccupée qu'elle était par le pli qui était arrivé la veille et qui l'avait empêchée de dormir toute la nuit.

Quand elle avait fait lire la lettre à Basile, il avait seulement hoché la tête et s'était exclamé :

« Eh bien ! cela fera du personnel à bon compte ! »

Marie s'était rebiffée :

« On ne va pas garder cette poule ici !

— C'était la femme de votre fils.

— Mais on n'était pas d'accord !

— Peut-être pas, mais c'est sa femme et il y a le gosse.

— De la graine de bandit, sûrement… »

Basile avait haussé les épaules : c'était quand même son petit-fils ! Marie reprit avec colère :

« Qu'est-ce qu'elle vient chercher, ici ? Elle a bien la pension de veuve de guerre ! »

Marie ne comprenait vraiment pas pourquoi cette Amandine écrivait pour leur demander asile pour elle et son fils. Elle n'avait jamais fait un geste vers eux, si ce n'est pour leur annoncer la disparition de son mari. C'était une nouvelle dont elle se serait bien passée cependant !

Cela faisait deux ans, maintenant, que Jean avait été porté disparu. Elle, elle avait toujours su qu'il était mort. Mais cette idiote avait espéré, contre toute attente, qu'il était vivant. Elle croyait qu'il était peut-être prisonnier et qu'il reviendrait. Deux ans après, il fallait qu'elle se rende à l'évidence : la guerre était finie et il ne reviendrait jamais !

Elle annonçait son arrivée comme si la famille de son mari allait la recevoir à bras ouverts ! Alors là, elle se trompait. Comme le disait Basile, ils ne pouvaient lui fermer la porte au nez puisqu'elle avait été la femme du fils. Mais qu'elle ne s'avise pas de vouloir commander, elle verrait à qui elle avait affaire.

Au fil de ses pensées, Marie était arrivée à la vieille bergerie. Elle ouvrit la barrière et s'engouffra dans la chaleur tiède provoquant les bêlements habituels. Un sourire furtif éclaira son visage : au moins les bêtes étaient restées les mêmes et lui procuraient toujours un plaisir identique. Elle était heureuse de les retrouver. Leurs grands yeux innocents levés vers elle, lui faisant totalement confiance, la remplissaient d'une fierté qui la consolait de la médiocrité de sa vie.

« Paix, mes belles, paix, leur dit-elle doucement, vous savez bien que je ne vous oublie pas ! »

En cette matinée de printemps, elle commença à tout préparer pour que, à l'arrivée de Basile, tous deux se mettent à la traite.

Depuis le haut des marches, Marie surveillait sans en avoir l'air le chemin qui, à cinquante mètres, s'évanouissait dans un tournant. Là, des branches avec des feuilles bien ouvertes lui cachaient la vue. Tout reluisait dans la cuisine. Il ne s'agissait pas que cette péronnelle trouve le moindre grain de poussière. Elle verrait tout de suite que, dans la famille, on n'était peut-être pas riches, mais on savait se tenir.

Marie avait sacrifié un de ses poulets et une bonne odeur de chair grillée s'échappait du fourneau noir aux poignées de laiton qui trônait près du feu de bois sous le manteau de la cheminée.

Marie n'était pas peu fière de ce fourneau qui permettait de mijoter de bons petits plats. Elle l'avait acheté avant la guerre contre l'avis de son mari pour qui toute nouveauté était une invention du diable et coûtait beaucoup trop d'argent – toute la vente des fromages était passée dedans. Paul avait toujours la même phrase à la bouche et elle résonnait encore aux oreilles de la vieille femme :

« On avait bien fait sans ça, avant ! »

À son grand étonnement, Basile l'avait soutenue. Il en avait même payé une partie, disant qu'il fallait bien se moderniser.

Néanmoins, et sans le dire, le père avait été bien content de savourer les petits plats que Marie apprêtait comme un vrai cordon-bleu.

Elle jeta un coup d'œil au riz qui bouillonnait et le poussa sur le bord. Elle ouvrit le four, retourna le poulet doré à souhait sur un côté et sourit en pensant à l'effet qu'il produirait devant cette pimbêche venue de la ville et probablement incapable d'apprécier un bon poulet de grain.

Elle retourna surveiller le chemin : rien ! Pourtant, le train devait arriver à 10 h 45 et il était près de 13 heures ! Il ne fallait pas deux heures pour traverser le causse ! Basile était allé les attendre et ils ne pouvaient pas se perdre en chemin. Savoir si cette mijaurée n'avait pas fait des manières pour venir à pied ! Il fallait s'attendre à tout de ces filles de la ville qui vous embobelinent les garçons et les détournent de leurs devoirs. Si elle n'avait pas eu le dîner à surveiller, elle serait bien allée jusqu'en haut du village pour les entendre descendre le chemin pierreux, mais elle ne pouvait risquer de faire brûler son poulet pour satisfaire sa curiosité. Qu'est-ce qu'elle s'imaginait aussi, pauvre gourde : que cette intrigante pourrait remplacer son fils ? Que ce petit-fils qu'elle avait affublé du nom de Bernard serait le soutien de sa vieillesse ? Allons donc, elle savait bien qu'elle avait été seule toute sa vie et que seule elle resterait ! Basile pouvait penser ce qu'il voulait. Elle savait, elle, à quoi s'en tenir. Ces filles de la ville ne valaient rien.

Elle songea à son Jean, son garçon, celui qui lui ressemblait tant. Un grand gaillard aux cheveux en broussaille et aux yeux noirs comme du velours. Il avait du succès auprès des filles et, s'il l'avait voulu, il aurait pu avoir les plus belles et les plus riches. Mais, voilà, il était parti et, maintenant, c'était une étrangère qui venait prendre sa place.

Marie en resta là de ses réflexions car, sur le sentier, apparaissait Basile, portant une immense valise, suivi d'une femme de petite taille vêtue d'un manteau noir. « Elle porte le deuil, se dit-elle, c'est déjà ça ! »

En tout dernier, traînant un sac trop lourd pour lui, avançait un gamin qui paraissait bien moins que ses six ans. « Un gringalet, pensa Marie, le petit chéri de sa maman. » De la maison, elle distinguait mal ses traits, mais il ne paraissait pas ressembler à son père, un grand et bel homme, songea-t-elle, en sentant ses yeux se mouiller.

Elle les essuya rapidement avec son devantier[1] et rentra précipitamment pour que personne ne s'aperçoive qu'elle surveillait. Elle tourna autour de la table, mise depuis longtemps, vérifia encore son riz, sortit la grosse miche et se mit à en couper de larges tranches tandis que le cortège entrait à la maison.

« Mère, voici Amandine et Bernard. »

Marie n'arrêta pas de couper le pain, mais inclina la tête pour un salut tout en examinant, sans en avoir l'air, les nouveaux venus.

La femme était petite, blonde, avec des yeux bleus étonnés entourés d'un halo sombre qui lui donnait un air maladif. Le garçon baissait la tête. Il tenait son béret à la main, laissant voir une chevelure encore plus blonde que celle de sa mère. Marie pensa à Jean, à sa joie de vivre, à son assurance et à sa haute taille : « Il n'a rien de son père », pensa-t-elle, tandis qu'elle prononçait d'une voix sèche :

« Il est tard. Posez vos bagages et venez manger. Vous vous installerez après. »

Basile prit le sac du garçon et le posa près de la valise, contre l'horloge. Il indiqua une chaise à sa belle-sœur et une autre à Bernard.

En s'asseyant à son tour, Basile expliqua :

« Le train a eu du retard et on était chargés. On a mis du temps.

— Mon poulet sera trop cuit, réagit la mère.

— On le mangera grillé, c'est comme ça qu'il est bon », répliqua son fils.

Quand tous furent installés, Marie apporta une soupière fumante et commença à servir tout le monde en prenant d'abord l'assiette de Basile.

Quand elle arriva à Bernard, elle le fixa avec sévérité et lui dit :

1. Tablier qui protège les vêtements.

« Il te faudra en manger de la soupe pour devenir aussi grand et fort que ton père ! »

À ces mots, le garçon se recroquevilla sur sa chaise et parut encore plus petit. La jeune femme laissa glisser deux larmes qui se perdirent dans son potage et un silence pesant écrasa la tablée.

« Laissez ce gamin tranquille, il mangera ce qui lui fait plaisir », rétorqua Basile, d'un ton vif.

Marie haussa les épaules et s'assit. Le repas se déroula dans un silence pesant jusqu'à l'arrivée du poulet.

Basile se leva, commença à le découper et demanda à son neveu :

« Quel est le morceau que tu préfères ? »

Comme il ne répondait pas, il lui donna un peu de blanc en lui disant :

« Goûte, si tu aimes, je t'en donnerai d'autre. »

Il le servit puis passa le plat à Amandine et le repas se poursuivit. Après le riz et le fromage, Basile se leva et apporta sur la table une brioche qu'il sortit d'un paquet qu'il tira de la grande poche du sac de Bernard. Il la posa sur la table avec un sourire.

« Qu'est-ce qu'on fête, interrogea sa mère ?

— Eh bien la venue de votre petit-fils. Ce n'est pas important ça ? »

La mère ne répondit pas. Basile, qui avait un peu abusé de la bouteille, continua :

« Ce sera sûrement le seul petit-fils que vous aurez jamais, il mérite bien qu'on l'accueille chaleureusement sous le toit de ses ancêtres ! »

Marie haussa les épaules tandis que son fils découpait la brioche et en donnait un morceau à chacun en commençant par Bernard.

« Alors, jeune homme, lui dit-il, est-ce que tu es fort à l'école ? »

Comme l'enfant le regardait sans répondre, sa mère expliqua :

« Il n'était pas un mauvais élève, mais ces derniers

temps il n'allait pas à l'école car son maître était à la guerre.

— Eh bien, ici, c'est une femme qui enseigne, on verra ce que tu sais. »

Son morceau de gâteau avalé, Basile se leva et sortit dans la cour. Amandine se leva aussi et regarda Marie desservir. Quand elle saisit une cuvette en zinc et y versa de l'eau chaude, la jeune femme s'approcha timidement et proposa ses services pour la vaisselle.

« Ce n'est pas de refus, répliqua sa belle-mère. Je suis toute seule ici et je dois m'occuper des brebis, Basile n'y entend rien.

— Vous avez une grande propriété », demanda la jeune femme en saisissant un torchon ?

Marie l'examina, soupçonneuse : « Que voulait-elle savoir ? S'ils étaient riches, pour leur soutirer de l'argent ? » Elle répondit sèchement :

« Non, notre propriété, comme vous dites, est petite. Si je n'avais pas eu ma patte folle, j'aurais pu m'en occuper toute seule pendant que les enfants étaient à la guerre. Mais je n'ai pas pu et, maintenant, il y a pas mal de travail en retard et ce n'est pas avec cet ivrogne de Basile qu'on arrivera à remonter la pente. »

Elle soupira et Amandine proposa :

« Maintenant, je pourrai vous aider, et Bernard… »

Marie lui coupa la parole :

« Vous avez l'intention de rester longtemps ici, à Saint-Bauzile ? »

La jeune femme rougit violemment :

« Je ne sais pas. Je n'ai plus rien… Je ne savais où aller et je me disais que… »

Marie comprit alors qu'elle était allée un peu trop loin et tenta d'adoucir sa voix :

« Ce n'est pas qu'on ne vous veuille pas. Mais on s'est demandé pourquoi vous êtes venue ici ? »

Amandine jeta un regard à Bernard posté devant la fenêtre. Il regardait la cour avec envie. Elle lui dit :

« Sors un peu, mais ne t'éloigne pas. »

Le gamin s'exécuta, content d'échapper à l'atmosphère qu'il sentait hostile. La jeune femme se tourna alors vers Marie :

« Je n'ai plus où aller. Alors je suis venue pour que Bernard connaisse la famille de son père. Je croyais que vous seriez heureuse de connaître votre petit-fils. Mais, si vous voulez que je cherche du travail, je…

— On verra, on verra… Vous n'avez pas votre pension de veuve de guerre ?

— Non, car Jean n'a jamais été retrouvé, on ne sait pas s'il est mort. Il est considéré comme disparu, et avant de payer ils attendent.

— Ils attendent quoi ? "On n'a aucune preuve", qu'y disent ! »

Marie se tourna vers sa belle-fille et vit les larmes qui coulaient. Elle en fut émue malgré elle et lui murmura doucement :

« Vous pourrez rester ici tout le temps qui vous plaira. La maison est assez grande ! »

2

Au fil des jours

Il faisait frais sous les chênes dont les longues branches frémissaient à peine dans la brise. Le champ moissonné étalait sa surface nue devant le groupe qui, le travail terminé, se reposait quelques instants avant de repartir vers un nouveau chantier.

Toujours un peu à l'écart, Amandine écoutait la conversation des voisins et de Basile. Ils ne parlaient que patois et s'imaginaient qu'elle, une fille de la ville, ne pouvait les comprendre. Ils oubliaient que ses parents étaient vignerons et qu'eux aussi s'exprimaient dans leur patois, pas très différent de celui des gens d'ici, et qu'elle avait surpris, en les écoutant, bien des choses qu'ils voulaient lui cacher.

Elle savait, avant même qu'elle l'ait entendu, qu'elle n'était pas la bienvenue chez sa belle-mère, qui lui reprochait d'avoir séduit son fils et de l'avoir éloigné de ses parents.

Quand il était présent, Basile la défendait, disant que c'était peut-être bien son frère, coureur de jupons impénitent, qui l'avait sans doute séduite.

En son for intérieur, Amandine était bien obligée de constater qu'il était dans le vrai.

Fille de petits vignerons de la banlieue de Montpellier ruinés par le mildiou, elle avait eu une enfance pauvre mais heureuse à côté de son frère Victor. À la mort de sa mère, elle avait dirigé la maison jusqu'à sa rencontre avec Jean, venu vendanger une saison.

Le jeune homme, beau parleur, joli garçon, n'avait eu aucun mal pour se faire aimer d'elle. Il lui avait fait une cour pressante à laquelle elle avait succombé tout de suite et était passée par toutes les volontés du garçon jusqu'à se retrouver enceinte.

À l'annonce de sa grossesse, son père l'avait chassée et Jean n'avait eu d'autre solution que de l'épouser, mais elle n'avait jamais su s'il l'aimait vraiment. Il n'avait pas voulu la présenter à sa famille disant que sa mère ne l'aurait pas acceptée.

La naissance de Bernard lui avait permis de se réconcilier avec son père, finalement très fier d'avoir un petit-fils. Heureux de trouver un toit, Amandine et Jean partirent à pied jusqu'au mas où elle s'attaqua tout de suite au travail qui ne manquait pas tandis que son mari retournait à Montpellier pour s'occuper de ses affaires, disait-il.

La jeune femme s'était souvent demandé quelles étaient ces fameuses affaires qui ne lui rapportaient pas un sou et lui prenaient tout son temps.

Ils seraient morts de faim si la bonne table du mas et les légumes du jardin ne les avaient sauvés. Deux ans après leur mariage, les époux s'éloignaient l'un de l'autre de plus en plus, c'est alors que la guerre avait éclaté.

Jean avait été mobilisé rapidement et il était parti sans regret, content d'échapper à un mariage qui lui pesait. Les rares lettres qu'avait reçues Amandine n'étaient qu'une demande de vêtements chauds. Elle avait tricoté pulls, chaussettes et mitaines en y mettant tout son cœur. Et puis, elle avait appris que la plupart des soldats du régiment de Jean – le 142e d'infanterie – avaient été faits prisonniers. Mais elle ne reçut jamais d'informations au sujet de son mari. Les lettres cessèrent à cette période et elle le crut mort mais son décès ne fut jamais confirmé.

Maintenant, la guerre était finie, les prisonniers étaient revenus, mais de Jean aucune nouvelle. Le plus souvent, elle pensait qu'il était mort quelque part, là-haut sur le front ; mais quelquefois, elle s'imaginait qu'il allait revenir, qu'il avait perdu la mémoire et que, quand il la reverrait, il redeviendrait comme avant.

Son frère Victor, appelé comme les autres, était revenu et venait de se marier.

Sans ressources, se sentant de trop au mas, la jeune femme avait décidé de se rendre dans la famille de Jean pour leur présenter Bernard et connaître enfin ses parents.

Maintenant, elle était là, dans cette famille qui l'avait recueillie un peu par charité, mais surtout comme domestique... Elle écoutait toujours Basile et les voisins Elle les entendait dire qu'elle ne rechignait pas à la tâche et qu'elle gagnait le pain qu'elle mangeait. Elle feignait l'indifférence, regardant le paysage écrasé de soleil.

À la maison, Marie l'envoyait faire les travaux qu'elle n'aimait pas. Amandine avait ainsi appris à traire les vaches, à nettoyer l'étable, à faire la litière et à suivre les hommes aux champs.

Elle faisait aussi la lessive, Marie se réservant les brebis, la cuisine et le ménage.

La propriété était toute petite : quatre vaches et une

vingtaine de brebis. Basile aurait pu s'en occuper tout seul, mais la ferme ne l'intéressait pas et il passait beaucoup plus de temps au bistrot qu'aux champs.

Pendant la guerre, Marie, seule et avec un mari malade, avait dû travailler avec ses voisins, les Vally, et le retour de son fils n'y avait rien changé.

Les travaux se faisaient en commun, les Vally s'accommodant des lubies de Basile, tandis que Marie, en un souci d'équité, pendant les gros travaux, cuisinait pour les deux familles.

Aujourd'hui, ils venaient de finir de moissonner un champ et, sous l'ombre bienfaisante des chênes, ils achevaient de goûter tout en prenant quelques minutes de repos.

Basile, qui, pour les gros travaux, n'osait se dérober, discutait avec Marcel, le cadet Vally, de la guerre et de ses conséquences. Marcel pensait que, maintenant, les hommes allaient vivre tranquilles, que l'Allemagne était à genoux. Basile en doutait et se méfiait de ceux qu'il appelait ironiquement « nos cousins germains ».

« Tu vois bien qu'ils ne sont pas francs du collier. Dis-moi ce qu'ils ont fait à mon frère ?

— Ton frère, il a disparu et alors ? Il n'est pas le seul.

— Moi, je pense qu'ils le tiennent toujours. Tu te rappelles, tous ces pauvres types impossibles à identifier qui avaient perdu leur matricule et qu'on jetait dans des fosses communes ? »

Marcel haussa les épaules :

« Je sais. Mais ton frère, malin comme il était, ne me fait pas croire qu'il s'est laissé prendre.

— Il y en avait de plus malins que lui qui y sont restés ! »

Basile se tut. Il n'aimait pas penser à ces choses et la disparition de son frère le minait.

Ces discussions confortaient Amandine dans la certitude que Jean était vivant. À force d'écouter toutes ces conversations, elle en venait à se persuader qu'il fallait qu'elle aille à sa recherche et qu'elle retourne à

Montpellier pour apprendre quelque chose ou, au moins, pour obtenir la pension de veuve de guerre qui lui permettrait d'être indépendante et d'élever son enfant à son gré au lieu de le laisser la plupart du temps à la garde de sa belle-mère.

Le pays avait réussi à Bernard. Il était devenu un véritable montagnard au teint bronzé. Ses yeux bleus – pareils à ceux de sa mère – paraissaient plus vifs. Il avait perdu son air apeuré qui ne réapparaissait que rarement, quand Marie poussait une de ses grandes colères, par exemple, en voyant Basile revenir ivre mort de Rouffiac où deux bistrots longeaient la route nationale.

Quand les gros travaux ne le bousculaient pas, Basile partait à pied vers Rouffiac, distant d'à peine un kilomètre. Il trouvait amis, connaissances et parasites qui l'accompagnaient pour une tournée, puis une seconde et la soirée était partie !

Basile discutait avec les uns, jouait aux cartes avec les autres, pactisait avec des inconnus et repartait, à la nuit tombée, le portefeuille vide, la démarche hésitante et la tête pleine de vent.

En général, Marie se contentait de hocher la tête en murmurant de vagues menaces et en lançant à l'intéressé des regards farouches.

À ses moments d'ivresse, Basile redevenait un petit garçon et jetait à sa mère des coups d'œil éloquents comme le gamin qu'il était redevenu et qui comprenait qu'il avait fait une bêtise. Marie en aurait ri si elle n'avait pas été aussi inquiète pour la santé fragile du seul enfant qui lui restait.

Pourtant, certains soirs, quand Basile ne rentrait pas et qu'elle devait partir, dans la nuit, pour le chercher et le trouvait ronflant dans un caniveau, les mains en sang et la veste déchirée, elle ne pouvait se retenir de l'insulter sans que l'autre ne réagisse.

Cela était arrivé une fois ou deux depuis qu'Amandine et Bernard étaient à la maison. C'étaient ces moments-là que le gamin redoutait et, alors, il redevenait le petit garçon perdu qu'il était à son arrivée.

Le plus souvent, tout se passait bien. Basile et Bernard étaient les meilleurs amis du monde. L'oncle, poète à ses heures, se plaisait à initier le neveu aux merveilles de la nature, découvrant, devant un Bernard émerveillé, le nid d'une caille au milieu d'un champ de blé ou l'éclair doré d'une couleuvre regagnant sa cachette. Il lui avait appris tous les gestes et les travaux d'un vrai paysan en lui disant :

« Un jour, la ferme sera à toi, apprends ton futur métier. »

Et il partait d'un grand éclat de rire et le garçon ne savait s'il disait vrai ou plaisantait. Conquis par sa bonne humeur, Bernard mêlait son rire au sien

Qu'il aille dans les champs ou dans les bois, Basile était toujours suivi de Bernard qui ne le quittait pas plus que son ombre. Il n'y avait que les après-midi où Basile partait pour Rouffiac que Bernard ne le suivait pas. Il le regardait disparaître dans le chemin de terre qu'il prenait toujours pour descendre alors qu'il remontait par la route, la nuit tombée.

L'enfant, conscient que son oncle allait faire une bêtise, fixait longuement le chemin de ses yeux innocents puis s'en revenait lentement. Marie, qui observait le manège, hochait la tête et se tournait vers Amandine :

« C'est un mauvais exemple qu'il lui donne ! Dans quelques années, le garçon le suivra. »

Amandine observait sa belle-mère et ne savait si cette constatation la contrariait ou lui faisait plaisir. Mais elle se disait que la vieille femme n'avait pas tort et, quand elle le pouvait, elle mettait en garde son fils contre la boisson et ses dangers.

« Je sais, maman, lui répondait Bernard, moi, je ne risque pas de boire. »

Elle devait se contenter de cette vague promesse. Elle avait peur qu'en grandissant son fils n'oublie ses bonnes résolutions et ne suive le chemin de son oncle.

Pendant qu'elle rêvait, Basile et Marcel, tout en continuant leur discussion, s'étaient levés et se dirigeaient, maintenant, vers un autre champ à quelques centaines de mètres de celui qu'ils venaient d'achever. Marcel se tourna vers la jeune femme et lui demanda galamment :

« Vous n'êtes pas trop fatiguée ?

— Non, répondit-elle en se levant, s'il faut y aller, faut y aller. »

3

Retour au mas

L'été continua dans la poussière des moissons et des battages. Le matin, l'aube réunissait les trois habitants de la ferme, sauf Bernard qui avait droit à la grasse matinée. Tout le monde se retrouvait, après la tasse de café et la prière du matin, dans l'aire minuscule où les gerbes, dénouées et dressées par Basile levé avant le jour, attendaient le pas des quatre vaches pour les fouler et en extraire le grain : on appelait ça la « caoucade ». C'était un travail tout nouveau pour Amandine qui n'avait jamais vu ça de sa vie et trouvait cette façon de faire archaïque et épuisante pour les hommes et les bêtes. Étant la plus jeune, elle devait suivre les vaches et s'enfoncer jusqu'à mi-cuisses dans les gerbes dressées.

Les épis piquaient et écorchaient ses jambes nues peu habituées à ces travaux. Le soir, quand elle prenait une cuvette remplie d'eau pour une toilette sommaire, Marie la regardait partir vers sa chambre en ricanant :

« Prenez garde, si vous mouillez vos jambes, elles n'ont pas fini de vous piquer ! »

Au début, Amandine ne l'avait pas crue. Mais elle avait vite constaté que la vieille femme avait raison.

La première fois qu'elle les avait trempées dans l'eau, elle avait failli s'évanouir de douleur. Depuis, elle y allait progressivement, mais, malgré tout, il lui semblait qu'on lui enfonçait des aiguilles dans le pied.

Enfin, les gros travaux furent terminés et la jeune femme put se reposer. Elle reçut alors une convocation pour se rendre au bureau des Anciens Combattants, à Montpellier, pour régulariser le statut de disparu de son mari.

« Enfin, se dit-elle, je ne vais plus dépendre de ces gens, je pourrai m'en aller et vivre à ma guise. »

Elle sentait bien que Marie, même si elle s'était attachée à Bernard, ne l'aimait pas beaucoup et Basile, qui aurait pu être un homme agréable, sombrait de plus en plus dans la boisson, à la grande fureur de sa mère.

Amandine décida donc de se rendre à la convocation et d'aller faire une visite à son frère, par la même occasion.

Elle prit le train, un matin froid de fin octobre. Basile l'accompagna pour la traversée du causse. Les petits pins dressaient une tête givrée et les herbes se ratatinaient pour essayer d'échapper à la chape glacée qui les enserrait.

De par la volonté de Marie, Bernard était resté à la ferme et, pendant le trajet, jusqu'à la gare, la jeune femme revoyait ses grands yeux étonnés qui la suppliaient de l'emmener.

« Ce n'est que l'affaire de deux ou trois jours, pourquoi emmener cet enfant par ce froid », avait tranché la belle-mère sans appel.

Mais Bernard n'avait jamais quitté sa mère et il se rappelait avec nostalgie le mas de l'oncle Victor où il avait passé une vie libre et heureuse dans sa petite enfance.

Amandine avait osé s'opposer à sa terrible belle-mère :

« Le voyage n'est pas bien long. Je pourrais le laisser chez ma belle-sœur.

— Votre belle-sœur a bien assez de travail. Ne

m'avez-vous pas dit qu'elle attendait un enfant ? Que fera Bernard livré à lui-même, si elle ne peut pas s'en occuper ? Et puis, pourquoi faire une dépense supplémentaire quand on peut l'éviter. »

Amandine n'avait pas osé insister et elle était donc partie, à l'aube, après avoir serré sur son cœur un Bernard qui essayait de retenir ses larmes et lui avait jeté un regard de reproche qui la poursuivait encore quand elle s'installa dans le train.

Marie, cependant, devant la douleur muette du gamin, avait eu un geste de tendresse. Elle l'avait pris par les épaules et l'avait attiré en lui disant :

« Allons, viens, on va s'occuper des agneaux. »

S'occuper des agneaux était un travail que le garçon adorait. Il avait eu un demi-sourire et était parti à la suite de sa grand-mère, vers la bergerie. Amandine savait que son fils ne manquerait de rien. Mais elle se sentait encore plus seule en le voyant se détacher d'elle et elle comprenait que Marie ferait tout pour cela.

Dans un nuage de fumée, le train s'ébranla enfin. Elle resta assise sur une banquette, regardant sans les voir les paysages aux couleurs d'automne remplacés, à la fin du voyage, par les terrils noirs d'Alais[1] et de La Grand-Combe. À Nîmes, elle changea de train et contempla des rangées de vignes alignées au cordeau qui rougeoyaient au bord de la voie.

Montpellier approchait et la jeune femme se leva, reconnaissant les villages où elle avait passé son enfance. Clochers et école disparurent rapidement et elle fut toute surprise de se retrouver en gare de Montpellier dans le grincement des roues et wagons.

Elle sortit, un peu hébétée par ce long voyage. Il était midi passé et, depuis le café du matin, son estomac criait famine. Elle entra dans une boulangerie, prit un pain qu'elle alla manger tranquillement sur un banc des environs de la gare. Elle n'était pas pressée, les bureaux n'ouvrant pas avant deux heures.

1. Ancienne graphie d'Alès.

Un peu revigorée, elle décida de se promener dans Montpellier, une ville qu'elle connaissait bien. Le mas de son enfance n'était qu'à environ cinq kilomètres. Autrefois, elle y venait souvent à pied, avec sa famille, pour les fêtes ou diverses manifestations.

Elle parcourut ces rues chargées de souvenirs. Ses pas la dirigèrent vers la maison où Jean et elle avaient vécu au tout début de leur mariage.

Rien n'avait changé : c'était toujours la même façade lépreuse, la porte d'entrée noire de crasse et les fenêtres aux volets à la peinture écaillée.

Elle s'en retourna, à la fois nostalgique et soulagée de ne plus être dans cet appartement qu'elle n'avait jamais aimé. Il lui rappelait trop de mauvais souvenirs : elle s'était laissé séduire et avait cru au grand amour. Elle s'apercevait aujourd'hui qu'elle avait été flouée et qu'elle seule s'était engagée véritablement. Jean avait accepté de l'épouser parce qu'elle était enceinte. Mais il avait continué ses affaires comme il disait. Et, de ses affaires, elle n'avait jamais rien su.

Elle se rappela qu'ils n'avaient vécu qu'un an dans cette maison et qu'au baptême de Bernard elle avait fait la paix avec son père, ravi d'avoir un petit-fils. Il avait répondu avec joie à l'invitation d'être le parrain et était venu voir la mère et l'enfant. Il les avait trouvés mal logés et leur avait proposé de venir habiter au mas où la place ne manquait pas.

Le mas, héritage d'un ancêtre venu de Provence, était une grande bâtisse, une campagne comme on disait dans le pays. Il aurait dû s'appeler le Verduron, mais le grand-père, fidèle à ses racines, avait toujours appelé la maison le mas, et le nom lui était resté.

De trente lieues à la ronde, c'était le mas.

Jean avait tout de suite accepté. Aujourd'hui encore, elle se demandait pourquoi. Au mas, Jean n'y était pratiquement jamais. Il partait le matin pour ses fameuses affaires et ne revenait qu'à la nuit tombée… quand il revenait.

Quant à elle, elle s'était remise au travail : ménage,

lessive, repas... Avec un enfant tout jeune, ce n'était pas de tout repos. Pourtant, elle avait adoré cette vie sans s'apercevoir que la paie que rapportait Jean était maigre. Qu'importe, le mas pouvait nourrir deux bouches supplémentaires !

Tout en rêvant, elle était arrivée devant l'immeuble qui abritait les bureaux des Anciens Combattants et victimes de guerre.

Elle entra, présenta sa convocation et dut expliquer à la préposée le parcours de son mari, montrer son livret de famille et répondre à des questions sans fin.

L'après-midi était bien entamé quand elle sortit enfin avec la promesse que son dossier serait réexaminé. Son cas n'était pas unique mais, vu que son mari n'avait pas donné signe de vie depuis le combat du Mort-Homme[1] du 18 septembre 1916, il serait considéré comme tué au combat.

Un peu rassurée, elle sortit de la ville et prit la route qu'elle parcourait autrefois quand, enfant, puis jeune fille, elle accompagnait ses parents, ou son père, à Montpellier. La route, ou plutôt le chemin, n'avait pas changé. Elle aurait cru qu'elle y avait passé la veille. C'était le même sentier de terre bordé par la garrigue, avec, à perte de vue, la campagne sauvage et les mas posés comme des jouets au milieu des carrés de vignes entrecoupés de garrigue.

Les dernières charrettes chargées de comportes[2] de vendanges sillonnaient les vignes où les vendangeurs riaient en coupant les grappes. Les ultimes jours de la cueillette étaient les plus fatigants mais aussi les plus joyeux. Les jeunes se poursuivaient dans les vignes dépouillées. Les garçons écrasaient les raisins gorgés de jus sur la figure des filles en essayant de leur voler un baiser sous l'œil indulgent des parents qui avaient fait de même en leur temps.

1. Un des hauts lieux de bataille de la Grande Guerre.
2. Sorte de cuves où l'on vide les grappes à la vendange.

Amandine croisa plusieurs charrettes pleines à ras bord et les occupants lui lancèrent des bonjours joyeux auxquels elle répondit de bon cœur.

La jeune femme retrouvait avec plaisir le pays de son enfance. Elle se disait qu'avec sa pension de veuve, elle allait chercher un travail et qu'ainsi, elle pourrait quitter la ferme et revenir dans le Midi où il faisait si bon vivre. Elle songea à Bernard : ici, ce serait plus commode pour l'école. Il était plus que temps d'y songer si elle voulait qu'il passe son certificat d'études pour aller travailler et gagner sa vie.

Sa rencontre avec les vendangeurs, tout en lui rappelant sa jeunesse, lui avait rendu l'espoir, et c'est le pas léger qu'elle parcourut les derniers kilomètres qui la séparaient du mas.

Dans le crépuscule, les vignes cuivrées se paraient de lueurs de feu et étiraient leurs pampres comme des bras tendus.

Elle arriva au mas dont la cour avec ses deux immenses micocouliers connaissait l'effervescence des grands jours. On avait dressé des tables tout le long des murs de la grange et une armée de femmes s'affairait à recouvrir les plateaux de bois de nappes blanches et à y poser des couverts et des pampres de vigne.

Elle se rappela qu'on faisait ce repas-là, à la fin des vendanges, à tour de rôle dans une famille. C'était chez Victor qu'il devait se faire cette année et, vu l'état avancé de la grossesse de Marianne, sa femme, toutes les voisines étaient venues prêter main-forte.

Amandine avança avec, à la main, sa minuscule valise. Certaines la reconnurent et s'exclamèrent :

« Amandine ! tu viens pour la fête. »

Pour d'autres, elle demeurait une parfaite inconnue. Elle les regarda grimper l'escalier puis le redescendre sans plus s'occuper d'elle.

Dans l'immense cuisine, tout un essaim de jeunes filles assistaient Marianne, toute rouge devant l'âtre où grésillaient plusieurs cocottes d'où s'échappaient des fumets appétissants.

« Amandine ! s'exclama celle-ci en lui tendant les bras. Tu arrives à pied ? Si tu avais prévenu, Victor serait venu te chercher.

— Oh, je connais la route ! Ce n'est pas bien loin.

— Mais où est Bernard ? »

Amandine dut se lancer dans de longues explications tandis que sa belle-sœur arrosait des volailles qui prenaient, dans leurs cocottes, de belles couleurs dorées.

4

La lettre

Toute la soirée, Amandine refit connaissance avec tous les voisins qu'elle n'avait pas revus depuis son départ. Elle apprit le nom des nouveaux arrivés, s'informa des changements dus à la guerre et soupira au souvenir des disparus.

Plusieurs de ses jeunes amies se retrouvaient veuves avec un ou plusieurs enfants. Toutes les femmes étaient vêtues de noir et beaucoup de ses anciens camarades et soupirants étaient revenus handicapés du front et leur ancienne gaieté n'était plus qu'un souvenir.

Vers le milieu de la nuit, elle retrouva sa chambre de jeune fille qu'on n'avait pas encore eu le temps d'arranger en vue de la naissance prochaine du bébé.

Elle eut beaucoup de plaisir à se replonger un peu dans sa vie d'autrefois. Elle pensa à Bernard dont le berceau était coincé entre le lit de ses parents et la fenêtre. Elle sourit en se revoyant toute jeune mère, se levant pour vérifier si le bébé respirait bien quand elle ne l'entendait pas bouger.

Que faisait Bernard, maintenant, entre son ivrogne d'oncle et sa redoutable grand-mère ?

Elle se rassura en se disant que ce ne serait plus pour longtemps. Elle se coucha et s'endormit comme un enfant.

Quand Amandine se réveilla, le lendemain matin, le ciel était caché par une brume épaisse venue de la mer qui enveloppait tout le paysage environnant.

Les tables de la cour recouvertes de nappes sales et de bouteilles vides donnaient une impression d'abandon sous le ciel bas. Amandine se leva, fit une rapide toilette, rangea sa chambre et descendit pour aider sa belle-sœur à tout remettre en ordre. Son train ne partait qu'à 3 heures de l'après-midi, elle allait mettre la main à la pâte toute la matinée. Quand elle arriva à la cuisine, personne n'avait encore bougé dans la maison. La vaisselle s'entassait sur toutes les tables, sur l'évier et même sur le buffet.

Elle fit chauffer un reste de café, puis porta de l'eau sur l'âtre pour s'occuper de toute cette vaisselle qui remplissait la cuisine. Elle la terminait quand son frère émergea de l'escalier en se frottant les yeux. Il s'assit lourdement sur une chaise et attendit la tasse de café. Il la but en silence, puis se leva et contempla le ciel lourd et noir, tout en marmonnant :

« Je crois qu'hier j'ai un peu trop forcé sur la bouteille et ça ne me réussit pas. J'ai un de ces maux de crâne ! »

Amandine ne répondit pas et continua son rangement. Victor sortit d'un pas lourd et se dirigea vers l'écurie aux chevaux.

Marianne ne tarda pas à descendre et s'excusa :

« Oh, mais tu as tout fait ! J'aurai dû venir t'aider, mais je ne croyais pas que tu te lèverais si tôt.

— T'en fais pas, ça me fait passer le temps. »

La jeune femme prit son café et invita Amandine à s'asseoir en face d'elle.

« Hier, j'avais trop à faire, lui dit-elle. Mais aujourd'hui, raconte-moi comment c'est en haut à Saint-Bauzile ; et donne-moi des nouvelles de Bernard. »

Amandine s'exécuta et décrivit la maison plus que

modeste, la ferme aux quatre vaches et aux quelques brebis, la belle-mère acariâtre et le beau-frère ivrogne.

« Ma pauvre, la plaignit Marianne, mais où es-tu donc tombée ? Tu devrais revenir ici.

— Je ne veux pas vous embarrasser et puis, là-haut, ils tiennent à Bernard.

— Tu ne nous embarrasseras pas. Et puis, tu sais bien que pour nous, Bernard est comme un fils.

— Justement, vous allez avoir un bébé et notre place n'est pas ici. Mais je suis venue pour régulariser ma situation, et quand j'aurai ma pension de veuve, j'espère que ce sera suffisant pour me permettre de revenir dans le Midi et y chercher du travail. Nous pourrons nous voir plus souvent. »

Les deux jeunes femmes discutèrent longtemps avant d'aller chercher les nappes qu'Amandine lava pour éviter tout effort à sa belle-sœur. Après le repas de midi, assez morne car Victor était toujours en proie à la migraine, Amandine partit chercher sa valise tandis que son frère harnachait le cheval.

Après de grandes embrassades, la jeune femme lança sa valise dans la carriole et s'installa près de son frère qui tenait les rênes.

Le voyage fut silencieux. Ce n'est qu'en arrivant à Montpellier que Victor sortit une lettre de sa poche et la tendit à sa sœur en disant

« Tiens, avec ce repas et tout ce travail, j'ai oublié de te la donner. Elle est arrivée il y a une quinzaine. On voulait te l'envoyer, et puis les jours ont passé et on l'a oubliée. J'espère que ce n'est pas urgent. »

Amandine commença à déchirer l'enveloppe, mais comme la voiture entrait en gare, elle fourra la lettre dans son sac et n'y pensa plus. Elle alla chercher son billet et dit au revoir à son frère qui lui donna un grand sac de raisins « pour régaler Bernard », lui dit-il.

Encombrée de sa valise et de ce paquet, Amandine attendit sur le quai l'arrivée du train qui entra en gare, précédé d'un nuage de fumée noire qui la fit tousser.

Elle s'installa sur la banquette et patienta jusqu'au

départ du train en regardant le va-et-vient des voyageurs.

Beaucoup de femmes en deuil, tirant des enfants en bas âge, couraient sur le quai et Amandine se demanda où elles pouvaient aller. D'autres montèrent dans le train et descendirent au fil des arrêts dans les environs de Montpellier. Elle en conclut que ces femmes devaient travailler et rentrer, le soir, chez elles.

À Nîmes, elle dut changer de train, et ce ne fut pas une mince affaire avec tous ses bagages. Enfin, assise sur une banquette inconfortable, elle sombra dans le sommeil et ne se réveilla que lorsqu'elle entendit un employé crier d'une voix de stentor : « Alais, Alais, dix minutes d'arrêt ! »

Elle se frotta les yeux et regarda la ville noire que le brouillard assombrissait encore. Puis elle fouilla dans son sac où Marianne avait glissé un peu de pain et un morceau de fromage. Elle s'apprêtait à y mordre à belles dents quand ses doigts rencontrèrent la lettre que lui avait donnée son frère. Elle remit ses provisions en place et décacheta l'enveloppe. Une feuille pliée en deux en tomba. Elle la ramassa et en lut le texte écrit, semblait-il, d'une main enfantine.

Madame,

Ce n'est pas la peine que vous demandiez la pension de veuve car votre mari n'est pas mort à la guerre. Il est bien vivant, croyez-moi. Si vous cherchez bien, vous le trouverez sûrement.

Un ami.

Amandine ne comprit pas tout de suite. Elle relut la lettre et les mots dansèrent devant ses yeux. « [...] votre mari n'est pas mort à la guerre. Il est bien vivant [...]. » Il y avait plus de trois ans qu'elle n'avait pas reçu de nouvelles et le bureau des Anciens Combattants qu'elle avait contacté la veille allait sans doute lui confirmer la mort de son mari.

Quel était donc cet ami qui affirmait que Jean était vivant ? Où était-il ? Que faisait-il, loin des siens ?

Toutes ces questions l'assaillirent d'un coup. Et elle eut envie de pleurer. Il lui semblait qu'une menace pesait sur elle alors qu'elle eût dû se réjouir de savoir son mari vivant.

Elle essaya de penser à lui, mais ne revit qu'une haute silhouette qui se voûtait un peu. Impossible de se souvenir des traits de son visage. Elle se rappelait seulement qu'il était hâlé, avec une abondante chevelure noire comme ses yeux. Dans ses souvenirs, il souriait rarement ; il avait plutôt la lèvre boudeuse et l'air renfrogné.

Elle avait posé sa valise et son sac de raisins à ses pieds et demeurait immobile, assise bien droite, sa lettre à la main. À la fin, elle prit conscience que les autres voyageurs la regardaient. Elle mit rapidement le feuillet dans l'enveloppe et l'enfouit dans son sac. Puis elle ferma les yeux et feignit de dormir. Mais les lettres dansaient devant ses yeux fermés : « Votre mari est vivant… Votre mari est vivant… »

Amandine ne savait que penser. Elle aurait dû être heureuse et sauter de joie en criant : « Mon mari est vivant ! Mon mari est vivant ! » Mais elle n'en avait aucune envie.

Elle l'avait aimé cependant mais, aujourd'hui, elle l'avait presque oublié. Il est vrai que lui avait cessé de l'aimer bien avant. Elle se rappelait ses absences de plus en plus fréquentes, l'année qu'ils avaient passée au mas. Il prenait prétexte de ses affaires pour passer des semaines entières à Montpellier et, quand il revenait, on aurait cru que tout l'ennui du monde pesait sur ses épaules. Il ne s'occupait pas de Bernard, qui préférait de beaucoup son oncle Victor à son père.

Les cahots du convoi finirent par l'endormir et elle sursauta quand il arriva en gare de La Bastide et qu'elle dut, une fois encore, changer de train. La nuit était tombée et la pâle lueur jaune des réverbères était entourée d'une auréole où dansaient des poussières.

Elle sauta sur le quai et monta rapidement dans la vieille locomotive qui attendait les passagers en ahanant comme un bœuf à l'agonie.

Ici, les voyageurs se comptaient sur les doigts d'une main et des courants d'air parcouraient les wagons.

La jeune femme se recroquevilla dans un coin et, quand le train s'ébranla dans un bruit de ferraille, elle sortit la lettre de son sac et la relut avec incrédulité.

Elle retourna l'enveloppe pour chercher le lieu d'expédition et vit que la lettre était partie de Montpellier.

Elle se demanda quel pouvait être cet « ami » qui savait tant de choses et pourquoi il ne se manifestait pas plus clairement pour qu'elle puisse lui poser les questions qui l'obsédaient.

En parlerait-elle à sa belle-mère ? Elle hésita puis décida de n'en rien faire : si tout cela était vrai, ils finiraient bien par en savoir plus ; si c'était une blague de mauvais goût, pourquoi donner de faux espoir à cette femme qui tentait d'oublier ?

Elle remit lettre et enveloppe dans son sac et se prépara à l'arrivée car, malgré sa lenteur, le train approchait enfin de Mende.

Elle se leva, empoigna sa valise et son sac, tenta d'apercevoir le paysage dans la nuit, mais ne vit que son propre reflet avant d'entendre annoncer une entrée en gare.

Alors, lentement, elle descendit en se disant qu'elle ne resterait pas longtemps dans ce pays. Maintenant que sa pension de veuve allait sans doute arriver, elle pourrait regagner son Midi.

5

Sur le causse

Sur le quai, Basile l'attendait. Amandine vit tout de suite qu'il avait bu. Il voulut lui prendre sa valise mais trébucha et s'étala de tout son long. Elle eut honte pour lui en voyant les sourires ironiques fleurir sur les lèvres des autres voyageurs.

Elle reprit sa valise, saisit son sac et sortit de la gare suivie d'un Basile tout penaud qui grommelait :

« Pute d'escalier ! Je ne l'avais pas vu. »

Amandine, qui avait hâte de quitter les lieux, allongea le pas. Le jeune homme lui cria :

« Hé, attends, on va pas prendre le train ! »

Il éclata de rire à sa plaisanterie qu'il crut irrésistible.

Le froid était vif, en cette nuit d'automne. Amandine serra la veste légère qui lui couvrait les épaules et se hâta vers la route.

Pour arriver au village, il fallait traverser le causse : la jeune femme connaissait mal le chemin et Basile qui le pratiquait depuis toujours était dans un piètre état. Amandine espéra que son instinct les guiderait et avança dans la nuit.

Elle hésita une seconde au carrefour et le jeune homme en profita pour la rattraper. Il lui prit la valise d'autorité, lui abandonnant le sac de raisins.

Sans dire un mot, ils traversèrent la ville endormie et grimpèrent le petit sentier qui escaladait le flanc du plateau. Le chemin caillouteux blessait les pieds de la jeune femme et elle avançait difficilement.

Basile s'en aperçut et proposa une pause. Ils s'appuyèrent aux gros rochers calcaires qui bordaient le chemin et le garçon en profita pour allumer une cigarette. Tout en savourant les bouffées, il se mit à se plaindre. Il disait qu'il regrettait cette guerre qui avait tué ses frères et, le laissant seul, l'avait condamné à rester avec sa mère alors qu'il aurait aimé tenter l'aventure. Il aurait voulu se louer, aller d'un endroit à un autre : changer de région aurait été son rêve. Mais maintenant, il était obligé de rester dans cette ferme jusqu'à sa mort !

« Encore, conclut-il en regardant la jeune femme, si j'avais pu me marier et avoir une jolie femme pour me réchauffer le lit, mais rien, rien, rien... »

Amandine ne répondit pas et pensa qu'aucune femme ne l'épouserait s'il n'arrêtait pas de boire. Elle faillit le lui dire mais, pensant que ce n'était pas son affaire, demeura silencieuse.

Les petites lueurs de la ville piquetaient l'obscurité tout en bas et, malgré l'heure avancée, on entendait une vague rumeur ponctuée par des aboiements de chiens.

Amandine admirait ce spectacle tout en essayant de ne pas trembler de froid sous sa veste légère.

Alors qu'elle ne s'y attendait pas, elle sentit deux bras forts lui emprisonner les épaules, en même temps qu'une haleine avinée inondait son visage. Elle poussa un cri mais ne put s'échapper et elle dut subir un long baiser qui se prolongea alors qu'elle tentait de s'enfuir. Des mains impatientes soulevaient ses jupons et elle sentit qu'elle allait être violée, en plein causse.

D'un bond, elle réussit à s'extirper. Elle saisit machinalement son sac, abandonna sa veste que tenait Basile et s'enfuit à toutes jambes vers le causse.

Elle courait serrant son sac, tombant, grelottant, s'écorchant les genoux. Elle sanglotait et, tout en se sauvant, elle entendait son beau-frère crier mais elle n'écoutait ni ne comprenait ses paroles.

Celui-ci pourtant la poursuivait tout en s'égosillant :

« Amandine, Amandine, attends-moi. Tu vas te perdre ! »

Elle continuait à courir, insensible au froid et à la plainte du vent qui hurlait sur tout le causse désert.

Basile, traînant la valise, grimpait la côte aussi vite qu'il le pouvait. Mais les vapeurs de l'alcool l'embrumaient encore et il se demandait pourquoi la jeune femme était si en colère.

Il trébuchait en courant et, à un moment, il perdit son chemin. Il se retrouva dans un champ bordé de murettes que le clair de lune illuminait. Une brume légère s'effilochait en divers endroits et le silence était impressionnant.

« Amandine ! » cria-t-il sans recevoir de réponse.

Il avança, titubant, et reprit le chemin.

Progressivement, la réalité commença à s'imposer à son esprit : il avait perdu Amandine !

Alors, il s'assit sur un rocher et se mit à pleurer tout en marmonnant :

« Amandine, Amandine, je ne voulais pas ça. Je ne suis qu'un pauvre bougre. Mais reviens, reviens, ne te perds pas sur le causse ! »

Il resta longtemps prostré, ne sachant que faire. Puis il se releva et reprit solitaire son trajet dans la nuit.

En passant près d'une chazelle[1], il crut entendre des sanglots. Il écouta et l'espoir lui revint. La jeune femme s'était cachée dans la hutte de pierre. Il se dirigea vers le refuge, barrant la porte de son corps pour qu'elle ne puisse se sauver, et cria d'une voix plus forte qu'il n'eût voulu :

« N'aie pas peur, Amandine, je ne te toucherai pas… Allez, sors de là. Il faut rentrer. »

Un sanglot lui répondit. Il s'approcha et constata que la jeune femme tremblait de froid.

« Mais qu'as-tu fait de ta veste ? » s'étonna-t-il.

Elle grelottait et tremblait de plus en plus. Alors, il ôta sa veste et la lui fit enfiler, puis il s'empara de la valise et le sac de raisins à moitié écrasés et ils reprirent le chemin du village.

Ils marchaient rapidement, en silence. La lune jouait à cache-cache avec le brouillard dont les nappes mouvantes les enveloppaient par moments d'une couche d'ouate.

Après le causse, le chemin dévalait la pente, dominant des à-pics impressionnants.

---

1. Petite cabane en pierre construite par les bergers.

« Passe à droite, du côté des rochers, conseilla Basile, tu ne risqueras pas de tomber.

— Toi aussi, rétorqua Amandine en claquant des dents, reste à droite, tu n'es pas si solide sur tes jambes ! »

Le jeune homme dut reconnaître la justesse du raisonnement car il longea les rochers, suivi par une Amandine frigorifiée et terrifiée.

Ils parvinrent enfin au village et pénétrèrent dans la maison vide. Amandine refusa la soupe qui attendait près des braises de l'âtre :

« Je n'ai pas faim », dit-elle en se dirigeant vers sa chambre.

Elle se hâta de fermer la porte au nez de Basile qui ne savait que dire ni que faire. La jeune femme se déshabilla et se glissa dans le lit de Bernard pour essayer de calmer les tremblements qui l'agitaient.

Le petit garçon ouvrit les yeux et murmura sans se réveiller complètement :

« C'est toi, maman ? »

Elle se serra contre lui et il soupira :

« Comme tu es froide ! »

Amandine se sentait mal. Ses dents claquaient. La chaleur de Bernard ne la réchauffait pas et un énorme mal de tête lui faisait, par moments, perdre conscience. Elle se réveillait en sursaut en proie à des cauchemars qui la laissaient tremblante et en sueur. Elle songeait à la soupe qu'elle aurait dû manger pour se réchauffer, mais ne bougeait pas.

La maison était silencieuse, seules quelques souris, là-haut, au grenier, dansaient une sarabande de petites pattes sur le plancher vermoulu.

Amandine passa toute la nuit alternant le sommeil et la veille sans parvenir à se réchauffer complètement. Dans son cerveau enfiévré passait et repassait l'image de Jean bien vivant et souriant d'un air narquois, comme pour dire : « Je t'ai bien eue ! » Puis Basile le remplaçait et se jetait sur elle telle une bête affamée. Elle tentait de fuir et tombait sur le chemin pierreux.

Alors elle se réveillait en sursaut au risque de faire peur à son tour à Bernard.

Sur le matin, elle réussit à dormir un peu. C'est alors que sa belle-mère entra dans la chambre en disant :

« Il est l'heure de se lever. Basile n'est pas là. Il faut que vous m'aidiez pour les brebis. »

Amandine se souleva et Marie s'étonna de voir Bernard à côté d'elle :

« Vous avez bien un lit. Qu'est-ce que vous faites avec Bernard ?

— Hier, j'avais froid et je ne suis pas arrivée à me réchauffer.

— Où est Basile ?

— Je ne sais pas. Hier soir, il est rentré comme moi. Mais moi j'avais si froid que je suis venue me coucher.

— Vous n'avez pas soupé ni lui non plus. Et ce matin, il n'est pas là », lança Marie, accusatrice.

La jeune femme haussa les épaules en signe d'ignorance et tenta de se lever. Mais à peine eut-elle posé un pied à terre que la chambre se mit à tourner et elle serait tombée si sa belle-mère ne s'était précipitée et ne l'avait retenue.

« Qu'est-ce qui vous arrive, demanda-t-elle d'un ton plus doux ?

— Je crois que j'ai dû prendre froid, hier soir, sur le causse.

— Vous avez sué pour monter et vous avez eu froid sur le plateau. Vous avez dû prendre un chaud et froid. Eh bien ! nous voilà propres ! »

Le bruit avait réveillé Bernard qui ouvrit de grands yeux étonnés et sourit en reconnaissant sa mère :

« Maman, tu es revenue !

— Oui, mais pas en bon état, répondit sèchement Marie. Allez, lève-toi, on va s'occuper des bêtes et puis on verra à s'occuper de ta mère. »

Le garçon, inquiet, se tourna vers Amandine :

« Qu'est-ce que tu as, maman ?

— Rien. Un peu froid, ça va passer. »

Amandine se recoucha en proie à une faiblesse

soudaine. Marie sortit de la chambre. Bernard se leva, s'habilla et s'en alla en disant à sa mère :

« T'en fais pas, je vais aider à mémé. »

Quand il arriva à la cuisine, une assiettée de soupe l'attendait sur la table. Il se jeta dessus et l'avala goulûment. Marie le regardait, le sourire aux lèvres :

« Eh bien, toi, tu feras un homme si tu manges la soupe comme ça ! »

Le garçon se leva et ils partirent tous deux dans le matin frisquet qui avait semé des perles de givre sur le bord du chemin.

Arrivés à la bergerie, ils y trouvèrent Basile déjà à l'œuvre.

« D'où tu viens, interrogea sa mère méfiante ? Tu n'étais pas à la maison ?

— J'avais à faire, répondit-il brièvement.

— Tu sais que sa mère est malade, fit-elle plus bas, en désignant Bernard qui tenait un agneau et le caressait ?

— Qu'est-ce qu'elle a ?

— Elle a dû prendre froid sur le causse.

— Ah ! c'était pour ça qu'elle tremblait tant.

— Tu n'aurais pas dû la faire marcher si vite. Ces filles de la ville, ça n'a point d'endurance ! Elle a de la fièvre, elle va nous faire un point de côté ! Celle-là, elle nous a apporté que des ennuis. »

Elle jeta un coup d'œil à son petit-fils, toujours occupé avec les agneaux, et murmura pour elle seule :

« Il n'y a que Bernard qu'elle nous a fait de bien. »

Basile, qu'un énorme mal de tête taraudait et qui n'avait pas compris, se retourna vers sa mère, mais elle était déjà penchée sur une brebis et fit mine de ne pas le voir.

Basile se secoua. Il venait de traverser le causse à la recherche de la veste d'Amandine et il l'avait trouvée au pied des rochers de la montée de Tire-Cul et il se demandait ce qui s'y était passé.

Il ne se souvenait de rien si ce n'est de la fuite de la jeune femme dans la nuit. Pourquoi était-elle partie ?

Et maintenant, elle était malade. Est-ce que c'était sa faute ? À se torturer ainsi l'esprit, sa tête était sur le point d'éclater. Il saisit une seille et, cachant sa tête dans la toison épaisse de la brebis, il se mit à traire consciencieusement pour oublier cette part d'ombre de cette nuit d'octobre.

6

Une deuxième lettre

Malgré tous ses efforts, Amandine ne put se lever ce jour-là, ni le lendemain. Elle resta dans le lit de Bernard, grelottante de fièvre, tantôt calme, tantôt agitée. Par moments, elle délirait, mélangeant les noms de Jean, de Basile, de Victor, et demandait la lettre.

Marie restait près d'elle et l'écoutait attentivement. Elle avait compris qu'il s'était passé quelque chose à Montpellier, mais ne savait quoi.

Voyant que l'état de la malade ne s'améliorait pas, elle décida de la soigner énergiquement.

Elle apporta deux boîtes de ventouses pour en tapisser le dos de la jeune femme. Malheureusement, quand elle eut posé huit verres, toute la surface disponible fut occupée.

« Quelle femmelette, grommela-t-elle intérieurement, ça va nous claquer dans les doigts comme du verre ! »

Cependant, elle la soigna du mieux qu'elle put. Entre ventouses, cataplasmes, bouillottes, tisanes, vins chauds et édredons, elle épuisa toutes les ressources qu'elle put trouver pour tirer sa belle-fille des griffes de la maladie. Le plus étonnant fut qu'elle réussit sous l'œil vague de Basile qui ne dessoûlait plus depuis l'aventure du causse. Emporté par un étrange remords dont la cause lui échappait, il vidait verre après verre, au grand ravissement de l'aubergiste. Mais sa mère, chaque soir, y allait de terribles colères qui laissaient le jeune homme de marbre.

Le petit Bernard assistait à ces scènes sans en comprendre toujours la raison, mais il n'aimait pas entendre sa grand-mère crier. Alors, il se réfugiait dans la bergerie où il jouait avec les agneaux.

Dans son esprit d'enfant, il ne se doutait pas de la gravité du malaise de sa mère et ses visites à la malade étaient fréquentes et rapides.

Pour son fils, Amandine essayait de sourire et de paraître joyeuse. Cette attitude, si elle ne rassurait pas complètement l'enfant, lui laissait entrevoir la possibilité d'une guérison proche.

La première fois que la jeune femme, aidée de Marie, parvint à se lever et à s'asseoir au coin du feu, Bernard la crut guérie et cessa de se faire du souci.

En effet, Amandine se rétablit assez vite. Mais elle garda, de son aventure, une toux obstinée rebelle à tous les remèdes qui la pliait en deux, lui coupait la respiration et la laissait pantelante, le front couvert de sueur.

Malgré l'arrivée de la pension promise par le ministère des Anciens Combattants et le désir de s'installer dans le Midi, Amandine avait dû rester à la ferme. Sa grande faiblesse lui interdisait tout effort, et Marie, comme si elle eut deviné ses desseins, la soignait avec dévouement ainsi qu'elle l'aurait fait avec sa propre fille.

Après la Toussaint et la récolte des pommes de terre, Bernard avait donc été envoyé à l'école de Rouffiac. Il y avait rencontré tous les gamins du coin qui avait commencé par le regarder de haut, comme un étranger. Peu à peu, il s'était fait quelques copains et finalement s'était adapté assez vite à la grande fureur de Marie. Elle pensait que, comme il savait lire et écrire, il n'avait plus besoin d'aller à l'école et disait qu'il serait bien mieux à sa place à soigner les agneaux puisqu'il serait, un jour, l'héritier de la ferme.

Amandine, quant à elle, voulait qu'il parvienne au certificat d'études pour obtenir un travail plus intéressant. Elle trouva un allié inattendu en Basile qui, dans ses moments de lucidité, expliquait que l'avenir appartiendrait à ceux qui seraient instruits.

Sa mère haussait les épaules quand il disait cela et lui répliquait d'un ton désabusé :

« Ça lui servira à quoi de savoir tant de choses pour faire marcher une ferme ?

— Ça lui servira à savoir faire ses comptes, à choisir ses semences, à…

— Moi, je ne sais ni lire ni écrire et je ne me trompe pas d'un sou dans mes comptes. Je sais semer aussi bien qu'un homme et je connais les brebis mieux que les maquignons.

— Il pourra lire le journal, s'occuper de politique…

— Ah ben, pour ce que ça rapporte la politique ! des emmerdements pas plus. »

Bernard écoutait, partagé entre l'envie de courir après son oncle au lieu d'aller à l'école et le désir de connaître toutes les choses dont parlait Basile quand il oubliait la dive bouteille.

Sa mère, trop faible pour discuter ou prendre une position, avait cependant insisté pour qu'il aille à l'école, et le garçon s'y était plié de bon cœur.

La jeune femme végétait. Elle ressentait une grande lassitude au coin de l'âtre à fixer les flammes mouvantes.

Marie essayait de la sortir de sa torpeur. Quand elle voyait le pâle soleil d'hiver venir caresser la fenêtre à petits carreaux, elle se tournait vers sa belle-fille et proposait :

« On pourrait aller jusqu'à la rivière. Cela nous dégourdirait un peu. »

Amandine acceptait de temps en temps, pour ne pas décourager Marie qui, autrefois, se moquait de celles qui allaient se promener pour singer les dames.

La jeune femme rentrait épuisée par ces promenades et se jurait qu'elle n'y retournerait pas. Mais la vieille insistait et, elle dut en convenir, elle sentait ses forces revenir.

Après Noël, alors que le froid sévissait et que la neige avait enveloppé le village dans un capuchon ouaté, une deuxième lettre arriva.

Cette fois, l'adresse était bien la bonne et Amandine l'ouvrit sans appréhension. Quand elle eut dans les mains le même feuillet que la fois précédente, sans le lire, elle le remit dans l'enveloppe de peur que sa belle-mère ne lui demande de quoi il s'agissait.

Mais Marie, tout occupée à la cuisine, ne se soucia pas d'une lettre alors que sa belle-fille en recevait de temps en temps de sa famille. Sa belle-sœur venait de lui annoncer la naissance de son fils Julien, fin décembre. Marie, la voyant ranger la lettre, demanda :

« Des nouvelles de votre famille ? »

Amandine acquiesça et partit dans sa chambre pour lire tranquillement.

D'une main fébrile, elle sortit la feuille et se mit à lire. C'était la même écriture que la précédente.

Madame,

Je vous avais dit que votre mari était vivant et vous êtes allée demander une pension qui ne vous est pas due ! Où est votre honnêteté ? Pensez-vous que votre fils vous en sera reconnaissant quand il sera en âge de comprendre ? Vous feriez bien de chercher où a pu se réfugier Jean et refusez un argent auquel vous n'avez pas droit.

Un ami.

La jeune femme rangea la lettre dans un tiroir avec l'autre et demeura perplexe : elle n'avait aucune idée de quel côté elle aurait dû chercher pour retrouver son mari. Et, s'il était vrai qu'il soit vivant, pourquoi ne revenait-il pas dans sa famille ? Même s'il ne voulait plus la revoir, il y avait son fils et sa mère ! Où pouvait-il se cacher ?

Les questions revenaient en force et son esprit restait vide. Elle ne voyait aucune réponse. Que pouvait-elle faire, seule, malade, avec un enfant de six ans ?

Il y avait bien Basile, mais, depuis l'aventure du causse, elle ne lui faisait plus confiance. Quant à Marie, il était hors de question de la bouleverser avec cette histoire. Amandine décida, encore une fois, de garder tout cela pour elle, même si elle fut très affectée par cette seconde lettre. Pour que le correspondant s'acharne ainsi, il devait être bien sûr de lui. Un ami, disait-il. Mais un ami de qui ? D'elle ou de Jean ? Elle n'avait jamais eu d'amis tellement intimes et elle n'avait rencontré que rarement les amis de son mari. C'était avec eux qu'il faisait ses affaires mais on ne les voyait jamais à la maison ni au mas. La plupart avaient le genre mauvais garçons des quartiers populaires : casquette, pantalons à la dernière mode et cigare aux lèvres…

Elle en avait rencontré quelques-uns quand elle était toute jeune mariée et ils lui lançaient des coups d'œil égrillards en riant sans vergogne. Ils s'amusaient, devant elle, à dire des plaisanteries légères qui la faisaient rougir. Jean riait avec eux et ils noyaient leurs rêves dans de grands verres d'un mauvais rouge ou, les soirs de fête, ils descendaient des bouteilles d'absinthe, et alors leur comportement changeait. Ils discutaient politique ou argent en donnant des coups de poing sur la table avec de la colère dans la voix. Ils menaçaient d'en découdre contre tous les bourgeois ou la noblesse qui prenaient les travailleurs pour leurs esclaves.

Cependant, tout cela s'était passé au tout début. Quand Amandine avait réintégré le mas, jamais Jean n'y avait amené qui que ce soit. Il lui rendait visite rarement, parlait de vagues affaires, mais plus du tout de ses copains qui faisaient tant peur à sa femme.

Une fois seulement, la jeune femme avait aperçu l'un d'entre eux en grande discussion avec son mari. C'était à la nuit tombante, alors qu'il était venu le raccompagner en automobile. Jean et lui étaient restés sur la route, cachés par une haie qui les dérobait à la vue. Elle ne les aurait même pas surpris si elle n'était montée au grenier à ce moment-là. Amandine avait jeté les yeux sur le paysage à travers la lucarne et avait tout de suite reconnu son mari. Quand il était rentré, quelques minutes après, elle lui avait demandé innocemment :

« Comment es-tu rentré ?

— À pied, lui répondit-il étonné. Quelle question ! »

Elle en avait conclu qu'il voulait cacher cette entrevue et n'en avait pas reparlé. Mais aujourd'hui, tout lui revenait et elle se demandait si ce n'était pas cet « ami » de Jean qui lui envoyait ces lettres.

Quand elle revint à la cuisine, après un long temps de réflexion, elle fut étonnée de trouver toute la famille à table.

« Tu étais où, maman ? » interrogea Bernard, déjà revenu de l'école.

Marie ajouta fielleusement :

« Vous vous étiez endormie, peut-être ? »

Amandine ne répondit pas et alla s'asseoir à sa place en essayant de se faire oublier. Elle se servit de la soupe juste avant que la soupière ne soit enlevée et, quand elle leva les yeux, elle croisa le regard intrigué de Marie.

« Elle soupçonne quelque chose, se dit-elle, mais bah, qu'elle pense ce qu'elle voudra. » Elle se mit à manger en essayant de chasser de son esprit ces lettres qui, se disait-elle, ne peuvent être que l'œuvre d'un fou.

7

À la recherche d'une chimère

Enfin, le printemps arriva, et avec lui la douceur parfumée d'avril et la senteur des violettes au bord des sentiers. Amandine se remettait doucement. Elle n'attendait plus que sa belle-mère la pousse à la promenade et s'en allait seule, dans les chemins de terre, sous divers prétextes : cueillir des fleurs, ramasser des pissenlits ou du cresson tendre, aller à la rencontre de Bernard. Mais elle avait dû interrompre cette dernière occupation car elle n'était pas du tout du goût du garçon :

« Si tu viens m'attendre, lui avait-il dit un jour, ils me prennent pour un bébé. »

C'est ainsi qu'un matin qu'elle était partie sous un soleil pâle, à la recherche des premières morilles, elle croisa le facteur qui lui donna une lettre. Elle reconnut immédiatement l'écriture et eut envie de la déchirer et de la jeter sur le bord du chemin. Mais elle n'en fit rien et ouvrit fébrilement l'enveloppe pour en extraire un feuillet qui disait :

Aujourd'hui, 12 avril 1920, c'est l'anniversaire de Jean. Il a exactement trente-cinq ans. Si vous aviez cherché à savoir où il était, vous auriez pu lui envoyer une lettre, comme je l'ai fait... Mais vous préférez profiter d'un argent que vous volez et oublier votre mari ! Il est vrai que lui aussi vous a oubliée. Mais est-ce une raison pour faire comme s'il était mort ? Si vous n'agissez pas, je me devrai de vous dénoncer aux autorités, et alors...

Après cette vague menace venait toujours la même signature : *Un ami.*

Cette fois, la jeune femme prit peur et se dit qu'elle devait en parler à quelqu'un et, si possible, retrouver cet « ami de Jean » qui savait tant de choses.

Elle profita d'un matin de printemps où Basile était allé semer les Sagnes, un champ qu'elle connaissait bien, pour y avoir travaillé l'été précédent.

Elle partit avec ses quatre vaches et choisit un pâturage près du champ pour aller parler à son beau-frère.

Quand elle eut installé les vaches, elle les confia à Lébrou, le chien qui remua vaguement la queue, sans avoir l'air de comprendre.

« Allez, mon bon chien, allez, lui dit-elle, tu peux bien garder un peu sans moi ! »

Mais le bâtard la regarda d'un air d'admiration infini et la suivit dès qu'il la vit prendre le chemin. Elle le chassa. Peine perdue, Lébrou la suivait de loin en loin.

Elle se mit à courir et arriva tout essoufflée devant un Basile étonné :

« Qu'est-ce qu'il y a, lui demanda-t-il ? Ma mère ? »

Elle fit non de la tête, tout occupée à reprendre son souffle. Elle se tenait le côté où la douleur de l'hiver se réveillait et lui faisait mal à l'étouffer. Puis elle sortit les lettres de sa poche et les lui tendit.

« Qu'est-ce que c'est que ça ? » fit-il en tirant le premier feuillet.

Quand il l'eut lu, il prit le deuxième et enfin le dernier :

« Nom de Dieu ! s'exclama-t-il. Qui est-ce qui t'envoie ça ? »

Amandine haussa les épaules dans un signe d'ignorance.

Basile les relut tout haut comme pour mieux s'imprégner des phrases et resta songeur, tandis que Lébrou, croyant qu'il était pardonné, vint se frotter à son pantalon.

« Lébrou, file aux vaches ! cria Amandine.

— Tu gardes les vaches ? s'étonna Basile.

— Ben oui. Je les ai laissées seules pour t'apporter ça.

— Retourne aux vaches et laisse-moi les lettres. J'ai besoin de réfléchir.

— Tu crois que c'est vrai ? ne put s'empêcher de demander la jeune femme.

— C'est possible. J'ai vu plus étonnant. Je vais me renseigner. »

Sur cette vague promesse, il laissa partir Amandine avec le chien. Quand il fut seul, Basile s'assit à même le sol et se mit à penser.

La veille, il n'avait pas trop bu et, ce matin, il pouvait encore essayer de penser à son frère – le préféré de sa mère – qu'il avait tenté d'imiter en tout. De ce frère qui se moquait de lui du haut de ses quinze ans alors qu'il n'en avait que dix. De ce frère parti à l'aventure, oubliant tous ses devoirs et piétinant les espoirs de ses parents ! Se pourrait-il qu'il se cachât quelque part, riant de leur naïveté ?

Amandine n'avait pas cru à cette histoire, et ce n'est qu'à la troisième lettre qu'elle avait réagi. Lui qui connaissait bien son frère avait tendance à y croire. Il était capable de beaucoup de choses, il le savait. Son autre frère, Edmond, qui n'avait que deux ans de plus que lui, lui avait répété sous le sceau du secret les confidences de Jean. Il s'était acoquiné avec de petits voyous et, ensemble, ils vivaient de menus larcins et de vente d'objets volés. Sa femme étant retournée habiter le mas, il était libre comme l'air. Basile soupçonnait même qu'il s'était marié juste pour acquérir une certaine respectabilité. Il ne connaissait pas les sentiments d'Amandine mais supposait qu'elle avait dû être déçue par son mari.

Il relut encore une fois les lettres et se demanda qui pouvait en être l'auteur. Peut-être quelqu'un de ses anciens complices intéressés par un chantage facile ou un compagnon d'arme indigné par la conduite de son frère. Mais cela ne tenait pas. Pourquoi s'adresser à sa femme et lui demander de rechercher un homme sans lui donner aucun indice ? Il y avait là un mystère qu'il ne comprenait pas.

Était-ce une blague de fort mauvais goût comme le pensait Amandine, il ne le croyait pas.

« Bon, se dit-il, il faudra que je m'informe. » Il regarda les tampons : les trois enveloppes avaient été postées à Montpellier. Cela le conforta dans l'idée qu'il s'agissait d'un ancien complice de son frère.

Il fourra les lettres dans sa poche et continua ses semailles en songeant à tout cela.

L'après-midi, quand Bernard fut reparti à l'école, tandis que Marie et Amandine s'occupaient de la vaisselle, alors qu'il fumait une cigarette, Basile sortit les lettres de sa poche et les jeta sur la table.

Amandine se précipita en jetant un cri et Marie, attirée par le vacarme, la regarda sans comprendre.

« Je ne voulais pas, dit la jeune femme, que ta mère soit au courant ! »

Tout en s'essuyant les mains, la mère s'approcha :

« Au courant de quoi ?

— Des lettres anonymes.

— De quoi ?

— Des lettres qui disent que Jean ne serait pas disparu mais qu'il serait encore vivant. »

Marie demeura immobile, stupéfaite, la bouche ouverte et les yeux fixés au loin. Basile reprit les lettres des mains d'Amandine et se mit à les lire l'une après l'autre. La mère ne disait toujours rien. Amandine se mit à pleurer.

« Pourquoi ne me l'avez-vous pas dit ? cria Marie.

— Parce que… Parce que j'avais peur de vous faire du mal.

— Et le mal, je ne l'ai pas, maintenant ? »

Basile tirait toujours sur sa cigarette comme s'il eut été étranger au débat.

« Qu'en penses-tu, Basile ? demanda Marie.

— Je l'en crois capable.

— Tu es fou ! Tu as toujours été jaloux de lui : il était beau, fort, il avait réussi et il ne buvait pas, lui », conclut-elle méchamment.

Son fils éclata de rire :

« Je n'étais pas jaloux de Jean. Mais je bois, je vous l'accorde. Et pourtant, je n'aurais jamais osé me faire porter disparu !

— Mais tout cela est peut-être un tissu de mensonges, dit la jeune femme.

— Vous n'aimeriez pas qu'il soit vivant, dit Marie en la regardant avec férocité.

— Bien sûr que si, mais…

— Mais ça t'ennuierait qu'il se soit fait porter disparu », termina Basile pour elle.

Ni Marie ni Amandine ne répondirent. La jeune femme s'étonna :

« Vous croyez que c'est possible ? »

Basile hésita puis lui demanda doucement :

« Connaissais-tu ses amis, à Montpellier ?

— Il en avait, au début de notre mariage. Mais il y a longtemps que je ne les ai pas revus.

— Les lettres viennent de là-bas. Il se pourrait que ce soit quelqu'un qui le connaissait bien. »

Amandine haussa les épaules :

« Ils n'étaient pas très intéressants. »

Marie s'était assise sur une chaise et paraissait se désintéresser de la conversation. Mais on voyait bien à son sourire et à ses yeux baissés qu'elle pensait à la probabilité de revoir son fils.

Dans le silence qui avait suivi la réponse d'Amandine, la vieille femme leva lentement les yeux et, fixant tour à tour sa belle-fille et son fils, leur dit d'une étrange voix grave où roulait un sanglot :

« Si ce que disent ces lettres est vrai, il faut aller le chercher et le ramener ici. »

Comme les autres allaient protester, elle leva son bras pour les arrêter et poursuivit :

« S'il ne m'a rien fait parvenir à moi, sa mère, et s'il n'est pas venu, c'est qu'il a perdu la mémoire. On raconte qu'il y en a beaucoup comme ça.

— Non, mère, répliqua Basile, les lettres veulent dire qu'il a disparu volontairement et qu'il se cache quelque part.

— Qu'est-ce que tu en sais, toi ? Je connais mon fils mieux que toi et je sais que, s'il n'est pas revenu, c'est qu'il est malade et qu'il faut aller le chercher.

— Et où ?

— S'il est vivant, il est bien quelque part !

— Et si c'était une blague ? hasarda Amandine.

— Ah ! vous n'y croyez pas, vous ? Vous êtes bien telle que je vous ai toujours jugée : une gourgandine plus préoccupée par l'argent que par son homme !

— Ce n'est pas vrai ! Ce n'est pas vrai ! s'écria la jeune femme en larmes, je l'aimais moi, mais…

— Mais quoi ?… Quoi qu'il en soit, il faut aller le chercher.

— Vous avez une idée comment vous allez vous y prendre ? demanda Basile ironiquement.

— Il faut s'adresser à l'armée.

— L'armée l'a classé disparu puisqu'elle a accordé la pension de veuve et, croyez-moi, ils ont dû faire des enquêtes, ils ne donnent pas l'argent comme ça !

— Alors, il faut chercher ailleurs.

— Et où ?

— Ses anciens amis… Mais elle les connaît pas », fit-elle en désignant Amandine.

La jeune femme, à bout de nerfs et de patience, se leva, ramassa les lettres et s'enfuit dans sa chambre. Restés seuls, la mère et le fils demeurèrent silencieux, perdus dans leurs pensées.

Marie croyait à l'amnésie de son fils et l'imaginait perdu dans un hôpital anonyme, parmi d'autres pauvres hères comme lui.

Basile pensait à une mystification de son frère qui avait recommencé une nouvelle vie quelque part et, songeant à Amandine et à Bernard, il serrait les poings. Mais qui pouvait savoir, qui envoyait ces lettres ? Il n'en avait pas la moindre idée.

Il se leva en disant :

« Je vais faire un tour. »

La vieille femme ne bougea pas. Ces lettres l'avaient bouleversée et, au fond d'elle-même, elle se demandait s'il fallait partir à la recherche de cette chimère. Elle se leva et se dirigea, en boitillant, vers son évier de pierre en maugréant :

« Il n'y a que moi qui l'aimais, mon Jean. Mais je leur montrerai de quoi je suis capable ! J'irai trouver le curé et le maire et je le ramènerai ! »

8

Les souvenirs de M. Durand

C'était un printemps merveilleux. De bonnes pluies arrosaient la terre et, les jours suivants, un soleil radieux réchauffait les herbes gonflées de sève qui laissaient éclater leurs fleurs dans les prés et jusqu'aux endroits les plus cachés : derrière les vieux troncs d'arbres ou les haies reverdies.

Les prairies, piquetées de mille narcisses et d'autant de renoncules et de pissenlits, jetaient des éclats de couleur dans la campagne.

Insensible à cette beauté, Basile marchait à grands pas sur le chemin du causse. Il avait prétexté une course urgente à Mende pour quitter la ferme qui, en ce début mai, n'avait pas encore besoin de ses soins. Mais Marie, pas facile à berner, lui avait jeté un regard aigu qui prouvait qu'elle n'était pas dupe de ses cachotteries.

Depuis qu'Amandine lui avait montré les lettres, le jeune homme était tracassé : que manigançait ce corbeau ? Et pourquoi ne pas dire ouvertement ce qu'il avait sur le cœur ?

Au fond de lui, Basile était certain que ce correspondant anonyme disait la vérité. Il connaissait bien son frère : vantard, moqueur, prêt à tout pour assouvir son plaisir. Il n'était pas étonné qu'il ait survécu à la guerre. Ce qui le surprenait, c'est qu'il n'eût pas donné signe de vie : ça ne lui ressemblait pas. Il aurait cru qu'il se serait vanté de son exploit. Quoi qu'il en soit, il était bien décidé à faire toute la lumière sur cette affaire.

Il se rendait à Mende pour voir un certain Aimé Durand qui, il le savait, était dans le même régiment que Jean. Ce Durand était même venu, lors d'une permission, apporter une de ses lettres à la famille. Il avait été blessé presque en même temps que Jean avait été porté disparu, et, depuis, il traînait un moignon de jambe à l'aide de deux béquilles.

Basile l'avait aperçu quelquefois, mais n'avait jamais osé l'aborder, complexé d'être revenu sain et sauf alors que d'autres survivaient péniblement à leurs blessures ou, pis, y étaient restés.

Il savait vaguement qu'il habitait chez ses parents vers le Béal[1], endroit où les meuniers avaient détourné le Lot pour faire tourner les meules des moulins.

L'endroit s'appelait la Vernède et ressemblait à un petit village au bord de l'eau. Descendant tout droit du causse, Basile s'engagea dans l'allée Piencourt que des peupliers plus que centenaires paraient d'une voûte de feuillage. Il traversa le pont de Berlières et se dirigea vers les quelques maisons qui, sous le soleil matinal, s'étalaient dans la verdure comme des lézards endormis.

Il se dirigea vers le premier moulin. Le meunier, un colosse à la chemise recouverte d'une impalpable poussière blanche, se tenait sur le seuil et discutait avec quelques vieillards tout en bourrant sa pipe de bruyère.

« Bonjour, lança-t-il à la ronde, belle matinée.

— Comme tu dis, belle matinée », répliqua le meunier.

Il allait demander le chemin de la maison d'Aimé Durand quand il vit ce dernier sortir avec peine d'un chemin émaillé de pâquerettes. Le jeune homme avançait. Il leva les yeux et croisa le regard de Basile. Il s'arrêta, pointa un doigt vers lui, réfléchit un instant et lui dit brusquement :

« Tu es le frère de Jean.

— C'est vrai, reconnut Basile.

— Ah, misère de misère, en voilà encore un beau gars resté dans les tranchées ! »

Tous hochèrent la tête en silence tandis qu'Aimé reprenait :

« C'était un beau gaillard ton frère. Il était plus grand

1. Canal creusé par le meunier pour alimenter le moulin et qui a donné son nom à un quartier de la ville.

que toi... Et puis, quel joyeux drille ! Il nous faisait rire, même là-haut dans les tranchées. Ils s'amusaient à se déguiser avec un autre qui était à peu près de sa taille et qui lui ressemblait vaguement. Il nous fallait deviner qui était qui. Plus d'une fois, il nous arrivait de nous tromper. Les bougres étaient rusés. Ils avaient les mêmes manières et faisaient les mêmes gestes. Avec leur corpulence, leur façon de se tenir et leurs voix semblables, on n'arrivait plus à les distinguer.

— Ils se ressemblaient tant que ça ?

— Je veux dire ! Ils étaient bruns tous les deux, avec une épaisse tignasse et des yeux noirs. Oh ! quand on les connaissait bien, on arrivait à les reconnaître. Mais pour les autres, c'était facile de les confondre. »

Basile laissa passer un moment, puis demanda :

« D'où était-il ce type qui lui ressemblait tellement ?

— Je ne sais pas très bien. Du Midi, du côté de l'Espagne... Oui, parce qu'il parlait un drôle de français avec des mots qu'on ne comprenait pas... Attendez, il était catalan, oui, c'est ça, il venait de là-bas.

— Ils sont d'où les Catalans ? »

Le meunier se mit à rire :

« Vous ne savez pas ? Moi, je crois que c'est au fond de la France, dans un pays de montagnes.

— Les Pyrénées, répondit Basile.

— C'est ça, les Pyrénées.

— Et comment il s'appelait ce Catalan ?

— Je ne m'en souviens pas. C'était Jean, Jean quelque chose... Mais pourquoi toujours parler de ça ? »

Il montra sa jambe et conclut :

« Il y en a bien assez avec elle pour me rappeler la guerre, vous croyez pas ? »

Basile n'osa pas parler de la blessure d'Aimé. Mais celui-ci, s'étant approché, lui mit une grande tape sur l'épaule et lui demanda :

« Tu venais me voir ?

— Non, je passais par là, mentit Basile, et j'ai fait un détour pour prendre de tes nouvelles. Tu te rappelles, tu étais venu à la maison porter une lettre de mon frère ?

— Ah ! oui. Tu habites Saint-Bauzile.

— Oui, sur la descente du causse.

— Ah ! tu habites Saint-Bauzile, reprit le meunier, il y a un bon collègue, là-bas, à Cénaret.

— Oui, c'est lui qui fait la farine.

— Je le connais bien, c'est un ami.

— Puisque tu es là, entre, viens boire un coup », proposa Aimé.

Basile se sentait la gorge sèche. Depuis le matin, il n'avait pas bu une goutte et cela commençait à lui manquer.

« Ce n'est pas de refus », répondit-il en suivant le jeune homme.

Il pensait aussi qu'il pourrait recueillir quelques renseignements de plus sur son frère.

Les parents d'Aimé vivaient dans une petite maison ouverte face à la rivière. Un minuscule jardin, tiré au cordeau, montrait des petites pousses vertes bien délimitées par des sentiers qui se croisaient à angles droits.

« Entre », fit Aimé en lui montrant la petite porte basse devant laquelle attendait un banc de bois.

Basile poussa la porte et salua la petite vieille qui, penchée sur le feu, remuait quelque chose dans une casserole.

« Bonjour, répondit celle-ci en relevant la tête.

— Tu peux nous servir un canon. Basile arrive du Valdonnez et il a soif. »

Sans rien dire, la femme sortit une bouteille pleine et deux verres qu'elle posa sur la table avant de s'éloigner.

Aimé remplit les verres et les deux hommes burent avec avidité.

« Ça fait du bien ! » s'exclama Aimé en passant son poignet sur ses lèvres !

Il reposa son verre vide et le remplit à nouveau de même que celui de Basile.

La mère, silencieuse comme une ombre, était revenue

et leur tournait le dos, attentive au fricot qui mijotait dans sa casserole.

Une fois leur soif apaisée, les deux hommes continuèrent la conversation commencée dehors. Ce fut Aimé qui, le premier, reparla de Jean :

« Ah ! ton frère, c'était un vrai boute-en-train. Même là-haut où on n'avait pas envie de rire, il arrivait à nous faire tordre avec ses histoires. Je ne sais pas d'où il les tenait, mais je te jure qu'on riait ! Il y avait un type de par chez toi qu'il connaissait…

— Un de la commune ?

— Non, mais de par là-bas…

— Je ne vois pas.

— Si, un berger, un peu demeuré, il se louait…

— Mais il était d'où ?

— Peut-être pas de chez vous, mais Jean le connaissait bien et il nous faisait rire à ses dépens. Il faut dire que l'autre, je ne me rappelle plus son nom, était du genre… Enfin tu vois, il ne parlait jamais. Jean nous avait raconté qu'il avait voulu se faire réformer en disant qu'il était sourd-muet. Mais il s'était laissé prendre parce que, pour le piéger, ils avaient lancé des pièces derrière lui, dans un escalier, et il s'était retourné. Depuis, on l'appelait "lou mut", un surnom qui avait le don de le mettre en colère. Quand il le voyait, Jean lui criait : *"Hé bé, lou mut, co bai*[1] *?"* Si l'autre avait osé, il lui aurait tiré une balle tellement il était furieux. Et méchant avec ça. C'était pas avec lui que tu pouvais partager : il cachait ses cigarettes, ses colis, choisissait les meilleures places et ne se gênait pour personne. Bref, un sale type mais malin comme un singe : il savait toutes les nouvelles avant tout le monde, il connaissait l'heure des attaques à croire qu'il était bien avec les gradés, ce qui était possible : ils avaient leurs espions.

— Et qu'est-il devenu ?

1. Le muet, ça va ?

— Je n'en sais rien. Je me demande s'il n'est pas mort dans cette attaque où ton frère a disparu et où moi j'ai laissé ma jambe. Il y a eu des centaines de prisonniers et de morts. J'ai été évacué à l'arrière ; l'autre, je ne l'ai jamais revu et même, je l'avais oublié. C'est en parlant, je ne sais pas pourquoi que j'ai pensé à lui.

— Et mon frère ?

— Ton frère, tu sais bien qu'il a disparu, répliqua Aimé surpris.

— Je sais, je sais, mais est-ce qu'il n'aurait pas pu s'en tirer ? »

Aimé le regarda sans comprendre :

« Dis donc, toi qui as été au front, tu me demandes ça ? Tu te rappelles comme c'était commode de partir sous le feu ! Il y avait peu de solutions : tu étais tué, tu étais blessé ou fait prisonnier. Si, par hasard, tu ne te trouvais pas dans un de ces trois cas, c'est que tu avais perdu ton matricule et que tu étais dans les morts inconnus ou encore enterré dans un trou d'obus. »

Ils se turent. Puis ils reprirent leur conversation, évoquant les souvenirs du front tout en vidant consciencieusement la bouteille.

La matinée était très avancée quand Basile se leva pour partir.

« Tu peux rester si tu veux, dit Aimé, tu partageras notre dîner.

— Non, il faut que j'y aille, ma mère m'attend et il y a aussi la femme de Jean.

— Ah ! il était marié, je ne le savais pas. Il n'en parlait jamais. »

Basile sortit dans le jardin accompagné par Aimé.

« Reviens, lui dit-il quand ils furent assez loin pour que sa mère n'entende pas, tu ne sais pas ce que je peux m'ennuyer entre les deux vieux. Ils font tout ce qu'ils peuvent mais je ne peux pas bouger. Il y a des jours où j'ai envie de les envoyer promener !

— Dans quelque temps, ce sera mieux, tu pourras sortir, dit Basile par charité

— J'ai demandé un emploi réservé, mais c'est difficile. Je ne suis pas le seul et je suis quand même un grand blessé. »

À la porte, ils se serrèrent la main et Aimé, en secouant celle de Basile, insista :

« Viens, je te dis, rien ne peut me faire plus de plaisir. »

Basile promit et reprit le chemin du causse en songeant à tous ces souvenirs de là-haut qu'il s'efforçait de noyer dans l'alcool. Cette conversation avec Aimé avait fait ressurgir des visions qu'il croyait oubliées : « Putain de guerre ! » murmura-t-il en jetant des coups de pied rageurs aux cailloux du chemin.

Quand il parvint au plateau, il se demanda quel pouvait être ce mystérieux soldat dont se moquait Jean.

Il se reposa un moment, fuma une cigarette et continua son chemin en se disant que, comme le disait Aimé, lors d'une attaque, il était impossible de disparaître si ce n'est dans la mort. À moitié rassuré, il hâta le pas vers la vallée.

9

Ni le curé ni le maire

Tous les matins, le curé disait la messe devant les mêmes fidèles : quelques vieilles femmes habitant le village et les religieuses du couvent. De temps en temps, les enfants d'un défunt récent venaient prier pour son âme ou la famille dont on avait cité le nom au prône du dimanche disant que la messe serait célébrée, ce jour-là, à ses intentions, envoyait une grand-mère la représenter à l'office. Ce matin-là, le curé fut surpris d'apercevoir Marie Béraud qui, la figure dans les mains, semblait plongée dans une fervente prière.

Marie ne manquait jamais la messe du dimanche, mais, en semaine, elle avait son travail avec ses brebis et elle ne pouvait guère en laisser le souci à son fils qui était plus souvent au bistrot qu'à la bergerie. Le curé savait tout cela. Il se dit que la belle-fille n'était peut-être pas la pimbêche que sa belle-mère redoutait et qu'elle pouvait décharger un peu les vieilles épaules de Marie d'un fardeau qui devenait plus lourd d'année en année.

Pendant toute la messe, le curé fut distrait par l'évocation de cette bru inconnue. Certes, il l'avait déjà vue accompagner sa belle-mère le dimanche, mais elle n'était jamais venue le trouver. Son fils, Bernard, allait au catéchisme comme tous les garçons de son âge, sa mère saluait le curé quand elle le rencontrait, au détour d'un chemin, mais il n'avait jamais reçu ses confidences ni eu l'occasion de lui parler.

La messe s'acheva sur un *ite missa est* et tous les fidèles sortirent en un envol de sabots. Les religieuses traînèrent encore un peu pour éteindre les cierges et ramasser tout ce qui encombrait l'autel. Le prêtre remarqua que Marie n'avait pas bougé de sa place.

Elle attendit que la dernière sœur ait terminé son service, alors, tout en boitillant, elle gagna la sacristie où le curé finissait de tout ranger.

« Bonjour, monsieur le curé.

— Bonjour, Marie, quelle surprise !

— Je voudrais vous dire un petit mot, monsieur le curé.

— Ici, ou préférez-vous venir chez moi ?

— J'ai peur que ce ne soit un peu long. Si ça ne vous ennuie pas, j'aimerais mieux aller chez vous.

— Venez donc, chère madame. »

Le prêtre fit sortir Marie, ferma la porte et tous deux se dirigèrent vers le presbytère.

Le curé vivait avec sa mère veuve qui, encore alerte, faisait le ménage et préparait les repas de son fils. Elle aussi, à la messe, avait été étonnée de la présence de Marie. Elle la salua et lui proposa une tasse de café.

Devant son refus, elle s'éloigna discrètement. Le curé entraîna alors sa paroissienne vers la salle à manger qui faisait office de bureau. Une table, quatre chaises et un vieux buffet, qui avait dû connaître des jours meilleurs, en constituaient tout l'ameublement.

Le prêtre invita Marie à s'asseoir et attendit qu'elle en vînt au fait. La vieille femme, un peu intimidée par sa présence, ne savait par où commencer. Comme elle restait muette, le curé lui demanda doucement :

« Alors, Marie, qu'avez-vous à me dire ?

— Voilà, monsieur le curé, vous savez qu'on a recueilli, à la maison, ma belle-fille et mon petit-fils. »

Le curé inclina la tête et lui fit signe de continuer.

« Eh bien, voilà, ma belle-fille a reçu trois lettres anonymes qui lui disent que son mari est vivant.

— Votre fils Jean ?

— Oui. Ma belle-fille ne veut pas le croire, mais moi je pense que c'est vrai et je voudrais aller chercher mon petit.

— Vous a-t-on dit où il était ?

— Non, mais…

— Que disent exactement ces lettres ?

— Je ne les sais pas par cœur, mais on lui dit que son mari est vivant et qu'elle n'a pas le droit à sa pension de veuve. On lui dit aussi qu'elle doit le chercher, mais elle ne veut pas. »

En disant ces mots, Marie avait haussé le ton et le prêtre sentit tout le ressentiment qu'elle nourrissait contre cette bru qui ne voulait pas croire en la véracité de ces lettres. Il laissa passer un moment, inclina la tête, puis, la relevant, il regarda la vieille femme assise en face de lui et lui dit doucement :

« Marie, vous savez qu'il y a beaucoup de gens malhonnêtes dans le monde. Ce correspondant vous a-t-il demandé de l'argent ?

— Non. Il nous dit seulement que Jean est vivant.

— Et il ne vous donne aucune explication : comment sait-il que votre fils est vivant, qui est-il et pourquoi il écrit cela ?

— C'est un ami de Jean.
— Comment le savez-vous ?
— Il signe : un ami de Jean. »

Le prêtre esquissa un sourire et répondit :

« Voyez-vous, Marie, je connais bien l'armée car j'étais aumônier pendant la guerre, et, avant de déclarer votre fils disparu, elle a dû faire des recherches. Si elle a conclu à sa mort, c'est que c'est sûrement la vérité.

— Vous ne comprenez pas, monsieur le curé, il y a eu tellement de soldats qu'il doit bien y en avoir qui ont été oubliés !

— Et où serait votre fils, maintenant ?

— Dans un hôpital. Il a sûrement perdu la mémoire et j'aimerais que vous m'aidiez à le retrouver. »

Le curé hocha la tête. Il observa cette femme qui mettait toute sa confiance en lui et s'en voulut de briser ses espérances. Mais il était persuadé que ces lettres étaient l'œuvre d'un mauvais plaisant. Il se pencha vers la vieille femme dont les yeux brillaient d'espoir et lui dit avec toute l'affection qu'il put :

« Marie, je voudrais tant que votre fils soit vivant ! Mais l'armée l'a considéré comme mort et votre correspondant ne vous indique aucun endroit où il pourrait être. À mon avis, c'est un individu sans scrupule qui s'amuse avec vos sentiments et je vous conseille de prier pour votre défunt et de faire dire des messes pour le repos de son âme. Je ne crois pas, hélas, qu'il soit vivant.

— Et pourtant, monsieur le curé, ces lettres…

— Si cet homme était vraiment un ami de Jean, comme il le prétend, et qu'il sache où il est, il viendrait vous le dire. S'il ne vous dit rien, c'est qu'il a inventé cette histoire. »

Le prêtre se leva et tendit la main à Marie qui la prit sans même y penser.

« Croyez-moi, ajouta l'ecclésiastique, celui qui écrit de tels mensonges mériterait la prison pour le mal qu'il vous fait. Car faire briller de faux espoirs à une mère est une infamie. »

Il se pencha vers la vieille femme qui ne savait plus qui croire et, de sa voix la plus douce, conclut :

« Rentrez chez vous, Marie, priez pour votre fils, gardez son image dans votre cœur et oubliez ces lettres qui ne sont écrites que pour vous faire du mal. »

La vieille femme s'en alla, non pas réconfortée comme le croyait le prêtre, mais furieuse qu'il n'ait pas cru en la résurrection de son fils.

« On voit bien qu'il n'a pas eu d'enfants, maugréait-elle, il ne sait pas ce que c'est un fils ! »

Elle se dirigeait vers sa maison quand elle passa devant la mairie. Cela l'incita à rendre visite au maire. Il devait être chez lui. Alors, elle remonta le chemin pour aller le trouver. Sa maison était la dernière du village.

Le maire était le plus gros paysan du coin. Fermier dans une importante propriété, il possédait quatre paires de bœufs. D'habitude, Marie ne le côtoyait guère. Il était venu lui annoncer la mort de son fils Edmond. Lui aussi avait eu un de ses enfants tué lors de la bataille de la Marne ; un autre avait été amputé d'une jambe. Il savait, lui, la douleur que provoquait la perte d'un enfant et la conseillerait mieux que le curé.

Elle monta l'escalier et frappa à la porte du maire. Il vint en personne lui ouvrir la porte et s'étonna de sa visite :

« Tiens, Marie, que vous arrive-t-il ? »

La femme du maire, Jeanne, s'occupait du fromage et vint également saluer Marie.

« C'est pour Maurice ou pour moi que vous venez », demanda-t-elle ?

Marie hésita : « Entre femmes, on se comprend mieux », pensa-t-elle. Mais elle ne voulait pas raconter son histoire à tout le village. Alors, elle dit fermement :

« Je suis venue voir le maire. »

Jeanne reprit son travail tranquille et Maurice Préjet fit entrer Marie dans une pièce dont il ferma la porte.

Tout de suite, la vieille femme le mit au courant des lettres et lui demanda son avis. Le maire parut soucieux, caressa sa barbe de la main en la regardant, perplexe. Il posa les mêmes questions que le curé et Marie donna les mêmes réponses.

Comme il hésitait à se prononcer, Marie insista :

« Vous croyez qu'il est vivant, n'est-ce pas, et que nous devons partir le chercher ?

— Marie, répondit-il enfin, chaque soldat porte à son poignet un numéro matricule qui sert à l'identifier. Si Jean avait perdu la mémoire, ce bracelet aurait permis de le reconnaître. Alors, il ne peut pas être dans un hôpital comme vous le pensez. L'administration vous aurait donné de ses nouvelles.

— Mais alors, où est-il ?

— Justement, il n'est nulle part, il a disparu. Cela veut dire qu'on n'a pas retrouvé le bracelet matricule.

— Alors, il n'est pas mort !

— On ne l'a pas retrouvé. L'armée, au bout d'un certain temps, l'a classé comme mort. Vous savez, sur un champ de bataille, il y en a qui ont été enterrés dans des trous d'obus, d'autres qui ont perdu leur bracelet. C'est totalement impossible à savoir. Je ne voudrais pas que vous espériez une chose qui risque de vous faire souffrir. Si votre fils était vivant, vous le sauriez.

— Vous faites comme le curé, vous n'y croyez pas !

— C'est une affaire de bon sens, Marie. Il est impossible que votre fils ait été porté disparu s'il est vivant. On l'aurait retrouvé à un endroit ou à un autre. Si on n'a rien su, c'est que… »

Il n'acheva pas et Marie se mit à pleurer.

« J'étais si contente de le savoir en vie, j'étais si contente !

— Je vous comprends, ma pauvre ! Moi, si on venait me dire que mon Henri est vivant, je crois que je tomberais des nues ! Et je ne vous parle pas de ma pauvre Jeanne qui le pleure tous les jours… »

Son bon gros visage devint encore plus rouge et Marie crut voir une larme perler au bord de ses cils.

« Alors, vous ne pensez pas que je doive aller plus loin pour en savoir plus ?

— Et où voulez-vous aller ? On ne vous donne aucun lieu, aucun indice. À mon avis, ce sont des façons de voyous d'envoyer de telles lettres. Ah, pauvres poilus ! La France est tombée bien bas ! »

Quand Marie fut partie, le maire raconta l'histoire à sa femme. Il était furieux :

« Faire du mal à une mère, comme si elle n'avait pas assez souffert ! Si je tenais le salaud ! »

Pendant ce temps, Marie s'en revenait lentement chez elle. Elle revivait la même douleur et était aussi désespérée que le jour où elle avait appris la mort de Jean.

Elle avait cru, un instant, que son Jean lui serait rendu et sa déception était encore plus cruelle. Le curé d'abord, puis le maire avaient achevé de la convaincre qu'elle était victime d'une plaisanterie.

En entrant, elle alla quitter ses habits neufs et, tout en se déshabillant, elle sentait des larmes couler sur ses joues, des larmes qu'elle ne songeait pas à essuyer.

10

Basile

Le printemps joyeux se transforma en mauvais plaisant et, en plein mois de mai, s'amusa à envoyer d'énormes flocons blancs qui fondaient en touchant la terre mais courbaient les herbes déjà hautes et tétanisaient les premiers semis des jardins.

Amandine, sous l'œil vigilant de sa belle-mère, s'activait aux travaux du potager. Marie avait demandé à Basile de bêcher toute la surface. Ce qu'il avait fait en pestant contre cette neige qui alourdissait la terre et l'empêchait de faire un travail propre. Malgré tout,

Marie insistait : il fallait semer et planter, c'était la saison ; après, il serait trop tard. Entre deux bourrasques, les deux femmes s'efforçaient d'enfouir les graines et de biner celles qui, déjà, pointaient de toutes leurs petites feuilles.

Amandine craignait ces variations brusques de température qui ramenaient sa toux et la laissaient sans forces des semaines entières. Sa belle-mère ne disait rien, mais la jeune femme sentait bien qu'elle la prenait pour une mauviette. Alors, en soupirant, elle reprenait la bêche ou la houe.

Amandine rechuta à la grande fureur de Basile qui ne put s'empêcher d'accuser sa mère d'en être la cause.

« Nous ne pouvons nous permettre de la garder pour ses beaux yeux, répliqua celle-ci, même si tu les trouves à ton goût. »

Basile regarda sa mère et lui lança :

« Vous êtes folle !

— Pas si folle que ça. Je vois bien la façon dont tu la regardes ! »

Comme son fils ne répondait pas, elle ajouta perfidement :

« Et dis-moi un peu ce qui s'est passé le jour où tu as été la chercher et qu'elle est tombée malade ? »

Le jeune homme tressaillit : il s'était souvent posé la question sans pouvoir y répondre. Mais si ses souvenirs n'étaient pas au rendez-vous, sa conscience ne cessait de le harceler pour lui reprocher une chose qu'il ignorait. Il haussa les épaules et répondit sèchement :

« Il ne s'est rien passé, si ce n'est qu'elle n'était pas assez habillée pour la saison. »

Il fixa sa mère et poursuivit :

« Je vois que vous pensez à autre chose. Pensez ce que vous voudrez, moi je m'en vais faire un tour. »

Il jeta ses instruments et se dirigea vers Rouffiac. « Oui, va te soûler, marmotta la vieille femme, on ne m'enlèvera pas de l'idée que tu lui as fait des propositions et je vois bien que tu en es amoureux, même si tu ne le sais pas ! » Elle rentra en soupirant. Le travail ne manquait pas et il fallait encore soigner cette belle-fille alors que c'était elle qui aurait dû soulager un peu sa vieille carcasse.

Marie soupira encore. Le monde était mal fait : ses enfants chéris avaient disparu, il ne lui restait que le moins intéressant et elle avait hérité d'une belle-fille malade ! Il n'y avait que Bernard qu'elle appréciait. Elle s'était même faite à ce prénom étrange. Elle ne retrouvait pas en lui grand-chose de Jean si ce n'était une petite fossette qui apparaissait sur ses joues quand il souriait.

Mais le garçon, sous ses apparences frêles, avait une volonté farouche qui plaisait bien à sa grand-mère. Et puis il aimait les brebis et surtout les agneaux.

Basile, plus touché qu'il ne voulait l'admettre, était parti à grands pas vers Rouffiac. Il faisait tinter dans sa poche quelques pièces de monnaie qui allaient lui donner l'oubli ou l'abrutir pour une journée encore. Tout cela avait commencé, il ne se rappelait plus quand. Mais il se souvenait de son enfance triste, des plaisanteries et des farces que lui faisaient ses frères sous l'œil indulgent de leur mère. Il n'avait que son père pour le défendre. Aussi était-il souvent derrière lui à l'admirer et à satisfaire le plus petit de ses désirs. C'est ainsi qu'en le suivant dans les champs, il avait appris à boire.

Marie, connaissant le vice de son homme, tenait la clé de la cave et lui mesurait le vin. Ce fut facile pour Paul d'envoyer le jeune Basile, à Rouffiac, pour aller chercher une chopine. Pour le remercier, le père lui laissait boire une gorgée ou plus, suivant son humeur. Le gamin prit ainsi le goût de l'alcool.

Au début, il ne fut pas pire que les garçons de sa génération qui se retrouvaient, le dimanche soir, à l'auberge, et arrosaient leurs parties de cartes. Si la veillée se prolongeait, ils soupaient ensemble d'une omelette ou, si la chance leur souriait, d'une volaille que la bistrotière sacrifiait pour eux.

Ces repas où le vin coulait à flots se terminaient au milieu de la nuit par des chansons, des bourrées et des histoires lestes.

Quand, la tête lourde et bourdonnante, tous ces jeunes gens se retrouvaient dans la fraîcheur nocturne, leur seule idée était de faire une bonne blague aux gens du village. Ils partaient à la recherche des chars, les tiraient de leur hangar et en barraient les chemins.

Ils les hissaient quelquefois dans des endroits incroyables : n'avait-on pas retrouvé le léger char à vache d'un pauvre homme perché sur un vieux frêne, non loin de la rivière ?

Lorsque dégrisés, au petit matin, les jeunes du village avaient dû batailler ferme pour le descendre de sa malencontreuse posture, le vieux, sans rancune, avait ricané d'un air malin :

« Eh bien, vu le temps que vous avez mis pour le descendre, ceux qui l'ont monté ne devaient pas être à jeun ! »

Basile souriait encore à ce souvenir de sa jeunesse. Et puis, tout avait basculé. Comme les autres, comme tous les autres, il avait été mobilisé, et ç'avait été l'horreur.

D'habitude, il chassait ces souvenirs quand ils se présentaient à son esprit en buvant. Mais aujourd'hui, ils revenaient en foule et il sentait qu'il n'arriverait pas à les contenir. Il était parti pour la guerre, tout fier d'aller en découdre avec les Boches et sûr qu'il serait bientôt de retour pour continuer sa vie insouciante.

Mais la guerre n'avait pas été la promenade qu'il croyait ! Quatre ans il y était resté, trimbalé d'un côté à l'autre du front, la peur au ventre à se terrer dans les tranchées, à patauger dans la boue, à vivre avec les rats et les poux et à voir mourir un à un ses camarades. En pensant à eux, il eut envie de crier comme une bête sauvage.

Il revoyait surtout Lucien, cet ami de toujours, depuis l'école et le catéchisme jusqu'aux beuveries du dimanche soir. Lucien, qui était né le même jour que lui – le 16 mai –, pauvre Lucien ! Avec ses yeux bleus et ses cheveux blonds, il était le plus beau de tous les garçons et les filles lui faisaient les yeux doux. Il était tombé quelque part, près du village de Fleury, dans un coin de la Meuse.

Quand l'attaque avait cessé, Basile l'avait tiré de la tranchée. Il lui avait fait un lit avec tous les habits qu'il avait pu trouver. Lucien fixait sur lui ses grands yeux étonnés où il pouvait lire la souffrance et la peur. Il lui avait parlé doucement, lui promettant la guérison avec l'arrivée des secours. Mais les yeux de son ami disaient non alors qu'il continuait à le réconforter. Et puis il avait fermé les yeux, respirant avec de plus en plus de peine. Son visage était devenu blafard et lui aussi, Basile, avait eu peur.

Il avait marmonné les quelques prières qui lui étaient montées aux lèvres et Lucien les avait dites avec lui.

L'attente avait duré des heures et des heures. Enfin, au matin, Basile n'avait eu qu'à lui fermer les yeux et à s'en aller pleurer comme un gosse à l'autre bout de la tranchée.

Quand il était revenu, les brancardiers avaient évacué Lucien avec les autres et il était resté seul avec son désespoir.

Après Lucien, il y en avait eu beaucoup d'autres, des pauvres bougres qui pleuraient, qui appelaient leur mère ou mouraient, étonnés, le désespoir au fond des yeux. Il se rappelait les blessés avec des plaies si horribles qu'il se demandait comment ils pouvaient être encore vivants. Et, malgré tout, la guerre continuait. Elle fauchait des jeunes vies par centaines et d'autres montaient prendre la relève. Il revoyait encore cette route entre Bar-le-Duc et Verdun encombrée de camions qui montaient et descendaient. Il l'avait prise pour venir en permission à la mort de son père. C'était en 1916. Sa mère avait écrit pour lui annoncer sa maladie ainsi que la mort de son frère Edmond. Il avait eu juste le temps d'assister aux derniers moments de son père.

À l'enterrement, Marie, folle de douleur, ne savait plus si elle portait en terre son mari ou son fils. Et Jean n'avait pas pu venir ! Basile avait tenu le coup et ramené à la maison une Marie qu'il croyait à bout de forces. Une fois chez elle, sa mère s'était effondrée en gémissant. Elle se révoltait contre le sort qui lui avait enlevé le meilleur de ses enfants et elle craignait qu'il en soit de même pour Jean. Il ne lui restait que le moins intelligent, celui qu'elle aimait le moins.

Basile la fixait incrédule, les yeux secs et le cœur déchiré. Il avait été heureux que sa permission se termine pour retrouver ses frères d'arme et la vie folle des tranchées.

Il n'avait plus demandé à revenir et avait passé toute la guerre à risquer sa vie par des actes héroïques qui lui avaient valu la croix de guerre et plusieurs médailles et citations. Mais il était devenu aussi le plus grand buveur parmi les buveurs. Il cherchait la mort mais elle n'avait pas voulu de lui. Il avait été blessé à une jambe, éloigné du front pendant quelque temps. Il lui restait une cicatrice blanchâtre qu'il regardait toujours avec étonnement.

Tout à ses pensées, Basile avait hâté le pas et il approchait de Rouffiac quand il croisa Gustou, un autre revenu à peu près indemne des tranchées. Il faillit ne pas le reconnaître.

« Dis donc, lui lança celui-ci, on dirait que tous les diables te poursuivent :

— Tu ne crois pas si bien dire. Je me croyais encore là-haut, sur le front. »

L'autre lui tapa sur l'épaule :

« Il vaut mieux ne pas y penser. On est revenus, c'est pas si mal. »

Basile ne répondit pas et continua sa route en se rappelant ce 11 novembre 1918 où il s'était soûlé à mort.

Il était revenu vivre chez lui il se demandait encore pourquoi. Il venait d'avoir vingt-neuf ans et se sentait l'âme d'un vieillard.

Après la disparition de Jean, il s'était senti obligé de reprendre le flambeau d'un métier qu'il n'aimait pas, auprès d'une mère qui aurait préféré que ce soit ses frères qui reviennent. Mais aussi, pourquoi avait-elle évoqué cette nuit, sur le causse, qui le brûlait comme un fer rouge ?

Alors, comme aujourd'hui, les jours où il avait le cafard, il se dirigeait vers Rouffiac et son auberge accueillante.

11

De l'électricité dans le village

Le temps passa, blanchissant les cheveux de Marie et accentuant sa claudication. Elle ployait, maintenant, ses larges épaules comme sous un fardeau trop lourd et elle n'entendait plus comme autrefois, ce qui l'obligeait à tendre l'oreille et lui donnait perpétuellement l'air d'être aux aguets.

Les années, au contraire, semblaient avoir épargné Amandine. Elle avait gardé cet air étonné qui était un de ses plus grands charmes. Ses cheveux dorés qu'elle serrait en un sévère chignon s'échappaient en mèches folles qui frisottaient en une auréole autour de son visage. Depuis sa maladie, autrefois, elle avait gardé une faiblesse du côté des poumons qui lui interdisait les efforts et la faisait souvent tousser.

Basile, quant à lui, ne vivait que pour ses rendez-vous avec la bouteille. Tout son horizon se limitait à l'auberge où il buvait en solitaire, écoutant, sans entendre, les clients qui s'étaient habitués à sa présence et n'y faisaient même plus attention.

Bernard était devenu un adolescent timide et silencieux. Physiquement, il ressemblait à sa mère avec sa petite taille, ses yeux bleus et ses cheveux blonds. Il venait de passer le certificat d'études primaires et, pour la première fois, sa mère et sa grand-mère lui avaient permis de descendre tout seul, par le train, pour aller vendanger chez son oncle Victor.

Il avait passé quatre semaines de rêve, au mas, parmi les vendangeurs, avec des cousins un peu plus jeunes que lui qui le considéraient comme un grand frère. Il avait été accueilli avec chaleur par son oncle et sa tante et avait profité d'une vie beaucoup plus intéressante que celle de la ferme.

Il devait prendre une décision pour son avenir et ne savait vers quoi se diriger. Sa mère l'encourageait à chercher un métier et à abandonner la ferme, trop petite pour nourrir une famille. S'il n'y avait eu les pensions de guerre, ils auraient été dans le besoin.

Sa grand-mère voulait qu'il reprenne la ferme, disant qu'elle y avait élevé trois enfants et qu'en privilégiant l'élevage des brebis – travail qui plaisait au garçon – il pourrait vivre à l'aise.

Amandine objectait qu'il faudrait se moderniser comme faisaient tous les voisins et que Bernard ne pourrait le faire. Marie répliquait qu'on avait toujours vécu ainsi et que cela pouvait continuer.

Bernard écoutait, ne sachant laquelle avait raison tandis que Basile sommeillait, le plus souvent devant le feu et souriait aux anges sans participer à la conversation.

Pourtant, Bernard aurait aimé que son oncle exprime ses idées. Mais les vapeurs d'alcool qui embrumaient son cerveau se dissipaient de plus en plus rarement. L'adolescent sentait qu'il lui faudrait décider seul, contrariant ainsi sa mère ou sa grand-mère, ce dont il avait horreur.

Il ne se souvenait pas de son père parti alors qu'il n'avait que deux ans et Basile, malgré ses beuveries, l'avait remplacé du mieux qu'il avait pu.

Bernard se rappelait encore les sorties dans les champs et les explications simples et claires de son oncle sur les mystères de la nature, ses connaissances de la faune et de la flore.

Il se souvenait des escapades faites avec lui à la recherche des premières morilles, des ronds de mousserons. Il revivait leur départ à bicyclette, au point du jour, pour surprendre les cèpes à tête noire, sous les premiers rayons de soleil.

Sa mémoire lui parlait aussi des parties de chasse où Basile l'emmenait au grand dam de Marie et d'Amandine :

« Fais attention, soupirait celle-ci, un coup de fusil est si vite parti !

— Soyez de retour pour la grand-messe », rappelait Marie.

Et ils partaient dans le jour tout nouveau, la gibecière au dos et des cartouches plein les poches. Les chiens hurlaient de joie derrière les haies. Ils allaient suivant des pistes connues seulement de son oncle. Ils rentraient rarement bredouilles et Bernard était fier d'exhiber un lièvre ou un perdreau tandis que Basile, le triomphe modeste, se servait un verre de vin avant d'attaquer le saucisson.

Mais aujourd'hui, tout cela n'existait plus. Son oncle était devenu un autre homme, préoccupé seulement de la boisson, et le garçon en ressentait une grande tristesse.

Dans le train qui le ramenait du Midi, Bernard songeait. Depuis longtemps, sa mère était de santé fragile. Il ne se passait pas d'hiver sans qu'elle ne souffre d'un rhume. Elle toussait à fendre l'âme et sa grand-mère, tout en maugréant, lui posait des ventouses qui, pensait-il, ne faisaient que l'affaiblir un peu plus.

Pourtant, malgré ses difficultés, Amandine ne se plaignait jamais. Il savait qu'elle regrettait son Midi, et le garçon, pour avoir goûté à la vie libre du mas, la comprenait.

Amandine n'était jamais retournée là-bas bien que ses yeux s'embuassent souvent en évoquant le temps de sa jeunesse et ses aventures d'enfant avec son frère. Elle ne parlait que rarement de son époux alors que Marie l'évoquait tout le temps, le comparant à l'incapable Basile !

Quelquefois, quand sa grand-mère était en colère et qu'elle criait après son oncle, le gamin était si effrayé que, s'il l'avait pu, il serait entré dans le trou d'une souris. Quand elle insultait son fils, Marie ne se contenait plus et Bernard sentait bien qu'elle était injuste, qu'elle n'aurait jamais dû lui parler ainsi. Malgré son âge, Bernard voyait bien que Basile en souffrait.

Une fois, quand il était enfant, le garçon se rappelait avoir croisé le regard désespéré de son oncle, alors qu'il évoquait la guerre et les tranchées. Il l'avait vu serrer les poings, lui qui ne s'emportait jamais, et lancer des imprécations contre les marchands de canon, les politiciens qui envoyaient des pauvres types au casse-pipe. Ce jour-là, tout gamin qu'il était, Bernard avait compris que son oncle n'était qu'une victime de la guerre comme l'avait été son père.

Le train entra en gare, et il fut tout heureux d'échapper à ses pensées et de grimper le raidillon de Tire-Cul.

Il traversa le causse et arriva dans la vallée de la Nize qui, sous le soleil de cette belle journée d'automne, resplendissait de couleurs et de gaieté.

Il entendit le coup de hache d'un émondeur qui, de l'autre côté de la rivière, dépouillait consciencieusement une haie touffue. À ses pieds, les fagotiers recueillaient les branches, coupaient les bouts les plus gros et rassemblaient les rameaux en fagots qu'ils appuyaient sur le genou droit pour y passer un lien d'osier habilement tourné et retourné.

Plusieurs tas de fagots, ressemblant à de curieuses tentes d'Indiens, se dressaient déjà dans les prés piquetés de colchiques.

Le jeune garçon s'arrêta pour contempler le paysage. D'ouest en est, il embrassait toute la vallée et elle lui faisait chaud au cœur. Il songea que, s'il devait partir un jour, il la regretterait.

Observant encore une fois émondeurs et fagotiers, il se demanda s'il devrait passer toute sa vie à ces humbles travaux toujours recommencés. Il revit l'acharnement de sa grand-mère qui ne comprenait pas ses hésitations et sa mère qui l'incitait à chercher un autre métier. Mais lequel ? Il ne savait vraiment pas.

Il décida de rester à la ferme, un an ou deux, le temps de voir ce qui l'intéressait. Ainsi pourrait-il chaque année retourner chez son oncle faire les vendanges et, peut-être, comme il le lui avait demandé, y amener sa mère.

Quand il arriva à la maison, il trouva sa mère et sa grand-mère toutes excitées.

« Tu ne sais pas, lui annonça sa mère, cette semaine, ils vont venir voir pour mettre l'électricité au village.

— On aurait bien pu s'en passer, rétorqua aigrement Marie, on avait bien toujours fait sans ça. Et puis ça va coûter cher !

— Si ça marche, reprit sa mère, cet hiver on y verra clair sans avoir besoin d'allumer les lampes. »

Bernard sortit, mais ne vit rien. Il ne savait d'où les femmes tenaient cette information, mais décida d'aller lui-même aux nouvelles.

Les jours avaient raccourci et Basile était parti, avec les vaches, dans un pré qui bordait la route. Il devait émonder un frêne et en porter les rameaux dans le char qu'il avait emmené avec lui. Bernard décida d'aller à sa rencontre. Il suivit la route un moment puis obliqua vers la rivière, en bordure de laquelle se trouvait le pré. Quand il arriva, le chien Lébrou vint à sa rencontre, mais il ne vit pas son oncle. Des tas de branches gisaient au pied du grand frêne, mais de Basile point !

« Où peut-il bien être ? » s'étonna Bernard. Il pensa, un moment, qu'il avait dû boire un coup de trop et qu'il dormait à l'ombre. Il fit le tour du pré mais il était vide.

C'est alors qu'il entendit des bruits de pioches qui venaient de derrière une haie touffue qui cachait un autre pré non loin de la route. Il s'avança et perçut une conversation. Il contourna les arbustes qui lui barraient la vue et tomba au milieu d'un groupe qui creusait un grand trou dans le sol. Il s'approcha et Basile l'interpella :

« Tiens, Bernard, viens voir. Dans quelques mois, nous aurons l'électricité ! »

Trois hommes, armés de pics, de pelles et de pioches, se tenaient autour d'un trou béant. D'autres avaient déchargé un poteau d'une camionnette et le portaient au bord du trou. Ils unirent tous leurs efforts pour le dresser et le glisser dans la terre. Ils le calèrent soigneusement et rebouchèrent le trou.

En levant les yeux, le garçon aperçut, à intervalles réguliers, toute une rangée de poteaux qu'il n'avait pas vue en arrivant.

Voyant qu'il ne comprenait pas, un des ouvriers lui dit :

« Un de ces soirs, tu tourneras un bouton et la lumière jaillira de partout. Ici, c'est comme l'Évangile : "Que la lumière soit. Et la lumière fut." À ceci près que ce n'est pas Dieu, c'est l'électricité !

— Mais où sont les fils ? demanda Bernard intrigué.

— Un peu de patience, jeune homme. On plante les piquets ; une autre équipe viendra placer les fils ; et une autre encore viendra l'installer chez toi.

— On l'aura bientôt ?

— Bientôt, bientôt ? Pas ce soir, en tout cas ! Mais la semaine prochaine, peut-être bien ! »

Ce ne fut pas la semaine suivante, mais un bon mois après quand toute la ligne de la vallée fut en place que les électriciens vinrent s'occuper du village. Les pieds munis de crochets, ils grimpaient sur les poteaux comme des écureuils ou attachaient, sur les murs des maisons, de grands fers porteurs de tasses vert foncé d'où partaient des fils qui pénétraient dans les murs.

Une foule de curieux contemplait cette révolution et plusieurs exprimaient des doutes :

« Vous croyez que la lumière va pouvoir traverser les murs ? Même le soleil n'y arrive pas !

— Grand-père, expliquaient les ouvriers, l'électricité suit les fils.

— Mais qu'est-ce que c'est que votre électricité, comment elle éclaire ?

— Avec une ampoule.

— Elle brûle ?

— Mais oui.

— Alors, elle va mettre le feu.

— Mais non !

— Oh ! avec vous, tout est parfait. Mais je sais ce que je sais. Moi, je ne la mettrai pas dans ma grange pour qu'elle brûle le foin ! »

Un autre s'entêtait :

« Quand il y aura des orages, ça va attirer le tonnerre.

— Pas plus que les arbres.

— Mais les arbres sont pas dans le village !

— Si vous ne la voulez pas, on vous laisse et on va ailleurs. Il y en a des tas qui attendent.

— Si, si, on la veut », disaient les jeunes et les femmes, plus au courant que les vieux.

Le village fut bouleversé de fond en comble. Des piquets furent plantés de bas en haut à une dizaine de mètres d'intervalle : grands arbres tout secs qui attendaient les tasses de porcelaine où se raccrocheraient les fils. Trois de ces piquets portaient un abat-jour d'émail blanc tout rond qui abritait une ampoule éclairant la place et le chemin principal.

« Quelle drôle de chose ! reprenaient à nouveau certains en regardant cette nouveauté avec une curiosité non dissimulée. Qu'est-ce qu'ils vont inventer pourtant : faire passer la lumière dans des fils ! J'aurais jamais cru qu'ils y arriveraient !

— Et pourtant, on dit que ça marche.

— Un vrai miracle ! »

Les hommes abasourdis par ce progrès, qui les ravissait sans qu'ils y comprissent grand-chose, s'en consolaient en ouvrant leur blague et en y puisant une pincée de tabac tout en regardant les ouvriers au travail.

Il n'y avait guère que les récalcitrants, ceux qui refusaient de « prendre » l'électricité, fort peu nombreux à vrai dire, de peur qu'elle ne mette le feu à leur grange, pour refuser de participer à cette fête.

« Vous pouvez dire ce que vous voudrez, confiait le vieux Jacques à son voisin, tant que je serai en vie, cette chose ne rentrera pas chez moi, on ne sait pas ce qu'elle va apporter.

— Et puis, renchérissait Albert, c'est pas donné. Tous les trois mois, il faudra payer et on n'a pas de l'argent à jeter par les fenêtres !

— Mais vous payez bien le pétrole de votre lampe.

— C'est pas pareil : le pétrole, on en a toujours mis, c'est comme les bougies, on les voit. L'électricité, on la voit pas !

— On dit que c'est comme un éclair. Ça va faire un choc dans les maisons. Peut-être que ça les démolira. »

Insensibles à tous ces racontars qu'ils entendaient dans tous les villages, les ouvriers continuaient à poser leurs poteaux, à passer les fils et à accrocher des grandes carcasses de fer sur les murs pour soutenir toutes les lignes.

Bien que l'on en dise du mal, l'électricité était attendue par tous et rares furent ceux qui la refusèrent.

Marie avait bien allégué que cela ferait des dépenses supplémentaires, mais Basile ne lui avait pas laissé terminer sa phrase :

« Pour une fois qu'il y a quelque chose de bien qui se fait, nous n'allons pas la laisser passer ! Et vous verrez, conclut-il, vous serez la première à vous réjouir d'y voir aussi bien la nuit que le jour.

— On ne la mettra qu'à la maison, fit-elle en regardant son fils.

— À la maison, aux chambres, à l'étable, à la grange…

— Ah non, pas à la grange pour brûler le foin !

— Il y en a qui l'ont mise et leur foin n'a pas brûlé.

— Je sais ce que je dis : on ne la mettra pas à la grange. »

À la grande fureur de Basile, il fallut en passer par où elle voulait. Marie accepta donc l'électricité à la maison, mais refusa pour la grange. Et il fallut toutes les prières de Bernard pour qu'elle consente finalement à admettre cette nouveauté dans sa chambre.

« C'est encore moi la patronne », dit-elle en lançant un mauvais regard à Basile.

Elle conclut par cette réflexion désabusée :

« Je suis vieille, maintenant, mais si j'avais vingt ans, je ne laisserais pas entrer cela chez moi !

— Mémé, reprit Bernard, l'électricité c'est l'avenir. Il y a beaucoup d'autres choses qui marchent à l'électricité.

— Oui, des imbéciles comme toi ! »

Bernard haussa les épaules, conscient qu'il n'arriverait jamais à convaincre sa grand-mère des bienfaits du progrès. L'essentiel était qu'elle ne se soit pas farouchement opposée à l'électricité. Telle qu'il la connaissait, le jeune homme n'en aurait pas été autrement étonné.

Bernard ne se lassait pas de regarder travailler les électriciens. Il se faisait expliquer les diverses opérations de leur installation, savait ce qu'était un interrupteur, un bon conducteur et bien d'autres termes du métier.

Voyant que tout cela lui plaisait, un des ouvriers l'interpella :

« Si ça t'intéresse, jeunet, il y a de l'embauche.

— Vrai ?

— Vrai ?

— Mais oui. On commence à peine et on a tout le département à faire. Quel âge tu as ?

— Bientôt quinze ans.

— Écoute, parles-en à tes parents et demain, donne-moi une réponse. »

Le soir, après le souper, le garçon demanda :

« Je peux aller travailler avec les électriciens ? »

Amandine leva la tête et contempla son fils. Basile, qui n'avait pas bien compris, tendit l'oreille sans parler, mais Marie s'exclama :

« Qu'est-ce que tu veux aller faire ailleurs ! Tu n'as pas assez de travail ici ?

— Maintenant, l'hiver, il n'y a pas grand-chose à faire. Je pourrai gagner un peu d'argent.

— Et les brebis ?

— Le soir, je m'en occuperai. Je peux bien essayer.

— Dites quelque chose, vous, fit Marie en se tournant vers sa bru.

— Pourquoi n'irait-il pas ? Il dit vrai : on peut s'occuper des brebis et il rapportera un peu d'argent. »

La vie était dure malgré les pensions de guerre et la ferme coûtait presque plus que ce qu'elle rapportait. Combien de fois Marie ne s'était-elle pas plainte de la dureté du temps ? Cependant, elle répliqua :

« Oh vous, qu'est-ce que vous ne feriez pas pour de l'argent ! »

Marie était en colère. Elle n'aimait pas cela du tout : son unique petit-fils, l'héritier des terres abandonnant la ferme pour un travail d'ouvrier lui crevait le cœur. Elle tenta un dernier argument :

« Si ton père était là, il ne te laisserait pas faire une chose pareille ! »

Basile, qui avait fini par comprendre ce qui se passait, ricana :

« Il était parti le premier, il n'aurait rien à dire.

— Parce que vous étiez à la ferme, Edmond et toi !

— On n'y aurait pas été qu'il serait parti quand même.

— Tais-toi, ivrogne, tu ne sais pas ce que tu racontes ! »

Basile se mit à rire et s'étrangla dans une toux rauque. Marie, voyant la partie perdue, haussa les épaules :

« Bon, encore pour l'hiver, on peut s'arranger, mais on en reparlera au printemps. »

12

La croix occitane

Dès le lendemain, Bernard parla au contremaître et celui-ci l'embaucha tout de suite.

« Tu as de la chance, lui dit-il, on en a pour un moment dans la vallée. Mais si tu restes, il te faudra habiter Mende, car c'est notre point de départ. »

Le garçon ne répondit pas, mais se dit que sa mère et sa grand-mère prendraient sûrement très mal cette décision. Cependant, ce ne serait que dans un an.

L'hiver commençait. Un hiver sans neige, qui faisait grelotter les petites herbes et les rendait fragiles comme du verre.

Un temps sec et froid s'installa, accompagné d'une bise aigre qui paralysait toute vie. Malgré un feu vif et un fourneau tiré au centre de la pièce, on gelait près de la porte.

Basile calfeutra tout le tour de la porte avec de la bouse de vache. Tournée au nord, la bise s'engouffrait par le moindre interstice. Ce ciment improvisé gela tout de suite, mais arrêta le vent.

Toutes les chatières furent bouchées avec de vieux chiffons. Les sabots, fourrés de paille, ne réchauffaient guère les orteils couverts d'engelures. Le village s'engourdit dans un silence pesant, seulement rompu, le matin et le soir, par la lente montée des animaux vers l'abreuvoir, conduits par des fantômes emmitouflés jusqu'aux yeux.

Par une température pareille, le chantier de l'électricité fut arrêté et Bernard retrouva, pour un temps, la douceur du cantou.

« Tu vois, se réjouit Marie, heureusement que tu as la ferme pour te tenir chaud et te nourrir ! Tu ne veux pas le croire, mais les ouvriers sont bien plus malheureux que nous. Qu'est-ce que tu ferais si tu n'avais rien ?

— Il a raison de travailler, répliqua Basile. Il peut gagner quelques sous. Qu'il travaille !

— Oh oui, en ce moment, il en gagne beaucoup !

— Ce temps ne durera pas toujours… »

Mais ce temps dura et Basile, qui ne pouvait pas rester longtemps éloigné du bistrot, s'en fut vers Rouffiac et ses verres réconfortants, enveloppé dans une grande cape qui lui donnait l'air d'un mendiant.

« Il y restera, soupira Marie, il finira gelé dans un caniveau ! »

Cependant, prudent tout de même, l'oncle remontait avant la nuit et se méfiait du froid.

Un jour, pourtant, il s'oublia. Amandine et Bernard sortirent vers 10 heures du soir par un froid sibérien et le trouvèrent couché sur un tas de pierres laissé là par les cantonniers, à quelques mètres à peine de l'auberge.

Il n'avait pu aller plus loin, claquait des dents et paraissait paralysé. Ils eurent beaucoup de peine à le faire lever et à le soutenir jusqu'à la maison. Il était tellement raide qu'ils ne parvinrent pas à lui faire monter l'escalier. Ils le conduisirent à la bergerie.

Marie vint aux nouvelles. Amandine lui prépara de la tisane tandis que Bernard allait chercher des couvertures. Tous les trois le croyaient mort et Marie, dans une colère noire, criait

« Il fallait que ça arrive… Il fallait que ça arrive… »

L'attente fut longue. Couvertures et tisanes finirent par lui rendre un aspect plus avenant et il parut s'éveiller d'un long sommeil. Quand il put monter, il s'affala au bord du feu et Marie, toujours en colère, ordonna à Bernard d'aller chercher une grosse bûche de frêne et de le laisser cuver son vin à son aise.

Ainsi installé, on l'abandonna. Tout le monde regagna sa chambre où les lits dûment bassinés avec le moine étaient d'une douceur délicieuse.

À la grande surprise d'Amandine, Basile s'en tira avec un rhume, alors que Marie et elle eurent tout de suite des courbatures et de la fièvre.

Bernard les soigna de son mieux et la jeune femme, malgré une santé encore chancelante, put le remplacer et s'occuper de sa belle-mère.

Celle-ci, toujours en proie à une forte fièvre, se plaignait d'un tenace mal de gorge qui l'empêchait d'articuler normalement les mots. Elle avait aussi de forts maux de tête et demeurait inactive et muette, le visage congestionné et le regard brillant.

Ventouses et cataplasmes que lui administrait Amandine ne furent pas d'un grand effet. Quand, à bout de ressources, la jeune femme parla d'appeler un médecin, Marie parut sortir de sa torpeur.

« Un médecin ? Pour quoi faire ?

— On n'arrive pas à vous soigner comme il faut. Le médecin y arrivera.

— Ce sont des ânes. Si les ventouses et les tisanes n'y font rien, c'est qu'il n'y a rien à faire. Faites plutôt venir le curé. »

Le prêtre appelé administra l'extrême-onction à la malade qu'il confessa et ne trouva pas si mal en point.

« Quel âge a-t-elle ? » demanda-t-il.

Amandine ne le savait pas et Basile hésita. Il pensait qu'elle avait dépassé les soixante-quinze ans, mais n'en était pas sûr.

« J'en ai vu d'autres plus basses qu'elle et qui s'en sont sorties, dit le curé en hochant la tête. C'est une personne robuste. Malgré sa jambe, je crois qu'elle s'en tirera. »

Amandine ne répondit pas et Basile, réfugié dans le cantou, haussa les épaules.

Les jours suivants, l'état de la malade demeura stationnaire. Le froid restait toujours aussi vif et Bernard portait des braises dans la chambre pour en réchauffer l'atmosphère, mais il devait les renouveler souvent.

Tous les gens du village vinrent aux nouvelles. À la fontaine ou au four, on était étonné de ne pas rencontrer la silhouette claudicante de la vieille femme.

Les inévitables commères donnaient à Amandine divers remèdes pour les angines, les points de côté ou les congestions pulmonaires.

La jeune femme dut avouer qu'elle avait tout essayé. Alors ses interlocutrices se turent et, hochant la tête, pensaient sans le dire ouvertement que la pauvre Marie s'en allait vers son destin.

Bernard s'occupait des brebis et des agneaux et devait quelquefois remplacer son oncle qui s'en allait rôder dans le village et qui, de rencontre en rencontre, revenait en titubant dans le crépuscule où le froid allumait des rouges, des bleus et des violets, là-bas, à l'occident.

Basile s'asseyait alors au cantou et fixait les flammes d'un air morne en marmonnant pour lui-même :

« Qu'est-ce qu'on va devenir ? Qu'est-ce qu'on va devenir ? »

Il refusait de manger et, quand Amandine insistait, il levait sur elle des yeux de chien battu où, certains soirs, elle avait cru voir briller une larme.

Marie s'affaiblissait mais résistait toujours. Elle ne s'alimentait presque plus et une toux sifflante lui coupait le souffle.

Pour lui faire avaler quelques gorgées de lait, Amandine devait passer des heures à son chevet.

Un jour, entre deux cuillerées, alors que la vieille femme reprenait son souffle et que sa bru lui prodiguait des encouragements, Marie fit un geste de la main et, montrant l'armoire, ordonna d'une voix faible mais encore pleine d'autorité d'aller lui chercher un coffret qui se trouvait dans un tiroir.

Amandine obéit et le lui apporta. Elle lui fit signe de l'ouvrir. La jeune femme ôta le couvercle et découvrit des lettres sans enveloppes.

« Sors-les », lui dit la malade.

Elle s'exécuta. Il y avait trois paquets. Le premier, le moins épais, celui que lui réclama Marie, contenait des feuillets remplis d'une écriture maladroite avec de hauts jambages. La malade les prit et en étala quelques-uns sur le lit.

Le deuxième paquet n'était pas non plus très épais. Marie le réclama et Amandine le lui tendit. Au passage, elle reconnut l'écriture de Jean. Marie plaça le paquet près d'elle mais ne l'ouvrit pas.

La jeune femme allait lui passer le troisième paquet, mais Marie refusa. Elle tendit une lettre du premier paquet à Amandine et lui fit signe de la lire. Le feuillet était écrit au crayon à papier et difficile à déchiffrer.

« Chers parents, commença la jeune femme, je suis en bonne santé, je… »

Amandine s'arrêta, butant sur le mot. La vieille femme continua à sa place :

« Je pense qu'il en est de même pour vous. J'ai eu des nouvelles de Jean par Jules Lavor qui m'a dit l'avoir rencontré. »

Amandine avait cessé la lecture et contemplait étonnée cette vieille femme qui ne savait pas lire mais qui connaissait par cœur les lettres de son fils.

« Vous… Vous les savez toutes par cœur ? » s'étonna-t-elle.

Marie eut un sourire triste tandis qu'une larme roulait sur sa joue :

« C'est celles d'Edmond, déclara-t-elle, mais je sais aussi celles de Jean.

— Comment avez-vous pu ? » s'exclama la jeune femme.

Elle s'arrêta à temps. Elle allait ajouter : « Mais vous ne savez pas lire ! »

Marie ne répondit pas. Elle montra le troisième paquet, le plus gros, et dit :

« Celles-là sont celles de Basile. »

Elle prit le coffret, sortit les dernières lettres et fouilla tout au fond. Elle en sortit une chaîne en or avec une croix occitane et la tendit à sa belle-fille. Avec bien des difficultés, elle expliqua :

« Si j'avais eu une fille… C'était pour elle… Je n'ai personne, alors prenez ça.

— Je ne sais si… »

Sans prendre garde à l'interruption, la vieille femme continua :

« Je sais que je vous ai mal jugée, mais j'aimais mon fils et… »

Elle n'ajouta pas autre chose et Amandine demeura sur sa faim. Épuisée, la vieille femme se recoucha et indiqua par geste à sa bru de tout remettre en place. Elle la surveillait du coin de l'œil et, comme Amandine remettait dans le coffret la croix et la chaîne, elle lui fit signe que non.

« Pour vous », bredouilla-t-elle.

La jeune femme, plus émue qu'elle ne voulait le paraître, vint embrasser sa belle-mère en disant :

« Merci. Je la garderai en souvenir de vous. »

Marie hocha la tête, fit un geste en direction de la jeune femme et murmura si bas qu'Amandine dut se pencher pour l'entendre :

« Merci à toi aussi. »

Puis elle ferma les yeux et parut sombrer dans le sommeil.

Amandine quitta la chambre et trouva Basile au cantou, surveillant le feu mourant. Elle remit des bûches sur les braises et lui montra la chaîne et la croix :

« Ta mère m'a donné ça. »

Son beau-frère jeta un coup d'œil au bijou, sourit et dit :

« Je me rappelle quand elle les portait pour les fêtes,

les processions et les mariages. Il y a longtemps que je ne les avais pas vus. »

Il les prit et les admira à la lumière du feu. Puis se tournant vers Amandine, il dit :

« Prends-les. Tu les as bien mérités. »

Il l'observa un moment et, d'une voix rauque, ajouta :

« Si je n'étais pas devenu ce que je suis, je t'aurai épousée. On aurait été heureux et on aurait eu des enfants. »

Comme Amandine ne répondait pas, Basile reprit l'observation des flammes et murmura pour lui-même :

« Je sais bien que c'est impossible, aussi je ne te le demande pas. »

La jeune femme s'éloigna en se demandant ce qu'elle aurait répondu si Basile n'était pas devenu ce qu'il était. Elle haussa les épaules et reprit son travail.

Tout en allant et venant, elle pensa à ces lettres anonymes arrivées, il y avait longtemps, qui affirmaient que Jean n'était pas mort. Jean, elle n'arrivait plus à se rappeler son visage ! Quand elle pensait à lui, elle voyait une silhouette. Il ne lui manquait pas, mais, pourtant, certains soirs, elle aurait aimé poser sa tête sur une épaule aimée et sentir deux bras se refermer sur elle.

« Bah, se dit-elle, cesse de rêver, tu sais bien que c'est impossible ! »

13

Et Marie s'en va

Quand mars arriva avec son soleil pâle et ses premières pâquerettes, Marie reposait toujours inerte sur son lit. Elle ne reprenait vie que lorsque Bernard, après une journée de travail, entrait dans sa chambre pour lui faire une visite. Elle ouvrait les yeux et l'accueillait avec un sourire résigné, l'air de dire : « Tu vois, petit, je suis toujours là ! »

Le garçon s'asseyait à son chevet, lui racontait les épisodes de la journée et lui demandait des nouvelles de sa santé. Elle répondait par des gestes qui exprimaient, mieux que des paroles, le peu d'intérêt qu'elle avait en la vie et son fatalisme face à l'avenir.

Après cet entretien, Bernard la quittait en disant :

« Il faut que j'aille m'occuper des brebis. »

La vieille femme lui lançait un regard de connivence comme pour dire : « Va, mon petit, va, c'est bien. »

Tous les soirs, ils répétaient les mêmes mots et les mêmes gestes, face à Amandine fatiguée qui se demandait si elle pourrait tenir le coup, avec, en plus du travail de la ferme, la charge d'une grande malade.

Basile partait un peu moins souvent pour Rouffiac, mais les soirs où il s'oubliait, il revenait ivre mort, s'affalait dans le cantou, refusait toute nourriture et ronflait comme une locomotive.

Le village était en chantier. Les électriciens passaient dans chaque maison, trouant les murs, tirant tuyaux et fils, fixant le tout avant de tourner un bouton pour faire surgir une lumière claire et dure, très éloignée du halo moribond de la lampe.

Vers la fin mars arriva enfin le temps de placer l'électricité chez les Béraud. Bernard n'était pas peu fier d'apporter son concours à l'entrée du progrès. Il tirait les fils, les clouait aux murs, content de contribuer au bien-être des siens.

« Vous verrez, maman, expliquait-il à sa mère, ça n'a rien à voir avec les lampes ou les bougies.

— Je sais, souriait celle-ci, je l'avais vue à Montpellier avant la guerre. »

Mais le garçon ne se tenait pas pour battu :

« On va la mettre, tout de suite, à la chambre de la grand-mère. Ce sera plus facile pour la soigner. »

Marie ouvrit des yeux fatigués quand elle vit pénétrer son petit-fils avec un ouvrier. Ils cherchaient les endroits qui convenaient le mieux au passage du courant.

La vieille femme fut vaguement effrayée et s'agita dans son lit. Bernard alla la calmer, lui expliquant doucement :

« Mémé, c'est l'électricité. Vous verrez, ça ira mieux après. »

Marie se contenta de sourire et referma les yeux.

Tout en travaillant, le jeune homme ne pouvait s'empêcher de jeter des regards inquiets vers le lit où se mourait sa grand-mère. Il se rappelait cette femme d'esprit revêche, si dure pour elle-même et pour les autres et si tendre avec lui. Pour lui seul, sa voix savait s'adoucir et ses yeux noirs prenaient des reflets de velours.

Maintenant, sa peau était devenue presque transparente et sa maigreur était telle qu'on voyait saillir tous les os. Sur ses mains décharnées couraient des veines bleues.

Il refoula les larmes qui lui montaient aux yeux et continua à placer des fils tout en pensant à ce que la vieille femme lui avait raconté sur la jeunesse de son père.

Avec des yeux remplis de nostalgie, Marie évoquait ce Jean, son aîné, un fier gaillard, toujours prêt à rire et à en découdre. Il régnait sur les jeunes de son âge et même plus vieux, qui reconnaissaient en lui leur chef.

Sous ses ordres, ils se réunissaient, tous les dimanches soir et se dispersaient dans les villages, chantant devant la maison des filles et tirant les chars par les rues endormies.

Marie était intarissable sur les exploits de son fils préféré. Elle lui vouait une admiration sans bornes.

Bernard, par souci de vérité, avait alors interrogé sa mère sur ses souvenirs. Elle lui avait raconté son mariage, sa vie à Montpellier, puis au mas. Mais, pour elle, son père n'était pas le héros que vénérait Marie.

Amandine ne savait pas le métier qu'il exerçait et, quand il avait insisté, elle avait soulevé les épaules en disant :

« Il parlait de ses affaires, mais il n'expliquait jamais de quoi il s'agissait. »

Basile, présent au moment de la discussion, avait ricané :

« Ce n'était sûrement pas des affaires extraordinaires. Jean était un beau parleur, mais le travail ne lui avait rien fait, alors il le laissait tranquille. »

Marie avait réagi violemment :

« Comment peux-tu dire ça de ton frère ? Il...

— Une fois, il est parti un été en pleine moisson parce qu'il trouvait le travail épuisant. C'est pas un signe ça ? »

La vieille femme avait paru furieuse, puis elle s'était tournée vers son fils et avait lancé :

« Toi, tu étais jaloux, c'est tout. Vous étiez tous jaloux : c'était le plus beau, le plus intelligent ! Tous, vous étiez à ses pieds et vous l'enviez !

— Moi, je n'ai jamais été à ses pieds. Le père non plus. »

Marie, rouge de colère, avait voulu dire quelque chose, elle s'était tournée vers Basile qui fumait tranquillement sa cigarette, l'avait regardé un moment comme si elle avait voulu lui sauter dessus, puis avait finalement haussé les épaules.

Bernard, dans son coin, écoutait ces discussions qui revenaient, de temps en temps, à propos de tout et de rien. Il comprenait bien que sa grand-mère exagérait et que son père n'était pas l'homme parfait dont elle avait gardé le souvenir. Les réticences de sa mère l'intriguaient et le mépris qu'affichait Basile le contrariait.

Il avait bien essayé de lui poser des questions, mais son oncle avait vite fait d'esquiver les réponses et de changer la conversation.

Pour lui, ce père qu'il n'avait jamais connu demeurait une énigme et, bien que se disant indifférent à tout cela, le garçon aurait bien aimé connaître la vérité.

Les travaux avançaient et, maintenant, l'électricité,

comme par magie, illuminait chaque recoin de la cuisine et des chambres. Les travaux de couture sur lesquels Amandine s'usait les yeux devinrent pour elle plus faciles. Basile prit l'habitude de lire le journal, le soir, à la veillée. Quand il n'en avait pas, il allait chercher quelque vieux livre oublié dans une malle, au grenier. Il avait trouvé un plaisir tout neuf de se plonger dans la lecture et en oubliait presque la boisson.

Les veillées s'allongeaient. Bernard s'était remis aux études pour passer un concours intérieur qui lui assurerait une place plus intéressante et mieux payée à Électricité de France.

Quand mai arriva, toute la commune avait abandonné lampes et bougies et les villages, eux aussi, voyaient pour la première fois l'obscurité laisser la place à la lumière au détour des chemins.

Marie cependant ne s'alimentait plus guère et vint le moment où elle cessa de lutter.

Un soir, en fin de veillée, elle regarda une dernière fois sa famille autour de son lit. Son regard s'attarda sur Bernard, elle esquissa un sourire et ferma les yeux pour toujours.

Bernard partit chercher le curé qui lui donna une dernière absolution et pria avec eux. Avant de repartir dans la nuit, Amandine lui offrit un café qu'il ne refusa pas.

Basile restait sans voix, stupéfait de voir sa mère qu'il avait crue indestructible n'avoir pu résister à la mort.

Bernard pleurait, sans retenue, cette grand-mère qui n'avait été bonne que pour lui.

Le curé s'installa à la table où Amandine lui servit le café. En s'asseyant, il constata :

« C'est un bien beau progrès que cette électricité ! »

Tout le monde approuva tandis que la jeune femme versait le café fumant dans les tasses. Le curé en huma le parfum, en avala une gorgée puis reposa sa tasse et, jetant un regard aux trois autres, dit d'une voix calme :

« C'était une bonne chrétienne et une femme de tête. »

Tous inclinèrent la tête et le silence retomba.

« Oui, une femme forte, continua le prêtre, pour supporter toutes les épreuves que le Seigneur lui a envoyées : en quelques années, perdre deux fils et un mari ! »

Il lança un coup d'œil à Basile qui tremblait en portant la tasse à ses lèvres, puis il se tourna vers Bernard et lui demanda :

« Tu travailles avec les électriciens ?

— Oui, répondit brièvement Bernard.

— Alors, qu'allez-vous faire de la ferme ? »

Ce fut Amandine qui répondit pour lui :

« On va continuer, tant qu'il peut nous aider, le soir.

— Pour l'instant, ça va, mais quand vous serez parti de la vallée ? interrogea le curé.

— J'achèterai une bicyclette et je rentrerai tous les soirs, répondit Bernard.

— L'été, c'est bon. Mais l'hiver ?

— En hiver, on verra, coupa Amandine. Maintenant, on va vers les beaux jours. »

Le curé arrêta ses questions et, après avoir réglé les formalités des obsèques, s'en alla dans la nuit, refusant d'être accompagné.

Le lendemain matin, la nouvelle de la mort de Marie se répandit comme une traînée de poudre. Tout le village défila devant sa dépouille. Basile, Amandine et Bernard durent répondre aux condoléances.

Sur le soir, Basile et Bernard partirent soigner les animaux. La tristesse leur serrait le cœur, mais l'un comme l'autre étaient heureux d'échapper à cette atmosphère de deuil qui, avec le passage répété des gens qui murmuraient toujours les mêmes phrases, les mêmes paroles, les rendait à moitié fous.

Ils laissèrent Amandine, dont les yeux cernés trahissaient la fatigue, répondre aux visiteurs.

La jeune femme, même si elle n'avait pas beaucoup sympathisé avec sa belle-mère, fit de son mieux pour recevoir, comme il se devait, ce défilé ininterrompu. Plusieurs commères s'étonnèrent qu'une étrangère – car on la considérait toujours ainsi – puisse, en de telles circonstances, faire preuve de tant de maîtrise de soi et de gentillesse.

Enfin, après un jour et deux nuits passés en prières et en visites, Marie fut portée en terre, par un froid matin d'avril, alors que la rosée perlait les chemins et que s'ouvraient les premières violettes.

Au retour du cimetière, tandis qu'Amandine, morte de fatigue, s'asseyait dans le cantou, Basile lui fit face de l'autre côté et se mit à penser tout haut :

« Je crois que je lui en ai fait voir, à ma mère, soupira-t-il, oui, je lui en ai fait voir… »

Amandine le regarda sans répondre, il reprit son monologue :

« Je me suis mis à boire et elle détestait ça. Mais aussi, fit-il en s'emportant, si elle ne m'avait pas toujours parlé de mes frères, plus beaux et plus intelligents que moi ! Elle n'avait qu'eux à la bouche. Jamais elle ne m'a témoigné la moindre amitié ! Et pourtant, moi, je l'aimais, fit-il en éclatant en sanglots. Elle aurait pu, au lieu de vivre dans le souvenir de ses enfants morts, s'occuper un peu de celui qui restait ! Au lieu de ça, elle m'en a voulu d'être revenu vivant, à peine égratigné comme elle disait. Jamais elle n'a voulu voir ma blessure et a dû regretter qu'elle ne m'ait pas emporté. »

Des larmes de douleur et de rage coulaient sur les joues pâles de Basile et tout son corps tremblait comme une feuille. Amandine se leva de sa chaise, posa sa main sur la nuque de son beau-frère et lui dit doucement :

« Tu es revenu, tu as eu de la chance. Allons, oublie tout ça. Il faut recommencer à vivre. Tu es encore jeune. Si tu voulais, tu pourrais arrêter de boire et vivre ta vie comme tout le monde. »

Basile saisit la main de la jeune femme, la porta à

ses lèvres et, levant vers elle ses yeux embués de larmes, lui répliqua d'une voix grave :

« Oh, Amandine, je ne sais pas ce que je ferais si tu n'étais pas là ! »

14

Et de quatre !

La vie reprit son cours. Basile avait entrepris de louables efforts pour arrêter la boisson et y parvenait pendant des périodes plus ou moins longues auxquelles succédaient une frénésie de soûleries qui allaient de deux jours à plus d'une semaine. Amandine n'osait intervenir et Bernard faisait mine de ne s'apercevoir de rien. Au sortir de ces beuveries, Basile redevenait l'enfant qui craignait les reproches bien que personne ne lui en fît.

Il promenait de l'étable à la cuisine et de la grange aux champs une mine de chien battu prêt à subir une punition qui n'arrivait pas.

L'été éclatait sur les blés mûrissants. Les coquelicots, aux pétales chiffonnés, teintaient de rouge les champs et les chemins. Cette année-là, il y en avait partout. « Ce n'est pas bon, disaient les paysans, c'est de la mauvaise graine ! » Pourtant, quand on portait les yeux sur ces fleurs, au soleil couchant, la terre et le ciel se rejoignaient en un flamboiement de rouges qu'on ne se lassait pas de regarder.

La chaleur engourdissait toute vie et l'heure sacrée de la sieste retenait les gens plus longtemps que d'habitude à cause de ce soleil de plomb qui tombait à la verticale sur les épaules fatiguées.

Les gros travaux avaient commencé et ils se poursuivaient dans une poussière piquante qu'aucune pluie ne venait rafraîchir. C'était le soir, l'angélus tintait doucement. Bêtes et gens pouvaient travailler à l'aise sans craindre la forte chaleur ou les piqûres des taons avides de sang frais. Bernard, à la suite de sa journée de travail, venait se joindre aux moissonneurs qui n'en étaient plus vraiment puisque la machine avait remplacé la faucille.

Marcel Vally avait acheté une de ces machines qui, tirée par des bœufs, allongeait les javelles sur l'éteule beaucoup plus vite que ne le faisaient les hommes auparavant. Basile, Jeanne, la femme de Marcel, et Amandine liaient les javelles, tenant chacun leur coin tandis que le petit Louis, haut comme trois pommes, s'efforçait de « tirer devant », travail bien ingrat qui consistait à guider les bœufs qui tractaient la machine. Marcel, assis sur le siège en fer et armé d'un large râteau, assemblait les épis en javelles dans un nuage de poussière blonde.

Cela ne se passait pas sans cris de part et d'autre mais, bringuebalante et bruyante, la machine faisait son travail. Marthe, la mère de Marcel, avait remplacé Marie à la cuisine et, quelquefois, quand elle était trop fatiguée, Amandine faisait les repas.

Alors que Basile rentrait les vaches qu'il avait surveillées tout en liant pour les Vally, Amandine, rouge de chaleur et de poussière à cause de la soupe à faire chauffer, faillit, en ouvrant la porte, marcher sur une lettre glissée là par le facteur. Elle la ramassa et la posa sur la table sans la regarder, pressée d'allumer le fourneau et de s'activer pour le repas.

La lettre lui était adressée et elle pensa que son frère invitait Bernard pour les vendanges. Tout en s'affairant, elle se disait qu'elle aurait bien aimé aller faire un tour au mas.

Elle fut tirée de sa rêverie par Bernard qui entra et, jetant un regard sur la table, s'écria :

« Tiens, maman, tu as une lettre !

— Oui, je sais, ce doit être ton oncle qui t'invite aux vendanges.

— Mais je ne peux pas y aller… Et mon travail ?

— Ouvre-la, on verra bien. »

Bernard prit un couteau dans le tiroir et décacheta l'enveloppe. Il parcourut la lettre en silence et sa mère, étonnée de son manque de réaction, demanda :

« Eh bien, qu'est-ce qu'il dit ? »

Comme son fils ne répondait pas, Amandine se retourna et le vit, pâle, le regard fixé sur un feuillet de papier sans pouvoir en détacher les yeux. Elle s'avança et commença :

« Qu'est-ce qu'il… »

Elle s'arrêta : elle avait reconnu l'écriture et l'entête des lettres qu'elle avait reçues autrefois et qu'elle avait oubliées. Elle arracha le feuillet des mains de son fils et se mit à lire en silence :

Madame,

Vous ne l'avez pas cru quand je vous ai dit que votre mari était vivant. Vous avez préféré garder votre pension de veuve plutôt que de le rechercher.

Maintenant, votre belle-mère est morte et vous pouvez filer le parfait amour avec votre beau-frère, l'ivrogne. Mais, je vous le redis, votre mari est vivant. Et si vous continuez à voler l'État et à faire la pute, j'aviserai qui de droit.

À bon entendeur, salut !

Un ami.

La lettre au bout des doigts, Amandine s'assit et, prenant sa tête entre les mains, se mit à pleurer à gros sanglots devant un Bernard médusé. C'est ainsi que les trouva Basile à son entrée.

« Mais que se passe-t-il ? » s'exclama-t-il en voyant Amandine et Bernard.

Sans répondre, son neveu lui tendit la lettre. Il la lut et s'exclama :

« Putain de putain. C'est pas encore fini cette histoire ?

— Oui, reprit froidement Bernard, j'aimerais bien qu'on m'explique.

— T'expliquer quoi ?

— Qu'est-ce que c'est que cette lettre et ce qu'elle dit.

— Mais je n'en sais foutrement rien, moi !

— Ce n'est pas la première, si je comprends bien. »

Alors, Amandine se leva, alla dans sa chambre et revint avec trois enveloppes qu'elle tendit à son fils.

« Lis », lui dit-elle.

Le garçon sortit les feuillets et les parcourut l'un après l'autre :

« Et alors ? Pourquoi vous ne l'avez pas recherché, s'il était vivant ?

— Les Anciens Combattants ont toujours pensé qu'il était mort, puisqu'ils m'ont donné la pension, répondit Amandine.

— Qui est ce type qui a écrit ça ?

— Si on le savait ! reprit Basile. J'ai essayé d'aller questionner un Durand de la Vernède qui était au même régiment que ton père. Et tout ce qu'il a pu me dire, c'est qu'il l'avait vu la veille du jour où il a été porté disparu.

— Et il n'a pas parlé d'autres choses.

— Si, il a parlé, mais je ne me rappelle plus de quoi… »

Bernard gardait sa figure des mauvais jours. Sa mère crut bon d'intervenir :

« Quant à ce que dit ce torchon, ce n'est pas vrai évidemment, fit-elle en désignant la lettre. Je n'ai jamais trahi ton père. »

Basile reprit :

« S'il était vivant, on l'aurait su, depuis plus de dix ans !

— Sauf s'il avait perdu la mémoire. »

Son oncle éclata soudain d'une colère comme il n'était pas coutumier :

« Ou c'est une farce, et elle n'est vraiment pas drôle ; ou c'est la vérité, mais nous, on n'a pas été capables de la découvrir. Alors, si celui qui écrit ces saloperies la connaît, qu'il vienne nous la dire en face et surtout qu'il nous explique où on peut trouver Jean, et on y va tout de suite ! »

Basile se troubla. Bernard insista :

« Toi, tu sais quelque chose. »

L'oncle haussa les épaules et murmura comme pour lui seul :

« Ça ne vaut pas la peine d'en parler.

— Qu'est-ce que tu veux dire ?

— Je veux dire, reprit Basile en colère, que Jean aurait bien été capable de nous jouer un tour et de se cacher quelque part.

— Il serait quand même venu voir maman, ajouta-t-il après un instant, et moi… »

L'oncle haussa les épaules et ne répondit pas. Il se doutait qu'Amandine et Bernard devaient peser bien peu face aux appétits de vivre de son frère, mais il ne pouvait pas le leur révéler. Il parla plus calmement :

« Quand Amandine a reçu les premières lettres, elle m'a averti. J'ai parlé avec Durand, qui m'a raconté leur vie dans les tranchées. Il m'a parlé d'un de ses copains qui s'entendait bien avec lui, mais il ne se rappelait plus son nom. J'ai demandé à ta mère quels étaient ses amis, à Montpellier ; elle ne le savait pas ! Alors, dans quelle direction veux-tu aller pour savoir quelque chose. L'armée elle-même l'a considéré comme disparu puisqu'elle a accordé une pension. Elle l'aurait pas fait sans cela !

— Moi, je n'ai jamais cru qu'il était vivant, soupira Amandine. S'il l'avait été, il nous aurait fait un signe. »

Basile ne répondit pas mais, pour lui, cela était loin d'être une preuve. Il se tourna vers son neveu et demanda :

« Que comptes-tu faire ? »

Bernard parut embarrassé. Il haussa les épaules :

« Je ne sais pas.

— Tu vois, il y a dix ans, c'était pareil. On ne sait vers où chercher. »

Le jeune homme prit l'enveloppe et regarda le tampon.

« Elle vient de Mende, constata-t-il.

— Oui, c'est sûrement quelqu'un du pays et qui nous connaît bien puisqu'il sait qu'on vit dans la même maison et que ma mère est morte. Il est peut-être à notre porte et il s'amuse à nous provoquer.

— Je crois que je vais soupçonner tout le monde, gémit Amandine, c'est peut-être un de ceux qui sont venus signer la grand-mère ! C'est à vous rendre fous ! »

Bernard sentait monter en lui une colère qu'il avait du mal à maîtriser :

« Mais enfin, si mon père est vivant, comment se fait-il que cet individu le sache et que nous, on ne puisse pas avoir le moindre indice pour le chercher ? »

Il se tourna vers son oncle et sa mère avec sa tête des mauvais jours :

« Il y a longtemps que vous auriez dû chercher au lieu de rester là, les bras croisés !

— Il y avait ta grand-mère, rappela Amandine avec douceur, et ç'aurait été cruel de lui laisser croire que son fils était vivant si ce n'était qu'une farce.

— Oui, et si c'est vrai ! Elle en aurait été bien heureuse, elle aurait bondi de joie.

— Ça, c'est bien vrai, ricana Basile.

— Alors, que fait-on ? reprit Bernard. Moi, je veux creuser cette histoire et savoir la vérité. »

Basile haussa les épaules, se leva et sortit de la pièce en disant :

« Bonne chance. Je te souhaite bien du plaisir. »

Il claqua la porte et gagna la bergerie pour échapper à cette discussion qui le contrariait. Bernard se tourna vers sa mère :

« Mais pourquoi est-il si en colère ? On croirait, à le voir, qu'il aimerait que son frère soit mort ! »

Comme Amandine ne répondait pas, il ajouta, perfide :

« Ça vous embêterait que mon père soit vivant ? »

Sa mère le regarda fixement :

« Que veux-tu dire ? »

Bernard rougit et ne répondit rien. Sa mère se leva à son tour et, montrant la lettre du doigt, dit d'une voix calme :

« Si tu crois ce qu'insinue ce torchon, tu te trompes. Je n'ai jamais regardé un autre homme que ton père et je ne te permets pas de me juger. Après tout, si, ce que je ne crois pas, ton père est vivant, peux-tu me dire ce qu'il ferait loin de nous ? »

Bernard baissa la tête, misérable.

« Va chercher ton oncle, reprit la jeune femme, je fais la soupe. On discutera de ça à tête reposée. »

Elle retourna à son fourneau tandis que Bernard partait à la recherche de son oncle.

Il le trouva derrière la bergerie, sur un petit tertre qui dominait toute la vallée. Il regardait, sans les voir, les champs qui ondulaient sous la brise et la ligne verte de la Nize qui serpentait tout au fond. Il avait les mains dans les poches et mâchouillait une cigarette qu'il avait oublié d'allumer. Il était si absorbé par ses pensées qu'il ne se rendit pas compte de la présence de son neveu.

« Tonton, hasarda Bernard, il faut venir manger. »

Basile tourna un regard hagard vers le garçon et ne répondit pas. Le jeune homme insista :

« Tonton, il faut venir manger ! »

Comme s'il se réveillait d'un rêve, Basile se tourna lentement vers son neveu et lui dit :

« J'ai pensé et repensé, j'ai cherché partout où il aurait pu être. Je n'ai jamais su où il était ni ce qu'il y faisait. Mais, au fond de moi, je sais qu'il est vivant. »

Et, à la grande stupéfaction du jeune homme, il éclata en sanglots.

15

L'inconnu sur le causse

L'automne arriva avec ses matins frileux et ses feuilles rousses. Basile devenait de plus en plus taciturne et descendait de moins en moins à Rouffiac. Bernard, ravi, partit au mas une semaine vendanger chez son oncle Victor. Il revint du Midi tout excité avec un panier plein de raisins dont Amandine se régala en pensant à sa jeunesse et à la dernière fois où elle avait assisté, elle aussi, à la fête de fin des vendanges, pareille à celle que racontait Bernard.

Elle écoutait le jeune homme, ravie de le voir si fier de sa semaine de vacances.

« Et vous savez, maman, lui disait-il, on ne vous a pas oubliée au mas. Tout le monde m'a parlé de vous et a demandé de vos nouvelles, à commencer par tante Marianne.

— Depuis que je ne l'ai pas vue, soupirait Amandine ! C'est comme mes deux neveux, je n'en connais aucun !

— C'est de bons polissons, vous pouvez me croire ! Et ils lui donnent du fil à retordre. Heureusement, il y a oncle Victor. Celui-là, il les fait filer ! »

Le souper se poursuivit ainsi à la grande satisfaction d'Amandine. Après le repas, Bernard reprit son babillage tandis que sa mère faisait la vaisselle et que son oncle lisait le journal. Le lendemain matin, le garçon partit pour son travail. Avec sa première paye, il avait acheté une bicyclette et faisait la route, tous les matins jusqu'à Mende : douze kilomètres par la route nationale.

« Que feras-tu quand il y aura de la neige ? s'était inquiétée Amandine.

— Je n'irai pas travailler, c'est tout. »

Cet hiver-là, le froid fut très vif, mais la neige, si elle montra le bout de son nez, ne tomba jamais en abondance et Bernard put se rendre tous les jours à son travail.

Le temps aurait pu longtemps continuer sa marche tranquille et les lettres seraient tombées dans l'oubli si un fait imprévu n'eut surgi au début de l'année sous la forme d'un pli envoyé à Amandine par l'aumônier de l'hôpital de Mende.

L'ecclésiastique écrivait qu'un certain Louis Germain demandait à la voir d'urgence. Le prêtre se permettait d'insister car ce malade, grand blessé de guerre, avait été gazé et souffrait des poumons. Il allait très mal et elle devait se hâter d'y aller si elle voulait le voir vivant.

« Je ne connais personne de ce nom ! » s'étonna Amandine, en montrant la lettre à Basile.

Son beau-frère haussa les épaules, secoua la tête et répliqua :

« Moi non plus. C'est peut-être quelqu'un qui était au front avec Jean.

— L'aumônier ne dit pas d'où il est.

— Il n'est pas d'ici. J'ai jamais entendu ce nom. »

Il fut décidé que, le lendemain, elle se rendrait à Mende, par le causse.

« Tu devrais attendre samedi, jour de marché, comme ça tu ne serais pas seule pour faire le chemin. »

Amandine ne répondit pas. Elle avait appris à connaître le chemin depuis un lointain automne où sa vie avait basculé. Basile crut bon d'insister :

« Le causse, en plein hiver, est dangereux.

— J'ai vu pire, répliqua-t-elle sèchement, et ce n'était pas l'hiver ! »

Basile comprit, baissa la tête et se tut. Il n'arrivait pas à se rappeler ce qui s'était passé, il y avait maintenant bien des années. Il savait qu'il avait fait quelque chose de mal. Sa mémoire refusait de lui dire quoi.

Le lendemain, après la traite du matin, Amandine posa la soupe sur le fourneau, prête à chauffer, et sortit la poêle pour que Basile y fasse cuire des œufs. Ensuite, elle partit à ce rendez-vous.

La montée était rude. La jeune femme, qui s'essoufflait rapidement, s'arrêta plusieurs fois. Elle parvint enfin sur le plateau et serra un peu plus fort son écharpe sur sa bouche car la bise lui coupait le souffle. Elle avançait tête baissée pour ne pas donner prise au vent et marchait d'un bon pas.

Quelques plaques de neige se tapissaient encore dans les coins où le soleil n'arrivait pas et, sous les coups de la bise, le causse paraissait trembler.

Amandine avait l'impression d'être seule au monde, au milieu d'un désert froid qui lui glaçait le corps. Elle n'osait pas courir, mais il ne lui aurait pas fallu grand-chose pour lui faire prendre ses jambes à son cou. Aussi, elle sursauta et poussa un cri quand elle s'entendit interpeller :

« Hé, où allez-vous, la belle, on pourrait faire un peu de marche ensemble ? »

Elle se retourna et vit arriver à vive allure un grand échalas dégingandé, armé d'un gourdin.

« Il y a longtemps que je vous suis. Mais pour vous rattraper, il faut en donner un coup et mes soufflets ne sont plus ce qu'ils étaient ! »

Amandine contempla l'homme : une bonne quarantaine, la tête cachée sous un passe-montagne qui ne laissait voir que deux yeux marron rieurs. L'homme s'appuyait sur son gourdin. Il la regardait et semblait bien la connaître.

« Allons, vous êtes bien la veuve de Jean Béraud ? »

Elle opina de la tête sans rien dire.

« Je l'ai connu, le Jean, un peu avant la guerre. Puis je l'ai croisé une ou deux fois, au front.

— Ah ! vous connaissiez mon mari.

— Je le connaissais ? Oui. On s'est un peu perdus de vue, mais quand on est loin et qu'on trouve un pays, on fraternise. Moi, j'étais pas dans le même régiment ; c'était Louis Germain qui était avec lui.

— Louis Germain ?

— Oui. Vous ne le connaissez sûrement pas. C'était un berger qui faisait la transhumance. Il a été prisonnier, il est à l'hôpital maintenant et je crois qu'il ne va pas bien du tout.

— Il est d'ici ? Je ne l'ai jamais rencontré.

— Oh ! on ne le remarque jamais. C'est un petit homme qui parle avec difficulté. Il ne s'exprime presque pas mais il voit tout et sait tout. Et puis, il a vécu à Montpellier après la guerre.

— Et vous, comment vous appelez-vous ?

— Je suis René Chazal. J'habite Varazoux de la commune de Saint-Étienne. Vous connaissez ?

— J'en ai entendu parler, mais je n'y suis jamais allée. »

Tout en parlant, ils avaient continué la route et ils arrivèrent bientôt en haut du sentier de Tire-Cul qui dévalait, presque à pic, vers la ville de Mende étalée à leurs pieds. René s'arrêta et dit :

« Si vous êtes pressée, continuez toute seule. Moi, je dois me reposer un peu. Vous savez, depuis que les Boches m'ont fendu la tête, j'ai du mal à marcher longtemps sans m'arrêter.

— Je ne suis pas très pressée, je peux vous attendre, répondit la jeune femme qui sentait son souffle s'accélérer aussi. Vous connaissiez bien mon mari ? » interrogea-t-elle, attentive à sa réponse.

Il prit le temps de rouler une cigarette, la regarda d'un air moqueur et, l'ayant devinée, interrogea à son tour :

« Pourquoi me demandez-vous ça, bonne femme ?

— Parce qu'il a disparu à Verdun, et vous dites que vous y étiez. Peut-être pourrez-vous m'apprendre quelque chose ?

— Verdun était grand ! Ou, plutôt, le champ de bataille était étendu et, quand on rencontrait des pays, c'étaient les jours de repos, dans la ville. J'ai croisé votre mari, à la Citadelle ; on avait un peu parlé mais, pour vous dire la vérité, je n'en ai pas gardé un souvenir précis. On a dû se toucher la main, échanger quelques nouvelles, et voilà…

— Donc, vous ne savez rien, soupira la jeune femme.

— Eh non… Vous dites qu'il a disparu ?

— Après le mois de juillet 1916, on n'a eu aucune nouvelle de lui, mais on n'a pas retrouvé son corps.

— Hélas, il n'a pas été le seul.

— Quand on me parle de lui, j'ai toujours l'espoir que quelqu'un l'aura rencontré et qu'il lui aura dit quelque chose.

— Désolé, moi, il ne m'a rien confié ! »

René avait fumé sa pipe et ils reprirent le chemin de la ville. Ils se séparèrent en entrant. Le jeune homme avait dit aller chez le médecin tandis qu'Amandine se dirigea vers l'hôpital.

Tout en pressant le pas, elle se demandait pourquoi elle ne lui avait pas parlé de Louis Germain quand lui-même l'avait évoqué. Une étrange peur qui lui serrait l'estomac l'avait empêchée de lui raconter que le malade l'avait fait demander.

Elle se hâtait et son cœur battait la chamade, elle ne savait pourquoi. Quand elle parvint devant le portail de l'hôpital, elle hésita, soupira puis entra dans la cour où plusieurs patients et handicapés étaient assis sur des bancs, s'appuyaient sur des cannes ou se promenaient l'air triste.

Elle se dirigea vers la porte d'entrée et pénétra dans un couloir pavé de larges dalles de pierre.

Des religieuses ou des infirmières allaient et venaient, marchant d'un pas rapide vers des chambres, portant cuvettes, pansements et charpie.

Ne sachant vers où se diriger, Amandine avançait lentement, cherchant une indication. Elle aperçut une plaque indiquant : « salle commune ». Elle suivit la flèche, monta une volée de marches et se trouva à l'étage. À gauche, la flèche indiquait « femmes », à droite « hommes ». Elle se dirigea de ce côté, ouvrit la porte et se trouva plongée dans une grande salle où une vingtaine d'hommes étaient allongés sur des lits en fer.

Une odeur indéfinissable la prit à la gorge. Elle sentit son estomac se nouer mais avança tout de même vers une femme vêtue de blanc qui, ne l'ayant pas vu entrer, sursauta quand elle lui demanda :

« Pardon, madame, pourrais-je voir Louis Germain, s'il vous plaît ?

— Pas madame, ma sœur, rectifia la femme.

— Excusez-moi, ma sœur, je ne savais pas », expliqua Amandine intimidée.

La religieuse la toisa et lui demanda d'une voix sèche :

« Vous êtes de sa famille ?

— Non, mais j'ai reçu une lettre disant qu'il voulait me parler. »

Elle sortit l'enveloppe de sa poche. La religieuse y jeta un coup d'œil et dit d'une voix plus douce :

« Ah ! c'est notre mère qui vous a fait écrire par l'aumônier. Je vais vous amener auprès d'elle.

— Ma sœur, ma sœur ! cria un malade d'un des lits éloignés, venez vite. Ma plaie s'est rouverte. Je saigne.

— Tenez-vous tranquille, Cyprien, j'arrive dans une minute. »

Elle précéda Amandine et la conduisit au fond du couloir où elle frappa à une porte.

« Entrez ! cria une voix de femme.

— Ma mère, je vous amène la personne à laquelle Louis Germain désire parler, expliqua la religieuse.

— Entrez, madame, redit la voix. Laissez-nous, sœur Pascale. »

La religieuse s'éloigna. La supérieure fit asseoir Amandine et lui demanda :

« Connaissez-vous Louis Germain ? »

La jeune femme fit non de la tête, la mère continua :

« C'est un grand blessé de guerre comme il y en a, hélas, beaucoup. Mais lui, il est seul au monde. Il vous réclame et n'a jamais voulu dire pourquoi. Je pensais que vous l'aviez connu, autrefois.

— Ma mère, je ne suis pas du pays. C'est mon mari qui habitait Saint-Bauzile, mais il a disparu à Verdun.

— Germain aussi a fait Verdun. Il connaissait peut-être votre mari qui lui a confié quelque chose pour vous. Quoi qu'il en soit, il a dit et redit qu'il ne voulait pas mourir sans vous rencontrer. Je vais vous amener près de lui. »

La supérieure se leva et les deux femmes reprirent, en sens inverse, le chemin qu'avait déjà parcouru Amandine. Elles entrèrent dans la salle des hommes et la mère se dirigea vers un coin de la pièce isolé par un paravent bleu que la jeune femme n'avait pas remarqué en arrivant.

« Monsieur Germain, annonça la supérieure, je vous amène Mme Béraud. »

16

Les aveux de Louis Germain

L'homme qui était couché dans le lit avait un visage couleur de cire. Seuls ses yeux brillaient de l'éclat de la fièvre. Il tourna la tête et contempla Amandine sans parler. La religieuse lui dit :

« Je vous laisse, vous pourrez lui parler. »

En catimini, elle murmura à la jeune femme :

« Il ne faut pas trop le fatiguer ni le faire parler, c'est un grand malade. »

Amandine inclina la tête. La supérieure ne s'éloigna pas très loin. Elle alla d'un lit à l'autre, tout en surveillant du coin de l'œil ce qui se passait derrière le paravent.

« Bonjour, dit la jeune femme, je suis madame Amandine Béraud, la femme de Jean. Peut-être le connaissiez-vous ? »

Louis Germain opina de la tête et la regarda fixement.

« Oui, dit-il finalement, oui, je le connaissais bien.

— Pourquoi avez-vous demandé à me voir, vous savez quelque chose sur lui ? »

Le malade ne répondit pas tout de suite il passa une main décharnée sur sa figure puis commença sa confession.

« Oui, Jean Béraud, je le connaissais. Je le connaissais même très bien. On a fait toute la guerre ensemble et on était dans le même régiment.

— Alors, peut-être savez-vous quelque chose sur sa disparition. »

Une sorte de sourire éclaira le visage de l'homme et il regarda Amandine d'un air rusé.

« Pourquoi vous êtes-vous déplacée si vite pour venir voir quelqu'un que vous ne connaissiez pas ? »

Amandine fut stupéfaite :

« Mais parce que vous me l'avez demandé ! L'aumônier m'a écrit et…

— Je sais, je sais, mais vous aviez bien une raison pour venir si vite. »

La jeune femme demeura interdite, se demandant où le malade voulait en venir. Elle garda le silence. La religieuse s'approcha et demanda :

« Ça va monsieur Germain ? »

Le malade fit un geste comme pour chasser l'importune et, quand elle se fut éloignée, continua :

« Avouez que vous n'avez jamais cru que votre mari était mort. »

— Et pourquoi ne le croirais-je pas ?

— Parce que je vous ai envoyé des lettres…

— Ah ! c'était vous ?

— Et vous ne m'avez pas cru ou, peut-être, ça vous arrangeait de ne pas me croire ! »

Il s'arrêta épuisé et ferma les yeux. Amandine crut qu'elle n'en tirerait pas autre chose, elle s'affola :

« Monsieur Germain, dites-moi, est-ce vrai que mon mari est vivant ? Et pourquoi m'avez-vous envoyé ces lettres ? »

Louis Germain rouvrit les yeux et d'un ton violent cracha :

« Je voulais me venger de vous et de votre mari.

— Mais pourquoi ?

— Ah, vous ne le connaissiez pas votre mari ! Alors, vous ne savez pas tout le mal qu'il a pu me faire. »

Amandine se taisait, médusée. Louis Germain était lancé et, tout en la regardant fixement, il continua d'une voix qui crachait la haine :

« Votre mari était un sale bonhomme. On était du même pays, on aurait pu s'entendre : mais non ! Lui était un monsieur, moi j'étais un berger. Il était bel homme et moi, un avorton. Chaque fois qu'il le pouvait, il me désignait aux autres, et c'était des plaisanteries sans fin : j'étais un berger qui vivait avec ses brebis, je sentais le suint, je ne savais pas parler. Je vous épargne les histoires salaces qu'il racontait sur moi – les autres le croyaient pensant qu'il me connaissait bien puisqu'on était du même coin. Bref, il en a tant dit que tout le monde m'a tourné le dos, même au front ! Ils riaient quand j'arrivais et moi je suis resté seul, complètement seul. Vous savez ce que ça signifie quand on voit la mort tous les jours en face ? Je suis peut-être un berger, mais je sais regarder. Votre Jean avait un copain, Jean Marnhac, il s'appelait. Il était des Pyrénées, un petit village vers Perpignan. Saint-Estève, ça s'appelait. Ils s'entendaient comme larrons en foire. Ils se ressemblaient un peu : grands, moustachus… Ils s'amusaient à se déguiser et il fallait reconnaître qui était qui. Bref, on les voyait toujours ensemble. »

Louis s'arrêta épuisé, Amandine n'osait bouger. Au bout d'un assez long temps, il demanda :

« Pouvez-vous me donner à boire ? »

La jeune femme prit un verre posé sur la table de nuit et y versa de l'eau d'une bouteille posée à côté.

« Non, malheureuse, vous allez l'étouffer ! » cria la religieuse en s'approchant.

Elle releva le malade et le tint pendant qu'il buvait.

« Ça sera bientôt fini, fit-elle en regardant Amandine. Il est très fatigué, il va s'épuiser. »

Quand Louis eut bu, il fut pris d'une quinte de toux.
« Vous voyez, dit la sœur ! »

Épuisé et le front en sueur, le malade fit un geste de refus vers la religieuse et, quand il put parler, il lui dit d'un ton rude :

« Laissez-nous seuls. Ce que j'ai à dire ne vous regarde pas !

— Mais si vous aggravez votre cas, il faudra que je vous soigne.

— C'est l'aumônier qui veut que je lui parle. »

Cela parut suffisant aux yeux de la religieuse qui s'éloigna lentement.

« Bon, où j'en étais ?

— Mon mari et Jean Marnhac se ressemblaient…

— Ah ! oui… Donc, il y a eu cette fameuse attaque de juillet 1916 où on nous a fait sortir sous les bombes et le feu des allemands. Il en est tombé des centaines…

— C'est ce jour-là que mon mari a disparu ?

— Attendez. Terré dans mon trous d'obus, j'ai vu tomber Jean Marnhac. Il ne s'est pas relevé ! C'est alors que j'ai vu votre mari s'approcher du corps de son ami. Il lui a pris quelque chose que je n'ai pas vu. Je n'ai pas compris tout de suite. Après, il y a eu d'autres tués avec de la fumée et de la poussière et je n'ai plus rien vu.

— Alors vous ne savez rien, pourquoi dire qu'il est vivant ? »

L'homme reprit son souffle et s'arrêta quelques instants, rouge, fiévreux.

Amandine eut peur que la sœur revienne et ne le fasse taire. Elle essaya de se placer de manière que la religieuse ne voie pas Louis Germain. Après quelques instants, le malade s'essuya le front et reprit d'une voix si faible que la jeune femme dut se pencher pour entendre :

« Votre mari n'a pas disparu ce jour-là, puisque je l'ai revu quand les Allemands nous ont fait prisonniers. Il marchait devant moi. Ça j'en suis sûr.

— C'est pourquoi vous dites qu'il est vivant. Mais alors, pourquoi n'est-il pas revenu ? »

Le malade jeta un regard de pitié à la femme qui se tenait près de son lit.

« Pauvre femme ! vous ne comprenez pas. Votre mari passait la belle vie avec d'autres. Il se vantait de ses bonnes fortunes, mais jamais il ne parlait de vous. Et, d'après les lettres qu'il recevait, vous n'étiez pas la seule à lui écrire. »

Une barre de feu traversa le cœur d'Amandine et les larmes lui montèrent aux yeux. Inconsciemment, elle avait toujours su qu'elle n'était pas la seule. Mais elle avait su fermer les yeux pour protéger son enfant. Entendre raconter son histoire par un inconnu la bouleversait. Louis reprenait :

« On a été séparés après et je ne l'ai plus revu. Mais je suis persuadé qu'il s'en est tiré. C'est pourquoi quand je suis revenu et qu'on m'a dit qu'il avait disparu dans l'attaque, je ne l'ai pas cru, car je savais que c'était faux et j'ai écrit ces lettres !

— Vous auriez pu venir me le dire franchement.

— Je voulais que vous souffriez comme j'ai souffert.

— Mais, s'il est vivant, où peut-il être ?

— J'y ai pensé et j'ai fini par comprendre ce qu'il avait fait en pleine bataille : il a pris le bracelet matricule de son ami et il est devenu Jean Marnhac. »

Amandine restait dubitative :

« Vous affirmez des choses que vous ne savez pas. Il est peut-être mort en prison. Vous n'êtes pas sûr du tout de ce que vous avancez !

— Je suis sûr qu'il était prisonnier avec moi, même qu'il m'évitait de peur que je le reconnaisse ! Le reste je n'en suis pas sûr, mais je crois bien que ça s'est passé comme ça.

— Mais pourquoi aurait-il fait ça ?

— Vous n'êtes pas non plus au courant de ses affaires à Montpellier. Je crois qu'il s'était compromis, là-bas. Il se moquait de moi. Mais moi, je le surveillais et j'ai surpris quelques confidences qu'il faisait à Jean

Marnhac. Il ne se méfiait pas de moi, pensez, un berger à moitié simple… Et moi, j'en profitais.

— Alors, si je comprends bien, vous me dites que mon mari aurait pris la place de Jean Marnhac. Mais sa famille ne l'aurait jamais accepté !

— Ce que j'en dis, c'est ce que j'ai vu. À vous de faire les recherches. Je n'aurais jamais rien dit si, quand j'ai fait la grande lessive, l'aumônier ne m'avait pas fait promettre de vous dire la vérité. »

Il observa Amandine et un sourire, un vrai, illumina son visage pour la première fois :

« Je ne vous imaginai pas comme ça. Je croyais que vous étiez comme lui et je m'aperçois que, vous aussi, vous avez été sa victime. Pourquoi vous êtes-vous mariée avec ce type ? »

La jeune femme haussa les épaules :

« Je l'aimais… et puis j'étais enceinte !

— Ah ! tout s'explique… Maintenant que je vous ai vue, je veux bien vous demander pardon. Je n'aimais pas votre mari et je voulais vous faire du mal. Je le regrette aujourd'hui.

— D'autant plus que votre histoire ne me paraît pas très vraisemblable. »

Louis Germain se redressa sur ses oreillers et cria d'une voix aiguë :

« Je vous ai dit la vérité. Il se peut qu'elle vous dérange, mais… »

Il ne put continuer, une quinte de toux lui coupa la respiration et une bave mousseuse apparut à ses lèvres. La religieuse se précipita et vint le soutenir tout en lançant un regard noir à Amandine.

« On vous avait dit de ne pas le fatiguer, et voilà ce que vous avez fait ! »

La jeune femme s'écarta et, voyant que le malade respirait de plus en plus difficilement, s'éloigna de la salle.

Avant de refermer la porte, elle jeta un regard vers le lit de Louis Germain. La religieuse le soutenait toujours et le malade, les yeux exorbités, cherchait sa respiration en sifflant. Alors, la jeune femme referma doucement la porte, descendit l'escalier et se retrouva dans le couloir avant de sortir dans la cour et de passer le grand portail de l'entrée. Elle voulait mettre le plus de distance possible entre elle et ce Louis Germain qui, en quelques mots, avait détruit les dernières illusions qu'elle se faisait sur son mari.

17

René Chazal

Amandine ne s'attarda pas en ville et reprit, sans tarder, la montée du causse. C'était une belle journée d'hiver. Le bois de hêtres avait pris une belle couleur argentée qui illuminait l'après-midi. Le vert des pins se mêlait au rouge vif des érables et au jaune des arbrisseaux formant une palette de couleurs agréables à regarder.

La jeune femme avançait insensible à toutes ces merveilles. Son esprit enfiévré ne cessait de lui rappeler les paroles de Louis Germain : « Votre mari était un sale bonhomme ! » et « Je suis sûr qu'il n'a pas disparu… Il était encore vivant après l'attaque. »

Quand les lettres étaient arrivées, elle n'y avait jamais vraiment cru. Au fond d'elle-même, elle était persuadée que Jean était vraiment mort et le témoignage du malade ébranlait ses convictions. Se pourrait-il, comme le laissait entendre Germain, que Jean eût manigancé tout cela ? Tromper son fils, sa femme, sa mère, son frère, pour mener la belle vie ailleurs ? Aurait-il pu faire tout cela de sang-froid ? Quant à ses affaires que Germain disait louches, cela ne l'étonnait pas. Elle avait compris depuis longtemps que rien n'était clair ni honnête dans ce qu'il faisait. Germain suggérait encore qu'il y avait d'autres femmes.

Cela, elle le soupçonnait mais elle avait toujours fermé les yeux. Et maintenant, serait-il chez l'une d'elles ? Elle constata que cela la laissait indifférente. Ce qui la tourmentait le plus, c'est qu'il ait laissé sa mère le pleurer alors qu'il était vivant !

Mais était-il vivant ? Elle n'en était pas certaine. Et si Louis Germain avait tout inventé par vengeance !

Le chemin montait. Elle n'avait rien ou peu mangé depuis le matin et elle commençait à sentir la faim qui la tenaillait. Tout à coup, elle se sentit mal. Depuis sa maladie, elle ne pouvait faire de gros efforts, et aujourd'hui elle avait vécu sur les nerfs : elle avait traversé le causse, respiré l'air malsain de l'hôpital et, à peine dehors, avait repris l'ascension du plateau dans l'autre sens. Cela faisait beaucoup. Elle sentit qu'elle devait s'asseoir. Ses yeux papillonnaient et elle voyait le paysage dans un brouillard noir alors que ses oreilles bourdonnaient de plus en plus fort.

Que faire, pensa-t-elle, je ne vais pas m'évanouir sur le bord de la route ? Elle ferma les yeux : le brouillard s'accentua et devint une fumée noire et les bourdonnements devinrent des hurlements.

Sa tête semblait se balancer, elle n'entendit pas quelqu'un approcher et sursauta quand une voix lui demanda :

« Ça ne va pas ? »

Incapable de répondre, elle secoua la tête. Elle se sentit saisie par deux bras puissants et allongée sur le sol. Elle ressentit un bienfait immédiat. On jeta un vêtement sur elle, mais elle n'osa ouvrir les yeux. Brume et brouillard commencèrent à se dissiper. Le sang cognait encore dans ses oreilles et dans sa poitrine. Une envie de dormir la prenait et elle y aurait bien succombé si la voix n'avait repris :

« Vous vous sentez mieux ? »

Elle ouvrit péniblement les paupières et se trouva face à René Chazal qui la regardait anxieux. Il était debout et il lui parut très grand. Elle s'aperçut alors qu'il avait quitté sa veste et qu'elle en était recouverte. Elle voulut protester :

« Votre veste ? Vous allez prendre froid…

— Ne bougez pas. Je vais vous donner quelque chose. »

Il fouilla dans les poches de son pantalon et sortit une boîte de bonbons à la menthe :

« Ça vous dirait une pastille ? »

Amandine sourit. Il y avait longtemps que personne ne s'était soucié d'elle. Elle tendit la main et René y posa deux bonbons qu'elle porta à la bouche.

Peu à peu, elle reprenait vraiment ses esprits et elle voulut se relever. Le jeune homme lui conseilla de rester encore allongée et s'assit à ses côtés.

Ses forces tout à fait revenues, la jeune femme voulut se lever. Mais une main ferme se posa sur elle et René lui dit :

« Restez encore quelques instants, vous aurez peut-être des vertiges. »

Elle repoussa la main, s'assit puis se leva tout de suite. Aussitôt, tout se mit à tourner autour d'elle et elle serait tombée si une poigne solide ne l'eut retenue. L'éblouissement fut de courte durée et elle essuya son front couvert de sueur. Alors, elle se tourna vers l'homme et constata :

« Vous aviez raison. »

René sourit, sortit la boîte et proposa :

« Une autre ? »

Amandine accepta car elle ne se sentait pas très vaillante.

Finalement, la jeune femme, aidée par son compagnon, put reprendre la montée tout doucement. Peu à peu, ses forces lui revinrent et elle commença à s'excuser :

« Je ne sais pas ce qui m'a pris. Je ne suis pas très costaud mais, d'habitude, je ne m'évanouis pas comme ça. Une chance que vous soyez passé par là !

— Oh, je n'ai pas fait grand-chose, sinon vous donner une pastille ! »

Ils rirent tous les deux et Amandine, stupéfaite de se réjouir ainsi après la nouvelle qu'elle venait d'apprendre, s'arrêta tout d'un coup. René l'observa, intrigué :

« Quelque chose ne va pas ?

— Non, non, mais je me dis que rire…

— Cela fait du bien de rire, vous ne trouvez pas que vous avez assez souffert ? »

En entendant cette phrase, la jeune femme sentit des larmes lui piquer les yeux et il lui fut impossible de les retenir. L'homme n'osa parler. Il attendit, en silence, que la crise soit passée. Quand elle se fut dominée, Amandine lui expliqua :

« Vous devez me prendre pour une personne bien étrange : je m'évanouis sur le bord du chemin et, à peine debout, je me mets à pleurer sans savoir pourquoi !

— Je ne vous trouve pas étrange. Je pense que quelque chose vous a bouleversée et que vous en subissez le contrecoup. »

Amandine observa son compagnon tout en hochant la tête :

« Vous ne devineriez jamais à quel point : je viens d'apprendre que mon mari est vivant ! »

Elle ne savait pourquoi elle se confiait à ce quasi-inconnu, mais il lui inspirait confiance. Elle continua :

« Oui. Louis Germain m'avait fait appeler par l'aumônier parce qu'il avait des choses à me révéler et il m'a affirmé que Jean n'avait pas disparu, mais qu'il avait été fait prisonnier avec lui.

— Ça ne veut pas dire qu'il est vivant.

— C'est un peu compliqué. Il m'a raconté une histoire invraisemblable. »

Et, tout en montant doucement vers le causse, elle lui confia tout ce que lui avait appris Germain. Elle conclut en lui demandant :

« Vous croyez qu'une telle histoire a pu arriver ? »

René garda un moment le silence puis il s'arrêta et, fixant la jeune femme, lui dit :

« Je n'affirmerai pas que c'est impossible. Vous savez, en temps de guerre, il se passe des choses qui peuvent paraître extravagantes en temps normal. Ce peut être possible ou pas... »

Il réfléchit un moment, puis demanda :

« Pourquoi ne vous a-t-il révélé tout cela que maintenant ? »

Elle raconta alors, pêle-mêle, les lettres anonymes, les affaires de Jean, la ressemblance avec l'autre Jean et la haine que Germain vouait aux deux hommes. Le jeune homme hochait la tête tout en écoutant attentivement.

« Après tout, son histoire se tient. Pourquoi n'iriez-vous pas enquêter dans ce village ? »

Amandine soupira :

« Vous me voyez me présentant là-bas pour demander après un homme que je ne connais pas !

— Si c'est votre mari, allez le surprendre. »

La jeune femme ne répondit pas. Elle se voyait mal aller frapper à une porte inconnue. Et si l'homme n'était pas Jean, que ferait-elle ?

« Non, non, reprit-elle après quelques instants, je ne pourrai jamais !

— Alors, vous ne saurez jamais si Germain a dit la vérité.

— Je n'ai pas besoin de le savoir. Il nous a abandonnés. Pourquoi voulez-vous que j'aille lui courir après ?

— Mais pour savoir, tout simplement. »

Amandine, en pleine forme, se remit en route. René lui emboîta le pas et ils marchèrent en silence pendant quelques instants. Le jeune homme demanda :

« Vous n'avez pas un fils ?

— Si, Bernard, il va sur ses dix-sept ans.

— Alors, envoyez-le là-bas !

— Mais il ne se rappelle pas son père !

— Allez-y avec lui. »

La jeune femme ne répondit pas. Elle allongea le pas, pressée de rentrer chez elle. Tout en marchant, elle réfléchit et se demanda pourquoi cet homme s'était trouvé si opportunément sur son chemin. Cela sentait le mystère et une chose qu'elle ne comprenait pas l'ennuyait. Elle lança tout haut :

« Comment se fait-il que vous vous soyez trouvé sur la route quand je me suis sentie mal ? »

Le garçon se troubla à peine et répliqua :

« Heureusement que je me suis trouvé là.

— Sans doute, mais ce n'est pas le hasard ? »

René éclata d'un rire franc et lui expliqua :

« Touché. Je voulais vous revoir. Alors je vous ai suivie depuis la sortie de Mende et je suis arrivé à point pour vous empêcher de tomber dans les pommes. »

Amandine sourit. Elle n'était pas insensible à l'attention dont elle était l'objet, mais le souvenir de Jean vint jeter une ombre sur ses rêves. Elle dit amèrement :

« Je suis une femme mariée.

— Une veuve, rectifia René.

— Ce n'est pas sûr.

— C'est pour ça que vous devez vérifier. Je sais que c'est un peu tôt pour le dire, mais vous me plaisez bien.

— Et si Jean est vivant ?

— Je m'effacerai, bien entendu. »

Il laissa passer un moment, puis ajouta :

« Je ne souhaite la mort de personne. Et pourtant… »

Il n'acheva pas et Amandine lui en fut reconnaissante ; elle n'aurait pas aimé l'entendre souhaiter la mort de Jean.

Ils traversèrent le causse parlant de choses et d'autres et René l'accompagna jusqu'au village par peur d'un autre malaise. Mais, à part une grande fatigue, la jeune femme ne ressentit plus rien. Quand ils arrivèrent à Saint-Bauzile, Amandine l'invita à entrer. René refusa d'abord puis finit par accepter.

Quand ils arrivèrent dans la cuisine, la jeune femme vit tout de suite que Basile n'avait pas touché à son repas.

« Mon beau-frère n'est pas venu manger, constata-t-elle. Asseyez-vous, je vais faire chauffer son repas et nous le partagerons. »

Elle s'activa à allumer le feu et à faire un peu de cuisine. Basile arriva alors. Il était ivre mort et faillit se cogner à la porte en entrant :

« 'Jour ! Tiens, on a de la visite.

— Oui. C'est René Chazal qui m'a raccompagnée parce que j'ai eu un mauvais moment.

— Un mauvais moment ? Tu es toujours malade quand tu passes le causse ! »

Et il partit d'un gros rire d'ivrogne. Amandine serra les dents mais ne répondit pas.

Basile n'évoquait jamais ce qui s'était passé autrefois, elle croyait même qu'il l'avait oublié mais, apparemment, il n'en était rien.

Basile se joignit à eux et la jeune femme servit le repas confectionné à la hâte. Quand Basile eut avalé quelques cuillerées de soupe, il repoussa son assiette et se leva en déclarant :

« Je n'ai pas faim. »

Il se tourna alors vers René et demanda :

« T'es d'où, toi ?

— De Varazoux, tu as dû entendre parler de moi : René Chazal. »

Basile parut chercher au fond de sa mémoire, mais demeura muet.

René se leva et Amandine l'accompagna à la porte. Il tint un peu plus longtemps qu'il ne fallut la petite main de la jeune femme, puis il dit très fort :

« Au revoir et merci pour le repas. »

Pour Amandine seule, il ajouta : « J'espère que nous nous reverrons bientôt.

— Il faut que je tire cette histoire au clair.

— Vous avez raison, ce sera mieux pour tout le monde. »

18

Indécision

Ce soir-là, Bernard ne rentra pas. Son chantier le conduisait, maintenant, vers la haute Lozère et il passait la nuit à Mende dans une mansarde dont la lucarne du toit donnait dans les étoiles.

Pour Amandine, la soirée passa à s'occuper des brebis car Basile s'était endormi sur un coin de la table et n'en avait plus bougé, malgré le va-et-vient de sa belle-sœur et les aboiements de Lébrou qui sautait de joie après Amandine.

La jeune femme rentra complètement épuisée et se mit à laver la salade pour le souper. Un reste de soupe de midi chauffait sur la cuisinière. La clarté de l'ampoule électrique rendait la pièce intime et douillette.

Encore sous le coup de sa rencontre avec René, la jeune femme ne pouvait s'empêcher de penser à lui. Elle ne lui avait pas demandé quel était son métier ni où se trouvait Varazoux et se le reprochait maintenant. Il lui avait dit être de l'âge de Jean. Elle calcula et trouva qu'il portait bien ses années.

Toute à ses pensées, elle ne vit pas que Basile se réveillait et la fixait d'un air interrogateur. Elle sursauta quand il demanda :

« J'ai rêvé ou il y avait quelqu'un, tout à l'heure ?

— Non, tu n'as pas rêvé. René Chazal m'a accompagnée parce que je me suis trouvée mal sur le causse.

— Ah ! bon… René Chazal, d'où sort-il, celui-là ? Ça me dit quelque chose.

— Je crois qu'il est d'un village des environs mais je ne me souviens plus du nom.

— Mais pourquoi est-il venu à la maison ?

— Je te l'ai dit, reprit patiemment Amandine. En revenant de Mende, j'ai eu un mauvais quart d'heure et je me suis assise sur le bord du chemin. Je me suis évanouie et il est passé à ce moment-là. »

Elle ne savait pourquoi elle ne lui avait pas raconté sa première rencontre avec le jeune homme. Basile se concentrait pour réfléchir. Son front se couvrait de rides et il paraissait perplexe :

« Je n'arrive pas à le situer, il était… Il était…

— Il m'a dit qu'il était de l'âge de Jean.

— Ah ! je me souviens, maintenant, il est de Varazoux. Il avait été blessé à la tête et trépané.

— Ah ! bon. Et que fait-il, maintenant ? »

Basile haussa les épaules en signe d'ignorance puis, se rappelant soudain pourquoi sa belle-sœur était allée à Mende, il demanda brusquement :

« Et Louis Germain ? »

Amandine lui raconta la confession du jeune homme et sa quasi-certitude que Jean avait usurpé l'identité d'un certain Jean Marnhac. Basile la laissa parler, hochant la tête de temps en temps. Quand elle s'arrêta, il dit doucement :

« Ça se pourrait… Ça se pourrait bien !

— C'est tout l'effet que ça te fait ! Moi, ça me bouleverse. C'est pourquoi je me suis évanouie. Malgré toutes ces lettres, moi, je n'avais jamais cru qu'il était vivant, aussi je ne l'avais jamais cherché. Il me paraissait impossible qu'on puisse se cacher aussi longtemps. Et pourtant, cet homme est persuadé que c'est ce qui est arrivé.

— S'il s'est fait passer pour un autre, pourquoi pas ? Mais, la famille de ce gars, pourquoi ne l'a-t-elle pas démasqué ? »

Ils se turent, tous les deux, tandis qu'Amandine sortait les assiettes et posait la soupière sur la table.

Basile, que le sommeil semblait avoir revigoré, se servit copieusement et se mit à manger de bon appétit. La jeune femme, quant à elle, se sentait totalement épuisée et fut incapable d'avaler une bouchée.

« Mange, lui conseilla son beau-frère, je crois que nous allons avoir du pain sur la planche. »

Amandine le regarda sans comprendre.

« Oui. Tu as bien l'intention de rechercher ton mari, n'est-ce pas ? »

La jeune femme ne répondit pas. Rien n'était clair dans sa tête et elle répugnait à partir pour un pays qu'elle ne connaissait pas. Elle avait peur d'aller frapper à la porte d'un inconnu qu'on disait être son mari.

Comment réagirait-elle si l'homme qui lui ouvrirait n'avait rien à voir avec Jean ? Lui dirait-elle :

« Excusez-moi, je croyais que vous étiez mon mari ! »

Elle s'effrayait à l'idée de devoir quitter cette maison et ce pays qu'elle avait eu tant de mal à aimer mais qui, aujourd'hui, étaient entrés dans son cœur. Abandonner cette vallée où coulait la rivière, ne plus voir les montagnes du Lozère avec leur chapeau de neige en hiver et oublier à jamais les couchers de soleil mauve et rouge lui déchiraient l'âme.

Elle regarda son beau-frère et vit un sourire ironique éclairer son visage :

« J'ai dans l'idée que ça ne te fait pas plus plaisir à toi qu'à moi de revoir mon frère ! »

Amandine, à bout de forces et d'épuisement, éclata en sanglots et, repoussant son assiette, cacha sa figure dans ses bras et se mit à pleurer sans retenue.

Basile, ne sachant que faire, la regarda un moment en silence puis, voyant qu'Amandine ne se relevait pas, il se leva et, maladroitement, passa sa main sur la chevelure de sa belle-sœur :

« Ne pleure pas, va, je te comprends. Mon frère n'est pas digne de toi, surtout s'il a fait ça ! Si tu ne veux pas aller à sa recherche, personne ne te forcera. On vivra comme s'il était toujours mort et personne n'en saura rien. »

La jeune femme releva la tête et, se tournant vers lui, déclara :

« Bernard a envie de connaître son père. Je n'ai pas le droit de lui mentir.

— Si tu ne lui dis pas ce que t'a avoué Louis Germain, il n'en saura jamais rien. »

Amandine secoua la tête :

« C'est presque un homme. Ce ne serait pas bien de lui cacher la vérité. »

Basile haussa les épaules :

« C'est toi que ça regarde. Moi, je te disais ça pour t'empêcher de souffrir. Mais, entre nous, je serai bien content de revoir Jean pour lui faire expliquer cette incroyable histoire.

— Peut-être que tout est faux, essaya de se rassurer Amandine. Il reste une chance que Germain se soit trompé et que Jean ait réellement disparu. »

Elle s'arrêta et, dans le silence qui suivit, prit conscience de ce qu'elle venait d'exprimer tout haut.

« C'est affreux, gémit-elle, voilà que maintenant je souhaite que mon mari soit mort ! »

Elle se remit à pleurer et partit en courant vers sa chambre.

Toute la nuit, elle pensa et repensa aux confidences du malade. Elle imaginait diverses solutions, toutes plus extravagantes les unes que les autres, et, quand elle arrivait à sombrer dans le sommeil, elle se retrouvait au chevet de Louis Germain qui la fixait de ses yeux fiévreux et lui disait en pointant vers elle un doigt accusateur :

« Votre mari est vivant, votre mari est vivant ! »

Le matin, elle se leva comme d'habitude et fut prise d'une faiblesse qui la força à s'asseoir. Toute la chambre tournait. Elle se demanda si elle pourrait aller à la bergerie. Elle s'affola : « Il ne manquerait plus que je sois malade, qui me soignerait ? »

Elle songea à Bernard éloigné par son travail, à Basile souvent entre deux vins et, enfin, ses pensées se fixèrent sur René Chazal. Ce serait si bon de pouvoir s'appuyer sur lui. Mais, bien sûr, c'était impossible : elle était mariée et son mari était vivant !

Elle se recoucha, pensant que quelques minutes de repos lui seraient bénéfiques, mais la chambre tournait toujours et, si elle fermait les yeux, elle se croyait dans un manège qui l'emportait à toute allure. Elle ne bougea plus et, un instant, crut que tout était rentré dans l'ordre, mais, quand elle se rassit, tout recommença.

Amandine décida de rester au lit, advienne que pourra !

Vers le milieu de la matinée, Basile vint voir ce qui se passait. Elle lui expliqua ses malaises et lui demanda de lui apporter de l'aspirine.

Il revint avec un verre d'eau et deux cachets qu'elle avala.

« Tu devrais manger, lui dit-il, tu irais mieux. »

Elle ne répondit pas. Elle ne pouvait lui dire que la pensée de la nourriture lui donnait des nausées. Elle replongea dans la tiédeur de ses draps et ferma les yeux.

Effrayé par la pâleur de son visage, Basile s'en alla chez les Vally, prévenir la femme de Marcel de la maladie d'Amandine.

Il n'osa leur parler de son frère, mais expliqua que sa belle-sœur s'était trouvée mal en revenant de Mende et que René Chazal l'avait reconduite.

« Ah ! c'est vrai que je l'ai vue revenir avec quelqu'un et je me demandais qui pouvait être cet homme, s'exclama Jeanne, sa curiosité satisfaite. Je vais venir la voir. »

Elle chercha dans une armoire toutes les tisanes susceptibles de guérir les malaises dont souffrait la jeune femme et laissa les hommes tête à tête, avec une bouteille de vin.

Quand elle entra, Amandine reposait toujours enfouie sous ses draps.

« Alors, qu'est-ce qui ne va pas ? », demanda Jeanne en touchant le front de la malade.

Amandine la regarda et esquissa un sourire :

« Je ne sais pas ce que j'ai, quand je me lève je titube.

— Depuis combien de temps n'avez-vous pas mangé ?

— Depuis hier soir !

— Je veux dire faire un repas convenable. »

La jeune femme la regarda sans comprendre, puis se rappela que, depuis le maigre repas qu'elle avait pris avec René Chazal, elle n'avait rien avalé et que, le jour d'avant, elle n'avait guère mangé non plus.

Devant son silence, la voisine reprit :

« Je ne pense pas que vous soyez malade, mais vous êtes faible et ne pas manger n'arrange rien. Je vais vous préparer un repas léger et vous le mangerez.

— Je ne peux rien avaler, ça me donne la nausée !

— Un lait de poule, ça va vous remonter rapide, reprit l'autre sans l'écouter. Et puis vous m'avez l'air très énervée. Il faut vous calmer ! »

Amandine n'osa parler de ses problèmes et ne répondit rien.

Jeanne était très serviable, mais elle était la première au courant des nouvelles et se sentait vexée si quelqu'un savait quelque chose qu'elle ignorait. Elle laissa la porte de la chambre ouverte et, tout en s'affairant à la cuisine, sans avoir l'air de rien, elle déclara comme si elle continuait une conversation :

« Alors, hier, vous avez fait un bout de chemin avec René Chazal. »

Comment peut-elle être au courant ? se demanda Amandine.

« Ah ! vous le connaissez ? s'exclama-t-elle.

— Je comprends que je le connais ! On est de la même commune. Il était parti à Clermont-Ferrand, dans les chemins de fer, avant la guerre. Il a été gravement blessé. On croyait qu'il ne s'en tirerait pas, mais il a été trépané et s'en est remis. C'est un original. Il habite tout seul dans la maison de ses parents. Une de ses sœurs qui vit dans le village s'occupe de lui. »

Elle revint avec un bol de soupe, aida Amandine à s'asseoir et la força à avaler tout le contenu. Cette dernière voulut protester, mais Jeanne insista et, finalement, elle s'aperçut que le bouillon lui faisait du bien. Après la soupe, elle dut manger du caillé et boire de l'eau. Ce n'est qu'après une tasse de tisane fumante que la femme de Marcel consentit à la laisser reposer après l'avoir bordée comme un enfant.

19

Il faut agir

Le samedi soir, Bernard revint de la ville et fut étonné de trouver sa mère assise au cantou. Elle allait mieux. Nourriture et tisanes préparées chaque jour par Jeanne avaient fini par porter leurs fruits, mais elle demeurait encore très faible. L'oncle Basile était absent et le jeune homme pensa qu'il devait être au bistrot.

Le garçon commença par parler de son travail qu'il aimait toujours autant. Il expliqua à sa mère, les possibilités inconnues que l'électricité faisait naître. Il voyait, tous les jours, des choses extraordinaires qui n'étaient qu'une des applications de cette force nouvelle qui allait révolutionner le monde.

Sa mère l'écoutait, l'esprit ailleurs. Il finit par s'en apercevoir et lui demanda doucement, en s'approchant d'elle :

« Allez, je vois bien que vous n'êtes pas dans votre assiette. »

Comme elle ne répondait pas, il s'écria d'un ton plus fort :

« Il y a autre chose ? Vous avez reçu une nouvelle lettre ? »

La jeune femme sursauta comme prise en faute. Elle balbutia :

« Non, il n'y a pas eu d'autres lettres, mais…

— Mais, il s'est passé quelque chose. Quoi ? »

Amandine fit oui de la tête et lui montra le buffet, désignant le tiroir où se trouvait la lettre de l'aumônier.

« Louis Germain ! s'exclama Bernard. Qui est ce Louis Germain ?

— Celui qui a écrit les lettres.

— Et vous êtes allée le voir ? »

La jeune femme fit encore oui de la tête. Tenant toujours la lettre entre les mains, le jeune homme s'avança et dit :

« Racontez-moi… »

Et Amandine raconta. Elle commença par la rencontre avec René Chazal, sur le causse, en allant à Mende ; son arrivée à l'hôpital sous l'œil curieux des religieuses, la confession de Germain et sa quasi-certitude en la survie de Jean. Elle n'oublia pas son évanouissement au bord du chemin et la sollicitude du même René Chazal.

« Tu vois, conclut la jeune femme, je n'avais jamais voulu croire en cette histoire. Tout prouve que j'avais tort pourtant. Ce que je ne m'explique pas, c'est pourquoi il ne nous a rien fait savoir.

— Il aurait pu être amnésique !

— Non, d'après Germain, s'il a disparu, il l'a fait volontairement pour échapper à ses complices de Montpellier. Il me croyait de connivence avec lui, c'est pour ça qu'il m'envoyait des lettres. »

Elle se tut, à bout de souffle ; mais soulagée d'avoir tout dit à son fils qui, comme elle, était la victime de cette machination.

Bernard, les yeux à terre, paraissait ne pas avoir entendu. Sa mère se demandait s'il avait vraiment compris que son père était vivant. Pourtant, le garçon avait bien écouté et compris. Et, ce qui lui faisait mal, même s'il n'osait l'avouer à sa mère, c'était que son père l'eût abandonné depuis plus de quinze ans sans chercher à le connaître. Il en aurait pleuré de dépit !

Enfant, soutenu par sa grand-mère, il croyait voir en ce père un héros, presque un surhomme. Cette image se brisait sous ses yeux et il en était trop malheureux pour parler. Que son père ait réussi à se sortir de la tourmente de la guerre, c'était son affaire. Mais la désinvolture avec laquelle il avait traité sa famille le révoltait.

D'une toute petite voix, comme si elle était en faute, sa mère lui demanda :

« Et toi, qu'est-ce que tu en penses ? »

Il haussa les épaules, pensant à sa mère qui n'avait quitté son Midi auquel elle était si attachée que pour tomber malade et ne pouvoir y retourner. Il revit sa grand-mère qui avait tant regretté et pleuré son fils qu'elle croyait mort. Et enfin, il se souvint que Basile avait été obligé de continuer la ferme, de faire un métier qu'il n'aimait pas près d'une mère qui lui reprochait, sans le dire, d'être encore vivant.

« Si c'est vrai, ce n'est pas très glorieux pour lui », fit-il du bout des lèvres.

Amandine tenta de le défendre mollement :

« Il avait dû se laisser entraîner. En faisant le mort, il redevenait un autre homme.

— Et nous, dans tout cela ? »

La jeune femme ne sut que répondre. Le silence tomba pesant comme une enclume. Amandine sentait la déception et la rage du jeune homme. Elle voulut le calmer :

« Nous ne savons pas ce qui s'est passé réellement, ni même si cette histoire est vraie. Ce qu'il faudrait, c'est vérifier tout cela. Mais Perpignan n'est pas la porte à côté et moi qui suis de plus en plus faible…

— C'est cette découverte qui vous a bouleversée. Quand le choc sera passé, vous irez mieux. Mais, comme vous le dites, ce n'est pas la porte à côté. Et, pourtant, il faudrait bien aller voir ce qu'il en est. Vous en avez parlé à Basile ?

— Bien sûr, il est au courant et cela ne l'a pas étonné du tout. Il m'a expliqué qu'il avait été voir des anciens soldats du régiment de ton père. Ils lui avaient tous démontré qu'il était impossible que Jean s'en soit tiré. Mais, de la manière que l'explique Germain, il dit que c'est possible. »

Elle hésita, puis continua :

« Il dit même que ça ne l'étonne pas de son frère.

— Dommage qu'il boive, il aurait pu aller le reconnaître.

— Moi aussi je le pourrais si j'étais un peu plus vaillante. »

Elle se tut. Elle n'osait continuer de peur que Bernard ne se sente obligé de partir. Le garçon hocha la tête :

« C'est à moi d'y aller.

— Mais tu ne le connais pas !

— Je n'irai pas voir Jean Béraud, mais Jean Marnhac et il ne se doutera de rien.

— Tu ne lui diras pas qui tu es ?

— On verra… »

Le garçon tomba dans un mutisme sombre jusqu'à l'arrivée de son oncle qui, contrairement à son habitude, rentra de bonne heure et pas éméché du tout.

« Tiens, fit-il en apercevant son neveu, tu es là ? »

Bernard répondit par un grognement et Basile se tourna vers sa belle-sœur avec un regard interrogatif comme pour demander s'il était au courant des derniers événements. Amandine fit oui de la tête et Basile parut soulagé.

Avant souper, les deux hommes s'occupèrent des animaux pendant qu'Amandine préparait le repas avec peine. Le soir, réunis tous les trois sous l'ampoule électrique, Basile attaqua le premier :

« Alors, ta mère t'a raconté ? »

Le garçon répliqua d'un oui bref. Sans y prêter attention, son oncle continua :

« Ce soir, à Rouffiac, ils ont parlé de Louis Germain parce qu'il est mort. C'était un berger transhumant. Il était de l'Assistance et s'était élevé à Lentondre. On ne le connaissait pas bien par ici, mais assez pour savoir qu'il avait essayé de se faire réformer en jouant les sourds-muets. On l'avait envoyé dans un hôpital et ils l'ont piégé en jetant des pièces derrière lui dans l'escalier, il s'est retourné et on l'a envoyé au front. Personne ne savait qu'il était dans le régiment de Jean. »

Nul ne réagit.

« Qu'avez-vous décidé ? demanda Basile.

— Bernard disait qu'il irait voir là-bas », lâcha Amandine.

Son beau-frère hocha la tête :

« J'irai avec lui. »

Amandine et Bernard le regardèrent, étonnés.

« Tu ne le connais pas, tu ne pourras jamais savoir si c'est ton père. Moi je le pourrai.

— S'il te voit, il ne nous ouvrira pas !

— D'abord, il ne saura pas qui je suis. J'ai changé, tu sais. Ensuite, tu te présenteras tout seul.

— Et je lui dirai quoi ? »

Basile leva les bras :

« Bon, tu veux savoir si ton père est vivant, oui ou non ?

— Bien sûr que je veux savoir. Mais si, par hasard, tout ça a été inventé par ce type, je ne voudrais pas avoir l'air d'un imbécile.

— Si cet homme est le vrai Jean Marnhac, tu peux toujours lui parler de ton père. »

Bernard réfléchit tandis qu'Amandine, dans son coin, les observait sans rien dire. Elle avait peur qu'ils la sollicitent pour aller là-bas ou qu'ils insistent pour qu'elle les accompagne. Elle ne s'en sentait pas la force et elle n'avait pas envie de revoir Jean. Mais elle avait honte de l'avouer. Le savoir vivant la mettait mal à l'aise.

Basile et Bernard ne s'aperçurent pas de son trouble. Ils discutaient ferme et finirent par tomber d'accord : il fallait aller sur place pour vérifier si cette incroyable histoire était une réalité. Basile n'en doutait pas. Bernard, qui avait entendu toute son enfance parler de ce père inconnu, beau, drôle et grand seigneur, se trouvait, aujourd'hui, embarrassé par cet homme qui venait de tomber de son piédestal. Le héros était devenu un homme ordinaire. Pire : un menteur, un tricheur doublé d'un égoïste, et il avait du mal à se faire à ce nouveau personnage.

Sa mère était trop bouleversée pour agir. Ce serait donc lui qui irait à la rencontre de ce père devenu un autre. Cette rencontre ne l'enchantait pas outre mesure, mais s'il fallait la faire, il la ferait.

Quant à Basile, il n'avait pas songé une minute à se dérober à la corvée d'accompagner son neveu. S'il n'avait tenu qu'à lui, il aurait tout laissé tomber. Que cet homme soit son frère ou pas n'y changeait rien. Pendant plus de dix ans, Jean avait oublié qu'il avait une épouse, un fils, une mère et un frère. Il aurait été juste que ces derniers l'oublient à leur tour. Il comprenait, cependant, l'impatience de Bernard et, malgré ses réticences, il savait qu'il devait l'accompagner vers cet inconnu qui pourrait être son père.

Le repas commencé par une vive discussion se termina en silence. Amandine desservit la table tandis que Bernard se plongeait dans un livre et que Basile, le regard vague, suivait des yeux les volutes bleues de sa cigarette qui envoyait un nuage de fumée au-dessus de sa tête.

La jeune femme remit des bûches dans le foyer, car la soirée était fraîche et s'assit à sa place. Elle avait juste sorti sa corbeille à ouvrage et saisi quelque chaussette à repriser quand l'aiguille se mit à danser sous ses yeux et un mal de tête lui rappela qu'elle ne devait pas trop se fatiguer. Alors, elle posa chaussette, fil et aiguille, ferma les yeux et passa un long moment à écouter les battements du sang à ses tempes.

Finalement, Bernard s'aperçut du malaise de sa mère et demanda anxieusement :

« Maman, vous ne vous sentez pas bien ? »

Amandine souleva ses paupières et lui sourit :

« Je suis encore faible, tu sais, je dois me ménager, mais cela va passer.

— Je vais vous faire une tisane. Laquelle voulez-vous ?

— Celle que tu voudras. Je la boirai avec plaisir. »

Quand arriva le breuvage tout chaud, Amandine serra la main de son fils en lui disant :

« Je suis contente que tu ailles là-bas. Mais si cette histoire n'était qu'une farce, je ne voudrais pas que tu sois déçu ! »

Basile, qui avait entendu, répliqua :

« Ce n'est pas Bernard qui est le plus bouleversé, c'est toi. Si vraiment ça t'ennuie à ce point, on peut tout laisser tomber.

— Bien sûr que non ! Bernard a toujours rêvé de rencontrer son père. »

Le jeune homme n'osa leur dire que, maintenant, son père avait changé de personnalité et qu'il n'était plus le surhomme qu'il imaginait autrefois. Mais il garda le silence.

« Basile, reprit plus doucement la jeune femme, moi aussi j'aimerais savoir. Alors allez-y. Je ne me sens pas le courage de vous accompagner, mais sachez que je serai avec vous tout au long du chemin. »

20

Vers Saint-Estève

Ils partirent un matin, après que Bernard fut allé se renseigner sur le départ des trains et les différentes gares où ils devraient changer de direction. Il avait expliqué à son chef que le frère de sa mère était malade, qu'elle était trop fatiguée pour se rendre à son chevet et qu'il devait le faire à sa place. Ce n'était qu'un demi-mensonge, car Victor avait eu un accident, à la vigne, et depuis il traînait une jambe qui refusait de guérir. Il espérait les beaux jours, mais l'hiver qui perdurait le rendait bougon et dépressif, comme le racontait Marianne dans ses lettres.

Basile, dont c'était le premier voyage depuis la guerre, ne quittait pas sa maison sans appréhension. Mais Bernard n'avait qu'un souvenir très vague de son père, et son oncle se sentait obligé de l'accompagner dans cette reconnaissance qui le contrariait beaucoup. Il ne disait rien pourtant pour ne pas blesser le garçon et sa belle-sœur même si celle-ci n'avait pas l'enthousiasme qu'elle aurait dû avoir.

Que Jean soit vivant ennuyait plutôt Amandine. Quinze ans avaient passé depuis la déclaration de guerre et les rares lettres qu'elle avait reçues de son époux, au tout début de sa mobilisation, l'avaient laissée sur sa faim. Elle se doutait que les affaires de Jean n'étaient pas très honnêtes et elle en avait eu la confirmation par les aveux de Louis Germain en même temps que celle de l'infidélité de son mari.

Depuis si longtemps les troubles de son cœur s'étaient apaisés et elle n'aspirait plus qu'à une vie calme auprès de Bernard même si, de temps en temps, un visage entrevu quelques jours auparavant venait hanter sa mémoire. Le bon René n'avait pas réapparu, mais la jeune femme, sans le dire, savait qu'il reviendrait.

Maintenant, l'annonce du retour de son mari barrait l'avenir et, tout en se sentant coupable, Amandine ne pouvait s'empêcher de souhaiter que les racontars de Louis Germain ne soient que des fables et que les deux hommes reviennent bredouilles de leur expédition.

Bernard était attiré par ce père qu'il avait si peu connu mais demeurait réticent envers lui parce qu'il ne s'était pas occupé de sa famille.

Le lundi matin, les deux hommes montèrent d'un pas décidé dans le train qui les emporterait vers Nîmes d'où ils partiraient vers Perpignan. C'était toute une aventure et ils savaient qu'ils n'arriveraient qu'à la nuit tombée à Perpignan. Ils avaient décidé de chercher un hôtel et d'y coucher avant de se renseigner pour savoir comment rejoindre le petit village de Saint-Estève.

Le train se tortillait comme une couleuvre blessée et fumait comme un pompier. Une fumée noire que le vent s'amusait à plaquer sur les vitres entrait par le moindre interstice et remplissait la gorge des voyageurs.

Basile toussa, éternua et maugréa tout haut :

« C'est pire qu'au front, cette saleté ! »

Les autres voyageurs le regardèrent d'un air indifférent et, tout honteux de s'être donné en spectacle, le jeune homme partit un peu plus loin fumer une cigarette.

Un arrêt d'une heure les fit attendre sur le quai de la gare de Nîmes, et Basile mit ce temps à profit pour visiter le bar qui, de l'autre côté de la rue, lui avait fait signe dès qu'il était descendu dehors.

« Ne t'attarde pas, recommanda Bernard, le train n'attend pas. »

Basile se précipita vers la sortie, avala trois canons d'affilée avant de faire claquer ses lèvres et de se sentir réconforté. Il revint assez vite et ils montèrent dans un train encore plus inconfortable que celui qui les avait amenés.

Midi était largement passé quand ils quittèrent la gare de Nîmes. Ils sortirent les provisions que leur avait préparées Amandine. Ils firent un sort au beurre, saucisson, jambon et fromage qui étaient au fond de la musette que Basile portait en bandoulière tandis que Bernard s'occupait des billets et de la valise. La bouteille de vin que l'oncle n'avait pas oubliée les désaltéra et ils se sentirent mieux après cette collation.

Peu après, Basile s'endormit, le dos calé contre la banquette et commença à ronfler. Bernard, ennuyé, n'osait le réveiller.

Peu à peu, cependant, d'autres voyageurs firent de même et le wagon ressembla à une ruche en ébullition.

Les paysages succédaient aux paysages noyés dans un océan de vignes. Plus tard apparurent les Pyrénées avec leur chapeau de neige qui brillait au soleil couchant.

L'après-midi finissait et le train filait toujours, ignorant les petites villes qui étalaient leurs modestes maisons de part et d'autre de la voie. Parfois, le train s'arrêtait un instant. Des voyageurs pressés en descendaient, d'autres montaient et la course reprenait dans un paysage monotone.

Aux arrêts, Basile se réveillait. Il jetait un regard étonné aux autres personnes aussi étourdies que lui, puis, ayant reconnu Bernard, il lui souriait, disait quelques mots, demandait si on arriverait bientôt et retombait immédiatement dans le sommeil dès que le train repartait. Bernard pensait à ce père qu'il espérait bien revoir. Les cahots du train joints à l'anxiété qui le dévorait le tenaient éveillé et, s'il fermait les yeux, c'était pour retrouver au fond de sa mémoire une image qui le fuyait constamment.

Il revoyait une silhouette, mais ne ressentait ni joie ni peine à son souvenir. Pourtant, en fin de parcours, il finit, lui aussi, par sombrer dans le sommeil et se réveilla en sursaut quand une voix de stentor le tira de ses rêves :

« Perpignan, Perpignan, terminus, tout le monde descend ! »

Il s'ébroua, saisit sa valise et son sac tandis que Basile se cramponnait à sa musette. Et c'est ainsi qu'à la nuit tombée ils débarquèrent, fourbus, à Perpignan.

Ici, l'électricité illuminait les rues et, face à eux, une enseigne signalait : « *Hôtel de la Gare* ».

Ils se consultèrent du regard et se dirigèrent vers l'établissement qui sentait le neuf.

C'était un hôtel modeste avec, face à l'entrée, un bar. À gauche, un escalier qui devait monter aux chambres et, à droite, une grande pièce qui devait être la salle à manger, pensa Bernard.

Ils s'avancèrent, s'informèrent des prix et, comme ils leur parurent raisonnables, ils s'installèrent pour la nuit. Un garçon les conduisit à leur chambre et leur indiqua la salle à manger et l'heure du souper. Comme ils avaient une bonne heure à perdre, ils posèrent leurs bagages et sortirent dans la nuit. La rue, devant l'hôtel, était très commerçante. Les gens passaient et repassaient, plus pressés les uns que les autres. Basile contemplait ce va-et-vient, complètement sidéré. Il finit par s'exclamer :

« Mais où peuvent-ils courir tous ? Il fait nuit ! »

Leur promenade les fit parcourir plusieurs avenues avant de les ramener à leur point de départ pour aller se restaurer. Tout en mangeant de bon appétit, ils demandèrent au serveur si le village de Saint-Estève était loin. Celui-ci haussa les épaules en signe d'ignorance et leur dit de se renseigner au bar. Joseph, le barman, était de Céret et connaissait le pays comme sa poche.

Quand ils le questionnèrent, celui-ci ouvrit de grands yeux et leva les bras au ciel. Il finit par leur répondre avec un accent qui semblait traîner sur tous les chemins pierreux de sa région :

« Pauvres, vous n'êtes pas du pays, ça se voit ! Saint-Estève, c'est Perpignan, ça se touche.

— Combien de kilomètres ? demanda Basile.

— Des kilomètres, des kilomètres ? Je ne sais pas. Ce que je sais, c'est qu'il y a mon oncle qui y habite et quand je vais le voir, je mets pas beaucoup de temps !

— Vous connaissez les gens de Saint-Estève ?

— Je connais… Je connais mon oncle, oui.

— Vous ne connaissez pas Jean Marnhac ?

— Jean Marnhac ? Non, ça ne me dit rien… Mais mon oncle, qui habite là-bas depuis son mariage, doit le connaître. »

Il jeta un regard méfiant aux deux hommes et demanda :

« Qu'est-ce que vous lui voulez à Jean Marnhac ?

— Il était avec mon père, au front, et je voudrais qu'il m'en parle.

— Ah ! pauvres, cette guerre !

— On pourrait aller trouver votre oncle pour lui demander de nous indiquer la maison de Jean Marnhac ? »

Encore méfiant, le serveur hésitait. Mais leurs visages durent parler pour eux car il haussa les épaules et leur dit avec cet accent rocailleux qui étonnait fort Bernard :

« Il s'appelle Fernand Rocca et habite près de l'église, la rue à côté. Près de la boulangerie Simba. »

Munis de ces précieux renseignements, l'oncle et le neveu partirent, le lendemain matin, après le petit déjeuner, et, sur les indications de Joseph, prirent la route, laissant Perpignan derrière eux.

Ils s'engagèrent dans une plaine où les cultures étaient bien plus en avance que dans leur montagne, encore tenue sous les griffes de l'hiver.

Après avoir hésité, ils avaient retenu la chambre à l'hôtel pour la nuit suivante. Cela les avait débarrassés de la valise et de leurs sacs.

En marchant, ils s'interrogeaient sur la réception qui les attendait chez le dénommé Jean Marnhac. Quel qu'il soit !

Bientôt apparut un petit village entouré de blés déjà hauts, de quelques vignes et de légumes au milieu de fleurs et de verdure.

« Il n'y a pas d'hiver, ici ! s'exclama Basile, mais c'est quand même un beau pays. »

Il n'avait jamais vu que les paysages du Nord avec des ciels gris. Ici, tout paraissait lumineux, même les paysans qu'ils croisaient sur le chemin avaient un air joyeux. Les prés étaient remplis de fleurs et les oiseaux gazouillaient à perdre haleine.

Bernard ne répondit pas. Mais lui aussi respirait à pleins poumons cet air parfumé et avançait à grands pas.

Ce jour-là, le village était en effervescence car c'était le marché. Sur la petite place, des paysannes endimanchées offraient diverses volailles et lapins, prisonniers dans des paniers ou des cages d'osier. Tous ces animaux piaillaient à qui mieux mieux surtout quand les femmes en attrapaient un par les pattes liées et le pendaient, la tête en bas, à la balance romaine qu'elles avaient à leur côté, pour vendre ensuite à une cliente conquise.

Fromage et beurre, enveloppés dans du papier blanc, s'étalaient dans des paniers que des jeunes femmes vêtues de noir proposaient avec de grands gestes de la main.

Les hommes, en chapeau noir et blouse bleue, étaient assis à la terrasse des bistrots et, tout le long du chemin principal, des attelages attendaient la fin du marché.

Basile et Bernard cherchaient la boulangerie Simba pour trouver l'oncle de Joseph. Ils contournèrent l'église, mais ne virent aucun magasin. Ils entrèrent alors dans un cabaret, face à l'édifice religieux, à la grande joie de Basile qui commençait à avoir une grande soif. Ils demandèrent à la patronne où se trouvait la boulangerie Simba. Elle était débordée et leur montra un groupe qui discutait autour d'une bouteille, en leur disant :

« Tenez, ils habitent par là, ils vous expliqueront. »

Et, d'une démarche dansante, elle partit vers d'autres clients.

21

Au village

Basile, un verre de vin à la main, et Bernard, une tasse de café, se dirigèrent vers le fond de la salle où une équipe d'habitués tapait une belote. Ils gesticulaient et parlaient une langue inconnue des deux hommes. La patronne leur dit quelques mots en passant près d'eux. Ils levèrent la tête et jetèrent un rapide regard à Basile et à Bernard puis reprirent leur partie animée.

Bernard s'approcha alors que son oncle se tenait un peu en retrait. Il regarda le jeu du plus proche et, quand les plis furent levés, salua les joueurs d'un

« Bonjour la compagnie ; on voudrait vous demander un renseignement. »

Les quatre hommes levèrent la tête et observèrent l'oncle et le neveu. Ils ne répondirent pas tout de suite et le donneur battit les cartes tout en réfléchissant :

« Que voulez-vous savoir ? fit-il avec le même accent que Joseph.

— C'est Joseph qui m'a dit de m'adresser à son oncle, Fernand Rocca.

— C'est moi, répliqua un petit homme à la mine chafouine, un éternel mégot à la lèvre. Qu'y a-t-il pour votre service ?

— Voilà, je cherche Jean Marnhac. »

Il hésita. Mais voyant les visages se fermer et la partie de carte sur le point de reprendre, il ajouta très vite :

« Jean Marnhac était au front avec mon père et j'aurais voulu qu'il me parle de lui.

— Il en est revenu ? »

Bernard fit non de la tête.

« Saloperie de guerre ! » jeta le donneur en reposant le jeu sur la table.

Les autres baissèrent le nez et le silence dura une éternité. Basile, qui avait fini sa consommation, appela la patronne et désigna les verres des joueurs.

La femme vint les remplir en même temps que celui de Basile et leur posa une question dans la langue étrange que ni Basile ni Bernard ne comprenait. L'oncle supposa qu'elle leur demandait ce qu'ils voulaient. Un des joueurs répondit succinctement, et la femme avec un « ah ! » étonné s'éloigna de la table.

« Donc, tu voudrais voir Jean ? demanda celui qui paraissait le plus vieux. Tu lui as dit que tu venais ?

— Non. Je n'ai appris son existence que par un autre soldat, il n'y a pas longtemps.

— Et tu ne lui as pas écrit ? »

Bernard fit non de la tête, l'autre continua :

« Tu aurais dû… Tu aurais dû…

— Vous croyez qu'il ne me recevra pas.

— Je ne sais pas s'il te recevrait ou pas s'il était là ; mais vu qu'il n'est pas là, il ne te recevra pas !

— Il est parti ! »

Les quatre hommes se consultèrent du regard et l'oncle de Joseph finit par avouer :

« Il est parti d'ici.

— Il y a longtemps ? »

Ils se consultèrent encore silencieusement et opinèrent ensemble de la tête.

« Un certain temps, oui.

— Vous ne savez pas où il est ? »

Les hommes haussèrent les épaules en signe d'ignorance et, pensant que la discussion était close, reprirent tranquillement leur partie de cartes.

Basile saisit une chaise et s'assit à côté des joueurs. Bernard les regardait et ne savait quelle attitude adopter. Il n'osait les interroger encore. Pourtant, il brûlait d'envie de savoir où se trouvait ce Jean Marnhac qui était peut-être son père.

Il attendit que Fernand Rocca ait tapé sur la table en criant « Belote, rebelote et dix de der ! » pour lancer :

« Vous l'avez connu, vous autres, Jean Marnhac ? »

Ils le regardèrent comme s'il avait dit une incongruité et se maîtrisèrent pour ne pas éclater de rire.

« Pardi qu'on l'a connu, dit le plus petit, puisqu'on est du même âge et du même pays !

— Alors, vous savez où je peux le trouver.

— Pas si vite, pas si vite… Il est parti, mais on sait pas où il est.

— Il ne vient jamais ? Il ne donne pas de ses nouvelles ?

— Si, il vient quelquefois. Il nous dit bonjour quand on le trouve. Mais il faut dire qu'il ne vient pas souvent.

— Que fait-il comme travail ?

— Il avait des vignes, mais maintenant qu'il est à Montpellier… »

Basile et Bernard tendirent l'oreille.

« À Montpellier ? C'est là-bas qu'il est ?

— Oui, il y travaille. Un emploi réservé je crois. Il a

un obus qui lui a explosé dans la tête et, depuis, il est tout bizarre.

— Vous le connaissez bien ? »

L'insistance de Bernard parut suspecte à l'oncle de Joseph qui s'écria :

« Si vous ne nous croyez pas, vous n'avez qu'à aller demander à sa sœur ! »

Basile se leva et, écartant Bernard, expliqua :

« Le père de ce garçon était mon frère, et on aimerait beaucoup qu'il nous parle de lui ; on sait qu'ils étaient copains. Bernard, fit-il en désignant son neveu, n'a pas connu son père et il voudrait bien en savoir un peu plus car il a disparu au front.

— Il n'a pas été le seul, reprit le vieux. Mon fils aussi y est resté. »

Il jeta les cartes sur la table et se leva en disant :

« Continuez sans moi. Il faut que je rentre. »

Il mit sa casquette et sortit sans se retourner.

« C'est Barnabé, expliqua Fernand, il n'aime pas parler de la guerre. Deux de ses fils y sont restés !

— Je ne savais pas, s'excusa Basile. Mais vous dites que Jean avait une sœur ?

— Oui. Marguerite Galla, qui habite toujours à la maison des parents.

— On pourrait aller la voir.

— Je peux vous y conduire. J'habite à côté. »

Basile, Fernand et Bernard partirent d'un bon pas. Avant de franchir la porte du café, Fernand lança à la cantonade une phrase dans la langue du pays qui fit s'esclaffer toute la salle. Basile ne comprit que le mot gavot, surnom péjoratif dont les gens d'en bas appellent les montagnards du Centre. Il ne dit rien, mais se tint sur ses gardes.

Il laissa Bernard et Fernand le précéder tout en examinant les maisons qui bordaient les rues. Plus riantes que celles de son village parce que plus claires sous un ciel sans nuages, ces habitations restaient modestes. Leurs occupants, petits vignerons ou artisans, devaient vivre chichement comme en témoignaient les jardinets aux barrières éventrées et les quelques volailles étiques qui picoraient dans les cours.

Il rejoignit les deux autres. Ils contournèrent l'église et s'enfoncèrent dans une impasse qui sentait l'humidité. La venelle allait s'étrécissant et, au bout, elle se terminait par un portail qui perçait un petit muret où poussaient des orties.

« Voilà, c'est ici », fit Fernand en poussant le portail.

Il leur indiquait du doigt une minuscule construction qui ouvrait portes et fenêtres peintes en gris à même la rue. Les deux hommes remercièrent Fernand et frappèrent à la porte qui s'entrouvrit devant une femme sans âge, au visage fatigué et aux cheveux poivre et sel.

« Madame Marguerite Galla ? » demanda Bernard.

La femme hésita, observa les deux hommes et, sans répondre à la question, interrogea :

« C'est pour quoi ?

— Nous voudrions parler à Jean Marnhac, s'il vous plaît.

— C'est mon frère, mais il n'est pas là.

— Pourriez-vous nous dire où nous pourrions le trouver ? »

La femme haussa les épaules :

« Je n'en sais rien.

— Peut-être pourriez-vous nous laisser entrer pour discuter plus commodément.

— Mais qui êtes-vous ? »

Bernard répéta l'histoire qu'il avait déjà servie aux joueurs de cartes et termina en disant :

« Voyez-vous, madame, il est très important pour moi que je rencontre votre frère pour qu'il me parle de mon père. »

De mauvaise grâce, la femme recula, ouvrit la porte et les laissa entrer.

« Vous savez, commença-t-elle, sans les inviter à s'asseoir, mon frère Jean a beaucoup changé depuis qu'il est revenu de la guerre. Il a été blessé et a oublié jusqu'au catalan, le patois du pays qui était sa langue maternelle. Il n'est resté ici que trois mois, le temps de se refaire un peu la santé. Et puis il est parti pour Montpellier.

— Il ne revient jamais ?

— Si, pour les fêtes, mais il ne reste que quelques jours. C'est le seul frère qui me reste. J'aimerais le voir plus souvent car l'autre est mort en Allemagne. »

Elle essuya une larme qui perlait sur ses cils et les observa en silence.

« Et vous ne savez pas où on pourrait le trouver, à Montpellier ? insista Bernard.

— Je n'ai pas bien compris ce que vous lui vouliez, dit la femme.

— Mon père a disparu à Verdun et j'ai rencontré un homme qui l'a connu là-haut et qui m'a dit que Jean Marnhac était son meilleur copain. J'aurais voulu le rencontrer car je n'ai aucun souvenir de mon père et je pensais que lui…

— Quel est votre nom ?

— Bernard Béraud et mon père s'appelait Jean Béraud. »

La femme secoua la tête de droite à gauche :

« Non, il ne m'a jamais parlé de lui. Mais cela ne veut pas dire grand-chose parce qu'il n'aime pas parler de la guerre. Et on le comprend avec tout ce qu'ils ont subi !

— Pourriez-vous me donner son adresse, reprit le jeune homme.

— Je vous la donnerai avec plaisir mais je ne l'ai pas. Il habite chez un copain et n'écrit jamais. Avant la guerre, nous nous entendions bien. Mais maintenant, c'est un véritable étranger. Il est le parrain de Marcel, un jeune homme de votre âge, fit-elle en regardant Bernard. Avant, il l'aimait bien ; maintenant, il le regarde même pas ! Je vous dis que la guerre l'a bien changé, termina-t-elle en soupirant.

— Madame, insista Basile, le père de Bernard était mon frère et nous aimerions bien trouver votre frère pour qu'il nous parle de cette disparition que nous avons du mal à accepter. Alors, si vous pouviez nous donner quelques renseignements pour savoir où le trouver, cela nous ferait bien plaisir. »

La femme regarda Basile d'un air méfiant et répliqua avec une colère contenue :

« Cela fait un quart d'heure que je m'escrime à vous dire que je ne sais pas où il est ; pourquoi insistez-vous tant ? Est-ce pour avoir des nouvelles d'un homme qui a disparu depuis plus de dix ans ou avez-vous autre chose en tête ?

— Non madame, répondit poliment Bernard, je voulais simplement retrouver mon père.

— Mais votre père est mort ! »

Le garçon parut embarrassé :

« Je voulais dire retrouver son souvenir. »

Une larme qu'il ne put retenir coula le long de sa joue et s'écrasa sur sa main. La femme en parut attendrie :

« Allez, dit-elle en lui tapant sur l'épaule, votre père comme tant d'autres est mort en héros. Pourquoi voulez-vous remuer toute cette douleur ? Votre mère ne vous en parle-t-elle pas ?

— Si ! Mais c'est pas pareil.

— Je comprends, jeune homme, et cela vous honore. Mais mon frère a perdu une bonne partie de sa mémoire et, peut-être, ne se souviendra-t-il même pas de votre père. »

Basile et Bernard s'en retournèrent sans autres précisions. Et, dans la nuit tombante, en se dirigeant vers leur hôtel, chacun en silence remuait ses pensées et la déception à laquelle ils ne s'attendaient pas.

22

Heureuse déception

Basile et Bernard reprirent le train le lendemain matin et, pendant la journée que dura leur voyage, ils se remémorèrent une à une les paroles de la sœur de Jean.

« Tout prouve que ce n'est pas son frère, soutenait Bernard. Il dit avoir perdu la mémoire, ce qui l'arrange bien : il a oublié le catalan, il ne regarde plus son neveu… Pour moi, tout cela est clair : il n'est pas Jean Marnhac. »

Basile hochait la tête en silence. Il était bien de l'avis de son neveu, et le fait que cet homme soit retourné à Montpellier, probablement pour revoir ses anciens copains, le confortait encore dans cette impression.

« Comment le retrouver ? Mais comment le retrouver ? » gémissait le garçon.

Exaspéré, son oncle finit par lui répondre :

« Laisse-le où il est. S'il avait voulu nous contacter, il l'aurait déjà fait ! »

Bernard le regarda. Il savait que Basile n'aimait pas beaucoup son frère. « Il est jaloux ! » aurait dit Marie.

Mais son oncle avait prononcé cette phrase comme s'il crachait les mots. On aurait dit qu'il haïssait son frère. Bernard décida de se faire expliquer une fois pour toutes ce qui séparait les deux hommes. Il demanda hardiment :

« Tonton, dis-moi pourquoi tu n'aimais pas mon père ?

— Mais… Mais je… Je…, bafouilla Basile en proie à un grand trouble.

— Ne mens pas. Je sais que tu ne l'aimais pas. Pourquoi ? »

Basile était confus. Il se revit, tout petit, face à ce grand frère et il serra les dents. Amandine vint s'interposer devant lui et il serra les poings. Des mots montèrent à sa gorge et il les sentit prêts à s'échapper. Ah ! il voulait savoir, le petit, pourquoi il n'aimait pas Jean. Eh bien, il allait le savoir !

Il leva les yeux et croisa le regard attentif de son neveu, le fils d'Amandine qu'il aimait comme son fils, et les mots s'arrêtèrent sur ses lèvres. Il n'allait pas, pour de vulgaires mésententes de gamin, faire du mal à ce petit.

Il baissa les yeux et contempla ses mains jointes sur ses genoux et balbutia :

« Je ne sais pas… Je ne sais vraiment pas…

— Si, tu le sais, reprit Bernard, et moi je peux te le dire… »

Basile observa son neveu et, pour la première fois, lui vit une volonté et une dureté qu'il n'avait jamais remarquées auparavant. Il demanda :

« Qu'est-ce que tu veux dire ?

— Je veux dire que tu ne lui pardonnes pas de nous avoir abandonné ma grand-mère, ma mère et moi. »

Basile haussa les épaules sans répondre.

« Tu lui en veux, peut-être aussi, parce qu'il était le préféré de la grand-mère. »

Son oncle éclata d'un rire sans joie :

« Quand j'étais jeune, c'est vrai qu'il n'y en avait que pour Edmond et pour Jean. Moi, j'étais le plus moche, le moins intelligent et…

— Mais tu n'es pas moche, et tu es intelligent !

— C'est toi qui le dis ! Mais ta grand-mère, elle, ne le pensait pas.

— Elle se trompait. J'ai pas connu les autres mais toi, tu as bien remplacé mon père. Et si tu ne buvais pas… »

Bernard s'arrêta, conscient qu'il était allé trop loin. Il mit sa main devant la bouche comme un enfant, ne sachant comment s'excuser. Basile se mit à rire et dit :

« Laisse, tu as raison. Mais si tu savais pourquoi je bois, peut-être comprendrais-tu.

— Mais je sais pourquoi tu bois. Je le sais mais j'aimerais que tu ne boives plus ! »

Basile tourna la tête vers la vitre et contempla le paysage en silence. Il ne pouvait raconter à ce gamin tout ce qu'il ressentait. Il n'était pas capable de l'exprimer et Bernard ne pouvait pas comprendre.

Le jeune homme, conscient qu'il avait trop parlé et fait de la peine à son oncle, resta muet, ne sachant comment lui présenter ses regrets.

À la nuit tombante, ils finirent par arriver en gare de Mende. Malgré la fatigue de cette longue journée de train, ils partirent bravement pour la traversée du causse, ce qui, dans l'obscurité grandissante, n'allait pas être une partie de plaisir.

Arrivés devant le foirail, ils s'entendirent interpeller :

« Hé, Basile, où vas-tu comme ça ? »

L'homme qui les hélait conduisait une jardinière que tirait une jument. Une lanterne éclairait le visage rougeaud du conducteur qui riait sans raison. Bernard supposa qu'il avait dû s'oublier à l'auberge et eut peur qu'il n'y entraîne son oncle. Mais l'inconnu leur proposa gentiment :

« Tu veux monter ? Je passe par Rouffiac.

— C'est pas de refus, s'empressa de répondre Basile, mais je suis avec mon neveu.

— Qu'il monte aussi le drôle ! » répondit l'homme.

Basile grimpa près du bonhomme, tandis que Bernard hissait les bagages et montait, à son tour, à l'arrière de la voiture. Basile et le conducteur avaient l'air de bien se connaître et bavardèrent sans arrêt. Le galop de la jument et le grincement des roues empêchaient le jeune homme de comprendre leurs propos, mais, à la façon dont ils se parlaient, Bernard compris qu'ils avaient sûrement roulé leur bosse ensemble depuis longtemps.

L'attelage allait bon train et la dizaine de kilomètres jusqu'à Rouffiac furent avalés en un rien de temps.

« Tu bois un coup », proposa Basile à l'homme, qui accepta sans se faire prier.

Ils attachèrent la jument à un anneau de fer qui se

trouvait à la porte de l'auberge et ils entrèrent, tous deux suivis de Bernard. Ils s'assirent tous trois à la petite table de la cuisine et demandèrent un canon.

« Après un voyage, on a la gorge sèche », dit Basile en prenant son verre à pleines mains.

L'aubergiste, curieuse, demanda :

« Tu as fait le voyage avec ton neveu ? » fit-elle en regardant Bernard.

Le jeune homme se sentit rougir mais réagit en répliquant immédiatement :

« Oui. On vient de voir mon oncle, le frère de ma mère. »

Basile comprit et n'ajouta rien.

« Pas de mauvaises nouvelles ? reprit la curieuse.

— Oh ! non, le petit voulait y aller et je l'ai accompagné. »

Si la femme ne fut pas dupe, elle n'en montra rien, mais Bernard n'était pas à son aise. Il se méfiait de son oncle qui, pensait-il, risquait de tout raconter quand il aurait beaucoup bu.

Pendant que le jeune homme sirotait un verre de limonade, les deux compères avalaient verre après verre. L'aubergiste revint à la charge :

« Il devait faire plus beau qu'ici, en bas.

— Oh ! oui, répondit Basile, l'herbe était bien plus haute et les vignes avaient déjà des feuilles. »

La commère retourna à ses fourneaux et, quand elle eut le dos tourné, l'oncle fit un clin d'œil au neveu et se leva pour partir.

« Il faut y aller, on n'est pas encore rendus ! »

Le conducteur de la jardinière se leva aussi en titubant et le trio retrouva la jument.

« Descends les bagages, fit Basile à Bernard, on rentre à pied.

— Allez, continua-t-il en donnant une poignée de main à l'homme, merci, Milette, à une autre fois. »

Le dénommé Milette faillit manquer la pédale et s'étaler de tout son long sur le chemin.

« Putain ! cria-t-il, qu'elle est haute cette charrette ! Pouvaient pas la faire plus basse ! »

Il parvint à reprendre sa place et, après avoir secoué les rênes, s'enfonça dans la nuit.

L'oncle et le neveu reprirent la route pour gagner le village, un kilomètre plus loin.

« Qui était-ce ? demanda Bernard.

— Le meunier du moulin bas, de Saint-Étienne, un brave homme. Il a fait la guerre, lui aussi. »

Ils attaquèrent la montée d'un bon pas. Tout à coup, Basile se tourna vers son neveu et dit avec un sourire malin :

« Tu sais, je l'ai bien tournée la Fernande à l'auberge, elle voulait tout savoir et rien payer. Mais je l'ai bien eue ! »

Bernard ne répondit pas et c'est en silence qu'ils terminèrent la route.

Amandine les attendait, anxieuse. Elle avait reçu une lettre de René qui lui donnait rendez-vous au marché du samedi et ne savait quel parti prendre. Il n'ignorait rien de son histoire, pourquoi lui écrivait-il ? Bien sûr, c'était seulement la lettre d'un ami que tout le monde aurait pu lire. Mais la jeune femme en était tout de même troublée. Cet homme voulait la revoir et elle n'était pas insensible à ses avances. Oui, mais si son mari était toujours en vie, elle n'avait pas le droit de penser à un autre.

Quand elle entendit arriver les deux hommes, elle courut à la porte et les interrogea :

« Alors ?

— Alors, on ne l'a pas vu.

— Il n'y était pas.

— Ce Jean Marnhac est revenu de la guerre. Il est resté un an chez sa sœur, puis il est parti à Montpellier.

— À Montpellier ? »

Un silence lourd pesa sur eux et Amandine sentit son cœur se serrer. Si cet homme était allé à Montpellier, c'était peut-être pour l'y retrouver. Elle aurait dû bondir de joie et elle restait là, tremblante, la peur au ventre.

« On n'en sait pas plus qu'avant, reprit Basile. Mais quand même, il y a des choses pas claires : il a oublié le patois de son pays et il ne s'occupe plus de son neveu.

— Alors qu'avant il en était fou, conclut Bernard.

— Tout cela ne prouve pas grand-chose, reprit Amandine.

— On ne peut rien dire et on ne peut même pas le retrouver, on n'a pas son adresse.

— Il aurait pu aller chez Victor.

— Pas s'il ne veut pas qu'on le reconnaisse.

— Alors, qu'est-ce qu'on va faire ?

— Ce qu'on a fait jusqu'à aujourd'hui, attendre.

— Ah ! non, moi je veux savoir, protesta Bernard. Si c'est mon père, je veux qu'il me dise pourquoi il nous a laissés tomber ! »

Basile haussa les épaules. Ce frère qu'il n'avait jamais beaucoup aimé lui gâchait la vie même après sa mort ! Il n'avait pas du tout envie de lui courir après dans tous les coins de France. Surtout que l'autre ne lui en serait pas reconnaissant, il en était persuadé.

Bernard, cependant, commençait à faire des projets :

« Je descendrai chez mon oncle Victor. Lui, il connaît Montpellier et il m'aidera à le chercher. »

Amandine soupira :

« Je crois que je serai obligée de venir avec toi. Après tout, c'était mon mari, et c'est à moi de tirer cette affaire au clair.

— Vous êtes sûre que cela ne vous fatiguera pas trop ?

— On va chez Victor, au mas, et j'y serai comme chez moi.

— Quand est-ce qu'on part ? demanda le jeune homme, impatient.

— Doucement, il faut que nous obtenions quelques renseignements.

— Des renseignements, il n'y en a pas. Personne ne sait rien. À moins de s'adresser à la police, dit Basile.

— Non. Il faudrait que je reprenne contact avec ses anciens amis. Je les ai oubliés mais, peut-être, Victor s'en souviendra. Puis j'irai rôder dans le quartier où nous étions ensemble, autrefois, j'espère que je m'y retrouverai !

— Tu pourras faire tout ça avec ta santé fragile ?

— Il le faut. Bernard veut savoir, mais moi aussi. S'il s'est caché tout ce temps, il doit avoir une bonne raison et il devra m'expliquer pourquoi il a fait ça. »

Tout en parlant, Amandine avait trempé la soupe et posé devant chaque homme une assiette fumante. Ils se mirent à manger de bon appétit en continuant de parler de cette affaire qui bouleversait leur vie, à tous les trois, d'une manière différente.

23

À Montpellier

Cette année-là, mai et juin furent pluvieux. Mai pluvieux rend le paysan heureux, dit le proverbe. Juin, lui, doit sécher les foins, mais les foins regorgeaient d'eau. Les faucheurs pestaient contre les « moulières », ces lieux humides où les pieds s'enfonçaient. Ceux qui avaient acheté une faucheuse – les « machines », comme on les appelait – n'étaient pas mieux lotis. Les roues des engins étaient enterrées presque jusqu'au moyeu et les bœufs ne pouvaient les déloger.

Sur le pas de leur portail, les paysans regardaient avec désespoir tomber cette pluie qui pourrissait le bon foin et les enfermait dans leur maison.

Basile, toujours philosophe, un sac de jute sur la tête, s'abritait avec Marcel sous l'auvent du portail du voisin et, tout en roulant une cigarette, consolait ses amis. Il murmurait doucement :

« Ne vous en faites donc pas ! Après la pluie vient le beau temps. Et à la Toussaint, nous aurons fini de faner !

— Tu en parles à ton aise, tu n'as pas une grande surface, toi ! Mais si ce temps continue, nous n'aurons pas fini les foins que les blés seront mûrs !

— C'est pas la peine de te mettre dans tous tes états, tu sais bien qu'il faut prendre le temps comme il vient et les hommes comme ils sont. »

Il tira une bouffée de sa cigarette et regarda monter vers le ciel les volutes bleues.

« Je crois que le temps va s'arranger, dit-il, je n'arrive pas à faire des ronds ! »

C'était un de ses passe-temps favoris qui avait longtemps amusé Bernard : faire des ronds de fumée avec sa cigarette.

Marcel haussa les épaules et conclut :

« Avec toi, on ne peut pas discuter, tu as réponse à tout ! »

Mais le temps passait et Bernard pressait sa mère de descendre à Montpellier pour retrouver ce père qu'il attendait toujours. La jeune femme se retranchait derrière les foins à rentrer ou le travail de la ferme. Un soir, le garçon perdit patience :

« Si vous ne voulez pas venir, dites-le, j'irai tout seul ! »

Il était impatient comme on l'est à cet âge et ne comprenait pas les hésitations de sa mère. S'il avait été seul, il serait parti dès le lendemain.

Amandine tenta de lui expliquer qu'ils ne pouvaient arriver chez Victor sans l'avoir averti et qu'il fallait quelques jours pour le prévenir. Mais le jeune homme balaya toutes ces objections d'un : « Oh ! oncle Victor sera ravi. Depuis qu'il attend qu'on y aille ! »

Mais Amandine redoutait fort de reconnaître en ce Jean Marnhac l'autre Jean, celui qu'elle avait épousé.

Comme prévu la semaine passée, elle avait rendez-vous avec René Chazal au marché du samedi. Cette rencontre avait éclairé la vie morne de la jeune femme. Ils avaient bu un café ensemble, s'étaient promenés dans le marché et étaient revenus par le causse comme la fois précédente. Mais ce jour-là, Amandine n'avait pas été malade ! Ils n'avaient pas évoqué Jean et René n'avait pas demandé où en étaient les recherches. Il l'avait laissée descendre seule le chemin de la côte après lui avoir serré la main plus longtemps qu'il n'aurait fallu, et la jeune femme en avait été toute réconfortée.

Malgré tous les prétextes invoqués, il avait fallu se décider face à un Bernard prêt à prendre le premier train. La jeune femme, à court d'arguments, s'était tournée vers Basile :

« Qu'est-ce que tu en penses, Basile, tu crois qu'il faut y aller ? »

L'oncle haussa les épaules : dire que le retour de son frère ne le tracassait pas aurait été un mensonge. Il comprenait l'impatience de Bernard comme les réticences d'Amandine. Il répliqua avec un geste fataliste :

« Je crois que tu devrais y aller. On ne gagne rien à attendre.

— Mais les foins ne sont pas finis !

— Je travaillerai avec Marcel, ne t'en fais pas. »

Il n'ajouta rien, mais Amandine, en le regardant, lui trouva la mine défaite. Elle s'étonna :

« Ça va, toi ?

— Pourquoi ça n'irait pas ? Je peux bien me débrouiller seul pendant quelques jours ! »

Amandine se mit à faire sa valise. Bernard alla chercher les billets et, au milieu juin, la mère et le fils prirent le train en direction de Montpellier.

Amandine était émue de retrouver le souvenir de ses voyages d'autrefois. Elle se rappelait sa première entrée dans la famille avec Bernard et puis la descente dans le Sud pour demander sa pension de veuve et le retour qui avait ruiné sa santé et l'avait empêchée, comme elle en avait eu l'intention, de retourner dans le Midi chercher du travail.

Ils passèrent la journée entière dans les trains, et c'est avec une grande joie que la jeune femme retrouva son frère Victor sur le quai de la gare. Elle le trouva amaigri et vieilli. Lui l'embrassa des larmes plein les yeux :

« Ah ! ma sœurette, dit-il, j'ai bien cru que je mourrais sans te revoir !

— Mais Victor, tu es jeune encore, tu n'es pas prêt à mourir ! »

Victor hocha la tête et regarda sa sœur.

« Oh, tu sais, ma santé n'est plus ce qu'elle était ! »

Tout en parlant, ils se dirigèrent vers la charrette. Le vieux cheval Pilou, que Bernard connaissait bien, était resté sagement attaché en attendant les voyageurs. Ils partirent au petit trot vers le mas où Marianne, émue, serra longuement sa belle-sœur dans ses bras.

« Si tu savais comme j'avais envie de te revoir ! Il y a si longtemps… »

Elles se contemplèrent, ravies. Les deux enfants, Julien et Henri, entouraient leur cousin et voulaient l'amener déjà vers des lieux connus d'eux seuls, pour lui faire partager leurs secrets et leurs jeux.

Bernard les suivit en souriant.

Assis tous trois, après le départ des jeunes, autour d'une tasse de café, Amandine expliqua à Marianne et à Victor le pourquoi de sa venue. Elle conclut en disant :

« Je ne sais que penser. Ce Louis Germain avait l'air bien sûr de lui. Et les renseignements que Basile et Bernard ont recueillis à Perpignan tendraient à prouver que Jean serait vivant. Jusqu'à maintenant, j'avais refusé de le croire. »

Marianne et Victor ne répondirent pas, ce qui intrigua la jeune femme. Elle les observa plus attentivement et leur demanda, étonnée :

« On dirait que ce que je vous dis ne vous surprend pas ! »

Ce fut Marianne qui répondit :

« Il y a quelque temps, un jour où nous étions allés consulter un docteur, à Montpellier, on a rencontré un homme, bien mis, costume-cravate, et ton frère a eu une réaction qui m'a étonnée. Il l'a suivi longuement des yeux. Et comme je m'informais, il m'a dit : on dirait mon beau-frère Jean ! Pourtant, l'inconnu ne l'a même pas remarqué. Il est passé près de lui sans lui jeter un regard.

— Cet homme était un peu plus gros que Jean, reprit son mari, mais il avait la même taille et surtout la même façon de marcher.

— Nous en avons parlé tous les deux. Je lui disais : "Tu t'es trompé." Mais ça l'a travaillé, il affirmait : "Une telle ressemblance, c'est pas possible !"

— Je pense que c'est lui. Mais comment le retrouver ? »

Victor et Marianne n'en savaient rien. Victor finit par dire :

« Il faudrait le chercher sous le nom de Jean Marnhac puisqu'il se fait appeler comme ça. Mais, dans Montpellier, autant chercher une aiguille dans une botte de foin !

— Vous n'avez revu aucun de ses amis d'autrefois ?

— Tu sais bien que ses amis ne venaient pas au mas. On ne les connaissait pas.

— Demain, j'irai dans notre ancien quartier. Peut-être y vit-il encore.

— Cela m'étonnerait. S'il se cache, il aura changé de quartier… »

Le lendemain, Bernard et Amandine prirent la route de Montpellier en compagnie de Victor, qui n'avait pas voulu les laisser partir à pied. La jeune femme et ses deux compagnons flânèrent dans la rue où avaient vécu Jean et Amandine, au début de leur mariage. Ils observèrent la maison qu'ils occupaient et qui avait gardé sa porte délabrée et ses volets à la peinture écaillée.

Ils lurent des noms inconnus sur les boîtes aux lettres, mais ne trouvèrent pas de Jean Marnhac.

Des passants intrigués les dévisagèrent et ils finirent par partir avant qu'on ne les regarde d'un mauvais œil.

Ils parcoururent les artères les plus passantes, firent un tour au Peyrou et s'assirent au pied de la statue de Louis XIV tout en dévisageant les passants. Le soir, plus fatigués que s'ils avaient passé la journée dans les champs, ils rentrèrent déçus et découragés.

« C'est impossible de retrouver cet homme, à moins de s'adresser à la police.

— Et on leur dira quoi à la police, rétorqua Bernard ? Que ton mari est toujours vivant alors qu'il y a plus de quinze ans que tu acceptes la pension de veuve ? »

Amandine se troubla.

« Mais je ne le savais pas jusqu'à ces derniers temps ! On vient de me l'apprendre et je veux vérifier.

— Et tu penses qu'ils te croiront ? Ils vont se demander pourquoi il ne vous a jamais donné de ses nouvelles ! Non, vaut mieux laisser la police en dehors de tout ça.

— Alors, on n'a aucune chance de connaître jamais la vérité.

— Écoute, Amandine. »

Victor regardait sa sœur au fond des yeux et elle rougit sans savoir ce qu'il allait lui demander.

« Écoute, reprit-il, il faut que je te pose une question : as-tu vraiment envie de retrouver ton mari ? »

La jeune femme leva des yeux affolés vers son frère et il put y lire toute la détresse du monde. Sans répondre, elle se mit à pleurer. Les larmes coulaient sur ses joues et elle ne songeait pas à les arrêter. Elle pleurait sur elle, sur Jean, sur René et sur Bernard ; sur des vies que la guerre avait brisées et sur la fragilité de l'amour.

Bernard la contemplait en silence, puis il s'avança et se planta devant son oncle. Il s'adressa à lui d'une voix forte :

« Mais moi je veux le retrouver mon père ! Je veux savoir pourquoi il a passé tout ce temps loin de nous, s'il s'agit bien de lui, je veux qu'il s'explique. Je suis son fils, je veux savoir.

— Tu sais, il y a des choses qu'on ferait mieux de tenir cachées.

— Qu'est-ce que tu veux dire ?

— Je veux dire que si ton père n'est pas revenu à la maison, c'est qu'il a ses raisons et qu'il faut les respecter.

— Je suis son fils et ma mère est sa femme. Si quelqu'un doit savoir qu'il existe, c'est bien nous ! »

Victor haussa les épaules : cette histoire lui déplaisait de plus en plus. Ou bien son beau-frère avait perdu la mémoire, et pour son fils et sa femme il allait être une charge ; ou il se cachait volontairement, et alors tout pouvait arriver. Se voyant découvert, il pourrait devenir violent. Victor, qui n'avait jamais beaucoup apprécié son beau-frère, pensait même qu'il risquait d'exploiter sa femme et son fils.

Ne sachant que répondre à son neveu, il proposa de rentrer en disant :

« Je crois que, pour aujourd'hui, ça suffit. On verra demain. »

24

La société de taxis

Quatre années passèrent encore. Quatre années qui firent de Bernard un jeune homme à la peau bronzée et aux yeux de velours. Il était devenu un ouvrier électricien plein d'avenir et parcourait la campagne au fil des installations. La société lui avait même aidé à obtenir son permis de conduire. C'était lui, maintenant, qui allait d'un bout à l'autre du département visiter les chantiers avec les directeurs qui ne conduisaient pas. Il était devenu presque indispensable.

Il avait acheté une moto et, matin et soir, il l'enfourchait pour aller au travail et en revenir.

Amandine et Basile avaient continué, avec l'aide des Vally, à cultiver la propriété. Mais ils savaient qu'à plus ou moins brève échéance, ils loueraient la ferme à leurs voisins, qui songeaient à s'agrandir.

Basile n'allait pas bien du tout. La boisson et la cigarette avaient altéré sa santé et, bien qu'il n'eût pas encore atteint la cinquantaine, il avait des allures de vieillard. Il toussait à fendre l'âme quelle que soit la saison et ses mains tremblaient si fort qu'il arrivait à peine à porter la cuillère à ses lèvres sans en renverser la moitié.

Amandine revoyait René en secret. Un secret que beaucoup connaissaient. Dans ces petits villages, il était bien difficile de cacher quelque chose ! Les gens suivaient d'un œil intrigué leur manège et se demandaient pourquoi la jeune veuve ne convolait pas en justes noces avec cet homme gentil et beau garçon. Et la plupart pensaient qu'elle ne voulait pas renoncer à la pension de veuve que lui servait l'État.

La vraie raison n'était connue que d'eux seuls, de Basile et de Bernard : la jeune femme redoutait que son mari ne soit toujours vivant et ne voulait pas devenir infidèle. Elle qui n'avait jamais voulu croire à cette histoire reculait, maintenant, quand René la pressait trop.

« Je ne peux pas t'épouser, lui disait-elle tristement. Tu t'imagines, s'il revenait, le scandale que ce serait !

— La guerre est finie depuis plus de quinze ans. S'il avait dû revenir, il serait revenu ! Avoue que tu tiens encore à lui.

— Ce n'est pas vrai et tu le sais bien. Je ne l'ai jamais aimé comme je t'aime. Mais… »

Sans oser l'avouer, Amandine redoutait aussi la réaction de Bernard. Le jeune homme avait été un peu surpris, au début, en découvrant le secret de sa mère, mais il avait fini par comprendre que c'était la meilleure des choses qui puisse lui arriver.

Amandine n'avait jamais osé lui en parler, mais il ne pouvait dissimuler un sourire quand elle recevait une lettre et qu'elle partait la lire dans sa chambre. Il n'était pas dupe non plus des pâles excuses qu'elle invoquait pour aller à Mende, le samedi, au marché, pour rencontrer René. C'était le hasard, disait-elle, quand elle revenait par le causse et que le jeune homme la raccompagnait.

Amandine invitait quelquefois son soupirant à venir prendre le café. Basile, qu'un sixième sens avertissait, se montrait hostile envers cet homme même s'il voulait bien admettre qu'il était gentil et aimable. Il n'aimait pas le voir courtiser sa belle-sœur.

Les choses en restaient là. Amandine rêvait d'épouser René et de partir avec lui. Mais elle ne pouvait se résoudre à lui dire oui, beaucoup à cause de Jean et aussi à cause de Basile, qu'elle ne pouvait abandonner. Il n'était pas question que René vienne habiter la maison natale de Jean. Il ne l'aurait pas voulu et elle non plus.

Amandine songeait aussi à Bernard qui rentrait chaque soir et qui comptait sur elle. Rien n'était simple et la jeune femme avait peur que René ne perde patience et l'abandonne à ses problèmes.

Cependant vint le temps où Bernard dut faire son service militaire. À mots couverts, on reparlait de guerre et les gens avaient peur qu'une fois encore l'Allemagne ne vienne attaquer nos frontières.

Quand Bernard reçut sa feuille de route, Amandine poussa un soupir de soulagement. Il était affecté au cent-vingt-deuxième régiment d'infanterie de Montpellier. Elle connaissait bien la ville et croyait naïvement qu'il ne pourrait rien arriver de mal à son fils tant qu'il serait dans le Sud !

Un matin d'avril, le jeune homme partit rejoindre son régiment, tandis qu'Amandine écrivait une lettre à Marianne et à Victor pour leur annoncer la nouvelle.

De sa caserne, un peu éloignée du centre-ville, Bernard ne put se rendre souvent chez son oncle. Mais il profita de ses heures de liberté pour visiter la ville. Il revint dans le quartier où avaient habité ses parents et où il était né. Il admira la statue de Louis XIV au Peyrou, fut ébloui par la vieille université et les hautes maisons bourgeoises de cette cité réputée par sa richesse.

Quand il eut parcouru la ville de part en part, l'idée lui vint de s'informer de son père. Il n'avait pas oublié les lettres qu'avait reçues sa mère et était persuadé que, tout près de lui, vivait celui qui lui avait donné son nom. Même s'il l'avait oublié et avait refusé de le voir grandir, le garçon voulait faire sa connaissance, ne serait-ce que pour lui demander les raisons de ce refus.

La chance lui sourit alors qu'il s'y attendait le moins : un après-midi de congé, il se promenait en ville, avec trois autres Lozériens, soldats comme lui. C'était le plein été et le soleil tapait fort. Les jeunes gens traînaient leur ennui et leur uniforme dans les rues poussiéreuses, quand Bernard s'arrêta, tout à coup, devant une affiche, à la vitrine d'un magasin :

Société de taxis : JEAN MARNHAC & JOSEPH FUMMEL.

Stupéfait, il resta cloué sur place, étonné de n'avoir pas eu l'idée de rechercher son père parmi les commerçants locaux. Il avait pensé qu'il ne travaillait pas mais, en y songeant, il fallait bien qu'il fasse quelque chose pour gagner sa vie comme tout le monde !

Il restait là, à se poser des questions tandis que les trois autres avaient tourné au coin de la rue depuis longtemps. Finalement, il nota soigneusement l'adresse et courut rejoindre ses copains qui venaient juste de s'apercevoir qu'il ne suivait pas.

« Et alors, où étais-tu passé ? lui demandèrent-ils.

— Je regardais », répondit-il.

La nuit suivante, il ne put dormir et se demanda comment faire pour rencontrer Jean Marnhac sans attirer son attention. Il n'avait pas beaucoup d'argent mais pensait déjà à appeler le taxi à sa première permission pour se rendre chez son oncle. Il verrait bien la tête de l'homme quand il lui donnerait cette adresse. Oui, mais comment saurait-il qu'il s'agissait bien de Jean Marnhac ou de son collaborateur, dont il avait oublié le nom ? Il ne pouvait exiger un chauffeur de taxi plutôt qu'un autre. Non, cette idée n'était pas la bonne. Il fallait chercher autre chose.

Il pourrait demander directement Jean Marnhac. Mais pour lui dire quoi ? Quand il se trouverait devant lui, il ne le reconnaîtrait pas. Non, décidément, il ne savait que faire.

Il revint rôder dans la rue, surveilla la porte d'entrée : les affaires ne devaient pas être très florissantes car il ne vit jamais personne sonner. À la fin, il osa y aller. Il sonna, entra et se trouva dans une pièce encombrée avec un bureau couvert de poussière dans un angle. Il attendit longtemps que quelqu'un se présente. Finalement, un jeune homme, à peine plus âgé que lui, le reçut et lui demanda l'objet de sa visite.

Bernard eut la présence d'esprit de s'enquérir du prix d'un taxi pour se rendre à quelques kilomètres de Montpellier.

L'employé lui communiqua les divers tarifs. Il les lui écrivit sur un papier qu'il lui tendit. Le jeune homme prit son courage à deux mains et demanda :

« Les chauffeurs sont Jean Marnhac et Joseph Fummel ? questionna-t-il.

— Oh ! répondit le jeune homme, eux, ce sont les patrons, ceux à qui les taxis appartiennent ; et puis il y a les chauffeurs…

— Alors, ce ne seront pas eux qui vont me conduire ?

— Certainement pas. On ne les voit que rarement, mais, ajouta-t-il tout de suite, on a de très bons chauffeurs qui vous conduiront le plus rapidement possible à l'endroit où vous voudrez aller.

— Je n'en doute pas. Vous aussi vous êtes chauffeur ?

— Non, je suis secrétaire. »

Bernard n'osa pas insister davantage. L'autre le regardait déjà avec méfiance. Il empocha son papier, remercia et sortit sous l'œil intrigué du secrétaire.

Le soir, il décida d'écrire à sa mère pour la mettre au courant de ce qu'il avait découvert.

Il revint dès qu'il le put et observa la boutique. Il se posta assez loin pour la surveiller sans crainte. Il avait repéré un petit bistrot à l'angle de la rue et, quand il venait, il sirotait un café tout en lisant le journal, jetant un œil sur la porte des taxis.

Un jour, il vit arriver une voiture conduite par un homme entre deux âges. Il quitta rapidement le bar et s'approcha de l'automobile qui était garée à quelques pas de la porte de la boutique. Ce n'était pas un taxi. Il avança tout près et, à travers les vitres poussiéreuses, aperçut un homme de grande taille qui s'entretenait avec le secrétaire. Il s'éloigna et se posta en observation. Les minutes passaient et l'homme ne ressortait pas.

Enfin, il déboucha en coup de vent, sauta dans sa voiture, démarra, passa devant le jeune homme sans lui accorder un regard et disparut au coin de la rue. Bernard eut le temps d'apercevoir un homme élégamment vêtu, aux cheveux gris, une cigarette au coin des lèvres.

« Il ne ressemble pas à Basile », pensa-t-il. Mais il devait bien s'avouer qu'il n'avait fait qu'entrevoir son visage.

Il s'en alla dépité, cherchant toujours une ruse pour rencontrer Jean Marnhac. Il crut l'avoir trouvée quand un de ses copains de Lozère eut enfin la quille. Ce dernier, sur un coup de cœur, avait acheté un tourne-disque et des disques dont il régalait la chambrée, le soir. Il avait rangé toute sa collection dans une mallette fort lourde. Il interpella Bernard :

« Tu viendras m'aider à porter mon bagage à la gare.

— Écoute, répondit son ami, j'ai une meilleure idée. Je te loue un taxi.

— Un taxi ? Tu es fou ! Tu sais ce que ça coûte ?

— C'est un ami qui le fait. Il me fera un prix. Laisse-moi t'offrir ça. »

Le copain se laissa convaincre et Bernard, tout fier, revint à la boutique pour commander le taxi pour le lendemain.

Comme la première fois, il attendit, avant de voir arriver un homme d'un certain âge qui lui demanda ce qu'il voulait.

« Monsieur Jean Marnhac ? interrogea Bernard anxieux.

— Non, Joseph Fummel, pour vous servir. Que désirez-vous ? »

Le jeune homme commanda un taxi pour le lendemain et demanda à parler à M. Jean Marnhac.

« Oh ! répondit son interlocuteur, il ne vient pas souvent ici vous savez.

— Ce n'est pas votre associé ?

— Associé ? Si l'on veut… Il est propriétaire des voitures, mais c'est moi qui fait marcher l'affaire. Voulez-vous me donner votre nom, je lui parlerai de vous. »

Bernard pensa à donner un faux nom, puis s'excusa et s'en alla, déçu.

25

Rendez-vous au *Café de Paris*

Quand Amandine reçut la lettre de Bernard, elle en resta sans voix : son fils avait retrouvé la trace de son père ! Bien sûr, il ne l'avait pas rencontré. Mais avec l'enthousiasme de son âge, tout lui paraissait possible, probable même. Tout cela ennuyait fort la jeune femme.

Tant que ce Jean Marnhac demeurait invisible et insaisissable, il lui était facile de faire semblant d'ignorer son existence. Maintenant, ce n'était plus possible : elle allait bientôt être confrontée à lui. Elle aurait dû être heureuse de connaître enfin la vérité. Mais cette vérité signifierait peut-être pour elle la fin de sa vie tranquille et sonnerait le glas de ses projets.

Que Jean veuille qu'elle redevienne sa femme ou pas n'y changerait pas grand-chose. Elle ne pourrait en aucune façon épouser René. Et cet homme, son mari, qu'elle n'avait pas revu depuis plus de vingt ans ? Elle n'avait plus aucun point commun avec lui ! Lui non plus n'avait aucune affinité avec elle puisqu'il avait préféré ne pas la revoir.

Au fond d'elle-même, la jeune femme avait du mal à lui pardonner son silence, surtout à cause de Bernard qui avait toujours rêvé de son père.

Tout en ressassant ses pensées, Amandine se disait qu'ils s'étaient peut-être tous trompés et que Jean Marnhac était bien Jean Marnhac et non Jean Béraud. Elle souhaitait tellement qu'il en soit ainsi qu'elle finit par se persuader que c'était la vérité.

Elle avait montré la lettre de Bernard à Basile, et celui-ci avait hoché la tête sans rien dire.

« Il faudrait bien aller le rencontrer ! s'exclama Amandine surprise de ce silence.

— C'est toi et Bernard que ça concerne. Moi, je n'ai rien à y voir.

— Mais tu viendras bien avec moi pour le reconnaître !

— Tu as Bernard et ton frère.

— Bernard ne se rappelle pas de son père, tu dois venir. »

Basile, que toute cette histoire commençait à lasser prodigieusement, eut grande envie de répliquer à sa belle-sœur qu'elle pouvait reconnaître son mari toute seule. Mais il se retint et allégua sa mauvaise santé pour ne pas l'accompagner.

Amandine ne se laissa pas convaincre et insista fortement pour qu'il vienne avec elle quand Bernard aurait pris rendez-vous. Devant la détermination de sa belle-sœur, Basile n'osa pas se dérober et il fut décidé que tous deux, descendraient à Montpellier dès que le jeune homme leur ferait signe.

Ce voyage dans l'Hérault intrigua les Vally et Amandine se résigna à leur dire la vérité.

Marcel et Jeanne ouvrirent de grands yeux et posèrent question sur question. La jeune femme ne leur parla pas des lettres anonymes, mais seulement des confidences de Louis Germain.

« Mais pourquoi ne vous aurait-il pas donné signe de vie ? s'exclama Jeanne, stupéfaite.

— Il a peut-être perdu la mémoire, répondit Amandine sans y croire.

— Il nous a sûrement oubliés », ricana Basile.

Bien sûr, ces confidences devaient rester secrètes jusqu'au moment où Jean reviendrait à la maison. Mais la jeune femme n'était pas du tout sûre de la discrétion de sa voisine.

Quant à René, Amandine lui donna rendez-vous à Mende et le mit au courant de la découverte de Bernard. Contrairement à ce que craignait celle-ci, son ami fut enchanté de cette nouvelle :

« Je suis bien content, lui dit-il. Enfin, nous serons fixés. Si cet homme est ton mari, tu pourras lui demander des explications sur son silence ; et s'il ne l'est pas, nous pourrons nous marier au plus tôt », lui assura-t-il en lui prenant la main.

Ces propos ne rassurèrent qu'à moitié la jeune femme. Elle pensait que, si cet homme était Jean, elle allait perdre définitivement René, et les larmes lui montèrent aux yeux.

« Ne pleure pas », la consola-t-il maladroitement, car lui aussi sentait une main glacée lui enserrer la poitrine en même temps qu'une colère folle montait en lui : si cet individu était le mari d'Amandine, il était prêt à lui sauter à la gorge et à lui demander les raisons de son silence.

Ils se séparèrent tristement et Amandine promit de le tenir au courant

Mais le temps passait et Bernard ne parvenait pas à trouver un prétexte pour rencontrer ledit Jean Marnhac, qui semblait plus inconsistant qu'un fantôme. Plusieurs fois, il était retourné chez le taximan, disant qu'il voulait s'entretenir avec Jean Marnhac pour affaires personnelles, mais il obtenait toujours la même réponse : Jean Marnhac ne recevait personne !

À la fin, il n'y tint plus et expliqua qu'il était de sa famille et qu'il fallait qu'il le voie d'urgence.

« Il n'a pas de famille, lui répondit le secrétaire.

— Si, il a de la famille, à Saint-Estève. »

L'autre parut surpris et ne répondit pas. Au bout d'un long temps de réflexion, il dit du bout des lèvres :

« Écoute, si tu me dis qui tu es et ce que tu lui veux...

— Je suis son neveu, mentit Bernard, et il faut que je le voie pour une affaire d'héritage.

— Si tu veux, je peux t'aider.

— Non, c'est confidentiel. Il faut que je le voie personnellement. »

L'autre parut interloqué. Il haussa les épaules et lâcha :

« Reviens demain et je te dirai quelque chose. »

Bernard s'en alla tout excité : il était persuadé que le lendemain il verrait son père. Quand il parvint au milieu de la place, il entendit courir derrière lui, c'était le secrétaire qui lui demanda :

« Quel est ton nom ?

— Marcel Galla », répliqua aussitôt le garçon, et il s'éloigna à grands pas de peur que l'autre ne lui demande des précisions.

Le lendemain, quand Bernard revint, le secrétaire avait changé. Il demanda au remplaçant où était son collègue. L'autre le regarda d'un air mauvais :

« Qu'est-ce que tu lui veux, demanda-t-il ? Si tu veux un taxi, c'est bien, sinon laisse-moi travailler.

— Il devait m'arranger un rendez-vous avec Jean Marnhac, répliqua Bernard, inquiet.

— Qu'est-ce que tu lui veux, à Jean Marnhac ?

— Je suis son neveu, reprit le jeune homme en priant pour que l'homme ne connaisse pas le vrai neveu !

— Quel est ton nom ?

— Marcel Galla.

— Ah ! il y a un mot pour toi. »

Et il tendit à Bernard, un papier plié en quatre où « Marcel Galla » était écrit au crayon. Le jeune homme prit le message et attendit d'être dehors pour le lire tandis que le secrétaire s'était rassis à son bureau.

Le billet était bref : « Mardi, 6 heures du soir, au *Café de Paris.* »

Pas de signature, rien. Bernard réfléchit tout haut : on était vendredi, il était trop tard pour prévenir sa mère, la lettre n'arriverait pas assez tôt. Il lui fallait envoyer un télégramme. Il courut à la Poste et rédigea ainsi son papier : « Rendez-vous, mardi, 6 heures avec Jean Marnhac. » Il l'expédia et se rendit compte, trop tard, qu'il n'avait pas mis 6 heures du soir… Tant pis, se dit-il, elle viendra lundi et couchera au mas. Oui, mais il ne pourrait aller l'attendre, il faudrait y envoyer l'oncle Victor.

Il consulta l'horloge de la Poste : 3 heures ! En courant, il pourrait aller avertir son oncle et revenir pour 6 heures comme c'était prévu.

Il prit ses jambes à son cou et détala dans les rues de la ville. Il parvint en sueur au mas où sa tante s'exclama : « Mais Bernard, que t'arrive-t-il ? »

Il expliqua rapidement ce qu'il avait décidé à sa tante et elle lui promit que son oncle passerait toute l'après-midi de lundi à la gare, s'il le fallait, pour attendre sa sœur.

Après avoir avalé, à la hâte, une tasse de café, le

garçon partit aussi vite qu'il était venu et arriva juste à l'heure à la caserne.

Ce ne fut pas une mince affaire pour lui d'obtenir une permission pour la journée du mardi. Il eut beau prier, supplier, expliquer que sa mère gravement malade allait être hospitalisée, rien n'y fit. On lui demanda un certificat médical qu'il n'avait évidemment pas. Quand il eut épuisé toutes ses ressources, alors qu'il voyait ses espoirs partir en fumée, il baissa la tête et se mit à pleurer. Le gradé fut ému par cette douleur et lui demanda ce que faisait son père. Quand il apprit qu'il était orphelin et que son père était mort au front, il changea d'attitude :

« Tu ne pouvais pas le dire tout de suite », fit-il bougon.

Bernard expliqua que sa mère arriverait lundi par le train et irait coucher chez son oncle.

L'autre lui donna quarante-huit heures de permission. Il n'en demandait pas tant !

Il calcula qu'il pourrait aller attendre sa mère et rester avec elle jusqu'au mercredi matin.

Le jeune homme remercia et se mit à rêver de sa rencontre avec son père.

Il était si ému qu'il ne put trouver le sommeil. Il tourna et retourna dans son lit et ne s'endormit que sur le matin. Ce furent les bruits de la chambrée qui le réveillèrent en sursaut. Il passa les deux jours suivants comme sur un nuage et, le lundi matin, quand il quitta la caserne, il se rendit compte qu'il ne savait pas où se trouvait le *Café de Paris* !

Il passa la matinée à tourner dans la ville et finit par dénicher l'endroit dans une rue populaire. Le café avait l'air quelconque. Ce n'était pas un endroit où il serait allé boire. Il le contempla du dehors et, en gravant dans sa mémoire le chemin pour le retrouver, il se dirigea vers la gare.

La matinée s'achevait. Ne sachant que faire, il décida d'aller chez son oncle, au mas.

Il y arriva comme sa famille se levait de table.

« Pourquoi n'es-tu pas venu plus tôt, le gronda sa tante en lui servant les restes !

— J'ai cherché le *Café de Paris*.

— On voit bien que tu n'es pas d'ici. Tout le monde connaît le *Café de Paris* !

— C'est assez quelconque, dit Bernard la bouche pleine.

— Il ne paie pas de mine mais c'est un des meilleurs cafés de la ville. »

Ils décidèrent d'un commun accord de partir tous les deux pour la gare, au grand désespoir des cousins qui auraient volontiers séché l'école pour les accompagner. Mais leur père fut inflexible :

« Vous verrez votre tante ce soir. Pour le moment, allez, ouste, au travail ! »

Les deux garçons partirent la tête basse tandis que Victor attelait la jument. En route, Bernard fit part à son oncle de son enthousiasme à revoir son père. Victor hocha la tête et tint à modérer sa joie :

« Rappelle-toi, lui dit-il, que s'il n'y avait pas eu ta famille, en Lozère, ton père vous aurait laissés mourir de faim !

— Je sais, je sais. Mais il avait sûrement ses raisons, et ça ne m'empêche pas d'être content de le rencontrer. »

Victor tira sur les rênes et arrêta la jument.

« Bernard, lui dit-il, n'oublie jamais tout ce que ta mère et ton oncle ont fait pour toi. Si cet homme est ton père, au lieu de lui sauter au cou, demande lui où il a passé les quinze ans depuis sa libération.

— Je suis si content de le revoir ; et voilà que tu douches ma joie !

— Je serai aussi content de le revoir. Mais la joie n'empêche pas de se poser des questions. Je souhaite que tu ne tombes pas sous le charme de cet homme qui, après tout, n'est qu'un très grand menteur. »

26

La rencontre

Au mas, en ce mardi matin, tout le monde était à pied d'œuvre. La veille, Victor et Bernard avaient attendu longtemps avant de voir descendre Amandine accompagnée de Basile. Bernard s'en était étonné :

« Tu es venu, tonton ! s'était-il exclamé surpris.

— C'est ta mère qui a insisté. Comme tu ne connais pas ton père, il vaut mieux qu'on soit deux pour qu'il n'y ait pas d'erreur. »

Maintenant, après un solide petit déjeuner comme savait en faire Marianne, ils mettaient au point la stratégie pour rencontrer Jean. Bernard ne comprenait pas. Lui, il aurait voulu aller parler directement à son père et lui dire :

« Je suis Bernard Béraud. On m'a dit que vous étiez mon père. »

Tous l'en avaient dissuadé.

« Si cet homme se cache, avait rétorqué Victor, il va tout nier et tu ne sauras jamais si c'est ton père ou pas.

— Mais si je reste avec maman et oncle Basile, il en fera autant !

— C'est pourquoi il ne faut pas l'aborder directement.

— Il ne faudrait pas qu'il nous voie, ni ta mère ni moi, dit Basile.

— Alors, comment faire ? »

Chacun réfléchissait, mais la solution n'était pas facile à trouver.

« Si Jean s'est caché tant d'années, ce n'est pas maintenant qu'il va se trahir.

— Il faut le prendre par surprise.

— Il t'a donné rendez-vous à 6 heures. Mais rien ne nous empêche d'arriver avant.

— Tous les trois ?

— Non. Basile et Amandine, vers 4 heures ; vous pourriez aller prendre un café et attendre 6 heures.

— Deux heures à attendre, fit Basile, mais qu'est-ce qu'on va faire ?

— Tu n'auras qu'à lire le journal.

— Et moi, s'informa Amandine ?

— Toi, tu seras si nerveuse que je ne sais ce que tu peux faire. Ou achète un magazine. »

La jeune femme leva les bras au ciel mais ne répondit rien.

« Toi, Bernard, tu attendras 6 heures et tu rentreras dans le café à cette heure-là.

— Et comment je reconnaîtrais mon père ?

— S'il est là, Basile et ta mère te le désigneront. S'il n'est pas là, tu iras au bar et tu demanderas une boisson. »

Marianne, qui n'avait pas ouvert la bouche jusque-là, lança :

« Et s'il est plus malin que vous et qu'il surveille le café, il vous verra arriver ! S'il ne veut pas être découvert, il ne rentrera pas. »

Tout le monde pensa qu'elle avait raison, mais comment faire autrement ? Victor reprit :

« Il y a un risque, c'est vrai, mais nous n'y pouvons rien. S'il ne vient pas, cela le trahira aussi. »

Le plan fut conservé et, vers 3 heures, Basile, vêtu d'un costume emprunté à Victor, et Amandine, avec une robe de Marianne qui lui allait comme un gant, prirent place dans la carriole de Victor. Bernard, lui, avait revêtu son uniforme.

L'oncle devait déposer Basile et Amandine quelques rues avant le *Café de Paris*. Il laisserait Bernard en ville et viendrait rechercher tout le monde vers les 7 heures.

Quand Basile et Amandine pénétrèrent dans l'établissement, beaucoup de tables étaient vides. Seules les deux du fond étaient occupées par des joueurs de cartes qui ne se retournèrent pas à leur entrée. Ils s'assirent dans un coin où trônait une plante verte qui les cachait à la plus grande partie de la salle. Ils commandèrent deux cafés et Basile ouvrit son journal.

Des gens entraient et sortaient après s'être rafraîchis, mais il n'y avait personne qui, de près ou de loin, ne ressemblât à Jean.

Vers 5 heures, Amandine sursauta et serra le bras de Basile. Celui-ci posa son journal, écarquilla les yeux, mais ne remarqua rien. La jeune femme était devenue toute pâle et Basile suivit son regard.

Dans le coin le plus éloigné de la salle, quatre joueurs de belote qui étaient déjà là à leur entrée jouaient en silence.

L'un d'eux, bel homme, la cinquantaine, leur tournait le dos mais jetait de fréquents coups d'œil vers le bar. Il venait de commander des petits verres et quand il se tourna vers la serveuse, Basile vit son visage en pleine lumière.

« Nom de Dieu ! » murmura-t-il en se levant à moitié de sa chaise.

Amandine le fit asseoir tout en surveillant toujours l'inconnu qui, maintenant, avait repris son jeu et leur tournait le dos. Elle n'en pouvait douter : c'était Jean, plus vieux de vingt ans, mais toujours le même !

S'il ne l'avait pas reconnue, c'est qu'il tournait le dos à la salle.

Basile serrait les poings et menaçait d'aller vers cet inconnu qui ressemblait si fort à son frère. Amandine eut toutes les peines du monde à le retenir. Elle lui disait tout bas :

« Calme-toi, ne dis rien, sinon il va partir ! »

Mais Basile ne se contrôlait plus : tout ce qu'il avait redouté arrivait. Jean avait été un salaud jusqu'au bout ! Tromper sa mère, sa femme, son fils ! Il sentait une rage froide le secouer tout entier, et si ce n'avait été la poigne fixe et ferme d'Amandine qui le retenait, il se serait levé et serait allé lui dire deux mots, à ce lâche, ce tricheur ! Cet homme sans foi ni loi qu'il avait toujours été ! Amandine continuait :

« Laisse à Bernard la possibilité de rencontrer son

père. Il t'en voudra toute sa vie si tu lui gâches cette entrevue. Attends 6 heures et l'arrivée du petit. Après, tu feras ce que tu voudras ! »

Basile dut reconnaître que sa belle-sœur avait raison. Il se rassit et fit mine de se plonger dans son journal mais le cœur n'y était plus. Il relisait plusieurs fois la même ligne sans comprendre ce que les mots voulaient dire. Et pourtant, il continuait à lire avec rage comme un enfant qui s'obstine à déchiffrer une langue inconnue.

Amandine, à ses côtés, quittait ses gants, les tortillait entre ses doigts et les enfilait avant de les retirer à nouveau, en proie à une angoisse qui lui serrait la gorge et bloquait presque sa respiration.

« Mon Dieu ! pourvu que je ne gâche pas tout en m'évanouissant ici », pensait-elle au comble de la peur.

Cette réflexion la fit penser à son malaise sur la route du causse et à René qui l'avait secourue : je peux lui dire adieu, se dit-elle, tandis que les larmes l'aveuglaient.

Le temps passait lentement. Les aiguilles de l'horloge placée sur le mur d'en face paraissaient ne pas avancer. Dans le silence à peine coupé par les exclamations des joueurs, le carillon, qui sonnait tous les quart d'heure, chanta trois fois en approchant de 6 heures. Un nouveau groupe de joueurs s'était attablé à leur gauche. Ceux-ci étaient bruyants, criant et parlant à haute voix.

Vers 6 heures, plusieurs hommes vinrent s'accouder au comptoir, tout en jetant, en passant, un coup d'œil aux joueurs de cartes. Chaque fois que la porte s'ouvrait, l'homme qu'Amandine avait reconnu tournait la tête et lançait un regard anxieux vers le bar avant de revenir à son jeu.

Quand Bernard entra, il ne distingua rien dans la salle et alla, lui aussi, s'accouder au bar. Jean se retourna et le regarda.

Le garçon chercha sa mère et son oncle du regard et, les ayant aperçus, allait se diriger vers eux. Sa mère lui fit un signe de la tête en désignant les joueurs. Bernard ne comprit pas tout de suite et tourna les yeux étonnés vers la table du fond.

Jean surprit ce regard et ses yeux se portèrent vers l'endroit où Basile et Amandine, sur le qui-vive, surveillaient le père et le fils. Aussitôt, il jeta ses cartes sur la table, passa près de Bernard, sans lui accorder un regard, et se dirigea vers la porte. Mais Basile, plus prompt que lui, le devança. Il tint la porte fermée et, fixant son frère droit dans les yeux, lui dit d'une voix basse et rauque :

« Alors, Jean Marnhac, tu vas bien ? »

L'autre, ahuri, le contemplait en silence tandis que Bernard et Amandine s'approchaient.

« Tu m'as entendu, reprit Basile, tu vas bien ? »

L'homme ayant repris ses esprits, le toisa et répondit en ricanant :

« Excusez-moi, monsieur, je ne vous connais pas.

— Mais moi, je te connais ! Tu es mon frère. »

Amandine, pâle comme une morte, et Bernard, les yeux pleins de curiosité, fixaient cet homme qui essayait d'écarter Basile. Il se retourna, un instant, et son regard croisa celui de la mère et du fils avant de revenir se fixer sur Basile. Il le bouscula d'un coup d'épaule sec qui lui fit perdre l'équilibre, ouvrit la porte et disparut en courant dans la rue.

Bernard essaya en vain de le poursuivre tandis que, dans le café, plusieurs consommateurs s'approchaient, demandant ce qui se passait. Basile se releva, frotta son bras endolori et sortit dans la rue suivi d'Amandine qui n'avait pas encore retrouvé ses couleurs.

Ils attendirent, sans parler, que Bernard réapparaisse. Quand il revint, sa mère lui demanda :

« Alors ?

— Il connaît Montpellier mieux que moi. Je l'ai perdu dans les rues.

— Le salaud, le salaud ! » murmurait Basile.

Amandine laissait les larmes ruisseler sur son visage. Bernard, l'air hagard, n'était pas loin des larmes. Il n'arrivait pas à croire que cet homme, s'il était son père, ait refusé de lui parler. Il aurait tant aimé savoir ce qui motivait ce refus et, au fond de lui, se demandait s'il n'était pas coupable d'il ne savait quelle faute.

« Je vais aller demander aux autres joueurs qui est cet homme », fit-il à sa mère et à son oncle, en rentrant dans le café.

Il ressortit quelques minutes après en expliquant :

« Ceux qui jouaient avec lui sont partis par une autre porte et les autres ne le connaissent pas. Ils affirment que c'est la première fois qu'ils le voient.

— Il nous a eus ! Il est arrivé le premier, il a choisi un café où il n'était pas connu. Je crois qu'on ne le reverra jamais.

— Mais c'était bien lui ? insista Bernard.

— Oui, c'est sûr, c'est lui ! La canaille, la canaille ! »

Amandine ne disait rien mais les larmes coulaient toujours sur ses joues. Elle pensait que cet homme, qu'elle avait, elle aussi, reconnu, venait de briser sa vie une seconde fois.

27

Des rumeurs dans la vallée

Quand Victor apparut au coin de la rue, il vit à leur mine déconfite que la rencontre n'avait pas été concluante. Il les fit monter tous les trois et demanda ce qui s'était passé. Amandine, au milieu de ses pleurs, lui raconta la fuite de Jean quand il s'était senti reconnu.

« Alors, c'était bien lui ?

— Ah ! le salaud, l'infâme salaud ! » répétait Basile sans arrêt !

Bernard, le plus déçu des trois, gardait le silence.

Sa mère, sentant la déception du jeune homme,

n'osait se plaindre. Elle enfouissait dans son cœur ses ressentiments qui étaient grands. Elle n'aurait jamais cru possible que Jean soit capable de les ignorer totalement, elle et son fils, et en ressentait une profonde amertume.

Basile, après avoir copieusement insulté son frère, était resté sans voix, oubliant d'allumer la cigarette qui pendait au coin de ses lèvres. Quant à Victor, il n'avait jamais beaucoup apprécié son beau-frère, mais, aujourd'hui, il le vouait à tous les diables.

Pour se consoler, il se disait en lui-même : « Bof, aujourd'hui ils sont déçus, mais ils ont bien vécu sans lui toutes ces années, ils n'ont qu'à continuer ! »

Quand ils arrivèrent au mas, Marianne, mise au courant de la situation, tenta de leur faire oublier leur déception en leur présentant un repas digne d'un vrai cordon-bleu. Mais aucun d'entre eux n'avait beaucoup d'appétit. Basile n'absorba presque aucune nourriture, mais il descendit verre après verre. Victor n'osa lui refuser à boire et Amandine, toute à sa peine, ne s'aperçut de rien. Si bien qu'au sortir de table, Bernard et Victor durent l'accompagner à sa chambre où il tomba sur le lit comme une masse.

L'oncle et le neveu sortirent dans la nuit. Et là, brusquement, alors qu'ils faisaient quatre pas sous les étoiles, Bernard éclata en sanglots violents qu'il ne pouvait retenir.

« Là, là », le consola gauchement son oncle, ne sachant que dire ni que faire.

Quand le plus gros de la crise fut passé, le garçon leva ses yeux ruisselants de larmes sur son oncle et murmura entre deux hoquets :

« Pourquoi, mais pourquoi ? »

Incapable de lui répondre, Victor haussa les épaules mais ne dit rien.

« Qu'il en veuille à ma mère ou à Basile, je peux le comprendre. Mais moi, qu'est-ce que je lui ai fait ? J'étais un enfant quand il est parti !

— Il ne voulait pas être reconnu.

— Mais moi, je ne l'aurai pas dénoncé. Quand on était en pleine ville, il aurait pu me parler. D'habitude, les hommes sont fiers de leurs fils !

— D'habitude, oui.

— Alors, c'est un père contre nature ? »

Victor le prit par les épaules et le ramena dans la salle commune. Il ne disait rien, mais il pensait que Bernard avait raison.

Quand ils entrèrent, Marianne préparait une tisane pour elle et sa belle-sœur. Victor sortit la bouteille de cartagène[1] de sa réserve et tous deux trinquèrent en silence. Puis ils montèrent se coucher, laissant les femmes se faire des confidences.

Marianne refit de la tisane tandis qu'Amandine, libre à présent d'exprimer son indignation, racontait à sa belle-sœur l'histoire des lettres anonymes, les confidences de Louis Germain et la longue quête de Bernard pour retrouver son père.

« Mais, toi, pourquoi as-tu mis tant d'acharnement à le rechercher, s'étonna Marianne, tu n'es plus amoureuse de lui, quand même ?

— Non, mais Bernard souhaitait tellement le revoir que je l'ai aidé et puis… Et puis…

— Qu'essaies-tu de me dire ?

— J'ai rencontré quelqu'un, il y a quelques années, et il voulait m'épouser. Je voulais être sûre que ce n'était pas Jean. Tu sais, je n'ai jamais cru qu'il était vivant. Et voilà, maintenant, ma vie est foutue !

— À part nous, personne ne sait que Jean est vivant. Épouse ton ami.

— Bernard le sait. Les voisins le savent et lui aussi ! »

Marianne se tut un instant : elle ne savait que dire. Ce fut Amandine qui, avec une voix chargée de colère, étonnante chez cette femme habituellement si douce, commença à parler :

1. Vin léger des cépages de l'Hérault et du Gard.

« Je ne l'aurais jamais cru capable d'une telle trahison ! Ah, Basile avait raison quand il disait qu'il était capable de tout ! Je ne pouvais pas croire qu'il soit vivant et qu'il ait pu passer ces années sans essayer de voir son fils ! Non, je ne l'aurais jamais cru.

— Oublie-le, c'est tout ce qu'il mérite.

— Oh ! moi, je l'ai déjà oublié. Mais Bernard ?

— Bernard est jeune. Il oubliera aussi.

— Oui ! Mais quel souvenir lui restera-t-il de ce père qui n'a pas voulu le connaître ? »

Bernard, dans son lit, ne dormait pas. Sans cesse passait et repassait devant ses yeux la silhouette entrevue au café, puis la fuite d'un homme courant dans les rues. Cet homme était son père et le reniait !

Il tournait et retournait dans son lit, le sommeil le fuyait et il se sentait doublement orphelin.

Le lendemain, il dut rejoindre sa caserne alors que Basile et Amandine regagnaient leur village, le cœur gros.

Une migraine tenace martelait les tempes de Basile et le rendait silencieux et hostile. Amandine avançait comme une automate, perdue dans ses pensées.

Le retour s'effectua tristement. Quand le train les déposa à la gare, Basile, sans un mot, saisit les bagages et se dirigea vers le causse sans s'apercevoir que sa belle-sœur devait courir pour le suivre.

À mi-côte, alors que la jeune femme se demandait si elle pourrait maintenir longtemps cette allure, une carriole les dépassa et s'arrêta à quelques mètres d'eux.

« Hé, mais c'est Basile ! Qu'est-ce que tu fais là, mon vieux ? »

Basile s'approcha et reconnut le meunier de Langlade qui rentrait d'une longue tournée.

« J'arrive de Montpellier, par le train, avec ma belle-sœur. Mon neveu est militaire et on s'est retrouvés tous chez le frère d'Amandine, au mas.

— Eh bien, vous voyagez, vous autres ! C'est pas la porte à côté, Montpellier. Moi, j'y suis jamais allé ! »

Basile ne répondit pas, conscient que ces voyages

répétés devaient intriguer les villageois des alentours. Le meunier insista :

« Il n'y a pas longtemps que vous y étiez descendus, avec ton neveu.

— Mais non, fit Basile, je n'y suis pas allé.

— Mais si, il y a pas longtemps, tu y étais descendu ! »

Le jeune homme se rappela, alors qu'il avait annoncé descendre à Montpellier quand ils étaient allés à Saint-Estève, près de Perpignan, à la recherche de Jean.

« C'est possible », fit-il sans se compromettre.

Amandine vint à son secours

« Mais oui, tu te rappelles, vous êtes descendus, avec Bernard, pour les vendanges, je crois.

— Tu es un drôle de loustic, reprit le meunier, tu vas te promener pendant que ta belle-sœur fait tout le travail !

— Il n'est pas allé se promener. Ils manquaient d'ouvriers, il est allé leur aider.

— Il n'y est pas resté longtemps ! Il n'a pas dû les aider beaucoup !

— Ils étaient embêtés, leurs vendangeurs étaient partis et les raisins n'attendent pas, se défendit la jeune femme. On ne pouvait pas laisser mon frère dans l'embarras !

— Non, bien sûr », ricana le meunier. Mais Amandine devina à son air qu'il n'était qu'à moitié convaincu.

Elle comprit que les racontars devaient aller bon train. Elle serra les dents. Elle n'aurait jamais cru que les gens puissent s'occuper ainsi des affaires de leurs voisins ! Même si, dans ce cas, ce n'était pas vraiment un voisin. Le meunier habitait à plus de deux kilomètres de chez eux et il avait l'air parfaitement au courant de leurs déplacements.

« Il aura bientôt fini ses classes, le petit ? demanda encore l'homme.

— Oh, il en a encore pour un an, et s'ils n'allongent pas le temps, encore !

— Comme ça, il ne reste pas à la ferme ?

— Non, il est électricien. »

La conversation s'engagea alors sur l'électricité, que tout le monde appréciait. Tout en discutant, ils arrivèrent à Langlade et le meunier les déposa. Ils reprirent la route avec leurs valises.

Tout en marchant, Amandine s'étonnait que leurs faits et gestes soient connus dans toute la vallée. Elle ne put s'empêcher d'interroger Basile :

« Comment se fait-il que le meunier de Langlade soit au courant de nos va-et-vient en train ? »

Basile s'arrêta, stupéfait :

« Et pourquoi veux-tu qu'il ne le soit pas ? Il n'y a pas tant de monde qui prend le train pour se promener. Ceux qui le prennent c'est pour une affaire urgente comme nous. Mais, conclut-il, nous, on ne peut pas l'expliquer, alors les gens se posent des questions.

— Heureusement qu'il y a mon frère dans le Midi ! Ça les ferait encore plus parler !

— De toute façon, c'est terminé, on n'y retournera pas. »

En disant cela, il reprit la route d'un bon pas.

Dès le lendemain, ils se mirent d'accord pour ne pas raconter leur aventure à Jeanne Vally. Elle avait bien promis de garder le secret. Mais si elle apprenait que Jean était vivant, ce serait une nouvelle tellement énorme qu'elle serait tentée d'en faire part à ses amies du village, au four ou à la fontaine.

Quand Jeanne arriva, en milieu de la matinée, expliquer qu'elle avait nourri les poules et les lapins, elle accepta une tasse de café, les yeux brillants d'excitation.

Amandine se sentit obligée de lui raconter sa triste rencontre. Elle présenta le rendez-vous au café comme une entente entre Bernard et cet homme qui passait pour Jean. Elle dit qu'elle avait été fort déçue de voir arriver un inconnu au rendez-vous.

« Vous avez de la chance, répliqua moqueusement la voisine, sinon, vous auriez dû rendre la pension de veuve ! »

Amandine s'arrêta, saisie : c'est vrai qu'elle n'avait pas droit à cet argent ! Elle n'y avait jamais songé.

Elle haussa les épaules et inclina la tête. La curieuse voulut savoir ce qui avait incité Louis Germain à dire que Jean Marnhac était le mari d'Amandine. La jeune femme convint que cet homme avait une certaine ressemblance avec Jean, mais que ce n'était pas lui.

« Bernard n'a pas été trop déçu ? demanda Jeanne.

— Bien sûr que si. Il s'attendait tellement à voir son père qu'il était tout triste. Cet homme l'a consolé en lui disant que son père était son meilleur ami, inventa-t-elle, et qu'il était mort en héros. Mais, tout de même, cette histoire l'a remué. »

Quand la voisine, très déçue, fut repartie, Amandine prit un porte-plume et une feuille et écrivit à Bernard pour lui expliquer les rumeurs qui circulaient dans la vallée au sujet de leurs voyages à Montpellier. Elle avoua le mensonge qu'elle avait dû faire à Jeanne et le souci qu'elle avait que sa voisine aille raconter cette histoire invraisemblable aux commères du village.

« Je ne voudrais pas, lui expliqua-t-elle, que tout le pays sache que ton père nous a abandonnés pendant de longues années. Alors, si quelqu'un te pose la question, dis bien que c'est une erreur et que nous avons eu une fausse joie. C'est la seule façon de faire taire les rumeurs qui poursuivraient la famille de génération en génération. »

28

La visite de René

Et la vie recommença, une vie encore plus morne que jadis pour Amandine qui voyait son avenir bouché jusqu'à la fin de ses jours. Dès le lendemain, René, de passage, disait-il, s'en vint aux nouvelles. Avec des sanglots dans la voix, la jeune femme lui raconta la dérobade de Jean.

« Rien que sa façon de nous éviter prouve, hélas, que c'est bien lui. Et puis, Basile et moi l'avons formellement reconnu ! »

Le jeune homme eut un geste d'humeur et demanda :

« Qu'avez-vous à voir avec lui ? Personne ne sait rien de tout ça. Marions-nous, cela fera taire les rumeurs.

— Mais les rumeurs existent. Les gens se demandent pourquoi nous allons si souvent à Montpellier et nous avons été obligés d'avertir nos voisins. Ça m'étonnerait que Jeanne, bavarde comme elle est, puisse tenir longtemps un secret !

— Rien ne prouve que cet homme soit votre mari : c'est Jean Marnhac.

— Hélas, pour moi, c'est réellement mon mari.

— Vous pouvez demander le divorce. Il vous a abandonnée depuis des années ! »

Amandine le regarda sans comprendre :

« Demander le divorce ! Ce n'est pas possible !

— Et pourquoi donc ?

— Parce que… Parce que… »

Incapable d'exprimer ses sentiments, la jeune femme se mit à pleurer. René répondit à sa place :

« Je sais que personne, par chez nous, n'a jamais divorcé. Mais le divorce existe et…

— L'Église ne le reconnaît pas. »

René se tut. Il voyait bien que jamais Amandine n'accepterait.

« Et puis, reprit la jeune femme, je ne peux pas divorcer d'un disparu ! Il faudrait étaler cette histoire en plein jour, et je m'y refuse. »

René n'insista pas. Il comprenait les raisons d'Amandine mais il aimait cette femme et, pour la première fois de sa vie, il rêvait d'un avenir autre qu'une longue suite de jours sans fin. Il voyait s'éloigner la solitude qui était son lot depuis des années. Maintenant, grâce à elle, le passé ne venait plus le tourmenter comme il l'avait fait si souvent. À la place des cauchemars d'autrefois, c'était le sourire d'Amandine qui illuminait sa vie.

Il soupira, regarda la jeune femme et dit en lui prenant la main :

« Je vous aime, Amandine, et je ne laisserai pas un fantôme nous séparer.

— Si ce n'était qu'un fantôme ! Hélas, c'est un homme bien vivant.

— Mais qui est-il pour vous avoir abandonnée, vous et votre enfant, pendant toutes ces années ? »

La porte s'ouvrit alors et Basile entra l'air sombre.

« Alors, plaisanta-t-il, le valeureux chevalier vient faire sa cour à la veuve éplorée.

— Basile ! s'exclama Amandine.

— Ce n'est pas la vérité peut-être ? Mais la veuve n'est pas veuve et le chevalier n'a plus qu'à retourner chez lui et attendre la mort du mari de la dame. À moins, bien sûr, qu'il n'aille le provoquer en duel. »

Basile avait bu et il portait sur René un regard mauvais comme Amandine ne lui avait jamais vu. Elle essaya de faire diversion :

« René est passé nous dire bonjour et… »

Basile ne la laissa pas achever et ricana :

« Bien sûr, bien sûr, et pourquoi vient-il quand tu es seule ? Il vient prendre de tes nouvelles, peut-être ? »

René se leva et, se plantant devant le jeune homme, lui dit d'un ton sec :

« Basile, je sais que ça t'ennuie, mais j'ai décidé d'épouser Amandine. Rassure-toi, ce ne sera pas pour tout de suite, mais, un jour, elle sera ma femme.

— Tu peux, tu peux, mais n'oublie pas qu'elle a un mari.

— Son mari a disparu à la guerre.

— Que tu dis… Mais d'autres pensent que non.

— Qu'ils pensent ce qu'ils veulent. C'est notre vie, pas la leur.

— Faites ce que vous voudrez, ce que j'en disais,

c'est pour vous. Mais je vous avertis que tout le pays sera bientôt au courant.

— C'est toi qui vas le leur dire ? »

Basile se retourna comme piqué par un serpent :

« Moi, je n'ai jamais trahi ma famille ! Même quand j'ai bu comme ce soir, je ne dis jamais rien contre les miens. Si quelqu'un a parlé, ce n'est pas moi !

— Mais les gens ne peuvent pas savoir, se lamenta Amandine !

— Si, ils savent. Personne n'a osé me le dire, mais à l'auberge, je les entends parler. Ils croient que je ne comprends pas, mais je ne suis pas si bête que ce qu'ils pensent !

— Que faire ? Que faire ? gémit la jeune femme.

— Reste comme tu es, lança Basile d'une voix grave, qu'as-tu besoin d'aller chercher des ennuis ? Et toi, fit-il en se tournant vers René, laisse-la tranquille, tu ne fais que la faire souffrir encore plus. »

Il se dirigea vers le cantou et s'assit, laissant les deux autres désorientés. René ouvrit la porte et sortit. Amandine le suivit.

« Il a raison, fit-elle, il vaudrait mieux ne pas se voir puisque nous ne pouvons pas nous marier.

— Cela fera le bonheur de Basile. Il est amoureux de toi et veut te garder à la maison.

— Il n'y a jamais rien eu entre nous, se révolta la jeune femme.

— Je le sais bien. Mais Basile n'attend qu'un mot de toi pour t'avouer son amour. »

Amandine songea à cette nuit lointaine où il avait tenté de l'embrasser et aussi à toutes ces phrases voilées qui lui échappaient, de temps à autre. René, qui l'observait, lui dit :

« Est-ce que je me trompe ?

— Peut-être pas, répondit-elle, mais moi, je ne l'aimerai jamais. C'est toi que j'aime. »

Elle voulut se jeter dans les bras de son ami, mais il la repoussa doucement :

« Non. Nous sommes à la vue de tout le monde. Je

suis sûr qu'il y en a qui nous observent derrière leurs volets. Si nous devons attendre, ne donnons pas de prises aux racontars »

Après un signe d'adieu, il s'éloigna dans la lumière de la matinée. La jeune femme le regarda dévaler le chemin, la démarche un peu hésitante. Elle essuya ses yeux et rentra dans la cuisine. Basile n'avait pas bougé.

« Tu es vraiment insupportable, qu'est-ce qu'il t'a fait, René, pour lui parler de la sorte ?

— Il ne m'a rien fait. Mais comment peux-tu envisager de l'épouser alors que tu sais que Jean est vivant ? »

Il réfléchit un instant et continua :

« Il risque de venir perturber la noce ! »

La jeune femme ne comprit pas tout de suite :

« Qui risque de venir perturber la noce ?

— Mais Jean, pardi ! Tu le vois entrer dans l'église ou la mairie et crier tout fort "ce mariage ne peut se faire, il y a un empêchement : je suis vivant !"

— Jean ne risque pas de faire ça.

— Qu'est-ce que tu en sais ? Il en serait bien capable. »

Amandine se mit à pleurer. Basile lui dit :

« Tu n'es pas si mal, ici. Prends ton mal en patience et un jour, peut-être… »

La jeune femme haussa les épaules et ne répondit rien. Elle se mit, machinalement, à faire le travail.

Elle monta dans sa chambre. Tout en tirant les draps, ses pensées accompagnaient René jusqu'à son village. Puis elle s'arrêta de travailler, s'assit sur le lit et se laissa emporter par son imagination.

S'ils ne pouvaient se marier, ici, par crainte du scandale, ils pourraient aller au mas, chez Victor, et se marier là-bas. Oui, mais René devrait demander ses papiers, il y aurait les affiches et les gens seraient au courant ! Et puis, il y avait Bernard !

Maintenant qu'il savait son père vivant, il accepterait mal qu'elle se remarie. Le plus simple serait la mort de Jean. Ah, s'il pouvait disparaître ! Amandine fut horrifiée de ses pensées et se remit au travail le cœur en émoi. Quelques minutes plus tard, elle se sentit prête à se marier devant tout le pays : puisque tous les papiers officiels portaient son mari disparu depuis plus de dix ans, pourquoi serait-elle plus royaliste que le roi ? C'était bien normal qu'elle refasse sa vie.

Des rumeurs circulaient ? Mais les rumeurs n'ont rien à voir avec la réalité. Elle se marierait, le matin, à l'aube, comme le faisaient les filles mères et personne ne viendrait troubler la cérémonie comme le prétendait Basile. Les gens penseraient qu'elle avait bien assez souffert.

Elle s'arrêta, embarrassée. Devenait-elle folle pour penser à de telles horreurs : souhaiter la mort d'un homme, se moquer de tout un pays, négliger son enfant ! Son amour pour René lui faisait oublier la plus élémentaire morale.

Mais elle était excusable, elle n'avait connu que la solitude et la peur. Le fiasco de son mariage, dont elle n'avait jamais voulu convenir, l'avait endolorie à jamais. Et, aujourd'hui, où elle voyait enfin s'ouvrir une éclaircie dans la grisaille de sa vie, voilà qu'un fantôme venait lui en barrer le chemin !

Car c'était bien un fantôme, ce Jean presque oublié qui surgissait du néant pour lui interdire l'amour, alors que depuis plus de quinze ans il l'avait abandonnée à son sort.

Elle songea à Basile. Aujourd'hui, il avait montré sa jalousie et sorti des griffes comme s'il avait des droits sur elle. Elle savait depuis longtemps qu'il était amoureux d'elle mais ne l'avait jamais encouragé : il était son beau-frère et il le resterait. Sa passion pour la boisson cachait une grande souffrance. Depuis l'enfance, il portait un fardeau trop lourd pour lui et la guerre n'avait rien arrangé.

Marie, avec ses préférences, l'avait rejeté vers son vice qui, aujourd'hui, était devenu incurable.

La jeune femme se sentait lasse, lasse à en mourir :

sa santé chancelante, les soucis et le travail l'avaient usée et les rebondissements du voyage à Montpellier avaient été le coup de grâce. Elle allait s'enfermer dans cette maison et attendre la vieillesse en soignant ses brebis et en attendant le retour de Bernard jusqu'au jour où il prendrait son essor et la laisserait seule avec ses souvenirs.

Des larmes lui montaient aux yeux. Elle les essuya d'un geste rageur en disant :

« C'est assez pensé, advienne que pourra, allons, au travail ! »

29

Une bagarre qui tourne mal

Assis de part et d'autre du fourneau, en cette froide veillée de décembre, Basile et Amandine attendaient Bernard qui avait eu une permission à l'occasion des fêtes de Noël. Basile, la cigarette aux lèvres, suivait, d'un œil ensommeillé, les flammes que l'on apercevait à travers la porte du fourneau entrouverte. Amandine tricotait. Ses pensées la portaient vers René qui n'était pas revenu depuis leur dernière discussion. Il avait écrit pour garder le contact mais ses lettres étaient beaucoup plus distantes. La jeune femme s'en désolait tout en se disant que c'était mieux ainsi puisqu'il n'y avait plus d'espoir pour eux. Pourtant, le sourire de René revenait la hanter comme son regard et ses gestes maladroits. Sans cesse, son esprit s'attardait à ces souvenirs et son cœur lui semblait lourd. Elle savait, maintenant, que pour elle, il n'y aurait plus jamais de bonheur. Il ne lui restait que Bernard.

Elle ne savait si le garçon avait bien supporté le choc de la rencontre avec son père. Il n'en parlait jamais dans ses lettres. Pour elle, ce n'était pas bon signe.

Elle aurait préféré qu'il exprime sa colère et sa déception, mais il restait muet comme une tombe. Amandine savait bien qu'il avait accumulé toute sa peine et sa rancœur et qu'un jour sa révolte serait terrible.

Elle se leva et se dirigea vers la fenêtre dont les volets n'avaient pas été fermés. Le froid avait été vif toute la journée et, dans la soirée, un redoux avait fait craindre la neige. La jeune femme ne la redoutait pas, mais elle aurait souhaité qu'elle ne tombe pas ce soir-là, car passer le causse dans ces conditions deviendrait dangereux pour son fils.

Elle colla son front sur la vitre pour essayer de distinguer les flocons. Mais tout était calme. Elle soupira d'aise en lançant un coup d'œil à la pendule : il allait être 10 heures. Le train arrivait à 9 h 12 : il ne pouvait être encore là. Basile, les pieds dans le four de la cuisinière, s'était endormi, sa cigarette éteinte au coin des lèvres.

Elle allait se rasseoir quand elle entendit des sabots frapper le sol gelé et un bruit de conversation troubler le silence de la nuit.

Un coup fut frappé à la porte et Marcel et Jeanne Vally entrèrent avant même qu'on ne les y eût invités.

« Brrr ! Quel froid, ça m'étonnerait qu'il neige », fit Jeanne en se débarrassant de son châle.

Marcel la suivait. Il reprit :

« Ça ne ferait pas de mal pourtant, ça protégerait les blés ! »

Basile, réveillé, leur fit une place près du fourneau tandis qu'Amandine s'étonnait :

« Vous n'avez pas amené les enfants ?

— On les a couchés. La grand-mère les gardera. Ils étaient énervés, j'ai cru qu'ils ne s'endormiraient jamais. »

Les deux femmes se mirent à papoter tandis que les hommes plongeaient les doigts dans un paquet de tabac pour en retirer une pincée qu'ils s'appliquaient à rouler dans le papier Job.

« Nous attendons notre soldat, ne put s'empêcher d'expliquer Amandine, j'espère que la neige ne va pas tomber ce soir.

— Non. Il fait trop froid, répondit Marcel. Il y a juste quelques mouches blanches qui volent dans le ciel. »

Jeanne déplia son tricotage. Amandine se leva et alla chercher la cafetière qu'elle posa sur un coin du fourneau.

« Ne vous dérangez pas, Amandine, dit Jeanne.

— Nous allons faire chauffer le café. Peut-être les hommes prendront-ils autre chose, fit-elle en jetant un coup d'œil à Basile.

— Ah ! oui. On va pas boire de l'eau, nous ! » s'écria Basile en riant.

La veillée se déroula sous la lampe que Basile tira près du feu. Jeanne, après quelques banalités, ne put contenir sa curiosité. Elle demanda :

« Vous ne nous avez pas raconté comment s'est passé votre voyage à Montpellier. Vous pensiez retrouver votre mari. J'ai bien vu que vous n'étiez pas contents. Ça n'était pas lui ? »

Amandine jeta un coup d'œil à Basile qui paraissait ne pas avoir entendu. Elle se préparait à répondre quand ce dernier répliqua tranquillement :

« Non, ce n'était pas lui. C'est vrai qu'il y avait une certaine ressemblance, mais mon frère était plus grand, il n'avait pas les cheveux blonds. Ce n'était pas lui.

— Ah, pourtant vous y croyiez ! Comment l'aviez-vous appris ?

— C'est un berger transhumant, reprit Amandine, Louis Germain qui était au front avec lui et qui disait qu'il avait été fait prisonnier.

— Louis Germain ! je le connais, ce gars, moi ! s'exclama Marcel. Un type qui ne parlait pas beaucoup et qui en voulait à tout le monde parce qu'il aurait dû être réformé et qu'on l'avait envoyé au casse-pipe. Ça ne m'étonne pas qu'il vous ait dit ça, il essayait d'embêter tout le monde.

— Aussi je me disais bien, reprit Jeanne, que s'il avait été vivant, votre mari serait venu vous voir, vous et votre gamin ! »

La conversation aurait continué longtemps si la porte ne s'était ouverte sur un Bernard frigorifié qui tendit vers le feu des mains rougies par le froid. Il quitta son calot qu'il lança sur un coin du buffet et entreprit de délacer ses chaussures. Marcel et Basile lui avaient fait une place auprès du fourneau et Amandine, après l'avoir embrassé, lui dit :

« Je fais chauffer la soupe. C'est une soupe au chou comme tu l'aimes et je t'ai gardé un peu de lard. »

Le jeune homme sourit et répliqua :

« Laisse-moi me réchauffer et je vais avaler toute la soupière. »

Réchauffé et rassasié, Bernard raconta, avec force détails, sa vie militaire, les sorties qu'ils avaient faites dans le froid et la neige.

Les hommes se prirent au jeu et, eux aussi, parlèrent de leur service militaire avec de la nostalgie dans les yeux. Les femmes écoutaient, oubliant leur ouvrage. Amandine observait son fils et le trouvait changé.

Pourquoi lui, d'habitude si réservé, racontait-il ce soir, avec tant de détails, l'emploi du temps de la caserne ? Et surtout, pourquoi arborait-il cet air de béate satisfaction, alors que sa mère le sentait à bout de nerfs ? Était-ce la déception de la rencontre avec son père qui l'avait bouleversé à ce point ou y avait-il autre chose ?

Elle se posa la question toute la soirée et, quand, en fin de veillée, Marcel et Jeanne reprirent le chemin de leur maison, elle n'osa interroger son fils.

Celui-ci, muni d'une bouillotte, partit se coucher, prétextant la fatigue du voyage, ce qui était sans doute vrai. Mais Amandine, inquiète, ne put fermer l'œil de la nuit se demandant ce que Bernard essayait de leur cacher.

Le lendemain matin, levée la première, la jeune

femme préparait le café quand Basile descendit suivi de près par Bernard.

« Tu aurais pu rester au lit, lui dit Basile, ta mère et moi avons l'habitude de faire le travail seuls.

— Je sais. Mais deux bras de plus, ça ne fera pas de mal. Maman, vous pouvez rester au chaud, je vais aider tonton. »

Sa mère se garda de protester et pensa qu'il avait quelque chose à dire à son oncle. Elle en fut un peu vexée : s'il avait appris quoi que ce soit, ne devait-elle pas être la première informée ?

Elle se retrouva seule dans la cuisine, mais son énervement était si grand qu'elle fut incapable de commencer le moindre travail.

Vers le milieu de la matinée, ils vinrent déjeuner. Charcuterie, beurre et rebarbe[1] les attendaient sur la table tandis qu'Amandine pelait des pommes de terre pour la soupe du dîner.

Les deux hommes s'attablèrent et firent honneur aux victuailles. À la fin, Bernard se tourna vers sa mère et lui dit :

« J'ai raconté à Basile ce qui est arrivé à… »

Il hésita puis termina avec un geste fataliste :

« Jean Marnhac… »

Amandine, dont le cœur s'était arrêté de battre, ne répondit rien.

« Tiens, continua Bernard, au lieu de vous le raconter encore, je vais chercher l'article du journal. »

Il monta dans sa chambre et sa mère l'entendit fouiller dans ses affaires.

« Qu'est-il arrivé ? interrogea Amandine.

— Il est à l'hôpital », répondit Basile, interrompu par l'arrivée de Bernard.

Le jeune homme s'assit et déplia un morceau de journal :

« Voilà l'article, dit-il, il date de trois jours :

1. Plat traditionnel fait de lait caillé et assaisonné de poivre et de sel.

Une bagarre qui tourne mal

Samedi matin, aux environs de Montpellier, sur la route de Lodève, une bagarre a opposé deux bandes rivales dont plusieurs membres sont connus de la police. Une voiture criblée de balles a été abandonnée. La police arrivée sur les lieux a constaté la mort du conducteur, un certain Louis Laplace. À ses côtés, le passager, Jean Marnhac était gravement blessé. Il a été conduit à l'hôpital mais n'a pu être interrogé. Son état de santé est stationnaire. La police recherche une autre voiture qui était vraisemblablement sur les lieux.

— Voilà. Hier, le journal n'en a pas parlé et je n'en sais pas plus. J'ai demandé à l'oncle Victor de nous tenir au courant s'il y avait du nouveau.

— Mais que trafiquait-il ? C'est lui qui était connu de la police ?

— J'ai toujours su qu'il y avait du louche dans sa façon de vivre, constata lentement Basile. Je l'ai dit à Bernard et je te le redis, Amandine, vous ne devriez plus vous occuper de lui. Il a voulu être Jean Marnhac. Qu'il le reste ! Que croyez-vous qu'il vous apportera de bon ? D'abord, vous avez bien vu comme il nous a reçus !

— Mais c'est mon père !

— Un père qui ne se soucie pas de son enfant n'est pas un père. Est-ce qu'il s'est demandé si tu mangeais à ta faim, et ce que devenait ta mère ?

— Il a pensé que nous étions en sûreté, ici. »

Basile haussa les épaules et sortit en lançant :

« Faites ce que vous voudrez. Moi, je ne lève pas le petit doigt pour lui. »

Il claqua la porte et s'en alla vers Rouffiac. Amandine ne disait rien. Bernard attaqua, un brin agressif :

« Toi aussi tu penses qu'il faut laisser tomber ? »

La pauvre femme regarda son fils des larmes au fond des yeux et répondit d'une voix rauque :

« Je ne sais que faire ni que penser… C'est ton père, fais ce que tu veux… Quant à moi, pourquoi irais-je voir un homme qui a refusé de me rencontrer ?

— Moi, je veux savoir et j'ai envie d'aller le voir à l'hôpital. »

Sa mère ne répondit pas. Peut-être Bernard réussirait-il à s'approcher de son père ; peut-être serait-il mis à la porte. Elle redoutait pour lui cette entrevue. Mais il la désirait si fort qu'elle n'osait la lui déconseiller. Et puis, pensait-elle, il serait enfin fixé sur le comportement de son père.

Elle allait choyer son fils pendant les quelques jours que durait la permission et, quand il repartirait, il serait temps de prendre une décision. Elle sourit à son fils et continua son travail.

La semaine passa comme un rêve. Bernard retrouva ses copains, partit veiller chez eux. Ils vinrent à la maison, leur jeunesse et leur gaieté contribuèrent à donner un peu de vie à la maisonnée qui en avait bien besoin. Noël se passa avec les voisins et, le lendemain, Bernard reprit le chemin du causse et retrouva le train qui l'amena jusqu'au Midi.

30

Enfin la vérité

En bas, il ne neigeait pas, c'était pire : il y avait le vent ! Un vent sournois qui faisait la grasse matinée, ne parcourant le pays qu'après 10 heures du matin. Il commençait par faire le doux, il caressait les branches et les agitait doucement, comme pour les taquiner. Puis, à mesure que la journée s'avançait, il devenait nerveux et terminait la soirée en hurlant et en se démenant comme un fou.

Bernard avait du mal à s'habituer à ce vent quotidien qui lui donnait des envies de se terrer au fond de son lit, en attendant les beaux jours.

Après le salut au drapeau, les corvées, les gardes, il

errait dans la caserne, attendant l'heure des repas. Les parties de cartes qui duraient des soirées entières finissaient par le lasser et il se demandait si la quille viendrait jamais. Il calcula : il avait encore de longs mois à tirer, car ce n'était que vers Noël qu'il serait démobilisé ! Une autre année à crapahuter dans les garrigues, à jouer à la petite guerre alors que, partout, on en annonçait une nouvelle : une attaque allemande pour bientôt.

Le jeune homme, peu au courant de la politique, n'y croyait pas. Il pensait que les soldats allemands comme les français avaient tant souffert pendant la guerre précédente, celle qu'on appelait la « Grande », celle où son père avait disparu, que personne ne voudrait recommencer de telles horreurs.

Il repensa à cet homme, son père, qui n'avait pas voulu le connaître et, comme toujours, la colère le gagna. Il fit quatre pas et se heurta au vaguemestre qui distribuait le courrier.

Il n'attendait pas de lettres, mais s'approcha tout de même. Quand il entendit son nom, il tendit la main et regarda l'enveloppe avec l'écriture de sa mère. Il se demanda ce qui avait bien pu arriver pour qu'elle lui envoie une lettre alors qu'il savait qu'elle n'aimait pas écrire. C'était le plus souvent Basile qui se chargeait du courrier. Il était impatient et, en même temps, redoutait d'ouvrir l'enveloppe. Il se dirigea vers un coin de la cour et se décida à décacheter l'enveloppe. Un seul feuillet s'en échappa. Sa mère avait écrit quelques mots en gros jambages, bien loin de son écriture ordinaire :

Mon cher Bernard,

J'ai beaucoup de remords de ne pas pouvoir descendre pour aller voir ton père. Je sais qu'il nous a trahis, mais je lui devais une visite. Alors, je t'en prie, si tu peux, va le voir à ma place.

Je t'embrasse.

Ta mère qui t'aime.

Amandine.

Le tonnerre fût tombé à ses pieds que Bernard n'aurait pas été plus surpris. Sa mère lui demandait d'aller au chevet de son père. Il ne pouvait s'y soustraire et, au fond de lui-même, il en était plutôt content.

Il monta dans sa chambre et se demanda s'il pourrait y aller tout de suite.

Il s'assit sur son lit et réfléchit : aujourd'hui, il était de garde le soir. Il ne pourrait arriver à temps pour prendre son tour. Demain, il ne pouvait sortir. Mais le surlendemain, dimanche, il aurait l'après-midi et il irait le voir. Il sortit la coupure de journal de sa poche pour savoir quel était l'établissement où il se trouvait : c'était l'hôpital général qu'il connaissait bien. Tout était pour le mieux.

Pendant deux jours, il fut distrait, se demandant comment il allait aborder ce père inconnu. Les autres le charriaient :

« Tu as reçu des nouvelles de ta bonne amie ? Ne dis pas non, on le voit bien. Depuis, tu ne tiens plus en place. »

Il les écoutait mais n'osait répondre : « Je vais voir mon père ! »

Même aux pays avec lesquels il arpentait la ville ou allait se baigner à la plage, il ne souffla mot.

Le dimanche, il partit de bonne heure, disant qu'il allait voir son oncle. Le vent, comme d'habitude, l'accompagna tout le long des ruelles désertes. Ce temps venteux et sombre n'incitait pas à la promenade.

Il arriva assez vite devant l'hôpital et hésita à entrer : et si son père refusait de le recevoir ? Allait-il le considérer comme son fils ou comme un intrus ? Peut-être ne serait-il pas seul. Comment se présenterait-il dans ce cas ?

Malgré ces questions, le désir de voir son père était si grand qu'il franchit le portail noir de l'hôpital.

Il suivit d'autres visiteurs qui montaient l'escalier et se retrouva devant une porte marquée « hommes 1 » :

Il entra et traversa la salle sans y reconnaître personne.

Il y avait encore les salles deux, trois et quatre. Il se rendit compte alors qu'il était incapable de reconnaître son père dans cette foule de visages. Il avançait lentement, regardant à droite et à gauche. Personne ne semblait faire attention à lui et d'aucun lit ne montait aucun signe.

Des malades assis sur leur couche discutaient avec des membres de leurs familles, d'autres paraissaient dormir, d'autres enfin, les yeux grands ouverts, semblaient mal supporter ce vacarme pourtant assourdi.

Bernard chercha le nom des malades, en vain.

Une infirmière, reconnaissable à son voile bleu, lui demanda gentiment :

« Vous cherchez quelqu'un ?

— Jean Marnhac », s'entendit-il répondre.

Elle lui jeta un coup d'œil étonné et lui dit :

« Suivez-moi. »

Ils sortirent de la grande salle et l'infirmière, en le précédant, lui expliqua :

« C'est un gros malade et nous l'avons isolé dans une chambre de trois lits. C'est un de vos parents ? »

Le jeune homme hésita à peine :

« Un ami.

— Ah ! cela lui fera plaisir. Le pauvre ne reçoit pas souvent de visites ! »

Elle fit entrer Bernard dans une pièce sombre où trois hommes paraissaient dormir. Ici, point de visiteurs. Aucun regard ne se tourna vers les arrivants. L'infirmière se dirigea vers le troisième lit où un homme aux traits tirés râlait doucement.

« Monsieur Marnhac, fit-elle en se penchant vers le lit, je vous amène de la visite. »

Elle se tourna vers Bernard d'un air interrogatif :

« C'est Bernard », ajouta ce dernier.

Le malade parut sortir de sa torpeur, ouvrit les yeux et les fixa sur le jeune homme. L'infirmière dit en s'en allant :

« Je compte sur vous, il est très faible, ne le faites pas trop parler. »

Et elle sortit de la chambre.

Bernard ne savait que dire. Il regardait le malade sans éprouver pour lui une sympathie particulière alors qu'il avait cru naïvement qu'il se précipiterait dans ses bras dès qu'il le verrait ! Jean Marnhac le fixait toujours. Il se décida enfin à dire :

« Bernard… Je suis bien malade…

— Et de quoi souffrez-vous ? » interrogea le jeune homme ?

C'est alors qu'il se souvint de la coupure du journal et se tut. Jean Marnhac fit un geste comme si tout cela était sans importance et murmura :

« Bernard ! »

Le jeune homme crut voir une larme couler le long de la joue du malade et cela l'émut. Il s'entendit demander :

« Vous êtes mon père ? »

Le malade le regarda et s'étonna :

« Comment as-tu su ?

— Louis Germain.

— Ah !… »

Bernard ne put se retenir :

« Pourquoi vous nous avez laissé sans nouvelles ? »

Jean leva les bras mais ne répondit pas.

« Et ma mère ?

— Une erreur, ce mariage…

— Et votre mère, Marie ? »

Le malade ne dit rien. Un peu de sueur perla à son front et le garçon crut qu'il allait se trouver mal. Il jeta un coup d'œil vers les autres qui avaient toujours les yeux fermés et paraissaient aussi mal en point que son père. Il se demanda ce qu'il faisait là. Il ferait aussi bien de partir. Il regarda la porte, prêt à s'en aller quand il entendit Jean murmurer. Il se pencha pour entendre ses paroles entrecoupées de râles :

« Je vais mourir, Bernard, je suis content que tu sois venu. Les autres, je les ai oubliés. Je voulais vivre ma vie et j'ai tout recommencé sous un faux nom. Ta mère a eu la pension de veuve. J'ai eu la vie que je voulais. Maintenant, je vais mourir…

— Mais votre femme, votre mère…

— Je les ai oubliées… Mais toi, toi, quand tu as voulu me rencontrer – oui je savais qui tu étais ! –, je n'ai pas pu refuser… Ne me juge pas, sois heureux, adieu… »

Jean Marnhac ferma les yeux, indiquant ainsi que l'entrevue était terminée. Bernard resta encore un moment à l'observer. Il retrouvait sur son visage des ressemblances avec la grand-mère Marie mais cela ne l'émouvait plus. Cet homme était un égoïste qui avait cru qu'une pension pouvait remplacer une présence.

Il jeta un dernier regard au malade et sortit de la chambre.

Il ne croisa personne dans l'escalier et se retrouva dans la brume froide qui lui fit hâter le pas vers la caserne.

En marchant, il se remémorait les quelques mots que lui avait dits son père. Bien sûr, il était très malade, mais il n'avait pas eu un geste vers lui. Il avait dit qu'il savait que c'était lui qui lui avait donné rendez-vous. Mais était-ce vrai ?

Basile avait raison : cet homme n'était pas un vrai père. Il valait mieux l'oublier comme lui l'avait oublié.

Mais, au fond de lui, Bernard savait que cette visite resterait gravée dans son cœur et qu'il ne l'oublierai jamais. Se dire que son père était, pour lui, un étranger, un étranger qui refusait toute sa famille, cela lui déchirait le cœur quelque part !

Il rentra à la caserne et courut se jeter sur son lit. Ni les moqueries des autres qui croyaient qu'il avait rompu avec une fille ni les prières de ses amis pour faire une partie de cartes ne lui firent ouvrir les yeux. Il n'avait le cœur à rien. Il n'était rien qu'un enfant qui a du chagrin : il avait dix ans et il pleurait. Aujourd'hui, à vingt-cinq ans, les larmes ne coulaient plus, mais le chagrin restait le même.

Le dimanche suivant, Bernard hésita : allait-il revoir son père ou passerait-il l'après-midi avec les copains.

Il considérait une visite à l'hôpital comme une corvée et pourtant, il était attiré par cette petite chambre aux paravents. Il se donna mille raisons pour ne pas y aller et se retrouva, comme le dimanche précédent, sur la route ventée.

Il entra sans hésitation, traversa les salles et se dirigea d'un pas ferme vers la chambre.

Il ouvrit doucement la porte et alla tout droit au lit de son père, mais il était occupé par un malade inconnu. Il crut s'être trompé et regarda derrière les autres paravents, mais il ne reconnut personne.

Ne sachant que faire, il sortit dans le couloir et croisa l'infirmière du dimanche précédent qui ne le reconnut pas.

« Que faites-vous là ? demanda-t-elle, intriguée.

— Je viens voir mon... mon ami, Jean Marnhac. Je suis déjà venu dimanche dernier... »

Il rougit brusquement : dans son émotion, il avait failli dire « mon père ! » L'infirmière s'exclama alors :

« Si j'avais su votre nom, je vous aurais fait prévenir ! Jean Marnhac est mort il y a trois jours et on l'a enterré avec les pauvres sans famille. »

31

Le fantôme du père

Bernard hésita avant d'annoncer la nouvelle à sa mère. Certes, il y avait longtemps qu'elle avait pleuré cette mort et elle s'en était remise, mais sa lettre n'allait-elle pas ranimer toute la douleur qu'elle avait vécue autrefois ? Il fallait qu'il lui rende compte de sa visite mais ne savait comment expliquer les événements.

Pour le moment, il préférait ne pas en parler, ne pas y penser. Et pourtant cette dernière visite qui lui avait appris la mort de son père revenait le hanter et il ne se passait pas de jours sans qu'il y songe. S'il se réveillait la nuit, c'était le visage de son père qui se présentait à son esprit. Un détail, un mot évoquaient cet homme couché dans son lit et qui luttait contre la mort.

Il relisait les articles de tous les journaux qu'il put trouver relatant le règlement de comptes entre les deux bandes rivales mais sans citer de noms. S'il avait pu, le jeune homme aurait tenté d'en savoir davantage sur ce mystérieux Jean Marnhac. Mais l'homme avait emporté son secret dans la tombe et ne lui avait jamais avoué clairement qu'il était son père. Cette indifférence lui faisait mal et il évitait d'en parler.

Pourtant, cette mort était une nouvelle trop importante pour la tenir cachée. Alors, le jeune homme partit chez son oncle Victor, le premier jour qu'il le put.

Quand il arriva, c'était un jeudi. Les garçons se jetèrent sur lui, essayant de l'entraîner vers leurs jeux. Il parvint à les éloigner et partit à la recherche de Victor. Comme prévu, il le trouva dans sa cave où il passait le plus clair de son temps à surveiller la récolte, à s'occuper de fermentation et, quelquefois, à faire la sieste sur une chaise.

Victor accueillit son neveu en marmottant :

« Il paraît que nous allons nous grouper en coopérative. On mettra tous les raisins en commun et chacun aura le nombre de litres de vin qui lui revient. Ça sera mieux que de travailler comme un forçat à préparer son vin. Tu sais, le Midi s'était révolté en 1907, mais je crois que moi, je n'arriverai pas à… »

Il s'interrompit en jetant un regard à Bernard :

« Mais qu'est-ce que tu as ? On dirait que tu es malade !

— Non, mais Jean Marnhac est mort. »

Son oncle ne répondit pas tout de suite. Il s'approcha

de Bernard et lui posa la main sur l'épaule. Après un long moment, il affirma doucement :

« Il a peut-être été un mauvais mari et un mauvais père, mais c'était ton père. »

Bernard fixa le sol et les larmes qui avaient refusé de couler jusque-là lui vinrent aux yeux et, devant son oncle impuissant, il éclata en gros sanglots.

Quand il se fut un peu calmé, il se tourna vers Victor comme pour s'excuser :

« Je dois te paraître idiot : pleurer un père qui m'a ignoré et que je ne connaissais pas !

— Non. Comme je te le dis, c'était ton père et on n'en a qu'un ! Mais comment as-tu su ? »

Alors le jeune homme lui montra la lettre de sa mère et lui raconta ses deux visites à l'hôpital.

— Que t'a-t-il révélé ? » demanda l'oncle.

Bernard dut avouer que son père ne lui avait pas appris grand-chose. Mais pour lui, ces visites équivalaient à une reconnaissance. Victor ne le détrompa pas et, au bout d'un instant, demanda :

« Tu as averti ta mère ? »

Le jeune homme fit non de la tête.

« Mais il faut la mettre au courant ! Elle est aussi concernée que toi !

— Je sais. Mais je n'ai pas su comment le lui annoncer.

— Écoute, si tu veux, on va demander à Marianne de lui écrire. Elle a l'habitudc, elle saura. »

Bernard, heureux de cette solution, suivit son oncle jusqu'à la grande cuisine où sa tante préparait des confitures.

« Tiens, Bernard !... » s'exclama Marianne.

Elle s'arrêta, consciente qu'il se passait quelque chose.

« Jean Marnhac est mort », expliqua Victor.

Sa femme ne répondit pas. Elle posa la casserole à café sur le fourneau et alla chercher trois tasses dans le buffet. Les hommes s'assirent en silence.

« Si tu veux, je l'écrirai à ta mère.

— Justement, c'est ce que je lui ai dit !

— Bien, lança-t-elle en versant le breuvage fumant, maintenant, raconte-moi comment tu es au courant. »

Plus calmement, Bernard reprit ses explications et Marianne se mit à parler doucement comme si elle expliquait les choses pour elle-même :

« Tu sais, Bernard, je comprends que tu sois triste : c'était ton père. Moi, je suis comme toi, je ne l'ai jamais connu, c'est pourquoi je peux te dire que, malgré la déception que tu viens de subir, tu dois oublier cet homme. Il avait voulu se couper de vous. Il est temps que vous le laissiez dormir en paix. Bien sûr, tu es déçu, tu n'aurais demandé qu'à le connaître mais il ne l'a pas voulu. Ne crains rien pour ta mère. Tu sais, sans doute qu'elle a quelqu'un. Laisse lui refaire sa vie et oublier cette triste attente qui lui a ruiné la santé. Toi, tu es jeune, tu oublieras et tu pourras penser à ton père comme au héros qui a bercé ton enfance.

— Ça, jamais ! Je ne pourrai plus ! »

Marianne ne répondit pas. Elle remua ses confitures et, quelque temps après, reprit :

« Tu as la vie devant toi. Bientôt, ce qui s'est passé restera un souvenir enfoui dans ta mémoire et d'autres émotions viendront effacer cette triste histoire. Pour ta mère, tu sais… »

Sa tante le regarda et il fit oui de la tête.

« Elle a raison de vouloir refaire sa vie. Elle a beaucoup souffert, tu sais… J'espère que tu la comprends.

— Elle ne va pas se marier tout de suite après… après…

— Il y aura bientôt vingt ans qu'elle est veuve. Il est plus que temps qu'elle refasse sa vie !

— Mais non, il vient juste de…

— Mais si, il y a vingt ans. Tout le monde le croit et tu dois le savoir aussi. »

Elle s'affaira devant le grand chaudron de cuivre et Bernard soupira. Il ne pouvait exiger de sa mère qu'elle porte le deuil d'un homme qui l'avait abandonnée. Il se tourna vers son oncle :

« Oncle Victor, je peux dormir ici, cette nuit ?

— Tu as une permission ?

— Oui, mais je dois rentrer à la caserne avant minuit même si je n'ai pas envie de me retrouver dans la chambrée. Je partirai de bonne heure, demain, et je tâcherai d'être présent au lever des couleurs.

— Je te conduirai et, s'il le faut, je dirai un mot à ton sergent. »

La veillée fut animée par Julien et Henri, ravis de garder leur cousin. Ils firent toute sorte de facéties pour faire rire Bernard, qui ne put y résister et fut surpris de passer une si agréable soirée. Quand il monta se coucher, Henri l'accompagna et lui glissa à l'oreille :

« Quand je serai grand, je serai électricien, comme toi !

— Mais tu resteras à la vigne !

— Pffuit, j'aime la vigne, mais je serai aussi électricien. »

Bernard lui donna une tape dans le dos, l'embrassa et se coucha en souriant. Cette nuit-là, aucun fantôme ne vint le visiter et, avant le jour, son oncle vint le réveiller en lui disant :

« Je vais te conduire en voiture. Je ne voudrais pas que tu aies des ennuis. »

La vieille jument, toute fière dans le jour naissant, avançait à belle allure et bientôt, les murs de la caserne apparurent au loin. L'oncle s'approcha en disant :

« Voilà, je reste un peu. Si tu as des ennuis, envoie-moi un de tes camarades. »

Bernard disparut dans l'entrée. Victor attendit un assez long moment et, ne voyant rien venir, reprit le chemin du mas. Il comprenait la déception de son neveu, mais pas le chagrin profond qui l'accablait.

Qu'il regrette de ne pas avoir connu son père, il était d'accord. Qu'il lui voue une affection dont il n'était pas digne, il ne le comprenait pas.

Victor aurait voulu expliquer tout cela à son neveu mais il ne savait pas comment l'exprimer et le chagrin qu'il avait manifesté l'avait arrêté.

Il ne souhaitait qu'une chose : que maintenant tout rentre dans l'ordre et qu'Amandine et Bernard soient enfin heureux.

Quand il rentra, Marianne était déjà levée :

« Comment s'est passée cette rentrée ?

— Apparemment bien.

— Ce garçon est malheureux : pour lui, son père était un héros ; et maintenant, il est devenu un bandit, un tricheur.

— Ce que je ne comprends pas, c'est pourquoi il s'obstine à le pleurer alors qu'il l'a abandonné ?

— C'est peut-être cet abandon qu'il ne peut supporter. Laissons faire le temps, c'est le meilleur des remèdes. »

32

Dernières confidences

Marianne tint sa promesse et la lettre annonçant le décès de Jean Marnhac arriva trois jours après en Lozère. Amandine étant absente, ce fut Basile qui reçut la lettre adressée à sa belle-sœur. Il la jeta négligemment sur la table et sortit chercher du bois, dans la cour, sous le hangar.

Quand il se baissa pour prendre les bûches, il fut pris d'un malaise soudain. Tout se mit à tourner devant ses yeux et il tomba à terre sans pouvoir se relever. Un de ses bras battait l'air sans qu'il puisse l'en empêcher et il lui semblait que ses jambes pesaient des tonnes.

Le froid était vif, mais il ne le sentait pas. Par moments, ses idées se brouillaient et il prononçait des mots sans suite qu'il articulait mal. Allongé sur le sol, à moitié couché sur le tas de bûches, sans pouvoir appeler, il se demandait si on le trouverait bientôt.

Amandine entra, un seau pendu à chaque bras. Elle revenait de la fontaine où elle avait fait un brin de causette avec Jeanne Vally et Marie Durand, une commère au courant de toutes les nouvelles du pays qui leur avait annoncé que la fille Galin de Rouffiac attendait un enfant. Marie supputait un beau scandale car la fille n'était pas mariée.

Une fois lancée, Marie était intarissable : elle avait évoqué devant les deux autres, sidérées, toutes les naissances illégitimes dont elle avait souvenance, et il y en avait un bon nombre !

Amandine se hâtait car elle allait être en retard pour préparer le dîner. Elle éplucha pommes de terre et carottes et allait mettre la poêle sur le fourneau quand elle remarqua la lettre. Essuyant ses mains à son tablier, elle déchira l'enveloppe et commença la lecture. Quand elle eut fini, elle n'osa pousser un soupir de soulagement, mais elle voyait enfin s'éclairer l'avenir. Elle relut plus attentivement le feuillet et, cette fois, comprit que Bernard avait rendu visite à Jean. Elle comprit qu'il avait accédé à son désir et en fut réconfortée. La jeune femme ne s'attarda pas davantage et se mit à la recherche de Basile pour lui annoncer la mort de son frère.

Elle alla à l'étable et à la bergerie, mais ne le trouva nulle part. Ne sachant que faire, elle s'assit et relut encore la lettre en s'arrêtant à toutes les phrases. Elle se demanda alors pourquoi c'était Marianne qui l'informait de la mort de Jean et non Bernard. Bref, elle passa de longues minutes à commenter cette lettre. Quand elle s'aperçut de l'heure, elle s'étonna que Basile ne soit pas venu faire un tour comme il le faisait tous les jours. Elle sortit dans la cour et aperçut des bûches qui avaient dégringolé du bûcher. En s'approchant, elle découvrit son beau-frère inanimé.

Amandine essaya de le relever mais n'y parvint pas.

Basile, conscient, parlait vite et disait des mots qu'elle ne comprenait pas. Un peu de sang suintait à ses lèvres. La jeune femme, ne sachant que faire, courut chez les Vally. Marcel se chauffait au coin du feu. Il quitta le cantou et se précipita suivi de Jeanne. À eux trois, ils parvinrent à relever Basile. Il agitait toujours sa main et ne pouvait même pas se tenir debout ni marcher.

Enfin, ils arrivèrent à la maison et l'assirent sur une chaise. Il était très agité et roulait des yeux effarés.

« Il faudrait aller chercher le médecin, conseilla Jeanne, il doit faire une attaque. »

Amandine ne répondit pas mais Basile protesta fortement, hochant la tête :

« Hon, hon, réussit-il à marmonner, pas docteur…

— Mais le docteur te soignerait, insista Marcel.

— Hon, hon », répétait le malade.

Finalement, le bras cessa de s'agiter et Basile, désignant la table, dit à Amandine :

« Lettre.

— Oui, répondit-elle, c'est de ma belle-sœur.

— Pas de mauvaises nouvelles, demanda Jeanne, la curieuse.

— Non », répondit Amandine du bout des lèvres.

Voyant qu'il n'y avait plus rien à faire, les Vally retournèrent chez eux tandis que Basile, refusant toute aide, essayait de se lever, réussissant même à faire quatre pas.

« Ça va mieux », fit-il, retrouvant l'usage de la parole.

Il était encore très pâle, mais paraissait plus calme. Amandine reprit la préparation du repas tout en jetant des regards à son beau-frère. Elle finit par lui dire :

« On ferait mieux d'appeler le médecin.

— Non, laisse-moi mourir en paix !

— Mais tu ne vas pas mourir », répliqua Amandine, alarmée.

Parler de mort la fit penser à Jean. Elle prit la lettre et la lut à Basile. Il eut un rire bruyant qui se termina dans des larmes.

« Ah ! voilà, l'histoire est terminée, parvint-il à articuler péniblement, tu es libre !

— Je ne sais si c'était vraiment mon mari, répondit-elle. Moi, à aucun moment, je n'ai réellement cru qu'il reviendrait alors que Bernard, lui, l'attendait.

— Je ne l'aimais pas beaucoup, reprit Basile en laissant couler ses larmes, mais c'était le seul frère qui me restait.

— Ne pleure pas. Moi, j'ai aimé ton frère, mais cet homme n'était pas celui que j'avais épousé. Je ne peux pas le pleurer. »

Basile avait presque retrouvé son apparence habituelle. Seul un tressaillement dans la joue gauche lui donnait l'air de grimacer sans arrêt.

Amandine l'observait, à la dérobée. Il tendit la main, prit la lettre dans ses doigts tremblants et se mit à la lire.

« Qu'est-ce qu'il est allé faire ce gamin ? Il n'avait pas besoin d'y aller. »

La parole lui était revenue. Il se leva et contourna la table en s'y appuyant. Sa jambe gauche avait des allures de faucheur et le tirait sur le côté, mais il parvenait à marcher ! Quand il voulut se détacher de la table, sa jambe le lâcha et il faillit tomber. Amandine se précipita :

« Doucement, fais attention ! »

Il la repoussa et, se tenant à la chaise, avança de quelques pas.

« Tu devrais attendre un peu, ça reviendra. »

Mais Basile était impatient de retrouver l'usage de sa jambe. Quand il eut mangé, il reprit ses promenades, appuyé sur le bâton que sa belle-sœur lui avait apporté.

Quelques jours passèrent et Basile put reprendre une vie presque normale. À son rythme, il s'occupait des brebis et des vaches surveillées par Amandine qui suivait de loin en loin sa démarche chaotique et ses tremblements incontrôlables.

Et puis, un matin, il ne put se lever. Sa jambe refusait de bouger et sa main était devenue un poids mort.

« Putain de putain ! jura-t-il, je vais pas me faire dorloter comme un gamin ! »

Malgré les recommandations d'Amandine, il voulut se mettre debout et ne réussit qu'à tomber inerte, au pied du lit. La jeune femme, effrayée, courut chercher Jeanne et Marcel.

Ils revinrent et l'allongèrent sur le lit. Jeanne prit un ton autoritaire et décréta :

« Cette fois, il faut faire venir le médecin ! Si on l'avait eu la semaine dernière, vous seriez guéri.

— Ou mort peut-être. »

Sans écouter ses protestations, elle envoya Marcel à Mende.

Le docteur arriva dans le courant de l'après-midi. Il examina le malade et diagnostiqua une hémiplégie. Il ordonna quelques potions et conseilla le repos et le calme. Dans la cuisine, il avertit Amandine :

« Il a fait deux attaques, coup sur coup, la troisième sera fatale. Malheureusement, je n'y peux pas grand-chose ! »

Il repartit dans sa carriole en fouettant son cheval blanc.

« Qu'est-ce qu'il a dit ce médecin ? interrogea le malade, anxieux.

— Il a dit qu'il fallait du repos et que tout rentrerait dans l'ordre.

— Ça m'étonnerait bien… Je pense que je suis foutu !

— On n'est pas foutu, à ton âge.

— Ça dépend de la vie qu'on a menée. »

Basile refusa de rester au lit et réussit à descendre à la cuisine. Il s'installa dans l'ancienne chambre de sa mère. Il y avait là un vieux fauteuil d'osier où il s'asseyait, posant son bras mort sur l'accoudoir tout en essayant, vainement, à rouler une cigarette de sa main valide. Amandine venait lui tenir compagnie. Elle s'asseyait sur une chaise, sortait son tricot et ils demeuraient de longs moments sans parler, suivant, l'un et l'autre, le fil de leurs pensées.

Quelquefois, ils parlaient de Bernard, évoquaient Marie tout en évitant de rappeler Jean.

Basile avait demandé à Marcel de venir le voir. Avant de faire le grand voyage, comme il disait, il voulait régler ses affaires. Il avait proposé à son voisin de lui louer les champs. Mais Marcel et Jeanne, sachant qu'ils arriveraient à leurs fins, faisaient traîner les choses et, malgré plusieurs rencontres, aucun accord ne fut conclu.

Un soir, Amandine tricotait sur sa chaise tandis que Basile fumait tranquillement des cigarettes toutes faites qu'il était obligé de prendre alors qu'il préférait le tabac gris. Amandine sentit que Basile l'observait. Elle leva les yeux et leurs regards se croisèrent.

Alors, lentement, Basile se mit à parler :

« Amandine, lui dit-il, je voudrais te demander quelque chose… »

Elle abandonna son ouvrage et le contempla attentivement. Il n'osait la regarder et sa voix tremblait un peu.

« Que veux-tu me demander, Basile ?

— Je sais que le moment n'est peut-être pas bien choisi alors que tu viens d'apprendre la mort de Jean.

— Basile, tu sais bien qu'il y a des années que je croyais Jean disparu à jamais. Et, pour moi, il est mort à Verdun en 1916.

— Tu sais que j'ai toujours été amoureux de toi et que si j'avais été digne de toi, j'aurai demandé ta main. »

Il s'arrêta et, voyant qu'Amandine ne réagissait pas, soupira.

« Oui, je sais qu'il y en a un autre dans ton cœur. Au début, ça m'a rendu furieux, mais aujourd'hui, je crois que c'est la meilleure des choses qui pouvait t'arriver. Tu vas te marier et j'espère que tu seras heureuse. »

Il fixa le sol et la jeune femme crut qu'il avait terminé, mais il continua en relevant la tête :

« Je sais que je n'ai que peu de temps à vivre. Si si,

continua-t-il sur un geste de protestation d'Amandine, je sais que c'est la fin. Et, avant de mourir, je voudrais que tu me dises la vérité.

— La vérité ? Quelle vérité ?

— Que s'est-il passé, sur le causse, la nuit où tu revenais du Midi, la veille de ta maladie ? »

La jeune femme le regarda en silence et rougit fortement :

« Tu ne te souviens de rien ? demanda-t-elle.

— De rien du tout… Mais ce que je sais, c'est qu'il s'est passé quelque chose.

— Tu avais bu et tu as essayé de… de…

— D'abuser de toi ?

— On peut dire ça comme ça… Tu t'es jeté sur moi, mais j'ai réussi à m'échapper et j'ai couru jusqu'ici. »

Un silence lourd s'installa. Puis Basile conclut :

« Je m'en étais toujours douté. J'aurais pas cru que j'étais capable de ça !

— Tu avais bu. À jeun, tu n'aurais jamais fait une chose pareille.

— Je te demande de me pardonner. À cause de la boisson, j'ai gâché ta vie. »

La jeune femme réfléchit un moment puis finit par répondre :

« Je me le demande bien. Ma vie n'a pas été si malheureuse, après tout ! Je voulais redescendre à Montpellier pour chercher du travail et je venais reprendre Bernard. Mais aurais-je réussi ? Et puis Bernard a été heureux, ici, entre toi et sa grand-mère. Non, Basile, tu n'as pas gâché ma vie. Tu as été un frère pour moi, et si tu n'avais pas bu… »

Elle n'acheva pas car les yeux de son beau-frère brillaient étrangement. Craignant de le voir pleurer, elle se leva et se mit à lui préparer ses remèdes. Basile la regardait aller et venir et, quand elle s'approcha avec le verre, il lui saisit la main et murmura en la regardant :

« Ma passion pour la boisson aura été ma perte.

— Basile, répondit Amandine en lui caressant la

tête de la main, tu n'étais pas entièrement responsable. Je sais que ta mère ne t'a jamais aimé comme elle aimait tes frères et puis la guerre, cette guerre par qui tout est arrivé… »

L'homme hocha la tête en silence et prit le verre d'une main tremblante.

33

L'ultime soirée

Les semaines passèrent. Basile restait toujours handicapé. Bernard vint en permission pour aider aux foins.

Amandine faisait de son mieux pour régenter la ferme, mais elle n'avait jamais vraiment pris de décisions et elle n'était pas née dans ce milieu de petits paysans besogneux qui vivaient au rythme des saisons et de la terre avec des tâches bien définies. Cette responsabilité l'écrasait.

De son fauteuil, Basile l'aidait de son mieux. Il ne pouvait s'occuper des animaux et était incapable du moindre effort. Son bras droit le trahissait à chaque mouvement. Les quelques pas qu'il faisait chaque jour le fatiguaient. Depuis longtemps, il ne rendait plus visite au bistrot de Rouffiac.

Au début, le manque d'alcool avait empiré sa maladie. Il se réveillait en tremblant, tout en sueur, en proie à une envie irrésistible de boire, et ce n'était pas les quelques verres de vin avalés en cachette qui parvenaient à le calmer.

Peu à peu, cependant, ce manque devint plus tolérable mais il rêvait toujours de vin, n'osant en demander à Amandine.

Ne sachant que faire, la jeune femme avait fait venir Marcel et Jeanne pour parler avec eux de l'avenir de la ferme. Basile n'avait jamais beaucoup aimé ce travail, et abandonner les terres en des mains étrangères ne le contrariait pas. Amandine ne put s'empêcher de se demander ce qu'en aurait pensé Marie si elle avait été encore de ce monde. Elle finit par le dire à Basile qui haussa les épaules et répondit avec le débit lent qui était maintenant le sien :

« T'en fais pas pour ça. Les morts reviennent jamais persécuter les vivants ! Ma mère a bien dû se douter que tout se terminerait ainsi. »

Marcel et Jeanne, malgré les journées harassantes, se présentèrent le lendemain où Amandine les eut relancés pour les terres à louer.

Ils étaient à l'affût de tout agrandissement et n'avaient qu'une peur, c'est que Basile et Amandine ne trouvent un autre acquéreur après la discussion qui avait tourné court au début de la maladie de Basile.

Jeanne avait traité son mari de tous les noms après l'échec de ses pourparlers avec Basile. Aussi tenait-elle à être présente lors de la prochaine entrevue, ne voulant pas que ces quelques champs leur passent sous le nez.

Ils arrivèrent donc, le soir, après souper, avec des mines de conspirateurs, s'étant mis d'accord tous deux pour ne pas trop débourser mais bien décidés, tout de même, à ne pas laisser échapper ces quelques champs qui étaient tous situés à côté des leurs. Ils frappèrent et entrèrent anxieux.

Comme de coutume, la conversation porta sur les foins et le travail. Ensuite vint l'évocation des orages toujours possibles et la pluie qui gâchait la récolte. Derrière les mots pointait la fébrilité de Jeanne que les grognements de son mari exaspéraient. Elle toussait de temps à autre comme pour donner un signal que nul ne comprenait.

Basile, peu habitué à de tels préliminaires, commençait à s'impatienter. Il interrompit un monologue où Jeanne excellait à faire languir la conversation en disant :

« Vous savez ce qui vient de m'arriver », fit-il en tapant sur son bras mort.

Les autres opinèrent en silence. Basile continua :

« Maintenant, je ne suis plus bon à rien et diriger la ferme, bien qu'elle ne soit pas très grande, est un travail trop lourd, pour Amandine. Alors, on a décidé de la louer, et comme nos terres se touchent, on vous les propose à vous, en premier.

— Mais quand Bernard reviendra de l'armée, peut-être voudra-t-il les prendre, répliqua Jeanne avec un sourire faux.

— Bernard est électricien. Il ne peut pas faire deux métiers.

— Faudrait voir, faudrait voir », dit Marcel sans se compromettre.

Basile, qui n'avait jamais été patient, avait de la peine à se contenir. Il ne comprenait pas la tactique de ses voisins avec qui il avait longtemps travaillé et se demandait pourquoi ils faisaient tant de manières.

Amandine, plus fine, avait deviné que l'intention du couple était d'acquérir les terres pour une bouchée de pain. Elle décida de jouer leur jeu.

« Si vous ne les voulez pas, dit-elle, on peut les proposer à…

— Non, non, ce n'est pas ça, répondit Jeanne précipitamment, mais nos enfants sont encore petits et cela fera du travail en plus. Combien en voulez-vous ? »

Basile calcula la surfacc des terres, la valeur à l'hectare et énonça un chiffre qui parut exorbitant aux Vally.

« Écoutez, reprit Amandine énervée par la fausseté du couple, je crois que Basile a calculé juste. Et puis ces terres vous arrangent. On enlève cinq cents francs, et c'est à prendre ou à laisser ! »

Jeanne et Marcel ne s'attendaient pas à une telle attitude de la part de la jeune femme. Après s'être fait beaucoup prier et avoir gémi sur les dures conditions des paysans, ils finirent par accepter.

Ils conclurent un bail oral assorti de quelques

obligations pour les Vally : ils prendraient les terres à la Toussaint et payeraient chaque année, à cette période-là, la somme prévue, moitié à Basile, moitié à Bernard. Ils devaient en outre semer quelques pommes de terre pour Basile et Amandine en même temps que les leurs et apporter le bois de chauffage que Bernard couperait dans les haies.

Il fallut encore discuter pour arriver à une dernière entente au sujet du cheptel.

Marcel, soutenu par Jeanne, était âpre au gain et défendait ses intérêts avec force, sachant que Basile était obligé d'en passer par ses vues. Ces longs marchandages avaient épuisé le malade qui était complètement anéanti. Pourtant, il tenait bon, conscient qu'il était le seul à pouvoir faire plier le voisin. Finalement, ils réussirent à tomber d'accord sur l'achat des bêtes que Marcel prit pour un assez bon prix.

Amandine ne conserva que les volailles et quelques lapins.

Cette affaire réglée, Basile se sentit plus tranquille. Il expliqua à Amandine qu'il savait que ses jours étaient comptés et qu'ainsi, elle ne serait pas dans le besoin. La jeune femme sourit, pensant que les terres étaient à Bernard et qu'elle n'y aurait aucun droit.

À la fin juin, Bernard arriva. Il soulagea sa mère, qui n'eut plus à aller dans les champs, et rendit espoir à Basile, dont la santé ne s'améliorait pas.

Le jeune homme approuva sa mère et son oncle de s'être débarrassé de la ferme disant que, dès que possible, il reprendrait son métier d'électricien. Il espérait retrouver sa place.

Pour Basile et Amandine, il raconta sa visite à Jean Marnhac et redit son amertume de ne pas être sûr s'il était son père ou non.

« N'ait aucun doute à ce sujet, répliqua son oncle, c'était bien ton père. Le jour où nous l'avons vu, au café, j'ai reconnu sans hésitation mon frère Jean. »

Bernard hocha la tête : il aurait préféré, et de beaucoup, que son père le lui confirme de vive voix !

« Oui, approuva Amandine, c'était bien ton père. Tout ce qu'avait dit Louis Germain était vrai. »

Ils se turent tous les trois et leurs pensées prirent des chemins différents : Bernard remuait sa déception, Basile n'en attendait pas moins de son frère, quant à Amandine, elle hésitait encore à croire, bien qu'elle eût affirmé le contraire à Bernard, que Jean Marnhac était son ancien mari.

« Maintenant, il faut vivre, Bernard, dit-elle, tu es jeune, tu as l'avenir devant toi, ne pense pas à ton père. Oublie-le. Il a voulu nous ignorer, laisse-le reposer en paix.

— Ta mère a raison, reprit Basile, tu as l'avenir devant toi. Fonce. Et si tu veux t'installer, vends la ferme, ce n'est pas moi qui m'y opposerai !

— Je ne veux pas vendre la ferme. Où iriez-vous vivre ?

— Je ne parlais pas de la maison, vend les champs.

— Vous avez besoin de l'argent de la location !

— Bien sûr, dit Amandine, mais on peut vivre de nos pensions. »

Le jeune homme promit d'y réfléchir, mais il savait bien, au fond de lui-même, que jamais, sauf un impérieux besoin d'argent, il accepterait d'abandonner ces champs et ces prés où, avec sa grand-mère Marie, il avait gardé les brebis et passé tant de bons moments.

À la fin de sa permission, il repartit pour Montpellier où les entraînements se faisaient intensifs : des bruits de bottes, par-delà la frontière, étaient de plus en plus assourdissants.

Quand il fut parti, la maison parut bien vide à Basile et à Amandine. René venait souvent rendre visite à la jeune femme et restait, quelquefois, pour souper.

Amandine l'avait présenté à Bernard sans lui cacher en rien la vérité sur leur relation. Le jeune homme avait compris et répliqua d'un ton neutre :

« Alors, pourquoi ne vous mariez-vous pas ?

— Il fallait tirer au clair cette histoire et, maintenant, j'hésite à cause de Basile. Il ne peut pas vivre seul.

— Restez dans cette maison, personne ne vous en empêche !

— Tu n'y penses pas ! La maison de Jean... »

Bernard haussa les épaules

« Et alors ? Il a fait bien pis ! »

De son côté, René pressait toujours Amandine. Elle restait indécise et il commençait à s'impatienter. Basile feignait de ne rien voir et accueillait René comme un copain de régiment avec lequel il évoquait, quelquefois, cette guerre qui les avait tant marqués tous les deux.

Aux plus fortes chaleurs de juillet, Basile, un soir, se plaignit de violentes douleurs à la tête. Amandine lui prépara une tisane et y fit fondre un cachet d'aspirine. Après le souper, ce soir-là, René était à la maison, il se dit fatigué et alla se coucher, laissant les amoureux tête à tête.

René partit vers minuit après avoir insisté pour arrêter la date du mariage : Amandine s'était enfin décidée à franchir le pas.

Le lendemain matin, la jeune femme se leva et alla s'occuper des quelques brebis qu'il leur restaient encore. Quand elle revint, elle fut surprise de ne pas voir Basile dans la cuisine, il était toujours très matinal. Elle déjeuna, prépara le dîner tout en pensant à son futur mariage.

En fin de matinée, inquiète, elle se dirigea vers la chambre de Basile. Quand elle ouvrit la porte, elle vit tout de suite que son beau-frère avait cessé de vivre.

Il était couché, les yeux grands ouverts fixant le plafond. Un sourire ou une grimace déformait ses lèvres et elle croyait presque qu'il allait lancer une ultime boutade.

La jeune femme pleura sur cet homme si bon et si généreux qui avait été brisé par la guerre et l'injustice et qui, pourtant, avait éprouvé pour elle des sentiments délicats et respectueux. Il avait élevé Bernard comme s'il était son fils. Tout le mal que lui avaient fait les autres, il l'avait retourné contre lui-même, usant sa santé et préférant s'enfoncer en enfer plutôt que de blesser quiconque.

34

Jours de repos

La mort de Basile plongea Amandine dans une stupeur incrédule. Bernard, venu pour les obsèques, avait tenté de lui expliquer que Basile, rongé par l'alcool depuis tant d'années, ne pouvait espérer mieux que cette mort libératrice. Rien n'y faisait, la jeune femme se sentait coupable de ne pas avoir compris, ce dernier soir, que son beau-frère était très mal. Elle ne se pardonnait pas d'avoir passé une soirée tranquille à bavarder avec René alors que Basile se mourait à l'étage.

Tous les voisins, Jeanne et Marcel en tête, lui avaient assuré que Basile avait sûrement été très heureux de partir sans déranger personne.

Tous disaient que c'était une chance qu'il soit mort. Vu son état, il aurait pu traîner de longues années et il en aurait été très malheureux s'il avait dû accepter qu'on s'occupe de lui comme d'un enfant.

Malgré toutes ces belles paroles, la jeune femme ne pouvait s'empêcher d'avoir des remords. Elle n'avait pas su aimer son beau-frère comme il le méritait.

Contrairement à Jean, il avait une grandeur d'âme que la boisson n'avait pas réussi à éteindre. Les humiliations de sa jeunesse jointes aux souffrances de la guerre l'avaient aidé à comprendre les autres.

Il ne parlait jamais mal de quelqu'un et essayait toujours de trouver des excuses à ceux que les autres condamnaient. Bref, maintenant qu'il était parti, chacun reconnaissait que c'était un homme agréable, plein d'humour et d'une bonté exceptionnelle.

Bernard resta quelques jours alors que le plein juillet étalait une chaleur insolente et que les blés ondulaient sous la brise en une mer d'épis. « Les blés font la lebrette, disaient les anciens ; s'il n'y a pas d'orages, ce sera une bonne année ! »

Amandine contemplait ce paysage serein d'un regard vague et sentait son cœur vide et triste. Même les visites de René, qui lui causaient pourtant un grand plaisir, n'arrivaient pas à la distraire de sa douleur.

Le jeune homme, que cette tristesse alarmait, s'en plaignit à Bernard :

« Je n'arrive pas à sortir ta mère de son deuil. Elle m'écoute, sourit et m'approuve mais je la sens toujours perdue dans ses pensées sans pouvoir oublier ton oncle.

— Elle se culpabilise parce qu'elle n'a pas deviné, ce fameux soir, qu'il allait mourir. J'ai beau la raisonner, elle ne m'écoute pas non plus. »

René hocha la tête et soupira :

« Je me demande si elle tient encore à moi, si elle veut toujours m'épouser !

— Maintenant qu'il n'y a aucun obstacle entre vous, pourquoi ne le voudrait-elle pas ?

— Je ne sais pas… Quelquefois, je la trouve si lointaine ! »

Avant de repartir pour la dernière fois à la caserne, Bernard posa la question à sa mère :

« Où en sont vos projets avec René ? »

Amandine leva les yeux sur son fils et s'étonna :

« C'est toi qui me demandes ça ?

— Et pourquoi je ne vous le demanderai pas ? Je serai plus tranquille si je vous savais mariée que seule, ici, à la maison.

— Mais je suis trop en deuil pour envisager le mariage !

— Vous n'allez pas faire une grande noce ?

— Non, mais Basile était mon beau-frère… Sans parler de Jean…

— Jean est mort depuis vingt ans ! »

La jeune femme secoua la tête :

« C'est vrai, mais…

— Allez, va, ne me dites pas que cette mort vous a bouleversée.

— Je ne sais si c'est celle de Jean ou celle de Basile, mais, en ce moment, je vois la vie en noir.

— Écoutez, ce qu'il vous faudrait c'est changer d'air. Allez passer quelques jours au mas. Vous y retrouverez votre jeunesse et vous oublierez. »

Amandine sourit :

« J'ai encore quelques brebis et les volailles sans parler du chien et des chats.

— La location de la ferme devait prendre effet à Toussaint. Donnez leur la jouissance tout de suite et vendez les brebis. Quant aux volailles, au chien et aux chats, Jeanne se fera un plaisir de s'en occuper.

— C'est toi, Bernard, qui es propriétaire maintenant, c'est avec toi que Jeanne et Marcel ont affaire…

— Eh bien, vous pouvez faire vos valises, je vais les voir de ce pas et je vais tout régler ! »

Le même soir, Bernard alla trouver les Vally qui ne se firent pas prier pour accéder aux désirs du jeune homme. Il y avait longtemps que les deux époux guettaient le troupeau de leurs voisins. Ils demandèrent que Bernard leur laisse les bâtiments : bergerie, grange, hangar, car la place allait leur manquer pour la récolte. Le jeune homme acquiesça. Ils se mirent d'accord pour le prix des animaux et le bail commença début août, ce qui leur fit gagner trois mois et ils en furent enchantés.

Si elle le voulait, Amandine pouvait descendre à Montpellier en même temps que son fils. Jeanne vint la voir le lendemain et l'encouragea vivement à prendre quelques jours de vacances, comme elle disait. Elle ajouta, pour tranquilliser complètement sa voisine :

« Ne vous faites pas de soucis : on prendra le chien avec les nôtres ; les chats, je leur donnerai à manger en même temps que les poules, ça ne me prendra pas beaucoup de temps : on doit bien ça à Bernard qui nous fait cadeau de trois mois de bail. »

Quelques jours avant le départ, Amandine dit à Bernard :

« Il faudrait prévenir René.

— Je vais aller le lui annoncer », répondit le jeune homme.

Le lendemain matin, il enfourcha sa moto et monta jusqu'à Varazoux, où il trouva René sur le pas de sa porte lisant le journal.

« Bonjour, dit celui-ci en reconnaissant le visiteur, quel bon vent t'amène ?

— C'est ma mère qui m'envoie. Comme vous savez, elle n'est pas très en forme et je lui ai proposé d'aller faire un tour chez mon oncle, près de Montpellier. On ne va pas tarder à partir et elle m'a chargé de vous prévenir. »

René fit entrer le jeune homme dans sa cuisine : une grande pièce où tout avait été fait pour le confort. L'immense cheminée avait été fermée et un fourneau en occupait l'emplacement. Les meubles rustiques auraient eu besoin d'un peu d'encaustique, mais ils paraissaient solides. Deux confortables fauteuils donnaient un air d'intimité à la pièce.

René désigna une chaise à Bernard. Il alla chercher une bouteille de vin blanc qu'il posa sur la table en même temps qu'il sortait deux verres du buffet.

« Je crois que tu as pris la bonne décision. Ta mère est un peu perdue après tous ces événements et comme nous ne pouvons pas nous marier.

— Vous ne voulez plus l'épouser ?

— Si. Mais pas tout de suite. Après ce deuil…

— Vous parlez comme ma mère ! Puisque vous ne faites pas de noces, mariez-vous ! Pourquoi attendre ?

— Ah, tu es bien jeune ! Si nous nous marions si vite après la mort de Basile, tu vas entendre jaser.

— Mais pourquoi ?

— Ah jeunesse ! Ici, dans les villages il y a des interdits à ne pas bousculer. Le deuil en est un. Et puis ta mère est veuve ! Une veuve qui se remarie…

— Où est le mal ? Vous croyez qu'elle n'a pas assez souffert ?

— Oh, moi, j'en suis persuadé. Mais le carcan de la routine est tel qu'il faudrait s'attendre à pas mal de commentaires et de méchancetés, si ce n'est des menaces… Encore heureux que l'histoire de ton père ne soit pas connue !

— Je n'aurais jamais cru ça !

— Les mentalités évoluent doucement. Quoi qu'il en soit, tu as raison d'emmener ta mère là-bas. Ce séjour ne peut que lui être bénéfique. Mais, j'y pense, donne-moi son adresse. Je voudrais bien avoir de ses nouvelles », termina-t-il dans un sourire.

Et c'est ainsi qu'Amandine refit encore une fois le voyage au pays de son enfance. Elle n'avait pas voulu avertir son frère, disant qu'elle lui ferait la surprise.

Quand elle descendit du train, un peu hébétée, à la gare de Montpellier, Bernard constata :

« Vous ne pouvez pas aller chez Victor à pied ?

— Et pourquoi pas ? Je le faisais bien, autrefois.

— Vous n'y pensez pas, avec vos valises ? »

Amandine dut convenir que le trajet serait trop long pour elle, d'autant plus qu'elle emportait beaucoup de bagages.

« J'ai une idée », dit le jeune homme.

Il sortit de son portefeuille une carte de visite froissée et, de la gare, téléphona à l'agence de taxis Jean Marnhac.

« Je ne vais pas prendre de taxis ! s'indigna la jeune femme.

— Et pourquoi pas ? C'est moi qui vous l'offre. Après tout, je suis riche, j'ai vendu les brebis ! »

Au souvenir de ses bêtes, Amandine essuya une larme et, en attendant le taxi, elle soupira :

« Mon Dieu ! comme la ville a changé !

— Vous n'auriez peut-être pas retrouvé votre chemin ! » se moqua Bernard.

Le taxi arriva rapidement. Bernard embrassa sa mère et prit le chemin de la caserne. Amandine, toute intimidée, regardait de tous ses yeux les nouvelles maisons qui avaient remplacé les vignes. Elle ne put s'empêcher de s'exclamer :

« Quand j'étais jeune, j'avais vendangé ici. Et maintenant, il y a un village !

— Vous êtes d'ici ? demanda le chauffeur.

— Oui, du mas.

— Il y a longtemps que je tourne dans les rues de Montpellier et dans les environs et je ne vous ai jamais rencontrée.

— Oh ! je suis partie après la guerre. »

Enhardie, elle demanda :

« Votre patron, c'était bien Jean Marnhac ? »

L'autre éclata de rire :

« Un patron que je n'avais jamais vu ! »

Amandine en demeura bouche bée.

« Oui, reprit-il, vous savez qu'il est mort. »

Elle inclina la tête sans répondre :

« Eh bien, je ne devrais pas dire du mal des morts, mais cet homme n'était pas très recommandable. Je ne sais pas d'où il tirait l'argent, mais il en prêtait à tous les commerçants en faillite. Et quand les autres pouvaient pas le rembourser, l'affaire lui revenait. Joseph Fummel, celui qui avait créé la compagnie de taxis, s'est fait prendre comme ça, et il n'a pas été le seul !

— Alors, il a plusieurs affaires à Montpellier ?

— On se demande ce que tout cela va devenir. Il était en procès avec beaucoup de monde et en plus il était poursuivi pour usure et fraude ! Il a été attaqué et ceux qui l'ont blessé ne valent pas plus cher que lui. Tout ce beau monde est aujourd'hui en prison. Lui est mort, sinon il serait en taule avec les autres !

— Il était de Montpellier ?

— Non, du côté de Perpignan, je crois. Voilà, fit-il en s'arrêtant, nous sommes arrivés. »

Il descendit, ouvrit la portière et porta les valises jusqu'à la porte du mas. Après un dernier salut, il monta dans sa voiture et Amandine le vit partir dans un nuage de poussière.

35

Projet de mariage

Amandine, après être restée au mas jusqu'à la fin des vendanges, se décida à rentrer. Il fallait bien affronter cette maison vide pour y attendre le retour de Bernard, qui n'allait plus tarder maintenant.

Elle n'osait penser à René. Certes, depuis son départ, il lui avait écrit toutes les semaines et elle avait répondu ponctuellement à ses lettres comme elle aurait pu en écrire à son frère ou à son fils. Les lettres de René étaient drôles, gentilles, racontant avec humour les nouvelles du pays, parlant de la pluie ou du beau temps, mais n'évoquant jamais leur futur mariage ou le retour d'Amandine, et cela contrariait fort la jeune femme.

Bien sûr, c'était elle qui avait toujours mis un frein à l'enthousiasme de son ami : il le fallait, elle ne pouvait agir autrement. Mais ce faisant, ne l'avait-elle pas lassé ? Est-ce qu'il ne s'était pas aperçu que ce qu'il éprouvait pour elle était tout simplement de l'amitié ? Et la longue attente qu'elle lui avait imposée ne s'était-elle pas transformée en habitude ? Peut-être même avait-il trouvé ailleurs ce qu'elle lui avait refusé !

Malgré sa blessure, il était bel homme et les filles ou les veuves que la guerre avait contraintes au célibat étaient nombreuses. Il avait peut-être fait son choix parmi elles et n'attendait que son retour pour lui présenter l'heureuse élue.

Ce fut donc avec cette appréhension qui lui mettait un grand poids dans la poitrine qu'Amandine remercia son frère et sa belle-sœur avant de monter dans le train qui l'emporterait vers la Lozère et la solitude.

Le temps, qui était resté beau jusqu'à la fin des vendanges, se mit à montrer les dents. La matinée sentait les embruns et une bruine impalpable mouillait manteaux et chapeaux, glaçant le bout des doigts.

La figure cachée derrière une immense écharpe, Amandine débarqua dans la nuit froide d'octobre, sur le quai désert de la gare de Mende.

Elle pensa un instant aller vers le grand hôtel dont elle apercevait l'enseigne rougeoyante dans l'obscurité quand quelqu'un l'interpella. René l'attendait debout, adossé au mur, et la regardait arriver en souriant. Elle se précipita vers lui et se perdit dans ses bras.

Quand elle put parler, elle dit étonnée :

« Mais comment as-tu fait pour savoir ? »

Un grand éclat de rire lui répondit tandis que le jeune homme se saisissait des bagages et les emportait vers sa voiture, garée à quelques pas. Quand il l'eut installée, il répondit :

« Tu ne te rappelles pas que tu m'as écrit que tu rentrais aujourd'hui ? Comment pensais-tu arriver chez toi ? »

Amandine rit à son tour et montra l'hôtel :

« Ah ! je l'avais oublié. Je serai allée là-bas.

— Tiens donc ! On ne se refuse rien.

— Mais je ne pouvais pas prendre le causse à cette heure, toute seule ! »

René démarra la voiture et ils partirent à la lueur jaunâtre des phares.

Après le plaisir des retrouvailles, la jeune femme sentit revenir sa timidité en face de cet homme qui gardait le silence. Les kilomètres succédaient aux kilomètres et René ne se décidait pas à parler. Alors, prenant son courage à deux mains, Amandine finit par balbutier d'une voix rauque, proche des larmes :

« René, si tu veux, nous resterons toujours bons amis ! »

Le jeune homme sursauta, chercha un endroit commode, arrêta le moteur et se tourna vers sa passagère :

« Répète un peu ce que tu as dit. »

Dans l'obscurité, Amandine se sentit rougir et ne répondit pas.

« Explique-moi, répéta René, pourquoi tu me dis ça ?

— Mais parce que... Parce que...

— Parce que je t'ai laissé trois mois pour réfléchir et reprendre pied. Quand tu es partie, tu n'étais plus toi-même. Tu venais de subir deux malheurs coup sur coup et tu croyais que tout cela était de ta faute. Je n'allais pas encore te harceler, te surcharger de soucis ! Et maintenant, tu crois que je t'ai abandonnée !

— René, René ! s'exclama-t-elle d'une toute petite voix. René, je te demande pardon. Je... J'avais cru que...

— Que je t'avais oubliée ! Mais, petite sotte, je t'ai écrit toutes les semaines !

— Oui, mais tes lettres...

— N'étaient pas des lettres d'amour, ça, je te l'accorde : mon amour, tu n'en voulais pas.

— Mais si.

— Mais non. Il te fallait oublier, panser ta douleur avant de te tourner vers moi. »

Il la regarda tendrement et conclut en souriant :

« Et c'est ce que tu as fait, il me semble. Parce que, maintenant, si je comprends bien, tu regrettes que je ne t'aie pas écrit des lettres d'amour ! Ah ! termina-t-il en lui tendant les bras, qui m'expliquera un jour la logique des femmes ! »

Ils repartirent et arrivèrent à la maison : elle était glaciale. Le chien les accueillit avec de petits jappements de plaisir.

« Tu ne vas pas rester ici. Tu attraperas la mort ! constata René.

— Je vais faire une flambée et... »

Elle s'arrêta : René la regardait en souriant :

« J'ai une bien meilleure idée... »

Amandine comprit tout de suite et ses joues s'empourprèrent comme celles d'une jeune fille. René s'approcha, tout près et lui chuchota à l'oreille :

« Est-ce que tu dirais non ? »

Elle se suspendit à son cou et ils prirent le chemin de Varazoux.

Le lendemain, vers midi, ils revinrent heureux comme s'ils rentraient d'un voyage de noces. Ils rallumèrent le feu et Amandine, tout en attendant Jeanne, se demanda ce qu'elle allait raconter à sa curieuse voisine.

René fit le tour de la maison tandis qu'Amandine déballait les provisions qu'elle avait apportées. Elle commençait à tout ranger quand on frappa à la porte et Jeanne entra la bouche en cœur :

« Amandine ! Quand est-ce que vous êtes rentrée ?

— J'arrive, mentit celle-ci, René est venu me chercher à la gare. »

Après tout, ce n'était qu'un demi-mensonge, René était bien allé la chercher à la gare !

« Mais vous auriez dû venir à la maison, vous auriez mangé la soupe avec nous !

— Nous nous sommes débrouillés. Et ici, tout s'est bien passé ?

— Parfait, parfait. Tiens, en voilà un qui a retrouvé ses aises ! Et elle montra un gros matou couché en rond sur une chaise. »

Alors, la bavarde se mit à raconter les potins du coin : la maladie de celui-ci, la mort de celui-là et la naissance d'un autre. Elle n'en finissait pas, passant des grandes nouvelles aux commérages de village.

René s'impatientait, allait et venait, attendant que la commère lève le camp. Mais la dame n'était pas pressée ! Elle en était à sa deuxième tasse de café et le jeune homme se demandait si la cafetière allait y passer quand le plus jeune des enfants Vally arriva en criant :

« Maman, papa te cherche depuis longtemps et il n'est pas content !

— Entre Popaul, viens dire bonjour à Amandine. Ton père attendra. Il faut bien que j'écoute un peu ma voisine ! »

Jeanne se leva pourtant et, à regret, suivit son

garçon, tout fier du paquet de bonbons qu'Amandine lui avait glissé dans la main.

Quand ils furent seuls, René s'exclama :

« Enfin ! J'ai bien cru qu'elle ne partirait jamais. Quelle commère !

— Elle a été gentille pour moi, reconnut Amandine, je lui devais bien ça.

— Bof ! » répondit René, peu convaincu.

Bien rangée et chauffée, la maison paraissait beaucoup plus accueillante. Le chien avait reprit sa place près du feu et le chat ronronnait paisiblement. Le jeune homme regardait Amandine qui s'affairait à préparer le souper. Il lui dit :

« Ce soir, il faut que je parte ! »

Elle faillit éclater de rire quand elle se souvint qu'elle allait se retrouver bien seule entre son chien et son chat. Elle regarda René, et des larmes lui vinrent aux yeux.

Ce dernier, surpris par cette réaction qu'il n'attendait pas, s'approcha, la prit dans ses bras et la consola doucement :

« Amandine, voyons, ne pleure pas ! »

Elle leva sur lui ses yeux tout humides et un sourire éclaira son visage :

« Je ne sais pas ce qui m'a pris. Hier soir, je n'ai pas pu résister mais il ne faut pas. Il ne faut plus.

— Je crois plutôt qu'il nous faut fixer une date pour notre mariage.

— Il n'y a que quelques mois, commença Amandine avant de s'arrêter.

— Combien de temps veux-tu encore attendre ? »

La jeune femme réfléchit quelques instants puis, les yeux perdus dans les flammes, elle affirma en levant son regard vers René :

« Après tout, si Basile était là, il me dirait de ne pas m'occuper des autres. On va fixer une date.

— Enfin ! s'exclama René, je n'y croyais plus ! »

Amandine réfléchit tout haut :

« Il faudrait attendre que Bernard ait fini son service. Mars ? Qu'est-ce que tu en penses ?

— Je pense que c'est bien loin ! Mais, enfin, j'essayerai de tenir jusque-là si tu me promets de venir me voir de temps en temps. »

Amandine sourit et continua :

« Vu mon grand deuil et ma condition de veuve, on ne fera pas de noces : que nous deux, Bernard… Et toi, qui veux-tu inviter ?

— Moi, j'ai deux sœurs, deux beaux-frères et trois neveux… Et ton frère Victor ?

— Ah ! oui : Victor, Marianne, Julien et Henri.

— On fera le repas chez moi. Je connais une bonne cuisinière. »

Sans un mot, Amandine pensa à Bernard qui allait se retrouver seul dans cette maison où il venait de moins en moins souvent. René comprit et lui dit :

« Bernard peut venir chez nous, la maison est grande. Tu ne l'as pas vu, l'autre soir, la taquina-t-il, parce que c'était nuit, mais il y a de la place pour lui et même, si tu veux, pour ton chat et ton chien ! »

Confuse, Amandine se demandait comment il pouvait deviner ses pensées. Après le souper, malgré leur désir de ne pas se quitter, René reprit sa voiture et partit vers Varazoux. Amandine, sur le pas de la porte, lui fit un grand signe d'adieu. Elle jeta, au même moment, un coup d'œil vers les voisins : de sa fenêtre, Jeanne surveillait si le jeune homme quittait la maison. Irritée par cette surveillance, la jeune femme rentra chez elle en claquant la porte.

36

Le charivari

Le mois de mars approchait et Amandine, qui avait longtemps tergiversé pour dire oui à René, attendait avec impatience ce 31 mars qui allait l'unir au jeune homme pour le meilleur et pour le pire.

Quand ils avaient décidé de la date, les amoureux n'avaient pas pensé qu'en mars il y avait le carême et, en cette période, l'église ne mariait pas.

Cette année-là, Pâques tombant le 25 mars, c'est pour le 31 que le mariage avait été décidé.

« Heureusement, avait plaisanté René, que Pâques n'est pas le 25 avril, sinon il faudrait encore patienter un mois de plus ! »

Bernard avait été libéré en janvier et avait repris son métier d'électricien. Il hésitait à profiter de l'hospitalité que lui avait offerte René, car une Victoria aux yeux plus clairs qu'un ciel d'été et à la bouche pulpeuse comme une cerise mûre retenait toutes ses pensées et aussi ses soirées.

Elle habitait le village et il la connaissait depuis toujours, mais, à son retour de Montpellier, il l'avait trouvée toute embellie et s'était mis à lui faire une cour discrète.

Il pensait qu'habitant tout seul, il aurait beaucoup plus de temps à consacrer à son amie. Bien entendu, comme tous les amoureux du monde, ils croyaient leur secret bien gardé alors que leur trouble, leurs regards et leur timidité avaient depuis longtemps alerté leurs proches sur leurs sentiments !

Amandine souriait en pensant qu'elle ne précéderait que de peu la noce de son fils. Pour eux, il n'y aurait pas de noce, seulement un repas familial qui les réunirait tous, y compris Victor et sa famille qui avait, pour la circonstance, accepté de quitter le mas ! René connaissait une cuisinière habituée à aller d'une famille à l'autre à l'occasion des banquets de fête.

Le repas aurait lieu chez lui, « chez nous », disait René, heureux d'un bonheur qu'il avait cru ne jamais atteindre.

Amandine voguait sur un petit nuage et ne s'aperçut pas, tout d'abord, du silence hostile de Jeanne quand elle parlait de son prochain mariage. Elle constata aussi que sa voisine ne venait que rarement lui rendre visite. Alors qu'avant elle apparaissait pour un oui pour un non, maintenant il fallait la supplier pour lui faire accepter une tasse de café ou un verre d'eau.

« L'aurais-je vexée ? » se demanda la jeune femme. Elle chercha, fouilla sa mémoire mais ne trouva rien qui eût pu contrarier sa voisine.

Décidée à en avoir le cœur net, Amandine prit son courage à deux mains et, un après-midi où elle savait Jeanne toute seule chez elle, elle alla frapper à sa porte sous prétexte d'emprunter un peu de laine bleue pour raccommoder un tricot de Bernard. Jeanne la fit entrer et elles cherchèrent la laine tout en bavardant de choses et d'autres. Quand, enfin, elles eurent trouvé une laine de couleur approchant celle du pull, Jeanne offrit le café qu'Amandine se pressa d'accepter.

Ne pouvant maîtriser sa curiosité, la voisine finit par parler et laissa échapper ce qu'elle voulait cacher :

« Alors, vous préparez ce mariage ? demanda-t-elle d'un air rusé.

— Oh ! vous savez, ce sera très simple, répliqua Amandine.

— Je comprends. Ce sera aussi bien avec votre deuil. »

En entendant ces mots, Amandine comprit qu'elle lui reprochait de ne pas respecter les traditions qui voulaient que le deuil d'un beau-frère dure deux ans. Elle avait revêtu des habits noirs, mais les convenances voulaient qu'on ne se marie pas en temps de deuil. Elle décida de pousser Jeanne dans ses retranchements :

« Vous savez, Basile n'était que mon beau-frère. »

L'autre bondit :

« Mais le deuil d'un beau-frère dure deux ans !

— Basile, lui-même, nous aurait dit de nous marier.

— Bien sûr ! mais vous ne deviez pas le faire !

— Vous croyez que ça va déranger quelqu'un ? »

Jeanne se referma comme une huître. Amandine insista :

« Je ne vois pas ce que ça peut faire. Ce mariage ne regarde personne.

— C'est toute la commune que ça regarde. On risque de vous le faire payer !

— Me faire payer quoi ?

— De ne pas respecter les morts !

— Mais je les respecte. Ce n'est pas parce que je me marie que j'oublie Basile. »

Jeanne leva les bras au ciel en signe d'ignorance et, laissant sa voisine seule à la table, s'en alla vers ses fourneaux pour signifier que l'entretien était terminé.

Amandine retourna songeuse à la maison et, le soir venu, ne put s'empêcher de faire part de ses craintes à Bernard.

« Que veux-tu que fassent les gens, répondit celui-ci, ils te battront froid pendant quelque temps, puis ils oublieront ! »

René, lui, haussa les épaules :

« Laisse-les parler. Ils adorent ça ! D'ailleurs, il y a un proverbe qui dit : il faut mourir pour être un brave homme et se marier pour être une canaille. On n'en est pas encore là. »

Un peu rassurée, la jeune femme se prépara au mariage.

Un matin froid de début mars, René vint la chercher et ils partirent au grand magasin Caussignac, à Mende, choisir leurs tenues de cérémonie.

René se décida pour un costume noir chic qui lui donnait un air imposant. Il voulut que, pour ce jour-là, la jeune femme quittât le deuil et lui fit prendre une robe en tissu souple d'une belle couleur amande qui la rajeunissait. Elle s'arrêtait à mi-mollet et Amandine ne se reconnut pas quand elle aperçut son reflet dans la glace. Elle choisit aussi une veste longue d'un beau marron glacé qui lui allait à ravir. En la voyant ainsi vêtue, la vendeuse lui conseilla :

« Pour être tout à fait à la mode, il vous faudrait couper vos cheveux. Vous seriez ravissante.

— Merci du conseil, dit René, je crois qu'on va le suivre.

— Par quoi alors je remplacerai mon chignon ? » s'exclama Amandine.

René et la vendeuse éclatèrent de rire et, finalement, la jeune femme se mêla à eux.

Après l'achat des chaussures, ils allèrent manger au restaurant et Amandine fut ravie de la truite aux amandes qu'elle trouva délicieuse.

Quand le soir arriva, la jeune femme invita René à un souper qui se prolongea par une veillée que les jeunes gens auraient bien terminée par une nuit d'amour, mais la crainte du regard des voisins les retint et, le cœur lourd, René repartit dans sa voiture après avoir murmuré à l'oreille d'Amandine dans un dernier baiser :

« Il me tarde que nous soyons ensemble pour toujours ! »

La jeune femme ne répondit pas, mais ses yeux parlaient pour elle. Elle se coucha, laissant la vaisselle pour le lendemain et sombra dans un sommeil sans rêve.

Vers le milieu de la nuit, elle fut réveillée par un vacarme infernal. On aurait dit que toutes les casseroles et les chaudrons du village s'étaient donné rendez-vous sur le chemin.

Tout d'abord, elle fut étonnée par tout ce bruit, puis, pensant que quelques jeunes faisaient du tapage après une soirée bien arrosée, elle replongea dans le sommeil.

À peine rendormie, le tintamarre recommença sous sa fenêtre. Elle se leva et alluma la lampe de sa chambre. Quand la lumière apparut, sonnailles et casseroles se turent et le silence de la nuit envahit à nouveau la campagne.

Le lendemain matin, Amandine vaqua à ses occupations et oublia sa nuit agitée. En allant à la fontaine, elle surprit des sourires moqueurs sur les lèvres de deux commères qui, en grande conversation, se turent à son arrivée. Elle les salua en s'étonnant de ressentir un vague malaise. La journée se passa sans autres incidents.

Le soir, la jeune femme se coucha de bonne heure, en pensant à René.

Vers minuit, comme la nuit précédente, des clochettes, des casseroles et d'autres instruments qu'elle n'arriva pas à reconnaître la réveillèrent en sursaut.

« Ce n'est pas possible, se dit-elle, mais que peut-il bien se passer ? » Une vague peur la saisit. Elle se demanda si elle n'était pas victime de ses sens car elle eut beau écarquiller les yeux, elle ne distingua rien dans la nuit d'encre.

À la pointe du jour, elle se dirigea vers la ferme de Jeanne pour lui demander si elle avait aussi entendu les bruits de la nuit, mais elle trouva porte close. Elle se demanda où était passée la jeune femme et rentra tristement chez elle.

La nuit suivante, le même manège recommença.

Cette fois, Amandine, tremblante de peur, se cacha sous ses couvertures et le tintamarre se répercuta longuement dans la nuit. Pelotonnée au fond de son lit, la jeune femme se demandait si elle devenait folle et tout le village avec elle : car les gens allaient et venaient, vaquaient à leurs occupations, discutaient dans les chemins comme s'il ne se passait rien dans la nuit.

La visite qu'Amandine parvint à faire à Jeanne après bien des démarches infructueuses ne lui apprit rien si ce n'est que sa voisine n'entendait aucun bruit !

Amandine fut stupéfaite et pensa sérieusement qu'elle devenait folle. Un demi-sourire qu'elle surprit sur les lèvres de Jeanne la fit cependant douter de la réponse de sa voisine.

Elle écrivit à René, lui racontant tout en détail, et attendit avec impatience sa réponse.

Entre-temps, Bernard vint coucher, un soir, à la maison, et la nuit où il fut là rien ne se passa. Mais, le lendemain de son départ, le sabbat dura toute la nuit. Le lendemain, quand Amandine ouvrit sa fenêtre, un homme de paille trônait devant la porte de la maison !

Cette fois, elle comprit que tout ce tintamarre lui était destiné, tout en en ignorant la raison. Elle décida d'aller trouver le maire ou le curé, dans l'après-midi, pour leur demander leur avis. Mais, à midi, en réponse à sa lettre, elle vit arriver René. En le voyant, elle oublia ses terreurs de la nuit pour se jeter dans ses bras. Il avait le visage grave. Une fois rentré, il lui demanda si les bruits se reproduisaient toujours. Elle lui montra le bonhomme de paille et lui dit :

« Je me demande ce que cet homme signifie. Pourquoi ont-ils fait ça ? Je n'ai jamais fait de mal à personne ? »

René la regarda et répondit :

« C'est le charivari.

— Le charivari ?

— Quand une veuve se remarie, il est d'usage de donner la pièce aux jeunes sinon, ils font du bruit toutes les nuits. On appelle ça le charivari.

— Mais je n'en savais rien ! Quelle drôle de coutume !

— Il faut que tu leur donnes de l'argent sinon le charivari durera jusqu'à notre mariage.

— Il y en a pour trois semaines !

— Justement !

— Mais à qui je vais donner de l'argent puisque je ne voie jamais personne ?

— Donne-le à quelqu'un que tu connais, Jeanne par exemple, et elle le leur donnera.

— Elle aurait pu me prévenir celle-là, au lieu de me dire qu'elle n'entendait rien !

— Le charivari n'est que pour la personne à qui il est destiné. Les autres sont censés ne rien entendre ! »

Amandine haussa les épaules et demanda :

« Mais qui est-ce qui fait le charivari ?

— C'est la jeunesse du pays, tu ne sauras jamais qui. Tiens, fit-il en sortant une enveloppe de sa poche, donne ça à Jeanne et ils se calmeront.

— Mais je peux moi-même…

— Prends, moi je connais les habitudes du pays. J'aurais dû te prévenir, mais j'avoue que j'avais oublié cette coutume. »

La jeune femme prit l'enveloppe et la posa sur le buffet. Elle revint vers René et, les yeux dans les yeux, lui demanda abruptement :

« Maintenant, je voudrais bien que tu m'expliques l'homme de paille. »

René ne répondit pas tout de suite et Amandine remarqua qu'il paraissait gêné.

« Allez, vas-y, insista-t-elle, tu peux tout me dire.

— Cela est une autre farce. Et c'est assez méchant. On considère que… que tu ne tiens pas tes promesses…

— Quelles promesses ?

— Ton autre mariage… Tu avais promis…

— Ah ! oui, je comprends. J'avais promis fidélité à Jean, et maintenant… »

Elle n'acheva pas sa phrase et ses yeux se remplirent de larmes. René fut tout de suite près d'elle :

« Ne pleure pas. Tu as assez souffert pour accepter le bonheur qui s'offre à toi. Laisse les méchants écouler leur haine. Dis-toi bien que nous nous aimons et qu'ils ne peuvent rien contre ça ! »

La jeune femme se laissait bercer par cette voix qui lui rendait sa dignité et lui promettait un avenir clair et limpide. Elle leva vers celui qui serait bientôt son mari un visage ruisselant de larmes mais où l'amour rayonnait dans un sourire plein de promesses.

37

Vacances dans le Sud

Dans le train qui l'amenait encore à Montpellier, Amandine songeait. C'était la première fois qu'elle se sentait heureuse de retourner dans son pays. En face d'elle, les yeux clos, René sommeillait. De temps en temps, un cahot plus fort que les autres ou un autre train passant sur une voie parallèle le secouait un peu. Il ouvrait un œil, jetait un regard endormi sur Amandine, lui souriait et repartait au pays des rêves.

Elle, toute à sa joie, ne pouvait dormir.

À son annulaire gauche, elle portait une alliance neuve et une bague de fiançailles que René avait voulu y ajouter. Elle avait protesté pour la forme mais, au fond, elle était heureuse d'être choyée pour la première fois de sa vie.

Ils s'étaient mariés, comme prévu, le 31 mars malgré le charivari, l'homme de paille et les allusions des commères trouvant que les convenances n'avaient pas été respectées.

Ils s'étaient unis à 11 heures du matin comme le faisaient tous les couples et personne n'était venu perturber la cérémonie. Amandine portait fièrement sa robe et sa veste près du corps, le tout rehaussé d'un chapeau assorti. Elle marchait au côté de René qui, ce jour-là, maîtrisait sa haute taille et retenait à grand-peine son émotion.

Toute la famille les avait accompagnés et, à la grande surprise d'Amandine, Marianne et Victor étaient arrivés à se libérer et s'étaient présentés, la veille des noces. La jeune femme en avait pleuré de bonheur.

Le repas qui suivit le mariage avait été un moment de rencontre familiale qui inaugurait bien de l'avenir. Quant à Bernard, il avait présenté Victoria à toute la famille et il était certain qu'il ne tarderait pas à suivre l'exemple de sa mère.

Bref, tout s'était passé à merveille et, aujourd'hui, quelques jours après le mariage, René et Amandine partaient passer leur lune de miel au soleil.

En les invitant, Marianne avait même expliqué :

« On vous reçoit pour quelques jours, quelques mois et même si vous voulez vous installer en bas, on trouvera une solution ! »

Amandine et René s'étaient regardés, avaient souri et ce dernier s'était exprimé pour les deux :

« Merci beaucoup, Marianne, sans doute nous descendrons souvent vous voir. Mais j'ai une maison que j'aime et qui plaît beaucoup à Amandine, nous nous y installerons et attendrons toujours avec plaisir votre visite. »

Un seul regret serrait le cœur d'Amandine, c'est que Basile n'ait pas été témoin de son bonheur. Bien sûr, il était amoureux d'elle, mais il savait cet amour impossible et la jeune femme était certaine qu'il se serait réjoui, sans arrière-pensée, de la savoir heureuse. Ceux qui l'accusaient d'avoir raccourci la période de deuil pouvaient bien déverser leur venin, la jeune femme savait que, si Basile pouvait la voir et lui parler, il lui dirait qu'elle avait bien fait : les convenances ? il s'en fichait complètement !

Le train ronronnait. René dormait toujours. Amandine se leva et colla son front à la fenêtre.

À ses pieds, le viaduc de Chamborigaud serpentait de toutes ses arcades. Elle admirait l'architecture audacieuse de l'ensemble quand une main se posa sur ses épaules. René s'était levé sans bruit et la serrait contre lui.

« Heureuse ? » demanda-t-il, son souffle dans son cou.

Elle se retourna, noua ses bras autour de lui mais ne répondit pas. Le compartiment était vide. Le jeune homme éclata de rire :

« Eh bien, madame Chazal, un peu de tenue s'il vous plaît ! »

Comme pour lui donner raison, un couple entra

dans le compartiment, traînant une grosse valise. René et Amandine se rassirent sagement.

Après avoir regardé les occupants et fait le tour des banquettes, les voyageurs repartirent, laissant les amoureux à nouveau seuls. Ils éclatèrent de rire et René s'exclama :

« Bon débarras, nous n'avons besoin de personne ! »

Amandine ne répondit pas. Le jeune homme lui saisit les mains et, la regardant dans les yeux, lui demanda, comme intimidé :

« Ce n'est peut-être pas une très bonne idée d'aller passer notre lune de miel au mas ? »

Elle fronça les sourcils, sans comprendre :

« Pourquoi pas, puisque Victor et Marianne nous ont invités.

— Je sais, mais je veux dire que, pour toi, il y a tant de souvenirs dans cette maison !

— Il y a les souvenirs de mon enfance. Les autres, je veux les oublier. »

Elle réfléchit un instant puis, levant vers René des yeux brillants où une larme dormait encore, prête à couler sur ses joues, elle ajouta :

« Je sais ce que tu penses. J'ai vécu, là-bas, avec Jean mais ma lune de miel était finie depuis longtemps et j'étais plus souvent seule avec Bernard qu'avec lui. Au début, je croyais que c'était normal, que tous les hommes agissaient ainsi. Et puis, malgré moi, je voulais y croire. Et pourtant…

— Je n'aurais pas dû parler de ça. Voilà que tu pleures alors que tu étais si heureuse tout à l'heure !

— Je suis heureuse, René, comme je ne l'ai jamais été. Mais ne te fâche pas si, de temps en temps, je revoie ce passé. Et pourtant, malgré tout, je n'aurais jamais cru qu'il ferait ce qu'il a fait ! J'en ai souffert deux fois : une fois pour moi et une fois pour Bernard. Heureusement que je t'ai rencontré à cette période-là et que, grâce à toi, j'ai pu surmonter cette épreuve. N'empêche, termina-t-elle d'une voix si basse que René devina plus qu'il n'entendit la phrase, n'empêche que je ne parviendrai plus jamais à faire confiance à quelqu'un !

— Tu m'as pourtant fait confiance. Tu as accepté de devenir ma femme.

— Toi, c'est pas pareil ! »

Elle changea de place et vint s'asseoir près de son mari. Leurs mains s'enlacèrent et elle laissa tomber sa tête sur l'épaule de René.

La tête d'Amandine nichée sur la poitrine de René, ils s'endormirent tous les deux.

Les mêmes voyageurs revinrent mais, les voyant endormis, ils s'en retournèrent vers un autre compartiment.

Le train roulait toujours. Amandine et René, tout à leur bonheur, étaient partis vers le pays des rêves.

Tables des matières

Les Femmes de Cardabelle

1

Sombre jour

Ce jour de septembre semblait ne devoir jamais finir.

De la cuisine, où elle s'était réfugiée, Agnès entendait les sanglots de sa tante Marie. Depuis le matin, la maison était en effervescence : la veille, la mobilisation générale avait été décrétée et Jules, son cousin, devait rejoindre son régiment quelque part vers le nord. Il était enfermé dans sa chambre avec Solange, sa femme, et leurs deux enfants, Antoine et Denise. Malgré les pleurs de Marie, ils ne se décidaient pas à en sortir.

La vieille femme avait été longtemps la maîtresse incontestée de Cardabelle, leur ferme ; mais, depuis le mariage de son fils, elle avait dû céder la place à sa bru. Certes, cela ne s'était pas fait sans mal et Agnès avait été souvent témoin de scènes et de bouderies qui cessaient dès que Jules entrait dans la pièce : aucune des deux femmes ne voulant risquer de le contrarier.

Marie, la tante d'Agnès, essayait toujours de grignoter la moindre parcelle d'autorité et se résignait mal à ne plus prendre les décisions et à voir son fils demander conseil à sa femme et non à elle comme il le faisait avant son mariage.

Demeurée veuve très jeune, son mari Louis était mort à la guerre de 14, elle avait élevé Jules seule, travaillant d'arrache-pied pour maintenir la ferme en état de marche pour son fils. Avec sa maigre pension de veuve de guerre, elle avait pu louer un domestique : Raphaël, un jeune garçon, aîné d'une famille de neuf.

Ses parents, qui avaient du mal à nourrir toutes ces jeunes bouches, l'avaient proposé à Marie lorsqu'il avait atteint ses quatorze ans et que l'école était finie pour lui. Le garçon, qui n'aimait pas beaucoup les livres, avait été ravi d'aller travailler ; d'autant plus que Marie s'était déchargée sur lui des plus gros travaux et qu'au fil des jours le jeune homme s'était pris pour le patron. Et puis Jules avait grandi mais Raphaël était resté. Il se trouvait heureux dans la maison même si le salaire n'était pas très élevé. Il rendait visite de temps en temps à sa famille mais revenait vite chez Marie et Jules Maurel.

L'année des dix-huit ans de Jules, la sœur de Marie, la douce Gabrielle, avait succombé à une hémorragie postnatale, laissant trois orphelins : Clément onze ans, Agnès huit ans et le petit Gabriel qui venait de naître et auquel on avait donné le prénom de sa mère. Paul, le père, n'avait que ses deux bras pour vivre. Il allait à la journée et cette catastrophe l'avait laissé hébété. Les deux sœurs de sa femme vinrent à son secours. Émilie, l'aînée qui n'avait pas d'enfants, s'était chargée de Gabriel disant qu'elle l'élèverait comme son fils. Marie avait pris Agnès et Clément restait avec son père, le suivant à la journée.

Depuis dix ans, Agnès vivait donc chez sa tante et elle la considérait comme sa mère. Son père venait parfois, le dimanche, après la messe, lui faire une visite et la tante les gardait, Clément et lui, pour le repas de midi. Et puis, les années passant, le père était venu de moins en moins souvent, c'était Agnès qui se rendait dans sa pauvre masure pour y mettre un peu d'ordre. Elle s'y sentait étrangère et était contente, le soir, de revenir chez sa tante.

La vie avait continué. Jules s'était marié. Les enfants étaient arrivés avec leurs sourires et leur joie de vivre. Agnès avait vécu une existence sans heurts jusqu'à l'annonce de la mobilisation.

Oh, il y avait longtemps que l'on parlait de guerre ;

mais personne n'y croyait plus. Daladier était allé à Berlin et on avait cru qu'il avait tout arrangé ; mais cet Hitler en voulait toujours plus !... Il avait envahi beaucoup de pays ; la France et l'Angleterre avaient fait les gros yeux. Il avait continué mais, cette fois, les deux pays s'étaient fâchés et lui avaient déclaré la guerre. La tante Marie disait que tant que cet homme ne s'attaquait pas à la France, on aurait bien pu rester tranquilles.

« Ce n'est pas assez, soupirait-elle, d'avoir perdu des milliers d'hommes en 14. Fallait-il recommencer cette boucherie ? »

Personne ne lui répondait : Jules haussait les épaules, Solange s'activait dans la cuisine en essayant de cacher ses larmes, Raphaël ne disait jamais rien et Agnès n'avait pas d'opinion. Marie s'en allait, seule, tremblant de tous ses membres, des larmes plein les yeux.

Et puis voilà, aujourd'hui, l'ordre de mobilisation était arrivé. Jules devait rejoindre son régiment à Clermont-Ferrand et tout avait été bouleversé. Marie avait éclaté en sanglots et, encore maintenant, on l'entendait pleurer dans la souillarde. Quant au jeune couple : Solange et Jules, ils préparaient la valise du soldat, en compagnie de leurs enfants et ne soufflaient mot. Raphaël vaquait à ses occupations, comme d'habitude, mais lui aussi allait partir.

Agnès se demandait comment elles allaient faire, maintenant. Trois femmes seules, pour une ferme de cette importance, c'était beaucoup !... Elle songea à son frère Clément : il devait aussi faire sa valise. Il habitait toujours avec le père et elle ne le voyait pas souvent. Quant à Gabriel, elle l'apercevait de temps à autre lorsque la tante Émilie venait leur rendre visite. C'était un jeune garçon timide auquel elle était moins attachée qu'à Antoine ou Denise, ses petits-cousins.

Marie pleurait toujours. Agnès l'entendait maugréer et parler seule comme à l'accoutumée. La matinée s'avançait et personne ne songeait au travail de la ferme. On était en septembre, les journées étaient encore chaudes. Une brume légère montait de la rivière. Le soleil s'empressait de la chasser ; mais elle se tenait en embuscade et, presque chaque matin, elle revenait en force, se jurant bien qu'un jour elle s'établirait pour de bon, dans la vallée.

La porte de la chambre s'ouvrit. Denise et Antoine dévalèrent l'escalier en courant. Ils n'avaient qu'un an de différence et on les aurait pris pour des jumeaux. Denise, la cadette, était aussi grande que son frère et le suivait partout. Aussi brune qu'il était blond, des yeux vifs et éveillés, c'était la préférée d'Agnès. Âgés de quatre et trois ans, les enfants vinrent tourner autour de la jeune fille.

« Agnès, tu fais un gâteau ? » demanda Antoine.

C'était le plus gourmand des deux. Il était toujours dans les jupes des femmes à quémander quelque friandise. Protégé de Marie qui voyait à travers lui son fils jeune, il profitait de sa grand-mère ; la tirant par le tablier quand le *caïffa*, l'épicier du village voisin, se mettait à crier sur la place :

« *Es arribat aquel qu'ou dounno tout*[1] *!*

— Allez, mamé, lui disait-il, on va voir Paillasse. »

Paillasse était un vieil homme qui, avec une camionnette bringuebalante, parcourait les villages, apportant du sucre, du café et du riz mais aussi des fruits de saison, dont Antoine était friand. Les deux enfants, qui ne comprenaient rien au désespoir des grands mais qui sentaient vaguement que quelque chose d'exceptionnel se passait, s'assirent sagement près d'Agnès et attendirent que leurs parents descendent. Ceux-ci ne tardèrent pas et furent vite rejoints par Marie, les yeux rougis.

Personne ne parlait. Cela aussi était inhabituel et achevait d'apeurer les enfants.

Agnès avait épluché les légumes et attendait que Solange ou Marie les accommodent, mais aucune des

1. Il est arrivé celui qui donne tout !

deux n'y songeait. Alors, comme à regret, elle se leva en soupirant, sortit la poêle et commença à y découper une tranche de lard. Bientôt, un grésillement se fit entendre et une odeur de graisse cuite inonda la cuisine. Après y avoir fait roussir un oignon, la jeune fille y coupa les pommes de terre en rondelles. Tous la regardaient comme si cette occupation eût été d'une importance capitale ; ils avaient les yeux fixés sur elle mais leurs pensées étaient ailleurs. Marie évoquait ces champs de bataille de l'autre guerre dont elle avait vu tant de gravures dans les journaux après l'armistice de 1918…

Jules et Solange comprenaient que, pour la première fois, ils allaient être séparés et l'effroi envahissait leurs cœurs. Raphaël, qui venait d'entrer, pris d'une timidité soudaine, n'osait avancer au centre de la pièce. Il resta près de la porte, regardant – lui aussi – Agnès préparant le repas.

Les deux petits, anormalement sages, jouaient avec des brindilles de bois qu'ils avaient trouvées près du feu sans faire ni bruit ni se disputer. Ils ne savaient pas pourquoi mais la chape de plomb qui pesait sur les épaules des grands les étouffait eux aussi et ils n'osaient bouger.

Quand la jeune fille eut fini de couper les légumes, elle se tourna vers les autres et le silence fut rompu : Jules fut le premier à réagir. Il se tourna vers Raphaël et lui demanda :

« Tu pars quand ?

— En même temps que toi. Moi aussi, je vais à Clermont. »

Marie se mit à sangloter de plus belle. Solange se leva d'un bond et d'une voix ferme s'exclama :

« Ça ne sert à rien de pleurer ! Il vaut mieux que nous nous préparions à travailler, nous les femmes, quand les hommes seront au front. Peut-être que cette guerre ne durera pas…

— On disait pareil en 14 et on a vu où ça nous a menés ! »

Marie s'enfuit vers la souillarde pour pleurer à son aise. Dans le silence revenu, on entendit la petite voix de Denise :

« Qu'est-ce qu'elle a mamé ? Pourquoi elle pleure ? »

Jules se leva et la prit sur ses genoux. Il lui murmura à l'oreille :

« Hé, ma p'tite fille, à quoi tu joues avec ces branches ?

— Eh bien, on fait des vaches ! Regarde ! »

Elle se baissa et lui montra un bâton à deux bouts pour simuler les cornes :

« Tu vois, reprit-elle, c'est le Maruel et le Baïssou.

— Nos bœufs ?

— Oui et Antoine, lui, il a fait les vaches… »

Le garçon avait étalé des dizaines de petits bâtons semblables à ceux de sa sœur et les alignait les uns derrière les autres.

« Eh bien, dit le père en souriant, je vois que mes petits enfants vont bien aider leur maman à s'occuper de la ferme.

— Pourquoi tu pars, papa ? demanda Antoine en posant sur lui ses grands yeux sombres.

— Il me faut partir, mon grand ; mais, je reviendrai bientôt, je te le promets. »

Solange, les yeux brillants, s'approcha des enfants, feignit de regarder leur troupeau de brindilles et déclara :

« Vous m'aiderez tous les deux quand papa sera parti. Je compte sur vous…

— Oh oui, maman », répondirent-ils de concert.

Agnès et Raphaël contemplaient cet émouvant tableau familial et sentaient les larmes leur monter aux yeux.

« Mon frère Clément va partir aussi », lâcha Agnès.

Personne ne répondit. Elle resta un moment à observer Jules et Solange qui paraissaient vouloir égayer les enfants en jouant avec leurs bœufs et vaches.

Agnès se détourna et se mit à la tâche de faire revenir les pommes de terre à la poêle…

2

La guerre

Le temps avait passé depuis le départ des hommes. La ferme se trouvait administrée par les femmes : Marie s'occupait des menus travaux et de la basse-cour ; Solange, aidée d'Agnès, gérait les gros travaux. Elles s'étaient entendues : Solange soignait le bétail, achetait les semences, gérait les finances de la ferme et allait aux foires ; Agnès partait aux champs labourer, semer, herser. C'était elle encore qui, l'été arrivant, cherchait des aides pour la fenaison, les moissons et le battage.

Les soldats étaient partis, mais la guerre n'avait pas eu lieu. Tout était prêt à l'engagement des combats mais rien ne bougeait ! Tapis d'un côté et de l'autre de la frontière, abrités par les lignes Maginot ou Siegfried, les soldats s'épiaient et commençaient à trouver bien étrange cette guerre ; drôle de guerre qui jetait les hommes hors de leurs foyers pour les laisser croupir dans des terriers en pays inconnu.

Au début, les trois femmes avaient vécu des jours difficiles dans l'attente de nouvelles. Au village, une seule famille avait la radio : les Julien. Tous les matins en allant abreuver les vaches, ils étaient assaillis des mêmes questions et invariablement la réponse était la même :

« Toujours rien. Il ne se passe rien… »

Puis, on s'était lassé d'une guerre qui n'existait pas. On l'évoquait encore mais de loin en loin, avec d'infinies précautions, comme lorsque l'on parle au chevet d'un malade proche de la fin. Le temps s'étirait sans apporter du nouveau.

Un jour de mai, ce fut brusquement la catastrophe : les Allemands avaient attaqué dans les Ardennes et, violant la neutralité de la Belgique, ils avançaient vers le nord, menaçant d'envahir la France.

La ligne Maginot, ce long serpent souterrain, n'avait servi à rien…

Les événements se précipitèrent : un mois après, l'ennemi était à Paris et, à Cardabelle comme ailleurs, on n'avait presque plus de nouvelles des soldats. Marthe, la mère de Raphaël vint à la ferme de Marie ; elle ne cessait de trembler pour son fils et craignait le pire : Raphaël se trouvait à Abbeville où avaient lieu de violents combats… Les deux femmes se retrouvaient souvent pour discuter :

« On dira ce qu'on voudra, sanglotait Marie, ce sont les mères qui souffrent le plus. Les épouses ne sont que des épouses, mais nos enfants sont la chair de notre chair… »

Marthe la comprenait tout en songeant que Jules, qui était à l'Est, courait moins de risques que Raphaël… Agnès, sans nouvelles de Clément, n'avait pu la rassurer. Tout le monde était dans l'attente, lorsque la radio annonça la capitulation de Paris et le grand désordre qui s'ensuivit. Des foules de gens se lançaient sur les routes pour fuir l'envahisseur.

« Dieu du ciel, gémissait Marie, mais jamais on n'avait vu ça !… »

Les gens se demandaient comment tout cela finirait alors qu'un clair soleil de printemps inondait les prairies où narcisses et jonquilles éclataient de toute leur beauté.

Le travail continuait. Agnès s'occupait des labours. Ses sillons n'étaient pas toujours très droits ni très profonds mais elle devenait plus habile au fil des jours. Les vieux du village, qui n'avaient plus la force de tenir la charrue, lui donnaient des conseils et, vaille que vaille, le travail avançait. Avec ses petits-enfants dans les jambes, Marie n'avait plus le temps de se laisser aller aux jérémiades. Elle essayait de les motiver à être sages en souvenir de leur père : « Quand votre papa reviendra… », mais les petits, pris par leurs jeux, oubliaient de plus en plus qu'ils avaient un père qui était parti ils ne savaient où...

Solange, déjà dure autrefois, se murait dans un silence hautain et n'en sortait que pour parler travail. Elle n'évoquait jamais son mari, même si, certains jours, on la voyait l'air rêveur et les yeux rouges.

Marie, quand elle se trouvait seule avec Agnès, se plaignait à sa nièce :

« Comment peut-elle être aussi insensible et ne jamais parler de lui ? C'est son mari quand même !...

— Et que voulez-vous qu'elle fasse ?

— Qu'elle en parle, qu'elle pleure comme les autres femmes !... Tout plutôt que ce silence qu'on ne sait comment interpréter. »

C'était vrai que Solange n'était pas à prendre avec des pincettes. Elle se rebiffait à la moindre réflexion, s'abîmait dans le travail et fuyait tout contact comme une sauvage. Elle ne s'humanisait qu'avec ses enfants. Elle était obligée de les laisser à la garde de sa belle-mère pendant qu'elle s'occupait de la ferme ; mais, dès qu'elle rentrait, elle les emmenait dans sa chambre et parlait avec eux ; d'en bas, Marie les entendait rire, chanter, crier. Alors, elle joignait les doigts et les levait vers le ciel, moitié maugréant, moitié priant :

« Sainte Vierge Marie, ce n'est pas possible !... La voilà qui chante alors que son homme est au front !...

— Elle s'amuse avec les enfants », répliquait Agnès.

Marie haussait les épaules, peu convaincue. Quand elle descendait, elle prenait sa place à table, faisait asseoir les enfants et ne daignait jamais offrir son aide à la vieille femme pour le repas et la marche de la maison.

Le printemps souriait, les haies se couvraient de fleurs et le cerisier du jardin s'enorgueillissait d'une parure de jeunes fruits que Denise et Antoine surveillaient journellement, se demandant quand ils allaient se décider de virer au rouge. Mais les cerises demeuraient obstinément vertes.

Dans la grande confusion qui régnait depuis le début de la guerre n'arrivaient que peu de nouvelles et, quelquefois, elles paraissaient invraisemblables. La mère de Raphaël avait appris, on ne savait où, que beaucoup de soldats étaient morts noyés, en essayant de gagner l'Angleterre. Elle était persuadée que son fils en faisait partie et harcelait, sans répit, Rosalie Julien pour savoir ce qu'avait dit le poste de radio.

« Ma pauvre, moi, je comprends mal. Il faudrait demander à ma fille ; elle, elle y est pendue tout le temps !... »

La fille interrogée confirma que les Allemands avaient envahi la France, qu'ils avançaient vers Paris et que les Français résistaient dans les Ardennes. Des milliers de gens, effrayés par l'arrivée de l'ennemi, fuyaient sur les routes, prenant la direction du sud. Tout était confus quand arriva l'annonce de l'armistice, le 22 juin.

« Enfin, soupira Marie, la guerre est finie. Les hommes vont rentrer !... »

Et l'attente commença. Peu à peu, les nouvelles arrivèrent. On apprit que les Allemands étaient partout, dans le haut de la France, et qu'une ligne de démarcation tenait lieu de frontière entre le Sud et le Nord occupé.

Des soldats entrèrent au hasard. Ils racontaient que les Allemands avaient des chars, des avions et des armes autrement modernes que les leurs ; ils parlaient de débâcle et de trahison... Tous écoutaient, n'osant comprendre ce qui était arrivé à ceux qui ne revenaient pas. Jules, Clément et Raphaël étaient de ceux-là.

Et puis, au fil des jours, tout se précisa ; les familles reçurent des cartes leur annonçant que leur mari ou leur fils était prisonnier. Solange fut une des premières à être informée que son mari se trouvait en Bavière du côté de Munich.

Ce jour-là, elle renonça à son silence, laissa couler ses larmes et, à grands cris, clama sa douleur. Antoine et Denise, effrayés par ce bruyant chagrin, pleuraient, eux aussi, à chaudes larmes en voyant leur mère dans cet état. Marie parvint à consoler la maisonnée à force de raisonnements :

« Il n'est pas mort, c'est l'essentiel. Les prisonniers, on les relâche.

— Oui. Mais quand ?

— Quand la guerre est finie. On a déjà signé l'armistice, il ne tardera pas à revenir. »

Clément, le frère d'Agnès, était prisonnier, lui aussi. Ce fut le père qui vint l'annoncer, un soir, alors qu'Agnès rentrait les bœufs après avoir coupé les foins avec la faucheuse, toute la journée. Elle était épuisée. Elle avait eu du mal à apprendre à aiguiser la lame, à la monter dans la machine, à la mettre assez haute pour ne pas couper les dents et assez basse pour prendre le maximum d'herbe. La jeune fille se rappela ce frère qu'elle connaissait si peu. Il était presque un étranger pour elle. Son père était venu l'attendre sur le chemin pour lui annoncer la nouvelle. Il hochait la tête et répétait sans cesse :

« Je ne le reverrai jamais ; quand il reviendra, je serai mort !...

— Mais non, il reviendra bientôt. Marie dit que l'armistice a été signé et que les prisonniers vont revenir. »

Le père hochait toujours la tête. Il répliqua :

« Moi, je le crois pas. Les Allemands vont pas partir de sitôt. Les soldats sont en Allemagne pour longtemps. Je ne le reverrai plus... »

De grosses larmes roulaient sur ses joues. Agnès, qui ne l'avait jamais vu dans cet état, fut frappée de son air malheureux. Elle posa sa main sur le bras de son père, incapable de dire une parole. Il tourna vers elle son visage ravagé :

« Quel malheur que ta mère soit morte !... Nous avons été séparés tous les quatre : toi ici, Gabriel à Mende. Il n'y avait que Clément avec moi et, maintenant, me voilà seul !... »

Il serra Agnès contre lui et disparut dans la nuit qui tombait, petite silhouette courbée traînant toute la misère du monde.

Agnès rentra à la ferme, la mort dans l'âme. Jusqu'à ce jour, elle n'avait pas vraiment compris la cruauté de cette guerre. Elle s'en rendait compte aujourd'hui, et c'étaient les larmes de son père qui lui avaient ouvert les yeux.

Quand elle rentra à la maison, après avoir dételé les bœufs, les avoir fait boire et donné leur ration de foin, elle trouva tout le monde en effervescence. Raphaël était revenu et le voisin, Lucien Privat, aussi. Marie et Solange s'étaient rendues chez Lucien mais il n'avait pu les renseigner. Il ignorait totalement comment Jules avait été fait prisonnier. Revenues déçues, elles racontèrent à Agnès qu'elles avaient failli ne pas le reconnaître quand il était apparu, dans la ruelle du village, sa musette sur l'épaule, ses habits tout froissés, appuyé sur un bâton avec une barbe de plusieurs jours qui lui mangeait la figure. Paulette, sa femme, avait tout d'abord hésité en présence de ce vagabond, puis elle s'était précipitée dans ses bras, riant et pleurant à la fois.

Tout le village était venu l'embrasser, lui parler et le féliciter, l'empêchant de rejoindre sa maison et sa famille. Les femmes et les mères de prisonniers, tout en se réjouissant pour lui, versaient quelques larmes en pensant aux absents.

Lucien avait fini par se réfugier chez lui ; mais, les unes après les autres, toutes ces femmes venaient le trouver espérant, contre toute logique, qu'il pourrait leur donner des nouvelles des leurs.

Au repas du soir, toutes les discussions portèrent sur la guerre et sur ce qui allait advenir, maintenant que les derniers soldats rentraient dans leurs foyers et que les autres étaient prisonniers.

« On a signé l'armistice, soutenait Marie, ils seront bientôt de retour.

— Je ne crois pas, rétorquait Solange, la guerre

continue avec l'Angleterre et les Allemands occupent la France !...

— Et toi, Agnès, qu'en penses-tu ? »

Agnès n'en pensait rien. Elle restait abasourdie par ce que racontaient les journaux. Elle pensait qu'une guerre c'étaient des batailles avec des blessés et des morts ; et là, c'étaient des gens sur les routes et des avions qui lançaient des bombes ; de batailles, on n'en parlait jamais. Elle avoua simplement aux deux femmes qui attendaient :

« Moi, la guerre, je ne la voyais pas comme ça. »

3

Les gros travaux

Et puis arriva l'été. Un été sec et chaud ; un été de vacances et de soleil. À la ferme, le travail avait repris, écrasant. À cause de l'absence de Jules et de Raphaël, l'automne précédent, à peine la moitié des champs avaient été ensemencés, mais c'était beaucoup quand même. Les jours succédaient aux jours et les travaux aux travaux. Après la fenaison venait le temps des moissons.

Marie et Solange avaient contacté Raphaël pour lui demander de revenir à la ferme. Mais le jeune homme se faisait tirer l'oreille car il savait que son salaire serait presque inexistant. Il avait fini par refuser et décidé d'accepter la proposition d'un mécanicien de Mende qu'il avait connu à la guerre et qui lui avait promis de l'embaucher.

Agnès était la plus déçue : c'était sur ses épaules que reposait le plus gros des travaux et elle se demandait comment elle allait y faire face, seule, avec Solange. Pourtant, à la maison, tout le monde faisait de son mieux pour remédier à l'absence de Jules qui s'éternisait. Malgré son âge, Marie s'occupait de la cuisine, de la basse-cour et même de la lessive. Elle n'avait plus le temps de s'attarder pour se plaindre et pleurer avec les voisines comme elle le faisait au début de la guerre ; aussi parlait-elle de moins en moins. Elle avait vieilli d'un coup ; sa taille s'était courbée ; d'autres rides étaient apparues autour de ses yeux et on la surprenait, à ses rares moments de loisir, à égrener un chapelet, dans un coin.

Denise et Antoine s'en allaient, chaque jour, garder les vaches. Leur mère les conduisait au pâturage, leur faisant mille recommandations et les laissait, en compagnie de Mirza, la chienne philosophe, qui connaissait bien mieux le travail qu'eux. Les enfants commençaient à jouer, mais trouvaient souvent le temps long. Ils devaient rentrer les vaches, à midi ; pour savoir l'heure, ils attendaient que sonne l'angélus. Quelquefois, Denise se mettait à pleurer, signalant qu'il était tard, qu'ils n'avaient pas entendu la cloche et qu'il fallait partir. Son frère essayait de la calmer ; mais, souvent, pris de panique en voyant pleurer sa sœur, il envoyait Mirza rassembler les bêtes pour le départ. La chienne, sentant qu'il n'était pas encore l'heure, mettait de la mauvaise volonté à obéir, alors les deux enfants la houspillaient. Elle ramenait les bêtes à regret et ils partaient tous pour la ferme où Marie les recevait en ronchonnant :

« Mais c'est trop tôt pour rentrer !... Que va dire votre mère ? »

Elle descendait attacher les vaches tout en continuant à maugréer.

Quand Solange et Agnès revenaient, les deux enfants demeuraient tout penauds et Antoine se défendait :

« C'est Denise qui a dit qu'on n'avait pas entendu les cloches...

— Mais c'est toi qui as envoyé Mirza chercher les vaches !... »

La discussion continuait jusqu'à ce que la mère y mette fin en ordonnant :

« C'est bon pour aujourd'hui, mais ne vous amusez pas à ça. »

Depuis la fin juin, Solange et Agnès partaient à l'aube, avec les bœufs et la machine. Solange, devant les animaux, les conduisait dans les prés où, la veille, Agnès avait fait le passage de la machine avec la faux. Maintenant, assise sur le siège inconfortable de la machine, armée d'un long râteau, la jeune fille tenait la lame à bonne hauteur, alignait les andains sur le pré. Les jours suivant la coupe, toutes deux partaient remuer le foin et l'aérer pour le faire sécher. Quand il était sec, elles devaient encore le charger sur le char et le décharger dans la grange.

À ce rythme, les journées passaient vite et, le soir, la prière dite, chacune se dirigeait vers sa chambre pour prendre un repos bien mérité. Solange dormait avec ses enfants. Elle avait déménagé leurs petits lits chez elle pour les avoir à ses côtés. Depuis toujours, Agnès avait partagé le lit de Marie. C'était le seul moment où la vieille femme pouvait s'épancher auprès de cette nièce qui lui tenait lieu de fille. Elle lui parlait de Jules et de ses lettres qui n'étaient que de modestes billets envoyés à sa femme et qu'elle, sa mère, ne pouvait même pas lire !...

Elle se lamentait dans le vide, car Agnès, la fatigue aidant, s'était déjà endormie, alors que Marie continuait ses jérémiades.

Après les foins, commençaient les moissons. Ce travail-là était encore plus lent et plus difficile que les foins : ce n'étaient plus des andains qu'il fallait aligner dans un pré, mais des javelles qui requéraient bien plus de savoir-faire et de précision. Au début, la jeune fille avait connu bien des difficultés : elle laissait tomber de longues traînées d'épis qu'il fallait ramasser ensuite à la main. Elle ne s'était pas découragée et, peu à peu, les choses s'étaient améliorées. Maintenant, ses javelles ressemblaient à des javelles et c'était heureux, car, après l'orge, arrivait le froment et, là, les javelles devenaient des gerbes qu'il fallait lier !...

Toute la famille était employée à ce travail. Après le premier tour du champ, Solange arrêtait l'attelage. Marie et les enfants étaient chargés d'éloigner les taons qui piquaient les bœufs jusqu'au sang. Armés de rameaux, ils chassaient les assaillants qui n'attendaient qu'une distraction de leur part pour se jeter sur la croupe, les naseaux, le ventre des bêtes, les rendant furieuses de douleur. Agnès et Solange se mettaient à lier les gerbes et revenaient ensuite pour le tour suivant. Pendant qu'elles reprenaient leur place, Marie liait quelques gerbes et les enfants couraient après les sauterelles qui fuyaient à leur passage.

Solange guidait les bœufs que les taons irritaient ; Agnès, assise sur le siège en fer de la machine, tenant le râteau d'une main ferme, s'appliquait à coucher d'un coup sec, sur le tablier, tous les épis que la lame aiguisée le matin même tranchait d'un aller-retour. Et le travail continuait ainsi jusqu'à ce que le champ soit fini. Alors, les deux femmes dételaient les animaux, les laissant à la surveillance de Marie pendant qu'elles étanchaient leur soif. Elles buvaient à même la gourde une eau tiède que les enfants avaient déjà bien entamée.

Depuis la mi-juillet, c'était tous les jours le même travail harassant. Un champ et puis un autre étaient dépouillés de leur parure d'épis et la saison des moissons avançait.

Le soir, femmes et enfants rentraient fatigués pour retrouver la ferme et ses obligations journalières : traite, repas, lessives... Le lendemain, avant que le soleil ne lance ses premiers rayons, Solange et Agnès repartaient vers les champs moissonnés la veille, pour lever les gerbes. Elles choisissaient les endroits les plus commodes pour que le char puisse y accéder et s'en allaient, l'une en haut du champ, l'autre en bas, saisissaient les gerbes en serrant une poignée d'épis, les lançaient sur l'épaule, autant qu'elles pouvaient en porter, et elles les posaient en tas pour en faire un gerbier.

Le ciel se colorait de couleurs pastel annonçant l'arrivée du soleil. Quand celui-ci entrait en majesté, les deux femmes avaient déjà quitté le champ et se dirigeaient à grands pas vers la ferme, la traite et le déjeuner. Plus tard, dans la soirée quand elle aurait une minute de repos, Solange s'en irait, seule, constituer le gerbier. Tout en plantant les gerbes les unes contre les autres pour éviter que la pluie ou le soleil ne gâtent les grains, la jeune femme pensait que, maintenant que son mari était absent, c'était à elle de faire ce travail qu'aucun maître n'abandonnait à ses domestiques.

Des semaines passeraient avant que l'on ne charge les gerbes et qu'étalées une à une dans l'aire elles attendent le pied des animaux pour être dépiquées.

Le battage était le travail le plus dur : bœufs et vaches tournaient en rond dans l'aire, une partie de la matinée. Au début, bêtes et gens s'enfonçaient dans une mer d'épis qui piquait les jambes. Les animaux avalaient d'énormes gorgées de grains mais les femmes les poussaient pour qu'ils n'aient pas le loisir d'en profiter. Les épis se délestaient peu à peu de leurs grains et les brins de paille n'intéressaient plus bœufs et vaches qui cherchaient à s'échapper par tous les moyens de cette *caoucade* qui leur faisait tourner la tête.

Une fois le blé dépiqué, il fallait rentrer la paille, balayer la cour, mettre le grain en tas et le venter avec le tarare. La journée entière y passait !...

Pourtant, Solange et Agnès ne se plaignaient pas. Le travail était un maître auquel elles obéissaient sans discuter. Le dimanche était le seul jour de repos. La traite du matin terminée, les jeunes femmes prenaient le temps de faire une toilette approfondie. Elles déjeunaient copieusement avant de se rendre à la grand-messe. Pour marquer ce jour exceptionnel, Marie mettait à cuire un farci de cochon ou une volaille et sortait le jambon du charnier. Elle en coupait d'énormes tranches que sa belle-fille trouvait toujours trop épaisses. Elle essayait de les dédoubler, mais son couteau peu affûté lui refusait son aide. Elle insistait pourtant mais finissait par se décourager et abandonnait. L'après-midi, seule soirée de congé pour Agnès, la jeune fille enfilait sa plus belle robe et partait sur la route qui serpentait sous le village. Elle allait rejoindre les autres filles qui arpentaient la départementale en se tenant par le bras. Quelques jeunes de leur âge ou plus jeunes les suivaient, mais l'entrain d'avant la guerre avait disparu.

Autrefois, à Cardabelle, il y avait une centaine de brebis qui pâturaient sur les terrains les plus secs et les parcelles du causse où les vaches n'allaient jamais. Mais, au début de la guerre, après le départ de Jules, au grand désespoir de Marie, Solange avait décidé de les vendre, affirmant qu'elle ne pouvait les garder.

« Loue un berger », suggérait la vieille.

Elle regrettait surtout les ballots de laine qu'elle échangeait contre des écheveaux de laine sèche et raide. Elle en tricotait des chaussettes et des gilets aussi durs qu'une planche mais qui lui procuraient un grand plaisir. Pour la première fois, Marie se fâcha fort et accusa sa belle-fille de vouloir l'empêcher de tricoter pour son soldat. Elle n'osa l'insulter ; mais, le soir, dans le lit, elle déversa le trop-plein de son amertume, prenant Agnès à témoin.

La jeune fille lui expliqua patiemment que Solange avait raison : qui donc pourrait s'occuper des brebis avec tout le travail qu'elles avaient à faire ? Marie ne voulait pas considérer le problème sous cet angle et continua à traiter sa bru de tous les noms, l'accusant de ne pas aimer son mari et de consacrer tout son temps à ses enfants…

Le temps passant, elle fut bien obligée de reconnaître que l'idée de Solange n'était pas si mauvaise. Solange avait vendu son troupeau au bon moment. Elle en avait tiré un bon prix ; les autres qui vendirent plus tard firent de mauvaises affaires.

Le dimanche passé, toute cette jeunesse se séparait et se préparait à une autre semaine de travail... Une vie harassante, une vie de guerre...

4

Un compromis

Plus d'un an avait passé depuis que Jules, Raphaël et les autres étaient partis dans le train qui les amenait vers le nord et vers la guerre. Solange les revoyait encore montant les quelques marches du train puis se retourner pour lancer un dernier regard et lever la main pour un ultime adieu... Depuis, quelques rares lettres, pauvres mots d'amour écrits à la va-vite, et c'était tout !... Son cœur lui pesait de cette attente. Mais, à qui se plaindre ? À sa belle-mère qui la regardait de travers, la jugeant insensible ? À Agnès, une cousine recueillie par charité et qui ne connaissait rien à la vie et qui, comme elle, était épuisée par les travaux et des soucis trop lourds pour ses épaules ? Ses enfants étaient encore bien jeunes et ne comprenaient pas son tourment. Non, elle ne pouvait se confier à personne !...

Elle ne pouvait parler librement qu'à sa voisine, Paulette. Celle-ci avait vu revenir son mari, Lucien, et, sans l'avouer ouvertement, elle aurait bien supporté qu'il reste loin d'elle. Elle l'avait laissé entendre à Solange, un soir où elle était particulièrement déprimée :

« Nous avons déjà deux enfants, lui avait-elle confié, et, depuis son retour, il ne pense qu'à une chose... Tu devines quoi ! avait-elle ajouté sentant la rougeur lui monter aux joues. Moi, avec deux enfants en bas âge, je n'en voudrais pas d'autres ; mais pas moyen de le décourager… »

Solange n'avait pas répondu mais elle avait pensé que si Jules avait eu la chance de Lucien, elle en aurait été si heureuse qu'elle n'aurait pas eu peur de tomber enceinte. Paulette aurait sûrement continué à lui parler mais Agnès était arrivée et la voisine s'était tue, ne voulant pas parler de ces choses devant une jeune fille.

L'année qui venait de s'écouler avait été dure et la jeune femme se disait qu'elle n'en avait pas encore fini. Car, si la guerre éclair avait été rapide, on s'installait dans une situation d'attente. Le gouvernement de Vichy collaborait, disait-on, avec les Allemands qui occupaient Paris et tout le nord de la France.

Dans le village, bien sûr, il ne se passait pas grand-chose et on s'installait dans la guerre. Malgré leur poste, les Julien n'en savaient guère plus que les autres. Ils se contentaient de répéter les propos entendus aux informations : Pétain avait dit ; Laval avait fait ; Darlan était ici… Et, pendant ce temps, les Allemands sillonnaient les rues de Paris !…

Maintenant, les gros travaux étaient terminés. Solange et Agnès se reposaient un peu. Assises, toutes deux sous le hangar, elles effeuillaient les branches du frêne que la jeune fille avait émondé la veille. Tout naturellement, elles parlèrent de travaux et de semences. Agnès écoutait et ne se permettait pas de commenter comme elle le faisait quelquefois. Cela intrigua Solange qui finit par lui demander :

« Tu ne me réponds pas ? Tu n'es pas d'accord ? »

La jeune fille hésita, puis finit par répondre :

« On a passé une année terrible, toi et moi. Je me demande si je suis prête à recommencer.

— Et que veux-tu qu'on fasse ?

— Je ne sais pas, avoua Agnès, mais je sais que je n'ai pas envie de recommencer une année pareille.

— Peut-être que la guerre va finir et que Jules reviendra, murmura Solange avec espoir.

— Et si la guerre continue ? »

Elles se turent toutes les deux, sentant le problème insoluble.

« Il faudrait louer quelqu'un, reprit Solange, et qu'il ne nous coûte pas trop cher ; un peu comme Raphaël avant. »

« Ou moi, pensa Agnès avec amertume. » Elle avait été recueillie, on la logeait, on la nourrissait ; mais elle n'avait pas un sou vaillant et elle se voyait mal en demander… Pourtant, c'était sur ses épaules que reposaient presque tous les travaux des champs. Elle en concevait, à la fois, de la fierté et de l'irritation… Solange, quant à elle, songeait à qui elle pourrait embaucher pour les aider. Elle se trouvait à des lieues des pensées de sa cousine. Elle comptait sur Agnès comme si elle faisait partie de la famille, la sœur de Jules. Elle ne pensait absolument pas qu'elle aurait dû lui donner un salaire. Elle soupira ; Agnès la regarda mais ne dit mot et le silence retomba.

Quelques jours plus tard, la petite Denise se mit à tousser et à se plaindre de maux de gorge. Marie, après lui avoir fait avaler une infusion de fleurs d'aubépine censée être bonne pour les poumons, lui appliqua un cataplasme de farine de lin. Elle n'osa ajouter quelques grains de moutarde comme elle le faisait avec les adultes, de peur que la petite ne se plaigne que ça la pique et refuse de le garder.

La petite malade, les yeux brillants de fièvre, accepta tous les remèdes qu'on voulut bien lui donner, mais il n'y eut aucune amélioration à son état.

Solange s'affola et envoya Agnès téléphoner au docteur, chez l'épicière, la seule qui possédât un téléphone. Le docteur ne put venir le jour même et ne se présenta que le lendemain. La petite fille, dévorée par la fièvre, gisait immobile, au fond de son lit, les yeux grands ouverts et la respiration sifflante. Marie avait proposé de lui poser des ventouses mais Solange avait refusé, la trouvant trop jeune.

Pendant ce temps, Antoine, réfugié dans un coin, regardait les va-et-vient autour du lit de sa sœur, sans comprendre totalement la gravité de la maladie. Il était malheureux, se sentait seul et demandait pourquoi sa sœur refusait de jouer avec lui.

« Elle ne peut pas, elle est trop malade », lui avait dit sa grand-mère.

Mais, lui, savait bien qu'elle n'était pas malade puisque, l'avant-veille, ils étaient allés, en cachette, ramasser des colchiques dans les prés du bord de la rivière et qu'ils étaient tombés dans le ruisseau. L'eau était froide mais ils s'en étaient arrosés en riant jusqu'à ce qu'ils entendent la grand-mère les appeler. Ils étaient rentrés en courant, avaient dissimulé leurs vêtements trempés et leurs chaussettes humides et s'étaient arrangés pour que personne ne s'en aperçoive… Ce n'est que le lendemain que Denise n'avait pas voulu se lever disant qu'elle avait mal à la gorge…

Antoine en était à ces réflexions quand le médecin arriva : un homme très grand et très vieux. Ses cheveux blancs formaient une auréole autour de sa tête. Il portait de grosses lunettes noires qui effrayèrent tout de suite le petit garçon. Il lui jeta un regard avant de s'enfoncer dans le coin le plus reculé de la chambre.

Étendue sur le lit, Denise regardait approcher l'homme avec appréhension. Le docteur se pencha vers elle, lui prit le pouls et demanda une serviette qu'il posa sur la poitrine de la petite fille. Il posa l'oreille dessus pour l'ausculter.

Antoine ouvrait de grands yeux, se demandant ce qu'il pouvait bien entendre dans la poitrine de sa sœur. Il se jura qu'il irait lui-même écouter quand le médecin serait parti !… L'homme fit ouvrir la bouche à Denise, prit une cuillère et la lui posa sur la langue ; il lui demanda de dire « ha ». Denise put à peine articuler le son. Elle eut une quinte de toux et faillit s'étrangler. À ce moment-là, Antoine eut peur et sortit de la chambre.

Quand il revint, le docteur était descendu à la cuisine et, assis à la table, il écrivait sur un papier tout en expliquant quelque chose à sa mère et à sa grand-mère. Elles opinaient de la tête en l'écoutant. Il vit sa mère donner un billet au docteur qui le fourra dans sa poche.

Enfin, il se leva, serra la main aux deux femmes en murmurant :

« Dans quelques jours, tout devrait être rentré dans l'ordre. S'il y avait le moindre souci, appelez-moi. »

Il laissa une feuille sur la table, saisit sa sacoche et s'en alla comme un voleur.

Ce n'est qu'à ce moment qu'Antoine remarqua la voiture noire aux chromes brillants qui stationnait dans le chemin. Il regretta de ne pas l'avoir aperçue plus tôt : il serait bien allé y jeter un œil !... Mais, déjà, l'automobile disparaissait dans un nuage de poussière. Alors, Antoine se tourna vers sa mère et demanda :

« Elle va guérir, Denise ?

— Oui, répondit Solange, mais il faut aller chercher les remèdes et je ne sais comment... »

Au même moment, Paulette vint aux nouvelles :

« Alors, qu'a dit le médecin ?

— C'est une angine. Il faut la soigner rapidement. Il faut aller à Mende chercher les remèdes, tout de suite.

— Oh, mais attendez, Lucien n'est pas pressé, aujourd'hui, il pleut. Il va passer le causse et sera de retour dans deux heures. »

Sans attendre la réponse, elle sortit chercher son mari. Elle revint peu après, suivie par Lucien qui fumait une cigarette. Le couple entra et Lucien proposa :

« Donnez-moi l'ordonnance et je vais chercher ces remèdes.

— Ça ne vous dérange pas, au moins ?

— Mais non. Je vais partir tout de suite et je serai de retour pour la traite. »

Il prit l'ordonnance et un porte-monnaie que lui confia Solange et disparut au tournant du chemin, laissant sa femme en grande discussion avec Marie.

Il revint quelques heures après comme il l'avait dit, avec un sac rempli d'ampoules et de cachets. Sans attendre les explications, Solange se dirigea vers la chambre pour soigner la petite malade tandis que Lucien s'installait à la table pour boire un verre de vin que lui servit Marie.

Antoine suivit sa mère et regarda sa sœur faire une grimace pour avaler le contenu d'une ampoule brunâtre que sa mère avait mélangé avec de l'eau.

Quand ils revinrent à la cuisine, Lucien était toujours là. Il parlait de la guerre avec Marie. Il se tourna vers Solange et demanda :

« Tu as des nouvelles de Jules ?

— Il écrit tous les mois mais ne raconte pas grand-chose.

— Il est où, exactement ?

— Près de Francfort. Il travaille dans une ferme. On l'y conduit le matin et il rentre le soir au camp. Il a rencontré un autre Lozérien du côté de Grandrieu et il en a été très heureux. Ils parlent du pays. »

Solange se tut et soupira. Marie conclut à sa place :

« Ah, elle est longue cette guerre !… On se demande si elle finira un jour… »

Le silence tomba. Pour alléger l'atmosphère, Solange demanda :

« Comment va Paulette ?

— Couci-couça. Elle en est maintenant à son sixième mois. Elle devient lourde et a du mal à travailler et à s'occuper des autres sacripants qui n'arrêtent pas de remuer et de faire des bêtises, le soir, elle est épuisée. Avec le travail qui va commencer, je ne sais pas ce qu'on va faire…

— C'est comme nous !… Agnès et moi, on a tenu le coup un an, en espérant que Jules serait libre ; mais, maintenant, ça tarde et le travail n'attend pas !… »

Lucien fit tourner son verre dans sa main comme s'il admirait la robe du vin et finit par lancer avec un peu de crainte dans la voix :

« Si j'osais, je vous proposerais bien un arrangement… »

Marie et Solange levèrent la tête sans répondre. Comme le jeune homme se taisait, ce fut Marie qui demanda :

« Quel arrangement ?

— Vous avez une grande ferme avec des bœufs et toutes les machines qui vont avec ; moi, je n'ai que des vaches et mes deux bras. Si vous voulez, je pourrais faire les gros travaux... Ou plutôt, nous pourrions travailler ensemble pour vous éviter de la fatigue. Nous ferions tout en commun. Je ne compterai pas mon travail et j'utiliserai vos bœufs et vos machines. »

Il se tut, conscient qu'il avait fait preuve de beaucoup d'audace et qu'il avait très mal expliqué ce qu'il proposait.

Les deux femmes ne répondirent pas tout de suite. Marie pensait que, pendant l'autre guerre, elle était bien arrivée, toute seule, à conserver la ferme pour son fils, après le décès de son père, mais, aujourd'hui, les femmes n'avaient pas le courage de celles d'autrefois... Solange se disait qu'Agnès serait soulagée et qu'elle-même pourrait profiter un peu plus de ses enfants. Puisqu'elles avaient le matériel, pourquoi ne pas en faire profiter Lucien dont la femme était enceinte... Ce fut elle qui répondit :

« Je crois que c'est une bonne idée.

— Il ne faudrait pas que les moissons en pâtissent, objecta Marie.

— Pourquoi voulez-vous que les moissons en pâtissent ?

— J'ai bien tenu, moi, en 14 !...

— Vous aviez Raphaël. Si Agnès nous quittait, qu'est-ce que nous ferions ?

— Agnès ne nous quittera pas, quelle idée !

— Moi, je suis d'accord, insista Solange. Si la guerre dure longtemps, on va y perdre notre santé. »

Marie n'osa plus rien dire. Il ne manquerait plus que Solange tombe malade !... Que ferait-elle avec deux enfants si jeunes ?

Elle haussa les épaules et laissa Solange et Lucien discuter entre eux de leur collaboration future qui, pensait la vieille femme, arrangerait beaucoup plus leur voisin.

5

Le guérisseur

Cet été-là, fenaison et moissons furent bien plus faciles pour tous. Même si Solange participa aux gros travaux, elle eut davantage de temps pour s'occuper des enfants et pour relayer Marie à la cuisine. La vieille femme, lasse de pleurer son fils en longues jérémiades qui énervaient sa belle-fille et ses voisins, s'était retirée en elle-même, refusant de manger, dormant à peine et fixant un point à l'horizon, les yeux vagues.

Le soir, elle tournait le dos à Agnès et s'endormait sans lui adresser la parole. Cette subite passivité finit par inquiéter Solange. Elle s'en ouvrit à Lucien et à sa cousine qui ne surent que lui conseiller. Finalement, ce fut Paulette, la femme de Lucien, qui expliqua :

« J'ai entendu dire qu'il y a un guérisseur qui fait des miracles. On raconte qu'il y a beaucoup de gens qui vont chez lui. Il soulage les douleurs et est même capable de faire revenir l'amour dans un couple… »

Elle ne put achever sa phrase : Solange et Lucien éclatèrent de rire tandis qu'Agnès la regardait bouche ouverte.

« Riez tant que vous voulez, il paraît que c'est vrai !…

— Qui t'a raconté des bêtises pareilles ? » répliqua son mari en s'essuyant les yeux.

Paulette, vexée, ne répondit pas.

« Écoute, reprit Solange, moi, je n'ai jamais cru aux guérisseurs, et…

— Libre à toi ; moi, ce que j'en disais, c'était pour te venir en aide. Ta belle-mère se languit de son fils ; elle fait une sorte de neurasthénie. Si tu ne fais rien, elle va dépérir puis mourir et on dira qu'elle est morte de chagrin. Tu peux toujours aller voir cet homme, tu ne risques rien !… »

La jeune femme ne savait plus si elle devait suivre le

conseil de Paulette et aller voir le guérisseur ou laisser Marie dans cet état au risque de la voir en perdre la santé. Lucien, voyant qu'elle hésitait, haussa les épaules et cria plus fort qu'il n'aurait dû :

« Tu es complètement folle, ma pauvre femme. Tu crois que cet homme va guérir quelqu'un en faisant quelques simagrées ?

— Il ne fait pas des simagrées, il impose les mains. Il a un fluide. Il est obligé de soigner les gens sinon c'est lui qui tombe malade !...

— De mieux en mieux !... Et tu crois ça ?

— Je vois que c'est pas la peine que je continue puisque vous ne me croyez pas...

— Attends un peu, coupa Solange, il habite où ton guérisseur ? »

Paulette la considéra avec un air de dédain :

« C'est pas la peine, tu y crois pas.

— Je crois que tu as raison. Il faut tout tenter. Je ne voudrais pas qu'à son retour Jules ne trouve plus sa mère. »

Ils se turent tous les quatre et Agnès hasarda :

« Moi aussi, j'en ai entendu parler. L'autre jour, je suis rentrée, le soir, avec Joséphine. Elle veut aller le trouver pour sa jambe qui lui fait toujours mal.

— Elle est allée le voir ?

— Je ne sais pas. Elle a parlé qu'elle irait quand les gros travaux seraient finis.

— Il faut que je la voie, elles pourraient y aller ensemble. »

Quand Solange parla à Marie d'aller voir un guérisseur, la vieille répliqua :

« Mais je ne suis pas malade !...

— Vous voyez bien que vous avez maigri et que vous n'avez plus d'appétit.

— C'est pas une maladie. Je maigris parce que... parce que...

— Je sais, Marie. Mais il faut vous faire une idée et vous soigner. »

Marie se mit à pleurer, en silence, se sentant incapable de s'opposer à sa belle-fille.

Solange s'en alla trouver Joséphine. Quand elle lui eut exposé le cas de sa belle-mère, la vieille répondit :

« J'y suis déjà allée, et ça va beaucoup mieux. Elle devrait y aller aussi. Quand je la verrai, je le lui dirai.

— Où se trouve cet homme ?

— Tiens, j'ai noté son nom et son adresse, tu n'as qu'à les relever. Je les garde parce que je dois y retourner. »

Elle tendit une feuille de carnet à la jeune femme où était écrit : *AUGUSTE PILOT, 2 rue du Chapitre, Mende.*

« Ce n'est pas loin, on va y aller, fit Solange en se levant. Merci Joséphine. »

Quelques jours plus tard, les travaux étant un peu moins pressants, Marie et sa bru prirent le chemin du causse. Le temps était chaud et sec. La vieille femme, très affaiblie, avait du mal à grimper le raidillon. Solange dut faire plusieurs pauses avant d'arriver au plateau.

C'était le début septembre, malgré la chaleur, quelque chose dans l'air annonçait la venue feutrée de l'automne. Les feuilles avaient perdu leur éclat et quelques colchiques, les premiers, commençaient à étoiler les prés.

« Je crois que je ne reverrai jamais mon fils ! » dit tout à coup Marie.

Solange, qui ne comprenait pas cette idée fixe qui taraudait la vieille femme, répondit avec impatience :

« Pourquoi vous mettre ces idées en tête ? Jusqu'à maintenant vous vous portiez comme un charme. Il n'y a pas de raisons que cela ne continue pas. La guerre ne durera pas toujours et Jules reviendra.

— Oui, mais moi, je ne serai plus là !…

— Arrêtez de dire des choses pareilles, nous allons chez cet homme pour vous guérir. »

Marie ne protesta pas, mais elle essuya furtivement une larme.

Elles arrivèrent à la ville alors que le soleil jetait ses rayons de feu sur le paysage. Elles furent heureuses de goûter à la fraîcheur des ruelles moyenâgeuses. Elles traversèrent plusieurs avenues avant d'atteindre la rue du Chapitre et de frapper à la porte du guérisseur.

Il apparut sur le seuil et leur demanda de patienter car il recevait un client. Elles s'assirent sur un muret qui bordait un jardinet. Solange sortit une bouteille d'eau et les deux femmes se désaltérèrent.

« Tu as vu cet homme ? dit Marie. Ses yeux me font peur.

— Je n'ai rien remarqué, vous vous faites des idées !... »

La vieille femme ne répondit pas car la porte s'ouvrait et le guérisseur réapparut accompagnant un vieil homme une main sur sa canne et l'autre dans le dos.

« Au revoir, monsieur Pilot, et merci, fit le patient.

— Allez, allez, mon brave. Vous verrez, ça va aller mieux. »

Il fit entrer les deux femmes et, cette fois, Solange remarqua les yeux de braise posés sur elle. Elle en ressentit un frisson dans tout son corps. Elle se demanda si elles avaient eu une bonne idée de consulter un charlatan plutôt que de s'adresser à un médecin.

« Allons, mesdames, commença l'homme, qu'est-ce qui vous amène ?

— C'est pour ma belle-mère, expliqua Solange, elle ne mange plus, ne dort plus et n'a plus goût à vivre. »

Marie tremblait comme une feuille et regardait l'homme avec appréhension.

« Asseyez-vous sur ce fauteuil et expliquez-moi ce que vous ressentez. »

Il fixait la vieille femme d'un regard que Solange compara à celui d'un serpent qui veut hypnotiser sa proie. Marie, incapable de parler, ne pouvait détacher les yeux de ce regard. L'homme s'approcha, ouvrit les mains, et, sans toucher la vieille, se mit à les promener tout autour de son corps, tout en murmurant des mots sans suite. Il s'attarda longtemps sur la tête et sur la poitrine de la patiente. À un moment, il se mit à genoux devant elle, à la grande confusion de la vieille femme.

Quand il se releva, la sueur perlait à son front. Il l'essuya avec un mouchoir et alla s'asseoir sur une chaise, complètement épuisé. Solange, debout, attendait. Quand il parut reprendre quelques forces, l'homme demanda brusquement :

« Qu'est-ce qui vous tracasse tant ? »

Les deux femmes restèrent muettes.

« Qu'y a-t-il dans votre vie qui vous empêche de manger et de dormir ?

— Rien, rien, répliqua Marie.

— C'est son fils, mon mari qui est prisonnier, déclara Solange, étonnée que le guérisseur l'eût deviné.

— Ah, c'est ça !... Voyez-vous, madame, ils sont des milliers de prisonniers qui attendent que la guerre soit finie pour revenir. Ne vous faites pas de souci, ils reviendront. Les Allemands sont des gens d'honneur ; ils ne s'attaquent pas à d'anciens soldats, seulement à la vermine révolutionnaire. Votre fils ne risque rien, mais vous, si vous continuez, vous vous détruirez. »

Il s'arrêta un instant et, fixant la vieille femme de ses yeux de braise, s'approcha lentement de sa chaise. Marie se tassa sur elle-même comme pour se protéger d'un danger.

« Je peux vous aider, madame, reprit-il plus doucement, mais il faut que vous me donniez toute votre confiance. »

En disant cela, il fixait la vieille femme d'un regard insistant. De temps à autre, il se tournait vers la jeune femme et posait sur elle des yeux doux comme une caresse.

« Avez-vous une photographie de votre fils ? demanda-t-il à Marie.

— On a celle de notre mariage, répondit Solange.

— Cela ira très bien. »

La jeune femme se demanda si elle devait donner l'unique photo qu'elle avait de son mari à cet homme au regard troublant. Elle se sentait mal à l'aise, face à lui. Quelque chose lui répugnait dans le personnage et, pourtant, elle était attirée malgré elle par ces yeux de braise qui l'envoûtaient presque… Elle détourna son regard, alla à la fenêtre observer le jardin pour fuir ce contact et demanda, essayant de raffermir sa voix :

« Faudra-t-il vous porter la photo ? »

L'homme leva la main comme pour dire : « Attendez, je n'ai pas fini », et se tourna vers Marie :

« Allons, madame Maurel, vous vous laissez mourir de chagrin ! Vous ne mangez pas, vous ne dormez pas et ne pensez qu'à votre fils ! Qu'en dirait-il, votre fils, s'il vous voyait dans cet état ? Il ne serait pas content, c'est sûr ! »

En prononçant cela, il regardait toujours fixement la vieille femme et se fendait d'un sourire irrésistible. Marie, en l'écoutant, souriait aussi, les yeux remplis d'espoir.

Solange contemplait sa belle-mère et commençait à croire au charme du guérisseur. À la fin, il prit la main de Marie et la fit lever. Une fois debout, il la menaça du doigt et répéta :

« Compris ? Plus de larmes, plus de mauvaises idées, rien que des rêves roses…

— Combien vous dois-je, monsieur ? demanda Solange en sortant son porte-monnaie. »

L'homme s'avança vers elle, un sourire très doux aux lèvres, et posa ses mains sur les siennes :

« Rien du tout, madame. Je viendrai chez vous voir cette photographie et vous me ferez un bon café.

— Ce n'est plus du café, c'est de l'orge, lança-t-elle avec défi !…

— Un café d'orge si vous voulez. Et vous, madame, fit-il en se tournant vers Marie, si vous pouviez me mettre de côté deux ou trois douzaines d'œufs et quelques fromages, je serai enchanté.

— Je vous mettrai de côté les meilleurs de ma cave », répondit la vieille femme, l'air radieux.

Le guérisseur prit leur nom et leur adresse et les laissa partir en annonçant :

« Attendez-vous à ma visite un de ces jours. »

Il les accompagna à la porte et serra la main de Solange un peu plus longtemps qu'il n'aurait dû et s'inclina très homme du monde :

« Je suis vraiment très heureux, mesdames, d'avoir fait votre connaissance. »

Sur le chemin du retour, Marie semblait transfigurée. Elle parlait comme elle ne l'avait pas fait depuis longtemps alors que Solange demeurait silencieuse ; mais la vieille femme, tout à sa joie, ne s'en aperçut pas.

6

Espérance

Une semaine passa sans apporter de réels changements à la ferme. Cependant, Marie avait repris un peu goût à la vie. Elle recommençait à reprendre ses activités d'autrefois.

Par une belle fin de matinée d'été, alors que Solange et Agnès venaient de rentrer des champs et que Marie s'était occupée du repas, une automobile entra dans la cour avec un bruit de tonnerre. Les deux enfants sortirent sur le balcon n'en croyant pas leurs yeux : une voiture dans la cour, ils n'avaient jamais vu cela !... Les adultes n'étaient pas loin d'être aussi excités qu'eux. Agnès sortit la première, suivie de Marie, alors que Solange se contentait de regarder à travers la fenêtre, à moitié cachée par les rideaux. Les chiens saluèrent l'arrivée de cet engin inconnu par un concert d'aboiements et s'en vinrent flairer la carrosserie tandis qu'une portière s'ouvrait et qu'Auguste Pilot, cheveux gominés et costume à rayures, mettait précautionneusement un pied sur le sol, attentif à ne pas trop empoussiérer ses souliers vernis.

« Oh, monsieur », chuchota Marie en joignant les mains !...

Agnès balbutia :

« Qui est-ce ?

— Le guérisseur », dit Marie en commençant à descendre l'escalier, suivie par Antoine et Denise.

L'homme saisit une mallette qui se trouvait à l'arrière de son véhicule, puis s'avança les mains tendues vers sa patiente :

« Alors, madame Maurel, avez-vous pensé à mon fromage ? »

Confuse, Marie ne sut que répondre : elle n'attendait pas la visite du guérisseur si tôt et se sentait prise au dépourvu. L'homme s'en aperçut et se mit à rire :

« Allons, allons, je plaisantais. Comment allez-vous ?

— Mais je vais bien, fit-elle en rougissant.

— Bon, bon, bonjour les enfants, dit-il en se tournant vers Antoine et Denise intimidés. Ce sont vos petits-enfants ? »

Marie le contemplait comme le Messie et oubliait de lui répondre. Prenant tout à coup conscience de son incorrection, elle s'exclama :

« Mais entrez donc ! Où ai-je la tête ? »

Elle monta la première suivie d'Auguste Pilot. Sur le balcon, Agnès n'avait pas bougé ; Marie la frôla et entra. Le guérisseur salua la jeune fille d'un bref signe de tête et pénétra dans la cuisine après Marie. Agnès et les deux enfants entrèrent à leur suite. Déjà, l'homme serrait la main de Solange et s'inclinait devant elle :

« Je viens de voir un malade et j'ai eu l'idée de passer prendre la photo de votre mari. Cela vous évitera de venir me l'apporter. »

Solange répliqua, surprise :

« Vous voulez l'emmener ?

— Il faut que j'y travaille dessus. Je vous en avais parlé à votre visite.

— C'est que c'est celle de notre mariage ; je n'en ai pas d'autres et je ne voudrais pas…

— Rassurez-vous, j'en prendrai aussi soin que de la prunelle de mes yeux.

— J'en suis sûre, mais je ne voudrais pas m'en séparer. C'est la seule que j'ai de mon mari… Ne pourriez-vous pas faire ce que vous avez à faire ici ? »

L'homme réfléchit. Il paraissait en proie à un dilemme insurmontable. Marie lui assura :

« Vous pouvez venir autant de fois que vous le voulez. Moi non plus, je ne voudrais pas que la photo de mon fils quitte la maison. »

Auguste Pilot réfléchissait toujours. À la fin, il fit un geste de la main et proposa :

« Allez me la chercher. Je verrai ce que je peux faire. »

Solange partit vers sa chambre et revint, portant précieusement un cadre où l'on voyait un Jules élégant donnant le bras à une Solange ennuagée de tulle blanc. Elle le posa sur la table et le guérisseur étendit les mains à dix centimètres de la photo tout en la regardant fixement.

Cela dura un long moment dans un silence de cathédrale ; même les enfants se taisaient. Enfin, l'homme saisit le cadre, l'éleva à la hauteur de ses yeux, le tint ainsi un moment, puis le reposa. Il prit une chaise, s'y laissa tomber, sortit un mouchoir et essuya la sueur qui ruisselait sur son front. Il paraissait anéanti. Personne n'osait lui parler. Enfin, il se tourna vers Solange :

« Votre mari va bien. Il travaille et ne pense pas trop à vous. »

La jeune femme bondit :

« Si, il pense à moi comme je pense à lui, jeta-t-elle avec défi.

— En ce moment, fit l'homme ignorant la contradiction, il est dans une grange et empile du foin. Il fait le travail qu'on lui a ordonné… »

Il allait ajouter quelque chose, mais s'arrêta.

« Et que fait-il encore ? reprit Solange.
— Rien, il empile du foin…
— Eh oui, il est chez un paysan, dit Marie tandis que Solange l'observait d'un œil soupçonneux, il va travailler dans une ferme et, au moment des gros travaux, il y couche.
— Ah, c'est donc ça !…
— Quoi ?
— Rien, rien. C'est bon. Je crois que j'y arriverai. Je reviendrai et, avec cette photo, j'essayerai d'en savoir davantage.
— Que voulez-vous savoir encore ? demanda Solange agressive. On le sait où il est et ce qu'il fait… »
Elle était au bord des larmes. Le guérisseur alla vers elle et lui prit les mains. La jeune femme le contemplait et ne savait si elle était horrifiée ou enchantée qu'il s'occupe d'elle. Elle ressentait une folle envie de tout quitter et de partir pleurer tout son soûl sur sa jeunesse solitaire et son bonheur envolé… Pourtant, elle restait là, debout, devant cet homme dont les yeux la retenaient prisonnière…
Marie rompit le charme en proposant :
« Vous prendrez bien un petit rafraîchissement. »
Elle se dirigea vers le placard et sortit une bouteille d'eau-de-noix. Elle la posa sur la table, prit quatre verres au dressoir et versa une rasade dans chacun. Le guérisseur n'avait rien remarqué, alors elle insista :
« Buvez », fit-elle en lui tendant le verre.
Il se tourna vers elle à regret, saisit le verre et constata :
« Personne ne trinque avec moi ?
— À la vôtre », lança Marie en levant un verre imaginaire.
L'homme sourit, but et demanda :
« Auriez-vous quelque chose à me vendre ? Beurre, œufs, fromages ?
— Ah, c'est vrai, fit la vieille femme et elle s'en alla, trottinant vers la cave. Peu après, elle remonta avec un fromage à la croûte rougeâtre.

— Celui-là, je vous le dois. Il est pour vous. Pour les œufs, j'en ai seulement une douzaine. Je vous la donne aussi.

— Il n'en est pas question, je vais vous payer.

— Non, non. Je vous dois tout ça. On verra la prochaine fois. Quand reviendrez-vous ?

— La semaine prochaine probablement. »

Muni de ses provisions, Auguste Pilot s'en alla. Agnès et les enfants coururent au balcon pour voir partir l'automobile. Quand ils entrèrent, les deux petits avaient retrouvé leur langue.

« Il voulait quoi le monsieur ?

— Pourquoi il voulait prendre la photo ? »

Les questions fusaient de toute part et personne ne répondait. Enfin, Agnès, impatiente, demanda :

« Pouvez-vous nous dire, à la fin, pourquoi il est venu ? Il ne vous a même pas demandé comment vous alliez, ajouta-t-elle en se tournant vers Marie.

— Je vais bien, répondit vivement cette dernière. Maintenant, il faut qu'il protège Jules.

— Il ne le fera pas revenir, répliqua Agnès avec aigreur.

— Il peut le faire », affirma la vieille femme alors que Solange demeurait étrangement silencieuse.

Elle se contenta de se saisir du cadre et d'aller le remettre à sa place.

Le repas fut silencieux. Chacune des trois femmes revivait la venue du guérisseur. Tout à coup, Marie explosa :

« S'il doit faire revenir Jules, je peux bien lui donner quelques fromages !...

— Il va revenir toutes les semaines pour prendre toutes nos provisions et nous donner que de belles paroles en échange... »

Agnès ne pouvait s'empêcher de se méfier de cet homme. Sans le connaître réellement, elle le trouvait faux et antipathique. Elle s'étonnait que Solange ne s'en soit pas aperçue. Marie était vieille, mais elle ?

« Qu'est-ce que tu en penses, Solange ? » finit-elle par demander.

L'intéressée haussa les épaules puis finit par répondre :

« Je ne lui fais pas entièrement confiance…

— Moi non plus », répliqua sa cousine.

Alors, Marie se mit en colère :

« Et pourquoi ne lui faites-vous pas confiance ? C'est un homme dévoué. Il ne nous demande rien et s'occupe de faire libérer Jules. Si vous aimiez Jules comme moi, vous vous accrocheriez à tout ce qui peut l'aider à sortir de là-bas…

— Et que croyez-vous qu'il peut faire ? se moqua Agnès.

— Je n'en sais rien. Ce que je sais c'est que vous ne vous tracassez pas de Jules, ni l'une ni l'autre !… »

Elle se leva de table et partit vers la souillarde laissant les deux autres sidérées.

Solange haussa les épaules, se tourna vers Agnès et, pointant un doigt sur son front, murmura à mi-voix :

« Je crois bien que cette fois, elle la perd !… Comment cet homme peut-il faire revenir un prisonnier ? Et puis, ajouta-t-elle encore plus bas, moi, il me fait peur.

— Oh, il ne doit pas être bien méchant.

— Tu crois ? »

La jeune femme n'en était pas si sûre. Quand il était loin de ses yeux, elle se disait qu'il n'était qu'un sale individu, vieux et imbu de lui-même ; mais, quand il était face à elle, elle se sentait toute drôle, pas du tout dans son état normal. Elle redoutait qu'il ne l'envoûte et ne lui fasse faire des choses qu'elle ne voulait pas faire quand elle avait toute sa lucidité…

Le temps passa avec les visites fréquentes du guérisseur et l'on s'enfonça dans l'hiver. Marie avait réussi, grâce ou malgré le guérisseur, à recouvrer la santé et la faconde qui allait avec. Elle se réjouissait de la venue d'Auguste Pilot, lui réservant les meilleurs fromages de sa cave. Les enfants aussi l'attendaient avec impatience car, pour eux, il sortait de ses poches quelques bonbons, des barres de chocolat et autres gâteries introuvables en ces temps de crise.

Agnès le regardait avec indifférence et Solange, quand elle le pouvait, disparaissait jusqu'à la fin de la visite.

La neige qui avait recouvert le paysage arrêta, pour un temps, la venue du guérisseur. Il se manifesta par une lettre, au Premier de l'an, souhaitant une bonne année à toute la famille. Marie lui répondit. Elle choisit une feuille de papier à lettre bien large et, de sa belle écriture penchée, formant les pleins et les déliés comme on le lui avait appris jadis à l'école, elle lui raconta, par le menu, les faits et gestes de la maisonnée. Elle osa une allusion à « son soldat » comme elle appelait Jules, adjurant le maître d'employer toute sa science à sa libération.

Quand elle porta la lettre à la boîte, elle eut la vague intuition que, peut-être, cet homme n'y pouvait pas grand-chose, mais elle repoussa aussitôt cette idée comme un sacrilège envers cet Auguste Pilot qui était le seul, avec le ciel qu'elle priait, qui pouvait faire revenir son enfant.

Malgré ces rares instants de doute, Marie ne cessait d'espérer et la certitude de revoir bientôt son petit faisait briller ses yeux.

7

Passion

Le temps était incertain, lourd et chaud, en cette fin avril. Il sentait l'orage à plein nez.

Désormais, Agnès et Lucien partaient ensemble dans les champs et leur entente était parfaite. Agnès se réjouissait d'avoir un compagnon pour les travaux les plus pénibles ; de plus, Lucien était plutôt agréable, toujours de bonne humeur, racontant de bonnes blagues, la faisant rire. Il était à ses petits soins, lui évitant les charges trop lourdes ; tout le contraire de la ferme où elle se sentait surchargée de travail et où il n'y avait pas le moindre divertissement !

Ces semaines de labeur partagé seraient bien vite passées… Les labours et les foins, ainsi que les moissons s'annonçant, se feraient cette année dans la joie et la tranquillité.

De bon matin, ils étaient partis avec les sacs de semence, de la paille pour marquer les sillons et le griffon pour recouvrir les grains. En hâte, ils s'étaient mis au travail. Ils avaient déchargé le char. Lucien avait délimité les sillons avec des poignées de paille, puis il avait versé l'orge dans un sac de jute passé à son épaule. Maintenant, à pas réguliers sur la terre fraîchement labourée, il avançait et jetait, à pleines mains, une pluie de grains dorés.

Agnès attendait patiemment, debout devant les bœufs attelés au griffon. Quand il aurait fini de semer, Lucien l'avertirait de commencer à passer la machine pour enterrer les graines.

Elle regardait le jeune homme et, dans la lumière dorée du soleil, le trouvait beau comme un dieu. La tête haute, les longues foulées, les gestes sûrs et réguliers l'auréolaient d'un charme envoûtant.

Les derniers sillons ensemencés, l'homme revint ; Agnès le contemplait toujours. Lucien s'arrêta au milieu du champ, surpris, heureux et malheureux à la fois : une excitation insensée comme il n'en avait jamais connu le secouait tout entier. Il croyait que ses forces l'abandonnaient et, en même temps, il se sentait pousser des ailes…

Il lâcha le sac de jute qu'il portait encore à l'épaule et se précipita vers Agnès… À deux pas d'elle, il s'arrêta pris d'une soudaine pudeur alors que les joues de la jeune fille se coloraient lentement. Elle lui ouvrit les bras et il marcha vers elle, gravement, la dévorant des yeux comme s'il la voyait pour la première fois…

Elle, de plus en plus rouge et haletante, attendait, elle ne savait quoi, tous ses sens en alerte. C'était l'homme qu'elle voulait !… Elle respirait à coups précipités et manquait de souffle : tout son être tendu vers la silhouette qui semblait hésiter à la rejoindre. Et, comme au premier matin du monde, comme un premier souffle de printemps, ils s'étreignirent enfin et s'engloutirent dans leur passion comme on entre dans les flots de l'océan.

Ils oubliaient tout ce qui les entourait : il n'y avait plus de champ à semer, plus d'épouse à la maison, plus de tante ni de cousine, il n'y avait qu'eux et leur passion qui ne demandait qu'à s'assouvir…

Quand enfin ils reprirent pied dans la réalité, ils se regardèrent et se sourirent. Le jeune homme attira Agnès contre lui et ils restèrent ainsi, sans parler, les yeux clos, heureux d'être ensemble.

Le temps passait mais ni l'un ni l'autre ne bougeait. Ils auraient voulu que l'heure s'arrête et ne jamais retourner au monde d'où ils venaient. Mais Lucien finit par soupirer et sortit de son rêve éveillé. Il repoussa doucement Agnès et dit d'une voix basse que la jeune fille ne lui connaissait pas :

« Allons, il faut y aller, sinon ils se poseront des questions. »

Elle se leva lentement, soupira à son tour, reprit l'aiguillon et, les yeux encore éblouis, revint prendre sagement sa place devant les animaux qui attendaient en ruminant.

Ils travaillèrent en silence, perdus dans leurs pensées dans cette belle journée de printemps qui, comme par miracle, avait chassé les nuages et faisait rayonner un soleil nouveau, beau comme s'il éclairait le monde pour la première fois. Ils s'arrêtèrent quand les sillons furent recouverts. Lucien reprit son sac et recommença à semer le reste du champ. Quand il revint, Agnès garda les yeux modestement baissés, intimidée et effrayée par ce qui venait de se produire.

Ils continuèrent de travailler sans un mot et arrivèrent à la fin du champ. La soirée était bien entamée, alors ils reprirent le chemin du village.

Ils marchaient côte à côte, toujours silencieux comme si ce qui leur arrivait les avait rendus muets. Quand ils furent en vue des maisons, Lucien arrêta l'attelage, se tourna vers Agnès et la prit dans ses bras :

« Ah, Agnès, Agnès, je crois bien que je t'aime !... »

La jeune fille sourit, se serra très fort contre lui et répondit :

« Moi aussi je t'aime, je n'aimerai jamais que toi... »

Ces mots stoppèrent net la joie des jeunes gens : Lucien pensa à Paulette, son épouse, à ses deux enfants et le troisième à naître. Les pensées d'Agnès prirent le même chemin. Elle s'écarta de son amant et murmura :

« Lucien, qu'est-ce qu'on va faire ? »

Le jeune homme se le demandait aussi, mais il ne voulait pas perdre cette fille pour laquelle il ressentait un si grand désir qu'il l'aurait volontiers reprise, là, au milieu du chemin. Il essaya de se rassurer en disant :

« T'en fais pas.

— Mais, ta femme ? Tes enfants ? »

Lucien ne répondit pas. Il réfléchit un long moment et finit par murmurer :

« On fera très attention, personne ne le saura. Ils ont l'habitude de nous voir ensemble. »

Agnès, qui ne demandait qu'à être rassurée, reprit son sourire et le jeune homme en eut le cœur chaviré. Il eut envie de l'embrasser mais il finit par saisir l'aiguillon et ils avancèrent vers le village.

Elle marchait à ses côtés et il avait du mal à détourner les yeux de ses cheveux blonds qu'elle faisait bouffer au-dessus de son front et qui descendaient en cascade sur son long cou. Ils avançaient d'un pas rapide et Lucien, qui conduisait l'attelage, ne pouvait s'empêcher de jeter les yeux sur Agnès, toute droite dans la lumière dorée de cette fin d'après-midi. Il se sentait bouleversé : jamais, de toute sa vie, il n'avait désiré une femme comme il la désirait. Il pensait qu'il fallait cacher cet amour coupable, car, si leur secret était découvert, il déclencherait un de ces scandales comme il en éclatait, quelquefois. Ils seraient tous les deux voués aux gémonies ; lui, s'en tirerait, peut-être, avec une bonne scène de ménage, mais Agnès serait perdue de réputation. Il la laissa le distancer et ils ne se revirent plus, ni ce jour-là ni le lendemain.

Les deux jours suivants, une pluie fine accompagnée de neige et de grêle noya le paysage et interrompit les travaux des champs. Ce n'était pas la première fois que le temps se gâtait et retardait les semailles, mais, cette année, en unissant leurs efforts, Solange et Lucien comptaient augmenter les surfaces semées pour réussir à atteindre la prochaine récolte.

En effet, les semailles du printemps précédent n'avaient pas été suffisantes pour nourrir toute la famille alors qu'avant la guerre Jules avait du blé en excédent !... La surprise avait été grande et Solange avait été obligée de quémander quelques quintaux à ses voisins, promettant de les rendre aux moissons...

Cette année, la jeune femme voulait être sûre que pareille mésaventure ne lui arriverait pas. Elle avait prévu d'ensemencer toutes les terres à blé qu'elle pourrait. Certes, cela faisait du travail et il y en aurait encore plus, les moissons venues. En plus, il fallait aussi travailler les champs de Lucien ; mais, avec le couple, on y arriverait mieux. Solange tremblait, se demandant si ce temps pluvieux et froid ne viendrait pas tout gâcher...

Les semailles venaient de commencer. Il y aurait de longues journées de travail en commun pour Agnès et Lucien. La jeune fille, sans le dire, s'en réjouissait. Mais elle devait sans cesse se surveiller pour ne pas laisser son regard se poser trop souvent sur son amant et empêcher ses sourires de la trahir. Personne ne se doutait de rien, pour le moment, mais la jalousie proverbiale de Paulette était toujours à l'affût. Elle surveillait son homme et se montrait méfiante envers toutes les femmes. Elle avait hésité avant d'accéder à la requête de Solange pour faire les gros travaux en commun. Elle se demandait, en son for intérieur, si ce n'était pas Lucien qui l'intéressait. Elle n'avait accepté que sur l'insistance de son mari qui soutenait que le travail serait bien plus facile avec des bœufs et des machines performantes. Elle ne se méfiait pas d'Agnès qu'elle avait connue toute petite et qu'elle n'avait pas vue grandir.

Enceinte de huit mois, elle se savait à son désavantage et aspirait à la fin de cette grossesse non désirée. Elle attendait son troisième enfant et n'en voulait surtout pas d'autres, trouvant sa famille assez nombreuse en ces temps de pénurie.

Le soir, quand Lucien entrait, elle lui racontait ses difficultés dues à son état et à la surveillance de René et François dont les quatre et cinq ans ne demandaient qu'à courir et s'amuser.

Lassé de ses jérémiades, Lucien mangeait sa soupe en silence et ne répondait pas. Quand, à bout de patience, sa femme l'interrogeait :

« Alors, tu ne dis rien de tout ça ? »

Il répondait patiemment :

« Que veux-tu, c'est la vie. René et François sont turbulents, mais ils obéissent ; ce sont de bons petits et quand le troisième sera là, tu te sentiras moins fatiguée. »

Paulette levait les bras au ciel et soupirait :

« Ah, ces hommes !… »

Depuis le jour du coup de foudre d'Agnès et de Lucien, le jeune homme se réfugiait dans le souvenir d'un amour qui était frais, tendre et nouveau. Il se disait qu'il ne devrait pas laisser ses sens le gouverner et que, si Paulette l'apprenait, ça ferait du vilain, mais il se sentait incapable de résister à cette innocence toute neuve et à ces yeux de velours qui le regardaient avec admiration.

Après quelques jours de pluie, quand le terrain se fut un peu essoré, les jeunes gens reprirent le chemin des champs. Ils essayèrent de cacher leur joie ; mais leurs visages rayonnaient et, quand ils eurent passé le dernier virage qui leur masquait le village, ils se jetèrent dans les bras l'un de l'autre, avides de se retrouver enfin seuls…

Et le printemps continua offrant ses haies blanches aux amoureux et faisant tomber sur leurs corps nus des milliers de pétales qui les enivraient et donnaient à leurs ébats une sensation d'éternité.

8

Confidences

Un nouvel été passa, puis un automne et il y eut deux ans que Jules était parti !… Les enfants grandissaient et ils avaient presque oublié, malgré les insistances de Marie et les souvenirs de leur mère, qu'ils avaient un père prisonnier dans une lointaine Allemagne. Ils le savaient, bien sûr, mais ils avaient du mal à se rappeler son image. Pour eux, Auguste Pilot, cet homme qui venait à la maison et leur apportait quelques barres de chocolat alors que leur mère n'en avait jamais, était bien plus présent que ce lointain prisonnier dont ils n'arrivaient plus à se remémorer le visage.

Quand le guérisseur se présentait, Marie se mettait en quatre pour le contenter. Elle lui réservait ses meilleurs fromages, son beurre le plus frais ainsi que les œufs du jour. Si elle le pouvait, hors de la vue de Solange, un saucisson ou, plus rarement, un poulet prenait le chemin du sac d'Auguste Pilot. En échange, le guérisseur discutait longuement avec elle. Ils parlaient de son fils prisonnier ; il lui donnait des pommades pour ses rhumatismes et tentait de la convaincre en lui disant que son fils était bien mieux, là-bas, au milieu du peuple allemand, un peuple travailleur, honnête, vaillant et discipliné ; bien éloigné de la lie qui submergeait la France, aujourd'hui, où les braves gens comme elle étaient rares. La grande majorité de la population, disait-il, se laissait manipuler par les juifs et les communistes…

Marie hochait la tête, pas totalement convaincue par ces discours. Elle était tout à fait d'accord avec Auguste quand il qualifiait les dirigeants de vauriens mais ne pouvait admettre que son Jules soit mieux en Allemagne que dans sa maison.

Quand Solange était présente, le guérisseur se gardait bien d'étaler sa propagande. Il devenait tout sucre et tout miel.

Pour le Nouvel An, il avait apporté une paire de gants parfumés à la jeune femme. Elle l'avait remercié du bout des lèvres, avait rangé le cadeau dans un tiroir et ne l'avait jamais ressorti. Marie, au contraire, était fière d'exhiber la blouse à fleurettes qu'elle avait reçue.

Agnès et Lucien vivaient leur passion entrecoupée de fâcheries et de réconciliations. C'était la jeune fille qui s'était lassée la première. Elle se refusait souvent à Lucien, consciente que cette idylle ne lui apportait rien. La peur d'une grossesse la faisait aussi hésiter bien que le jeune homme lui affirmât qu'il faisait attention. Elle sentait Paulette, l'épouse de Lucien, plus nerveuse qu'à l'accoutumée. La jeune femme arrivait, quelquefois, à l'improviste, dans le champ où ils travaillaient et Agnès pensait qu'elle se doutait de quelque chose. Heureusement, jusqu'à ce jour, elle n'avait rien découvert. La jeune fille ne pouvait s'empêcher de penser qu'ils avaient eu de la chance et tremblait d'être surprise, un jour.

Le printemps éclatait. Les haies devenaient des bouquets sur lesquels s'ébattaient merles et mésanges. L'air sentait l'aubépine et l'herbe humide. La pluie de la veille avait éveillé l'arôme de mille plantes qui exhalaient une fragrance qui enivrait un peu.

Solange et Agnès s'en allaient vers un champ, le plus éloigné du village. Elles devaient y tourner une coupe de luzerne qui avait été copieusement arrosée. Elles marchaient d'un bon pas et Agnès maugréait :

« Si on avait pu prévoir cette pluie, on aurait mieux fait de laisser cette luzerne debout !... »

Solange ne répondit pas. Avait-elle seulement entendu ? Elle paraissait soucieuse. La jeune fille s'arrêta et reprit :

« Qu'est-ce qu'il y a qui ne va pas ? Tu es toute drôle. »

Solange s'assit sur le talus, prit son visage dans ses mains et se mit à pleurer à chaudes larmes. Étonnée, Agnès s'approcha et tenta de la consoler :

« Solange, ne pleure pas. Que t'arrive-t-il, toi, toujours si courageuse ? »

La jeune femme leva, vers sa cousine, ses yeux ruisselants et cria, en proie à une colère qu'elle ne pouvait maîtriser :

« Je n'en peux plus, Agnès, je n'en peux plus !... »

La jeune fille se méprit :

« Je sais que c'est dur pour toi, mais cette guerre ne durera pas toujours, et Jules reviendra. »

Solange fit non de la tête et continua à sangloter. Agnès se fit rassurante :

« Mais si, il reviendra. D'ailleurs, Marie m'a dit qu'Auguste Pilot va essayer d'en parler à ses amis haut placés, et peut-être...

— Ah, parlons-en de celui-là !... Je n'ose rien dire car Marie ne jure que par lui, mais j'en ai marre, marre, marre !... Il est toujours à la maison, il fait semblant de venir voir Marie, mais c'est moi qu'il lorgne. Il attend que je lui tombe dans les bras, mais il peut toujours attendre !... Il gâte les enfants, Marie lui fait passer des saucissons en douce et moi, j'ai peur qu'il ne me force, un jour, où je me trouverai toute seule avec lui !...

— Il n'irait pas jusque-là, quand même.

— Qu'est-ce que tu en sais ? Tu le connais ? »

Agnès ne sut que répondre. Elle regarda sa cousine et demanda naïvement :

« C'est pour ça que tu ne mets pas les gants qu'il t'a donnés. Tu as gardé tes vieux !...

— Si tu les veux, tu peux les prendre. Tu ne comprends pas que cet homme nous rend suspectes. Il voudrait que je trompe mon mari avec lui. Il est en train de soudoyer les enfants et mes mises en garde n'y changent rien. Quant à Marie, il l'endoctrine avec de belles paroles et lui promet monts et merveilles. C'est un collaborateur et, si ça continue, on va nous accuser de l'être aussi. Ah, Agnès, tout cela me chagrine et me fait peur. Tu as entendu dire qu'il y a des hommes qui se cachent dans les bois et essaient de reprendre la guerre contre les occupants...

— Tu sais bien qu'il n'y a plus d'armées. Comment va-t-on reprendre la guerre ?

— Je ne sais pas, mais, dimanche, quand je suis allée chez mon frère avec les enfants, ils n'ont parlé que de ça. Il paraît qu'ils préparent des attentats. Il y aurait un gradé, je ne sais plus comment il s'appelle, qui est en Angleterre et qui va venir chasser les Allemands. Je n'en ai pas parlé à la maison à cause de Marie. Ils ont dit qu'ils tueraient les collaborateurs et ceux qui tenaient pour eux. J'ai tout de suite pensé à Pilot et cela me fait peur. Je me demande si les gens n'ont pas remarqué qu'il me court après. Tu te figures, si on m'accuse de collaborer, mes enfants !...

— Tu exagères. Personne ne peut t'accuser d'aller avec ce type. Tu ne peux pas le sentir !... »

Solange ne répondit pas. Elle pensa à l'étrange désir qui la prenait parfois et qui la bouleversait au point de la pousser vers un homme qui lui adressait la plus petite attention. Elle ne s'était jamais habituée à la solitude, c'est pour ça qu'elle avait pris ses enfants avec elle, dans sa chambre. Elle se méfiait d'elle-même !...

Elle était certaine que cet Auguste Pilot avait deviné son désarroi et qu'il attendait son heure, l'épiant comme un serpent. Cette idée la fit frémir.

Elle se leva d'un bond, reprit sa fourche qu'elle avait posée à ses côtés et repartit à grands pas vers le champ, sans attendre sa cousine.

Agnès la regarda partir en proie à une rage qu'elle ne comprenait pas. Pourquoi ne disait-elle pas son fait à ce guérisseur de malheur ? Et pourquoi y attachait-elle tant d'importance et se souciait-elle tant de lui ?

Comme si elle avait deviné ses pensées, Solange s'arrêta, l'attendit et, lorsque la jeune fille l'eut rejointe, lança :

« Ah, je te jure que si ce n'était pas pour Marie, je le mettrais à la porte celui-là !...

— Si ce que tu dis est vrai, il faut se méfier de lui et le mettre à la porte ne me semble pas une bonne idée. Il a des amis haut placés.

— C'est vrai, soupira la jeune femme. Comme je te le dis, il n'y a rien à faire ; il faut le supporter.

— Pourquoi ne pas en parler à Marie.

— Tu n'y penses pas !... Elle ne voudra jamais le croire : pour elle, c'est un saint homme.

— Ne lui dis rien, toi, mais si moi je lui en touchais un mot... »

Solange réfléchit, puis hocha la tête :

« C'est sûr qu'elle le prendra mieux si ça vient de toi. Moi, elle ne me porte pas dans son cœur et elle va penser que c'est moi qui l'aguiche et elle va m'en vouloir. Et puis, ajouta-t-elle plus bas, quand Jules reviendra, elle est capable de lui raconter l'histoire à sa façon et je ne veux aucun nuage entre nous. »

Elles se turent toutes les deux. Chacune ressassant ses pensées. Arrivées au champ, elles se mirent au travail et passèrent la matinée sans parler.

Tout en soulevant les fourchetées d'herbe pour les

aérer et les faire sécher, Agnès réfléchissait. Elle aussi était engluée dans une histoire dont elle n'arrivait pas à se défaire, peut-être que Solange serait de bon conseil...

Elle aurait dû lui en parler. La jeune femme aurait sûrement compris la passion qui les avait emportés, elle et Lucien, et aurait su comment faire pour rompre. Pourtant, avouer cet amour coupable répugnait à la jeune fille : si Solange était scandalisée et si elle décidait d'avertir Paulette, alors elle serait dans de beaux draps...

Non, il ne fallait rien dire et essayer de se sortir seule de ce pétrin.

Elles reprirent le chemin du retour alors que le soleil tapait le plus fort qu'il pouvait et que des myriades de mouches les harcelaient, formant un nuage qui les poursuivait sans arrêt.

« Dis, Agnès, murmura soudain Solange, ce que je t'ai dit, ne le répète à personne.

— J'avais compris. Mais à qui donc veux-tu que j'en parle, je ne vois jamais personne !...

— Si, tu vois Lucien.

— Ah, Lucien !... Celui-là, je voudrais bien ne pas tant le voir !...

— Il t'ennuie ? »

La jeune fille ne répondit pas, puis, n'y tenant plus, elle se mit à pleurer.

« Mais qu'est-ce qui t'arrive ? C'est vrai, il te poursuit ? »

Agnès sécha ses larmes et se mit à raconter à la jeune femme la passion coupable qui l'avait, pour un temps, unie au jeune homme. Elle conclut en disant :

« Je voudrais bien qu'il me laisse tranquille, mais lui ne veut rien entendre. Il dit qu'il m'aime et ne peut pas vivre sans moi. Moi, je commence par refuser, mais je me laisse toujours prendre ; je ne sais plus que faire.

— Il faut le quitter tout de suite. Tu veux que j'en parle à sa femme ?

— Oh non, sûrement pas !... Tu te rends compte du scandale !...

— Mais le scandale, il y est déjà.

— J'étais sûre que tu ne comprendrais pas. Je ne veux pas que tu en parles à qui que ce soit. Je vais essayer de m'en sortir seule.

— Si tu veux, je peux lui parler et le menacer d'avertir sa femme. »

Agnès hésita : était-ce la bonne solution ? Lucien ne serait-il pas furieux qu'elle ait parlé à sa cousine ?

« Non, dit-elle en se dirigeant vers la maison, oublie ce que je t'ai dit et n'en parle à personne. »

9

Clément

Un soir de juin, alors que le soleil s'attardait sur les aubépines en fleur et que les toutes jeunes feuilles dansaient doucement, chahutées par une petite brise parfumée, Agnès, qui admirait le ciel virant au mauve, vit arriver, au loin, une silhouette qu'elle hésita à reconnaître.

« Mais, c'est..., » murmura-t-elle, n'osant terminer sa phrase.

Elle laissa approcher l'inconnu, puis se précipita :

« Clément, c'est toi !... C'est bien toi ? »

Elle ne comprenait pas comment son frère était devant elle alors qu'il aurait dû se trouver en Allemagne. Elle riait et pleurait en le serrant sur son cœur. Elle n'aurait jamais cru que le retour de son frère puisse lui faire un si grand plaisir.

Denise et Antoine, curieux, s'étaient approchés de

cet homme dont ils ne se souvenaient plus et tournaient autour de lui, se demandant si c'était leur père.

Solange et Marie sortirent sur le pas de la porte, la jeune femme cria : « Jules ! », alors que Marie, muette et stupéfaite, regardait l'arrivant comme si elle voyait un fantôme.

Clément écarta Agnès et s'avança vers les deux femmes.

« Bonjour », fit-il.

Elles ne répondirent pas mais le fixèrent, incrédules.

« Co… comment es-tu là ? articula péniblement Marie, disant tout haut ce que les autres pensaient tout bas.

— Je me suis évadé, répondit-il avec un sourire.

— Évadé ?… Ça veut dire que tu as réussi à revenir d'Allemagne, comment tu as fait ? demanda Solange.

— Oh, c'est une longue histoire… »

Il soupira, contempla les trois femmes qui les yeux fixés sur lui buvaient ses paroles et finit par déclarer :

« Tout d'abord, je dois vous dire, fit-il en évitant leur regard, que j'ai eu de la chance de n'être pas très loin de la frontière belge. Ensuite, je me suis sauvé avec deux ingénieurs qui avaient une boussole et connaissaient beaucoup de choses qui nous ont pas mal servi. Moi, je les ai suivis. Tout seul, j'aurais été incapable de me repérer, d'éviter les frisés et d'arriver jusqu'ici.

— Et tu crois que Jules ne pourra pas, un jour, s'évader aussi ? demanda timidement Marie.

— Peut-être si », répondit précipitamment le jeune homme tandis que Solange essuyait furtivement une larme.

Comme la nuit commençait à tomber, tout le monde entra dans la maison et Marie retint son neveu à souper.

« Tu nous raconteras comment tu as vécu, là-bas. Au moins, on saura un peu ce qu'est la vie de ces pauvres garçons. »

Pendant tout le repas, il ne fut question que des prisonniers et des travaux qui leur étaient imposés. Antoine et Denise s'ennuyaient fort. Ils demandèrent la permission d'aller jouer. En partant, Denise demanda :

« Tu as vu mon papa, à la guerre ?

— Non. Ton papa était beaucoup trop loin.

— Et tu sais quand il reviendra ?

— Bientôt, sûrement, bientôt. »

Marie et Solange s'obstinaient et posaient question sur question. Elles voulaient tout savoir : ce qu'il mangeait, où il couchait, ses rapports avec les Allemands... Il leur expliqua que lui n'avait pas trop souffert. Il travaillait en usine et ils étaient très nombreux, c'était l'idéal pour passer inaperçu.

« Jules, lui, est dans une ferme ; il est sûrement plus surveillé.

— Ils sont quelquefois mieux dans les fermes, répliqua Clément. Si le patron est content, ils peuvent avoir de petites compensations : ils mangent mieux, ils ne travaillent pas si dur. On dit même qu'il y a des patronnes qui leur font les yeux doux.

— C'est pas possible, s'indigna Marie, ce sont des ennemies !...

— Mais ce sont des femmes aussi.

— Ça m'étonnerait qu'un Français s'éprenne d'une Allemande.

— Oh, c'est arrivé. Dans un village, il y a une femme qui s'était retrouvée enceinte. Elle a été obligée de dénoncer les hommes avec lesquels elle avait couché et ils ont été punis sévèrement. Ils avaient même peur d'être fusillés. Je ne crois pas qu'on les ait tués mais ils ont été envoyés dans des camps de concentration. »

La soirée se termina tard, les enfants fatigués s'étaient endormis au milieu de leurs jouets. Solange les réveilla et s'en alla, avec eux, dans sa chambre tandis que Marie continuait à interroger Clément :

« Auguste Pilot dit que Jules ne tardera pas à revenir.

Personne ne veut le croire. Pourtant, toi, tu es bien revenu.

— Qui est Auguste Pilot ?

— Un guérisseur, répondit Agnès, il soigne la tante.

— Oui, et il vient souvent. Je te le ferai connaître. Il dit que l'on va envoyer des jeunes pour faire revenir les prisonniers, mais les jeunes refusent d'y aller.

— Ma tante, si j'ai un conseil à vous donner, laissez tomber ce type. C'est un collabo.

— Un quoi ?

— Un collaborateur. Il est du côté des Allemands. Les jeunes n'ont pas à aller en Allemagne. N'écoutez pas ce guérisseur, il vous fera arriver du vilain.

— Mais pas du tout !… C'est un homme très comme il faut. Il porte des bonbons aux enfants et m'a soignée comme aucun médecin ne l'aurait fait.

— Ça n'empêche pas qu'il vous créera des ennuis.

— Pourquoi veux-tu qu'on ait des ennuis ? On est bien malheureuses à n'être que des femmes pour travailler. Cet homme est très correct, et…

— Je vous dis de faire attention. Il faut se méfier de ceux qui sont trop amis avec les Allemands. Après tout, ce sont nos ennemis !… »

Marie, l'air malheureux, s'enfuit vers sa chambre, laissant le frère et la sœur tête à tête.

Clément et Agnès se regardèrent. Ils avaient été séparés si tôt qu'ils n'avaient rien à se dire. Pourtant, la jeune fille se sentait soulagée d'un grand poids de savoir son frère libéré.

« Ils ne vont pas te renvoyer en Allemagne ? demanda-t-elle.

— Non. Je suis allé à la préfecture me faire démobiliser ; maintenant, je suis redevenu un civil. »

En disant cela, Clément étira les pieds, se mit à sourire et regarda sa sœur. Il lui trouvait une petite mine :

« Et toi, comment ça va ? J'ai cru comprendre que vous aviez beaucoup de travail.

— Bien sûr, Jules manque. Il y a bien Lucien qui nous aide, mais il reste encore trop de travail à accomplir. »

Le jeune homme réfléchissait. Il resta de longues minutes à ne rien dire puis finit par s'enhardir :

« Si Marie le voulait, je pourrais peut-être venir vous aider.

— Tu ne veux plus travailler avec le père ? »

Clément hésita :

« Tu sais, c'est une drôle de vie d'aller à la journée ; de partir à pied tous les matins, aux aurores, pour gagner un salaire de misère…

— Si tu veux travailler ici, tu ne gagneras guère plus. Je crois que Solange n'a pas beaucoup d'argent. Et le père dans tout ça ?

— Il serait temps qu'il s'arrête. Il a plus de soixante ans et se plaint de rhumatismes. Il peut aller travailler l'été, la belle saison, mais l'hiver il reste au coin de son feu.

— Si tu viens ici, il se sentira bien seul !… »

Ils restèrent un moment silencieux. Des mouches bourdonnaient, venant tourner autour d'eux. Sous la table, un chien gémit.

« On reparlera de tout ça une autre fois ; maintenant, il faut que je rentre. »

Il se dirigea vers la porte et sa sœur le suivit. Elle descendit l'escalier avec lui et l'accompagna sur le chemin.

« Tu ne m'as pas beaucoup parlé de toi, lança soudain Clément, tu n'as pas un amoureux dans le village ? »

Agnès bénit la nuit qui cachait sa rougeur :

« Tu sais, avec cette guerre, les garçons ont autre chose à penser, répondit-elle en essayant de garder sa voix naturelle.

— Allons donc, répliqua son frère avec un gros rire, ne me dis pas que les garçons ne s'intéressent pas à toi, jolie comme tu es !… »

Cette fois, ce fut un feu brûlant qui incendia les joues de la jeune fille. Elle détourna la conversation :

« Tu n'aurais pas dû raconter devant Solange qu'il y avait des prisonniers qui couchaient avec des Allemandes, j'ai vu que ça la contrariait.

— C'est vrai ? Je n'y avais pas fait attention. Je n'avais pas pensé à Jules. Il y en a quelques-uns qui le font, mais tous ne le font pas, rassure-toi.

— Elle va se faire des soucis ; déjà qu'avec Marie c'est pas toujours la joie entre elles… Et puis, cet Auguste Pilot lui court après. Ça l'ennuie, elle me l'a dit.

— Ça m'a l'air d'un drôle de citoyen, ce guérisseur. J'aimerais bien voir à quoi il ressemble. »

Ils s'arrêtèrent au bord du chemin et Clément alluma une cigarette. À la lueur du briquet, Agnès le trouva vieilli et remarqua les rides qui traçaient des sillons sur son front :

« Ç'a été dur cette captivité ? demanda-t-elle.

— C'est toujours dur d'avoir perdu sa liberté et de se trouver loin de son pays. L'hiver, dans les baraquements, on gelait et l'été on crevait de chaleur. La nourriture n'était pas bonne et on languissait loin de nos familles. Et puis, il y avait les gardiens et leurs chiens, des molosses prêts à nous dévorer ; ça, c'est la réalité… Mais je ne pouvais pas le révéler ni à la tante ni à Solange, tu comprends ? »

Agnès opina de la tête.

« Peut-être que, pour Jules, la vie à la ferme est plus agréable, mais, comme tous les autres, il ne doit penser qu'au jour où il partira. »

Il se tut, puis se tourna vers sa sœur :

« Ne leur raconte pas ce que je viens de te dire, elles sont bien assez malheureuses comme ça.

— Bien sûr, j'avais compris. Et pour le travail, est-ce que je peux leur en parler ? »

Clément haussa les épaules :

« Je ne sais pas que te dire. C'est papa qui m'a conseillé de chercher un autre travail. Il m'a dit que si je trouvais une place fixe, ce serait mieux que de tirer le diable par la queue comme il l'a fait toute sa vie. Lui, il a son communal et quelques champs. Il envisage d'acheter quelques brebis et d'abandonner le travail à la journée.

— Avant la mort de maman, on avait bien des brebis.

— Oui, mais maman allait garder, maintenant, il est seul. »

D'un commun accord, ils firent silence, se remémorant le sourire discret de cette mère partie trop jeune et dont ils gardaient, tous deux, un souvenir attendri.

« Tu sais, reprit Agnès, il avait très mal pris l'annonce de ta captivité. Il disait qu'il ne te reverrait plus. Il doit être content de ton retour.

— Oui, mais je l'ai trouvé changé. Il s'inquiète pour Gabriel.

— C'est celui qui a eu le plus de chance !... L'oncle et la tante le traitent comme leur fils !...

— Il ne le voit pas souvent. »

Ils se turent. Clément avança de quelques pas alors qu'Agnès ne bougeait pas ; enfin, après un geste de la main, le jeune homme se fondit dans la nuit tandis que la jeune fille revenait songeuse à la maison où l'attendait la vaisselle du soir.

10

Déclaration

À la mi-novembre, alors que le givre s'amusait à raidir les petites herbes jaunes et qu'un vent furieux parcourait la campagne emportant dans son élan les dernières feuilles oubliées, arriva l'incroyable nouvelle : les Allemands avaient occupé la zone libre ! Ils avaient envahi toutes les places importantes, s'étaient installés à l'*Hôtel de Paris*, à Mende, et avaient réquisitionné bien d'autres bâtiments à travers la ville.

Ce fut Julien qui annonça la nouvelle, le matin, en menant ses vaches à l'abreuvoir. Tous en restèrent muets de saisissement.

« Tu crois qu'ils viendront jusqu'ici ? s'étonna Lucien. On est un pays perdu, ça ne les intéresse pas.

— Détrompe-toi, ils vont partout. Je pense même qu'ils sont déjà installés à la préfecture. »

Il ne se trompait pas : le même soir, Auguste Pilot s'en vint, comme à son habitude, voir sa patiente et chercher quelques fromages ou œufs. Mais, ce jour-là, Marie était sortie chercher de l'herbe pour les lapins et en route avait rencontré des amies. Elle bavardait sur la place.

« Comment allez-vous aujourd'hui, Marie ? » fit le guérisseur en la reconnaissant au milieu du groupe des femmes.

Les commères savaient qui était cet homme mais beaucoup ne l'avaient aperçu qu'en coup de vent. Elles s'approchèrent, le feu aux joues, encore indignées par la nouvelle de l'occupation de la zone libre. Elles exprimèrent leur colère pensant que le guérisseur prendrait fait et cause pour elles. Marie s'avança et lui tendit la main.

« Ça va, ça va, bougonna-t-elle, mais ça irait mieux si les Allemands étaient restés en haut !… »

L'homme éclata de rire.

« Ah, Marie, Marie, vous m'étonnerez toujours ! Qu'est-ce que cela peut vous faire que les Allemands soient ici ? Ça ne vous gêne pas ?

— J'aimerais mieux qu'ils soient ailleurs.

— Vous savez, on a besoin d'eux pour maintenir l'ordre. Il y a beaucoup de racaille dans le pays et il faut en purifier la France. »

Marie haussa les épaules tandis que les femmes qui discutaient avec elle avant l'arrivée du guérisseur gardaient un silence hostile.

« Trêve de bavardage, reprit l'homme. Comment va la santé ? »

La vieille femme ne répondit pas. Elle commençait à le trouver encombrant et essayait de lui battre froid.

Mais ce diable d'homme avait le don de lire dans ses pensées et elle ne pouvait résister longtemps à ses yeux de braise. Elle saisit son panier et, à la grande déception des curieuses qui attendaient cette occasion pour rencontrer ce guérisseur dont Marie parlait avec admiration, elle se dirigea vers la maison.

Aujourd'hui, pourtant, tout n'avait pas l'air d'aller entre les deux partenaires. Elles remarquèrent que Marie portait son panier et que l'homme ne faisait pas mine de l'en débarrasser.

« Quel goujat ! s'écria Mauricette.

— C'est un drôle de type », renchérit Louisette regardant le couple s'éloigner.

Quand ils arrivèrent à la maison, Solange servait le café à Clément qui, ce jour-là, coupait du bois. Le guérisseur et le jeune homme se saluèrent. Marie fit les présentations :

« C'est mon neveu Clément qui s'est évadé d'Allemagne voilà presque un an. »

L'homme le regarda froidement.

« Comment avez-vous fait pour vous évader ?

— Oh, je ne l'ai pas fait tout seul. J'avais des amis bien plus calés que moi qui connaissaient le pays et étaient plus instruits.

— Ça ne vous dérange pas que le pays soit occupé ?

— Pourquoi ? À mon retour, j'ai été démobilisé. Je suis comme tous les soldats qui sont revenus du front.

— Mais vous vous êtes évadé !...

— Ils n'avaient qu'à mieux me garder !... Ils ne m'ont pas repris, tant pis pour eux. »

Le guérisseur ne répondit pas mais tout en lui disait qu'il croyait le garçon en situation difficile.

« Voulez-vous du café ? proposa Solange, sentant monter la tension entre les deux hommes.

— Avec plaisir », fit Auguste en se tournant vers la jeune femme, un sourire rayonnant sur les lèvres.

C'était la première fois qu'elle se montrait aimable envers lui et il en était tout attendri. Clément le considérait avec attention et il ne voyait pas d'un bon œil cet homme aux cheveux grisonnants s'intéresser à sa cousine. Celle-ci s'en aperçut et essaya de dissiper la mauvaise impression du jeune homme :

« Oh, vous savez, dit-elle, ce n'est pas vraiment du café, c'est de l'orge grillé.

— De votre main, il sera sûrement excellent » protesta Auguste Pilot.

Marie, inconsciente de la tension qui régnait, demanda :

« Ils vont rester longtemps, les Allemands ? »

Personne ne répondit : Auguste Pilot ne voulant pas laisser deviner à cet inconnu, qu'il sentait hostile, ses véritables sentiments ; et Clément était prêt à voler dans les plumes de ce guérisseur de pacotille qui lui était antipathique.

« Quand vous me disiez que Jules serait bientôt libéré, reprit la vieille femme, vous vous moquiez de moi.

— Je ne vous ai jamais dit une chose pareille. C'est ce que vous vouliez croire. Je ne vous ai pas détrompée parce que c'était la seule façon de vous guérir, mais, quant à moi, je ne l'ai jamais cru.

— Alors, vous m'avez menti. »

L'homme soupira. Il saisit sa tasse et y trempa les lèvres. Puis, lentement, il la reposa, se tourna vers Marie et, plongeant ses yeux dans les siens comme s'il parlait à un enfant, il affirma en martelant ses mots :

« Madame, vous savez que nous sommes en guerre : les prisonniers seront libérés quand la guerre finira. Je peux vous le dire en face, maintenant, parce que vous êtes guérie. »

Marie se mit à pleurer silencieusement. Clément avait observé cette scène sans intervenir, il se leva et dit :

« Je dois retourner au travail. Merci, Solange, pour ton café. »

Il quitta la pièce et sortit dans la cour.

« Que vient-il faire ici ? demanda aigrement le guérisseur.

— C'est le frère d'Agnès. Il nous aide pour les menus travaux.

— Il ne travaille pas ?

— Si, mais en ce moment il se repose.

— Il vit ici ?

— Mais non, avec son père... »

Solange trouvait que cette conversation tournait à l'enquête. Elle demanda inquiète :

« Vous croyez qu'il est en danger parce qu'il s'est évadé ? »

L'autre la regarda furieux :

« Parce que vous protégeriez un homme qui a déserté son poste et va...

— Il n'a pas déserté : il s'est évadé ; c'est de bonne guerre. Ils avaient qu'à mieux le surveiller !...

— Ah, voilà !... Vous ne savez pas ce que c'est que de garder des milliers d'hommes qui ne songent qu'à vous fausser compagnie !... Je vous croyais plus intelligente que ça, acheva-t-il en lui lançant un regard méchant.

— Moi, fit-elle sans se démonter, je trouve qu'il a eu raison de s'évader. Il a...

— Ne me dites pas que vous tenez pour ces individus sans foi ni loi qui sont la honte de notre nation ?

— Clément n'est pas un sans foi ni loi », se récria la jeune femme en le toisant.

Pendant cet échange de parole, Marie les regardait sans comprendre. Puis, elle quitta la pièce et le guérisseur et Solange restèrent face à face. L'homme parut se calmer. Il reprit sa tasse et dit doucement :

« Enfin, Solange, permettez-moi de vous appeler par votre prénom, vous êtes trop intelligente pour ne pas savoir de quel côté penche la balance. Vous n'êtes pas comme votre belle-mère, vous n'avez jamais pensé que votre mari pourrait être libéré avant la fin de la guerre…

— J'aurais bien aimé qu'il s'évade, comme Clément.

— Ne dites pas une chose pareille. Il est en Allemagne où il ne risque rien. Votre cousin pourrait avoir des ennuis.

— Des ennuis ? Et pourquoi ? »

L'homme fit un geste comme pour signifier que ce n'était pas son affaire, puis il se leva et se dirigea vers la jeune femme.

« Solange, vous êtes une honnête femme. Vous travaillez dans des conditions difficiles et n'avez personne pour vous soutenir. Vous êtes jeune, sans amis, sans distractions, sans personne pour vous comprendre ; moi qui suis votre ami, je voudrais tant vous aider et…

— Et que pouvez-vous faire pour moi ? » demanda la jeune femme.

Elle n'eut pas plutôt prononcé cette phrase qu'elle la regretta car Auguste Pilot lança avec enthousiasme :

« Solange, je peux faire beaucoup pour vous ; beaucoup plus que vous ne le pensez, en tout bien tout honneur évidemment. Je peux vous amener au cinéma, par exemple. Cette semaine, on passe *Le Quai des brumes* de Marcel Carné. Vous n'avez qu'un mot à dire et je viens vous chercher avec la voiture et vous emmène à la séance.

— Vous n'y pensez pas !… Je ferai jaser tout le pays ! N'oubliez pas que je suis une femme mariée.

— Je vous ai dit en tout bien tout honneur. Faites confiance à mes cheveux blancs.

— Je voudrais bien vous faire confiance, mais les gens, eux, vont penser autrement. Et mon mari, quand il rentrera, je lui dirai quoi ?

— Savez-vous ce que fait votre mari, là-bas ?

— Que voulez-vous dire ?

— Vous m'avez rapporté qu'il travaillait dans une ferme. C'est une ferme d'où, probablement, le fermier est absent ; il se trouve seul avec sa femme. Il doit se nouer entre eux des liens d'amitié pour ne pas dire autre chose.

— Vous êtes ignoble ! s'écria Solange en pleurant... Mon mari pense à moi comme je pense à lui. »

Le guérisseur s'approcha encore plus près de la jeune femme, lui mit un bras sur les épaules et la rassura d'une voix douce :

« Je t'en prie, ma petite Solange, ne pleure pas. Oublie ce que je t'ai dit. Bien sûr que ton mari pense à toi, mais il est si loin et tu es si seule !... »

Il l'attira contre sa poitrine, posa ses lèvres sur son front et la tint serrée enlacée un moment.

La jeune femme, secouée par les sanglots, se laissait bercer au son de cette voix enjôleuse.

« Ne pleure pas, je t'en supplie. Laisse jaser les mauvaises langues et laisse-toi gâter un peu. Je peux satisfaire le moindre de tes désirs, tu n'as qu'à parler. Je voudrais tant que tu sois heureuse... Tu me troubles et je suis amoureux de toi depuis le premier jour où je t'ai rencontrée... »

L'homme berçait la jeune femme qui ne réagissait pas à ses paroles et paraissait être dans un autre monde. Ils restèrent ainsi un long moment ; puis, Solange se reprit, sécha ses larmes et s'éloigna du guérisseur.

« Excusez-moi, je suis tellement malheureuse que je me suis donnée en spectacle, mais je vous jure que ça ne se renouvellera plus.

— Mais non, ma chérie, j'ai très bien compris que tu te sens très seule et que tu cherches un ami. Il n'y a pas de mal à ça. Personne n'en saura jamais rien. Si tu veux, je peux faire des miracles pour toi. »

Complètement revenue à elle, Solange se tourna vers l'homme :

« Monsieur, vous vous trompez de personne. Je crois que vous faites erreur.

— Pourtant, tout à l'heure, balbutia-t-il, tu étais dans mes bras !...

— Comme j'aurais été dans les bras de mon père, répliqua-t-elle avec colère.

— Je ne suis pas ton père. Je voudrais être bien plus pour toi.

— Monsieur, n'oubliez pas que j'ai un mari.

— Après trois ans, que crois-tu que fait ton mari ? Les hommes sont incapables de tenir si longtemps sans…

— Taisez-vous ! Vous n'êtes qu'un coureur ; moi, je suis une femme fidèle.

— Si fidèle qu'elle s'est laissé embrasser par le premier homme qui lui a parlé tendrement.

— Vous ne m'avez pas embrassé ?

— Si, ma chère, et je recommencerai à la première occasion.

— Je le dirai à Marie !

— Chiche ! Tu n'oseras pas ! »

Il se leva pour partir et Solange pensa qu'il disait vrai : jamais, elle n'oserait avouer à personne son instant d'abandon.

11

Une rencontre

Le temps passa encore et le printemps vint refleurir les haies. Dans le village, on parlait, à mots couverts, de maquisards et d'attentats. Quelques jeunes gens qui auraient dû partir en Allemagne pour le travail obligatoire, S.T.O. comme on disait, avaient préféré quitter leur famille et s'en aller, on ne savait où, rejoindre le maquis.

Cet après-midi-là, Antoine était parti avec ses vaches, alors que la chaleur était un peu tombée. Il n'était pas content du tout, car Denise avait eu le droit de rester à la maison où se passait une étrange opération. Une cousine de sa mère, habitant Lanuéjols et qui travaillait à Mende, était venue en compagnie de sa mère, tante Lucette, apprendre à Solange à fabriquer des macaronis.

Le petit garçon avait prié et supplié pour qu'on le laissât regarder cet exploit, mais sa mère n'avait pas cédé. La grand-mère Marie qui pourtant était curieuse d'assister à cette fabrication avait bien proposé, du bout des lèvres, de le remplacer, mais sa mère était restée inflexible : il devait aller garder, il irait garder !...

Il était donc parti, sans un mot, retenant à grand-peine ses larmes, derrière les vaches lentes et pesantes, ignorant les sauts de Lébrou, son chien qui lorgnait vers le sac du goûter qu'il portait à la main. Même la perspective d'un bon goûter ne le consolait pas ; pourquoi l'avait-on éloigné alors que Denise était restée, elle ? Ce n'était pas juste, les filles étaient toujours les chouchous !... Elles faisaient des manières, pleuraient tout le temps et tout le monde les écoutait... Quant à lui ou son copain Nanard, ils étaient obligés de travailler sous prétexte qu'ils étaient les plus âgés !... Ah non, ce n'était pas juste, ce n'était pas juste !...

Cependant, au pas lent des animaux, il se dirigeait vers le Piboul. Le chemin montait et le soleil se faisait un malin plaisir de les arroser de ses rayons. Quand ils atteignirent le champ, les vaches s'égaillèrent à droite et à gauche tandis que le garçonnet, après leur avoir jeté un regard distrait, commençait à grimper au premier cerisier qu'il avait rencontré.

Tout à coup, Lébrou se mit à aboyer si bizarrement qu'Antoine descendit de son arbre. Sur le chemin, il aperçut trois hommes qui approchaient. Il eut envie de se cacher, mais il était trop tard. Une peur incompréhensible le prit et il se serait sauvé en courant s'il n'avait reconnu son cousin Clément. Celui-ci vint vers lui et demanda :

« Alors, Antoine, tu gardes les vaches ? »

Trop intimidé pour répondre, le gamin garda le silence. Le chien avait reniflé Clément mais il grondait encore en tournant autour des deux autres et menaçait d'aboyer à tout moment.

« Fais taire ton chien », ordonna Clément.

Plus à l'aise, Antoine se retourna vers la bête et lui cria en patois :

« *Lèbrou, biou, taiso-ti !* »

Le chien se tassa sur lui-même et se tut tout en observant les nouveaux venus d'un sale œil.

« Dis-moi, Antoine, dans ton sac, tu as ton goûter ?

— Oui, répondit le garçonnet en lui tendant le sac, tu as faim ?

— Non, pas moi, mais mes compagnons oui. Tu voudrais bien le leur donner.

— Si tu veux. Je crois qu'il y a du fromage et de la confiture.

— C'est bon. Ils vont partager. »

Il sortit les provisions du sac et les tendit aux deux hommes qui murmurèrent un « merci » avec un accent si prononcé qu'Antoine eut du mal à comprendre.

« Tu sais, reprit Clément alors que les deux autres mordaient à belles dents dans le pain frais et que le garçon les contemplait avec un vague sentiment de regret, tu sais, il ne faudra dire à personne que tu m'as rencontré et surtout qu'il y avait deux hommes avec moi. Tu es grand. Quel âge tu as ?

— Huit ans, répondit l'enfant. Tes copains, c'est des maquisards ?

— Chut, n'en parle à personne.

— À maman, je peux le dire ? »

Clément hésita un instant :

« À ta maman, oui, même à Agnès. Mais n'en parle pas à ta mémé et surtout pas au guérisseur qui vient chez vous.

— Celui-là, je l'aime pas !... »

Son cousin sourit, rendit le sac et, faisant un salut, s'éloigna avec ses compagnons vers le bois de pins qui surplombait le Devez.

Antoine courut rattraper ses vaches qui avaient fait bien du chemin malgré leur lenteur. Il regrettait un peu la belle tartine de confiture de framboises – sa préférée – mais il était fier d'avoir nourri des maquisards !… Il se demanda s'ils allaient coucher dans les bois : cela le fit frémir et lui fit un peu peur. Il s'imagina couché sous les arbres en compagnie des renards, des chenilles et des crapauds et cela le fit trembler : c'était quand même un drôle de métier que d'être maquisard !… Il pensa à sa mère, à tante Lucette et à sa fille qui faisaient des macaronis et il se dit qu'il savait un secret autrement plus important que toute leur fabrication et qu'il ne le dirait à personne. Pas même à sa mère puisqu'elle n'avait pas voulu le garder près d'elle pour assister à cette opération !…

Toute la soirée, son esprit revenait sans cesse vers Clément et ces hommes postés dans le grand bois, au-dessus de sa tête. Il observa la forêt comme il ne l'avait jamais fait auparavant, mais il n'y décela aucun mouvement. Finalement, quand le soleil commença sa lente descente, il trouva que la soirée avait passé très vite. Dans le crépuscule mauve, il rentra ses vaches, les faisant boire en passant à la rivière et, les laissant au soin d'Agnès, il courut à la maison, croyant y trouver des boîtes de macaronis.

Quand il parvint à la cuisine, tante et cousine étaient parties et la pièce avait repris son aspect habituel.

« Ils sont où les macaronis ? » demanda-t-il à sa grand-mère.

Solange, qui descendait l'escalier, répondit :

« Viens voir. »

Il la suivit à la souillarde où, sur de larges planches, étaient étalés de longs rubans étroits que leur couleur, d'un jaune sale, rendait peu appétissants.

« C'est que ça !… murmura-t-il déçu.

— Que ça ? Dis donc, il y en a pas mal, et tu seras bien content de les manger !

— Moi, j'ai vu comment on les faisait, lança sa sœur fière de sa supériorité.

— Ben moi, j'ai… »

Il s'arrêta à temps : il n'allait pas confier un secret

de cette importance à cette pimbêche de fille !... Sa mère l'observait attentivement :

« Elle était bonne la confiture ? demanda-t-elle.

— Je ne sais pas.

— Comment, tu ne sais pas ? Tu ne l'as pas mangée ?

— Si, si bien sûr. Oui, elle était bonne. »

Solange n'insista pas mais comprit que quelque chose s'était passé.

Le soir, quand elle monta dans sa chambre, Denise dormait déjà, mais Antoine, les yeux grands ouverts, fixa sur sa mère un regard apeuré. Solange s'assit près du lit et posa un bras derrière la tête du garçonnet.

« Alors, demanda-t-elle, raconte-moi ce qui s'est passé au Devez ? »

Sans se faire prier, Antoine lui parla de sa rencontre avec Clément et les deux autres et pourquoi il ne pouvait savoir si la confiture était bonne. La mère sourit sans répondre.

« Tu crois, maman, que c'était des maquisards ? demanda-t-il pour terminer.

— Probablement. C'est pourquoi Clément t'a dit de ne pas en parler.

— Mais à toi, je peux le dire. Et Clément, c'est un maquisard aussi ? »

Solange se tut un instant. Il y avait longtemps qu'elle avait deviné les activités secrètes du jeune homme. Il venait souvent les aider mais, certains jours, s'absentait sans raison. Elle avait fini par comprendre son appartenance à la Résistance. Elle ne répondit pas directement à son fils, mais lui recommanda le secret absolu même vis-à-vis de ses copains.

« C'est très dangereux, lui expliqua-t-elle, les maquisards risquent leur vie. Et si tu parlais, nous aussi, nous aurions des ennuis. »

Le garçon, satisfait de ces explications et content de s'être déchargé de son secret, ne tarda pas à s'endormir.

Les jours suivants, comme à l'accoutumée, Clément vint aider à la ferme. On était en pleine fenaison, l'air embaumait les foins des longs andains qui séchaient au soleil de juin. De tous côtés, montait la chanson ininterrompue des chars dont les roues ferrées grinçaient sur les cailloux des chemins.

Juchée sur le char, Agnès arrangeait du mieux possible les lourdes fourchetées de foin que lui passait son frère. Solange passait le râteau derrière lui. Denise et Antoine, en compagnie de leur grand-mère, chargés comme toujours de faire fuir les mouches et les taons qui énervaient les bœufs, s'amusaient à sauter dans le foin tandis que Marie restait seule avec son rameau à la main.

Pourtant, Antoine n'y prenait plus le même plaisir qu'avant. Du coin de l'œil, il surveillait Clément qui faisait mine de ne s'apercevoir de rien. Fourchetée après fourchetée, il dépouillait le pré de sa parure parfumée, sans hâte, occupé à serrer le foin pour faire le moins de voyages possible, il ne disait mot et ne paraissait pas remarquer les enfants qui papillonnaient autour de lui.

« Allez, les enfants, écartez-vous, vous nous gênez, leur disait Solange.

— Laisse-les, ripostait Clément, il faut bien qu'ils s'amusent. »

Antoine, alors, se planta face au jeune homme, persuadé qu'il allait lui parler, lui révéler où il avait laissé les deux hommes qui avaient mangé son goûter. Mais Clément passa, lui sourit mais ne dit mot.

Le garçonnet était à la fois déçu et secrètement ravi d'être le seul, avec sa mère, à connaître le secret du cousin. Alors que tous ne voyaient en lui qu'un faneur comme les autres, lui, il savait que c'était un maquisard et il en concevait une grande fierté.

Quand le char fut rempli, on le ficela comme une saucisse ; Clément aida Agnès à mettre pied à terre. Elle s'ébrouait, s'éventait avec son chapeau de paille et passait sur sa figure, rouge de sueur, un mouchoir poussiéreux.

« Qu'il fait chaud », gémit-elle en buvant une longue

rasade d'eau tiède à la gourde pendue à la branche basse de l'arbre le plus proche.

Et puis, tous ensemble, ils reprirent le chemin du retour. Des sauterelles aux ailes bleues, jaunes ou vertes s'enfuyaient à leur passage. Les enfants s'amusaient à courir pour voir se lever leur vol comme un nuage soulevé par le vent. Lébrou les suivait et happait en courant quelque insecte qu'il mastiquait d'un air satisfait.

C'était Clément qui conduisait l'attelage. Quand on arriva au chemin, Antoine se faufila à l'avant et marcha près du jeune homme d'un pas décidé. Il lui semblait qu'un peu de la gloire du cousin rejaillissait sur lui et il en sifflotait de bonheur. Arrivés à la ferme, Clément fit reculer les bœufs dans la grange. On déficela le char et le foin fut dispersé.

Les deux enfants, ivres de parfums, de poussière, de fatigue et de sueur, se roulaient dans le foin et Antoine oubliait, pour un temps, sa rencontre avec les maquisards.

12

L'Espagnol

La guerre continuait. Les soldats d'origine arménienne, stationnés sur le causse de Mende, descendaient dans la vallée. Ils venaient quêter une douzaine d'œufs ou un poulet pour améliorer leur ordinaire. Les gens les regardaient plutôt avec sympathie alors qu'ils détestaient les soldats allemands.

Un jour, deux soldats arméniens entrèrent à la ferme alors que Marie se trouvait seule. Ils lui demandèrent du pain et un peu d'eau. Marie leur donna ce qu'ils demandaient. Tout le village était habitué à les voir déambuler dans les rues. La vieille femme savait qu'ils n'étaient pas méchants, mais elle ne pouvait s'habituer à leur présence et à leur uniforme. Pour elle, ils étaient responsables de la captivité de son fils.

Ce jour-là, les deux soldats burent et s'attardèrent alors que Marie ne souhaitait qu'une chose : les voir déguerpir !... Mais ils ne bougeaient pas. Ils étaient là, debout, au milieu de la cuisine, attendant elle ne savait quoi. Et puis, brusquement, l'un d'eux se décida :

« Habits », prononça-t-il dans son français hésitant...

Devant l'incompréhension de la vieille femme, il insista :

« Donner habits, partir...

— Toi, ma maman », reprit son collègue.

Marie comprit : elle avait souvent entendu parler de désertion. Ces soldats arméniens, enrôlés de force dans les armées du Reich, cherchaient, maintenant qu'ils sentaient la défaite proche, à quitter l'armée. Certains, paraît-il, avaient rejoint le maquis. Marie fit non de la tête :

« Je ne peux pas, pas d'homme à la maison.

— Vieux habits, tant pis.

— Je n'en ai pas », reprit-elle, priant Dieu qu'ils n'exigent pas de fouiller la maison et ne tombent sur la garde-robe de Jules.

Les deux hommes partirent à regret juste au moment où Agnès arrivait.

« Que voulaient-ils ? demanda-t-elle.

— Ils voulaient des habits pour déserter, répondit Marie qui en tremblait encore.

— C'est dangereux. Vous vous rappelez l'histoire de Marguerite du Lac ? Elle en a donné à des Arméniens en fuite. Ils ont été rattrapés et ont donné son nom. Elle a été amenée à la Kommandantur et n'a été libérée que grâce à Lise, son ancienne voisine, qui marchait avec un Allemand et qui l'a faite passer pour folle. Sinon, elle aurait été envoyée dans un camp, en Allemagne.

— Mon Dieu ! » gémit Marie rétrospectivement épouvantée.

La journée se termina sans encombre et, après le souper, les enfants rejoignirent leur lit. Marie ne tarda pas à monter, elle aussi, prétextant que toutes ces émotions lui avaient coupé les jambes.

On était en novembre, le temps était exceptionnellement beau. Les colchiques commençaient à s'affaisser dans les prés, mais les marguerites, les ajoncs, les pruneliers, croyant à un retour miraculeux du printemps, essayaient d'ouvrir leurs fragiles corolles aux rayons d'un soleil trompeur.

Solange et Agnès, contentes d'être ensemble et d'avoir un peu de tranquillité, tricotaient de part et d'autre de la table tout en discutant des nouvelles du pays.

Tout à coup, des coups discrets furent frappés à la porte et, presque en même temps, Clément pénétra dans la pièce, moitié portant, moitié tirant un homme de bonne taille. Les deux femmes se levèrent étouffant un cri :

« Clément..., » commença Solange.

Elle ne put continuer. Clément avait tiré une chaise et y déposait l'homme qui paraissait à bout de souffle. Il était grand et maigre. Ses cheveux hirsutes étaient recouverts d'un mélange de terre et de sang et, à travers son pantalon déchiré, on apercevait une blessure avec du sang séché.

« Où pourrions-nous l'amener pour le soigner ? demanda le jeune homme alors que les deux femmes gardaient le silence. Il faut partir d'ici, expliqua Clément. Il ne s'agit pas que les Allemands nous trouvent chez vous. »

Solange réagit la première :

« Emmène-le à la maisonnette, personne n'y va jamais. »

La maisonnette était, comme l'indiquait son nom, une toute petite maison abandonnée depuis des années. Elle se composait de deux pièces superposées : une cuisine tout en longueur dont une cheminée noircie par la suie couvrait tout un pan. Des tas de paille l'encombraient de toutes parts. Un escalier en bois grimpait vers le haut où se trouvait ce qui avait été une chambre, autrefois. Une immense armoire, dont on avait enlevé les étagères, tenait lieu de grenier. On y entreposait le grain des poules et l'on plaçait des planches pour tenir le grain. De la paille ici aussi était répandue çà et là avec quelques paillassons et sacs de jute abandonnés. Le tout était envahi de poussière et de toiles d'araignées que l'on enlevait à peine, une fois l'an, au moment des battages.

Quand Solange parla de la maisonnette, Agnès réagit :

« Comment veux-tu que quelqu'un reste dans cette saleté ?...

— Justement, personne n'aura l'idée d'aller y voir. »

Clément les regarda l'une et l'autre :

« C'est pour le soigner, mais il devra y vivre un certain temps avant que sa blessure soit cicatrisée. J'avais pensé que vous pourriez aussi lui porter à manger. Je l'avais amené pour le mettre au grenier, mais la maisonnette me paraît encore mieux.

— Au grenier, reprit Solange, mais tu n'y penses pas !... Toute la maison serait au courant, y compris les enfants...

— Les enfants sont capables de garder un secret, répondit Clément en souriant.

— Je ne veux pas les mêler à ça, c'est trop dangereux », intervint l'homme.

Pendant cette conversation, il paraissait beaucoup souffrir. Agnès se leva et alla chercher de l'eau oxygénée, de la teinture d'iode et un tube de cachets d'aspirine.

« C'est tout ce qu'on a, s'excusa-t-elle.

— On va commencer par désinfecter la plaie, dit Clément, mais il serait plus prudent d'éteindre la lumière.

— Comment veux-tu le soigner dans l'obscurité ? observa Solange.

— Solange, tu ne te rends pas compte que nous avons peut-être été suivis et qu'ils vont fouiller les maisons. S'ils voient de la lumière, ils vont entrer et, alors, je ne donne pas cher de notre peau à tous. »

La jeune femme devint toute pâle et bafouilla d'une voix sans timbre :

« Tu… tu crois que les enfants…

— Non, pas vous, nous. On dira qu'on est entrés contre votre volonté… Enfin, il vaut mieux se méfier. »

Ils éteignirent la lumière et, malgré l'obscurité, Agnès parvint à nettoyer et à panser la longue estafilade qui zébrait la jambe de l'homme. La plaie était à vif et les soins devaient être très douloureux ; pourtant, à part quelques soupirs qu'il ne pouvait réprimer, le blessé n'émit pas le moindre gémissement.

Quand tout fut fini, Clément demanda :

« Vous n'auriez pas quelque chose à manger ? Mais ne restons pas ici, ajouta-t-il alors que Solange se dirigeait vers l'armoire aux provisions. Je jette un coup d'œil pour voir si rien ne bouge et je vais l'installer à la maisonnette. »

Ainsi fut fait. Ils partirent dans la nuit, munis de pain, des restes de poulet, du saucisson et du fromage. L'homme avait du mal à se tenir debout et il boitait bas. Clément prit la clé que lui tendait Solange et ils disparurent dans l'obscurité.

Restées seules, les deux femmes ne rallumèrent pas la lampe. Elles guettaient les différents bruits de la nuit, s'attendant, à tout moment, à entendre des pas, des cris et des coups de feu, mais rien ne se produisit. Seuls les chiens du village aboyaient de concert au passage des deux intrus et elles pouvaient suivre leur progression à travers toute la rue.

Les minutes s'écoulaient. Les deux femmes n'osaient parler. Elles chuchotaient seulement, se demandant comment elles pourraient ravitailler le maquisard au nez et à la barbe du village. Les femmes, c'était bien connu, étaient curieuses de nature, mais, depuis la guerre, cette curiosité s'était exacerbée. Tout le monde surveillait tout le monde et certains n'hésiteraient pas, pour toucher quelques sous, à dénoncer leurs voisins. Solange en était certaine ; c'est ce qu'elle expliquait à mi-voix à Agnès quand Clément revint.

Il ralluma la lumière, leur recommanda de reprendre leur ouvrage et s'installa près d'elles comme s'il avait passé toute la veillée à la maison. Pourtant, elles remarquèrent que ses mains tremblaient et que son visage affichait une pâleur impressionnante, mais aucune des deux n'osa l'interroger.

Précautions inutiles : tout paraissait calme. Même les chiens s'étaient tus. Tout en se roulant une cigarette, il leur parlait à mi-voix :

« Il faudra mettre Marie au courant. Le matin, quand tu iras chercher le grain des poules, Agnès, tu lui porteras des provisions et, si tu peux, il faudra lui refaire son pansement. Pour le reste, il se dérouillera tout seul. Il ne sortira que la nuit et, quand il sera guéri, il partira.

— S'il ne guérit pas tout de suite, comment feronsnous ? On est en novembre, il va bientôt faire froid. »

Clément haussa les épaules :

« Apportez-lui quelques couvertures, ça suffira. Ah, j'oubliais, c'est un Espagnol. Il comprend le français, mais le parle très mal et il n'est pas très causant. Alors, ne sois pas étonnée s'il ne te parle pas.

— Ça m'est égal, répondit l'intéressée.

Le lendemain matin, quand les enfants furent partis à l'école, Solange mit sa belle-mère au courant de l'arrivée de l'Espagnol.

— Sainte Vierge Marie, gémit la vieille femme, qu'allons-nous en faire ?

— Il ne faut rien changer à nos habitudes et surtout n'en parler à personne ni aux enfants. »

Marie n'était pas convaincue :

« Mais ils s'apercevront vite qu'il se passe quelque chose !...

— Non, mais il faut être très prudentes et surtout bien tenir sa langue. Ah, une chose, reprit Solange, il y en a un qui doit tout ignorer, c'est le guérisseur. Il est dangereux.

— Mais tu rêves, ma pauvre fille, répliqua Marie en colère, c'est le seul qui soit assez sage pour nous aider !...

— Ma tante, s'interposa Agnès, vous ne vous êtes pas aperçue qu'il est le seul à ne pas s'être réjoui de l'arrivée de Clément ? Il parle toujours de la racaille du maquis et dit du bien des Allemands, c'est un collaborateur. Il faut faire attention de ne pas trop parler devant lui.

— Je crois qu'on ne devrait pas l'attirer comme on le fait à la maison », renchérit Solange, il nous fera arriver des ennuis.

Marie les écoutait sans rien dire, prenant lentement conscience qu'elle avait mis sa confiance en cet homme et elle constatait, aujourd'hui, qu'il ne la méritait pas. Elle avait longtemps cru qu'il ferait revenir son fils et elle s'était trompée... Mais il parlait si bien et il était un partisan de l'ordre...

Elle sentit des larmes de dépit lui monter aux yeux et interpella vivement les jeunes femmes :

« Vous pouviez pas me le dire au lieu de me laisser lui raconter ma vie !...

— Justement, il sait que vous l'écoutez, alors continuez à le lui laisser croire, mais ne lui révélez rien au sujet de l'Espagnol.

— Ça va être commode, tiens, il va deviner tout de suite que je lui cache quelque chose !

— Non, si vous lui parlez comme vous le faisiez avant. »

La vieille femme haussa les épaules : elle était complètement perdue. Elle avait vécu la guerre de 14-18, mais elle avait été sans commune mesure avec celle-ci. En 14, les soldats faisaient la guerre et, à l'arrière, les civils n'avaient aucun état d'âme : ils étaient tous derrière les combattants. Maintenant, il y avait les Allemands d'un côté, les maquisards de l'autre et on ne savait qui avait raison.

Auguste Pilot était un monsieur et l'Espagnol, d'après la description de Solange, n'était qu'un pauvre bougre…

Certes, des Espagnols, il y en avait en Lozère. Après la guerre d'Espagne, Franco avait fait la chasse à tous les hommes ayant combattu dans les rangs des républicains, les « rouges » comme on les appelait. Beaucoup s'étaient réfugiés en France et avaient été parqués dans les Pyrénées. D'autres, ayant passé clandestinement la frontière, avaient gagné des régions pauvres et montagneuses travaillant pour un salaire de misère dans les usines ou les exploitations agricoles. En Lozère, certains se louaient au jour le jour et quand la France avait été envahie, ils avaient rejoint le maquis pour fuir la déportation.

Marie soupira. Elle ne s'y connaissait pas trop en hommes mais aurait choisi Auguste Pilot. Elle se tut et décida de ne se mêler de rien…

13

Doutes

Au début, tout se passa bien. Dès le matin, Agnès partait chercher le grain des poules avec un grand seau où elle cachait le pain, le saucisson, le fromage, une bouteille d'eau et de la charpie pour panser la plaie de l'Espagnol.

Les premiers jours, couché sur sa paillasse, il regardait arriver la jeune fille avec beaucoup d'appréhension. Pourtant, Agnès s'efforçait de nettoyer la plaie le plus délicatement possible. L'Espagnol gémissait mais ne disait mot.

« Je ne vous fais pas mal ? » demandait-elle.

Seul un grognement lui répondait. Elle laissait les provisions, emportait le linge souillé, bien caché au fond du seau, y versait par-dessus le grain pour la volaille et se dirigeait vers la basse-cour.

Solange était trop accaparée par les enfants, c'était toujours Agnès qui se chargeait de l'Espagnol. Les deux femmes tremblaient qu'on ne découvre l'homme. C'était la prison assurée et, peut-être, la déportation vers un de ces camps dont on parlait à demi-mot.

Le pays bougeait. On apprenait que çà et là il y avait eu des attentats et des représailles allemandes. Les Arméniens stationnés au causse étaient consignés et on les sentait nerveux : il se passait quelque chose.

Le guérisseur vint chercher sa ration de fromage et d'œufs que Marie lui donna le cœur lourd. Solange, Agnès et Clément lui avaient tant recommandé la prudence envers cet homme qu'elle n'osait presque plus lui parler. Auguste Pilot s'en aperçut :

« Marie, lui dit-il, vous me semblez nerveuse. Que se passe-t-il ?

— Rien, rien…, » balbutia la vieille femme.

Puis, elle s'enhardit :

« Vous m'aviez laissé espérer un retour rapide de mon fils et je ne vois rien venir !…

— Oui. Je pensais qu'avec la relève on aurait pu le faire revenir, mais vous savez comme moi que cette opération a été un échec. Les jeunes préfèrent partir pour le maquis où ils risquent leur vie que d'aller travailler dans les usines allemandes. »

Comme Marie le regardait en silence, il se mit en colère :

« Tout le monde nous abandonne, même vous ! Vous ne faites plus confiance au Maréchal, un homme qui a sacrifié sa vie à la France… Vous préférez admirer les voyous qui paradent sur des voitures le plus souvent volées et qui mettent le pays à feu et à sang. »

Marie se taisait toujours. Alors, le guérisseur se leva, saisit la vieille femme par les épaules et la secoua sans ménagement :

« Qu'y a-t-il, Marie, vous me regardez comme si j'étais le diable ? Vous n'avez plus confiance en moi ? »

La pauvre femme tremblait comme une feuille et, si l'homme avait insisté, elle lui aurait révélé l'existence de l'Espagnol. Heureusement pour elle, Solange entra à ce moment et s'arrêta interdite devant cette scène.

Le guérisseur retira vivement ses mains et recula de plusieurs pas en s'excusant :

« Je ne sais ce qu'a votre belle-mère aujourd'hui, elle me traite comme un ennemi.

— Que lui avez-vous dit pour qu'elle soit si bouleversée ? demanda la jeune femme inquiète.

— Elle voudrait une chose que je ne puis obtenir, la libération de votre mari… »

Un lourd silence tomba. À la fin, l'homme s'adoucit, ouvrit les mains en signe d'impuissance et expliqua lentement, en martelant les mots :

« Madame Maurel, vous savez bien que j'ai tout fait pour vous. J'ai usé de tout mon pouvoir pour savoir où était votre fils et comment se passait sa captivité. Mais je ne peux le faire revenir contre son gré.

— Contre son gré ? Que voulez-vous dire ? cria Solange.

— J'ai voulu dire ce que j'ai dit. À la fin, vous êtes exaspérantes l'une et l'autre !… Je ne suis pas Dieu, mon pouvoir a des limites et votre mari ne collabore pas.

— Jules, mon fils, est mort !…, » cria Marie.

Elle s'effondra sur la table pleurant à gros sanglots.

« Vous voyez ce que vous faites, protesta Solange.

— Votre fils n'est pas mort, madame Maurel, il ne veut pas revenir ici, c'est tout.

— Quoi ? » fit Solange en bondissant vers l'homme. Elle le saisit par le revers de sa veste.

Incapable de parler, elle le regardait. Il fit un geste pour lui poser la main sur l'épaule mais elle le repoussa.

« Dites-le, dites-le encore une fois que Jules ne veut pas revenir et je vous mets à la porte. »

Les yeux flamboyant de colère, elle n'avait jamais été aussi belle. Ses cheveux dénoués s'étalaient dans son dos et brillaient d'un éclat doré, ses joues empourprées avaient le velouté d'une rose, tout son corps était tendu prêt à se jeter sur cet homme qui brisait tous ses rêves.

Auguste Pilot contempla cette femme que la colère rendait si désirable et l'idée de détruire tous ses espoirs devint encore plus forte.

« Solange, reprit-il plus doucement, ne vous mettez pas en colère, je suis aussi malheureux que vous de ce qui vous arrive : votre mari travaille. Il s'est adapté à son nouveau pays et s'y trouve bien. C'est la meilleure chose…

— Jamais, coupa la jeune femme, mon mari m'aime, il aime ses enfants et il ne nous a pas oubliés. »

Auguste eut un sourire qui acheva de mettre Solange en fureur.

« Vous aimeriez bien que cela soit. Vous croyez que je n'ai pas compris votre petit jeu !… Vous avez inventé cette histoire abominable pour que je sois désespérée et que je vienne pleurer dans vos bras et alors vous me consoleriez. Sachez que vous vous êtes trompé. Je suis une femme honnête, moi, monsieur ; et ce n'est pas vos mensonges qui m'écarteront du droit chemin. »

Elle fit un pas en arrière et revint vers sa belle-mère qui pleurait toujours.

« Ne vous faites pas de soucis, maman, cet homme ment. Jules n'est pas mort et il ne nous a pas oubliées. »

Le guérisseur haussa les épaules et se dirigea vers la porte en disant :

« Pauvres gourdes !… Il n'y a pas pour beaucoup de temps que vous me rappeliez !…

— Compte là-dessus », répliqua Solange avant qu'il ne claque la porte.

Demeurées seules, les deux femmes restèrent silencieuses. Marie, appuyée à la table, s'était un peu calmée ; Solange ruminait son amertume.

La conversation avec le guérisseur l'avait ébranlée même si elle s'était défendue bec et ongles. Le doute s'était insinué dans son esprit : les lettres de Jules étaient si courtes et si impersonnelles qu'elles auraient pu s'adresser à n'importe qui. Bien sûr, il y avait la censure, mais tout de même. Pourquoi ne glissait-il pas un mot d'amour qu'elle aurait découvert entre les lignes ?

Le fiancé de Marguerite, la sœur de Raphaël, lui envoyait des feuilles de chêne sur lesquelles il avait gravé son prénom : *MARGUERITE.* Elle ne savait comment il procédait, mais elle les avait montrées à bien des gens qui en béaient d'admiration. Tout le monde en parlait dans la commune… Elle, Solange, n'avait jamais reçu un terme affectueux !… Il est vrai qu'elle était sa femme, la mère de ses enfants et qu'ils ne s'amusaient plus à de tels enfantillages comme de jeunes amoureux…

Solange soupira, regarda sa belle-mère et déclara :

« Allez, oubliez ce qu'il a dit. C'est un méchant homme.

— Non, ce n'est pas un méchant homme ; c'est moi qui ai eu peur. Toutes ces histoires me montent à la tête. Tu te figures, si on nous dénonçait !…

— Personne ne sait qu'on cache un maquisard. Si vous ne dites rien, nous nous en sortirons.

— Je sais, mais le guérisseur m'a fait peur. J'ai été à deux doigts de parler.

— Mais, ça ne va pas !… On aurait jamais dû vous le dire… J'ai bien fait de le mettre dehors, ce guérisseur. Je crois qu'il vous fait plus de mal que de bien.

— Non, il reviendra, continua doucement Marie, il a trop besoin de nos provisions. Et puis, j'ai besoin de le voir. Je me sens mieux.

— Mais vous venez de me confier qu'il vous faisait peur !…

— Il me fait peur, mais j'ai besoin de ses remèdes.

— Pour ce qu'il vous fait !...

— Il me fait du bien. Depuis que je le vois, ça va mieux. »

Solange ne répondit pas. Justement les enfants revenaient de l'école, jetaient leurs cartables sur une chaise et couraient dans la maison.

« Arrêtez, cria leur mère, vous me donnez mal à la tête !...

— Maman, commença Denise, on a rencontré le guérisseur.

— Oui, l'interrompit son frère, et il voulait savoir qui il y avait à la maison.

— Et que lui avez-vous répondu ?

— Il n'y a que nous à la maison, sauf Clément qui vient nous aider de temps en temps.

— Il nous a aussi demandé si on se souvenait de notre papa.

— Quoi !... Mais de quoi se mêle-t-il ? Je vais aller lui dire deux mots.

— Calme-toi, répliqua Marie. Je me demande pourquoi il s'intéresse tant à Jules. »

« Moi, je le sais, pensa Solange, et si vous le saviez, vous ne l'attireriez pas tant à la maison. » Mais elle resta silencieuse.

« Alors, maman, on goûte pas aujourd'hui ? lança Antoine, le plus gourmand des deux. »

La jeune femme se secoua : elle n'avait pas le temps de penser aux paroles sibyllines du guérisseur, ses enfants se rappelaient, à leur façon, à son souvenir.

Comme un automate, elle se dirigea vers le dressoir, sortit la grosse miche et la motte de beurre et commença à leur faire des tartines.

« C'est la dernière, prévint-elle, il faudra cuire un de ces jours.

— Déjà !... » s'exclama Marie.

Elle comprit son erreur et mit sa main sur sa bouche comme pour en arrêter le débit. Heureusement, les deux enfants, affamés, ne remarquèrent rien.

À ce moment-là, Clément entra boire son café. Il était soucieux et s'adressa aux enfants :

« Que vous demandait le guérisseur, sur la place ? »

Solange le mit au courant et il demeura silencieux.

Avant de faire leurs devoirs, Denise et Antoine voulurent aller voir les petits chiots que la chienne Cane allaitait dans la grange.

Pendant leur absence, la jeune femme fit part à son cousin de son inquiétude : Marie avait failli parler ; le guérisseur se doutait de quelque chose et les enfants, dans leur innocence, pourraient les compromettre sans le vouloir…

« Je sais que tout cela est dangereux, convint Clément, mais l'Espagnol n'est pas encore assez valide pour reprendre le maquis. Sitôt qu'il ira mieux, il disparaîtra, ne vous en faites pas. D'ici là, il faut se taire et faire comme si de rien n'était.

— J'ai peur, j'ai peur », soupira la vieille femme.

Agnès entra à son tour. Mise au courant, elle confirma que l'Espagnol n'était pas encore guéri malgré la cicatrisation rapide de sa blessure. Clément sortit en promettant d'envoyer les deux chenapans qui n'étaient pas revenus à leurs leçons. Marie le suivit. Agnès dit alors :

« Le guérisseur n'a dit cela que parce qu'il veut que tu marches avec lui.

— Je le croyais aussi. Mais tu sais, Agnès, bientôt quatre ans. C'est long !… Peut-être que Jules m'a oubliée.

— Mais non, quelle idée !…

— Jamais il ne met un mot doux dans ses lettres. J'ai peur. »

La jeune femme se tenait debout, le regard fixe et des larmes roulaient silencieuses sur ses joues.

« S'il m'a oubliée, je le tue », fit-elle dans un souffle.

La porte s'ouvrit et les deux gamins entrèrent en trombe.

« Cane a fait trois chiens. On les gardera, dis, maman ? »

Solange se retourna pour cacher ses larmes, prise d'une providentielle quinte de toux.

« Nous verrons. Maintenant, à vos leçons », finit-elle par dire.

14

Un nouvel amour

Tous les matins, Agnès partait avec son seau, mine de rien. Elle soignait et nourrissait l'Espagnol, croyant qu'elle était la seule avec Clément, Solange et Marie à connaître sa présence et sa cachette. Les journées s'écoulaient comme à l'ordinaire ; le travail dans les champs se faisait moins pressant, mais le hasard des labours et des semailles remettait souvent la jeune fille en présence de Lucien. Depuis que Clément participait aux travaux de la ferme, les jeunes gens se voyaient moins, c'était un soulagement pour Agnès pour laquelle cette liaison commençait à peser. Elle se disait qu'elle avait été folle et imprudente de se laisser séduire par un homme qu'elle n'aimait pas et marié en plus !... Elle était heureuse de l'éloignement qui semblait se produire, maintenant que l'automne engourdissait le pays. Lucien, au contraire, rageait de voir s'éloigner sa conquête. Il était fou amoureux de la jeune fille et, pour elle, délaissait sa femme et négligeait ses trois enfants. Il brûlait d'une jalousie féroce qui le portait à suspecter tout le monde, même Clément, le propre frère d'Agnès. En cachette, il épiait la jeune fille pour voir si elle n'avait d'autres amants que lui.

En cette fin novembre, alors que les dernières feuilles s'envolaient au bras du vent d'autan, Lucien s'aperçut qu'Agnès lui échappait. Ils s'étaient retrouvés, plusieurs fois, et la jeune fille lui avait signifié sa volonté de rompre.

« Ça ne va nous mener à rien ; moi, je ne veux pas continuer », lui avait-elle avoué, à bout de patience alors qu'il la suppliait de lui accorder un rendez-vous.

Il eut beau lui promettre monts et merveilles, elle se refusa à lui. Il était dans une rage folle et décida de la surveiller plus attentivement car il était persuadé qu'elle avait un autre amoureux. Le village était plutôt tranquille et il ne voyait aucun homme dont elle ait pu s'amouracher : les jeunes se cachaient ou étaient prisonniers, il n'y avait que le guérisseur, le seul homme qui fréquentait les Maurel…

Pourtant, Agnès ne le portait pas dans son cœur. Elle n'en disait que du mal et regrettait que sa tante ait une telle confiance en lui.

Les premiers temps de sa surveillance, il ne remarqua rien de suspect. Il faillit même se faire surprendre par sa femme alors que, du *fenestrou* de la cave, il observait la jeune fille en grande conversation avec Albert Dussol qui faisait boire ses vaches.

Cependant, Agnès, ignorante de la surveillance dont elle était l'objet, commençait ses journées par sa visite à l'Espagnol. Au début, l'homme souffrait beaucoup et la séance des pansements était une corvée pour l'un comme pour l'autre. Mais, au fil des jours, la robuste constitution du jeune homme reprit le dessus ; la plaie devint moins douloureuse et, sous les compresses quotidiennes, commença à sécher et à sc cicatriser. Malgré la barrière de la langue, les deux jeunes gens arrivèrent à se comprendre. Agnès ne fut pas insensible au charme viril qui se dégageait de son patient.

L'homme n'était pas très grand. Il avait un teint hâlé et une chevelure noire qui aurait eu besoin d'un bon coup de tondeuse. Ses yeux de braise se faisaient caressants quand ils se posaient sur la jeune fille. Plusieurs fois, leurs mains se frôlèrent et ils s'écartèrent l'un de l'autre comme pris en faute. Agnès rougit et lui fit un sourire tremblant que l'homme reçut comme un cadeau.

« M'appelle Pedro, murmura-t-il.
— Moi, Agnès. »

Ce fut tout. Elle se pencha pour terminer le pansement. Mais ses mains refusaient de lui obéir et elle dut s'y reprendre à plusieurs fois pour le terminer. Quand elle eut fini, elle sortit les provisions du seau, les posa sur une planche et remit les linges souillés à leur place.

Elle s'apprêtait à aller remplir le seau de grain quand Pedro se leva et vint à son côté.

« Merci, fit-il, merci pour tout. »

Il la prit dans ses bras et la tint enlacée contre lui. Il n'essaya pas de l'embrasser mais ils restèrent longtemps, serrés l'un contre l'autre, leurs cœurs battant à un rythme fou.

Agnès se dégagea la première. Elle reprit son seau, s'en alla le remplir sans un mot et sortit, dans la fraîcheur du matin, pour calmer son émoi. Que lui arrivait-il ? Elle ne connaissait rien de ce garçon, c'était un étranger, un Espagnol dont on disait beaucoup de mal depuis la guerre d'Espagne. Les gens racontaient que les Espagnols qui étaient venus se réfugier en France étaient la lie de la société, qu'on les avait mis dehors parce que c'était des rouges, des révolutionnaires, la racaille du pays…

Et pourtant, ce Pedro était si calme, si beau… Il n'avait pas abusé d'elle, ne l'avait pas prise par surprise comme l'avait fait Lucien. Non, son étreinte avait été chaleureuse et chaste. Il ne l'avait même pas embrassée…

Elle en était à ces réflexions quand elle croisa Lucien. Elle ne l'aurait pas remarqué s'il ne l'avait interpellée :

« Tu es bien songeuse, ce matin ; si je ne t'avais pas parlé, tu ne m'aurais même pas vu !… »

Elle leva sur lui un visage rayonnant qui le mit, tout de suite, en alerte :

« Tu es toute drôle, et pourquoi es-tu restée tant de temps à la maisonnette ? »

Agnès se rendit compte du danger. Elle haussa les épaules et répondit :

« Je fais mon travail, comme tous les jours.

— Qui vas-tu rencontrer, chaque matin ?

— Je rencontre quelquefois des rats ou des souris, mais, aujourd'hui, je n'en ai pas vu. Et puis, je vais voir les poules. Tu es content ? »

Il comprit qu'il l'avait vexée mais ne s'excusa pas. Elle n'était pas comme à son ordinaire ; il y avait quelque chose de louche. Il devait ouvrir l'œil.

Pour Agnès, la journée passa comme un rêve. Sans cesse, ses pensées revenaient vers la maisonnette et elle se demandait ce que faisait Pedro. Pensait-il à elle ? Comment allait-elle l'aborder le lendemain ? Le soir, elle eut du mal à s'endormir et elle se réveilla au milieu de la nuit, attendant l'aube avec impatience.

Avant son départ, alors qu'elle prenait les provisions dans le placard, Solange lui demanda :

« Alors, comment va ton malade ? »

Agnès se pencha vers le fond de l'armoire pour que sa cousine ne vît pas sa rougeur et répondit :

« Il va mieux. Sa plaie se cicatrise.

— Il ne tardera pas à partir et on sera tranquilles. Je tremble qu'on le découvre. »

La jeune fille qui versait de l'eau dans une bouteille s'arrêta, interdite : c'était vrai, si Pedro allait mieux, il allait partir et il l'oublierait !...

De saisissement, elle laissa tomber la bouteille qui se brisa sur le pavé.

« Quelle maladroite tu fais, gronda Marie qui arrivait, il va falloir en chercher une autre ! »

Solange aida sa cousine à ramasser les verres. Elle la surveillait et, voyant son émoi, comprit que quelque chose s'était passé mais n'osait croire qu'Agnès se soit laissé séduire par l'Espagnol. Et pourtant, le visage de la jeune fille était un aveu : cramoisi, tout à l'heure, il tournait maintenant à la pâleur mortelle.

« Allez, file, fit-elle à sa cousine, les enfants vont se lever. »

Agnès alla chercher le seau à la réserve, y glissa provisions et charpie et s'enfuit sans se retourner.

« Elle n'est pas très dégourdie, quand même », dit Marie, inconsciente du drame qui se jouait.

Cependant, Agnès volait plutôt qu'elle ne marchait vers la maisonnette, sans remarquer la silhouette qui l'épiait à l'abri d'un muret. Elle ouvrit la porte et se dirigea vers Pedro qui, debout, l'attendait. Elle allait lui refaire son pansement quand il l'arrêta d'un geste :

« Non, je peux faire. »

Elle le regarda, hésitant à comprendre. Il lui prit le seau des mains, le posa à terre et la serra dans ses bras :

« Toi, moi, dit-il, après la guerre… »

Agnès, les yeux brillants comme des étoiles, le fixait sans pouvoir en détacher son regard.

« Après la guerre, reprit-il, je viendrai te chercher. »

Elle fit oui de la tête sans pouvoir prononcer un mot. Elle avait envie de pleurer et de rire à la fois. Elle aimait cet homme comme elle n'avait encore jamais aimé : il était son présent et son avenir : il y avait lui et elle !… Tous les autres disparaissaient dans une brume vague. Elle avait enfin un but dans la vie : elle était heureuse…

Il la raccompagna gentiment, l'aida à puiser le grain et la renvoya après un long baiser qui la laissa sans force, une fois la porte refermée. Elle prit le seau comme une automate et s'éloigna à regret de cette maison qui renfermait tout ce qu'elle aimait.

Elle n'avait fait que quelques pas quand elle vit apparaître Lucien, un sourire crispé sur les lèvres. Instantanément, elle fut sur le qui-vive : que lui voulait-il ? Pourquoi était-il là, de si bon matin ?

« Bonjour Agnès, tu es bien joyeuse ce matin ? lui demanda-t-il en la regardant droit dans les yeux.

— Bonjour, répondit-elle sans ciller, je suis comme tous les matins.

— Tu es si radieuse que je jurerais que tu rencontres quelqu'un en cachette. »

Effrayée qu'il eût pu deviner quelque chose, la jeune fille ne répondit pas mais elle rougit violemment, ce que Lucien ne manqua pas de remarquer.

« Allons, qu'y a-t-il là-dedans dont tu ne veuilles pas parler ? »

Agnès avait repris son sang-froid et joua l'indifférente :

« Que veux-tu qu'il y ait !... Tu le sais aussi bien que moi : des vieilleries et le grain pour les poules », ajouta-t-elle, en désignant son seau.

L'autre haussa les épaules et s'éloigna de quelques pas, puis il revint vers la jeune fille et la mit en garde en la fixant d'un air mauvais :

« Il vaudrait mieux pour toi et ta famille qu'il n'y ait personne là-dedans, sinon vous allez passer un mauvais quart d'heure. »

Puis, il partit à grandes enjambées.

Demeurée seule, Agnès se mit à trembler : que devait-elle faire ? Retourner à la maisonnette, aller avertir l'Espagnol ou prévenir Solange et Clément ?

Elle courut jusqu'à la maison et trouva sa cousine en grande conversation avec Clément attablé devant un copieux petit déjeuner.

« Lucien !... leur cria-t-elle, essoufflée par sa course.

— Eh bien quoi, Lucien ? demanda Solange.

— Il sait qu'il y a l'Espagnol à la maisonnette. »

Les deux autres restèrent sans voix.

À ce moment, Antoine et Denise déboulèrent de l'escalier et se précipitèrent sur leurs bols de café au lait qui les attendaient.

Les enfants se mirent à babiller alors que les adultes demeuraient étrangement silencieux. Quand ils eurent mangé, les deux petits saisirent leurs cartables prêts à partir. Avant de quitter la cuisine, Antoine demanda :

« Dis, Clément, si tu veux, ce soir, je viendrai t'aider.

— Ah, ce soir, ce ne sera pas possible, je n'aurai pas besoin de ton aide.

— Et qu'est-ce que tu fais ?

— Je vais transplanter un arbre. Il faut l'enlever, là où il se trouve, il est en danger.
— Et tu vas le mettre où ?
— Aussi loin que possible, Antoine, aussi loin que possible… »

15

L'interrogatoire

Le lendemain matin, à l'aube, avant que la ferme ne se réveille, des coups furent frappés à la porte. Solange se leva en vitesse et courut ouvrir. Elle se trouva face à un homme vêtu de noir et coiffé d'un chapeau. Il était entouré de deux gendarmes.

« Madame, lui déclara-t-il, nous avons appris que vous abritiez un terroriste.
— Vous devez vous tromper, je n'abrite personne. Fouillez la maison si vous ne me croyez pas.
— Peut-être pas ici, mais la maison qui est à quelques pas. Celle-ci », fit-il en désignant la maisonnette.

Solange pâlit : ils avaient été dénoncés et elle allait devoir en payer le prix. Elle se vit enfermée dans un cachot sans air et sans lumière alors que Denise et Antoine pleuraient et que Marie était découragée. L'homme la regardait sévèrement :

« Suivez-nous, nous allons visiter la maison. »

Ils se dirigèrent à grands pas vers la maisonnette. Solange suivait moitié marchant, moitié courant. Elle essayait de composer mentalement une histoire possible. L'Espagnol, leur avouerait-elle, était rentré sans qu'elle soit au courant. Peut-être la croiraient-ils ?… Elle invoquerait son mari prisonnier, ses deux enfants et sa belle-mère pour les attendrir…

Tout en réfléchissant, ils étaient arrivés devant la

porte. Un des gendarmes l'ouvrit et l'homme pénétra le premier à l'intérieur, suivi des autres.

Ici, régnait le même désordre qu'elle y avait toujours connu : la pièce du bas fut fouillée, des planches déplacées, des sacs de jute dispersés. Puis, ils grimpèrent l'escalier étroit et branlant qui montait à la chambre où devait se trouver l'Espagnol. Un des gendarmes se mit à jurer : en montant, il s'était cogné au plafond. La jeune femme s'attendait à une bagarre car elle était persuadée que l'homme vendrait chèrement sa peau, mais rien ne se produisait. Elle entendit de la paille remuée, des bruits d'objets qui tombaient, mais pas trace d'Espagnol…

Quand ils descendirent, les deux gendarmes haussèrent les épaules et firent un geste négatif. Aussi étonné que Solange, l'homme en noir grimpa rapidement les marches et monta examiner la pièce comme s'il ne pouvait croire ce que disaient ses hommes. On l'entendit marcher de long en large et, bientôt, il réapparut perplexe.

« Il n'y a personne, fit-il d'un ton sec.

— Que voulez-vous qu'il y ait, répondit Solange soulagée d'un grand poids, c'est juste un débarras.

— Peut-être est-il chez vous. Nous allons fouiller la maison.

— Il n'y a rien chez moi. Et avez-vous le droit ?

— Madame, nous avons tous les droits. »

Ils repartirent, silencieux, dans le chemin.

À la maison, Marie et Agnès, pelotonnées devant le feu, s'attendaient au pire. La jeune fille ne pouvait retenir ses larmes et Marie demeurait étrangement silencieuse.

« Allez, fouillez la maison, ordonna l'homme en noir.

— Attendez. Il y a les enfants, en haut. Laissez-moi aller auprès d'eux. »

Les deux gendarmes s'arrêtèrent ; Solange les précéda et entra la première dans sa chambre. Ils étaient, tous deux, paisiblement endormis. Les gendarmes les laissèrent et partirent visiter les autres chambres et le grenier de la maison.

Quand ils redescendirent bredouilles, l'homme leur dit :

« Allez réveiller les enfants, je veux les interroger. »

Ils remontèrent suivis toujours par Solange qui tira les enfants du sommeil pendant que les gendarmes regardaient impuissants.

Quand Denise et Antoine furent levés, leur mère descendit avec eux tremblant de peur.

L'homme en noir était assis à la table et tapotait nerveusement sur le bord. Il regarda les enfants terrorisés et esquissa un semblant de sourire.

« Bonjour les enfants, leur dit-il.

— Bonjour, répondirent-ils timidement.

— Vous savez, on est venus chercher le monsieur qui se trouvait dans la maison d'à côté. »

Antoine et Denise restèrent muets.

« Allons, vous le connaissiez bien cet homme.

— Non, fit Denise. »

L'homme insista :

« Mais enfin, vous l'avez vu !...

— Non, fit encore Denise.

— Pourquoi tu ne dis rien ? » fit-il en s'adressant à Antoine.

Le garçon ne répondit pas

« Tu as perdu ta langue ? Tu veux que je te la fasse retrouver. »

Il se leva et s'approcha d'Antoine. Il le fixait comme s'il allait le frapper. Le garçonnet leva ses deux mains en guise de protection et Solange vint se placer entre son fils et l'homme en noir :

« Vous voyez bien qu'ils ne savent rien et que vous leur faites peur. »

L'homme retourna s'asseoir sur sa chaise et murmura :

« Quelle engeance ! Les enfants ne valent pas mieux que les parents ! De la graine de potence !...

— Pardon, reprit Solange rouge de colère, vous

parlez de mon mari qui est prisonnier en Allemagne. Il serait ravi d'entendre traiter ses enfants de graine de potence !... »

L'homme se leva et, sans mot dire, fit un geste vers les gendarmes, ils sortirent dans la cour que l'aube auréolait d'une blancheur laiteuse.

Près de l'âtre, Marie soupira et lâcha le chapelet qu'elle avait égrené tout au long de l'interrogatoire. Agnès, blanche comme un linge, se recroquevillait sur sa chaise, n'osant lever les yeux. Elle se demandait par quel miracle Pedro avait réussi à s'enfuir et pourquoi les gendarmes n'avaient pas trouvé trace de son passage. Solange, tenant ses enfants par la main, s'avança vers la porte pour surveiller le départ de la grosse limousine noire et ne rentra que lorsqu'elle l'eut vue disparaître au tournant du chemin. Alors, elle repoussa les enfants dans la maison, donna un tour de clé et s'affala sur une chaise en disant :

« Eh bien, eh bien !... »

Ce fut le signal. Denise demanda d'une toute petite voix :

« Il cherchait qui, le monsieur ?

— Un maquisard, bien sûr, répondit Antoine.

— Mais il n'y en a pas, ici.

— Il y en a partout », reprit le garçon en jetant un coup d'œil à sa mère.

Il était content de n'avoir pas lâché le secret de la voiture rencontrée sur le chemin et se prenait pour un héros.

Marie et Agnès se levèrent et s'approchèrent lentement de la table. Elles brûlaient de curiosité et avaient hâte de discuter entre elles de cette disparition miraculeuse, mais elles ne voulaient pas en parler devant les enfants. Solange alla ranimer le feu et fit chauffer café et lait ; Marie sortit le chanteau de pain et la motte de beurre alors qu'Agnès, les jambes sciées, ne pouvait faire un geste.

Tout le monde s'attabla, mais personne ne parlait.

Ils étaient tous encore secoués par cette visite surprise qui aurait pu tourner bien plus mal.

Quand les enfants furent partis, les langues se délièrent :

« Que s'est-il passé ? » demanda Agnès.

Solange haussa les épaules :

« Je n'en sais rien. Il n'y avait personne et tout était nettoyé.

— Mais où est-il passé ?

— Il les a entendus venir et il s'est sauvé », expliqua Marie.

Elle n'était pas loin de croire au miracle, mais les deux jeunes avaient du mal à la suivre dans cette voie.

« Il a dû partir hier soir, déclara Solange, j'ai entendu les chiens aboyer.

— Mais où a-t-il bien pu aller ? » interrogea Agnès inquiète.

Depuis l'arrivée des gendarmes et de l'homme en noir, elle ne vivait plus. Elle avait cru que son cœur allait s'arrêter quand elle les avait vus franchir le seuil de la maisonnette. Quand ils étaient revenus bredouilles, le premier moment de stupeur passé, elle avait commencé à se poser des questions. Elle exprimait tout haut ce que les autres pensaient mais personne n'était capable de répondre.

La journée passa comme à l'ordinaire et on ne reparla pas des événements du matin. Comme la perquisition avait eu lieu avant l'aube, personne ne s'était rendu compte de rien.

Dans l'après-midi, elles eurent la visite du guérisseur.

« Qu'est-ce qu'il vient chercher encore, ce fouille-merde ? s'exclama Solange en voyant entrer la voiture dans la cour.

— Il vient au ravitaillement, répondit Marie mi-figue mi-raisin.

— Il pourrait rester où il est, renchérit Agnès, mal remise des émotions du matin.

— C'est peut-être lui qui nous a dénoncés, dit Solange.

— Tu n'y penses pas, le défendit Marie, il n'était au courant de rien ; et puis, il n'est pas capable de ça.

— Qu'est-ce que vous en savez ? En tout cas, pas un mot… »

Solange avait à peine terminé sa phrase que le guérisseur entra, plus guilleret que jamais, le sourire aux lèvres.

« Bien le bonjour, mesdames, comment allez-vous ?

— Bien », répondit Marie craintivement.

Auguste Pilot vit tout de suite que quelque chose n'allait pas. Il se méprit et demanda :

« Avez-vous de mauvaises nouvelles de votre prisonnier ? Marie, alors, éclata en sanglots et se cacha la tête dans les mains, appuyée à la table.

— Allons, allons, Marie », fit le guérisseur penché sur la vieille femme.

Il leva les yeux et demanda en jetant les yeux sur Solange :

« Aurais-je deviné juste ? Vous avez des soucis ?

— Non, répondit l'intéressée exaspérée, mais, ce matin, nous avons eu une perquisition. Ils n'ont rien trouvé, ajouta-t-elle immédiatement, mais cela nous a bouleversées. Comment peut-on nous soupçonner, nous, de faibles femmes avec un prisonnier en Allemagne ?

— Madame, répliqua ironiquement le guérisseur, rien n'est impossible. Mais, poursuivit-il après une hésitation, comme vous me paraissez au-dessus de tout soupçon, il faut croire que quelqu'un vous en veut et que l'on vous a dénoncées.

— Ce n'est pas possible, s'exclama Solange tandis que Marie relevait la tête et qu'Agnès évoquait furtivement la silhouette de Lucien.

— Pourquoi pas possible ? Votre ferme marche bien, elle doit faire des envieux.

— Notre ferme est loin d'être ce qu'elle a été et nous nous entendons bien avec tout le monde. »

Auguste Pilot réfléchit :

« J'ai rencontré chez vous, un jour, un prisonnier évadé, ce qui…

— C'est mon frère, cria Agnès en colère. Il a réussi à revenir, vous n'allez pas lui en vouloir pour ça ?

— Pas du tout, pas du tout… Mais vous êtes sûre qu'il ne pratique pas d'autres activités que le découpage du bois ?

— Que voulez-vous dire ?

— Rien. N'en parlons plus. Cependant vous devriez vous méfier de lui. Il m'avait semblé assez particulier.

— Clément est mon cousin. Il vient nous donner un coup de main pour le travail. C'est un homme bien. »

Le guérisseur éclata d'un rire sec qui retentit désagréablement aux oreilles d'Agnès et de Solange.

« Comme vous êtes crédules !… En ces temps qui courent, il ne faut se fier à personne, même pas à sa propre famille. Vous devriez faire attention à vos fréquentations. Aujourd'hui, le danger est partout. »

« Il est aussi avec toi », pensa Solange sans le dire.

La vue de cet homme l'exaspérait. Elle le savait collaborateur et craignait que Marie, qui lui vouait une adoration sans bornes, ne lui parle de l'Espagnol. Elle l'avait bien chapitrée à ce sujet, mais la vieille femme n'en faisait souvent qu'à sa tête.

Elle quitta la cuisine, suivie par Agnès qu'Auguste Pilot exaspérait aussi. Quand elles se furent éloignées, la jeune fille demanda :

« Tu ne crois pas que l'une d'entre nous aurait dû rester ? Il ne faudrait pas que la tante en dise plus que ce qu'il ne faudrait. »

Solange hocha la tête. Elle avait aussi peur que sa cousine, mais elle ne pouvait supporter le regard du guérisseur posé sur elle. Elle haussa les épaules et murmura autant pour se rassurer que pour rassurer Agnès :

« Elle sait ce qu'on risque. Jamais elle n'osera nous mettre en danger, surtout pour les enfants. »

16

Jalousie

L'hiver passa sans autres ennuis, ponctué seulement par les fréquentes visites d'Auguste Pilot qui tempêtait, chaque fois, contre les restrictions de plus en plus draconiennes et contre les attentats qui se multipliaient. Il se moquait des rumeurs qui couraient au sujet d'un éventuel débarquement des Alliés.

« Croyez-y, avertissait-il l'air mauvais, mais où voulez-vous qu'ils débarquent ces froussards d'Anglais ? Toutes les côtes sont surveillées. Vous vous rappelez de Dunkerque quand ils sont partis à bord de leurs bateaux comme des rats ?… On peut toujours en parler du débarquement, moi je vous dis qu'il n'est pas pour demain. »

Les trois femmes l'écoutaient en silence, mais elles savaient que les Alliés avaient déjà atteint les côtes italiennes et qu'ils progressaient vers l'intérieur de la péninsule. Peut-être le salut viendrait-il de là-bas.

Toutes les trois attendaient avec impatience le jour de la Libération. Marie et Solange pensaient à Jules et Agnès, la peur au ventre, tremblait pour Pedro. On savait que les maquisards attaquaient de tous les côtés et qu'il y avait des morts dans leurs rangs.

Le mystère de son départ de la maisonnette avait été éclairci par Clément. Il était venu le voir, cette nuit-là. L'Espagnol lui avait dit qu'il soupçonnait quelqu'un de l'espionner. Il avait plusieurs fois entraperçu une silhouette furtive et ne se sentait plus en sécurité. Certes, sa plaie n'était pas complètement cicatrisée, mais il s'était reposé et se sentait en bon état. Il fallait partir, le danger rôdait… Il craignait pour sa vie, mais, surtout, ne voulait pas mettre les habitants de Cardabelle en péril. Clément l'avait donc amené au poste le plus proche après avoir soigneusement effacé toute trace de son passage et, depuis, il n'en avait pas eu de nouvelles.

Ces quelques bribes d'information ne rassuraient qu'à moitié la jeune fille. Elle imaginait le pire chaque fois que la rumeur annonçait un accrochage entre maquisards et Allemands mais elle ne pouvait extérioriser ses craintes et gardait le silence.

Lucien ne la harcelait plus autant. Elle le fuyait et se détournait de son chemin pour ne pas le rencontrer.

Et puis, un matin de printemps, alors que le soleil rayonnait de toute sa jeune ardeur, que les hirondelles coupaient le ciel clair avec le ciseau de leurs ailes et que les longues marguerites haussaient leurs têtes jaunes ourlées de blanc pour montrer leur beauté à la ronde, on vit traverser dans l'azur de cette matinée un vol d'avion formant le V de la victoire…

Le bruit alerta le village : tout le monde sortit pour regarder. Les yeux levés vers le ciel, Agnès suivait le vol se demandant comment ils pouvaient garder toujours la même distance entre eux. Elle sentit qu'on l'observait.

Elle se retourna et surprit le regard de Lucien posé sur elle. Il était là, comme tous les autres, entouré de sa femme et de ses trois enfants. La petite dernière, Jeannine, levait un doigt vers les avions et riait à gorge déployée.

La jeune fille eut honte d'elle-même : quelle idiote elle avait été de succomber à un homme marié ! Un homme qui voulait simplement prendre du bon temps avec elle, satisfait de se partager entre sa femme et elle…

Elle détourna les yeux et quitta sa place pour se soustraire à la vue d'un homme qu'elle trouvait, aujourd'hui, lâche et vulgaire.

On était en juin. Le soleil rayonnait auréolant toute chose de sa lumière blonde. Le jeune André, qui avait à peu près l'âge d'Agnès, vint se mettre à ses côtés et lui glissa à l'oreille :

« Tu sais pourquoi les avions font le V de la victoire ? »

Elle le regarda mais ne répondit pas : elle n'avait pas compris que V voulait dire « victoire » !... André continua :

« Les Anglais et les Américains ont débarqué en Normandie.

— C'est vrai ? Comment tu l'as su ? »

Il haussa les épaules :

« Il paraît qu'ils se battent, là-haut. Les soldats allemands qui sont ici sont envoyés en renfort pour arrêter les Alliés. Je crois que cette fois, ils sont foutus !...

— Alors, la guerre va finir. »

Elle pensa à Pedro et imagina son retour...

« Les maquisards font tout ce qu'ils peuvent pour les retarder. Il paraît qu'ils font sauter les ponts. Il faut se méfier car les autres sont furieux.

— Alors la guerre n'est pas finie...

— C'est la fin, mais c'est le plus dur. Ils se battent partout.

— Mon Dieu ! fit la jeune fille pensant à son amoureux.

— De quoi discutez-vous, tous les deux ? » fit une voix qui les fit se retourner.

Lucien se tenait derrière eux avec son air des mauvais jours.

« Hé, pépère, c'est pas ta fille ; on a bien le droit de lui conter fleurette ! »

L'autre se rembrunit et lança furieux :

« Tu ne crois pas si bien dire : c'est pas ma fille, mais on a travaillé ensemble et je dois en répondre à sa tante. »

André éclata de rire :

« Ben, dis donc, on aura tout vu ! Elle n'a pas le droit de parler aux hommes, ta protégée ?

— Je ne suis pas sa protégée, il se mêle de ce qui ne le regarde pas, coupa Agnès en proie à une colère qu'elle ne maîtrisait pas.

— Je t'ai dit de dégager, j'en suis responsable », reprit Lucien.

Le jeune homme haussa les épaules et leur tourna le dos. Les avions avaient disparu depuis longtemps et le ciel avait repris son silence et sa sérénité.

« Qu'est-ce qui t'a pris d'attaquer André, se rebiffa la jeune fille agacée, je ne peux plus parler à qui je veux, maintenant ?

— Ce jeune blanc-bec voulait te séduire et tu n'y as vu que du bleu !...

— Et alors, est-ce que ça te regarde ? Je suis libre, il me semble... »

Lucien la contempla, ivre de fureur. Son visage était passé d'une pâleur mortelle à une couleur rouge écarlate, on aurait dit qu'il allait éclater.

Il ne répondit pas et Agnès lui lança, moqueuse, avant de s'en aller :

« Mais regarde-toi, on dirait que tu vas exploser ! Va plutôt rejoindre ta femme et tes enfants qui t'attendent et laisse-moi tranquille. »

Elle le planta là et partit vers la maison. Lucien lui cria :

« Tu n'étais pas si farouche quand tu allais voir ton Espagnol. »

De saisissement, la jeune fille se retourna et s'avança vers lui :

« Alors, c'était toi !

— C'était quoi ?

— C'est toi qui nous as dénoncés !

— Je n'ai dénoncé personne. Je ne sais pas de quoi tu parles.

— Oh que si, tu le sais ! Tu savais pour Pedro et tu nous as dénoncés, salaud, lâche !...

— Tu l'appelles Pedro ! C'était donc vrai...

— Qu'est-ce que tu crois ? C'est pas un minable comme toi, c'est un homme qui a défendu la France et qui...

— C'est une de ces racailles que Franco a mises dehors d'Espagne et qui viennent porter la révolution chez nous.

— Tu le connais ?

— C'est tous les mêmes. Et dire que tu préfères un étranger à un garçon de chez nous !

— Comme André par exemple.

— André ? Quel André ?

— Le garçon que tu viens d'expédier comme un malpropre alors qu'on parlait des avions et non de ce que tu croyais…

— Il te regardait et tu l'écoutais comme le bon Dieu.

— Et alors, qu'est-ce que ça peut te faire ?

— Agnès, soupira Lucien avec une mine de chien battu, Agnès, n'oublie pas ce qu'il y a eu entre nous.

— Pffuit, j'ai oublié tout ça !…

— Agnès, tu m'as dit que tu m'aimais et que tu ne me quitterais jamais…

— J'ai dit ça, moi ? Je ne devais pas être dans mon état normal. »

Le jeune homme s'énervait. Ses yeux lançaient des éclairs et il respirait avec difficulté.

« Agnès, supplia-t-il, tu ne peux pas m'avoir oublié. Tu sais que je t'aime.

— Je t'ai oublié et je ne veux plus de toi. D'abord, tu as ta femme et tes enfants ; et puis, ce que je ne te pardonnerai jamais c'est que tu nous as dénoncés. Tu aurais pu nous faire fusiller. Tu y as pensé à ça ?

— C'est pas moi. Je te l'ai dit.

— Qui d'autre aurait fait une chose pareille ? C'est ta jalousie qui est la cause de tout. Je ne veux plus entendre parler de toi. »

Cette fois, Agnès n'écouta plus les mauvaises raisons qu'invoquait l'homme pour se disculper, elle partit et ne se retourna pas. Elle avait compris dès le premier jour que Lucien n'était pas étranger à la perquisition, mais n'avait jamais voulu l'admettre ; aujourd'hui, elle devait se rendre à l'évidence : c'était lui qui les avait dénoncés !…

Comment avait-il appris la présence de Pedro à la maisonnette ? Mystère. Il la connaissait pourtant. Il s'était trahi et sa jalousie avait fait le reste.

Agnès partie, Lucien resta là, figé, abasourdi, à ressasser sa déception. Il n'avait pas dénoncé l'Espagnol mais avait exprimé ses doutes devant Auguste Pilot. Il était aussi coupable que s'il avait écrit lui-même la lettre de dénonciation…

Il repartait chez lui à petits pas, conscient de son trouble. Il ne voulait pas que Paulette devine son secret. Il préférait s'attarder en chemin et ne rentrer que quand il serait calmé. Mais voilà que sa petite dernière, sa préférée, courait vers lui. Elle l'interpella avec son zézaiement qui n'était pas le moindre de ses charmes :

« Papa, maman te veut. Il faut venir.

— Tout de suite, mon ange », fit-il en la saisissant par la taille et en la hissant sur ses épaules.

La petite, ravie, éclata d'un rire qui roula en cascades et déchira le cœur de son père. Il était fou de courir après cette fille et de mettre en péril sa vie familiale. Si Paulette l'apprenait, elle était capable de l'empêcher de revoir ses enfants : il en frémit d'horreur…

« Tu étais où ? demanda-t-il à l'enfant.

— Là-haut, fit-elle en désignant le chemin. Et toi, pourquoi tu te disputais avec Agnès ?

— Tu m'as vu ?

— Oui. J'étais avec maman, même qu'elle se demandait ce que vous disiez.

— Maman était avec toi, demanda Lucien mal à l'aise, et qu'est-ce qu'elle a dit ?

— Rien. Elle t'a regardé. Dis, pourquoi vous vous disputiez ? »

Le jeune homme ne sut que répondre. Il garda le silence. Heureusement pour lui, la petite, distraite par autre chose, n'exigea pas de réponse.

Lucien voyait approcher le moment où sa femme demanderait une explication, et, contrairement à Jeannine, elle voudrait savoir le pourquoi de la dispute. Il lui fallait trouver quelque chose de plausible, mais rien ne venait à son esprit inquiet. Il avait beau se creuser la tête, pas la moindre idée ne se présentait : une histoire de travail ? Pas possible : c'était avec Solange qu'il discutait…

Perdu dans ses pensées, il ne s'aperçut pas qu'il s'était arrêté et qu'il attendait. Jeannine intervint encore :

« Dépêche-toi, papa. Maman nous attend… »

Décidément, aujourd'hui, tout tournait de travers : après Agnès, il devrait affronter Paulette, quelle journée ! Il reprit sa marche vers la maison comme un condamné qui monte vers le supplice et répondit à sa fille :

« Allez, allons voir ce que nous veut maman… »

17

Dilemme

Quand Lucien arriva, tout était calme. Les deux garçons étaient partis garder les vaches et ne rentreraient que pour le repas de midi. Il déposa Jeannine devant l'entrée et resta là, hagard, ne sachant que faire. La petite libérée courut dans la cour pour aller jouer avec Boby, l'épagneul roux que son père se réservait pour la chasse et que la fillette adorait. Le jeune homme entra l'air assuré. Paulette n'était pas dans la cuisine et il en fut soulagé.

« Paulette ? » appela-t-il.

Pas de réponse.

« Paulette ? »

Rien. Il sortit et demanda à sa fille :

« Tu ne sais pas où est maman ?

— Maman ? Elle cherchait Agnès. »

Alors, il s'affola et partit à la hâte sur le chemin, s'attendant au pire. Il n'alla pas très loin : les deux femmes se tenaient de part et d'autre du chemin, tout près de la fontaine, et il devinait qu'elles se disputaient. Il hésitait à s'approcher quand Paulette se retourna et l'aperçut.

« Ah ! Tu tombes bien, toi. Arrive un peu. Viens défendre ta traînée. »

Il avança la peur au ventre. Quand Paulette se mettait en colère, elle était redoutable. Mais là, elle était furieuse, rouge, échevelée, ses yeux lançaient des éclairs. On aurait dit les portraits de sorcières comme on en voyait dans les livres de contes. Face à elle, Agnès paraissait sereine.

Paulette, que la présence de son mari exaspérait encore, se mit à crier :

« Viens ici ! Viens la défendre cette gourgandine qui ne respecte rien, ni ta femme ni tes enfants ; et toi, tu es un beau salaud !

— Paulette, calme-toi. Qu'est-ce qui te prend ?

— Il me prend que tu marches avec cette peau et que vous vous moquez bien de moi, tous les deux !...

— Mais non, Paulette, qu'est-ce que tu vas imaginer ? Tu sais bien... »

À ce moment-là, Marie apparut au tournant du chemin, un seau à la main. Paulette, furieuse, se tourna vers elle :

« Approchez, Marie, approchez. Venez voir la traînée de nièce que vous avez. Elle vole le mari des autres.

— Agnès ? Ce n'est pas possible. Tu te trompes, Paulette !

— Ah, je me trompe ? Eh bien demandez-leur, à votre nièce et à mon mari, si ce que je dis n'est pas vrai. »

Marie se tourna vers la jeune fille :

« Agnès, dis-moi que ce n'est pas vrai !... »

Agnès ne répondit pas.

« Vous voyez, triompha la femme, elle ne dit pas le contraire. Vous avez nourri une vipère, une voleuse, une catin !

— C'est pas possible !... Agnès, dis quelque chose. Ne te laisse pas accuser comme ça. »

Au lieu de répondre, la jeune fille lui tourna le dos et s'enfuit à toutes jambes. Paulette la poursuivit, la rattrapa, la jeta au sol et se mit à lui donner des gifles et des coups de pied. Agnès se défendait de son mieux, mais l'autre, en furie, frappait de toutes ses forces. Lucien se précipita, saisit sa femme qui se débattait comme un beau diable et la tira en arrière. La jeune femme criait et essayait de s'échapper pour bondir sur Agnès qui peinait à se relever. Elle y parvint tout de même et s'enfuit en boitillant suivie par Marie qui en oublia son seau au milieu du chemin.

Maintenant, Paulette pleurait à chaudes larmes et Lucien, un bras passé sur ses épaules, se dirigea vers la maison où les deux garçons attendaient en compagnie de la petite Jeannine.

Voyant leur mère en pleurs, les habits déchirés et les cheveux en bataille, ils se mirent à pleurer tous les trois.

Ils suivirent leurs parents et entrèrent dans la cuisine avec eux. Paulette ne criait plus mais pleurait en silence entourée par ses enfants. Lucien, les bras ballants, ne savait que faire. Il alla dans l'armoire, prit la marmite de soupe et la posa dans l'âtre sur le trépied qui attendait devant le feu. Il ranima les flammes, disposa quelques brindilles et, bientôt, la soupe se mit à chanter donnant un air de gaieté à la pièce.

Paulette se leva d'un bond :

« Pas si fort, tu vas tout faire roussir !... »

Elle tira la marmite hors du feu, saisit une louche et remua le bouillon.

Ce fut comme si ce simple geste avait rendu la vie à la maisonnée. Les enfants s'arrêtèrent de pleurer et reprirent leurs activités. Paulette s'occupa de la soupe tandis que Lucien poussait un soupir de soulagement. La vie normale reprenait... Bien sûr, Lucien savait que sa femme allait lui faire payer son infidélité mais il s'estimait heureux de s'en être sorti sans plus de dommages. Il n'osait penser à Agnès, mais ressentait au fond de lui un grand vide et l'angoisse, telle une énorme pierre, pesait sur sa poitrine.

Suivie par Marie, Agnès était rentrée et, sans s'arrêter en bas, était montée dans sa chambre. Elle était soulagée d'être débarrassée de Lucien, mais tremblait en se demandant ce qu'il allait advenir d'elle, maintenant. Elle ne pleurait pas mais redoutait d'affronter sa tante et sa cousine et, plus tard, son père et Clément. Elle avait peur aussi que la rumeur de son inconduite n'arrive aux oreilles de Pedro et qu'il ne l'abandonne. Elle serait alors, pour toujours, une fille perdue.

Elle en était là de ses réflexions quand elle entendit un pas lourd monter les marches. Elle reconnut la démarche de Marie et décida de se murer dans le silence. La porte s'ouvrit en grinçant et sa tante entra suivie de Solange. Agnès, qui n'attendait pas sa cousine, se sentit encore plus honteuse. C'est de Solange qu'elle redoutait le plus le jugement. Marie paraissait très en colère. La jeune fille ne l'avait jamais vue si énervée, les yeux exorbités et les joues rouge violacé.

« Enfin, Agnès, commença-t-elle, comment as-tu pu faire une chose pareille ?... Moi qui t'avais élevée le mieux possible. Ah, si ta pauvre mère te voyait !... »

Agnès, qui s'était promis de garder le silence et de rester impassible, sentit les larmes lui piquer les yeux à l'évocation de sa mère. Sa tante reprit :

« Si on m'avait dit que tu jetterais la honte sur la famille, je ne t'aurais jamais prise sous mon toit. Je t'ai traitée comme ma fille et voilà la récompense : tu es une traînée, une fille perdue !... Va-t'en, je ne veux plus te voir !... Détourner un homme marié de ses devoirs et se jeter à sa tête : je n'aurais jamais cru voir ça dans ma famille ! Ah, mon Dieu, ma pauvre Gabrielle, si tu voyais ça ! Allez, ouste, dehors, va-t'en, je ne veux plus te voir... »

Pendant cette algarade, Solange était restée silencieuse. Elle s'approcha et dit doucement :

« Marie, c'est vous qui êtes la maîtresse, ici, mais j'ai aussi mon mot à dire. Vous dites qu'Agnès a débauché Lucien, mais c'est peut-être le contraire et…

— Les hommes sont faits pour demander, les filles pour refuser, répliqua la vieille femme.

— Et Agnès n'est qu'à demi fautive, continua Solange. Vous voulez la mettre dehors : et où voulez-vous qu'elle aille ? À la rue ?

— À la rue, c'est sa place.

— Elle a commis une faute, mais elle n'est pas la première et ne sera pas la dernière. Si cette liaison est finie et qu'Agnès promet de ne pas recommencer, pourquoi ne la garderions-nous pas ? »

Elle se tourna vers la jeune fille :

« Agnès, tu dois renoncer à Lucien. Tu comprends ? »

L'intéressée fit oui de la tête et bredouilla à travers ses larmes :

« Il y a longtemps que c'est fini. Ça n'a pas duré beaucoup de temps…

— Tu ne recommenceras pas ?

— Non, je le jure.

— Tu veux garder cette fille à la maison ? Pense à l'exemple pour les enfants.

— Les enfants ne comprennent pas encore. Ils ne sauront rien.

— Moi, je ne l'aurais pas gardée. »

La vieille femme haussa les épaules et quitta la chambre. Elle ne pouvait rien dire, elle comprenait sa belle-fille. Si Agnès partait, elle n'aurait plus personne pour l'aider à Cardabelle. L'argent manquait, elle le voyait bien. On ne pouvait laisser péricliter la propriété. Et puis, Agnès, on ne la payait pas ! Il ne fallait pas que, quand Jules reviendrait, il trouve les terres en jachère et Cardabelle ruinée… Elle avait bien tenu, elle, autrefois ! Mais les temps avaient changé. Maintenant, avec les machines modernes, sans personnel, on ne pouvait travailler. Il faudrait donc garder cette fille perdue qui allait être la risée et le scandale de la commune entière…

C'était le qu'en-dira-t-on qui effrayait le plus Marie. Enfin, si Paulette savait tenir sa langue, on s'en tirerait à bon compte ; encore heureux s'il n'y avait pas d'enfant en route !…

La vieille femme se promit de faire payer à sa nièce cette immoralité qu'elle ne comprenait pas et qu'elle détestait par-dessus tout.

Restées seules, Solange et Agnès laissèrent le silence s'installer. Solange, debout devant la fenêtre, semblait contempler le paysage tandis qu'Agnès, les yeux baissés, ruminait sa honte. Elle attendait une semonce qui ne venait pas. Elle finit par relever la tête et, d'un ton de défi, apostropha sa cousine :

« Allons, vas-y, toi aussi, insulte-moi ! Tu penses comme les autres. Ne te prive pas !… »

La jeune femme haussa les épaules :

« Je ne t'insulte pas, mais je ne comprends pas. Je croyais que c'était fini depuis longtemps !…

— Qu'est-ce que tu ne comprends pas ?

— Je croyais que tu avais un penchant pour l'Espagnol, et j'apprends que tu vas avec Lucien… »

Agnès ouvrit des yeux étonnés et, d'un coup, se mit à pleurer. Solange ne bougea pas. La jeune fille, dans ces larmes, déversait le trop-plein de chagrin. Elle se sentait malheureuse non pas à cause de la découverte de son amour adultère et du scandale qui allait en résulter, mais parce qu'elle avait peur que le bruit de son aventure n'arrive aux oreilles de Pedro. Elle leva sur sa cousine un regard de chien battu et dit lentement :

« Lucien et moi, il y a un moment que c'est fini. Moi, je le lui ai dit plusieurs fois, mais lui, il s'accroche, il ne veut pas me quitter. C'est à cause de sa jalousie que Paulette a tout découvert…

— Et l'Espagnol ?

— Il n'y a rien eu entre nous, sinon un baiser et la promesse de nous revoir, à la fin de la guerre. Je tremble pour lui. »

Les larmes continuaient à couler sur les joues d'Agnès. Solange pensait qu'on avait envoyé cette jeune fille, tous les jours, en compagnie d'un homme, sans se poser de questions. Ce qui était arrivé était prévisible, mais personne n'avait pensé à mal. Il avait fallu la jalousie de Paulette pour que la vérité éclate.

Le silence retomba. Finalement, Solange se dirigea vers la porte et, sur le point de sortir, se retourna vers la jeune fille :

« Je ne peux pas approuver ce que tu as fait, mais je ne te jette pas la pierre. D'abord, nous avons besoin de toi ; et puis, si tu dis vrai et que c'est fini avec Lucien, nous n'en parlerons plus. Cependant, je ne peux plus le garder à la ferme. Il nous faudra travailler double comme on faisait au début. J'ai espoir que la guerre va se terminer et que Jules va revenir. Après, on verra. »

Elle laissa la jeune fille à ses remords et descendit à la cuisine. Marie l'attendait.

« Qu'est-ce que tu as décidé ?

— On ne peut pas la mettre à la porte. Où voulez-vous qu'elle aille ? Et puis, nous avons besoin de son travail. »

La vieille femme soupira :

« C'est une vicieuse, une traînée, je la renverrai volontiers à son père.

— Si vous faites ça, on peut vendre le bétail et renoncer à semer. »

Marie ne répondit pas. Elle se leva et sortit. En passant la porte, elle murmura :

« Fais comme tu veux. Mais, pour moi, elle n'est plus ma nièce. »

18

La Libération

Dans la chaleur étouffante d'août, on parlait de plus en plus de victoire et de la fin de la guerre. On avait appris que les avions aperçus dans le ciel par une matinée de juin annonçaient le débarquement allié sur les côtes de Normandie et, depuis, la rumeur courait qu'ils avançaient à l'intérieur du pays et que, bientôt, toute la France serait libérée.

Des convois d'Allemands fuyaient vers le nord et sillonnaient les routes. Les maquisards faisaient sauter des ponts, entravant leur départ. Dans le village, des jeunes, arme au poing, ne se cachaient plus. On les voyait déambuler, cigarette aux lèvres. Vêtus d'habits disparates, ils arrivaient sur de vieux camions déglingués qui faisaient un boucan d'enfer, mendiaient quelques victuailles, annonçaient la fuite prochaine de l'occupant, buvaient un coup avec les hommes et repartaient avec de grands rires, dans un nuage de fumée noire.

Après leur passage, les commentaires allaient bon train. Quelques-uns les prenaient pour des rigolos, d'autres croyaient en eux et attendaient la victoire, et ceux qui avaient profité de la guerre pour vendre leurs produits au marché noir commençaient à s'affoler.

Marie voyait en eux les sauveurs de la patrie. Elle pensait qu'ils allaient poursuivre l'occupant et ramener son Jules qui était parti depuis bientôt cinq ans... Agnès guettait les convois qui venaient au village dans l'espoir de revoir Pedro, mais elle était toujours déçue. Elle n'osait interroger ces jeunes gens rieurs et rongeait son frein en silence. Solange se sentait lasse. Elle espérait, bien sûr, le retour de son mari dont les lettres étaient si rares, mais, au fond d'elle-même, une angoisse sans nom la paralysait. Elle regardait, sans y croire vraiment, tous les allers-retours des maquisards et se demandait s'ils pourraient chasser les ennemis alors que les soldats de 40 n'avaient pas pu les arrêter…

Seuls Antoine et Denise étaient ravis de l'intrusion des camions dans la monotonie du village. Avec les autres enfants, ils tournaient autour des engins et des hommes. Ravis si l'un d'entre eux les faisait monter près de lui, sur le siège, et avançait de quelques mètres devant les autres jaloux.

On n'avait pas revu le guérisseur depuis longtemps. « En voilà un qui doit trembler ! » s'exclamait Clément avec un grand rire carnassier.

Le jeune homme ne cachait plus son appartenance au maquis et annonçait des représailles pour les hommes comme Auguste Pilot. Marie écoutait, n'osant prendre la défense du guérisseur qui lui avait promis la libération de son fils et n'avait pas tenu parole. Elle n'osait l'avouer mais elle comprenait, maintenant, qu'il avait profité de sa naïveté pour se remplir la panse à peu de frais. Elle détestait l'idée qu'il l'avait prise pour une demeurée et en restait mortifiée.

Le 15 août, comme chaque année, le village se retrouva pour la traditionnelle procession qui, partie de l'église paroissiale, sillonnait les chemins et les sentiers et revenait en chantant des cantiques tout au long de son déroulement. Marie, Solange et Agnès y assistèrent et prièrent avec ferveur. Comme dans toute la France, cette journée mariale fut consacrée à demander la paix. Tout le monde s'y rendit. Les trois femmes, avec leurs motivations différentes, priaient avec la même ferveur. Marie croyait déjà serrer son fils sur son cœur ; Agnès se repentait de sa faute et priait pour revoir son Espagnol ; quant à Solange, elle vivait cette fin de guerre comme dans un rêve : après avoir longtemps, et avec impatience, attendu le retour de son mari, elle en venait presque à douter de sa libération prochaine. Elle en était malheureuse, mais ne pouvait se défendre d'une appréhension qui la paralysait quand elle pensait au retour de Jules. Elle avait beau se dire qu'elle l'aimait toujours, que son mariage était un mariage d'amour et que ses enfants avaient besoin de leur père, rien n'y faisait : la peur était toujours là, tapie au fond de son esprit.

Après avoir déroulé son long cortège, la procession entra dans l'église et le prêtre encouragea les fidèles à prier pour une paix claire et propre. Il soupçonnait quelque règlement de comptes entre certaines de ses ouailles et s'efforçait d'en atténuer les amertumes.

Deux jours après, le 17 août, la nouvelle courut dans le village que les Allemands avaient quitté la ville de Mende. De nuit, sans tambour ni trompette, ils avaient fui, faisant brûler toutes leurs archives et abandonnant à leur sort ceux qui avaient eu la mauvaise idée de croire en leurs projets.

Aussitôt, mairie et école sortirent un drapeau à la fenêtre et, ceux qui le pouvaient, se dépêchaient de coudre quelques bandes de tissu aux couleurs nationales pour montrer leur patriotisme. Quelquefois, le bleu et le rouge s'éloignaient un peu de la couleur traditionnelle, mais le cœur y était.

Le dimanche suivant, plusieurs jeunes gens traversèrent le causse pour participer à la fête de la Libération où des danses de joie fleurissaient à tous les coins de rue parmi le bruit et la tonte des filles qui avaient été les amies des Allemands. Elles avaient été ensuite promenées nues à travers la ville.

Dès le matin, Antoine, du haut de ses neuf ans, avait supplié sa mère de le laisser suivre son copain René, le fils de Lucien, qui accompagnait son père à la fête. Solange fut intraitable, disant que ce n'était pas un spectacle pour les enfants, à la grande déception de son fils.

Ceux qui avaient assisté à cette manifestation revinrent, à la nuit tombée, une cocarde tricolore à la boutonnière et racontèrent à tout le village rassemblé cette folle et mémorable journée. L'épisode des femmes tondues fit, d'abord, rire tout le monde avant que certains ne jugent cela bien sévère alors que d'autres auraient souhaité qu'elles soient passées par les armes.

Agnès regardait Lucien pérorer au milieu du groupe et accuser ces femmes comme des criminelles. Elle serrait les poings pensant qu'il ne se rappelait pas que, lui aussi, avait fauté ! La jeune fille se disait que si son élan de passion l'avait portée vers un soldat allemand, elle aussi aurait pu être tondue… Elle en frissonnait d'horreur et plaignait ces filles pendant que les autres riaient.

L'ambiance était au patriotisme. Ils avaient tous acheté une cocarde tricolore pour éviter d'être mal vus et traités de collaborateurs.

Dans la chaleur de la nuit, petit à petit, le groupe se disloqua et chacun regagna sa maison. Marie, qui marchait entre Solange et Agnès alors que les enfants couraient devant, lança :

« Ils ont bien fait de tondre ces femmes, elles l'ont bien mérité. »

Elle attendit un instant. Comme personne ne réagissait, elle reprit :

« C'est ainsi qu'il faut punir l'adultère. On devrait toujours agir ainsi. Toutes les femmes qui brisent les foyers ne méritent aucune pitié. »

Agnès comprit que ces paroles lui étaient adressées. Elle sentit le rouge lui monter aux joues, baissa la tête et ne répondit rien. Solange, au contraire, réagit immédiatement :

« J'espère pour eux que ceux qui leur ont fait ça savaient ce qu'ils faisaient, parce que…

— Bien sûr qu'ils savaient ce qu'ils faisaient et ils ont bien fait, reprit la vieille.

— … Parce que, continua la jeune femme sans prendre garde à l'interruption, s'ils se sont trompés, ces pauvres filles en porteront le poids toute leur vie.

— Ils ne se sont pas trompés, c'est sûr. Il y a toujours des filles pour courir après les hommes…

— Enfin, Marie, il y a plus coupable que ces femmes qui ont peut-être couché avec ces hommes pour manger à leur faim ou pour toute bonne raison… Votre fameux guérisseur qui dénonçait les maquisards était bien plus coupable. »

Marie s'arrêta et regarda sa belle-fille d'un air hostile :

« Tu ne sais rien de ce qu'a fait Auguste. Il ne s'est peut-être pas occupé de Jules, mais il n'a pas fait ce que tu dis !

— Je voudrais bien en être aussi sûre que vous ! En attendant, je ne veux plus le revoir à la maison.

— Nous n'aurons plus besoin de lui, maintenant. Jules va rentrer et nous serons heureux comme avant. »

Elles se turent en arrivant à la porte. Solange se hâta de faire chauffer la soupe tandis qu'Agnès allait chercher la salade dans le jardin envahi par les ténèbres.

« Tu n'aurais pas dû soutenir ces filles devant Agnès. Il serait bon qu'elle voie un peu le mal qu'elle a fait.

— Oh, je vous en prie, c'est de l'histoire ancienne. Leur liaison était déjà finie quand Paulette l'a découverte.

— Finie ou pas, elle a eu lieu et on ne peut l'oublier. »

La jeune femme haussa les épaules et ne répondit pas car la jeune fille entrait, une grosse salade à la main. Elle la lava et la prépara. Tous se mettaient à table quand on frappa à la porte. C'était Clément, une énorme cocarde sur la poitrine et la démarche incertaine. Il s'approcha et s'assit à table sans façon.

« Bon… bonjour la compagnie. Quelle journée !… On vient de prendre Merle et Rondeau et on va les pendre… »

Personne ne réagit. Il insista :

« Merle, le pharmacien et Rondeau, deux collabos… Il y en aura d'autres… Ils vont tous payer… »

Comme les trois femmes ne réagissaient toujours pas, il reprit en riant aux éclats :

« C'est comme ces femmes !… Si vous aviez vu ça ! C'était bi… bien…

— Clément, tu as bu, dit Marie sévèrement.

— Oui, ma tante, j'ai bu, mais c'était pour fêter la victoire. Et, si vous êtes une bonne patriote, vous devriez boire avec moi ! »

Il chercha une bouteille des yeux et, n'en voyant aucune, soupira.

Les deux enfants, très intéressés, le regardaient étonnés.

« Clément, hasarda soudain Denise, notre papa va bientôt rentrer ? »

Solange tressaillit : jamais la petite fille ne parlait de son père, pas plus qu'Antoine d'ailleurs. Elle les surprit, tous les deux, le regard fixé sur leur cousin, attendant sa réponse avec anxiété.

« Mais oui, les enfants, votre papa va revenir. Nous allons poursuivre les Allemands et nous libérerons votre papa.

— Bientôt ? insista Denise.

— Bientôt, je te le promets. »

Agnès plaça une assiette devant son frère et lui dit :

« Mange. Je parie que tu as rien avalé depuis longtemps.

— Pas besoin de manger, petite sœur, maintenant, notre pays est libéré. On va faire le ménage et nous nous occuperons d'eux…

— Occupe-toi de manger, fit Marie et, se tournant vers les enfants, elle leur confia : Vous êtes de bons petits, vous n'avez pas oublié votre papa… »

En disant cela, elle leva les yeux vers sa bru. Agnès réagit tout de suite :

« Personne n'a oublié Jules, et surtout pas Solange !… »

Depuis son algarade avec sa tante, elle n'avait jamais osé lui résister. Tous les soirs, elle devait subir ses silences ou, pire, ses sermons, mais là, elle allait trop loin. Marie savait que Solange n'avait pas démérité, mais, de temps à autre, elle lui faisait sentir qu'elle était la patronne ici, gratuitement, comme ça, pour l'ennuyer…

Marie, qui ne s'attendait pas à cette réplique,

demeura sans voix. Solange arriva, portant la soupière, et servit toute la tablée et, bientôt, on n'entendit que le bruit des cuillères dans les assiettes.

19

Longue attente

Et la longue attente commença. Tout d'abord, dans l'euphorie de la Libération, on ne parla que de liberté retrouvée, de vie plus facile, de denrées qui allaient revenir comme le sucre, l'huile, le chocolat et bien d'autres choses dont on avait été privés… Pourtant, au hasard d'une conversation, il y avait toujours quelqu'un pour lancer : « Quand les prisonniers reviendront… »

Marie en parlait tous les jours, attendant, avec impatience, l'arrivée de son fils.

On suivait, au jour le jour, l'avancée des troupes alliées en Allemagne. Le village, comme le monde entier, apprit avec horreur l'existence des camps de la mort. La libération des survivants réduits à l'état de squelettes stupéfia et laissa sans voix la plupart des gens. Personne n'aurait pu imaginer une telle barbarie.

Marie tomba dans un mutisme dont ne purent la tirer ni les explications de Clément lui assurant que les tortures ne concernaient pas les prisonniers ni les promesses de l'Administration disant que tout était mis en œuvre pour le rapatriement rapide des prisonniers.

Auguste Pilot s'était évaporé en même temps que l'occupant avait disparu et personne n'osait prononcer son nom.

« C'était un collaborateur, constata Solange, un jour. Je m'en étais toujours doutée. Il vaut mieux qu'il ne revienne jamais.

— Oui, mais il avait bien soigné la tante, avait

répondu Agnès. En ce moment, on aurait bien besoin de lui… »

Il est vrai que la vieille femme dépérissait : elle refusait de manger et se murait dans un silence hostile. Solange s'était fâchée et avait essayé de la raisonner en lui expliquant que tout était désorganisé dans le pays et que l'Allemagne était loin…

Et puis, à mesure que les jours passaient, la jeune femme aussi avait commencé à désespérer. Le premier prisonnier qui arriva, un soir, dans la lumière dorée de septembre, fut l'ancien facteur, habitant le village voisin. Il traversa le hameau à pied, la musette sur l'épaule, en route vers sa maison. Les chiens, voyant passer cet étranger à musette dont ils n'attendaient rien de bon, se mirent à le poursuivre dans un concert d'aboiements.

Tout le monde parut sur les seuils et les exclamations fusèrent :

« Mais, c'est l'Émile Combes !…

— Les prisonniers reviennent, les prisonniers reviennent », se mirent à chanter les enfants, imités par les adultes…

Mais Émile était bien seul et n'avait rencontré aucun de ceux qu'on attendait. Il était pressé de rejoindre les siens et ne s'attarda pas, indiquant seulement que les trains marchaient mal et que la pagaille était partout. Il fallait patienter et jouer des coudes pour pouvoir trouver une place.

Et la longue attente recommença, à peine tempérée par les paroles de l'arrivant.

Seule avec son secret, Agnès aussi attendait son Espagnol mais n'osait en parler à personne. Solange, tout à l'attente de Jules, avait oublié l'idylle de sa cousine. Marie était à sa douleur et Clément, toujours à vadrouiller à droite ou à gauche, ne se souciait pas de sa sœur. Elle avait bien essayé, un jour, de lui parler de Pedro ; le jeune homme se rappelait de lui mais ignorait ce qu'il était devenu. Ils s'étaient séparés peu après qu'il l'eût ramené au maquis et il ne l'avait plus revu. Il n'avait pas compris le tendre sentiment qui unissait la jeune fille à l'Espagnol et avait interprété sa demande comme de la sympathie naturelle pour le maquisard qu'elle avait caché. Agnès n'osa insister et ne lui fit aucune confidence.

Clément qui avait été très occupé au moment de la Libération, participant à toutes les fêtes, voyageant sans arrêt d'un endroit à l'autre, commençait à oublier un peu toute cette agitation. Il était revenu amer d'une ou deux réunions où des gens, entrés dans le maquis les tout derniers, tentaient d'imposer leur loi et prenaient la place de ceux qui avaient combattu dans l'ombre, des années durant. Il se détachait peu à peu de ses anciens compagnons et les perdait de vue les uns après les autres… La santé de son père le préoccupait aussi. Le vieil homme, usé par le travail et les années, perclus de rhumatismes et en proie à une bronchite chronique, s'était alité aux premiers jours de septembre. Il toussait à fendre l'âme et, malgré les tisanes que Marie lui avait fait porter par Agnès partie à son chevet, le mal empirait et le pauvre homme s'affaiblissait de plus en plus.

Dans le village, les travaux d'automne avaient repris, toujours dans l'attente.

« J'espère que ce sont les derniers que nous ferons avant l'arrivée des prisonniers », disait Solange comme pour se persuader que son mari allait revenir.

Après Émile, coup sur coup, on vit arriver Fernand Bon et Jean Tellier. Tous deux avaient fait route ensemble et ne se lassaient pas de raconter leur périple à travers l'Allemagne en ruine et la France qui ne valait guère mieux… Fernand décrivait les villes dévastées, les habitants hagards et les soldats, l'arme au poing. Au lieu de rassurer ceux qui attendaient les leurs, ces discours les épouvantaient et ils pensaient au pire.

La pauvre Marie n'était plus qu'une loque. Elle se traînait mécaniquement de la cuisine au jardin où elle arrosait, sans conviction, les dernières salades. Antoine et Denise, excités comme des poux, couraient avec les autres gamins du village pour fuir le climat lourd qu'ils sentaient sans en comprendre la raison. Leur père était parti depuis cinq ans. Certes, ils attendaient son retour mais qu'importaient quelques jours de plus ou de moins !... Ils avaient envie de courir, de se dépenser et de faire les quatre cents coups...

Depuis une semaine, leur mère avait déménagé leurs lits de sa chambre, leur expliquant qu'ils étaient grands maintenant et qu'ils seraient mieux chacun dans une chambre. Elle avait décoré de son mieux les deux pièces.

Denise avait été ravie de monter avec elle au grenier, à la recherche de vieux rideaux dans lesquels elles en avaient taillé de nouveaux pour les deux chambres. Elles avaient aussi découvert une vieille commode que la petite fille avait tout de suite adorée. D'une vieille malle, elles avaient sorti des couvre-lits au crochet que Marie revit avec beaucoup d'émotion. En effet, elle se souvint avoir crocheté un de ces couvre-lits, avec l'aide de sa mère, alors qu'elle avait seize ou dix-sept ans et qu'elle brodait son trousseau.

Le second était celui d'une de ses sœurs, morte à vingt ans de la tuberculose. Les deux couvre-lits firent la joie des enfants. Même Antoine, peu porté sur les chiffons, daigna s'extasier sur la dentelle délicate de l'ouvrage.

Malgré tous ces préparatifs, Antoine et Denise ne pouvaient s'empêcher d'éprouver un sentiment d'abandon : c'était parce que leur père allait arriver que leur mère les chassait de sa chambre !...

Cet homme, dont tout le monde parlait et qui était leur père, devenait un intrus qui prenait leur place auprès de leur mère... On avait parlé de lui tout au long de la guerre et, pourtant, ils ne se rappelaient plus son visage. Ils avaient oublié jusqu'à sa silhouette mais ils se gardaient bien de le signaler craignant de passer pour des enfants dénaturés. Cette situation les rendait nerveux : ils accumulaient les bêtises et l'exaspération de leur mère les confortait dans l'idée qu'elle les rejetait pour ce papa qui allait revenir mais qui tardait de plus en plus.

L'automne rayonnait de toute la gloire et la couleur de ses feuilles. L'air sentait la mousse et les champignons. On était début octobre. Presque tous les prisonniers étaient rentrés, mais de Jules, point !... La tension devenait insoutenable. Antoine et Denise, fatigués d'entendre toujours parler de la même chose, décidèrent d'aller ce jour-là, dans le bois voisin, ramasser des champignons. Ils savaient qu'ils auraient dû demander la permission, mais, par défi, ils partirent sans avertir âme qui vive :

« Qu'ils parlent de leur prisonnier à leur aise, on sera de retour avant qu'ils ne se soient aperçus de notre absence, dit Antoine.

— On rentrera avant la nuit ? s'inquiéta la petite fille.

— Bien entendu, le bois n'est pas loin et il n'est que 4 heures ! »

Ils partirent donc, inconscients de la longueur du chemin. Chacun balançait un panier à bout de bras.

« Il faut bien y aller, maintenant, se rassura le garçon. La semaine prochaine, l'école va commencer et on n'aura plus le temps. »

Les gros travaux étaient finis et l'arrachage des pommes de terre, prévu pour le milieu du mois, n'avait pas commencé. Les deux enfants, suivis de Mirza, la chienne, parvinrent sans encombre dans la forêt. Ils tournèrent un moment sans trouver le moindre champignon. Ils s'aperçurent soudain que le bois s'assombrissait et qu'il était l'heure de rentrer. Ils rebroussèrent chemin, mais ne parvinrent pas à sortir de la forêt.

L'obscurité devenait de plus en plus profonde et Denise fut prise de panique. Elle se mit à pleurer et Antoine, malgré ses neuf ans, était bien prêt à l'imiter.

Ils avançaient sur des sentiers inconnus, n'osant s'arrêter. La peur ancestrale du loup, dont ils se rappelaient les exploits racontés aux veillées, les dissuadait de s'asseoir au pied d'un arbre...

Ce fut la brave Mirza qui les guida et parvint à les sortir de la forêt. Malgré la nuit, le paysage qu'ils découvrirent les rassura et ils prirent le chemin de la maison.

Jusqu'à la nuit, leur escapade n'avait pas été découverte, mais, au retour de la traite du soir, leur absence devint inquiétante. Recherches et appels furent vains et pour cause... Les trois femmes s'affolèrent. Même Marie oublia ses soucis ; Solange se reprocha de ne pas s'être préoccupée de ses enfants ; et Agnès sentit son cœur se glacer. Elles étaient dans tous leurs états quand les deux lascars apparurent, au détour du chemin, précédés par Mirza toute fière de son exploit. La peur avait été si grande que la punition ne fut pas si sévère que celle à laquelle ils s'attendaient.

Ils avouèrent être partis à la recherche de champignons et, comme Solange leur reprochait de ne pas les avoir averties, Denise lui dit naïvement :

« On croyait que vous ne vous en apercevriez pas, vous pensez qu'à papa !

— On allait chercher des champignons pour lui », ajouta Antoine.

Trop émues, les trois femmes les serrèrent sur leur cœur en soupirant tandis que les deux enfants, pour une fois, faisaient honneur à la soupe.

20

Le retour

Octobre tirait à sa fin. Le matin déjà, la rosée blanche recouvrait les prés et formait un tapis que le soleil s'empressait de faire disparaître. Les gros travaux étaient terminés et le pays semblait se reposer comme pour mieux se préparer à l'arrivée de l'hiver.

Peu à peu, la guerre qui s'était terminée durant l'été n'était plus l'unique sujet de conversation. Les menus faits quotidiens tendaient à lui voler le monopole. Tous les prisonniers étaient rentrés. Tous ? Pas tout à fait : Jules Maurel manquait à l'appel… Comme toujours, Marie se recroquevillait dans son coin, en proie à des idées noires. Solange, qui à la Libération avait affiché un bel optimisme, se laissait gagner peu à peu par le découragement : pourquoi son mari ne rentrait-il pas ? Et pourquoi ne recevait-elle aucune nouvelle ?

Les rares prisonniers des villages voisins qui n'étaient pas rentrés avaient envoyé la raison de leur retard, mais Jules, rien !… Elle ne laissait deviner son angoisse à personne et certains la traitaient de sans-cœur. Mais le soir, seule dans sa chambre, la pauvre femme versait des torrents de larmes se posant question sur question.

Elle revoyait sans cesse une photo qu'elle avait aperçue dans le journal local : une scène de désolation après un bombardement sur une ville allemande avec des morts jonchant le sol et des maisons dévastées… « La route est longue, songeait-elle, des bords du Rhin jusqu'en Lozère » et Jules pouvait avoir été tué soit par les bombardements, soit par une balle perdue ! Quoi qu'il en soit, il ne reviendrait jamais…

Chaque matin, elle devait faire face au regard désespéré de sa belle-mère et répondre aux questions des enfants :

« Dis, maman, c'est aujourd'hui qu'il va arriver papa ?

— Dis, maman, pourquoi les autres rentrent et pas lui ? »

Elle inventait une réponse logique pour que cesse leur harcèlement, mais elle se demandait jusqu'à quand elle pourrait donner le change…

Il n'y avait qu'avec Agnès qu'elle pouvait exprimer ses angoisses. La jeune fille la rassurait de son mieux mais elle manquait de convictions et Solange, fine mouche, sentait les interrogations que sa cousine se posait aussi.

Et les jours passaient, les mois aussi. Les labours avaient repris dans la morosité des matins brumeux d'automne. Les deux jeunes femmes avaient espéré que Jules tiendrait le manche de la charrue maintenant que Lucien avait été écarté… Agnès partait seule avec son attelage, suivie par le regard interrogatif des vieilles curieuses qui se demandaient pourquoi l'entente conclue avec le voisin ne fonctionnait plus…

Comme toujours, le travail pressait et il commandait. Agnès, ce jour-là, revenait de labourer les Combes, ce champ situé à quelques centaines de mètres du village longeait un ruisseau que les pluies de novembre avaient grossi et qui menaçait de sortir de son lit. Elle était en retard pour rentrer car elle avait voulu terminer le labour sachant que les prochaines pluies lui interdiraient de revenir.

En arrivant au village, elle remarqua une silhouette voûtée qui marchait lentement, comme à regret, et se dirigeait vers Blachères. Elle ne lui jeta qu'un coup d'œil car l'inconnu lui paraissait peu intéressant : « Encore un va-nu-pieds, songea-t-elle, quelqu'un qui cherche du travail ou de la nourriture. »

Pourtant, quelque chose dans sa démarche l'intrigua. Elle arrêta son attelage et examina attentivement l'étranger. Une façon de marcher vaguement familière l'alerta et elle cria, tout à coup, sans même s'en apercevoir :

« Jules ! »

L'arrivant s'arrêta mais ne répondit pas.

« Jules !… » cria-t-elle encore plus fort.

Abandonnant son attelage, Agnès courut vers son cousin. Elle se jeta dans ses bras et faillit le renverser.

« Agnès, fit-il d'une voix basse, tu m'as reconnu ?

— Bien sûr, répondit-elle, c'est Solange qui va être contente ! »

L'homme sourit mais ne dit mot. Il reprit sa marche

comme un somnambule. La jeune fille le suivait. Elle l'observait et constatait qu'il avait beaucoup maigri depuis son départ. Ses cheveux étaient devenus blancs. Il portait un uniforme délavé et des souliers éculés. Sur son dos, flottait une musette marron qui ne paraissait pas très lourde mais qui, pourtant, semblait peser sur ses épaules. De temps à autre, il en soulevait les bretelles comme si elles lui sciaient la peau.

Agnès rejoignit son attelage et marcha derrière lui. Il ne jeta même pas un regard aux bœufs, ce qui étonna la jeune fille. Quand ils entrèrent dans le village, quelques gamins se poursuivaient sur la place. Il les regarda et s'arrêta. Les autres cessèrent leurs jeux et se mirent à crier :

« Un prisonnier… un prisonnier qui arrive ! »

Aussitôt, tout le village fut sur la place, depuis les adolescents jusqu'aux vieillards. Ils couraient tous pour voir celui qui arrivait.

Solange arriva la première. Quand elle reconnut son mari, elle fut tellement émue qu'elle faillit tomber. Elle resta debout, face à lui, les yeux grands ouverts, bouche bée, comme si elle voyait un revenant. Ce fut Jules qui s'approcha, la prit dans ses bras et la serra longtemps contre lui.

Marie arriva, criant, pleurant, riant et courant comme une jeune fille. L'homme lâcha Solange et embrassa sa mère. Elle le regardait comme une apparition tout en marmonnant :

« C'est toi, c'est bien toi, mon petit… »

Elle le palpait, ne laissait personne s'en approcher : il était tout à elle et elle ne voyait que lui… Il l'écarta doucement car Agnès poussait vers lui Antoine et Denise. Ils avançaient, intimidés devant ce père dont on leur avait tant parlé et qu'ils ne reconnaissaient pas… Lui, les yeux mouillés, contemplait les deux enfants et, pour la première fois, un sourire illumina son visage fatigué.

« Mes enfants, finit-il par dire avant de se baisser et

de les prendre, un sur chaque bras, pour les serrer contre lui…

— Mes enfants », répétait-il, les yeux remplis de larmes, tout en les contemplant à tour de rôle.

Quand il les lâcha, Antoine et Denise s'écartèrent et retournèrent près de leur mère. Alors les gens s'approchèrent et ce furent des embrassades sans fin, des serrements de main et des tapes sur le dos : le village renouait avec l'un des siens dont il avait été séparé pendant des années. Une fois les effusions passées, les questions fusèrent :

« Où étais-tu ? Que faisais-tu ?… »

Il n'avait pas le temps de répondre qu'une autre question était posée et cela continuait, continuait…

Comme à chaque retour, les gens voulaient tout savoir. Jules, appuyé contre le mur, avait posé sa musette à ses pieds et essayait de contenter tout le monde en racontant les cinq années qu'il venait de vivre.

« Je n'étais pas malheureux, expliquait-il, c'était un peu le même travail qu'ici ; mais ce n'était pas la même façon de conserver le foin, on faisait de l'ensilage… »

Un autre l'interrompit :

« Vous mangiez bien ?

— À la ferme, c'était comme dans toutes les maisons, mais on mangeait dans une pièce à part… »

Ils voulaient tout savoir même les plus petits détails insignifiants. Il leur expliqua même en riant :

« Une poule avait fait son nid dans la grange et, comme on attendait tous les jours notre libération, je n'avais rien dit à personne. Je pensais prendre les œufs en partant et puis, je les ai oubliés !… »

Tout le monde se mit à rire. Finalement, leur curiosité satisfaite, les villageois consentirent à laisser l'homme entrer dans sa maison.

Jules prit chacun de ses enfants par la main et marcha d'un pas décidé vers Cardabelle. Solange le suivait et Marie monologuait tout haut. Agnès avait disparu, partie dételer les bœufs.

Quand ils furent arrivés, l'homme s'assit lourdement sur une chaise et promena son regard sur les murs, le plafond et s'exclama :

« On dirait que je suis parti hier. Rien n'a changé ici.

— On t'a attendu pendant six ans et on a tout laissé en état pour ton retour », répliqua Marie.

Il fit un geste comme pour dire : « Vous pouviez vivre sans moi ! », mais il ne dit mot. Agnès, revenue de l'étable, allait et venait, mettait la table tandis que Solange, assise en face de son mari, demeurait étrangement silencieuse.

Les enfants, intimidés au début, commençaient à s'enhardir.

« Tu vas rester, papa ? » demanda Denise.

Jules tressaillit et eut un rire amer :

« Où veux-tu que j'aille, ma petite fille ? »

Antoine, fier de sa supériorité, haussa les épaules et dit en toisant sa sœur :

« Il va rester ici, qu'est-ce que tu crois ? C'est sa maison. »

La soupe apparut sur la table et Solange demanda d'une voix changée :

« Tu ne veux pas quitter cet uniforme et te laver avant de manger ?

— J'ai pris une douche, à la caserne, hier. Je me changerai, tout à l'heure. Si mes habits me vont encore, ajouta-t-il en riant.

— C'est vrai que tu as maigri, constata Marie. Tu as beau dire, ils ne t'ont pas bien traité ces Allemands !...

— Ah maman, ce n'était pas ta cuisine, mais je n'ai pas eu à me plaindre. Il y en avait qui étaient moins bien que moi.

— Pourtant, tu n'es pas bien gras ! »

Tout le monde éclata de rire et l'atmosphère en fut détendue.

« Ah, la bonne soupe, s'écria Jules, j'en ai souvent

rêvé… C'est comme le saucisson, la saucisse et toute la charcutaille. Quand arrivait l'hiver, je pensais au cochon que vous tuiez et j'en salivais !

— Mais on t'envoyait des colis…

— Je n'en ai pas beaucoup reçu et ceux qui parvenaient jusqu'au camp étaient le plus souvent ouverts et la nourriture qu'ils contenaient volée ou rancie. Une fois, je sais qu'il y avait de la confiture que j'ai partagée avec les copains, mais je ne me rappelle pas avoir reçu de la charcuterie.

— Tiens, fit Agnès en posant un saucisson sur la table, goûte. Il est encore de l'an dernier, mais c'est la fin. »

Jules se coupa une épaisse rondelle, sous l'œil attentif des enfants, et se mit à le dévorer avec un plaisir non dissimulé.

« C'est bon ! Ça c'est du saucisson. »

Femmes et enfants le contemplaient sans mot dire tout en oubliant de manger. Quand il fut repu, il se tourna vers Solange et demanda :

« Et maintenant, raconte-moi un peu comment ça s'est passé pendant mon absence. »

Les trois femmes ouvrirent la bouche en chœur, mais ce fut Marie qui répondit :

« Pendant ton absence, tu le verras, on a tenu le coup. »

21

La difficile réadaptation

L'hiver, cette année-là, fut exceptionnellement froid. Tous les ruisseaux étaient gelés et les enfants s'en donnaient à cœur joie. Un seul regret : ce fut que la neige soit absente…

À l'approche de Noël, la petite Denise levait un

regard anxieux vers le ciel, attendant des papillons blancs qui ne venaient pas.

« Dis, Agnès, demanda-t-elle à sa cousine, tu crois qu'il y aura de la neige pour Noël ?

— Si tu as été sage, bien sûr qu'il y en aura », fit la jeune fille rassurante.

Jules, qui se trouvait là, se mêla à la conversation :

« En Allemagne, il y en avait beaucoup. C'était magnifique : tout était blanc, les champs, les maisons, les chemins…

— Raconte, papa, raconte », dirent les deux enfants.

Ils étaient friands des souvenirs d'Allemagne que leur père égrenait trop peu souvent à leur gré. Quand il parlait de là-bas, il prenait un air nostalgique et se perdait dans ses rêveries. Les petits adoraient ces histoires, mais leur mère devenait nerveuse quand il évoquait ce pan de sa vie dont elle était absente.

Le père, les yeux perdus dans le vague, se mit à parler. Il ne se lassait pas, ce jour-là, de narrer cette plaine allemande recouverte de neige, ses bouquets de houx et de gui que l'on mettait sur les portes, les chants de Noël qui résonnaient dans le village où se trouvait la ferme, les enfants qui couraient de maison en maison…

Il racontait sans s'arrêter et tous le regardaient tant l'on voyait qu'il y prenait du plaisir.

Marie en avait les larmes aux yeux, Solange était devenue toute pâle et Agnès cheminait avec lui, dans la campagne enneigée, à la recherche de gui et de houx…

Quand il se tut, le charme subsista quelques instants ; ce fut Marie qui le rompit en déclarant :

« Alors, tu n'étais pas trop malheureux, là-bas. »

Jules la regarda comme si elle avait proféré une énorme bêtise, puis, revenant à lui, il baissa la tête et sombra dans le silence. Tous les efforts des enfants pour lui faire reprendre son récit furent vains. L'homme se renferma dans sa coquille comme il le faisait le plus souvent. Il restait de longs moments, les yeux dans le vague, à regarder sans le voir le paysage hivernal qui s'étalait sous ses yeux. Les arbres, dépouillés de leurs feuilles, se tordaient sous le vent du nord qui soufflait en bourrasques. Les pluies récentes avaient gonflé les eaux et, de la rivière, montait un grondement sourd qu'il semblait écouter à longueur de journée. Les hauts versants de la colline, couronnés de sapins, apportaient une tache de couleur à ce paysage désolé. Les moineaux se cachaient dans les trous de muraille, seuls quelques corbeaux en maraude coupaient le ciel gris en poussant de sinistres « croa-croa » qui ne troublaient aucunement la rêverie de l'homme... Il passait des heures à contempler le même horizon et, de temps à autre, partait dans les champs, seul, sans aucune raison... Il se perdait dans la campagne qu'il connaissait si bien, s'en imprégnait, s'y noyait comme s'il voulait se fondre en elle.

Il fatiguait son corps et revenait de ces expéditions rouge de froid et les yeux remplis de rêve...

Au début, Solange avait accepté ces errances. Elle les avait même approuvées pensant qu'il ne pouvait se réadapter en un jour à la vie de famille. Mais le temps passait et les rêveries nostalgiques de Jules duraient toujours. Maintenant, elle se posait des questions : que faisait son mari pendant qu'elle luttait pour lui conserver Cardabelle et résistait aux assauts d'Auguste Pilot ? Elle n'osait y répondre ni en parler avec lui, mais elle ressassait, tous les jours, des idées de plus en plus noires. Et la vie continuait...

Noël arriva, mais la neige ne fut pas au rendez-vous. La veille, Denise et Antoine, comme chaque année, se préparèrent à faire la crèche. Leur mère descendit la boîte en carton qui contenait les santons de plâtre qui dataient de leur petite enfance.

« Il faut aller chercher du lierre, décida Antoine. »

Sitôt dit, sitôt fait, ils bondirent au-dehors, bien décidés à courir la campagne. Dans la cour, ils rencontrèrent leur père qui leur demanda :

« Où partez-vous, si vite ?

— On va chercher du lierre pour la crèche. »

Jules les regarda courir avec tant de nostalgie dans le regard qu'Antoine revint sur ses pas, prit son père par la main et l'entraîna vers les prés où courait déjà Denise. Ils marchèrent un moment en silence, puis le garçon se tourna vers son père et l'interrogea d'une voix grave :

« C'est vrai, papa, qu'à Noël tu allais cueillir du houx et du gui, en Allemagne ? »

Le père hésita. Il posa les yeux sur son fils qui s'étonna de les voir remplis de larmes.

« Papa, fit-il apeuré, pourquoi tu pleures ? »

Le père s'essaya dans un triste sourire :

« Je… je ne pleure pas, je suis un peu enrhumé, c'est tout !… »

Il serra son fils contre lui en murmurant :

« Ah, Antoine, Antoine, si tu n'étais pas là… »

Le garçon, intimidé par ces paroles, n'osa poser d'autres questions. Denise, tout à sa tâche, n'avait rien remarqué. Elle leur cria :

« Je n'arrive pas à le détacher, venez m'aider. »

Ainsi revenus sur terre, ils s'avancèrent et se mirent à l'ouvrage. Ils en eurent bientôt un énorme tas et Jules déclara :

« Il y en a beaucoup trop, on ne va pas pouvoir porter tout ça à la maison.

— Il en faut, tu sais », répondit Denise.

Elle commença à prendre le lierre par brassées et son frère l'imita. Le père les regardait en silence. Ils partirent tous deux avec leur fardeau, Jules n'avait pas bougé.

Quand ils furent hors de sa vue, il prit le chemin gelé et, tournant le dos au village, se mit à monter vers le bois de pins qui couronnait la vallée. Il fallait qu'il retrouve les sensations et les odeurs des grandes forêts noires de là-bas… Il fallait qu'il sente sous ses pas les crissements des aiguilles et qu'il admire le ciel à travers le rideau des grands arbres… C'était vital pour lui… Il étouffait entre les murs du village et dans sa maison où il se sentait étranger : cette maison où il était né et qu'il ne reconnaissait plus !… Et pourtant, il avait tant rêvé à la douceur de son foyer quand il vivait au camp… Il revoyait la beauté de Solange, le soir de ses noces, quand l'amour les avait jetés dans les bras l'un de l'autre… Ces soirs-là, il revivait la naissance d'Antoine, un fils, pour perpétuer la lignée… Et puis Denise, Denise, la douceur, la naïveté, l'enfance dans toute sa splendeur… Il avait pleuré combien de fois, combien de jours, sur ce foyer qui était toute sa vie ?

Et puis, les années avaient passé, leur souvenir s'était estompé… Certes, il les aimait toujours autant, mais il ne pleurait plus en contemplant leurs photos jaunies où il avait du mal à reconnaître leurs traits… Et puis, on s'était enfoncé dans la guerre et alors… alors…

Non, il n'allait pas revenir sur les dernières années de sa captivité. Y revenir, ce serait briser sa vie et celle des autres : il avait pris une résolution, il fallait s'y tenir… Mais, bon Dieu, que c'était difficile !… Surtout aujourd'hui, la veille de Noël, alors que les souvenirs frappaient fort à la porte de sa mémoire et que même ses enfants l'obligeaient à les étaler au grand jour !…

Il buta sur un caillou qu'il envoya voltiger au loin et regarda le ciel qui se chargeait d'orage. Peut-être, après tout, y aurait-il de la neige pour Noël ; voilà qui allait combler de joie Denise, mais allait encore lui donner des regrets…

« Allez, fit-il en rebroussant chemin, il est temps de rentrer !… Ils doivent se demander où je suis passé. »

Il reprit en hâte le chemin du village et, à mi-trajet, rencontra Agnès qui venait à sa recherche.

« Agnès, s'étonna-t-il, que fais-tu ici ?

— Je venais te chercher. Ta mère et ta femme étaient dans tous leurs états !… »

Jules jeta un coup d'œil à sa montre : 15 heures !… Il n'avait pas vu passer le temps !

« Agnès, fit-il, je suis impardonnable. Je me suis

avancé jusqu'au bois et je suis allé plus loin que je ne le pensais.

— Jules, répondit Agnès en lui posant la main sur le bras, qu'est-ce qui ne va pas ? »

Elle pouvait se permettre de lui poser la question : elle était comme une sœur pour lui. Elle l'avait connu, à peine sorti de l'enfance, et l'avait toujours considéré non pas comme un cousin, mais comme son grand frère. Elle répéta :

« Qu'est-ce qui ne va pas, Jules ? Tu n'es pas heureux parmi nous ? »

Jules la regarda mais continua à avancer.

« Ne traînons pas, finit-il par dire, puisqu'on nous attend. »

Ils marchèrent en silence et, tout à coup, Jules se retourna, jeta un coup d'œil à sa cousine et dit, en repartant sur le chemin, d'une voix basse et grave que la jeune fille ne connaissait pas :

« Agnès, tu ne pourras sans doute pas comprendre : j'aime ma famille et mes enfants, mais j'ai du mal à reprendre pied dans ce qui était, autrefois, ma vie… Je sais que ça doit te paraître absurde, mais c'est ainsi. »

Il n'ajouta rien, mais allongea le pas pour qu'Agnès ne lui pose pas d'autres questions. La jeune fille eut la nette impression qu'il lui cachait quelque chose mais n'osa insister.

Ils arrivèrent peu après et Marie surgit à la porte en s'exclamant :

« Mais où étais-tu passé ? On se faisait un sang d'encre !…

— Crois-le ou pas, maman, je me suis égaré. Je voulais monter jusqu'au bois ; il y avait plusieurs chemins et, quand j'ai voulu rentrer, je n'ai pas pris le bon !… Allons, les enfants, et cette crèche ? Il y avait assez de lierre ? »

Ravis, Antoine et Denise l'amenèrent devant une grotte miniature cachée par les branches de lierre et posée sur un lit de mousse.

« Mais il n'y a pas d'Enfant Jésus ! s'étonna le père.

— Il n'est pas encore né, riposta Denise, il faut attendre ce soir, à minuit.

— Ah, c'est vrai… J'avais oublié. Elle est très belle votre crèche…

— Ton dîner va être froid ! coupa Marie, il te faut manger. »

Jules se retourna et croisa le regard de Solange. Il y lut une immense détresse, du désespoir et un amour qu'elle ne voulait pas montrer mais qui transparaissait dans ses yeux. Elle retenait avec peine des larmes qu'un reste de fierté empêchait de couler. Elle se détourna, saisit la soupière et, sans parler, remplit une assiettée de soupe.

« Allons, allons, fit Jules avec un entrain forcé, ne vous en faites pas. Je me suis perdu une fois, mais ça ne m'arrivera plus. Il me faut refaire connaissance avec le pays… »

Il eut un sourire triste, s'assit à table et, saisissant la main de sa femme, la porta à ses lèvres.

22

La maladie du père

Quand, le premier janvier, Agnès s'en vint faire une visite à son père, elle le trouva prostré dans le *cantou*, affalé sur une chaise, les yeux fixés sur les braises. Elle referma la porte et s'écria joyeusement :

« Bonne année, père, et bonne santé. »

Elle ne s'approcha pas pour l'embrasser, sachant que son père avait horreur de toute démonstration de sentiments.

Le vieil homme releva la tête et posa sur sa fille ses yeux d'un bleu délavé. Il la fixa un moment sans rien dire, puis murmura d'une voix à peine perceptible :

« Agnès, qu'est-ce que tu ressembles à ta pauvre mère !... »

La jeune fille sourit. Ce n'était pas la première fois que son père lui faisait cette remarque. Elle redit :

« Bonne année, papa. Tu ne me souhaites pas une bonne année ? »

Le père sourit à son tour, montrant sa bouche édentée :

« Si, si, bonne année. »

Agnès prit une chaise et s'assit face au feu. Elle tendit les mains vers les flammes, puis poussa un peu les bûches pour attiser les flammes. La maison était sombre. La jeune fille se rappela : du plus loin qu'elle s'en souvienne, la maison avait toujours été sombre, même en plein été. Cela venait peut-être de l'épaisseur des murs construits pour résister aux assauts du temps, et des fenêtres étroites comme des meurtrières.

La pièce sentait la fumée et la couleur des murs hésitait entre un jaune pisseux et un gris poussière. Une faible ampoule nue donnait une lumière chiche qui ne s'aventurait pas dans les coins. Quatre chaises bancales contournaient une table ronde recouverte d'une toile cirée usée jusqu'à la corde. Les roses rouges qui l'ornaient au temps de sa splendeur avaient complètement disparu et ne subsistaient que sur l'extrême rebord. La jeune fille se demanda si cette nappe n'était pas celle qui se trouvait sur la table du temps de sa mère. En tout cas, elle l'avait toujours vue... Il n'y avait pas d'armoire ; seul un placard, aux portes disjointes, faisait face à un crucifix placé sur le manteau de la cheminée. Le sol, en terre battue, formait des creux devant l'évier de pierre et près de la fenêtre. La maison sentait la misère et le manque de soin...

La jeune fille soupira : elle aurait dû venir plus souvent, mais elle s'était habituée à la ferme claire et propre de Cardabelle et revenir dans cette maison lui causait comme un malaise. Comme s'il devinait ses pensées, son père expliqua :

« Je sais que la maison n'est pas bien tenue, mais je

n'en ai plus la force. J'ai eu un mauvais rhume au début de l'hiver et je n'arrive pas à m'en défaire.

— Moi aussi, j'aurais dû venir plus souvent prendre de tes nouvelles. »

Le père eut un geste vague comme pour signifier que tout cela n'avait pas d'importance, puis il confia, soudain, en regardant sa fille jusqu'au fond des yeux :

« J'aimerais bien revoir Gabriel. »

Bien que surprise, Agnès répliqua :

« Il y a longtemps que tu ne l'as pas vu ?

— Longtemps ? Je ne sais pas, mais je voudrais le revoir.

— Veux-tu que j'écrive à la tante Émilie, pour lui dire de venir te voir ? Justement, je ne lui ai pas encore présenté mes vœux. Je le ferai, ce soir.

— Dis-lui bien qu'elle vienne, au plus tôt, et avec Gabriel. »

Cette fois, la jeune fille fut alarmée.

« Que se passe-t-il ? Pourquoi es-tu si pressé de voir Gabriel ?

— Parce que, à mon âge, ma petite fille, on ne sait de quoi demain sera fait et j'aimerais revoir tous mes enfants avant mon départ.

— Mais, père, tu n'es pas malade à ce point ! »

Le père ne répondit pas. Agnès s'affola :

« Il faut faire venir le médecin. Il te donnera une potion pour ta toux. »

Le vieil homme haussa les épaules :

« Les médecins ne peuvent rien contre les années et la fatigue accumulée. Ne dépense pas des sous pour le médecin. Applique-moi, si tu veux, un de ces cataplasmes de moutarde et de farine de lin comme faisait ta mère, autrefois. Ils me faisaient suer et le froid s'en allait avec la sueur. »

La jeune fille se leva et se dirigea vers le placard. Tout en haut, se trouvait une pharmacie rudimentaire où elle trouva tous les ingrédients pour faire un cataplasme.

Le père se leva et s'en alla vers l'alcôve cachée par

un rideau dont la couleur verte autrefois avait viré au marron avec le temps et la fumée. Le père quitta ses galoches noires, son pantalon et ses chaussettes et se glissa dans le lit avec un soupir de satisfaction.

« Ah, c'est encore dans le lit que je me sens le mieux !... »

Pendant ce temps, Agnès avait fait chauffer de l'eau et y avait délayé la farine de lin en la remuant avec une cuillère. Elle attendit que le mélange ne soit pas trop chaud, le glissa dans une serviette de toilette, le saupoudra d'une pincée de moutarde avant de replier la serviette et de se diriger vers le lit.

« Voilà, tout est prêt. Il faudrait que tu te tournes. »

Le vieillard s'exécuta en gémissant. Quand il fut prêt, il questionna :

« Tu as mis assez de moutarde ?

— Oui, il y en a assez. S'il y en avait trop, tu ne pourrais pas le supporter.

— J'ai la peau dure, tu sais, je ne crains rien. »

La jeune fille ne répondit pas. Elle souleva la chemise et appliqua la compresse sur la poitrine de son père. Elle s'effraya de la maigreur squelettique du vieil homme mais ne fit aucune remarque. Elle recouvrit le vieillard et revint s'asseoir, songeuse, près de l'âtre.

La porte s'ouvrit, et Clément entra.

« Ben, fit-il, ça ne se réchauffe pas ! »

Il remarqua alors la présence d'Agnès et l'absence de son père.

« Ah, bonjour petite sœur et bonne année.

— Bonne année à toi aussi et bonne santé.

— Qu'y a-t-il, le père est pas bien ?

— Il tousse et me paraît bien faible.

— Oui. J'avais pensé venir te chercher. Il y a quelques jours qu'il demande à mettre un cataplasme, mais moi...

— Ça y est, je l'ai fait, mais j'ai peur que ça ne suffise pas et il ne veut pas entendre parler de médecin.

— Il t'a dit qu'il voulait voir Gabriel ?

— Oui, il dit qu'il veut le revoir avant de mourir... »

Ils se turent tous les deux et fixèrent les flammes qui montaient claires et joyeuses dans la cheminée. Ils pensaient tous les deux à ce frère si peu connu qu'ils ne voyaient qu'en de rares occasions et à leur mère partie trop tôt…

Agnès, la première, rompit le silence :

« Je crois que je devrais venir le soigner. Maintenant que Jules est revenu, ils ont moins besoin de moi. Je serai plus utile, ici. »

Clément hocha la tête. Cette solution lui convenait tout à fait. Il ajouta, au bout d'un moment :

« Il me faut aller leur souhaiter la bonne année. Si tu veux rester, je t'apporterai les habits dont tu as besoin.

— Dis à Solange de les préparer. Tu crois qu'il faut aller chercher Gabriel ? »

Le jeune homme hésita :

« Tu crois qu'il est si mal ?

— Je n'en sais rien, mais cela lui ferait plaisir et le tranquilliserait.

— Bon, après ma visite à Cardabelle, j'irai à Mende et je verrai ce que je peux faire. »

Tout en parlant, ils avaient oublié le vieil homme. En l'entendant gémir, Agnès se leva précipitamment.

« Cela fait une demi-heure, c'est plus que suffisant. »

Elle écarta drap et couvertures, souleva la chemise et retira le cataplasme de la poitrine de son père. La peau était rouge et la jeune fille demanda :

« Tu aurais dû m'appeler !… Ça va ? Ça ne te fait pas mal ?

— Non, c'était supportable et un cataplasme, plus on le garde, mieux c'est. Maintenant, fit-il en s'asseyant sur le lit, je vais me lever.

— Reste au lit, répliqua Clément. Agnès va s'occuper de toi, elle reste ici. »

Il se tourna vers sa sœur :

« Il faudra faire le lit dans ton ancienne chambre. Elle doit être pleine de poussière. »

Le père se recoucha sans façon et tous deux l'entendirent pousser un soupir de soulagement. Sans oser le lui demander, il était content que sa fille le soigne.

Les deux jeunes gens échangèrent un sourire. Toute sa vie, Paul Mullier avait été un dur, travaillant pour deux, ne se plaignant jamais : il avait été une force de la nature. Mais aujourd'hui, à plus de soixante ans, il se voyait diminué et se sentait perdu. Tout naturellement, c'était vers ses enfants qu'il tournait les yeux et il souhaitait les avoir à son chevet.

Agnès se mit en quête de provisions pour préparer le repas de midi. À la cave, elle trouva la récolte de pommes de terre. Elle avait été abondante et il y en avait encore beaucoup. Des raves, des choux-raves et des choux, la racine en l'air, voisinaient avec les conserves du cochon et des bocaux fermés. Elle prit des légumes et hésita devant les bocaux avant de saisir un pot de pieds de cochon. Elle remonta, prit les seaux et se dirigea vers la fontaine. Elle n'y trouva âme qui vive et rentra vivement pour échapper à la bise qui s'était levée.

Tout en épluchant les légumes, elle mit l'eau à bouillir. Clément était monté au charnier couper une belle tranche de lard qu'il glissa dans la marmite. Bientôt, l'eau se mit à chanter et la jeune fille y jeta les légumes coupés en morceaux. Elle allait et venait, tout à son travail, songeant qu'elle retrouvait sa maison après une longue absence. Elle qui avait redouté d'y revenir à cause de son inconfort et de sa pauvreté s'y sentait à l'aise, ce qui l'étonnait beaucoup.

Le père se leva pour manger la soupe mais ses deux enfants le sentaient préoccupé. Il reparla de Gabriel et de son désir de le revoir. Clément lui assura qu'il allait l'avertir et qu'il ne tarderait pas à venir. Mais le père demeurait soucieux. Les tentatives de ses enfants pour le distraire restèrent vaines.

Après le repas, Clément partit pour aller voir ses tantes. Marie, tout d'abord, puis Émilie ensuite. Le père le regarda mettre sa veste et se glisser dehors, dans la bise aigre qui cognait aux volets et secouait la porte.

« Allez, à ce soir », lança le jeune homme en s'en allant.

Agnès fit la vaisselle puis, laissant son père au cantou, dans un demi-sommeil, monta dans sa chambre qu'elle avait quittée enfant et où elle n'était jamais remontée. Sur le lit, un mince matelas surmontait une paillasse remplie de balles d'avoine qui sentait la poussière.

Malgré le froid, elle aéra, fit le lit avec des draps qu'elle trouva dans l'armoire et, tout de suite, la pièce parut plus accueillante.

« Allons, se dit-elle, je crois que je m'habituerai, ici. » Elle eut une pensée pour Pedro dont elle n'avait aucune nouvelle et se prit à rêver de l'amener dans cette maison où elle avait été heureuse avec ses parents !...

« Tu divagues, ma pauvre fille, se reprocha-t-elle aussitôt, tu es là pour soigner ton père et non pour rêver ! », et elle se remit à l'ouvrage.

23

Gabriel

Le soir tomba vite. Agnès alluma la lampe. Son père n'avait pas bougé de son coin ni prononcé aucune parole. La jeune fille fit plusieurs fois le tour de la pièce cherchant ce qu'elle allait faire. Le vieil homme, enfoncé dans sa chaise qui avait connu des jours meilleurs, gémissait de temps à autre. Agnès se demandait s'il dormait ou faisait semblant. Elle lui proposa une tisane mais il ne répondit pas.

Maintenant que la nuit tombait, elle était inquiète de se trouver seule avec un malade. Elle attendait le retour de Clément pour appeler un docteur car elle sentait que son père n'allait pas bien du tout et, malgré ses réticences, il fallait le faire soigner. Les heures passaient, les unes après les autres, et la jeune fille s'étonnait du retard de son frère.

Elle remit la marmite de soupe sur le feu pour la faire chauffer et partit chercher quelques pommes à la cave. Quand elle remonta, Clément était arrivé. Il était accompagné d'un jeune homme grand et bien charpenté qu'Agnès hésita à reconnaître :

« Gabriel ! s'écria-t-elle, en s'avançant vers lui. C'est bien toi ? »

Le jeune homme sourit et vint l'embrasser en souhaitant :

« Bonne année, Agnès. »

Le père, sur sa chaise, était totalement réveillé. Il ne pouvait détacher son regard de son dernier fils qu'il avait si peu connu. La jeune fille réfléchissait : quel âge pouvait avoir ce grand adolescent qui la dépassait d'une tête. Elle calcula : à sa naissance, elle avait huit ans : elle allait avoir vingt-trois ans bientôt, il avait donc quinze ans. Comme le temps avait passé !... Des trois, c'était celui qui ressemblait le plus au père. Il avait sa tignasse brune, son nez un peu brusque et ses yeux bleus surprenants dans son visage bronzé et ses cheveux bruns.

« Tu as quinze ans ? interrogea-t-elle en le regardant.

— Je les ai eus en septembre. Et toi, tu as quel âge ?

— Je suis vieille, soupira-t-elle, je vais avoir vingt-trois ans.

— Qu'est-ce que je devrais dire, moi ! lança Clément en riant... Vous rendez-vous compte que c'est la première fois que nous sommes ensemble, tous les quatre, depuis la mort de maman ! »

Ils en prirent conscience et se réjouissaient de cette rencontre.

« Ah, si votre pauvre mère vous voyait, comme elle

serait contente ! » déclara le père avec des larmes dans la voix.

Ils se turent, évoquant le visage de la disparue. Seul Gabriel n'avait aucun souvenir d'elle. Le père se leva en titubant et s'approcha de ses enfants, les yeux toujours fixés sur le plus jeune. Clément vint le soutenir et le guida vers une chaise, près de la table.

« Voilà, fit-il, comme tu le voulais, je suis allé chercher Gabriel. Il restera quelques jours avec nous. Il est à l'école. Il va passer le brevet cette année, mais ce sont les vacances de Noël. Il couchera avec moi », ajouta-t-il, répondant à la question muette de sa sœur.

Ils s'assirent tous les quatre autour de la table. Le père posa les coudes sur le rebord et, d'une voix basse qu'Agnès ne lui connaissait pas, se mit à parler :

« Je suis content de vous voir là, tous les trois. J'en ai souvent rêvé. Si nous n'avions pas eu le malheur, vous vous seriez élevés ensemble, mais ça n'a pas été possible. Agnès et Gabriel, vous devez toujours être reconnaissants à Marie et à Émilie. Clément, tu n'as pas eu tant de chance, tu m'as suivi et nous avons travaillé ensemble…

— Oh, papa, ne dis pas ça !… Je suis resté près de toi et nous avons passé de très bons moments…

— Agnès, reprit le père, j'espère que tu te marieras, bientôt. »

La jeune fille rougit.

« … Mais, ma pauvre, tu n'auras pas de dot…

— Ne te fais pas de soucis pour moi, papa.

— … Gabriel, je ne te connais pas très bien, mais je t'aime autant que les autres. Toi, je l'espère, tu auras une bonne situation. Qu'est-ce que tu veux faire ?

— Je ne sais pas. Tante Émilie connaît le directeur du Crédit agricole et il lui a promis de me prendre si j'ai le brevet.

— Et ça te plaît ?

— Oui, ça va.

— Bon. Alors, je suis content pour toi. Si je vous ai réunis, ce soir, c'est que je sens que la fin est proche…

— Papa, ne dis pas des choses pareilles ; on fera venir le docteur et tu seras bientôt sur pied.

— Non, ma fille, pas besoin de docteur. Je suis foutu et je le sens… Mais c'est la vie… Avant de partir, je voulais vous dire que je ne vous laisserai pas de grandes richesses. Je n'ai que cette maison et elle n'est pas toute jeune. J'ai aussi deux champs… »

Il s'arrêta en proie à une quinte de toux qui le secoua tout entier, le déstabilisa et faillit le faire tomber. Il se reprit et essuya son front trempé de sueur.

« Tu vois, ma pauvre Agnès, fit-il en se tournant vers sa fille, même ton cataplasme ne m'a pas guéri… Où j'en étais ?… Ah oui, je voulais vous dire qu'il n'y a qu'une chose que je souhaite, c'est que vous vous entendiez toujours comme frères et sœur…

— Mais oui, papa, répondirent-ils, tous en chœur.

— Nous te le jurons, ajouta Clément.

— Si jamais il y a quelque chose entre vous, parlez-en et pensez à votre vieux père qui voulait tant que vous restiez unis…

— On s'en souviendra », assura Clément.

Agnès avait les larmes aux yeux et Gabriel se sentait tout remué. Il connaissait à peine son père, son frère et sa sœur et, aujourd'hui, il découvrait que, s'il avait eu une vie plus douillette et plus facile, il lui avait manqué cet amour qui les réunissait dans un même cœur. La tante Émilie était bien gentille, et l'oncle Joseph aussi, mais il regrettait la maison sans confort, le feu dont la fumée piquait les yeux mais aussi les rires, les menus plaisirs des soirs chaleureux autour de la lampe… Il n'avait jamais connu cela chez le couple qui l'avait adopté…

Agnès se leva et mit la table. Tous écoutaient chanter la marmite et sentaient la bonne odeur des légumes. Quand la jeune fille posa la soupe sur la table, les deux frères se servirent. Le père refusa de manger malgré les prières d'Agnès.

« Il faut te nourrir, tu es maigre comme un clou.

— Je n'ai pas faim, mais je suis heureux, aujourd'hui,

de vous avoir sous mon toit et ça me tient lieu de nourriture. »

Après le repas, le père se coucha et les enfants restèrent face à face devant le feu qui jetait des lueurs claires à rendre jalouse la lampe tempête qui brûlait au-dessus de leur tête, sous le manteau de la cheminée.

À voix basse, pour ne pas troubler le sommeil du père, ils se firent des confidences. Clément évoqua son enfance auprès de son père. Il raconta certains épisodes tragi-comiques qui montraient l'humour du père mais aussi sa sévérité et son amour du travail bien fait qu'il lui avait inculqué très tôt. Il ne regrettait rien, mais trouvait que son apprentissage avait été rude.

Agnès à son tour narra la vie à Cardabelle. Pour elle, c'était sa maison. Elle y avait été accueillie à l'âge de huit ans et avait toujours été considérée comme faisant partie de la famille. Pourtant – elle hésita avant de le dire tant elle se prenait pour une ingrate – pourtant, avoua-t-elle, depuis que Jules était parti à la guerre, elle avait travaillé comme une esclave avec Solange pour maintenir Cardabelle en état jusqu'au retour du prisonnier et elle n'avait jamais reçu un encouragement ni une pièce. Elle ne pouvait s'empêcher d'envier les jeunes filles de son âge qui étaient parties à la ville et qui recevaient un salaire si minime soit-il. Maintenant que Jules était revenu, elle envisageait de quitter la ferme et de chercher du travail.

Ses frères l'écoutaient en silence. Après avoir réfléchi un moment, Clément lui dit :

« Ce que tu dis est sûrement vrai, mais je dois avouer que, moi aussi, je trouvais ta contribution naturelle, à Cardabelle. Tu es comme la fille de la maison, tu participes à sa bonne marche.

— Oui, à la différence que je ne suis pas la fille de la maison…

— Ils t'ont nourrie, logée, vêtue durant toutes ces années. J'imagine que le père ne leur a rien donné.

— Je sais, mais je le leur ai bien rendu ; et, maintenant, j'ai envie de voler de mes propres ailes. »

Elle n'avoua pas qu'elle voulait aussi quitter le village à cause de Lucien qui n'avait pas oublié leur idylle et qui la poursuivait de ses assiduités prétendant avoir des droits sur elle…

Le silence tomba. Tous trois fixaient le feu dont les flammes léchaient les bûches rougeoyantes qui répandaient une douce chaleur. Le sommeil commençait à les gagner quand Gabriel soupira et commença le récit de sa vie.

Il n'avait pas été malheureux, mais n'avait pas été heureux non plus. L'oncle Joseph ne l'avait jamais considéré comme son fils. Pour lui, il était le neveu d'Émilie, un point c'est tout ! Il était sabotier et avait sillonné le pays, pendant la guerre, à la recherche de noyers pour fabriquer ses sabots. Ses chaussures étaient les plus prisées et les mieux finies à des kilomètres à la ronde ; aussi, il avait beaucoup de clients en ces temps de restrictions. Mais il était jaloux de son savoir et n'avait jamais voulu le transmettre à Gabriel.

« Tu n'es pas mon fils, disait-il, cherche un autre métier. »

La tante Émilie, consciente de l'entêtement de son époux, l'avait poussé, très vite, à étudier. Il était externe chez les frères et ses notes n'étaient pas trop mauvaises. Elle l'avait donc tenu à l'école, malgré l'oncle Joseph qui affirmait qu'il était assez grand pour travailler. L'ambition de la tante était qu'il réussisse le brevet. Alors, elle se faisait forte de lui trouver un travail dans l'Administration. Dans sa jeunesse, elle avait été lavandière, mais, avec l'âge, elle avait été obligée de changer de métier et était devenue la cuisinière très appréciée d'une grande maison bourgeoise.

Gabriel n'avait jamais manqué de l'essentiel, mais il menait une existence solitaire auprès de son oncle et sa tante, assez vieux pour être ses grands-parents. Il les respectait et les aimait bien, mais regrettait les joyeuses soirées qu'avaient connues son frère et sa sœur. Lui, sa vie était sans surprise et la venue de Clément qui l'avait sorti, pour quelques jours, de sa cage dorée, avait été, pour lui, le plus merveilleux des cadeaux…

Clément et Agnès étaient loin de penser que leur petit frère vivait si solitaire. Ils lui avouèrent qu'ils avaient souvent envié sa façon de vivre et qu'ils croyaient qu'il les avait oubliés… Finalement, tout en regrettant la maladie de leur père, ils étaient heureux, tous les trois, de s'être retrouvés et d'échanger leurs souvenirs. Les grands promirent à Gabriel d'aller le voir de temps à autre et de le prendre, s'ils le pouvaient, pendant les vacances.

Quand ils eurent bien parlé, Agnès se leva pour préparer une tisane pour le père. Elle proposa à ses frères de leur en faire une. Ils commencèrent par se moquer, prétextant qu'ils n'étaient pas malades, mais la laissèrent sortir les bols et le sucre. Quand le breuvage fut prêt, Clément sortit une bouteille d'eau-de-vie dont il versa une rasade dans le liquide bouillant en clamant :

« Allez, fêtons nos retrouvailles ! »

24

Un revenant

Une semaine passa. Les trois frères et sœur refirent connaissance. Le père n'allait pas plus mal. Les soins attentifs d'Agnès semblaient porter leurs fruits. La joie de voir ses enfants dans sa maison le rendait si heureux qu'elle lui faisait monter les larmes aux yeux. Clément s'absentait souvent pour aller couper du bois dans les fermes qui faisaient appel à lui ou réparer quelque toiture qui s'effondrait.

Le soir, ils se retrouvaient autour de la lampe et égrenaient des souvenirs. Quand le père en avait le courage, il se joignait à eux, n'arrêtant pas de raconter ses débuts, son mariage et la vie dure mais heureuse de son foyer dont Gabriel n'avait aucun souvenir.

Après le froid vif du premier janvier, une certaine douceur envahissait le pays, les après-midi. Le soleil, bien qu'un peu pâlot, réchauffait de son mieux la terre endormie ; les moineaux s'enhardissaient à picorer devant les maisons et se poursuivaient avec des « cui-cui » qui appelaient le printemps. Les pâquerettes et les violettes ouvraient leurs corolles frileuses tout en redoutant le gel qui, croyait-on, attendait la première bise pour reprendre ses droits.

Par un de ces beaux après-midi ensoleillés, Agnès partit en compagnie de Gabriel pour Cardabelle. Elle allait chercher d'autres vêtements et présenter son frère à sa tante et à ses cousins. Marie fut ravie de voir son neveu qu'elle connaissait à peine. Elle s'intéressa à lui, demandant des nouvelles de sa sœur et de son beau-frère. Elle s'informa aussi de la santé du père, hochant la tête d'un air ennuyé :

« Ah, fit-elle, s'il y avait encore Auguste Pilot, sûr qu'il le guérirait... »

Solange et Agnès restèrent sans voix tandis que Jules demandait :

« Qui est Auguste Pilot ?

— Un guérisseur qui m'a tirée d'un mauvais pas. Sans lui, tu ne m'aurais pas retrouvée, à ton retour.

— Mère, n'exagérez pas ! répliqua Solange.

— Je sais que tu ne l'aimes pas, mais il faut bien reconnaître qu'il m'a guérie. »

La jeune femme ne répondit pas, elle sortit en haussant les épaules. Agnès monta chercher son baluchon, Marie reprit :

« C'est vraiment dommage qu'il ne vienne plus. C'était un homme très compétent. Il valait largement un médecin. Il n'y a qu'une chose que je lui reproche : il avait promis qu'il arriverait à te faire revenir et il ne l'a pas fait !

— Tu n'y penses pas, répliqua son fils, il était

incapable de faire une chose pareille. Comment as-tu pu le croire un seul instant ? »

Marie baissa la tête : décidément, personne ne la comprenait !... Elle se tourna vers Gabriel qui, timide, n'avait prononcé que les paroles indispensables.

« Tu vas rester quelque temps chez ton père ?

— Une semaine. Après, les vacances seront finies et je dois retourner à l'école.

— Ah, tu vas encore à l'école ! Je croyais que tu travaillais. »

Solange revint et emmena Gabriel pour lui montrer les enfants qui jouaient dans les chemins avec les autres enfants du village. Elle les appela mais ils ne répondirent pas. Ils partirent, tous les deux, à leur recherche.

Restés seuls, Marie regarda son fils et lui dit :

« J'espère qu'Agnès va faire ses bagages et qu'on ne la reverra pas de sitôt. »

Surpris, Jules crut avoir mal compris :

« Qu'est-ce que tu dis ? Pourquoi veux-tu qu'Agnès nous quitte ? Elle fait partie de la maison. »

La vieille femme hocha la tête et fixa sur son fils des yeux que la colère faisait étinceler :

« On aurait bien dû la mettre à la porte depuis longtemps, mais Solange ne l'a pas voulu. Maintenant que tu es là, j'espère que tu le feras. Remarque que si elle va chez son père et qu'elle y reste, ça se fera sans scandale... Pourtant, avant son départ, j'aimerais bien lui dire ses quatre vérités.

— Mais maman, de quoi parles-tu ? Je n'y comprends rien. Pourquoi veux-tu mettre Agnès à la porte ?

— Parce qu'elle le mérite. Elle nous a fait tomber de honte. À cause d'elle, on s'est fâchées avec Lucien, un bon garçon qui nous a bien rendu service quand tu étais prisonnier.

— Qu'a-t-elle fait ?

— Cette garce, elle a dévergondé Lucien, un garçon

sans reproche ! Elle a marché avec lui. C'est Paulette qui a tout découvert et je t'assure qu'il y a eu du bruit… Heureusement qu'il n'y avait que nous, sinon, tu t'imagines, tout le village l'aurait su !…

— Il y a longtemps que ça s'est passé ?

— Je ne me rappelle pas bien, au printemps peut-être… Oui, c'est ça, au mois de juin, on était en train de faner.

— Solange a voulu la garder.

— Oui. Agnès a dit que c'était fini entre eux. Solange avait besoin d'elle pour les foins, elle n'en a fait qu'à sa tête. Moi, je voulais la mettre dehors, tout de suite, mais ta femme n'a rien voulu savoir. Je n'ai pas osé insister. C'est vrai qu'Agnès est une bonne travailleuse mais la morale ! Et quel exemple pour les enfants !…

— Les enfants n'ont pas dû comprendre.

— C'est toi qui le dis. Ils sont futés ces petits. Moi, je pense qu'ils ont compris ; d'ailleurs les enfants de Lucien ont assisté à la scène, ils ont bien dû en parler entre eux. »

Le silence tomba. On entendait, au loin, Solange qui appelait toujours les enfants qui restaient introuvables. Jules réfléchissait. Il paraissait perdu dans son monde et sa mère avait l'impression qu'il ne l'avait pas écoutée. Elle reprit avec, dans la voix, une colère qu'elle ne tenta pas de dissimuler :

« J'ai supporté cette situation parce que je ne voulais pas contredire Solange. Elle avait assez de soucis comme ça, et puis la guerre allait finir, tout le monde le disait… Et puis, il y a eu la Libération et l'attente de ton retour. Cette affaire est passée au second plan. Mais, maintenant que tu es là, il te faut prendre tes responsabilités et renvoyer cette fille.

— Cette fille, maman, est ma cousine et ta nièce. Nous l'avons recueillie à la maison et quasiment élevée. C'est un peu ta fille et ma sœur…

— Ce n'est pas ma fille. Ma fille n'aurait pas agi comme ça ! »

Jules eut un sourire triste qui ressemblait à un sanglot.

« Qu'en sais-tu ? Elle aurait pu être pire.

— C'est impossible, pas ma fille ! Toi, mon fils, tu serais incapable de faire une chose pareille. Si tu avais eu une sœur, ç'aurait été pareil… »

Jules ne répondit pas. L'arrivée d'Agnès, qui descendait les marches en portant son sac, suspendit la conversation…

Solange avait enfin retrouvé les enfants qui arrivèrent noirs de poussière et de cendres. Quand ils virent la jeune fille, ils se jetèrent à son cou :

« Agnès, tu es revenue ! se réjouit Denise.

— Non, je retourne soigner mon père.

— Quand il sera guéri, tu reviendras ? demanda Antoine.

— Bien sûr », sourit Agnès.

Marie se tourna vers son fils, guettant sa réaction. L'homme regarda sa cousine et lui sourit :

« Ton père a encore besoin de toi ? fit-il.

— Oui, il est très faible, même s'il va un peu mieux. Je dois encore rester quelque temps avec lui.

— Prends ton temps. Pour le moment, nous ne sommes pas pressés, dit Solange. Elle ajouta en regardant sévèrement les enfants : allez vous laver les mains, vous avez vu dans quel état vous êtes ! Ils se roulaient dans la poussière du four en riant comme des fous, c'est pour ça qu'ils ne nous entendaient pas. Il y avait aussi François et Jeannine, Paulette va être contente ! »

Elle fit chauffer le café tout en posant des questions à Gabriel. Le jeune homme répondit avec aisance. Il accepta le café que Solange servit en disant :

« C'est encore de l'orge. J'espère que, maintenant que la guerre est finie, on pourra avoir du vrai café. »

Ils étaient prêts à repartir quand on frappa à la porte.

« Entrez ! » cria Jules.

Paulette entra. Elle paraissait furieuse. Elle lança un regard torve à Agnès et s'adressa à Solange :

« Jeannine a perdu la chaîne et la médaille de son

baptême, impossible de les retrouver. Est-ce que Denise ne les aurait pas vues ? »

On fit asseoir la voisine et elle accepta une tasse de café tandis que Solange racontait où elle avait trouvé les enfants, noirs comme des diablotins.

« Ils se sont bien gardés de me dire où ils étaient ! s'écria Paulette. Ils savent que je leur défends d'aller dans cette poussière, mais ils n'écoutent rien… »

Elle n'osait demander qui était Gabriel, mais lui lançait, de temps à autre, des coups d'œil intrigués.

« C'est mon cousin, Gabriel, finit par dévoiler Jules, agacé par son manège, le frère d'Agnès et de Clément.

— Oui ! Il est venu voir son père qui était malade, renchérit Marie. Je disais, justement, que si le guérisseur était encore là, il faudrait aller le chercher.

— Mais il est revenu, répliqua Paulette. Il paraît même qu'il a repris ses consultations.

— On ne l'a pas revu, par ici.

— Oh, il viendra sûrement. Vous étiez une de ses bonnes clientes.

— Il faudrait aller le chercher pour Paul. Il habite toujours à la même adresse ?

— Je ne sais pas.

— Qu'est-ce que vous voulez faire de ce charlatan, s'écria Solange, il n'était bon qu'à venir chercher du ravitaillement !…

— N'empêche qu'il m'a guérie. Je vais m'informer et lui écrire. Il ira chez vous et il remettra Paul en forme. »

Sa belle-fille haussa les épaules. Paulette, qui avait bu son café, partit à la hâte pour chercher la chaîne de sa fille dans les cendres du four. Gabriel et Agnès ne tardèrent pas à la suivre.

Les jours étaient courts, le soleil avait déjà disparu à l'horizon et une barre violette s'élevait, dans le ciel, du côté de l'ouest.

« Ça sent la neige, fit Jules en accompagnant ses cousins jusqu'au chemin. Rentrez vite, l'hiver n'est pas fini. »

Agnès lui sourit, et Gabriel, laissant tomber sa timidité, lui serra la main en disant :

« Merci. Vous êtes drôlement sympa, je suis content d'avoir fait votre connaissance.

— Ne me dis pas vous, tutoie-moi, j'ai l'impression d'être un vieillard. »

Ils éclatèrent de rire, tous les trois. Denise et Antoine déboulèrent dans leurs jambes en criant :

« Tu reviendras vite, Agnès ?

— Dès que je pourrai », fit-elle en les embrassant.

Jules rentra pensif à la maison. Il n'y avait que sa mère. Marie revint à la charge :

« Pourquoi tu n'as rien dit ? C'était commode de lui indiquer qu'elle n'avait plus besoin de revenir.

— Elle soigne son père, pour le moment.

— Mais tu la chasseras ? insista sa mère.

— Je n'en vois pas l'utilité », finit-il par répondre à la grande fureur de sa mère.

25

Le père

Comme ils l'avaient tous pensé, la neige tomba en abondance. Celle que Noël avait apportée, quelques jours avant sa venue, avait fondu sous les caresses du soleil et la tiédeur du vent du sud. Mais celle qui lui succéda, ravie de trouver le sol préparé par une bise glacée venue du nord, avait tout recouvert de son manteau blanc. Les enfants étaient ravis car les vacances n'étaient pas finies et les deux ou trois jours qui restaient avant la reprise de l'école allaient être, pour eux, la plus belle période de l'hiver.

Gabriel, lui, avait vu tomber la neige avec appréhension :

« Je ne pourrai pas traverser le causse, s'inquiéta-t-il auprès de son frère.

— Ne t'en fais pas, lui répondit Clément, on trouvera bien une occasion pour te ramener en ville ; Mende n'est pas si loin. »

Mais, malgré tous ces encouragements, le garçon restait soucieux. Quand la neige s'arrêta de tomber et que les chemins furent déblayés, le jeune homme alla jeter un œil sur la route du causse. Il en revint en proie à une grande agitation :

« La route n'est pas déblayée. La neige monte plus haut que le genou ! Je crois que je serai obligé de suivre la route de la vallée.

— Tu n'es pas fou, s'exclama son frère, il y a onze kilomètres ! Et puis, la route est toute verglacée, tu risques un accident. J'ai une meilleure idée. On va demander au laitier de te prendre avec lui, demain matin. »

Et, le lendemain, après avoir embrassé son père, son frère et sa sœur, le jeune homme s'en alla dans la camionnette du laitier. Village après village, ils s'arrêtaient sur la place et, là, le laitier klaxonnait longuement. De toutes les rues et ruelles, les femmes arrivaient portant un ou deux seaux en fer-blanc. L'homme sortait un seau à versoir gradué. L'une après l'autre, les paysannes vidaient le lait dans cette mesure. Le laitier évaluait le liquide et en inscrivait le nombre sur un carnet que lui tendaient les clientes. C'était tout : on lançait, de part et d'autre, quelques réflexions sur le temps et l'on repartait pour le prochain village.

Ce manège avait duré de 6 heures du matin à midi passé. Gabriel, immobile sur son siège, avait tout le temps de penser à sa famille retrouvée. Même s'il avait hâte de rejoindre la ville, il regrettait déjà les retrouvailles chaleureuses qui les avaient réunis, son frère, sa sœur et lui autour de leur père. Il aurait aimé mieux les connaître mais voulait aussi ne pas rater son examen qui lui permettrait d'avoir, un jour, une situation intéressante.

Le laitier le déposa à trois kilomètres de Mende et il partit d'un bon pied dans la neige gelée qui craquait sous ses chaussures. Des nuages noirs avaient envahi à nouveau le ciel et menaçaient de déverser une autre couche de neige. Il hâta le pas tout en repensant à sa famille qui lui avait tant manqué.

Pendant ce temps, dans sa chaumière, Agnès se sentait triste. Elle avait quitté ce qu'elle considérait comme sa maison, ses petits-cousins qu'elle adorait, Solange, son amie plus que sa cousine, et même la revêche Marie qui lui battait froid depuis le printemps. Elle était venue de bon cœur soigner son père, mais, dans cette maison, elle s'était toujours sentie étrangère… Pourtant, l'autre soir, elle y avait été heureuse. Pour la première fois de sa vie, elle avait vraiment fait partie d'une famille avec ses frères et son père. Il ne lui avait manqué que Pedro pour que son bonheur soit complet… Pedro !… Elle avait essayé de l'oublier, mais elle ne le pouvait pas. C'était comme si on lui demandait de se priver de ses bras ou de ses yeux : Pedro, c'était elle. Elle ne pourrait jamais l'oublier… C'était bien peu, cependant, que ces quelques instants passés ensemble, sans parler, juste une étreinte chaste et rapide mais cela était plus précieux que les moments d'intimité qu'elle avait passés avec Lucien et qu'elle regrettait, aujourd'hui. Elle n'avait jamais pu savoir ce qu'était devenu Pedro… Plusieurs fois, elle avait eu la tentation de demander des nouvelles à Clément, mais elle avait eu peur que sa voix ou sa rougeur la trahisse. Elle ne voulait pas que son beau secret soit connu, même pas par son frère !… Elle voulait que seul Pedro sache qu'elle l'aimait. La guerre était finie depuis bientôt un an et elle n'avait rien su de lui. Était-il mort ou vivant ? Elle savait que bon nombre de maquisards étaient tombés dans les combats qui les opposaient aux Allemands en fuite. Dans les folles journées de la Libération, alors que son frère se mêlait aux autres maquisards, jamais il n'avait mentionné Pedro. Un jour, pourtant, Solange lui avait demandé : « Et l'Espagnol que nous avons soigné, qu'est-il devenu ? »

Agnès avait tendu l'oreille, espérant l'impossible, mais Clément avait haussé les épaules et grommelé quelque chose comme : « Plus revu… » Solange n'avait pas insisté et la jeune fille, malheureuse et déçue, avait senti des larmes lui monter aux yeux…

Maintenant, elle était là, prisonnière entre ces quatre murs alors que, peut-être, Pedro l'attendait quelque part blessé et abandonné. La matinée s'étirait, Gabriel était parti vers sa vie et les quelques jours qu'ils avaient passés ensemble appartenaient au passé… Le père remua, toussa et s'assit sur le lit. La jeune fille lui demanda s'il voulait quelque chose. Il fit non de la tête et retomba épuisé. Au bout d'un moment, il l'appela.

« J'ai mal, fit-il, en montrant sa poitrine.

— Veux-tu une tisane ?

— Non, j'ai mal.

— Il tenait sa poitrine à deux mains et regardait sa fille d'un air implorant.

— Ton café n'est pas passé, fit Agnès pour le rassurer.

— Non, c'est là. C'est quelque chose qui s'est déchiré. »

Agnès, inquiète, lui proposa des ventouses :

« C'est sûrement la toux qui te tracasse. »

Le père ne répondit pas mais se coucha à plat ventre, attendant les ventouses. La jeune fille se hâta d'aller chercher verres, coton et bougie pour essayer de le soulager. Elle alluma la bougie, souleva la chemise du vieil homme et entreprit de poser les ventouses le plus délicatement possible. Il était terriblement maigre et elle avait du mal à apposer les verres. Consciente de sa maladresse, elle répétait chaque fois : « Je ne te brûle pas ?… Si ça brûle, dis-le-moi. » Le père émettait quelques grognements mais ne répondait pas. Agnès parvint, avec beaucoup de peine, à poser six verres. Chaque fois, un tombait et elle devait le remplacer.

Quand elle eut enfin terminé, elle recouvrit le père et regarda la pendule en disant :

« Vingt minutes. Dans vingt minutes, je te les enlève. »

Comme elle terminait l'opération, Clément arriva. Il avait aidé un voisin à la bergerie et celui-ci l'avait invité à déjeuner. Mis au courant du malaise du père, il proposa d'aller chercher le docteur.

« Tu crois que c'est grave ? interrogea tout bas Agnès.

— Il y a quelques jours qu'il traîne ça. Il n'a jamais voulu le médecin, mais je vais l'appeler, aujourd'hui même. »

Le téléphone public se trouvait au milieu du village, chez Maurin. Clément y partait quand sa sœur l'arrêta :

« Attends que je lui enlève les ventouses, peut-être qu'il ira mieux. »

Le jeune homme revint et s'assit dans le cantou, face à sa sœur. Ils ne parlèrent pas, attentifs au ballet des flammes qui dansaient gaiement dans la cheminée. Tantôt bleues, rouges ou orangées, elles changeaient de forme et de couleur en un spectacle fascinant. Quand le temps fut écoulé, la jeune fille s'approcha du malade, souleva la couverture et défit les verres qui étaient presque tous tombés. On voyait à peine la marque des ventouses.

« Est-ce que tu te sens mieux, maintenant, père ? » demanda Agnès.

Il se retourna péniblement, eut un sourire fugitif qui lui rendit sa jeunesse et balbutia d'une étrange voix :

« Tu es une bonne fille. Oui, ça va mieux. »

Il ajouta encore quelques mots que la jeune fille ne comprit pas, bien qu'elle se soit penchée pour l'écouter. Elle retourna près de son frère et le rassura :

« Je crois qu'il va dormir. On dirait qu'il n'est pas plus mal. »

Ils reprirent leur place, en silence, face au feu. Au bout de quelques minutes, un bruit étrange leur parvint : c'était un râlement continu qui montait, mourait et revenait. Ils se regardèrent, se levèrent et coururent jusqu'au lit. Leur père, les yeux grands ouverts, cherchait sa respiration et, de sa poitrine, montait le râle qui les avait alertés.

« Papa, cria Agnès, papa !

— Oh, mon père, gémit Clément, alors que, dans un dernier hoquet, avec un regard à ses enfants, le vieil homme retomba inerte sur son lit.

— Il est mort ! cria Clément.

— Non ! répliqua Agnès, il respire... »

Mais il ne respirait plus et elle dut se rendre à l'évidence : son père était mort... Alors, la jeune fille se mit à genoux au pied du lit et, la tête enfoncée dans les couvertures, se mit à pleurer à chaudes larmes. Clément, debout devant le corps de son père, ne pouvait croire que cet homme qui avait tenu lieu, pour lui, à la fois de père et de mère, l'ait définitivement quitté et abandonné seul. Il ne pouvait pleurer ; ses yeux restaient secs mais tout son corps était mort comme celui allongé sur le lit...

Ils restèrent ainsi, prostrés, devant le cadavre de leur père, pendant de longues minutes. Agnès réagit la première :

« Va chercher la voisine, il faut l'habiller. Et préviens le curé. »

Clément ne répondit pas. Il restait debout, les yeux fixés sur son père, et ne paraissait pas l'avoir entendue. La jeune fille fut effrayée par son air d'égarement. Elle se leva et le secoua :

« Clément, ne reste pas comme ça !... Il faut faire quelque chose. »

Il parut enfin se réveiller et tourna vers sa sœur un air égaré :

« Oui, oui, je sais, répondit-il, je vais y aller. »

Agnès supposa qu'il avait compris. Elle se dirigea vers le placard où étaient rangés les habits du dimanche de son père tandis que Clément, à pas lents, se dirigeait vers la porte. Ses épaules voûtées semblaient porter toute la misère du monde...

26

Hiver

Malgré la neige qui formait une couche épaisse et le froid qui faisait glisser les chemins, tous les hommes de la commune avaient tenu à rendre hommage à Paul Mullier. Il n'avait jamais quitté le pays, si ce n'est pour faire son service militaire qui devait se terminer en juin 1914 et qui s'était prolongé quatre ans de plus pour cause de guerre. Après quelques années passées avec sa femme, il s'était retrouvé veuf. Ses deux plus jeunes enfants avaient été recueillis par la famille de sa femme ; son aîné, seul, était resté avec lui… Certes, aux yeux de tous, ses belles-sœurs étaient des saintes et lui avaient rendu un fier service ; et pourtant, Dieu seul savait ce qu'il avait souffert de cette situation. Sans jamais en parler à personne, il avait regretté si fort le départ de sa petite Agnès qui ressemblait tant à sa défunte épouse qu'il en pleurait, le soir, quand Clément était endormi… Et le bébé Gabriel qu'il n'avait fait qu'entrevoir dans cette nuit de cauchemar qui lui avait enlevé Gabrielle… Il savait bien qu'il ne pouvait s'en charger mais son cœur saignait toujours de ne pas l'avoir mieux connu. Il avait pu garder Clément ; heureux de préparer des repas pour lui, de répondre à ses questions, de le voir grandir et de lui apprendre tout ce qu'il devrait savoir pour devenir un maître ouvrier comme lui l'avait été durant toute sa vie. Car sa vie s'était passée chez les uns et chez les autres. Il travaillait à la journée, rien ne le rebutait : ni les prés en pente abrupte qu'il fallait faucher, ni les journées sous un soleil de plomb, premier de la colle des moissonneurs, ni l'arrachage des pommes de terre, après la Toussaint, dans les champs que le givre du matin blanchissait, ni le travail de manœuvre pour les maçons ; il avait tout fait !

Au hasard des rencontres, il avait appris des

rudiments de tous les métiers. Il pouvait vous ferrer les sabots ou préparer une excellente daube. Il savait pétrir le pain et pâtisser des brioches, mais aussi repriser les chaussettes ou remplacer le chantre à l'église… Il aimait raconter qu'il n'y avait pas une maison dans la commune où il n'avait pas réparé quelque chose… Levé avant l'aube, été comme hiver, il avait toujours quelque légume à cueillir, quelque lapin à débusquer ou un travail urgent à terminer.

La pauvreté, qui avait été sa compagne toute sa vie, ne l'avait pas rendu amer. Il pensait que, tant qu'il pourrait travailler, il pourrait manger et nourrir ses enfants. Clément avait appris très tôt, avec lui, qu'il fallait travailler mais aussi profiter des bons moments que vous offrait la vie. Paul pouvait passer une soirée à rire et discuter avec ses amis, autour d'une chopine, mais savait s'arrêter à temps. Il était quelquefois un peu gai mais personne ne se souvenait de l'avoir vu ivre. Il aimait la plaisanterie et ses traits d'humour étaient devenus légendaires. Bref, c'était un homme aimé et respecté malgré sa pauvreté et sa misère.

Ils étaient tous réunis, sur la place de l'église, quand les porteurs arrivèrent maintenant de leur mieux le cercueil, attentifs à ne pas glisser sur la neige gelée. Ils posèrent la bière sur le catafalque et écoutèrent le vieux prêtre bénir le corps de celui qui avait été Paul Mullier. Ses enfants l'entouraient avec Marie, Jules et Solange. Émilie et Joseph étaient là aussi. Paul était le dernier d'une fratrie de six enfants et ses neveux et nièces n'avaient pu descendre de la haute Lozère pour l'enterrement. Il avait été toute sa vie de santé fragile et, malgré une soixantaine bien entamée, personne n'avait été surpris par sa disparition. Chaque hiver, il toussait à fendre l'âme et Sidonie, sa voisine, lui posait des quantités de ventouses, en plaisantant sur son dos, tapissé de ronds comme les tables d'un bar. Quelquefois, la bronchite qui le prenait, chaque année, devenait pneumonie qu'il soignait avec des cataplasmes et de la tisane de fleurs d'aubépine. Et puis, au printemps, c'était le miracle : il revenait à la vie jusqu'à l'hiver suivant.

Mais, cette année, sa vie s'était arrêtée, un matin de fin janvier. Quand sa bronchite était revenue, il avait tout de suite su que, cette fois, c'est elle qui aurait le dernier mot ; aussi, il avait voulu connaître cet enfant qu'il avait abandonné à sa belle-sœur. Il avait réuni ses trois enfants autour de lui et cela avait été la plus grande joie de sa vie : tout était en ordre, il pouvait partir…

Gabriel avait rejoint sa tante et son école, et lui était parti vers son éternité… Maintenant, l'office était fini ; ils s'acheminèrent tous vers le cimetière qui jouxtait l'église. Le prêtre, engoncé dans son habit noir, donna une dernière bénédiction avant de s'éloigner à grands pas suivi par ses enfants de chœur portant l'un la croix et l'autre l'aspersoir. Les gens se retiraient peu à peu. La famille resta quelques instants devant la tombe où Paul allait reposer près de Gabrielle, son épouse. Émilie récita un *De profundis*, prit le bras d'Agnès et l'entraîna vers la sortie, suivie par toute la famille.

Avant de se séparer, la jeune fille les invita tous à entrer prendre un café chaud. Clément accéléra le pas pour ranimer le feu, Solange et Gabriel se mirent en quête de chaises et les placèrent autour de la table tandis qu'Agnès s'occupait du café. Ils furent bientôt tous assis, le breuvage fumant emplissait les tasses. Une boîte en fer remplie de petits-beurre voisinait le sucre. Tous serraient leur tasse pour se réchauffer les mains. Silencieux, au début, ils se mirent à parler et la conversation devint vite générale. On parla des neveux et cousins empêchés de venir à cause de la neige. Émilie et Marie, qui les avaient perdus de vue, interrogeaient Clément qui les rencontrait, de temps en temps, au gré de ses chantiers. On évoqua le temps, la neige et le froid qui perdurait, puis la conversation mourut.

Les premiers à partir furent Émilie et Joseph qui emmenèrent Gabriel, déclarant qu'ils considéraient le jeune homme comme leur fils et que, pour lui, rien n'avait changé si ce n'est qu'il était, maintenant, complètement orphelin. Gabriel lança un regard à sa sœur : c'était un appel au secours !... Il aurait tant aimé vivre dans cette maison avec son frère et sa sœur... Mais Agnès, occupée à resservir le café, ne remarqua rien. Quand ils furent partis, Marie se leva, peu disposée à rester dans cette masure qu'elle n'avait jamais aimée. Elle avait fait son devoir en élevant sa nièce, mais lui tenait toujours rigueur du scandale qu'elle avait failli provoquer. Elle s'était réjouie que la maladie de son beau-frère l'ait éloignée de Cardabelle, mais ne pouvait s'empêcher de craindre de la voir revenir à la ferme. Il lui tardait de rentrer chez elle. Elle jeta un coup d'œil à son fils et à sa belle-fille. Ils étaient assis, tous deux, et ne faisaient pas mine de se lever.

« Il faut rentrer, lança-t-elle, il sera bientôt midi et les enfants attendront. »

Personne ne lui répondit. Elle resta quelques instants debout, puis finit par se rasseoir.

« Que comptes-tu faire, Clément ? » demanda Jules en reprenant une tasse de café.

L'intéressé hésita, puis se tourna vers sa sœur et dit :

« J'en ai déjà parlé à Agnès. L'usine de Saint-Chély embauche. J'ai l'intention d'y aller travailler. »

Il soupira et ajouta :

« Il y a longtemps que j'y pense, mais je ne pouvais pas laisser mon père tout seul. Maintenant, il n'y a pas de raison que je n'y aille pas. Oh, je ne vais pas partir demain, j'attendrai le printemps. »

Tous les yeux se tournèrent vers Agnès qui ne disait mot et semblait indifférente à tout ce qui se disait. Une bûche croula dans la cheminée, faisant jaillir un nuage d'étincelles. Ils tournèrent tous les yeux vers l'âtre et Jules demanda :

« Et toi, Agnès, tu as des projets ? »

Marie répondit d'un ton sans réplique :

« Maintenant que nous n'avons plus besoin d'elle à Cardabelle, elle pourrait chercher du travail ; elle devrait…

— Je sais que nous ne t'avons pas payée pour tout le travail que tu as fait, coupa son cousin, mais…

— On l'a prise enfant et on l'a élevée, ça compte ça… Elle nous a payés par son travail ! fit Marie.

— Mais, continua Jules comme s'il n'avait pas entendu, si tu es d'accord, nous t'engagerons comme servante, avec un salaire.

— Maintenant que tu es revenu, on n'a besoin de personne.

— Rassurez-vous, ma tante, dit Agnès, je trouverai du travail et je ne vous ennuierai plus !…

— Ce n'est pas ce que j'ai dit, mais…

— Si je te propose du travail, c'est que nous aurons besoin de toi ce printemps et cet été. »

Il se tourna vers Solange qui avait rougi comme une jeune fille.

« Solange attend un bébé pour le mois d'août. Ma mère n'est plus toute jeune et nous aurions bien voulu que tu viennes nous seconder. Il ne sera plus question que tu travailles sans salaire. Tu connais les enfants et ils te connaissent, ce sera plus facile pour tout le monde. Je te propose de nous aider, mais si tu veux aller en ville ou ailleurs, nous nous débrouillerons autrement. »

Agnès jeta un regard à Solange, remarqua la fureur impuissante de Marie et l'air étonné de Clément. Elle se tourna vers Jules et dit :

« Je reviendrai avec plaisir à Cardabelle. Antoine et Denise me manquent et je serai ravie de m'en occuper.

— Viens quand tu veux. Pour ton salaire, je m'informerai des tarifs et nous verrons ensemble.

— Ne te fais pas de soucis pour ça, on s'entendra toujours. »

Marie avait sa tête des mauvais jours et fixait le sol comme si elle cherchait un objet perdu. Elle ne prononça plus un mot et, quand ils se levèrent, elle les suivit en silence. Quand ils furent partis, Clément se tourna vers sa sœur :

« Qu'est-ce qu'elle a, Marie, contre toi ? »

Agnès rougit mais ne répondit pas. Son frère insista :

« Ma parole, si ses yeux avaient été des pistolets, tu aurais été tuée sur le coup. Qu'est-ce que tu lui as fait pour qu'elle t'en veuille tellement ? »

Mise au pied du mur, la jeune fille s'assit et commença :

« J'ai eu… »

Elle ne put continuer et éclata en sanglots. Le jeune homme la considérait de plus en plus étonné. Il se demandait quelle faute sa sœur avait pu commettre pour mériter les foudres de sa tante.

« Voyons, fit-il, raconte-moi… »

Et Agnès lui raconta sa liaison d'une saison avec Lucien. Quand Paulette l'avait découverte, lui expliqua-t-elle, elle était terminée. À ce moment-là, elle aimait… Elle s'arrêta, n'osant avouer à son frère son amour pour l'Espagnol.

« J'ai compris, fit celui-ci en souriant, tu es tombée amoureuse de Pedro. »

De saisissement, les larmes d'Agnès s'arrêtèrent. Elle regarda Clément et murmura :

« Tu sais ?

— Je l'ai compris quand je suis venu le chercher. Juste avant que la Gestapo ne se doute de sa présence. J'ai vu sur sa figure qu'il s'était passé quelque chose. Son air rêveur ne trompait personne. C'est pourquoi, ajouta-t-il inquiet, il n'a pas donné de ses nouvelles. »

Agnès se remit à pleurer :

« Il est peut-être mort !

— Mais non, on l'aurait su… »

Mais il pensait, à part lui, que seule la mort pouvait expliquer son silence. Il se garda bien de le révéler à sa sœur.

27

Une naissance attendue

Quelques mois passèrent. Le printemps avait déjà fleuri les haies et lancé de petites pâquerettes tout au long des prés et des chemins. Du haut de ses onze ans, Antoine avait compris qu'une naissance se préparait. Des gamins plus âgés s'étaient chargés de faire son éducation sexuelle et, sans en avoir l'air, il surveillait le ventre de sa mère. Il avait remarqué qu'elle ne faisait plus d'efforts. Chacun lui empêchait de porter des charges lourdes, elle faisait la grasse matinée alors qu'avant elle était debout avant tout le monde. Elle tricotait de minuscules vêtements et paraissait rêveuse. Il avait interrogé Agnès qui s'en était tirée par une boutade :

« Voyez-vous ce petit curieux ! Qui t'a mis de telles idées dans la tête ? »

Mais la jeune fille en avait parlé à Solange. Et, un matin d'avril, Antoine et Denise furent appelés par leur mère. Elle triait des vêtements d'enfant qu'elle sortait de la grande armoire de sa chambre et posait sur le lit. Ils coururent tous deux et s'arrêtèrent interdits. Antoine garda le silence, mais Denise demanda :

« C'est mes habits quand j'étais petite ? Qu'est-ce que tu veux en faire ? »

Leur mère les fit asseoir et leur annonça qu'ils auraient un petit frère ou une petite sœur au mois d'août. Denise se mit à crier :

« Moi, je veux un petit frère ! Moi, je veux un petit frère ! »

Antoine ne dit mot, ce qui intrigua sa mère.

« Eh bien, Antoine, tu ne dis rien ?

— Si, répondit-il, moi, je ne sais pas…

— Petit frère ou petite sœur, est-ce que vous êtes contents ?

— Oui », répondirent-ils en chœur.

Denise se leva et alla fourrager dans la pile posée sur le lit :

« Que c'est petit !… Il sera comme ça, le bébé ?

— Eh oui.

— Et moi, j'étais comme ça aussi ? »

La mère éclata de rire et les renvoya à leurs jeux. À partir de ce jour-là, Solange ne cacha plus sa grossesse et Antoine eut tout le temps de voir son ventre s'arrondir. Pour Marie, l'annonce de la naissance fut aussi une bonne nouvelle, mais elle ne décolérait pas que l'on ait dû reprendre Agnès à cause de cet événement. Beaucoup d'autres femmes étaient enceintes, se disait-elle, et elles ne prenaient pas de servantes pour autant ; d'autant plus qu'elle était là pour s'occuper des enfants !… La jeune fille avait dû revenir dans la chambre de Marie. C'était la seule chose qu'elle appréhendait, mais Jules, qui avait compris ses réticences, avait réussi à aménager un coin charmant dans une grande pièce qui servait à faire sécher les fruits. Il avait réussi à y installer une minuscule chambrette pour Antoine. Denise aurait bien voulu, elle aussi, avoir une nouvelle chambre, mais sa mère lui avait expliqué qu'elle aurait besoin de ses services, après la naissance du bébé, et la fierté de veiller sur le petit frère ou la petite sœur l'avait emporté sur son envie de changement.

Solange était ravie de cette future naissance. Elle avait cru, quelque temps, que son mari ne pourrait oublier ses années de captivité et pensait que l'arrivée de ce nouvel enfant l'aiderait dans sa dure réadaptation. Certes, ce n'était plus le même homme qui était parti au front en 1940, mais c'était son mari. Elle l'acceptait tel qu'il était devenu : taciturne, rêveur, distrait et peu démonstratif. Quand elle se rappelait le jeune homme fringant, rieur, fougueux et toujours de bonne humeur qu'elle avait épousé, elle ressentait un grand poids dans sa poitrine… Elle n'aimait pas trop réfléchir à cela car, alors, elle commençait à se poser des questions : que s'était-il passé, en Allemagne, pendant les quatre ans et demi qu'avait duré sa captivité ? Les paroles d'Auguste Pilot lui revenaient en mémoire : « Ce n'est qu'un homme et il vit entouré de femmes ! » Elle aurait voulu se boucher les oreilles pour ne plus les entendre, mais, malgré elle, cette phrase résonnait dans sa tête comme le bruit d'un grelot. Alors, pour oublier, Solange s'efforçait de penser à la petite vie qui grandissait en elle. À ce bébé du retour qui était la preuve vivante de l'amour de son mari. Elle se plongeait, avec rage, dans la confection de brassières et de chaussons. Elle brodait des draps, tricotait des chandails pour un hiver encore lointain. Pour qu'Antoine et Denise ne se sentent pas lésés par l'arrivée du bébé, elle leur avait promis un pull à chacun. Antoine était resté indifférent mais Denise avait exigé d'en choisir la couleur et avait voulu l'agrémenter de rayures jacquard comme le voulait la mode. Sa mère s'était pliée à sa volonté et la petite fille, toute fière, était allée annoncer la bonne nouvelle à toutes ses amies.

Quand Jules avait appris qu'il allait être père, il avait eu un sentiment de fierté et d'étonnement mêlés. Il ne croyait pas avoir d'autres enfants et avait répondu à sa femme qui lui annonçait la future naissance :

« Tu crois que ça ne fera pas une trop grande différence d'âge avec Antoine et Denise ? »

Solange avait été surprise et choquée par cette réponse mais n'en avait rien laissé paraître. Elle avait haussé les épaules et lâché sèchement :

« On n'y peut rien. De toute façon, ils ne seront pas les seuls dans ce cas. »

C'était vrai : des naissances s'annonçaient dans tout le pays. Soldats, prisonniers, maquisards, chacun était rentré dans ses foyers et on espérait partout de joyeux événements. Le premier choc passé, Jules s'était retiré dans l'étable : c'était devenu son habitude quand il ne voulait pas laisser deviner ses pensées. Là, assis sur un tas de paille, il se prenait la tête dans les mains et laissait vagabonder ses rêveries. Ce nouvel enfant qui allait rentrer dans sa vie, il ne l'avait pas désiré ; c'était

Solange qui l'avait voulu, mais Solange ne pouvait pas savoir… Lui, il ne pouvait parler, et ce silence qu'il s'imposait le déchirait un peu plus chaque jour. Personne ne le comprenait : ils croyaient tous qu'il était heureux d'avoir retrouvé sa famille et que le bébé qui arrivait serait le couronnement de son amour. Mais lui savait qu'il n'en était rien !… Certes, il avait revu sa femme, ses enfants et sa mère avec grand plaisir, mais son cœur était resté là-haut, dans la petite ferme où il avait été si heureux… Non, il ne fallait plus y penser, il fallait oublier et continuer bravement son travail de chaque jour. Il fallait accueillir cet enfant qui s'annonçait et recommencer à le voir grandir comme… Il s'arrêta, essuya la sueur qui perlait à son front, se mit à balayer l'étable en y mettant toute son énergie mais, de temps à autre, il s'arrêtait, fixait son balai de bois comme s'il le voyait pour la première fois et restait de longues minutes sans rien faire. Il aurait dû… Mais que pouvait-il faire enchaîné à cette vie, à cette Cardabelle que lui avaient léguée son père et ses ancêtres avant lui, maintenant qu'il avait créé un lien de plus avec ce futur enfant ? Il pensa à Antoine, le futur héritier, à Denise dont la spontanéité le ravissait et là, la main sur son balai, debout sur les dalles luisantes, il laissa couler ses larmes…

« Jules, qu'est-ce que tu fais ? »

Il sursauta : Agnès se trouvait devant lui. Il ne l'avait pas entendue arriver et la contemplait de ses yeux hagards d'où les larmes coulaient sans qu'il puisse les arrêter.

« Jules, que t'arrive-t-il ? » demanda sa cousine.

Elle était surprise et confuse d'avoir trouvé l'homme dans cet état et ne savait comment s'excuser.

« Agnès, ne put-il que balbutier, oh, Agnès… »

La jeune fille se méprit :

« Tu es malade ? »

Il ne répondit pas. Oui, il était malade, mais pas comme le pensait sa cousine. Il se secoua, reprit contact avec la réalité et se mit à balayer l'étable qui n'en avait nul besoin. Agnès faillit le lui faire remarquer, mais préféra garder le silence : son cousin n'était pas dans son état normal. Pourtant, tout se présentait bien pour lui : il avait retrouvé tous les siens et sa femme attendait un enfant !... Devant le silence de la jeune fille, Jules tenta de reprendre pied. Il alla poser son balai et sortit, la laissant seule au milieu de l'étable. Agnès sortit à son tour. Ils se retrouvèrent sur l'aire et, sans s'être concertés, prirent un chemin qui s'éloignait vers les champs. Le printemps s'était installé partout. Les prés, avec leur verdure toute neuve, brillaient au soleil. Ils exhalaient un parfum de narcisses et de boutons-d'or mêlés à l'aubépine des haies qui endormait leur souffrance. Agnès avait compris que son cousin cachait un secret et, sans rien savoir, devinait qu'il souffrait comme elle souffrait de l'absence de celui qu'elle aimait...

Ils ne parlaient pas, ils avançaient vers les champs, vers la liberté. Ils étaient seuls, chacun avec sa souffrance : une souffrance si lourde qu'ils ne pouvaient plus la supporter. Les oiseaux s'égosillaient dans les haies, mais ils ne les entendaient pas. Un geai affolé, surpris dans sa cachette, s'envola en criaillant, laissant tomber à leurs pieds une belle plume bleue. Agnès la ramassa et la contempla un moment ; Jules la regarda mais ne dit rien. Ils avançaient toujours. Le soleil était déjà chaud. C'était l'heure calme. Le pays somnolait engourdi par les premières chaleurs du printemps qui annonçaient la canicule de l'été.

« Belle journée, articula péniblement Jules.

— C'est les premières chaleurs de l'été, répliqua Agnès.

— Mais on n'est pas en été !...

— Oh, il n'est pas loin. »

Ils disaient des banalités pour alléger leurs souvenirs et se laissaient griser par l'air nouveau, les parfums et les chants. Au loin, on entendait le tintement lointain des sonnailles d'un troupeau. Un chien aboyait et le berger appelait ses brebis qui, alanguies par la chaleur, hésitaient à le suivre… Ils s'éloignaient du village. Le chemin montait, d'abord lentement, puis de plus en plus à mesure qu'ils avançaient. Il devenait pierreux et les cailloux crissaient sous leurs pas. La fraîcheur des prairies faisait place aux champs labourés. Des corneilles en vadrouille se posaient sur les arbres à leur passage. Un muret clôturait le chemin et, de toutes parts, des lézards, dérangés dans leur sommeil, filaient comme des flèches. À un moment, un gros lézard vert-bleu sauta devant eux. La jeune fille poussa un cri, ce qui esquissa un sourire sur les lèvres de son cousin. Ils avaient maintenant atteint un petit promontoire qui dominait le village. De vagues bruits en montaient. Quelques coqs enroués délimitaient leur territoire et un chien hurlait à la mort…

« On s'arrête ? » proposa Jules.

Sans répondre, Agnès choisit un coin d'herbe et s'assit face au village. Jules resta debout, à moitié tourné vers sa cousine, les yeux perdus dans l'azur du ciel, tandis que lézards et oiseaux, rassurés par l'immobilité des deux promeneurs, reprenaient leurs courses et leurs chants.

28

Confidences

« Agnès, commença l'homme, j'ai su vaguement par ma mère que tu avais eu une aventure avec Lucien. »

La jeune fille rougit mais ne répondit pas.

« Oh, je ne te juge pas ! ajouta-t-il rapidement. Non, je ne te juge pas…

— Ta mère me juge pourtant, même si cette histoire est finie depuis longtemps !

— Ma mère est un peu trop rigide. Pour elle, tout est blanc ou noir. »

Il soupira et laissa le silence s'installer.

« Pendant la guerre, avec Solange, vous vous êtes bien entendues.

— Oh, très bien. On a fait ce qu'on a pu mais, tu sais, ce n'était pas facile…

— Je sais, va, et je ne te blâme pas !…

— On travaillait ensemble, Lucien et moi, et c'est comme ça que c'est arrivé… »

Jules hocha la tête sans répondre ; Agnès tenta de s'excuser :

« Je sais bien que j'ai mal agi, mais je n'avais pas compris, au début. Et puis, c'était dur d'arrêter, Lucien insistait tellement… »

Elle se tut, incapable de continuer. Jules ne disait toujours rien. Elle essaya de changer de sujet :

« Solange est heureuse d'attendre ce bébé… »

Elle n'osait lui demander ce qu'il en pensait, lui, consciente qu'il n'en était pas ravi. Jules se tourna vers elle et eut un sourire triste :

« C'est une bonne nouvelle, n'est-ce pas ? Et pourtant je n'arrive pas à m'en réjouir.

— Après tout ce qu'on a vécu, une naissance, c'est la meilleure des choses qui pouvait vous arriver.

— C'est ce que tout le monde dit…

— Tu n'es pas de cet avis ? »

Jules haussa les épaules :

« Je n'ai pas d'avis, je suis mort. »

La jeune fille le regarda ahurie :

« Qu'est-ce que tu racontes ? Tu n'es pas mort, tu es bien vivant !

— Si. Je suis mort à l'intérieur. Je vis, j'agis mais mon cœur n'y est pas. Je suis comme mort… »

Cette fois, Agnès comprit à demi-mot et elle regarda son cousin comme un étranger.

« Tu veux dire que tu n'es pas heureux entre ta femme et tes enfants ? Tu aurais préféré rester en Allemagne ? »

Il ne répondit pas tout de suite. Son regard se perdit vers le village, les haies qui se couvraient de fleurs blanches, les prés où l'on voyait poindre les étoiles des narcisses et les arbres qui montaient à l'assaut du ciel avec leur parure de toutes nouvelles feuilles. Les hirondelles se poursuivaient avec de petits cris et fendaient l'azur de leurs ailes pointues. De partout montaient des chants d'oiseaux et le soleil jetait à pleins rayons des flots de lumière et de chaleur douce et tiède.

« Que le pays est beau, murmura Jules, fermant à demi les yeux devant les champs et les prés. »

Agnès se leva et s'approcha de lui :

« Jules, dis-moi ce qu'il y a. Depuis ton retour, tu n'es pas le même. Pourtant, tu aimais ta femme et tes enfants… »

Détournant, à regret, son regard du paysage, Jules se tourna vers sa cousine :

« Et si je te disais que je ne voulais pas revenir.

— Non ? Ce n'est pas possible, tu serais bien le seul ! Tu étais prisonnier, ici, tu es libre… Tu as ta famille… »

Elle s'arrêta, prenant conscience qu'il avait dû avoir, comme elle, une aventure, en Allemagne. Alors, elle reprit, le regardant droit dans les yeux :

« Tu avais une femme, en Allemagne. »

Ce n'était pas une question, c'était une évidence qui s'était imposée à elle. Elle répéta, plus bas :

« Tu avais une femme, là-bas, et tu ne voulais pas revenir. »

Jules se taisait toujours.

« Tu es revenu pour ta femme ? Pour tes enfants ? Pour ta mère ?

— Un peu pour les trois, mais je n'arrive pas à oublier. J'ai cru que revenir vers vous, revoir mon pays, ma femme, mes enfants m'aiderait à supporter leur absence, mais je ne peux pas, je ne peux pas !… Et puis, je n'ai aucune nouvelle. Après ce qui s'est passé là-bas, je ne sais pas si elles sont en vie, et ça me torture…

— Elles ?… Mais combien en avais-tu ?

— J'ai une femme et une fille. »

Agnès poussa un « oh » de surprise et regarda son cousin comme si elle le voyait pour la première fois.

« Tu sais, se mit à raconter Jules, j'allais travailler dans une ferme et je n'étais pas le seul. Dans chaque ferme ou presque, il y avait un prisonnier qui remplaçait le père ou le fils parti au front. Un camion nous amenait le matin et nous reprenait le soir. Dans l'endroit où je travaillais, nous étions trois. On ne mangeait pas à la table des maîtres, mais à la cuisine avec les servantes et le domestique, un vieil homme sourd et boiteux. Très vite, nous avons fait connaissance entre nous et nous sommes devenus amis, malgré la barrière de la langue. Que de crises de fous rires quand nous essayions de baragouiner quelques mots d'allemand !... La cuisinière s'appelait Olga. Elle régnait sur le monde des domestiques mais nous mijotait de bons petits plats. Je peux te dire que nous n'étions pas trop malheureux alors qu'ailleurs certains ne mangeaient pas à leur faim. Un jour d'hiver, alors que la neige tombait à gros flocons, la patronne a été malade. Elle m'a envoyé, en compagnie du vieux domestique, chercher des remèdes au village, chez une femme qui préparait tisanes et onguents censés guérir tous les maux. La neige tombait toujours. On approchait de Noël et les maisons étaient toutes décorées de guirlandes et de couronnes de houx. Le village ressemblait à un tableau de carte postale avec ses toits pentus que la neige alourdissait, ses rues à peine dégagées, son église au clocher élancé et ses devantures de magasins emplies de jouets de bois. Fritz, c'était le nom de mon gardien, connaissait la femme. Il frappa et entra. La maison était toute petite, comme tassée sur elle-même. La porte était ornée de la plus belle couronne de Noël qu'il m'ait été donné de voir. La pièce où on nous introduisit sentait le gâteau et le chocolat. Une femme, encore jeune, à la forte poitrine, écouta ce que lui racontait Fritz ; tout en préparant ses onguents, elle me jetait des regards à la dérobée. Elle fit un paquet des remèdes et me dit, dans un français hésitant : « Je connais la France. Je suis allée à Paris… » Entendre parler français me fit lever les yeux et son sourire timide me rassura. Je lui dis que j'habitais vers le sud de la France et parlais surtout patois. Je ne crois pas qu'elle comprit grand-chose à mon discours. Elle nous offrit un morceau de gâteau qu'elle venait de cuire et une goutte de schnaps qui nous réchauffa. Au moment de partir, elle nous raccompagna. Tout en parlant avec le domestique, elle me lançait des regards qui me surprenaient, me gênaient aussi tout en me rendant heureux. Puis, les jours ont passé mais je ne pouvais oublier ma marchande aux yeux bleus et je passais, chaque fois que je le pouvais, devant sa porte. Noël passa. On permit, à ceux qui le voulaient, de se joindre aux villageois pour la messe de minuit. C'était un temple protestant, mais qu'importe, nous nous y rendîmes en masse. J'aperçus la jeune femme et m'arrangeai pour lui souhaiter un joyeux Noël. Elle partit d'un grand éclat de rire auquel je répondis. De retour dans la chambrée, je ne pensais qu'à elle. J'avais beau me dire que j'étais marié, que j'avais des enfants, rien ne m'arrêtait… J'aurais voulu la serrer dans mes bras, cette femme dont je ne connaissais même pas le nom, mais à laquelle je ne cessais de penser. Le printemps revint et, avec lui, les travaux dans les champs. Je conduisais deux grands chevaux pour les labours et les semailles. Souvent, l'après-midi, je voyais arriver Frédérika avec son panier : elle allait cueillir de la salade sauvage et ses pas la portaient invariablement vers les champs où je me trouvais. Je quittais mon attelage pour la regarder, lui faire un brin de causette même si c'était un exercice difficile. Les jours où elle ne venait pas, j'étais triste et malheureux. Et puis, peu à peu, je m'enhardis, j'osais la prendre dans mes bras et l'embrasser… Bientôt, elle fut tout pour moi, comme j'étais tout pour elle… Je fis de rapides progrès dans la langue allemande et, un an après, je comprenais les phrases simples et usuelles et j'étais capable de m'exprimer. Frédérika était veuve. Elle n'avait pas d'enfant.

Son commerce marchait bien. Elle m'apportait des parts de gâteau que je partageais avec Jean et Robert, mes compagnons… Et puis, un jour, elle m'annonça qu'elle était enceinte. Elle en était très heureuse, mais elle cacha à tout le monde que le père était un prisonnier français car elle savait que j'aurais subi des punitions. Personne ne se douta de rien. Le 18 mars 1944, elle donna le jour à une petite Martha. Quand j'ai eu la joie de la voir, j'ai cru voir Denise et cela me donna quelques remords. Mais, nous étions si heureux, les rares fois où nous pouvions nous rencontrer… À la fin de la guerre, j'ai eu envie de rester auprès d'elle, je l'aurais aidée dans son commerce. C'était difficile et elle refusa. Quand on nous a libérés, j'ai suivi les autres, le cœur en déroute. À mon départ, Frédérika voulait être brave, elle s'efforçait de sourire, mais des larmes coulaient le long de ses joues ; et moi, j'essuyais mes yeux humides. Je ne l'ai plus revue, je n'ai pas de nouvelles et je suis malheureux… »Après cette longue confession, Jules se tut. Il se replongea dans le paysage qui, maintenant, commençait à s'animer. Agnès le regardait et s'aperçut que ses yeux étaient noyés de larmes. Elle ne sut que lui dire et garda le silence. Elle pensait à Solange, aux enfants et à celui à naître. Comment Jules allait-il sortir de cet imbroglio ? Allait-il sacrifier son amie allemande et sa fille Martha ? Elle fit quelques pas et dit :

« Il faudrait qu'on rentre. Ils vont se demander où on est passés. »

Elle ajouta pour elle-même : « Si Marie nous voit arriver ensemble, elle va croire que je débauche son fils ! » Cette pensée la fit rire et elle s'engagea sur le chemin du retour. Jules ne la suivit pas tout de suite. Il resta devant le paysage de son enfance qui, par son calme et sa douceur, lui reposait l'esprit. Pourtant, d'avoir évoqué, pour Agnès, sa rencontre avec Frédérika et la naissance de Martha l'avait plongé dans une période de sa vie qu'il revivait avec intensité mais qu'il devait oublier… Il avait tourné une page et il devait s'y tenir. D'ailleurs, c'était Frédérika elle-même qui l'avait encouragé à partir. Il revoyait encore son beau visage levé vers lui ; de ses yeux coulaient des larmes qu'elle ne pouvait retenir et elle lui disait :

« Il te faut partir, Jules. Ta place est auprès de ta femme et de tes enfants. Moi, je garde Martha. Elle sera ma consolation. Tant qu'elle sera près de moi, je penserai à toi. Ta femme, tes enfants, ta mère t'attendent. Si tu ne rentres pas, ils te croiront mort.

— C'est ce qui peut m'arriver de mieux. Ils me croiront mort, je resterai avec toi et ils n'entendront plus jamais parler de moi…

— Non, avait-elle crié en le poussant vers le camion qui attendait, non, adieu, va-t'en !… Je vais retrouver ma tante. »

Elle avait saisi sa fille dans ses bras et s'était sauvée comme une voleuse, en courant… Et depuis, pas un mot, pas une lettre : c'était vraiment trop cruel !… Que pouvait-il faire ? Vers qui se tourner ? Il avait cru que parler à Agnès le libérerait et qu'il redeviendrait le jeune homme qu'il avait été. Mais, d'avoir évoqué ses souvenirs, son cœur pesait encore plus lourd dans sa poitrine. Il songea à cet enfant à naître : un être innocent dont il lui faudrait s'occuper et qu'il devrait aider à grandir… Oui mais, quelque part en Allemagne, il y avait un autre enfant qui allait grandir sans père et qui, un jour, viendrait peut-être lui demander des comptes… Il soupira, s'arracha au paysage et, lentement, commença à descendre le chemin.

29

Juliette

C'était un bel été avec des blés dorés qui ondulaient à la brise et de longues journées de soleil qui laissaient flotter une brume mauve, au ras des prés : un été de paix et de joie… Antoine et Denise, libérés de l'école, vivaient des vacances heureuses entre une grand-mère gâteau, une mère alourdie par la fin de sa grossesse, Agnès occupée aux travaux des champs et un père rêveur et silencieux. Ce père, qu'ils avaient réappris à connaître et qui avait toujours l'air dans la lune, ne les dérangeait pas trop. À son arrivée, ils avaient redouté cet homme qui était un quasi-inconnu pour eux, mais, les jours passant, ils avaient appris à l'apprécier. Quand il le voulait bien, il était capable de leur expliquer les merveilles de la nature comme personne ne savait le faire, même pas Mlle Richard, leur institutrice qui passait aux yeux de tous pour une véritable savante. Ses petits yeux cachés derrière des lunettes de myope, elle savait les intéresser. Avec elle, ils avaient observé bien de petits animaux que l'un ou l'autre de ses élèves apportait dans la classe. Depuis les grenouilles et les hannetons jusqu'aux hérissons qui pullulaient dans les jardins… Mais leur père était beaucoup plus captivant que la demoiselle. Lui, on n'avait pas l'impression qu'il faisait un cours. Les informations qu'il donnait faisaient partie de la vie de tous les jours et c'était bien plus amusant. Il les accompagnait en pleine nature, entourés de verdure et du chant des oiseaux. Ils pouvaient sauter, rire, courir ou crier, leur père ne s'en offusquait pas alors qu'avec Mlle Richard, il fallait savoir se maîtriser. Et puis, leur père était tendre avec eux, contrairement à leur mère que sa grossesse rendait nerveuse, leur père était toujours disponible. Le soir, Denise aimait grimper sur ses genoux et poser sa tête sur sa poitrine. Il la serrait contre lui et elle entendait son cœur battre très fort. Quelquefois, il l'embrassait et murmurait tout bas : « Ma petite fille ! » Une fois, alors qu'elle levait les yeux vers lui, il lui avait semblé voir briller une larme vite remplacée par un sourire triste. Elle en avait parlé à Antoine qui avait haussé les épaules. Du haut de ses douze ans et de sa supériorité masculine, il lui avait répondu dans un sourire protecteur :

« Les hommes ne pleurent pas ! Pourquoi pleurerait-il alors qu'il est heureux avec nous ? »

La petite fille n'avait pas insisté : ce n'était pas son frère qui aurait grimpé sur les genoux de leur père, il ne pouvait pas comprendre !… Le temps avait passé. Août se profilait à l'horizon quand Solange avait été prise de violentes contractions. Le temps de filer jusqu'à la ferme des Rosiers pour demander à Pierre Perrin de bien vouloir les porter à la maternité avec son automobile et Solange et Jules étaient partis… Les enfants, un peu effrayés, se tenaient dans un coin, sans oser parler. Leur mère avait oublié de les embrasser et leur père leur avait paru encore plus silencieux. Ce fut Agnès qui les découvrit. Elle se mit à rire :

« Qu'est-ce que c'est que ces deux nigauds ? Vous vous cachez ? N'êtes-vous pas contents de l'arrivée de votre petit frère ou petite sœur ?

— Je veux un petit frère, se renfrogna Denise, je veux un petit frère !

— Tu prendras ce qu'il y aura », répliqua nerveusement Marie.

Elle avait fini par accepter Agnès, mais, de temps à autre, quand elle était seule avec elle, elle ne pouvait s'empêcher de lui faire la tête. La journée s'écoula lentement. Pierre était passé, en revenant de Mende, et, tout en savourant une tasse de café que lui avait servi Agnès, il avait dit que Solange avait été prise en charge à la maternité et qu'après avoir déposé la valise, il était parti. Les enfants écoutaient de toutes leurs oreilles et paraissaient déçus. En sortant, il fit un clin d'œil à la jeune fille qui le suivit dans la cour.

« Je n'ai rien dit devant les enfants, lui confia-t-il, mais ça ne se présente pas trop bien d'après ce que m'a rapporté Jules.

— Qu'y a-t-il ?

— Je ne sais pas. Il paraît qu'elle est agitée et que tout ne se passe pas normalement. »

La femme de Pierre avait eu six enfants, sans aucun problème, et il ne comprenait pas de quelle complication il pouvait s'agir. Agnès revint songeuse à la cuisine.

« Tout va bien ? demanda Antoine qui avait suivi l'aparté dans la cour.

— Bien sûr. Pourquoi me demandes-tu ça ?

— Pour rien, répondit le garçon en sortant à son tour. »

Agnès avait décidé de ne rien révéler ni à Marie ni aux enfants : s'il y avait une mauvaise nouvelle, il serait toujours temps de la leur annoncer. Le soir, à la tombée de la nuit, Jules revint triste et abattu.

« Alors ? crièrent les enfants en se précipitant vers lui.

— Alors, rien. Le bébé n'est pas encore arrivé. »

Ils repartirent déçus alors que leur père s'asseyait à la table et expliquait pour sa mère et pour Agnès que l'accouchement serait sûrement très long et très difficile. La naissance de Denise remontait à dix ans ; le bébé était gros et Solange acceptait mal ces difficultés ; elle s'énervait et sombrait dans des crises de larmes. Dans le meilleur des cas, l'enfant ne naîtrait pas avant le lendemain, alors il était venu.

« Qu'allons-nous faire ? gémit Marie.

— Attendre, répliqua Jules. On ne peut rien faire d'autre. »

Les deux femmes hochèrent la tête, mais l'attente leur paraissait longue.

Le lendemain, après les travaux du matin, Jules reprit le causse pour aller au chevet de sa femme. Les moissons battaient leur plein et Agnès ne pouvait travailler seule.

« Je vais aller trouver Lucien, s'il pouvait nous donner un coup de main.

— Tu n'y penses pas, s'exclama Marie, en lançant un regard torve à Agnès.

— Mais cette histoire est terminée. N'est-ce pas Agnès ? »

La jeune fille opina en silence.

« S'il pouvait revenir un jour ou deux ; moi, je ne serai pas long. Je fais l'aller-retour.

— Que va dire Paulette ?

— Je me charge de l'expliquer à Paulette. Je ne vois pas d'autres solutions à part laisser pourrir la récolte. Je vais passer chez eux, en partant. »

Quand Jules se présenta chez ses voisins, et qu'il leur eut tout expliqué dans le détail, un silence gêné tomba dans la pièce.

« Je ne sais pas, hasarda Paulette, si tu es au courant de ce qui s'est passé quand tu étais prisonnier. Mais...

— Je suis au courant. Et Agnès m'a affirmé que tout était fini depuis longtemps. »

Lucien, les yeux au sol, baissait la tête et se taisait.

« C'est à Lucien qu'il faut le demander, répliqua la femme en jetant un coup d'œil à son mari.

— Je ne resterai pas longtemps absent, mais on ne sait jamais. »

Ses yeux s'emplirent de larmes. Le couple le regardait. Lucien finit par se confier :

« Je ne sais comment te le dire. Je regrette ce qui s'est passé, j'ai promis à Paulette que je ne recommencerai plus jamais... J'aurais préféré ne plus retourner chez vous. Cependant, si je peux te rendre service, je suis prêt à venir travailler. »

Il se tourna vers sa femme et ajouta :

« Maintenant que les enfants sont grands, si tu veux, tu peux m'accompagner. »

Paulette fit un geste de la main mais on la sentait proche des larmes ; elle répondit d'une voix enrouée :

« Je ne veux pas venir avec cette... »

Elle s'arrêta et reprit :

« ... Avec Agnès... Je te fais confiance, Lucien, mais s'il se passe quelque chose, je te quitte et j'emmène les enfants. »

Lucien murmura dans un souffle :

« Il ne se passera rien. »

Il n'en était pas si sûr et se sentait tout excité de travailler à nouveau avec Agnès.

« Vous pourrez prendre Antoine avec vous. Il est assez grand pour vous aider.

— René aussi peut vous accompagner. »

Quand Jules fut parti, les deux époux gardèrent le silence, puis Paulette monologua :

« Je m'en doutais que cette naissance ne se passerait pas bien. Il y avait trop longtemps qu'elle n'avait pas eu d'enfant… Et toi, je t'avertis : ce que j'ai dit ce n'était pas des menaces en l'air. Si tu me trompes encore, tu pourras aller filer le parfait amour loin de mes yeux.

— T'en fais pas, ça n'arrivera plus », répliqua Lucien avec une assurance qu'il était loin de ressentir.

À grandes enjambées, Jules traversa le causse. Il était inquiet et malheureux. Son amour pour Solange s'était mué en une immense tendresse et il serait désolé s'il lui arrivait malheur. Il songeait à ses enfants, deux et peut-être trois… Il se réconfortait comme il pouvait, se disant qu'elle était entre de bonnes mains, que la médecine avait fait d'immenses progrès… Pourtant, il ne pouvait s'empêcher d'éprouver un sentiment de culpabilité : si sa femme était dans cet état, c'était sa faute. Elle avait senti, malgré toutes ses précautions, qu'il y avait eu quelque chose en Allemagne. Elle avait tenté, maladroitement, de lui poser des questions auxquelles il n'avait pas répondu : il était lâche… Il lui avait même joué la comédie de l'amour mais elle n'avait pas été dupe et son anxiété était cause de son accouchement difficile.

Quand il arriva à la ville, il se hâta vers la maternité. Sur son chemin, il avisa un magasin de fleurs et entra pour acheter un bouquet. La fleuriste, mise au courant de la situation, lui proposa des roses rouges :

« C'est signe d'un amour profond, c'est ce qu'il vous faut. »

Il ne la contredit pas et partit son bouquet à la main. Arrivé à l'hôpital, il fut étonné de voir le lit vide. Les autres patientes lui apprirent que sa femme avait été emmenée à la salle d'opération car il fallait tenter une césarienne. La sage-femme qu'il rencontra lui expliqua qu'il n'y avait pas d'autres solutions s'il voulait avoir sa femme et son enfant vivants. Il acquiesça. On lui proposa de laisser ses fleurs et de revenir dans une heure. Une femme de salle se chargea de placer le bouquet au chevet du lit et il s'en fut comme un voleur. Cette matinée d'été était splendide. La chaleur montait déjà de la terre. Il erra en ville, les yeux secs et le cœur en lambeaux. Une heure après, il était de retour. Solange n'était pas là, mais un bébé ridé et rose dormait dans le berceau.

« Vous avez une fille, annonça l'infirmière de service, et votre femme va pour le mieux. »

Il dut s'asseoir car ses jambes ne le tenaient plus.

« Regardez comme elle est belle, reprit la femme en la sortant du berceau et en la lui mettant dans les bras. Comment allez-vous l'appeler ? »

Il réfléchit : ils en avaient un peu parlé, mais il ne se rappelait plus…

« En avez-vous parlé à ma femme ? Où est-elle ?

— Elle est encore en soins intensifs, mais vous la reverrez bientôt. »

Il lui jeta un regard affolé.

« Rassurez-vous, c'est normal. Tout va bien mais ce sera un peu plus long. »

Il fit un geste en contemplant la frimousse grimaçante de son nouvel enfant qui, à ce moment, ouvrit les yeux et lança un regard étonné sur cet homme. Elle se mit à crier et Jules la remit dans son berceau.

« On vous autorise à voir votre femme quelques instants », fit la sage-femme qui venait d'entrer.

Jules la suivit à travers une enfilade de couloirs et trouva Solange consciente mais très abattue.

« Ça va ? » demanda-t-il anxieusement.

Elle sourit et répondit :

« Ça va. Finalement, tout s'est bien passé… Tu as vu notre fille ?

— Elle est belle. Comment veux-tu l'appeler ?

— Que dirais-tu de Juliette ? Jules, Juliette… »

Il inclina la tête et, dans un geste d'une infinie tendresse, embrassa le visage fiévreux de sa femme.

30

Vie de famille

Le bel été continuait en journées de soleil implacables et en longues soirées de crépuscule mauve qui traînait dans la vallée apportant à peine un peu de fraîcheur. Le bruit des chars attardés qui roulaient sur les chemins caillouteux se répercutait dans toute la vallée. La nouvelle de la naissance de Juliette avait rempli la maisonnée de joie. Il n'y eut que Denise qui s'écria :

« Je veux pas de petite sœur, je voulais un petit frère !…

— Regardez-moi cette péronnelle, s'était moquée Agnès tandis que Marie la réprimandait :

— Ne dis pas une chose pareille, ça porte malheur. »

Jules avait alors pris sa fille sur ses genoux et lui avait expliqué que Juliette serait pour elle une gentille petite sœur et qu'elle devrait en prendre bien soin. La petite fille s'était tue. Antoine regardait cette scène avec détachement : il fallait que les filles fassent toujours de l'embarras !… Pourquoi Denise s'obstinait-elle à vouloir un petit frère, alors qu'elle l'avait lui, et n'en était pas autrement satisfaite ? Il sortit retrouver ses copains et leur annoncer la nouvelle.

On était mi-août, les moissons se terminaient et les battages allaient commencer. Cette année, Jules avait acheté une batteuse. Il avait constaté leur efficacité en

Allemagne. La caoucade, comme elle se pratiquait au village depuis la nuit des temps, était devenue une antiquité face aux nouvelles machines. Lucien, qui n'avait pas les moyens de s'offrir de pareils engins, avait été secrètement ravi de ne plus employer les méthodes datant du Moyen Âge pour battre son blé. Il l'avait expliqué à Paulette qui avait du mal à surmonter sa répugnance à travailler avec Agnès. Le premier jour où les deux familles se trouvèrent face à face, une gêne certaine s'installa entre les deux femmes. Elles œuvraient chacune d'un côté du champ et Lucien s'interdisait de regarder du côté d'Agnès. Puis, peu à peu, les tensions se calmèrent. Agnès tournait ostensiblement le dos à Lucien et ne lui adressait que les paroles indispensables. Au fin fond d'elle-même, elle se demandait quelle idée elle avait eue de se donner à cet homme qui, aujourd'hui, n'éveillait rien en elle. Les moissons terminées, on souffla un peu. Les deux hommes et les enfants s'en allaient charger les javelles. Ils revenaient ensemble et, dans la soirée, tous les six passaient la récolte à la batteuse. Chaque famille rentrait à la nuit tombée retrouver les petits chargés de la garde des vaches et mangeait la soupe chez elle.

Une semaine passa puis une autre. Solange était toujours à l'hôpital ; les médecins se montraient inquiets. Elle demeurait apathique, ne sortant de son isolement que lorsqu'on lui amenait la petite Juliette. Pour elle, Solange retrouvait le sourire. Elle passait des heures à s'émerveiller devant son enfant et elle l'aurait contemplée encore plus si les infirmières ne lui avaient pas enlevé la petite fille pour la langer et la coucher dans son berceau. Chaque fois qu'il le pouvait, Jules traversait le causse pour venir voir la mère et l'enfant. Une première fois, il avait amené Antoine qui avait regardé sa sœur avec un certain détachement. Ensuite, ce fut au tour de Denise. Celle-ci lui posait question sur question : elle voulait tout savoir de cette petite sœur qu'elle avait refusé au tout début. Mise en présence de Juliette, elle s'extasia sur sa petitesse, la toucha et fut ravie que la grimace qui se voulait un sourire lui soit adressée. Elle eut la permission de la tenir sur ses genoux et en ressentit une grande fierté : elle fut totalement conquise par sa petite sœur.

Quand, enfin, au bout de trois semaines, Solange et Juliette rentrèrent à la maison, toute la famille leur fit fête. Même Jules, ce jour-là, parut tout à fait heureux. Solange se sentait bien faible. Dans le berceau qui avait déjà accueilli son frère et sa sœur, Juliette rêvait aux anges, veillée par Denise qui prenait très au sérieux son rôle de seconde maman. Solange, qui avait nourri ses deux aînés, avait dû renoncer à allaiter Juliette. Denise suivait sa mère quand elle langeait le bébé et veillait à la préparation des biberons. Sa mère lui avait promis qu'elle pourrait faire boire Juliette quand elle serait un peu plus grande et la petite fille se demandait combien de temps elle devrait attendre que sa sœur ait grandi !… Avec l'arrivée de Solange et de Juliette, il y avait eu un surcroît de travail pour Agnès. Elle avait abandonné les champs pour se consacrer à la maison où lessive, repas et ménage la tenaient occupée les journées entières. Elle était heureuse d'être délivrée de la présence de Lucien. Ses regards, ses frôlements et son air de chien battu la mettaient mal à l'aise. Un jour, en l'absence de Paulette, elle l'avait vertement remis à sa place et menacé d'avertir sa femme s'il continuait à l'importuner. Il était parti furieux, la traitant d'allumeuse et de sans-cœur, jurant de se venger… Elle avait joué les indifférentes et haussé les épaules mais n'avait pas osé en avertir Jules qui, tout à ses pensées, n'avait pas remarqué leur aparté.

La naissance de sa fille avait, semblait-il, rendu la paix à Jules. Entre deux charretées de gerbes, il passait souvent prendre des nouvelles de sa femme et contempler Juliette endormie. Agnès, qui l'observait à la dérobée, pensait qu'il oubliait les deux femmes qu'il avait laissées en Allemagne et que tout allait rentrer dans l'ordre dans son foyer. Le bon air du village, la joie de toute sa famille et la bonne nourriture d'Agnès parvinrent à rendre des couleurs à Solange et à lui faire retrouver un peu de la vitalité qui lui avait permis de tenir pendant les six années de guerre. Elle rétorqua même à Marie qui suggérait d'aller chercher le guérisseur pour l'aider à retrouver son énergie :

« Il est encore là, celui-là ! Je croyais qu'il avait disparu en même temps que les Allemands !...

— Oh, il avait disparu, répliqua Agnès, mais il est revenu et exerce de nouveau.

— La mauvaise graine repousse toujours.

— Ne dis pas cela, protesta Marie. Il n'a pas fait que du mal. Rappelle-toi : il m'a guérie. »

Solange ne répondit pas. Elle ne se sentait pas encore la force de discuter avec sa belle-mère, mais elle n'était pas prête à revoir le charlatan qui avait tenté de la séduire. Quand Marie quitta la pièce, elle se tourna vers sa cousine :

« Tu le savais qu'il était revenu, cet homme ?

— Oui. Et il a repris ses consultations. Il paraît qu'il a autant de monde qu'autrefois.

— Les gens oublient vite. C'était un collabo et il n'a pas été inquiété ?

— Il ne s'est pas montré de deux ans. Et, maintenant, il est revenu. »

Un silence tomba. Solange se rappelait avec dégoût cet individu qui avait osé, un jour, lui prétendre que son mari l'avait oubliée... La vieille peur qui ne l'avait jamais quittée depuis ce jour-là revint la tourmenter. Elle se tourna vers Agnès :

« Dis, Agnès, tu ne trouves pas que Jules a changé ? »

La jeune fille la regarda, essayant de cacher son trouble :

« Bien sûr qu'il a changé. On a tous changé, en six ans.

— Oui, je sais. Mais il a changé autrement... Il n'est pas le même que quand il est parti. »

Agnès se contenta de hausser les épaules ne sachant que répondre. Elle était sûre que Solange, avec sa clairvoyance habituelle, ne tarderait pas à découvrir le secret que lui cachait son mari et alors…

« Je veux dire, reprit-elle, qu'il a changé de caractère. Si je ne le connaissais pas bien, je croirais que ce n'est pas le même homme… Mais enfin, Agnès, s'énerva-t-elle, ne me dis pas que tu ne l'as pas remarqué : il n'est plus le même… Il parlait beaucoup, était plein d'humour, aimait rire, s'amuser… Et maintenant, il est comme mort : il ne dit rien, rumine dans son coin, sourit rarement et passe ses journées solitaire comme s'il n'était pas content d'être avec nous…

— Tu exagères. Il a du mal à se réadapter, mais il vous aime toujours autant…

— Ah, tu crois ? Eh bien, moi, je n'en suis pas certaine. Il aime ses enfants, ça oui, sa mère… mais moi ? »

Agnès se força à rire et se pencha sur le berceau en la rassurant :

« Il t'aime toujours. La preuve…, ajouta-t-elle en désignant Juliette qui dormait dans son berceau comme une bienheureuse.

— Oh, ça ne veut rien dire, soupira Solange. C'est peut-être du désir, pas de l'amour.

— Comment peux-tu affirmer une chose pareille ? Si ton mari ne t'aimait pas, il ne t'aurait pas fait un enfant !… »

Solange ne répondit pas. Elle se leva et partit chercher un châle dont elle couvrit ses épaules. Le temps était doux, mais elle avait toujours froid. On aurait dit que le froid intérieur qu'elle ressentait se traduisait par un froid extérieur qui la glaçait. Elle jeta un coup d'œil par la fenêtre : Lucien et Jules arrivaient avec un dernier char de gerbes :

« Et toi ? Ce n'est pas trop dur de travailler avec Lucien ? »

Agnès regarda la cour et lança avec colère :

« Il me court après. Il m'énerve, je ne le supporte plus.

— Avertis Jules, il le remettra à sa place. Il ne s'en est pas aperçu ?

— Il ne m'agresse que lorsque je suis seule. Je lui ai dit, depuis longtemps, que tout était fini, mais il insiste.

— Il m'avait semblé que tu aimais ailleurs. Je ne me suis pas trompée ? »

Agnès rougit fortement mais ne répondit pas. Solange sourit et ce sourire lui rendit sa jeunesse. Elle aurait dû comprendre que sa cousine avait deviné…

« Tu avais un visage si rayonnant qu'il était facile de deviner. Lucien a compris que tu aimais ailleurs.

— Je suis persuadée que c'est lui qui a dénoncé Pedro. Il m'avait rencontré, un matin. Il voulait me faire parler, il était furieux !…

— Tu as eu de ses nouvelles ? »

Agnès fit non de la tête et ses yeux se remplirent de larmes. Elle se détourna vivement pour les cacher. Solange s'approcha et passa un bras autour de ses épaules.

« Il n'a sûrement pas pu !… S'il t'aime, il reviendra. »

« Oui, pensa la jeune fille, s'il m'aime. Mais, m'aime-t-il ? »

Ce fut le moment que choisit Juliette pour faire entendre de petits cris qui devinrent, bientôt, de plus en plus forts.

« En voilà une qui connaît déjà l'heure », fit Solange en riant.

Elle quitta sa cousine et se dirigea vers le berceau :

« Alors mademoiselle, vous avez faim ? »

Les cris continuèrent. Solange saisit le bébé et le berça contre sa poitrine tandis qu'Agnès préparait le biberon. Denise entra et demanda :

« Maman ? Tu m'avais promis que je pourrais donner le biberon à Juliette ?

— Viens, répondit sa mère. Tu vas t'asseoir sur le lit mais il faut bien faire attention… »

Le reste de la phrase se perdit dans la montée de l'escalier. Agnès les regarda monter. Elle était triste, infiniment triste : entre Solange qui doutait de son mari et elle qui attendait un homme qui l'avait oubliée, elles formaient une belle paire de femmes abandonnées ! Elle eut un rire sans joie et murmura pour elle seule : « Ce qu'ils peuvent être égoïstes, ces hommes !… »

31

Celui qu'on n'attendait plus

Octobre était revenu avec ses matins frileux, ses arbres aux parures de fête et ses soirées trop courtes qui paraissaient surprendre les ouvriers attardés. L'école avait repris. Antoine et Denise avaient réintégré leur classe, à la fois tristes et joyeux. Finies les courses folles à travers champs et la liberté qui leur permettait, avec les autres gamins du village, de découvrir, chaque jour, de nouveaux terrains de jeu ou de débusquer les animaux : lièvres aux longues pattes agiles, garennes apeurés, petits écureuils à l'œil malicieux, grives et perdrix au chant si caractéristique… Il avait fallu laisser ces petits paradis pour reprendre les livres et les cahiers… Cette grande liberté, qu'Antoine et Denise connaissaient pour la première fois, due à la surveillance relâchée que la naissance de leur petite sœur avait favorisée, commençait à leur peser comme elle pesait à tous. Le retour dans la salle de classe, qui sentait la craie malgré l'odeur de propre qu'elle dégageait comme à chaque rentrée, leur avait permis de se retrouver tous avec les copains des autres villages. Pour Antoine, le certificat approchait et il avait hâte de le passer et de partager avec son père le travail dans l'exploitation familiale.

Cette année-là, le pays regorgeait de fruits. Le printemps pluvieux et doux avait chouchouté les fleurs et l'été, avec sa chaleur, avait fait le reste. Les pommiers, surtout, ployaient sous le poids des fruits. Du plus petit au plus grand, tout le monde était mis à contribution pour la cueillette. Ce jeudi-là, Jules, Agnès et les enfants, grimpés sur les échelles, s'activaient autour des arbres. Pommes jaunes et rouges s'empilaient dans les corbeilles et les paniers. Une odeur de fruits mûrs embaumait la campagne. Lucien, Paulette et leurs enfants, dans le pré d'à côté, étaient eux aussi occupés à la cueillette. De temps à autre, les enfants, lassés du ramassage, se laissaient distraire par un nid de fourmis, une pierre aux formes étranges ou tout autre chose qui les captivait et obligeait les adultes à les rappeler à l'ordre. On était en fin de soirée, le soleil se rapprochait de l'horizon et il serait bientôt temps de rentrer. Jules était allé chercher l'attelage et on entendait les roues du char grincer sur le chemin pierreux. Les enfants, impatients, étaient partis à sa rencontre.

Quand l'attelage apparut, au tournant du chemin, Agnès remarqua l'homme qui accompagnait Jules et son cœur fit un bond. Il n'était pas très grand, marchait légèrement voûté… Elle pensait, sans y croire, reconnaître Pedro dans cet inconnu… Elle ne bougea plus, les mains tremblantes, les yeux rivés sur les arrivants. Antoine et Denise revinrent en courant et le garçon lui dit :

« Agnès, c'est un monsieur que j'avais rencontré avec Clément, pendant la guerre. Même que je lui avais donné mon goûter parce qu'il avait faim.

— Il paraît qu'il te connaît », ajouta Denise essoufflée d'avoir couru.

La jeune fille ne répondit pas. Elle aurait voulu se précipiter vers l'arrivant, mais ses jambes refusaient d'avancer. Elle restait là, les bras ballants, à regarder l'attelage et les deux hommes qui approchaient. Jules arrêta les bœufs et lui cria :

« Hé, Agnès, viens voir qui est de retour. Il paraît que tu le connais !… »

La jeune fille osa s'approcher : elle le reconnut tout de suite. Il avait une barbe qui lui mangeait la moitié de la figure. Il claudiquait et ses cheveux avaient blanchi aux tempes, mais c'était bien le même regard et le même sourire. Il fixait sur elle ses yeux de braise et elle s'avança encore. Ils étaient seuls, là, au milieu du champ… Ils ne voyaient pas Lucien, Paulette et leurs enfants qui s'étaient approchés, curieux. Ils n'entendaient pas les cris des enfants se poursuivant dans le crépuscule qui donnait à toute chose une auréole de mystère : ils étaient seuls sur la Terre !

Cet instant béni fut brisé par Antoine qui disait, tirant familièrement la manche de l'inconnu :

« Tu te rappelles que tu as mangé mon goûter, un jour ? »

Tout le monde éclata de rire et ils revinrent à la réalité. Pedro tendit la main qu'Agnès serra sans s'en apercevoir et ils se tournèrent vers le garçon :

« Ah oui, répondit Pedro avec son accent. Et tu n'es pas mort de faim ?

— N'empêche que, ce jour-là, tu as été bien content de le manger, mon goûter.

— Oui, tu as raison. Je te dis merci, un peu en retard. C'est même un des meilleurs repas que j'ai fait de ma vie. »

Pendant cet échange, Lucien, les poings serrés, regardait Agnès. Elle souriait et ne quittait pas des yeux cet Espagnol de malheur qui n'était pas mort comme il l'aurait souhaité ; au contraire, il revenait auréolé d'une gloire que lui n'aurait jamais… Jules, tout fier d'amener cet inconnu, le présenta à la ronde en déclarant :

« Ma femme, ma mère et Agnès ont caché Pedro à la maisonnette, pendant la guerre. Il y a eu une perquisition et elles ont eu très peur, mais Clément était venu le chercher, juste la veille… Si on l'avait attrapé, il y aurait eu du vilain. Enfin, tout s'est bien terminé.

— Co… comment avez-vous réussi à échapper aux miliciens, on se l'est toujours demandé ? dit Agnès.

— Clément a compris que je n'étais plus en sécurité. Il est venu, le soir. J'étais à peine guéri. Il a tout nettoyé avant de partir. Heureusement car, le lendemain matin, ils étaient là !... Ils ont bien failli me prendre.

— Vous vous cachiez où ? demanda Paulette.

— À la maisonnette », répondit Agnès en regardant Lucien.

Elle venait de s'apercevoir qu'il restait étrangement silencieux et cela l'ennuyait, mais que pourrait-il faire, maintenant ? Ils parlèrent encore, mais, comme la nuit tombait, il fallut charger les pommes et reprendre le chemin de la maison. Les enfants gambadaient et se poursuivaient dans le soir devenu sombre, avec de petits cris de souris effrayées. Dans la pénombre complice, alors qu'ils marchaient l'un près de l'autre, Pedro prit la main d'Agnès et la serra très fort. Elle répondit maladroitement, le cœur affolé, les lèvres sèches. Ils rentrèrent au pas lent des bœufs, suivis par Lucien et sa femme qui commentaient cette visite. Paulette, surtout, se posait des questions : comment Solange avait-elle pu cacher cet homme au nez et à la barbe de tout le village ? Comment personne ne s'en était-il rendu compte ? Elle n'arrivait pas à croire qu'elle ait pu passer auprès d'une telle chose sans s'en apercevoir. Près d'elle, Lucien demeurait silencieux. Tout à son idée, Paulette ne remarqua rien.

« Cette Solange, finit-elle par lancer avec de l'amertume dans la voix, elle cachait bien son jeu, dire qu'on lui aurait donné le bon Dieu sans confession !... Décidément, les femmes de cette famille sont bien toutes les mêmes, pas moyen de leur faire confiance... »

Elle se tut, ruminant sa rancœur, tandis que de son côté son mari méditait sa vengeance. Insouciants de leurs voisins, Jules, son attelage et les autres arrivaient au village. La nuit était maintenant tout à fait tombée. Ils dételèrent les bœufs, Jules les amena à l'étable, les fit boire et manger et monta retrouver la famille qui l'attendait autour de la soupière fumante. Clément était là, lui aussi : c'était lui qui avait rencontré Pedro et l'avait amené. L'arrivée de ces témoins de son passé et des heures noires de sa vie semblait avoir donné des couleurs à Solange. Elle discutait avec Pedro. Ils évoquaient son arrivée, un soir. Clément s'excusait presque :

« Je savais que c'était dangereux, mais je ne savais où le conduire.

— Tu as bien fait, répliqua Marie, même si j'ai failli le dire au guérisseur.

— Ah, ce guérisseur, parlons-en, se rebiffa Solange. Vous aviez une telle confiance en lui qu'il nous fallait toujours vous mettre en garde, sinon vous nous auriez trahies.

— Je pense que ce n'était pas un mauvais type et que…

— Alors, pourquoi a-t-il disparu à la Libération ?

— Il n'avait pas disparu, puisqu'il est de retour, répondit joyeusement la vieille femme. Justement Solange, je voulais te proposer d'aller le voir.

— Jamais, cria sa bru, jamais je n'accepterai d'être soignée par lui !

— Il m'a bien guérie, moi !… Et c'est vous qui m'y avez envoyée. »

Pendant cet échange, Pedro ne disait rien. Quand il levait les yeux, il les posait sur Agnès qui allait et venait pour servir le repas. Il aurait voulu lui parler pour lui demander si elle pensait toujours à lui comme il avait pensé à elle tout au long de sa campagne… Mais il lui fallait sourire, répondre aux questions qu'on lui posait et jouer l'indifférent. La jeune fille accomplissait son travail de tous les jours en jetant, de temps à autre, un regard brûlant à Pedro qui plongeait les yeux dans son assiette de peur de la compromettre. Le temps s'écoulait, le souper s'éternisait. Les deux amoureux se demandaient s'il leur resterait quelques minutes pour se parler tête à tête… Solange dit aux enfants d'aller au lit car, le lendemain, il y avait école. Antoine et Denise firent les sourds, mais leur père insista d'une voix sans réplique et ils s'esquivèrent après un rapide bonsoir. Marie ne tarda pas à les suivre.

Clément et Pedro racontèrent alors leur vie dans le maquis et l'Espagnol narra sa guerre. À la Libération, il avait suivi les maquisards et s'était enrôlé dans l'armée. Il avait combattu longtemps, près de Dijon, puis en Alsace. Il avait assisté à la libération du camp du Struthof et en frémissait encore d'horreur. Il avait été blessé devant Stuttgart et en gardait cette claudication qui avait tant intrigué Agnès. Après le passé, on parla du présent. Clément avait proposé à Pedro de le faire embaucher à l'usine de Saint-Chély qui tournait à plein et qui cherchait de la main-d'œuvre.

« Il a fait des études de chimie, dit Clément. Là-haut, il sera comme un poisson dans l'eau.

— Oui. Je les avais commencées mais je ne les ai pas terminées. La guerre civile est arrivée, puis Franco a pris le pouvoir. Comme mes amis républicains, j'étais menacé de mort, alors j'ai passé la frontière. Nous, les Espagnols, nous n'étions pas les bienvenus, en France. J'ai travaillé de-ci de-là, et puis je me suis engagé dans la Résistance… »

Il s'arrêta un court instant, regarda Agnès et Solange et leur dit :

« C'est grâce à vous si je suis encore vivant. Vous m'avez sauvé la vie. Je vous dois tout. Je ne l'oublierai jamais…

— Nous n'avons fait que notre devoir, répliqua Solange. C'est surtout Agnès qui vous a aidé, c'est elle qu'il faut remercier. »

La jeune fille rougit jusqu'aux oreilles et essaya de parler mais ne prononça pas une parole. En la regardant, Clément comprit l'empressement de Pedro de la revoir et le silence de sa sœur sur cet épisode de la guerre.

32

La gifle

Après le souper, les deux garçons grimpèrent sur une moto, toute récente acquisition de Clément, et s'enfoncèrent dans la nuit que trouait le phare de l'engin.

« Eh bien, constata Solange, si Antoine avait vu ça !… Il aurait passé sa soirée devant. »

L'émotion d'Agnès était si visible que personne ne s'attarda. Les yeux ouverts sur l'obscurité, la jeune fille essayait de mettre de l'ordre dans ses idées. Depuis le jour de son départ, elle attendait le retour de Pedro et, pourtant, elle avait été si surprise qu'elle en aurait sauté de joie. Elle aurait dû courir vers lui, mais elle ne le pouvait pas… Il fallait qu'elle lui avoue l'inavouable : sa liaison avec Lucien… C'était un Espagnol, peuple réputé pour sa jalousie ; comment allait-il prendre sa confession ? Même si cette liaison était finie depuis longtemps de son côté, bien sûr, car du côté de Lucien, rien n'était moins sûr. Elle avait vu son regard, la veille ; c'était celui d'un homme prêt à tout pour empêcher les amoureux d'être réunis. « Ah, se redit-elle pour la centième fois, mais quelle mouche m'a piquée le jour où je me suis donnée à Lucien ! » Elle n'arrivait pas à comprendre son comportement d'alors mais elle était bien obligée d'en supporter les conséquences. Elle se vit rejetée par tous, vieillir doucement, au service de ses cousins. C'était sûrement ce que voulait Lucien pour elle, mais tout son être refusait cet enlisement. C'est vrai qu'elle avait été imprudente mais elle ne méritait pas une telle pénitence… Elle tournait et retournait dans son lit, sans trouver le sommeil. Heureusement qu'elle ne couchait pas avec la tante Marie, sinon elle se serait fait rabrouer vertement.

Pendant ce temps, dans la chambre voisine, Solange et Jules s'interrogeaient aussi.

« Tu savais qu'Agnès s'intéressait à ce garçon ? demanda Jules.

— À vrai dire, je m'en doutais, mais je ne les croyais pas amoureux à ce point. Leur entente saute aux yeux. Il faudrait être aveugle pour ne pas s'en apercevoir.

— Tu ne m'avais pas dit qu'elle avait eu une aventure avec Lucien.

— Paulette est venue l'accuser. Ta mère a réagi avec vigueur : elle voulait la mettre dehors. Je m'y suis opposée parce qu'elle nous a expliqué que cette histoire était finie et que j'avais besoin d'elle. Mais cela nous a brouillés avec eux. Ils ne sont revenus que quand tu es allé les chercher…

— C'était presque obligé qu'en travaillant ensemble… »

Il n'osa continuer de peur que sa femme ne transpose ses paroles et ne les applique à lui. Solange ne fut qu'à moitié dupe : elle commençait à avoir de forts soupçons mais n'osait les exprimer tout haut. Elle avait essayé d'en parler à Agnès qui avait cru la rassurer en lui débitant des lieux communs et elle était restée avec ses doutes… Elle se demandait si la jeune fille savait quelque chose ou si elle défendait son cousin en toute innocence. Le plus simple aurait été de poser la question à l'intéressé, mais Solange n'arrivait pas à s'y résoudre. Dans la douceur exceptionnelle de cet automne, elle aurait voulu que tout soit clair entre Jules et elle, comme ce l'était, autrefois, avant cette maudite guerre. Elle ferma les yeux et serra les paupières pour empêcher les larmes de couler. Non, elle ne devait pas pleurer ; il fallait qu'elle soit forte pour Antoine et pour Denise et aussi pour cette petite Juliette qui s'éveillait à la vie et qui, elle seule, arrivait à capter l'attention de son père plus que toute la maisonnée réunie.

À côté d'elle, Jules soupira : il ne dormait pas non plus. Lui, il était perdu… Il ne savait pas ce qu'il voulait ni ce qui lui arrivait. Les premiers jours, il regrettait d'être revenu. Il pensait qu'il aurait dû rester près de Frédérika et de sa petite Martha. Et puis voilà qu'une mignonne Juliette venait presque effacer l'image de la petite fille blonde qu'il avait abandonnée en terre étrangère. Les deux enfants se superposaient pour ne plus devenir qu'une seule et même personne : celle qui dormait, dans son berceau, à deux pas de son lit… Il avait aussi tremblé pour Solange. Son amour assoupi se réveillait et il se demandait si elle arriverait à surmonter cette faiblesse anormale qui la laissait sans forces, elle qui, autrefois, ne perdait jamais une minute et avait une foule de projets. Tant qu'Agnès acceptait de les aider, tout irait bien, mais elle avait sa vie à construire et il sentait qu'elle ne tarderait pas à les quitter. Alors, qu'adviendrait-il des enfants et de toute la famille ? Ce n'était pas sa mère qui, à bientôt soixante-dix ans, lui serait d'un grand secours !… Il pensa à Antoine qui préparait le certificat d'études tout en rêvant d'agriculture moderne et de tracteur. Il reconnaissait, lui aussi, que Cardabelle avait besoin de se moderniser. Il avait hésité à emprunter, croyant que son avenir était loin de sa ferme et de son village, mais, ce soir, il se demandait s'il ne se trompait pas… La nuit qui enveloppait le village les emporta, tous les trois, dans ses voiles noirs et un sommeil réparateur vint, pour un temps, leur apporter un oubli bienheureux.

Le lendemain matin, à son lever, Agnès se rendit, comme d'habitude, à la maisonnette chercher le grain pour les poules. Ce ne fut pas sans un pincement au cœur qu'elle ouvrit la porte comme elle le faisait, autrefois, avec la charpie cachée au fond de son seau. Aujourd'hui, le seau était vide. Tout était redevenu calme. Pourtant, quand elle ressortit, elle eut un sursaut : Lucien l'attendait près du seuil avec sa figure des mauvais jours.

« Je vois que tu n'as pas perdu tes bonnes habitudes, mais aujourd'hui il n'y a pas de galant à l'intérieur.

— Oh, tu sais, répliqua-t-elle le cœur battant, l'Espagnol n'y est pas resté bien longtemps.

— Assez pour te séduire. Vous avez couché ensemble ? »

Sous la brutalité de l'attaque, la jeune fille rougit et sentit la colère lui monter au front.

« Ça ne te regarde pas. Je ne suis pas ta femme.

— Tu es tout pour moi et tu le sais. Tu n'es qu'une pute, il te faut tous les hommes que tu vois ! »

La gifle partit avant qu'elle eût réfléchi et elle s'élança, en courant, vers le poulailler. Lucien la rattrapa et la retint :

« Tu ne t'en tireras pas à si bon compte. Je veux savoir ce qu'il y a entre vous.

— Et de quel droit, s'il te plaît ? Pedro est libre, je suis libre ; tu n'es pas mon mari ni mon père…

— Tu l'appelles Pedro !… C'est pour quand le mariage ? »

Agnès haussa les épaules et reprit sa marche. Lucien la retint encore et lui dit d'une voix rauque que la jalousie faisait trembler :

« Je te préviens, tu n'es pas pour cet Espagnol. C'est un des rouges qui ont fait la guerre contre Franco. Ta famille ne te le laissera pas épouser. Si tu te maries avec lui, tu seras malheureuse : il te battra et tu devras travailler pour lui. Cherche un brave gars comme Gaston de Sabocruz. »

Malgré sa colère, Agnès éclata de rire. Gaston était un brave garçon, mais, comme on disait au village, il n'avait pas inventé l'eau tiède.

« Voilà que tu veux me marier à un simple, maintenant !

— Celui-là ne te fera pas de mal et tu…

— Et toi, tu en profiteras en venant me voir quand ta femme sera absente ! Tu veux que je lui rapporte tes paroles ?

— C'est toi qui les as dites, pas moi. Et je ne te conseille pas d'aller trouver ma femme, ajouta-t-il d'un ton méchant, il pourrait t'en cuire. Je dirai que tu me poursuis et je te ferai chasser du village.

— Ne prends pas cette peine, je partirai toute seule.

— Pour épouser ton Espagnol ?

— Pour ne plus te voir, lança-t-elle en s'en allant pour de bon, cette fois. »

Il ne tenta pas de la retenir et la regarda s'éloigner, les poings serrés et les sens en déroute. Puis, il partit, méditant sa vengeance. Il n'avait pas été dupe un instant de leur manège de la veille. Pourquoi, d'abord, monter au champ alors qu'il pouvait attendre tranquillement à la maison ? Il s'était douté, autrefois, qu'il y avait quelque chose et voilà que tout se révélait juste... Pourtant, il n'aurait jamais cru que la douce jeune fille se laisse séduire par un quasi-inconnu... Elle était devenue une véritable tigresse quand on évoquait cet Espagnol de malheur... Il porta la main à sa joue : elle était chaude et devait porter la marque des doigts de la jeune fille. Il alla à l'étable pour se cacher de sa femme : elle aussi était une furie quand on posait les yeux sur son homme. Il ne voulait pas provoquer sa jalousie ; elle était capable de partir en emmenant les enfants comme elle le lui avait promis !...Quand il rentra dans l'étable, il eut la mauvaise surprise de trouver Paulette en train de traire. Il bénit la pénombre providentielle du lieu qui dissimulait sa joue endolorie. Il prit un balai et entreprit de nettoyer la litière.

« Où étais-tu passé ? demanda Paulette. J'ai fait chauffer le café. Je t'ai attendu, puis je l'ai bu, seule.

— Il m'avait semblé entendre les chiens mener et...

— Oh, cette chasse, le coupa-t-elle excédée, tu laisserais une fortune pour courir après ces maudites bêtes !... »

Il s'était attendu à des soupçons et voilà qu'elle gobait son histoire sans se poser de questions. Il se mit à balayer le sol avec application espérant que les marques avaient disparu. Paulette passait d'une vache à l'autre en soulevant sa selle et, bientôt, on n'entendit plus que le tintement du lait dans la seille et le raclement de l'osier sur les pavés. Quand il eut fini, Lucien sortit dans la cour. Le soleil montait doucement, écartant de ses rayons les brumes matinales qui se dissipaient avec lenteur, comme à regret. Dans la couleur dorée du ciel, il distingua quelques traînées rouges qui devenaient mauves puis reprenaient leur teinte pourpre.

« Ce temps ne va pas durer, annonça-t-il à sa femme qui sortait de l'étable, la traite terminée.

— Il faudra vite terminer la récolte des fruits ! Si le temps se gâte, il sera trop tard », répondit-elle sans le regarder.

Elle rentra et il la suivit. Sa joue, pensa-t-il, avait dû reprendre sa couleur normale. Les enfants buvaient leur café au lait tout en se chamaillant comme d'habitude. Il passa à la souillarde, se vida un peu d'eau sur les mains et s'en frictionna le visage. Cette fois, il en était sûr, personne ne remarquerait rien. Pourtant, c'est avec un peu d'appréhension qu'il s'approcha de la table. Nul ne parut s'apercevoir de rien. Tout à fait rassuré, il saisit le chanteau de pain et commença à déjeuner.

33

La vengeance

L'hiver était arrivé. Un hiver doux qui faisait patte de velours et laissait un soleil pâlot étaler ses rayons sur une campagne qui hésitait à verdoyer dans l'attente d'un froid qui ne venait pas. À Cardabelle, chacun vivait le train-train quotidien en profitant de la douceur qui faisait hocher la tête à Marie :

« Il ne nous apportera rien de bon, cet hiver qui n'en est pas un… je le sais. Mes rhumatismes sont plus mauvais que jamais. Il faudrait que je retourne voir le guérisseur. »

Quand elle l'entendait parler de la sorte, Solange haussait les épaules, Agnès riait sans vergogne et Jules, excédé par ses plaintes excessives, finit par lui promettre de l'y conduire dès qu'il aurait acheté une automobile. Avoir une voiture était son rêve. Il s'efforçait de convaincre sa femme plus que réticente : même si la ferme marchait bien, elle se souvenait encore de l'époque où elle avait dû emprunter du blé pour la semence et ne se sentait pas rassurée par la nouvelle prospérité paysanne. Antoine soutenait son père de toutes ses forces. Pour lui qui allait quitter l'école et se destinait à l'agriculture, une voiture était indispensable. Il projetait de suivre les cours de gestion et de culture agricole qu'un instituteur donnait, un jour par semaine, à la mairie, pour les jeunes agriculteurs. Agnès voguait sur un petit nuage : Clément et Pedro descendaient tous les dimanches pour le repas de midi. Quand la moto pétaradait dans la cour, elle se précipitait pour les accueillir, suivie de près par Antoine qui tournait autour de l'engin, les yeux pleins d'envie. Maintenant, tout le monde était au courant de leurs sentiments et, à part Marie qui considérait l'Espagnol avec suspicion, les autres le trouvaient très gentil et l'avaient adopté. Après le repas, pendant que Jules emmenait Clément visiter les nouvelles installations de la ferme, Pedro et Agnès se perdaient en longues promenades. Ils suivaient un chemin, au hasard, et se noyaient dans la nature. Ils revenaient, se tenant par la main, des étoiles au fond des yeux. L'Espagnol vivait toujours chez Clément. Celui-ci disait qu'il n'avait pas besoin de louer une chambre. La sienne était assez grande et comportait deux lits. Pedro avait été embauché à l'usine et avait même trouvé un emploi de cadre grâce à ses connaissances en chimie.

De temps à autre, Gabriel passait le causse et se joignait au reste de sa famille. Il avait passé avec succès ses examens et travaillait à la poste. Tout en vouant beaucoup de reconnaissance à son oncle et à sa tante, il se réjouissait de passer l'après-midi dans une maison où les préoccupations n'étaient pas uniquement le ménage, la nourriture et les commérages du quartier. Marie ne le laissait jamais repartir sans une douzaine d'œufs ou une tomme. Aussi, la tante Émilie n'hésitait pas à encourager ces visites. Le temps s'étirait, l'hiver continuait en douceur, mais, début février, le temps se gâta. D'abord, un vent violent se mit à parcourir le pays, arrachant les arbres et emportant les cheminées.

« Je vous l'avais bien dit, claironna Marie, et ce n'est pas fini !... »

Eh non, ce ne fut pas fini !... Après le vent, la neige se mit à tomber à gros flocons comme si elle ne devait jamais s'arrêter. Chacun s'enferma chez soi car, à la belle hauteur de neige, s'ajoutait un froid piquant qui la colla au sol, provoquant chutes et accidents. Agnès, en allant chercher le blé à la maisonnette, glissa sur le verglas et revint en boitillant vers la maison. Malgré compresses et bandes, sa cheville enfla et elle fut immobilisée. La semaine suivante, le redoux arriva et tout rentra dans l'ordre, mais la jeune fille, rivée à sa chaise, la jambe surélevée, dut se contenter de garder la petite Juliette pendant que Solange faisait le travail. Le dimanche, quand Clément et Pedro purent enfin parvenir jusqu'à Cardabelle, la jeune fille les accueillit avec un sourire triste : elle pensait avec regret à la promenade de l'après-midi qui était compromise. Elle regarda, avec un brin d'envie, Jules, Clément et Pedro sortir pour quelque mystérieuse exploration.

« Où vont-ils ? demanda-t-elle à Solange.

— Va savoir. Je crois que Jules veut construire une nouvelle grange. Il veut en parler à Clément. Il écoute toujours ses avis et Pedro les a suivis... »

En effet, les trois hommes avaient visité l'aire et s'étaient attardés dans un enclos où, autrefois, on enfermait les cochons. Depuis belle lurette, les porcs demeuraient dans leur soue. Jules avait l'intention d'y construire une étable avec une grange au-dessus. Il expliqua son plan aux jeunes gens. Clément écoutait, rectifiait, approuvait ou discutait tandis que Pedro, qui ne comprenait pas tous les termes techniques, s'ennuyait ferme. Il les accompagna pendant quelque temps, puis continua le chemin et se trouva d'un côté du village qu'il ne connaissait pas. La fonte des neiges avait raviné le chemin, mais il était praticable et le jeune homme le suivit. Les cailloux, apportés par le dégel, s'entassaient au milieu et, sur les bords, l'herbe jaune se couvrait de gouttelettes brillantes. Il s'arrêta pour admirer le paysage que la neige cernait encore de toutes parts. Elle scintillait sous le pâle soleil et le forçait à cligner des yeux. Un silence impressionnant enveloppait le village à ses pieds. Il songea à sa *sierra* qu'il avait dû quitter et qui, en hiver, ressemblait à ce paysage paisible que le mont Lozère dominait de ses pointes blanches. Il était perdu dans sa contemplation, quand il s'entendit interpeller :

« C'est beau, n'est-ce pas ? »

Il se retourna, presque sur ses gardes : un réflexe de la guerre encore pas si lointaine. Il ne répondit pas, croyant que l'homme allait passer son chemin mais l'autre insista :

« Vous êtes en visite chez les Maurel ? »

Pedro se taisait toujours. Il observait l'homme qui lui paraissait bien curieux. C'était un individu à peine plus âgé que lui, vêtu comme un paysan du village : la casquette sur la tête et la cigarette à la bouche. Il avait les mains dans les poches et lui souriait. L'Espagnol, conscient de son impolitesse, se décida à répondre :

« Oui, c'est très beau ! Ça me rappelle mon pays.

— Vous n'êtes pas d'ici ?

— Je suis espagnol. Ça s'entend, n'est-ce pas ?

— C'est vous qui êtes fiancé à Agnès ? »

Pedro ne répondit pas : il trouvait que l'autre en prenait un peu trop à son aise.

« Mais oui, reprit l'homme, je vous ai souvent vus

vous promener ensemble. Vous ne devez pas vous ennuyer, c'est une fille gentille, Agnès.

— Qu'est-ce que vous voulez dire ?

— Moi ? Rien. Si ce n'est que vous ne serez pas le premier. Elle en a connu un paquet avant vous !...

— Un paquet ?

— Beaucoup d'autres si vous préférez. Depuis longtemps, elle court après les hommes... Il les lui faut tous. Vous n'avez pas été le premier et vous ne serez sûrement pas le dernier...

— Mais enfin, monsieur, pourquoi me dites-vous tout cela ? Vous connaissez Agnès si bien que ça ?

— Je veux dire que je la connais !... »

Il éclata de rire comme s'il ne pouvait s'arrêter et ses éclats se prolongeaient dans la campagne, cependant que ses yeux restaient de glace. Pedro s'était raidi : il ne comprenait pas pourquoi cet homme venait lui raconter tout ça, mais, au fond de lui, quelque chose venait de se briser et lui faisait très très mal...

« Expliquez-vous, monsieur, fit-il en maîtrisant sa colère. Vous venez me jeter à la figure que ma fiancée n'est pas celle que je crois. C'est très grave.

— Je dis toujours la vérité, moi. Agnès est une allumeuse, une petite garce qui s'amuse à faire marcher les hommes. Vous, comme les autres !

— Et vous, vous avez marché ? »

Un temps déconcerté, Lucien, car c'était lui, répondit :

« Moi ? Mais, monsieur, je suis un homme marié. J'ai trois enfants et je ne m'intéresse pas à une petite pute. »

À ces mots, Pedro bondit sur lui, le coucha dans la neige et lui déclara :

« Retirez ça tout de suite où il vous en cuira. »

Ses yeux brillaient de colère, ses cheveux lui barraient le front et ses mains serraient à la gorge. Lucien crut sa dernière heure arrivée.

« Ah ! ah ! grogna-t-il, lâchez-moi. Vous allez me tuer !... »

Pedro desserra son étreinte mais ses yeux ne quittaient pas l'homme. Il tremblait de tout son être et n'avait aucune envie d'abandonner la discussion.

« Allons, raconte. Qu'est-ce que tu dis, vas-y, je t'écoute... »

Lucien prit peur et décida qu'il était plus prudent de s'arrêter. Il se releva avec peine, secoua la neige et les brindilles qui étaient accrochées à ses vêtements et, tout en courant vers le village, cria :

« Je n'y suis pour rien, moi, si cette fille est comme ça ! »

Pedro le poursuivit mais l'autre avait déjà fait du chemin. Il se faufila dans les ruelles et disparut avant que l'Espagnol ne le rejoigne.

Quand il parvint près de Clément et de Jules, Pedro était essoufflé, en nage et en proie à une colère noire. Il déboula en trombe et, devant son air ahuri, les deux autres éclatèrent de rire :

« Tu as vu le diable ? demanda Clément. Tu as l'air d'un damné... »

Pedro serra les lèvres mais ne répondit pas. Jules et Clément retournèrent à leurs plans et continuèrent à discuter. Le jeune homme sentait toujours son sang bouillir dans ses veines mais se refusait de penser aux insultes dont l'homme avait accablé Agnès. Il leur tourna le dos et, les mains dans les poches, marcha au hasard, incapable de raisonner sainement et de revenir vers sa fiancée qui devait l'attendre.

Quand il rentra, le soleil avait disparu à l'horizon et Clément l'attendait avec impatience.

« Mais où étais-tu donc passé ? Tu as vu l'heure ? On va se régaler de partir de nuit, avec cette neige !...

— Vous pouvez coucher ici, fit Solange, il y a assez de place.

— Et il faudra partir demain, aux aurores ! Ça ne vaudra guère mieux... »

Ils montèrent sur la moto et, après un au revoir à la ronde, disparurent avec leur engin, dans un nuage de fumée. Tout en serrant sa veste contre lui pour se protéger du froid, Pedro se disait qu'il aurait dû embrasser Agnès avant de partir : il était possible que l'inconnu se soit moqué de lui. En y réfléchissant, cet homme n'avait pas l'air très franc. Son cœur pesait dans sa poitrine en pensant à Agnès et, en même temps, son esprit s'échauffait : et si c'était vrai !...

34

Une explication

Le vent du sud, chargé de pluie, soufflait depuis le matin. Il apportait avec lui une douceur qui chassait les derniers frissons de l'hiver et préparait la terre au retour du printemps. Les petits bourgeons frémissaient dans leur prison verte et rêvaient d'évasion. Dans la terre, les herbes nouvelles perçaient le sol de leur fin aiguillon et pointaient un œil curieux. Les prés en verdissaient de plaisir. On était en février et la nature se réveillait sous la caresse de la brise tiède. À Cardabelle, les travaux de nettoyage battaient leur plein. Ce jeudi, Jules avait entraîné Antoine et Denise vers le *pradas*, cette longue parcelle que longeait la rivière et que le cours d'eau, dans ses colères de l'hiver, avait inondé en y abandonnant des brindilles, des débris et des pierres qu'il fallait enlever avant que ne poussent les premières herbes.

Agnès s'était jointe à eux. Son entorse n'était plus qu'un mauvais souvenir, mais sa belle entente avec Pedro et ses fiançailles, attendues pour le printemps, étaient devenues de belles promesses dont personne ne parlait. La jeune fille ne s'expliquait pas la froideur que lui manifestait l'Espagnol. Clément et lui, sans explications, avaient espacé leurs visites et, quand on voyait arriver la moto pétaradante, Clément s'y trouvait seul. Pedro avait des responsabilités au sein de l'usine, disait-il, et il avait des dossiers à travailler, même le dimanche. Agnès n'était pas dupe. Elle savait que c'était pour ne pas la voir qu'il ne venait plus… Elle en avait cherché la raison, mais n'avait rien découvert. Pourtant, ses yeux avaient perdu leur éclat et l'on n'entendait plus cascader son rire comme aux beaux jours de l'hiver.

En partant au pré, Denise gambadait, essayant de découvrir, cachées dans les haies, les premières violettes. Antoine accompagnait gravement son père. Il avait beaucoup grandi et promettait de le dépasser bientôt. Jules, que le printemps rendait mélancolique, écoutait les arguments de son fils, toujours aussi motivé pour l'achat d'un tracteur. Ils avaient eu, la veille, la visite d'un marchand qui, voyant l'enthousiasme de l'adolescent, leur avait montré des modèles convenant à leur région et à leurs cultures et leur en avait expliqué le fonctionnement. Il avait promis de les inviter, un jour, pour un essai. Depuis, Antoine ne tenait plus en place. Il parlait sans cesse de tracteurs et attendait l'invitation avec impatience. Agnès le regardait gesticuler tandis qu'il expliquait quelque chose à son père, exaspéré par son inertie.

Agnès avançait lentement, insensible à la douceur printanière, l'esprit s'évadant vers une usine où travaillait quelqu'un qu'elle ne pouvait oublier… Le chemin bifurquait et croisait un sentier qui montait droit, vers un champ appelé Serre qui dominait la vallée. Alors qu'elle ne s'y attendait pas, surgi de ce petit chemin, apparut Lucien. Il était toujours égal à lui-même, conscient de sa force et de son pouvoir. Il fit mine de l'apercevoir lui aussi, mais la jeune fille fut persuadée qu'il l'avait guettée et qu'il n'était pas sur son chemin, par hasard…

« Tiens, Agnès, fit-il, où t'en vas-tu seule ?

— Je ne suis pas seule, répliqua-t-elle d'une voix rauque, il y a les enfants et Jules avec moi.

— Ah, c'est bien. Vous allez au pradas ?

— Oui », répondit-elle et elle continua son chemin.

Elle n'avait pas envie de discuter avec lui. Elle ne l'avait vu que rarement, cet hiver, et en était heureuse, mais le souvenir de ce qui s'était passé entre eux la rendait nerveuse.

« Tu t'en vas bien vite. Tu as peur de moi ? Tu n'en avais pas peur avant… »

La jeune fille ne répondit pas et poursuivit sa route. En deux pas, l'homme la rattrapa et l'obligea à lui faire face :

« Alors, ton bel Espagnol ? On le voit moins souvent dans le pays. Bon débarras ! »

Agnès le regarda et la lueur mauvaise qui brillait dans ses yeux lui donna à penser qu'il n'était peut-être pas étranger à l'éloignement de Pedro.

« Que lui as-tu dit pour le faire partir ?

— Mais rien. Je ne le connais même pas. Où veux-tu que je l'aie rencontré ?

— Je te demande de me dire ce que tu lui as raconté. »

La jeune fille sentait monter en elle une rage qu'elle ne pouvait maîtriser et qui la rendait encore plus belle. Elle fixait Lucien et, sous le feu de ce regard, il pâlit et recula :

« Mais, Agnès, je t'assure…

— Qu'est-ce que tu lui as dit ?

— Je lui ai dit pour toi et moi.

— Salaud, salaud, ignoble salaud, ôte-toi de devant mes yeux car j'ai envie de te tuer !

— Agnès, je t'aime. Tu es à moi… »

Sans lui répondre, la jeune fille pressa le pas, rejoignit Jules et Antoine, les dépassa même et se mit au travail comme si elle voulait finir le champ, elle, toute seule.

« Arrête, Agnès, on ne peut pas te suivre ! »

Jules éclata de rire tandis que la jeune fille, rouge, échevelée, le fixait d'un étrange regard fixe qui l'épouvanta.

« Agnès, qu'est-ce que tu as ? Tu es toute drôle.

— J'ai chaud », répliqua-t-elle, en reprenant son travail.

Jules, plus perspicace, s'approcha à son tour et lui demanda :

« Qui as-tu rencontré sur le chemin pour te mettre dans un état pareil ? »

Alors, la jeune fille éclata en sanglots qui, longtemps retenus, coulaient comme une pluie qui ne s'arrêtait jamais.

« Ne me dis pas que c'est encore Lucien ? »

Elle inclina la tête et finit par hoqueter si bas qu'il dut se pencher pour comprendre :

« Il a tout raconté à Pedro.

— Quel salaud ! s'exclama Jules tandis qu'Agnès pleurait de plus belle.

— C'est pour ça, fit-elle en se reprenant, que Pedro me fuit. Tu as vu, il ne vient plus le dimanche et, depuis janvier, il ne m'a plus adressé la parole. »

L'homme réfléchit. Il ne pouvait pas faire grand-chose pour sa cousine ; l'Espagnol, probablement d'un naturel jaloux, ne verrait pas d'un bon œil un tiers s'intéresser à ses affaires de cœur. Il faudrait faire intervenir Solange : elle l'avait caché pendant la guerre, il n'oserait pas la rabrouer… ou bien, fallait-il en parler à Clément… Il garda le silence. Agnès se méprit et déclara d'une voix rauque :

« C'est vrai, j'aurais dû lui avouer cette aventure, mais j'avais honte et ce n'était jamais le bon moment… Plusieurs fois, j'ai été sur le point de parler, mais je ne l'ai jamais fait. C'est de ma faute, tout est de ma faute… »

Une immense solitude s'installa dans le cœur de la jeune fille. Elle n'était vraiment indispensable à personne : si elle venait à disparaître, elle ne manquerait à personne… Une envie de tout abandonner et de tirer sa révérence à ce monde cruel qui ne lui avait apporté que des tourments lui traversa l'esprit. Même son cousin, qui avait toujours été gentil avec elle et qu'elle considérait comme son grand frère, ne trouvait pas les mots pour la consoler et la conseiller… Elle le laissa à ses réflexions et s'avança sur le chemin. Tout en marchant, son chagrin se calmait un peu. Certes, elle était toujours là, cette pierre qui lui comprimait la poitrine et qui ne la quittait jamais depuis que Pedro avait déserté les dîners du dimanche, mais, aujourd'hui, les oiseaux chantaient, le soleil brillait et les étoiles jaunes des premières renoncules scintillaient le long du sentier. Elle soupira. Denise courait les prés, à la recherche d'improbables violettes, tandis qu'Antoine s'en retournait par un chemin de traverse… La vue de ces deux enfants qu'elle avait vus grandir lui redonna un peu de courage. Elle allongea le pas, laissant Jules à ses rêveries et arriva la première à la maison. Les enfants traînaient et son cousin avait disparu dans la nature.

Quand elle entra, Solange s'occupait au fourneau et la petite Juliette, maintenant solide sur ses jambes, courut vers elle en criant :

« Gnès, Gnès !… »

Elle la souleva de terre et la serra contre elle. La fillette éclata de rire et se dégagea pour courir vers d'autres aventures.

« Tu arrives seule ? s'étonna Solange.

— Denise cherche des violettes, Antoine court dans le chemin. J'ai laissé Jules à la sortie du pré. Il ne va pas tarder.

— Mais pourquoi s'attarde-t-il ? Il ne pouvait pas rentrer avec toi ? »

La jeune fille haussa les épaules. Solange continua d'un ton nerveux qu'Agnès ne lui connaissait pas :

« Je me demande quand il aura fini de se comporter en gamin capricieux ; j'en ai marre à la fin ! J'ai fait tout ce que j'ai pu pour l'aider à oublier sa captivité et les six années qu'il a passées loin de nous, mais j'ai l'impression qu'il se complaît dans ses regrets et qu'il n'a pas envie de reprendre sa place parmi nous.

— Ne dis pas ça : il travaille et Cardabelle n'a jamais si bien marché.

— Oui, parce que le marché s'y prête. Mais, lui, on dirait qu'il travaille par force. S'il était si bien en

Allemagne, il n'avait qu'à y rester !... Après tout, on s'est bien débrouillées sans lui... »

Elle s'arrêta, étonnée de ses propres paroles, et se tourna vers Agnès :

« Ma pauvre Agnès, on n'a pas de chance, ni toi ni moi !... Je vois bien que pour toi aussi, rien ne se passe comme tu le voudrais... »

La jeune fille la regarda sans répondre, Solange poursuivit :

« Que s'est-il passé entre vous ? Une dispute ?

— Même pas. Je viens d'apprendre que Lucien lui a raconté notre aventure.

— Le salaud !... Il a osé ?

— Il est prêt à tout pour que je reste ici et ne puisse me marier. Il me l'a dit. Pour moi, ce n'était qu'une attirance passagère, mais lui, il s'incruste. Il ne me voudrait que pour lui...

— Je croyais que c'était fini entre vous,

— Mais c'est fini depuis longtemps ! Seulement, lui, il voudrait bien recommencer.

— Fais attention. Ne te laisse pas entraîner.

— Sois tranquille. Je ne referai pas deux fois la même bêtise ; déjà que je regrette assez de lui avoir cédé... »

Les jeunes femmes se turent : Marie venait d'entrer et demandait comme à son habitude :

« Où est Jules ?

— Il ne va pas tarder », répondit Agnès. Juliette, ayant vu rentrer sa grand-mère, alla vers elle, lui prit la main et vint se mettre devant la porte du buffet où se trouvaient les bonbons.

« Voyez-moi cette petite gourmande, gronda Marie en ouvrant la porte.

— Ah non, ne lui donnez rien maintenant, on va manger. »

La vieille femme referma la porte à regret et la fillette se mit à crier.

« Veux-tu te taire ! » fit Solange tandis qu'Agnès

soulevait Juliette et l'éloignait. Antoine et Denise entrèrent, provoquant une diversion.

« Votre père n'est pas avec vous ? demanda Solange.

— Il arrive », dit Antoine.

En effet, Jules entra. Juliette courut vers lui et lui sauta dans les bras. Il la cajola, la faisant rire aux éclats. Un rapide sourire éclaira le visage de l'homme et Agnès qui le regardait, à ce moment-là, distingua une larme dans ses yeux.

35

Comme autrefois

Par un beau jour de mai, alors que les aubépines formaient des haies neigeuses et que les prés s'étoilaient de narcisses, l'impossible se produisit. On était le 8, jour anniversaire de la capitulation de l'Allemagne et chômé par les ouvriers de l'usine. Les habitants de Cardabelle étaient tous réunis autour de la table. Antoine et Denise n'avaient pas école, mais, à la ferme, rien ne changeait. La petite fille avait été désignée pour aller garder les vaches, à son grand dépit, car elle avait envisagé de retrouver Colette, son amie. Toutes deux se rencontraient sur un banc de bois, au fond de la cour qui s'étendait devant la maisonnette, et passaient leur temps à discuter. Denise adorait ces conversations où elles parlaient de tout et de rien : de leur vie, de l'école, du certificat qu'elles passeraient l'année suivante, mais aussi de leurs parents qui ne les comprenaient pas, des garçons et de leur vie quand elles seraient grandes… Denise avait tenté de protester :

« Antoine pourrait y aller, c'est toujours moi !…

— Antoine m'accompagne, répliqua son père. J'ai besoin de son aide pour la machine. Il faudra bientôt couper les luzernes. »

Elle partait quand elle vit arriver une voiture. Antoine, curieux, courut à l'extérieur pour voir quel était ce visiteur si matinal. Un monsieur aux cheveux blancs ouvrit la portière, descendit, puis se pencha à l'intérieur, prit un chapeau qu'il posa sur sa tête, referma la portière et se dirigea vers la maison. Tout d'abord, ni Antoine ni Denise ne le reconnurent. Marie, qui les avait suivis, s'exclama :

« Mais, c'est monsieur Pilot !... Bonjour monsieur Pilot. »

Elle avança pour lui serrer la main.

« Bonjour Marie. Comment allez-vous ?

— Comme ci, comme ça... vous savez, à mon âge.

— Mais, votre fils est revenu !... »

La vieille femme ne répondit pas. Elle haussa les épaules d'un air résigné.

« Allons, Marie, ne me dites pas que vous n'êtes pas contente, vous qui attendiez cette libération avec tant d'impatience !

— Bien sûr que je suis contente, mais ce n'est pas tout à fait ce que j'attendais...

— Ah, Marie, la guerre est passée par là. Aucun de nous ne peut dire qu'elle ne l'a pas changé... »

La vieille femme le regarda plus attentivement. Ses cheveux étaient devenus tout blancs et de profondes rides sillonnaient son visage. Il semblait avoir perdu de sa superbe et ses yeux n'avaient plus l'éclat d'autrefois. Alertées par les enfants, Solange et Agnès n'avaient pas bougé. La femme avait seulement murmuré avec mépris :

« Il s'en est donc tiré, celui-là !

— Qui est cet homme ? demanda Jules en s'avançant jusqu'à la porte.

— Le guérisseur qui a soigné ta mère et dont nous avons dû subir la présence pendant toute la guerre.

— Il n'était pas revenu depuis ?

— On pensait, reprit Agnès, qu'il avait traficoté avec les Allemands et que les maquisards lui avaient réglé son compte, mais, apparemment, il a réussi à s'en tirer.

— Il a du toupet de revenir quand même…, » dit Solange.

Sans aucune gêne, le guérisseur approchait. Il hésita un peu à la porte puis frappa.

« Entrez, entrez », lui intima Marie. Elle le suivait et annonça joyeuse :

« Voyez qui je vous amène. Vous le reconnaissez ? »

Personne ne répondit. La vieille femme se plaça à côté de son fils et, se tournant vers Auguste Pilot, le présenta :

« Voilà Jules, mon fils. Il était prisonnier.

— Je sais et vous auriez bien voulu que je le fasse libérer.

— Oui, mais vous ne l'avez pas fait et j'en ai été très contrariée.

— Marie, Marie, vous me demandiez là quelque chose d'impossible. Je n'étais pas assez bien avec l'occupant pour avoir un tel pouvoir !

— Menteur, menteur, grommela Solange entre ses dents…

— Bonjour mesdames, fit le guérisseur en s'inclinant galamment devant les deux femmes, comment allez-vous ?

— C'est à vous qu'il faut le demander, répliqua Solange, on ne vous avait pas vu depuis longtemps.

— Oh, pendant cette période troublée, il valait mieux se faire oublier. Quand on fait un métier comme le mien, on suscite bien des jalousies et il y a des gens qui sont prêts à tout pour une poignée de billets… J'ai préféré laisser les esprits se calmer, mais me revoilà !… »

Il se tourna vers Jules :

« J'ai beaucoup entendu parler de vous. Je suis content que vous ayez retrouvé votre famille. »

L'homme grommela une réponse inintelligible ; le guérisseur continua en regardant les enfants :

« Comme vous avez grandi ! Vous voilà des jeunes

gens, maintenant. Vous rappelez-vous quand je vous amenais des chocolats ?

— On a une petite sœur, maintenant, lui dit Denise.

— Ah, félicitations, fit-il en se tournant vers Solange. Je l'ignorais. La famille s'agrandit.

— Solange a eu du mal à s'en remettre, coupa Marie sous le regard courroucé de sa bru, justement, je lui disais que si vous aviez été là, vous l'auriez guérie comme vous l'avez fait avec moi.

— Je ne suis pas malade, s'impatienta Solange, je vais bien.

— Oui, maintenant, ça va : son mari est revenu… Mais asseyez-vous, monsieur Pilot, vous prendrez bien un peu de café ? »

L'homme s'assit, feignant de ne pas remarquer l'accueil glacial du reste de la famille. Il paraissait à son aise et Solange se demandait comment il pouvait s'asseoir à la table et boire le café, comme s'il était un ami de la maison, alors qu'il avait été à deux doigts de la violer, un certain jour, pendant la guerre… Marie s'assit à ses côtés et se mit à lui parler. Personne ne se souciait de servir le café, alors la vieille femme se tourna vers Agnès et lui ordonna :

« Fais chauffer le café pour M. Pilot. J'en prendrais bien, moi aussi. Tu en veux, Jules ? »

Son fils acquiesça, prit une chaise et vint s'asseoir à côté du guérisseur.

« Quel est donc votre métier ? demanda-t-il.

— Je soigne les gens avec mes fluides et à l'aide de plantes. Cela ne réussit pas trop mal, regardez votre mère.

— Vous soignez vraiment toutes les maladies ?

— Je soigne mieux que les docteurs. Il m'est arrivé de guérir des malades que la médecine disait perdus… Je soigne aussi les douleurs morales. »

Agnès apporta des tasses et versa le breuvage fumant. Solange était montée chercher la petite Juliette que l'on entendait gazouiller dans son berceau. Agnès sortit, les laissant tête à tête. Quand ils ne furent que tous les trois, Jules demanda :

« Seriez-vous capable de guérir la mélancolie ? »

Le guérisseur lui jeta un coup d'œil curieux et Marie s'exclama :

« Qu'est-ce que tu dis ?

— J'ai un ami qui passe ses journées à prévoir des catastrophes et en est très malheureux. Je vous conduirai à lui si vous m'assurez pouvoir le guérir.

— On peut toujours essayer. Il habite par ici ?

— Pas très loin. Il y a longtemps que je ne l'ai vu, mais je vous y conduirai volontiers. »

Marie s'étonna :

« Tu ne nous en as jamais parlé !

— Je ne veux pas le chanter sur les toits. Je sais qu'il souffre, si vous pouviez le soulager ?

— Écoutez, reprit le guérisseur perplexe, je ne demande pas mieux, moi, mais si vous ne me dites pas son nom, je ne peux rien pour lui. »

Jules parut réfléchir. À ce moment, Solange arriva, portant Juliette dans ses bras.

« Quelle belle enfant ! » s'exclama le guérisseur.

La fillette, pas du tout intimidée, s'approcha, se mit face à lui et lui fit un grand sourire.

« Bonjour mademoiselle, dit l'homme, tu es charmante. »

Juliette, son observation terminée, lui tourna le dos et s'enfuit vers ses jouets. Solange la suivit puis sortit avec elle. Marie se leva, voulut resservir du café mais les deux hommes refusèrent. Elle ramassa les tasses et disparut dans la souillarde. Alors, Auguste Pilot se tourna vers Jules :

« C'est de vous qu'il s'agit, n'est-ce pas ? »

Jules baissa la tête sans répondre.

« Dites-moi, reprit le guérisseur, c'est pour vous que vous voulez de l'aide ?

— Je n'arrive pas à me réadapter ici. J'ai tout essayé, mais je n'y arrive pas. »

Le guérisseur réfléchit un moment. Il regardait Jules comme s'il voulait graver son image dans sa mémoire.

« Qu'est-ce qui vous heurte, ici ? fit-il. Votre femme ? Vos enfants ? Votre mère ?

— N... non, ce n'est pas ça.

— C'est quoi alors ? Vous avez laissé une autre femme en Allemagne ?

— Qu'allez-vous imaginer, s'exclama Jules, priant pour que son interlocuteur ne remarque pas son tremblement.

— Alors, je ne comprends pas. Vous devriez être heureux d'être de retour alors que tant d'autres ne sont pas revenus.

— Je sais, mais je n'arrive pas à m'habituer à la liberté. »

Le guérisseur éclata de rire :

« Vous êtes le premier à exprimer une chose pareille : la liberté, tout le monde la réclame et vous, vous ne vous y habituez pas ! Vous êtes unique. »

Ils se turent car Marie revenait. Elle cachait, dans son tablier, une tomme à la croûte rougeâtre. Elle la glissa dans la main du guérisseur qui l'enfouit rapidement dans sa poche.

« Marie, Marie, mais il ne fallait pas...

— Chut, chut », fit la vieille femme, alors que Solange pénétrait dans la pièce.

Les deux hommes se levèrent et se dirigèrent vers la porte.

« Au revoir Marie, je reviendrai vous voir.

— Avec plaisir. Au revoir.

— Monsieur Maurel, fit-il en se tournant vers Jules, vous devriez me donner l'adresse de votre ami ou, mieux, dites-lui de venir me voir. Il faut que je le rencontre pour pouvoir le soigner. Madame, mes hommages, fit-il en s'inclinant face à Solange.

— Je n'y manquerai pas. Au revoir, monsieur. »

Quand il fut parti, Solange demanda :

« Quel est cet ami dont tu parlais ?

— Il était prisonnier avec moi et fait de la dépression. Aller voir un guérisseur ne peut pas lui faire de mal.

— Tu y crois, toi ? C'est juste un charlatan. Je me demande ce qu'il est venu faire ici.

— Il est venu voir comment vous alliez.

— Je me le demande. Cette visite ne me dit rien de bon. Je me demande ce qu'il mijote…

— Il s'entend bien avec ma mère.

— Oh, pour ça, oui ! Elle lui a toujours fait entièrement confiance.

— Puisqu'il l'a guérie !… »

Solange haussa les épaules. C'était vrai qu'il avait sorti Marie de son marasme mais en lui débitant des mensonges que la vieille femme avait crus. Mais Solange ne pouvait oublier tous les petits cadeaux qu'il en avait récoltés. « Et, pensa-t-elle, si tu savais comment il a convoité ta femme, peut-être que tu ne serais pas si indulgent avec lui… »

« On disait que c'était un collabo et je le croyais, reprit-elle, je me demande comment il est passé entre les mailles du filet.

— Oh, tu sais, il y a des gens qui se sortent de toutes les situations.

— Il faut le croire !… »

36

Réconciliation

Le dimanche suivant, Solange se trouvait à la maison. Elle gardait Juliette tout en surveillant le repas. Sa mère, son mari et les enfants assistaient à la messe et ne tarderaient pas à revenir. Depuis le matin, une pluie fine et persistante tombait sur la campagne, noyant le paysage dans un brouillard sale et froid. De longues écharpes de brume se traînaient le long des prés, montaient à l'assaut de Balduc, se disloquaient et se reformaient, changeant sans cesse la face des choses et donnant au ciel bas un aspect menaçant. Tout à coup, les enfants arrivèrent en criant :

« Maman, maman, Clément arrive. Il a une voiture !... »

En effet, un véhicule entrait dans la cour. Il s'immobilisa près de la porte et le jeune homme en sortit. Il n'était pas seul. À ses côtés, une jeune fille brune, les cheveux retenus par des barrettes, descendait à son tour. Et, derrière, la portière s'ouvrit devant Pedro. Marie, Jules et Agnès les suivaient aussi étonnés que les enfants.

« Bonjour, lança Clément, un sourire heureux aux lèvres, je vous présente Danièle, ma fiancée. J'espère que vous aurez une table assez grande pour nous accueillir. Je ne vous présente pas Pedro, vous le connaissez déjà. »

Tout le monde s'approcha et les arrivants furent fêtés avec des cris de joie. Jules et les enfants tournaient autour de la voiture. Clément demanda :

« Vous voulez faire un tour ?

— Oh oui ! répondit Antoine, enthousiaste.

— Après, si vous voulez, intervint Solange, maintenant, à table, le dîner n'attend pas. J'avais deviné votre visite car, hier, avec Agnès, on a tué le plus gros coq du poulailler. Il y en aura pour tout le monde. »

Agnès, cachée derrière Marie, avait du mal à faire un pas. Elle n'osait lever les yeux sur Pedro qui attendait près de la voiture. Malgré la déception d'Antoine, on rentra dans la cuisine tandis que Clément lui chuchotait à l'oreille :

« T'en fais pas, on ira faire un tour après dîner ! »

Un peu rasséréné, le garçon suivit les autres à l'intérieur. Intimidée, Danièle se tenait près de Clément qui, lui, bavardait gaiement avec Jules et Marie. Agnès alla au buffet et ajouta trois couverts de plus pour recevoir les invités. Pedro se tenait un peu à l'écart. Solange fit asseoir tout le monde, tout en installant la petite Juliette sur sa chaise haute. Elle envoya Agnès au charnier chercher une bonne longueur de saucisse. Charcuterie tirée du dernier cochon sacrifié qui attendait, dans une caisse emplie de cendres, qu'on vienne l'inviter à la table pour une occasion mémorable et, aujourd'hui, Solange avait jugé qu'on pouvait lui faire sa fête…

« Ah, la bonne saucisse du pays ! s'exclama Clément quand il la vit arriver. Tu verras, Danièle, fit-il en se penchant tendrement vers sa voisine, il n'y a rien de meilleur que la saucisse du Valdonnez !… Il paraît que pendant la Grande Révolution, les patriotes de Mende venaient chez nous pour manger de la bonne saucisse et du bon saucisson !…

— D'où sais-tu ça ? demanda Marie.

— Il paraît que c'est vrai. Je ne me rappelle plus qui me l'a dit. »

Sans vergogne, il saisit la saucisse, prit son couteau et en coupa une bonne tranche pour Danièle. Il s'apprêtait à en faire autant pour lui, mais la jeune fille l'arrêta :

« Jamais je ne pourrai manger tout ça ! J'en veux beaucoup moins…

— Tu ne sais pas ce que tu perds », répondit le jeune homme en faisant glisser la saucisse dans son assiette tandis que tous éclataient de rire. Le repas se poursuivit dans la gaieté ; Agnès, seule, avait du mal à avaler la nourriture : rien ne passait. Assise près de Solange, elle avait Pedro presque en face, mais n'osait jeter les yeux sur lui. Bien droit sur sa chaise, il souriait à la ronde mais parlait peu. Clément, le boute-en-train, racontait sa rencontre avec Danièle et faisait rire tout le monde.

« La première fois que je l'ai vue, nous nous sommes engueulés, expliquait-il. Elle travaille à la poste et ne voulait pas expédier ma lettre…

— Je voulais bien te l'expédier, répliquait l'intéressée, mais tu ne voulais pas comprendre qu'elle n'était pas affranchie suffisamment…

— Bof, je ne suis pas très patient et elle, guère plus ; on en est presque venus aux mains !...

— Et puis, il a quand même fini par comprendre !

— Pour me faire pardonner, je suis venu la chercher le lendemain et je l'ai emmenée dîner au restaurant. Elle a d'abord fait sa mijaurée, mais elle est quand même venue... »

Danièle, toute rose, haussa les épaules. Clément continua à raconter son idylle jusqu'à l'arrivée du coq rôti à point qui obtint un concert d'acclamations, ponctué par les « le coq, le coq ! » de Juliette qui montrait le volatile de son petit doigt. Le repas se termina par une île flottante qu'Agnès avait préparée le matin et que Solange présenta en déclarant :

« Voilà la surprise d'Agnès. Elle a le don de réussir ce dessert mieux que moi, alors j'en profite. »

Antoine, le plus gourmand, admirait la montagne neigeuse qui recouvrait le plat, avec un œil brillant. Marie sourit et dit à sa bru :

« Sers d'abord Antoine. Il mange le plat des yeux.

— On commence par les invités, monsieur attendra », répliqua la mère.

Bientôt, on n'entendit plus que le bruit des cuillères. Après le dessert, Antoine rappela :

« Clément, tu avais dit que tu nous ferais faire un tour.

— Sortez, je bois le café et je viens. »

Les enfants sortirent. Solange alla coucher Juliette tandis qu'Agnès servait café et digestif. Quand elle passa près de Pedro, il saisit sa main discrètement et la serra. Elle rougit violemment, osa le regarder et leurs yeux se croisèrent, un bref instant. La jeune fille en fut tellement émue qu'elle faillit laisser tomber la cafetière qu'elle tenait à la main. Elle reprit ses esprits et partit cacher son trouble dans la souillarde. Son cœur battait si fort qu'elle s'étonnait que personne ne le remarque. C'est là, dans son coin, que la trouva Solange à la descente de la chambre.

« Qu'est-ce qu'il y a ? » lui demanda-t-elle étonnée.

Au lieu de lui répondre, la jeune fille se pencha pour saisir la bassine de la vaisselle et essaya de cacher les larmes qui lui montaient aux yeux. Solange lui arracha l'ustensile des mains et la fit pivoter vers elle :

« C'est à cause de Pedro ?

— Oui, murmura Agnès, il m'a serré la main. »

Sa cousine se mit à rire et lui dit :

« Je te délivre de la vaisselle. Marie m'aidera. Va le rejoindre.

— Mais ?…

— Allez, file. Ils sont en train de se lever. »

En effet, de la salle, montait le bruit caractéristique du raclement des chaises. La jeune fille arriva. Au-dehors, Antoine lançait des coups d'œil éloquents à Clément. Il n'osait, devant son père, demander la permission de monter dans la voiture mais son impatience était tellement visible que chacun la comprenait.

« Alors, on y va ? » demanda le jeune homme.

Ils avancèrent tous, seuls Pedro et Agnès n'avaient pas bougé. Ils se regardaient comme s'ils étaient seuls au monde. Les cris de joie d'Antoine répondaient aux explications de Clément et, bientôt, le moteur éternua, toussa, s'essouffla, gronda et finit par avancer en gémissant. Les deux jeunes gens n'avaient pas bougé ni prononcé une parole. Marie entra, apportant avec elle un relent d'essence et de fumée.

« Allons, fit-elle, ils sont partis. »

Elle jeta un coup d'œil à Agnès mais n'osa la tancer pour ne pas avoir aidé Solange. Cette dernière sortit de la souillarde et dit :

« Allez vous promener. Marie va m'aider à faire la vaisselle. »

Agnès ne réagit pas ; Marie s'apprêtait à rétorquer mais sa belle-fille les poussa vers la porte en disant :

« Profitez de l'accalmie, il ne pleut pas et le soleil sort. »

Les amoureux ne se le firent pas dire deux fois ; ils se dirigèrent vers le chemin de la côte qui grimpait fort, mais qui avait l'avantage en cette journée pluvieuse d'être le plus caillouteux donc sans flaques ni boue. Tout d'abord, ils marchèrent sans parler, attentifs à éviter les quelques affleurements d'eau qui n'étaient pas encore écoulés. Pedro prit la main d'Agnès et la força à s'arrêter :

« Agnès, fit-il en la regardant droit dans les yeux, il faut que nous parlions. »

La jeune fille fit oui de la tête, la gorge nouée, incapable de dire un mot. Elle tremblait de tous ses membres, son cœur s'affolait et elle sentait des larmes lui piquer les yeux… Le jeune homme s'en aperçut ; il passa un doigt sur son visage et déclara :

« Ne pleure pas… Je sais que je t'ai fait de la peine et je le regrette, mais c'était plus fort que moi, je ne pouvais pas… Non, je ne pouvais pas oublier ce que cet homme m'avait dit… Je l'ai ruminé longtemps, tout seul. J'étais perdu et je n'arrivais ni à te voir ni à te parler… J'ai donné tout un tas de mauvais prétextes à Clément pour ne plus venir… Je ne voulais plus te voir : je t'aimais et je te haïssais en même temps. Et puis, ton frère a fini par remarquer ma détresse. Au début, je ne voulais rien lui révéler ; un jour, je lui ai tout avoué. Il m'a confié qu'il était au courant que tu avais eu une aventure avec un homme marié, mais pas que tu courais après tous les hommes…

— Quoi ! s'exclama la jeune fille. Qu'est-ce que tu dis ?

— Cet homme m'a dit…

— Ah, mon Dieu !… »

Cette fois, Agnès ne pouvait se retenir. Elle pleurait à gros sanglots, le visage dans ses mains. Sur son front incliné, semblait peser toute la détresse de la Terre. Pedro l'enlaça, la pressa contre son épaule et la berça comme un enfant :

« Ne pleure pas, ne pleure pas… » Ne sachant que faire pour la consoler. Ils restèrent longtemps serrés l'un contre l'autre, puis la jeune fille se calma, sécha ses larmes, regarda le jeune homme sans baisser les yeux et lui assura :

« Pedro, je te jure de te dire la vérité et je te demande de me croire. Après, tu feras ce que tu voudras. » Pedro acquiesça.

« L'homme que tu as rencontré, c'est Lucien. Pendant la guerre, on travaillait ensemble dans les champs et il m'a séduite. J'avais à peine vingt ans, je sais, ce n'est pas une excuse, mais c'est ainsi... J'aurais dû te le dire, mais j'avais honte et je n'ai pas osé. Cela n'a pas duré longtemps. J'ai tout de suite su que je ne l'aimais pas, et puis j'avais des remords à cause de sa femme et de ses enfants. Je l'ai quitté, presque tout de suite... Je t'ai rencontré et, toi, c'était !... c'était...

— De l'amour.

— C'est ça. Pour moi, Lucien ne comptait plus. Mais lui, il voulait que je retourne avec lui et il essayait de me revoir par tous les moyens. Il me menaçait... Moi, je faisais tout ce que je pouvais pour l'éviter. Il avait deviné pour toi et moi et il était jaloux... Je me suis même demandé si ce n'était pas lui qui t'avait dénoncé... Puis, sa femme l'a appris. Elle m'a battue ; lui, a dit que c'était moi qui l'avais débauché... C'est toute l'histoire, il n'y a jamais rien eu d'autre... »

Pedro la reprit dans ses bras en disant :

« Je ne peux pas te dire que je suis heureux d'entendre ça, mais je te comprends et, si je rencontre cet homme, je te promets de lui donner une bonne leçon.

— Cet homme ne compte plus pour moi, il n'y a que toi que j'aime !... Quand j'ai vu que tu ne venais plus, j'ai compris que tu savais et je... j'ai... »

Elle était sur le point d'éclater en sanglots ; Pedro la pressa contre lui.

« Chut, chut, tout est fini, maintenant. On ne se quittera plus. Tu veux que je t'en donne la preuve ? »

Comme la jeune fille le regardait étonnée, il sortit une enveloppe de sa poche, affranchie de timbres étrangers. Elle l'observait, intriguée. Il en tira des papiers et dit en les lui montrant :

« Ceci est un acte de naissance, ici, un extrait de baptême. Avec ça, il n'y a plus qu'à aller voir le maire et le curé et nous allons nous marier. »

Cette fois, les larmes qui coulaient des yeux d'Agnès étaient des larmes de bonheur.

37

Le tracteur

Ils avaient traversé le Causse et se dirigeaient, à grands pas, vers la ville. En cette fin juin, le père et le fils étaient attendus chez le marchand de tracteurs pour en essayer un. Depuis quinze jours, Antoine était devenu un apprenti agriculteur. Son certificat en poche, il se préparait à suivre, à la rentrée prochaine, l'école d'agriculture itinérante qui accompagnait les paysans vers leur futur métier. Il se réjouissait de travailler à Cardabelle, il en rêvait depuis si longtemps... C'était devenu une réalité depuis que, du haut du perron de l'école des garçons, à Mende, l'inspecteur primaire avait annoncé son nom parmi celui des candidats reçus aux épreuves du certificat d'études primaires. Son jeune âge, treize ans, ne lui permettrait pas de conduire l'engin, mais il se promettait bien de l'essayer dans les chemins et les champs, loin de la vue des gendarmes !... Le soleil tapait fort. Une nuée de sauterelles se levait sur leur passage et s'égaillait dans toutes les directions. Ils marchaient d'un bon pas : Jules, la tête dans les nuages, Antoine, pressé d'arriver à la ville pour admirer les tracteurs rutilants qu'il avait admirés sur les catalogues.

Il repassait, dans sa tête, les renseignements qu'il avait pu glaner en écoutant les représentants vantant leurs machines aux acheteurs éventuels. Il savait qu'ils devraient le prendre assez puissant car, dans la vallée pentue à la terre lourde, les trop petits engins ne pouvaient labourer. Il se disait aussi qu'il aimerait bien la couleur rouge mais n'en faisait pas une priorité… Bref, toutes ses pensées étaient tournées vers ce tracteur qui ferait, espérait-il, bientôt partie de sa vie d'agriculteur. Il se voulait un paysan moderne, à la pointe du progrès, faisant de Cardabelle une ferme modèle comme celles dont on voyait les images dans le journal de son père.

Jules, lui, était bien éloigné des pensées de son fils. Certes, il était conscient que ses affaires n'avaient jamais aussi bien marché. En cette période d'après-guerre, où tout était à construire, où les gens, après six années de privations, aspiraient à une vie différente : la liberté après l'oppression, la bonne chère après les restrictions et la joie d'être encore vivants après cette terrible épreuve. La consommation augmentait, les produits agricoles se vendaient bien, la demande dépassait l'offre et l'achat du tracteur dont rêvait Antoine viendrait couronner cette belle réussite. Et pourtant !… Aux yeux des voisins, les habitants de Cardabelle nageaient dans le bonheur : leurs affaires marchaient bien ; leur couple aussi puisque la naissance de la petite Juliette en était la preuve vivante… Mais, Jules savait que tout cela n'était que mensonge. Leur bonheur n'était qu'une façade que le premier coup de vent pouvait, à tout instant, venir écrouler. Il savait que Solange n'était pas heureuse non plus. Sa longue fatigue après la naissance et sa mélancolie si contraire à sa nature en portaient témoignage. Elle pouvait donner le change aux autres, mais pas à lui… Il faisait de son mieux, mais il était incapable de lui dire les mots qu'elle attendait. Pendant les premiers mois de sa captivité, il pensait sans cesse à elle. Il l'imaginait faisant face, avec le courage qu'il lui connaissait, à toutes les difficultés de la solitude. Et puis, peu à peu, son image était devenue floue, son visage s'était estompé jusqu'à devenir presque invisible… Ses enfants auxquels il revenait constamment étaient restés des bébés dont il retrouvait à peine les traits dans les adolescents qu'ils étaient aujourd'hui… Et puis, il y avait eu cette rencontre avec Frédérika et la venue de la petite Martha qui avaient bouleversé sa vie et presque compromis son retour. Avait-il eu raison de les abandonner pour revenir ici, où le devoir l'appelait ? Il se posait sans cesse la question, mais était incapable d'y répondre. Depuis presque deux ans qu'il était rentré, les visages de Frédérika et de Martha s'estompaient à leur tour comme l'avaient fait ceux de Solange, d'Antoine et de Denise… Il se demandait quelle sorte d'homme il était pour oublier ainsi ceux qu'il avait cru aimer !…

Quelquefois, comme maintenant, quand il commençait à se poser des questions, il pensait qu'il était un monstre indigne des sentiments que lui portaient les deux femmes de sa vie. Il ne savait plus ce qu'il devait faire et se sentait perdu. En revenant à Cardabelle, il s'était à nouveau attaché à Solange mais n'oubliait pas Frédérika pour autant. Qu'était-il donc pour aimer deux femmes à la fois ? Il ne savait à qui confier ses angoisses. Agnès, la seule à laquelle il en avait parlé, n'avait pas été d'un grand secours pour lui. Elle aussi se débattait dans des problèmes sentimentaux et il était incapable de l'aider…

Une idée avait germé dans son esprit. Une idée folle qu'il avait rejetée tout d'abord, mais qui avait fini par s'imposer et à laquelle il pensait de plus en plus. Le jour où le guérisseur était venu à Cardabelle, il avait pensé que cet homme, malgré le peu d'estime que Solange avait pour lui, était peut-être capable de l'aider à y voir clair en lui. Maladroitement, il avait tenté de lui présenter son problème comme celui d'un ami, mais il avait vite compris que l'autre n'était pas dupe ; alors, il avait décidé d'aller le trouver, en cachette de sa famille, pour lui parler. Aujourd'hui, il pensait pouvoir s'échapper pour le rencontrer. Sa mère chantait ses louanges et Solange devait bien reconnaître qu'il avait sorti Marie de l'apathie où elle s'enlisait. Il marchait à côté de son fils, cherchant une échappatoire qui lui permettrait de s'absenter sans qu'Antoine se pose de questions.

C'est à ce moment que l'adolescent demanda :

« Dis, papa, comment on va le payer le tracteur ?

— Hein ? Quoi ? fit-il tiré de son rêve.

— Je te demande si on aura assez d'argent pour payer le tracteur.

— Heu… non, pas pour le payer comptant. Mais on empruntera. Les affaires marchent. On peut se le permettre. »

Le garçon hésita. Il était conscient, sans bien les comprendre, des difficultés de ses parents et croyait en un problème matériel. Il insista :

« Tu crois qu'on pourra rembourser ?

— Mais bien sûr. Les temps s'y prêtent. Maintenant que tu vas m'aider, on pourra cultiver davantage. J'ai appris que la ferme des Matthieu, qui ont des problèmes de santé, va être louée. Si tu veux, nous irons les trouver ensemble et nous pourrons l'avoir ; alors, nous aurons encore plus de bénéfices. Bien sûr, il faudra se retrousser les manches car le travail ne manquera pas, mais je pense que tu aimes ça.

— Oh oui. J'avais peur qu'on ait des problèmes, mais si tu crois qu'on peut y arriver, c'est bon. »

Il fit quelques pas en courant et sauta en l'air pour manifester sa joie. Jules sourit devant ce grand adolescent qui, par certains côtés, était encore un enfant et reprit sa route un instant interrompue.

Quand ils arrivèrent en ville, ils se dirigèrent tout droit vers le marchand de matériel dont la boutique se tenait au fond d'une longue allée qui menait vers le Lot. Le patron, lui-même, les accueillit. Grand, bien charpenté, le visage rubicond, il vint vers eux, salua cordialement Jules et tapa sur l'épaule d'Antoine. Son œil exercé avait tout de suite compris que c'était le père qu'il fallait convaincre ; le jeune était déjà tout acquis à l'achat. Il les promena dans tout le magasin, leur montra les tracteurs, mais aussi les machines et remorques à y adapter. Antoine buvait ses paroles, Jules se montrait plus circonspect. Il le remercia mais expliqua que, pour le moment, ils se contenteraient d'un tracteur. Le marchand s'inclina avec un sourire. Il savait bien que, s'ils achetaient le tracteur, ils ne tarderaient pas à revenir pour d'autres achats. Un vendeur professionnel leur montra les divers engins plus beaux les uns que les autres… Après beaucoup d'hésitations, ils optèrent pour un Massey Ferguson de bonne puissance. Il n'était pas rouge comme l'avait espéré Antoine, mais d'un beau gris perle. Le garçon pensait que son père allait l'acheter et qu'ils partiraient avec. Mais Jules, prudent, demanda de le prendre à l'essai et exigea qu'un démonstrateur vienne à Cardabelle lui en expliquer le maniement. On discuta prix et Antoine fut presque humilié de voir son père discuter pour le faire baisser de quelques francs. Finalement, le patron et Jules parvinrent à un accord. Il y eut encore de longues discussions au sujet de l'emprunt. Il fut décidé que Jules et Antoine se rendraient au Crédit agricole, dans l'après-midi, pour discuter des conditions de leur prêt.

Comme midi approchait, le patron les invita au restaurant. Antoine, qui mettait les pieds pour la première fois dans ce genre d'endroit, laissa éclater sa joie. Le patron s'en aperçut et lui dit :

« Jeune homme, c'est la première fois que vous sortez ? »

Jules répondit pour lui :

« Il est très jeune. Il vient de passer le certificat. Il ajouta avec un sourire : le tracteur, c'est surtout pour lui ! »

Le patron, qui s'en doutait depuis le début, se voulut aimable. Il se récria :

« Mais vous n'êtes pas vieux non plus !… Je parie qu'à vous deux vous allez renverser les montagnes.

— Oh, on n'en demande pas tant ! Que tout continue à marcher et on sera contents.

— Ce jeune homme, continua le patron, va suivre une école d'agriculture, je présume. Où allez-vous aller ?

— Je vais suivre l'école itinérante qui se passe à la mairie », répondit Antoine.

Ils étaient arrivés au restaurant. Le patron était connu et avait sa table réservée. Tout se passa pour le mieux. Antoine se régala de tête de veau et de frites croustillantes tandis que son père et l'homme discutaient de guerre et de captivité. L'attention du jeune homme toute tournée vers le restaurant et les convives fut attirée quand le patron demanda à son père :

« Vous n'avez pas eu de mal à reprendre vos habitudes. J'ai des clients qui ont mis un temps infini à reprendre pied et à se réadapter. »

Jules ne répondit pas tout de suite et, malgré lui, Antoine attendait impatiemment sa réponse.

« Je ne dirais pas que c'est facile, répliqua-t-il après une imperceptible hésitation, il faut se remettre à la vie de tous les jours et oublier cette période de notre vie qu'on nous a volée. »

Le père avait senti l'attention de son fils et tremblait qu'il ne devine le dégoût profond qu'il avait de lui-même et de la vie qu'il menait. Le patron aussi avait compris les réticences de l'homme. Il dévia la conversation et le déjeuner s'acheva avec un café que les deux hommes arrosèrent copieusement. Au sortir du restaurant, Antoine et son père se dirigèrent vers le Crédit agricole. Un employé les reçut avec amabilité et leur expliqua les conditions à remplir. Jules dut ouvrir un compte chèques et l'homme lui conseilla d'y déposer son argent. Il payerait par chèque : c'était plus sûr et on risquait moins d'erreurs. Antoine fut tout de suite enthousiaste et Jules se laissa convaincre. On leur calcula le montant de l'emprunt et des remboursements annuels. Jules expliqua qu'ils prenaient le tracteur à l'essai et qu'ils n'étaient pas sûrs de le garder. On lui proposa de préparer les papiers qu'il signerait si la vente se concrétisait. Ils sortirent de la banque et se dirigèrent vers le marchand pour lui dire que tout était réglé.

En sortant, Antoine rencontra son ami, le fils de Lucien, qui, après le certificat, cherchait de l'embauche en ville.

« On peut se promener un peu en ville ? demanda Antoine à son père.

— Allez-y, répondit celui-ci, ravi de l'occasion. Et rendez-vous dans deux heures, ici, pour le retour. »

Les deux garçons partirent et Jules se retrouva seul.

38

Confrontation

Tout s'était passé au mieux qu'il pouvait le souhaiter. Jules était libre pour l'après-midi : il connaissait les deux lascars. Ils auraient tôt fait d'oublier l'heure du rendez-vous pour courir la ville comme des adolescents qu'ils étaient. Il prit la route qui menait chez le guérisseur dont il avait réussi à découvrir l'adresse. Sa mère, qu'il avait interrogée la première, avait avoué son ignorance. Certes, elle y était allée, mais ne se rappelait ni du lieu ni du chemin emprunté. Il n'avait pas osé en parler à Solange et c'est Agnès qui lui avait donné bien involontairement la solution, alors qu'ils évoquaient la récente visite d'Auguste Pilot.

« Il vient toujours pour grappiller quelque chose : pourtant, avec tout l'argent qu'il s'est fait, il n'est pas à plaindre… Faut voir la maison qu'il s'est payée.

— Tu l'as vue ?

— Pas moi, c'est Solange qui me l'a dit. Elle est au Chapitre, à Mende, c'est une des plus belles du coin. Elle l'a vue quand elle y a accompagné Marie. »

C'était tout. Mais il n'avait pas besoin d'autre chose. Il connaissait le quartier du Chapitre, un peu excentré mais facile d'accès, sur la rive droite du Lot. Quelques belles maisons s'y dressaient, une ou deux fermes et de vastes prés que, dans ses colères, la rivière inondait. Aujourd'hui, tout était calme. Le Lot coulait sagement entre ses rives aux longues herbes que frôlaient les libellules bleues de leurs ailes transparentes. Jules avançait à grands pas, un peu inquiet tout de même, ignorant l'accueil qui l'attendait. Il avait décidé de raconter la même fable au guérisseur : il avait un copain marqué par ses années de captivité qui n'arrivait pas à reprendre pied. S'il le fallait, il pourrait même avouer la liaison de ce copain imaginaire avec Frédérika. Il l'appellerait : Alexis Maurin. Il ne risquait pas grand-chose : Maurin était un nom très répandu dans la région ; le guérisseur ne ferait jamais le rapprochement avec lui. Solange, qui ne paraissait pas porter Auguste Pilot dans son cœur, n'apprécierait pas qu'il aille lui demander des conseils. Elle le mépriserait de s'abaisser devant un homme qu'elle traitait de collaborateur… Enfin ! Il avait décidé d'y aller : il n'allait pas flancher, maintenant qu'il avait l'occasion qui ne se représenterait peut-être plus jamais…

Au bout d'une demi-heure, il parvint au Chapitre. Tout paraissait dormir en cet après-midi de juin. Le soleil tapait fort. Jules avait quitté sa veste et la portait au bras. Il avait desserré sa cravate mais se sentait en nage. Il passa un doigt sous le col de sa chemise qui collait à la peau…

« Bon Dieu, quelle chaleur », s'exclama-t-il en découvrant, au bord de la route, une boîte aux lettres avec un nom écrit en grosses lettres noires : *AUGUSTE PILOT*. Il n'en croyait pas ses yeux : il était tombé, tout à fait par hasard, devant la porte du guérisseur.

Il reconnut le petit muret dont sa mère lui avait parlé disant qu'elle et Solange s'y étaient assises et avaient attendu avec d'autres malades. Aujourd'hui, il était bien le seul : les temps avaient changé !… Une sonnette se trouvait en haut de la porte. Il hésita, puis tira sur le fil. Un son aigrelet résonna dans le silence mais personne ne bougea. Jules actionna encore la sonnette et, cette fois, Auguste Pilot parut sur le perron.

« C'est pour quoi ? » demanda-t-il.

Jules essaya d'ouvrir le portail, mais n'arriva qu'à l'ébranler.

« Qui êtes-vous ? interrogea la voix.

— C'est Jules Maurel.

— Ah, monsieur Maurel. J'arrive, j'arrive. »

Des pas retentirent de l'autre côté du portail, un verrou fut tiré et Auguste Pilot apparut, non rasé, chemise et sandales éculées.

« Excusez-moi, fit-il en ouvrant, mais, par les temps qui courent, on ne sait jamais à qui l'on a affaire. Je préfère être prudent.

— Bonjour, répondit Jules. Je vous comprends très bien. »

Un sourire amusé passa sur les lèvres du guérisseur. Il s'effaça en disant :

« Entrez, monsieur Maurel, entrez et excusez-moi, je faisais la sieste et je ne suis pas très présentable. »

Jules fit un geste pour montrer comme cela lui importait peu et précéda son hôte dans la maison. Il pénétra dans une pièce où, visiblement, le ménage n'avait pas été fait de quelques jours. Le guérisseur débarrassa une chaise et fit signe à son visiteur de s'y asseoir. Il se plaça face à lui et attendit, le fixant de ses yeux à moitié clos. Jules, embarrassé, se sentit pris au piège. Une nasse s'était refermée sur lui et il n'était plus si certain d'arriver à duper son interlocuteur…

« Allons, monsieur Maurel, finit par demander Auguste Pilot, vous n'êtes pas venu me voir pour mes beaux yeux. Quel est votre problème ?

— Il ne s'agit pas de moi, répliqua vivement Jules, il s'agit de l'ami dont je vous ai parlé. Il ne peut venir et a…

— Allons, allons, monsieur Maurel, l'autre jour, vous parliez devant votre mère et votre femme, vous ne pouviez pas vous expliquer librement. Mais, aujourd'hui, nous sommes seuls et vous pouvez tout me dévoiler. Je sais qu'il ne s'agit pas d'un autre, mais de vous. Je vous prie de me révéler toute la vérité sinon je ne puis rien pour vous. Que désirez-vous me confier ? »

Jules se sentait comme un oiseau face à un prédateur. Il était à la fois mort de honte et fasciné par cet homme qui avait repris son air habituel et qui lui souriait, attendant avec patience qu'il lui raconte son histoire. Il commença :

« Voilà, depuis que je suis revenu chez moi, je m'y sens étranger… »

Il s'arrêta, espérant que le guérisseur allait lui demander pourquoi ou l'interroger, mais il ne dit mot. Il s'embrouilla, parla de sa longue absence, de son manque d'intérêt pour son travail, de ses enfants qu'il n'avait pas vus grandir, bref, il se perdit dans des lieux communs qui ne signifiaient pas grand-chose et qui étaient censés expliquer son mal-être et son dégoût de vivre. Auguste Pilot ne disait toujours rien. Il observait son patient qui s'empêtrait dans des explications oiseuses, n'osant avouer l'essentiel et l'imbroglio de ses péripéties sentimentales. L'homme le laissa s'enferrer de plus en plus jusqu'à ce que, n'en pouvant plus, le pauvre Jules éclate en sanglots, pleurant sans se l'avouer sur son ménage brisé, ses amours extraconjugales, Antoine, Denise et ses deux petites filles : Juliette et Martha qu'il aimait également. Tout cela, à travers ses sanglots, il le confia au guérisseur qui, par de brefs encouragements, arriva à tout connaître de cet homme dont il avait si souvent entendu parler et dont il avait, depuis longtemps, soupçonné la double vie.

« Voyez comme je suis malheureux, conclut Jules. Je ne sais vers qui me tourner, alors je suis venu vous trouver.

— Mon ami, répondit Auguste Pilot, ce n'est pas un guérisseur qu'il vous faut, c'est un confesseur. Ce que vous venez de me révéler pose un cas de conscience ;

et moi, je ne suis pas un curé pour vous dire où est votre devoir.

— Oh, mais je sais où est mon devoir ; c'est pour cela que je suis revenu. Mais, tous les jours, je me pose la question de savoir si j'ai eu raison d'abandonner Frédérika et de rejoindre Solange. Je suis persuadé que je ne la rends pas heureuse… »

Il ne remarqua pas le sourire qui éclaira, un bref instant, le visage du guérisseur et continua :

« Je ne rends pas ma femme heureuse. Elle a très bien vécu toutes les années de guerre sans moi. Elle aurait pu continuer, elle aurait fini par m'oublier. Maintenant, elle s'est attachée à moi et j'avoue que, moi aussi, je l'aime toujours. »

Le guérisseur eut envie de lui dire que sa femme était une sainte qu'il ne méritait pas mais il se tut et, après un instant, demanda simplement :

« Avez-vous songé à votre mère ?

— Oui, je sais, elle a failli mourir de mon absence. Si elle savait, je la tuerais aussi bien que si je prenais un fusil. Et pour mes enfants, quel exemple !… Je sais tout cela, cher monsieur, c'est pourquoi je suis venu chercher une solution près de vous.

— Mon cher ami, la solution, elle est en vous. Moi, je ne peux rien faire.

— Vous pouvez me donner un conseil.

— Laquelle de vos femmes aimez-vous ? »

Jules le regarda comme s'il avait prononcé une incongruité.

« Laquelle ? Je n'ai qu'une femme : Solange. Frédérika, je l'aime bien mais… »

Le guérisseur hocha la tête et lui expliqua sévèrement :

« Moi, je pense que vous n'en aimez aucune, vous vous aimez, vous ! »

Jules fut si choqué qu'il ne trouva rien à répondre. Il regarda l'homme, persuadé qu'il ne savait ce que c'était que d'aimer et qu'il n'avait jamais éprouvé une grande passion. L'autre le contemplait, lisant en lui comme en un livre ouvert : « Toi ? Mon bonhomme, se disait-il, tu te crois supérieur aux autres et tu n'es qu'un fieffé égoïste !… » Il ne supportait pas ce personnage qui avait trahi l'amour de sa femme alors que celle-ci l'avait attendu six ans durant. Il se leva, montrant ainsi à son visiteur que l'entretien était terminé.

« Mon cher monsieur Maurel, lui dit-il, votre problème n'est pas de ma compétence, c'est en vous, seul, que vous trouverez la solution. Mais, si je peux vous donner un conseil, c'est d'oublier votre aventure et de vous consacrer à votre famille. »

Jules ne répondit pas, il commençait à regretter d'être venu et, surtout, d'avoir confié à Auguste Pilot des secrets qu'il aurait dû garder pour lui tout seul. En plus, ce diable d'homme le tenait maintenant à sa merci. Il sortit son portefeuille de sa poche mais l'autre l'arrêta d'un geste :

« Je ne veux rien. Je ne vous ai pas été d'un grand secours. Rassurez-vous, ajouta-t-il comme s'il lisait dans ses pensées, je ne vous trahirai pas. Mais, à votre place, je laisserais mes rêves de côté et je vivrais ma vie présente. »

Il ouvrit la porte et, après une rapide poignée de main, Jules se retrouva dans la rue, mécontent de lui et aussi ennuyé qu'auparavant. Il reprit le chemin de la ville, mal à l'aise. Malgré la promesse du guérisseur de ne pas divulguer son secret, il sentait planer comme une vague menace dont il ne comprenait pas la cause. Quand il parvint à l'endroit où il avait donné rendez-vous à Antoine, il ne vit personne. Il haussa les épaules, sortit une cigarette, l'alluma et en tira une bouffée. Fumer le réconforta un peu. « Allons », songea-t-il, il n'avait rien à craindre. Jusqu'à aujourd'hui, il avait vécu en homme responsable, que pourrait-on lui reprocher ? Ce n'est qu'en pensant à Solange qu'il sentit un gros poids sur sa poitrine. Elle allait mieux, mais la vérité pouvait la tuer et alors… alors, il n'osait penser… Le souvenir de ses enfants : Antoine, Denise,

Martha, Juliette, revint obsédant. Il se sentit tout ému…

« Alors, papa, tu m'as attendu ? »

Antoine se tenait devant lui. Il sursauta, détourna la tête. Le garçon dit :

« J'ai fait un tour, je viens d'arriver. »

Il réussit à reprendre son calme et demanda :

« La promenade a été bonne ?

— Oh, nous ne sommes pas allés bien loin. On a rencontré des copains et on a pris un pot au *Café du Globe.* »

Son fils à ses côtés, Jules reprit la route du causse. Sur le chemin du retour, Antoine ne parla que de tracteur et de machine. Son père écoutait, l'esprit ailleurs. Les yeux fixés sur le ciel uniformément bleu, il revoyait un autre paysage, un autre village avec des enseignes qu'il ne pouvait pas lire… Il répondait par monosyllabes, espérant que le garçon se lasserait et le laisserait à ses rêves, mais Antoine, tout à son sujet, n'arrêtait pas de discuter, posant de temps à autre une question à laquelle son père se devait de répondre. Quand ils arrivèrent à la descente et que le village, entouré de prés et de champs, se dessina sous leurs yeux, le jeune garçon s'arrêta et son père l'imita :

« Dis, papa, regarde nos champs, d'ici, ils paraissent tout plats !… Tu verras, à nous deux, nous ferons de Cardabelle la plus belle ferme de la commune… »

39

Bonheur

Tout était enfin décidé : le mariage d'Agnès et de Pedro aurait lieu, après les travaux, fin octobre. À cette occasion, Solange et Agnès avaient fait le grand ménage de la maison. Marie, qui avait encore sur le cœur la

« faute » de sa nièce, avait marmonné que c'était bien du tracas pour une fille qui ne le valait pas. Cependant, elle n'avait rien ajouté de plus, contente malgré tout qu'Agnès se marie. Jules et Solange avaient décidé d'offrir le repas de noce à la jeune fille pour la remercier de s'être tant investie à Cardabelle pendant les années de guerre. Solange avait même ajouté :

« On lui payera sa robe de mariée car Pedro a bien besoin de son argent. »

À cette nouvelle, Marie avait bondi :

« Elle ne va pas se marier en blanc ?

— Et pourquoi pas ? Personne ne va l'en empêcher.

— Après ce qu'elle a fait... Vous n'y pensez pas ! »

Jules prit la défense de sa cousine :

« Maman, combien y a-t-il de filles qui arrivent vierges au mariage, aujourd'hui ?

— Il y a toutes les honnêtes filles.

— Personne n'est au courant et nous lui offrirons sa robe », trancha Jules.

La discussion fut close, car Agnès arrivait. Marie n'était pas du tout d'accord. Elle décida de prendre la jeune fille à part et de la raisonner. Quand elle se trouva seule avec sa nièce, elle lui posa directement la question :

« Tu veux vraiment te marier en blanc après ce que tu as fait ? »

Agnès rougit fortement et décida de tout expliquer à sa tante pour qu'elle cesse de la prendre pour une fille perdue.

« Ma tante, je sais que j'ai eu tort d'aller avec Lucien. Je m'en suis repentie et j'en ai souffert, croyez-moi. J'ai tout avoué à Pedro, et lui, m'a comprise. J'aimerais que vous en fassiez autant. J'étais jeune et je n'étais sûrement pas la plus coupable. Je me suis confessée et le curé m'a pardonnée. Ne pourrez-vous jamais le faire aussi ? »

Marie, tout émue, essuya une larme :

« J'ai tellement été malheureuse de ce qui est arrivé...

Je comptais tellement sur toi ! Tu étais la fille que je n'ai pas eue.

— Mais je la suis toujours ! Pour moi, vous avez été ma mère et mon père. Jamais je n'oublierai ce que vous avez fait. »

La vieille femme, attendrie, embrassa sa nièce, affirma qu'elle lui pardonnait et ne reparla plus de la robe.

Quand il le pouvait, Pedro descendait de Saint-Chély à vélo et venait raconter à la famille ses efforts pour donner à Agnès un toit digne d'elle. Il avait trouvé une maison à louer et recherchait des meubles. Clément qui avait épousé Danièle, au printemps, lui avait donné la vieille cuisinière de leurs débuts, maintenant qu'ils en avaient acheté une neuve. Agnès avait décidé de prendre la table, le buffet et un des lits de la maison de son père. Clément devait venir chercher ces meubles avec un camion de l'usine. À la fin septembre, Marie, Solange, Agnès, Denise et Juliette prirent le car, un samedi, pour faire les emplettes nécessaires à la fête. On songea d'abord aux vêtements. Dans le plus grand magasin de la ville, chacune trouva son bonheur. À commencer par la robe de la mariée à la fois simple et garnie de dentelles. Denise ne se lassait pas d'en toucher le satin soyeux et de s'extasier sur sa beauté. Il est vrai qu'Agnès, ainsi parée, devenait intimidante. L'adolescente aurait bien voulu, elle aussi, une robe longue ornée de volants mais sa mère lui expliqua que ce n'était pas un grand mariage et qu'elle devrait choisir une robe qu'elle pourrait porter en d'autres circonstances. Elle finit par se décider pour une tenue rose avec un corselet assorti qui lui allait divinement bien. Marie, Solange et même Juliette habillées, on se dirigea vers un cordonnier pour la séance des chaussures. Quand tout fut terminé, il était l'heure de rentrer, les bras encombrés de paquets.

« Il faudra dire à Jules d'acheter une voiture, nous

avons l'air de vagabonds en train de déménager, soupira Marie.

— Oh oui ! répliqua Denise qui se voyait déjà passagère d'une belle limousine conduite par son père.

— Faudrait en avoir les moyens », conclut Solange un brin amère.

Elles rentrèrent épuisées et durent subir les moqueries d'Antoine :

« On dirait des marchands ambulants ; vous avez acheté tout Mende !

— Figure-toi que tu devras y aller, toi aussi, un de ces jours, tu dois t'habiller pour la noce.

— Quelle poisse ! s'exclama le père. Faut-il vraiment perdre une journée pour aller en ville ?

— Si tu te décidais à acheter une voiture, la matinée suffirait, répliqua Antoine.

— On a déjà emprunté pour un tracteur, on achètera une voiture quand on aura l'argent.

— Oh papa, supplia Denise câline, il y a beaucoup de gens dans la commune qui ont acheté des voitures, pourquoi pas nous ?

— Parce que nous ne pouvons pas, ma mignonne. On avait besoin d'un tracteur, pour la voiture, on verra après. »

La fillette fit la moue et elle s'en alla déçue.

Raphaël rencontra Jules, le jour où, en compagnie de Solange et d'Antoine, il allait acheter un costume. Ravi de les revoir, il leur parla de sa nouvelle vie. Il travaillait dans un garage et il avait de la besogne à ne pas savoir où tourner. Il leur raconta que tous les gros propriétaires achetaient des voitures et s'étonna qu'ils ne fussent pas du nombre.

« Que veux-tu, lui répondit Jules, on a commencé par le tracteur. La voiture, ce sera pour plus tard.

— En attendant, tu devrais passer le permis de conduire. Ça te servira un jour.

— J'ai bien le temps.

— Détrompe-toi. Il y a des voitures d'occasion qui

ne coûtent pas cher. Le jour où tu tomberas sur une qui te plaît, tu ne pourras pas l'acheter parce que tu n'auras pas ton permis. »

Il fut tellement persuasif que, le même jour, Jules alla s'inscrire à une auto-école. Le moniteur lui déclara :

« Je vous propose de prendre la voiture et nous irons jusque chez vous. Revenez tous les deux jours, prenez ce petit livre, étudiez le code et, dans un mois, vous aurez votre permis. »

Jules hésitait, mais Solange insista :

« Écoute monsieur. Il nous ramène chez nous et tu as ta première leçon. Puisqu'il te faudra le passer un jour, vas-y ! »

Antoine, qui du haut de ses treize ans ne pouvait prétendre à un permis, observait la scène, les yeux pleins de convoitise, se disant que, quand il aurait l'âge, il ne se ferait pas tant prier. Jules se prit au jeu. Le moniteur lui avait donné un livret du code à étudier. Le soir, dans les veillées qui commençaient, il apprenait sérieusement le code. Juliette accourait vers lui quand elle le voyait saisir le livret bleu qui restait en permanence sur le buffet. Elle sautait sur ses genoux, ravie d'admirer les voitures aux couleurs voyantes du livre. Code et conduite, Jules assimila tout et, en octobre, par un matin brumeux et glacé, il se rendit à Mende pour passer les épreuves du permis de conduire. Il revint fièrement, quelques heures plus tard, et traversa le causse le petit papier rose en main.

« Maintenant, fit-il en rentrant chez lui, il ne nous reste plus qu'à acheter la voiture. »

Le samedi suivant, Agnès et Pedro se dirent oui devant le maire d'abord, puis dans la petite église du village. Comme famille, Pedro n'avait qu'un frère qui lui envoya une très belle lettre de félicitations en expliquant qu'il ne pouvait venir. Tous les parents et amis d'Agnès étaient là pour l'accompagner dans cet important jour de sa vie. La famille Maurel au grand complet,

Clément et Danièle qui attendaient un bébé, la tante Émilie et l'oncle Joseph venus en voiture avec Gabriel… Ce fut une belle journée. Après le mariage à la mairie et la célébration à l'église, on s'en revint à Cardabelle où une table superbement préparée attendait les convives. Sans rancune et avec une joie secrète, Paulette avait accepté de faire cuire les deux magnifiques coqs, sacrifiés pour la circonstance, en même temps qu'elle veillait sur la tête de veau.

Émilie, qui trouvait cette union avec un étranger indigne de sa nièce, avait harcelé sa sœur jusqu'à ce qu'elle lui avoue la « faute » de leur nièce. Moins intransigeante que Marie, elle s'était écriée :

« Quelle importance du moment qu'il n'y a pas d'enfants ! Elle aurait pu choisir un autre parti que cet Espagnol.

— Mais, Émilie, elle avait fauté et…

— Et alors ? Si elle est un peu maligne, son mari ne s'en apercevra même pas. »

Marie ne répondit pas mais ne put s'empêcher de penser que la mentalité de la ville était trop laxiste. Elle, elle n'aurait pas accepté une bru avec un passé. La petite Juliette qui venait quémander un bonbon mit fin à la conversation. Quand le repas de noce fut terminé, chacun partit. Émilie, Joseph et Gabriel furent les premiers à s'en aller. Émilie expliqua que son mari, sujet à des crises d'asthme, avait fait un effort pour venir mais il était temps de reprendre les habitudes. Joseph, qui avait fait honneur au bon vin choisi par Jules, protestait fort. Il voulait visiter les nouvelles transformations de Cardabelle. Sa femme le rappela vertement à l'ordre et il se dirigea vers la voiture en titubant. Gabriel glissa à sa sœur en l'embrassant :

« Sois heureuse, sœurette. Si tout va bien, je monterai, un jour, te faire une visite et je te présenterai une collègue. »

Il lui fit un clin d'œil avant d'ouvrir la portière et de prendre la route. Agnès monta dans sa chambre chercher sa valise. Clément emmenait les jeunes mariés dans sa voiture et Danièle avait préparé un repas froid pour les accueillir. Ensuite, ils rentreraient dans leur nouvelle maison. Quand elle quitta sa chambre, la jeune femme eut une brusque envie de pleurer. Elle abandonnait cette maison où, depuis plus de quinze ans, elle avait passé des moments heureux. Elle se souvint de son arrivée, petite orpheline traumatisée par la mort de sa mère. Elle revécut son enfance heureuse avec Jules, son cousin qui la protégeait et l'entraînait dans ses aventures bien qu'elle soit beaucoup plus jeune que lui… Et puis, ici, elle avait travaillé, lutté de toutes ses forces pour aider Solange et pour conserver Cardabelle à son cousin ; pour qu'à son retour, Jules trouve la ferme en état. Et elles avaient réussi malgré son faux pas et la sévérité de Marie. Il lui semblait qu'elle abandonnait les enfants, Antoine et Denise surtout. Elle les avait vus grandir, ils étaient un peu les siens… Comme si elle avait senti le désarroi d'Agnès, Denise vint la rejoindre. Elle était toujours vêtue de son ensemble rose qui marquait la naissance de ses seins et lui donnait un air de jeune fille. En la voyant entrer, Agnès en fut tout émue.

« Si cette chambre te plaît, fit-elle à l'adolescente, tu peux t'y installer. »

Denise ne répondit pas ; elle fixait sur sa cousine des yeux que le chagrin assombrissait et Agnès sentit que les larmes étaient proches. Pour ne pas se laisser envahir par l'émotion, elle fouilla dans l'armoire et en retira une paire de gants blancs qu'elle avait tricotés, l'hiver précédent, et que la fillette avait beaucoup admirés.

« Tiens, je te les donne. Là-haut, je ne serai pas très occupée, j'aurai le temps d'en tricoter d'autres. »

Denise les prit et se jeta au cou d'Agnès :

« Agnès, tu viendras nous voir ?

— Mais bien sûr. Quand Clément descendra, on viendra avec lui. »

Elle sentait l'adolescente prête à éclater en sanglots, alors elle brusqua les adieux.

« Il faut descendre. Pedro doit m'attendre. »

Elle se dégagea, saisit sa valise et quitta la chambre sans un regard en arrière. Dans la cour, tout le monde l'attendait. Pedro plaça la valise dans le coffre. Clément et Danièle étaient déjà installés. Pedro serra les mains. Elle embrassa tout le monde la gorge nouée. Ils remercièrent encore puis se glissèrent dans l'automobile qui démarra dans un nuage de fumée. La jeune fille se rapprocha de son mari. Il posa un bras sur son épaule, la serra contre lui et, joue contre joue, ils partirent vers leur nouvelle vie.

40

Médisances

Solange était triste. Le départ d'Agnès la laissait désemparée. Depuis que, jeune mariée, elle avait franchi les portes de la maison, elle y avait toujours vu sa cousine. Au début, la jeune fille n'était presque qu'une enfant, mais, au fil du temps, elle était devenue l'amie, la confidente, la complice qui connaissait tous les problèmes de son aînée, ses doutes et ses craintes. C'est Agnès qui l'avait soutenue pendant la guerre et, maintenant, au retour si décevant de Jules, c'était elle qui l'avait aidée à tenir face à l'homme secret qu'il était devenu et qu'elle ne comprenait pas. Et voilà qu'Agnès était partie vivre sa vie avec un quasi-inconnu et qu'elle, Solange, restait seule avec un mari si différent de celui qu'elle avait épousé qu'elle se demandait parfois si c'était le même homme.

Le soleil rayonnait en cette fin octobre. La Toussaint approchait. Clément et Agnès viendraient s'incliner sur la tombe de leur père et Solange attendait impatiemment leur visite. Elle était anxieuse de savoir si la jeune fille s'adaptait bien à sa nouvelle vie. Comme chaque année, Marie avait cultivé et choyé des chrysanthèmes blancs qu'elle porterait sur la tombe familiale. Elle avait passé des heures entières à biner, sarcler, bouturer, arroser les jeunes plants qu'elle avait enfin transplantés dans des pots de terre. Maintenant encore, elle était au jardin à leur apporter un engrais spécial qu'elle fabriquait avec des cendres, de la terre sablonneuse et de l'eau tiède censé accélérer la floraison. Elle passait ses après-midi en extase devant ses fleurs. Jules et Antoine étaient occupés dans les champs, Denise à l'école et Juliette à la sieste. Solange profitait de ce bel après-midi d'automne pour prendre un livre, s'isoler dans un coin de la terrasse, et se plonger dans sa lecture. Elle adorait les magazines et les romans, ce qui, au début, avait irrité Marie qui disait tout haut que la lecture était du temps perdu. Mais elle avait continué, soutenue par son mari, lui aussi passionné de lecture. Dans une malle, au grenier, elle avait découvert de vieux livres qui avaient appartenu à un frère de Marie, venu mourir à Cardabelle, dans les années 1880. Il travaillait à Paris et s'était constitué une bibliothèque exceptionnelle. Après sa mort, tous ses livres avaient été relégués au grenier et Solange les y avait découverts, quelque temps après son mariage. Il y avait là tous les romans du XIXe siècle, depuis Chateaubriand, Hugo, Flaubert, Loti, Zola à d'autres moins connus. De temps en temps, elle montait au grenier et choisissait un roman qu'elle lisait à ses instants de loisirs.

Ce jour-là, elle vivait la déception d'Eugénie Grandet alors que son cousin est parti. Elle lui a donné son argent et se retrouve seule et pauvre…

On frappa à la porte :

« Entrez », fit-elle, étonnée de recevoir de la visite.

Auguste Pilot entra. Elle referma son livre et le regarda. Il était élégant dans son pardessus de laine, un chapeau posé sur la tête et des souliers vernis. Elle s'étonnait toujours de le voir si sûr de lui-même et l'air conquérant alors qu'il était de notoriété publique qu'il avait travaillé avec les Allemands. Comment pouvait-il être arrivé si vite à tirer son épingle du jeu ? Mystère…

« Bonjour, dit l'homme, la maison est bien calme aujourd'hui.

— Si c'est ma belle-mère que vous cherchez, elle soigne ses fleurs au jardin. Je vais aller la chercher.

— N'en faites rien. Elle reviendra bien toute seule. En attendant, je me ferai un plaisir de bavarder avec vous. »

Solange n'était pas ravie de partager sa solitude avec un personnage qu'elle méprisait, mais elle n'osa protester et l'invita à s'asseoir. Elle lui proposa un café qu'il accepta en souriant.

« Vous rappelez-vous, lui demanda-t-il, une fois, vous m'avez offert un café en me disant que c'était de l'orge ? »

La femme ne répondit pas : elle s'en souvenait parfaitement mais détestait en parler. Elle alla chercher une casserole et mit le café à chauffer, suivie par le regard de l'homme. Sans savoir pourquoi, elle se sentait mal à l'aise et aurait voulu que cesse ce face à face. Elle proposa :

« Je vais aller chercher Marie. Elle doit avoir fini, maintenant.

— N'en faites rien, je vous en prie. C'est vous que je suis venu voir.

— Moi ? Mais pourquoi donc ?

— Depuis que votre mari est rentré, êtes-vous heureuse avec lui ?

— Je ne vous permets pas, commença Solange… » Elle s'arrêta devant le regard étincelant du guérisseur. « Pourquoi, pourquoi me demandez-vous cela ? acheva-t-elle misérablement.

— C'est mon métier de soulager ceux qui souffrent et je sais que vous souffrez. »

Solange posa ses yeux sur la casserole qui chantait sur la cuisinière pour cacher les larmes qu'elle sentait monter. Quand elle se retourna, le café à la main, Auguste Pilot se tenait derrière elle. Sous son regard envoûtant, elle se sentit prise au piège. Cet homme la tenait sous son charme et elle ne pouvait lui cacher ses inquiétudes ni ses soupçons. Elle approcha de la table et versa le liquide fumant dans les tasses. Le guérisseur la suivit et, quand elle eut posé la casserole, il prit ses mains dans les siennes et murmura d'une voix douce :

« Solange, je vois bien que vous êtes malheureuse. Votre mari n'a pas répondu à votre attente. Vous vous demandez ce qui s'est passé durant ces six années pour qu'il ait changé à ce point... Ce n'est plus le jeune homme que vous aviez épousé mais un inconnu qui n'est revenu que par devoir alors que vous, vous l'attendiez avec tout l'amour de vos débuts... Vous êtes déçue, vous ne le comprenez plus. Vous avez fait tout ce que vous deviez pour qu'à son retour il retrouve Cardabelle comme avant et il ne vous en sait pas gré. Vous lui avez sacrifié vos plus belles années et il les rejette, alors vous êtes malheureuse et ça se voit. »

Pendant que l'homme parlait, Solange baissait les yeux. Elle essayait de se raisonner : ce que disait le guérisseur était exactement ce qu'elle ressentait mais il n'avait aucun droit de s'immiscer dans leur couple. Il la forçait à reconnaître le fiasco de son mariage mais elle ne lui avait rien demandé !... Elle se ressaisit et lança aussi fort qu'elle put :

« Ce qui se passe entre mon mari et moi ne regarde personne et si la réadaptation est un peu difficile, elle n'est pas impossible. Mon mari et moi, nous nous aimons toujours.

— Permettez-moi d'en douter, Solange. »

D'un coup sec, elle retira ses mains de celles de l'homme et alla s'asseoir à la place la plus éloignée. Auguste Pilot se mit à rire :

« Vous pouvez fuir et chercher toutes les raisons du monde pour excuser votre mari : je sais qu'il est inexcusable ; et vous, vous devriez réfléchir : s'il n'a pas le même comportement qu'autrefois, c'est forcément qu'il s'est passé quelque chose, en Allemagne. Il n'ose pas vous en parler, mais vous l'avez bien compris. Vous adoptez l'attitude de l'autruche : vous savez ce qui est arrivé mais vous refusez de le croire. Vous souffrez, votre mari souffre, vos enfants souffrent…

— Les enfants ne souffrent pas…

— C'est vous qui le dites !… Ce sont des adolescents, ils sont sensibles aux tensions familiales. Il y a une solution toute simple : demandez-lui de vous raconter qui il a rencontré et ce qui s'est passé. »

Solange se prit la tête entre les mains et se mit à pleurer en silence. Aussitôt, Auguste Pilot fut près d'elle :

« Ne pleurez pas, Solange. Il fallait que vous soyez informée, vous n'allez pas passer toute votre vie à regretter un homme qui…

— Partez, partez, et ne revenez plus. Je ne veux plus vous voir !

— Mais, Solange… »

Elle se leva, sécha ses larmes et cria :

« Sortez et ne revenez jamais dans cette maison. »

Elle le laissa, debout, au milieu de la cuisine, et s'enfuit dans sa chambre. Juliette dormait paisiblement dans son petit lit, ses deux bras levés au-dessus de sa tête. La vue de sa fille la réconforta un peu. Elle s'assit sur son lit, essuya ses larmes et se mit à réfléchir. Auguste Pilot était venu pour lui révéler que son mari avait eu une maîtresse, en Allemagne ; l'avait-il inventé ou Jules lui avait-il fait des confidences ? Elle se remémora leur longue conversation, un jour du printemps dernier. Accaparée par son travail, elle n'y avait pas prêté attention. Il y avait peut-être entre eux une entente qu'elle ignorait… Elle en était à ces réflexions quand elle entendit parler en bas. Elle tendit l'oreille. Marie poussait des exclamations et parlait haut et fort comme lorsqu'elle était émue. Le guérisseur lui répondait plus calmement. Elle vérifia son visage dans le miroir, passa un gant mouillé sur ses yeux, se poudra le bout du nez et, ayant retrouvé son aspect habituel, se décida à descendre.

C'est le moment que choisit Juliette pour se réveiller.

« Maman », cria-t-elle.

Solange se retourna. Le bébé était debout sur son lit et posait sur sa mère ses grands yeux bleus.

« Mais tu es réveillée, petit monstre », fit-elle en saisissant l'enfant.

Elle posa un baiser sur ses cheveux blonds.

« Sens bon », s'écria la fillette en touchant le visage de sa mère.

Solange habilla l'enfant et descendit curieuse de voir la réaction d'Auguste Pilot en l'apercevant. Quand elle arriva, elle les trouva tous deux attablés devant une tasse de café. En l'apercevant, le guérisseur, sans aucune gêne, lança :

« Je ne sais si je dormirai, ce soir, Marie m'a convaincu de revenir boire une nouvelle tasse de café !...

— Mettez-y un biscuit, cela vous le coupera, répliqua la vieille femme.

— Biscuit, biscuit, cria Juliette en quittant les bras de sa mère pour courir vers sa grand-mère.

— Oh toi, quelle gourmande tu fais ! » s'exclama Marie en soulevant la petite.

Solange ne pouvait s'empêcher de regarder cet homme qui sirotait tranquillement son café et qui semblait avoir oublié que, quelques minutes plus tôt, elle l'avait chassé de la maison. Il eut un sourire éblouissant comme s'il était ravi de la revoir et lui dit :

« Solange, j'ai rencontré votre belle-mère et elle a insisté pour que je rentre bavarder un peu avec elle.

— Oui, se défendit Marie, il y avait si longtemps que nous ne l'avions pas vu ! »

Sa belle-fille ne répondit pas. Auguste Pilot et Marie reprirent leur conversation interrompue tandis que Solange, Juliette sur les genoux, feuilletait un livre d'images. Sans en avoir l'air, elle tendait l'oreille mais les banalités qu'ils racontaient ne l'intéressaient pas. La vieille femme était aux anges, mais le guérisseur paraissait nerveux et il ne tarda pas à se retirer. Quand il fut parti, Marie se tourna furieuse vers sa bru :

« Tu aurais pu être un peu plus polie et discuter avec nous !

— Pour quoi faire ? Cet homme est un fourbe qui ne cherche qu'à nous faire du mal. »

La vieille femme en resta sans voix. Solange, le cœur rempli d'amertume, était maintenant certaine que son mari l'avait trompée. Elle avait eu des doutes, auparavant, mais avait toujours refusé d'y ajouter foi. Maintenant, elle devait se rendre à l'évidence : son foyer était brisé.

41

Une visite

Un autre printemps avait remplacé l'hiver. À Cardabelle, la vie se traînait. Solange avait renoncé à questionner son mari. Elle vivotait au jour le jour, épiant le comportement de Jules, persuadée qu'il correspondait avec sa maîtresse et qu'il partirait, un jour, la rejoindre. Sa santé s'en ressentait. Elle était retombée dans une morosité qui lui enlevait le goût de vivre. Elle faisait son travail machinalement, regrettant l'absence d'Agnès. Marie l'agaçait avec ses remarques déconcertantes qu'autrefois elle acceptait bien. Antoine et Denise, avec leur comportement d'adolescents, la mettaient au supplice. Il n'y avait que Juliette qui parvenait à la dérider avec ses mimiques câlines. Agnès avait espacé ses visites car elle attendait un heureux événement pour la fin de l'été. Solange se sentait si seule qu'elle finit par écrire à sa cousine pour lui rapporter les paroles sibyllines du guérisseur et lui demander ce qu'elle en pensait.

À la réception de la lettre, la jeune femme décida de

rendre visite à Solange et Pedro insista pour qu'elle y passe quelques jours pour lui remonter le moral. Agnès hésita : elle n'aimait pas l'idée d'abandonner son mari mais celui-ci se moqua gentiment d'elle. Et puis, elle se voyait mal retourner à Cardabelle et y redevenir la servante qu'elle avait toujours été. Pourtant, la lettre de sa cousine l'inquiétait. Elle sentait, à travers les lignes, le désespoir de cette femme. Le dimanche suivant, Clément débarqua à la ferme avec toute une cargaison. À l'avant se trouvait Danièle portant la petite Annette dans ses bras et, à l'arrière, Pedro et Agnès. Solange se réjouit de leur visite et, quand sa cousine lui demanda la permission de passer quelques jours à Cardabelle, elle en aurait pleuré de joie. Antoine et Denise étaient ravis aussi de retrouver l'amie dont ils avaient regretté le départ. Le soir, quand la voiture de Clément disparut au tournant, Agnès avait le cœur un peu serré : elle aurait bien voulu retourner à Saint-Chély et se prélasser dans la douceur de son foyer. Elle se faisait aussi des soucis pour Pedro. Danièle lui avait promis de s'occuper de lui, ce qui la rassurait un peu.

Dès le premier jour, lorsqu'elles furent seules, Solange lui raconta son entretien avec Auguste Pilot et les soupçons qui, depuis lors, ne l'avaient plus quittée.

« J'étais sûre qu'il y avait quelque chose. Il y a longtemps que je m'en doutais, mais je fermais les yeux. Maintenant, je sais.

— Et tu es malheureuse. Qui te dit que le guérisseur n'a pas inventé tout ça pour te faire tomber dans ses bras ?

— Non. Il était sûr de lui. Il ne me l'a avoué qu'à mots couverts, mais il était au courant. Il s'est passé quelque chose, en Allemagne… »

Agnès ne répondit pas. Qu'aurait-elle pu dire ? Il était peut-être mieux que Solange connaisse la vérité. Les deux jeunes femmes restèrent silencieuses. Agnès regrettait presque d'être venue, craignant que Solange ne finisse par lui faire dire ce que, un jour, Jules lui avait confié. Elle pensait que c'était à son cousin d'avouer son aventure avec Frédérika à sa femme.

Un matin, peu après, Agnès prit Juliette et, prétextant une promenade, elle l'amena vers un champ où elle savait trouver Jules. Au déjeuner, elle avait entendu le père et le fils se partager les tâches de la journée. Ils avaient chacun un travail différent et très éloigné l'un de l'autre. Solange et Denise étaient occupées à la lessive des draps. Elle en profita et emmena la fillette ravie de se promener avec sa cousine qu'elle n'avait pas oubliée. La promenade était agréable, l'air sentait bon l'aubépine. De temps en temps, la fillette s'arrêtait pour cueillir de longues marguerites qui poussaient le long du chemin. Agnès l'attendait patiemment, puis toutes deux reprenaient leur rythme lent et musardaient. La jeune femme retrouvait des souvenirs à tous les coins des haies. Elle entendait, sans l'écouter, le babil de la petite fille. Tout à ses rêveries, elle poussa un cri quand elle faillit buter contre un homme qui, une fourche sur l'épaule, revenait des champs.

« Agnès, te voilà de retour !... Serait ce que ton bel Espagnol s'est lassé de toi, maintenant que tu es en voie de famille ? »

La jeune femme ignora la moquerie et répondit :

« Bonjour Lucien. J'espère que tu vas bien et ta famille aussi.

— Si je vais bien, tu n'y es pour rien ! Que viens-tu faire par ici ?

— Viens, Juliette », fit Agnès en prenant la main de la fillette, et elle passa devant Lucien abasourdi.

Cet homme n'avait jamais voulu comprendre ni admettre qu'il n'était plus rien pour elle. Elle haussa les épaules et continua sa route. Quand il la vit arriver, Jules s'arrêta de faucher autour des arbres pour faire passer la machine. Il tira un mouchoir de sa poche et s'épongea le front. Juliette courut vers lui et lui montra sa moisson fleurie :

« Jolies fleurs, fit-elle.

— Ah oui, elles sont belles ! » répondit son père goguenard.

En effet, les pauvres marguerites serrées dans la menotte de l'enfant pendaient misérablement de part et d'autre de ses doigts. Il prit sa fille dans ses bras, l'éleva jusqu'à son visage et lui plaqua deux baisers retentissants. Ravie, Juliette éclata de rire et lui tira les cheveux.

« Petit monstre », fit-il en riant.

Il l'embrassa encore puis la posa au sol. Alors, il se tourna vers Agnès et lui sourit :

« Ça va, toi ? Tu n'as pas envie de reprendre la fourche comme au bon temps d'autrefois ? »

La jeune femme haussa les épaules :

« S'il me fallait la reprendre, je le ferais. Mais tu n'as plus besoin de moi. Antoine est devenu un vrai paysan aussi fort que toi, maintenant.

— Il lui manque un peu de maturité, mais il aime ça. Les cours d'agriculture qu'il suit lui seront utiles. Bientôt, il en saura plus que moi. Alors, petite cousine, fit-il en désignant son ventre, tu es heureuse ?

— Au-delà de toutes mes espérances… Je viens de rencontrer Lucien et je me disais que, sur un coup de passion, j'avais failli gâcher toutes mes chances de bonheur. »

Jules ne répondit pas. Il fixait un point dans l'espace, les yeux perdus dans l'infini du ciel.

« Et toi, continua la jeune femme, tu es bien maintenant chez toi ? »

Il haussa les épaules en silence puis, voyant que sa cousine attendait une réponse, il balbutia :

« Je me suis adapté. » Il aspira une longue goulée d'air, reprit sa faux et repartit vers son travail. Agnès l'arrêta :

« Dis-moi, tout se passe bien entre Solange et toi ?

— Agnès, je suis bien content que tu sois venue, mais ne te mêle pas de ma vie ; elle est assez difficile, ne viens pas tout compliquer.

— Mon petit Jules, il se trouve que tu n'es pas seul

en cause. Tu as à te préoccuper des petits innocents que tu as mis au monde. » Elle lui montra Juliette qui courait après les papillons.

Jules reprit sa faux et se dirigea vers le pré, laissant Agnès ébahie. Elle eut d'abord l'intention de le suivre mais elle le connaissait bien, vu son état, elle n'obtiendrait rien de lui. Sans un regard vers lui, elle appela Juliette et toutes deux prirent le chemin du retour.

« Papa ? dit la fillette en tournant les yeux vers son père.

— Papa a du travail », répondit Agnès en l'entraînant vers la sortie du pré.

Sur le chemin, la jeune femme réfléchissait, tout en attendant Juliette que la moindre chose entrevue intéressait. Elle ne pouvait s'empêcher de penser que son cousin était devenu bien étrange. Un jour, il n'y avait pas si longtemps, il lui avait fait des confidences et, aujourd'hui, il ne voulait pas discuter avec elle… Que s'était-il passé ? Elle se le demandait et commençait à penser, comme Solange, qu'il voulait tout abandonner et partir en Allemagne retrouver sa maîtresse. Elles musardaient sur le chemin. Tout à ses pensées, Agnès ne se rendait pas compte que le temps passait et la petite fille, enchantée d'une liberté toute nouvelle, se grisait de grand air et s'amusait à poursuivre lézards et papillons. Elles traînèrent tellement que Jules, de retour du travail, les rattrapa et s'étonna :

« Ma parole, vous êtes encore là ?… J'espère qu'on ne vous attend pas sinon vous allez voir arriver toute la maisonnée à votre recherche ! »

Agnès sourit, surprise, et s'excusa :

« Je n'ai pas vu passer le temps. J'ai attendu Juliette qui avait toujours quelque nouvelle fleur à cueillir ou quelque bête à poursuivre.

— Si tu l'écoutes, tu seras encore là la semaine prochaine. Juliette, appela-t-il, dépêche-toi, on rentre. »

La petite arriva en courant, son père la jucha sur ses épaules et partit d'un bon pas. Agnès le suivait. C'est dans cet équipage qu'ils firent leur entrée à Cardabelle.

« Vous voilà, dit Marie, vous n'avez pas langui, dehors ?...

— Agnès a laissé mademoiselle courir dans les prés. Si je ne les avais pas rejointes, vous auriez toujours pu les attendre ! »

Agnès, confuse, ne disait rien. Solange lui jeta un regard curieux. Elle avait compris que la jeune femme n'était allée vers Jules que pour l'interroger et elle se demandait si elle avait obtenu une réponse. Agnès détourna son regard. Elle savait que sa cousine attendait et elle serait encore déçue... Finalement, elle avait perdu son temps et elle n'avait réussi ni à percer les secrets de Jules ni à rassurer Solange : elle avait abandonné Pedro pour rien... Il lui tardait, maintenant, de reprendre sa place dans son foyer : la chaleur la fatiguait et l'absence de son mari lui pesait. Elle regrettait amèrement son voyage et, si elle l'avait pu, elle serait partie le jour même !... Mais il fallait continuer à sourire et à faire bonne figure. Après tout, c'est elle qui avait voulu venir. Elle soupira et s'assit à la table, se laissant servir dans cette maison où elle avait servi les autres durant tant d'années.

Quand elles se retrouvèrent seules, Solange, anxieuse, la questionna :

« Alors, tu as pu lui parler ?

— Oui, mais il n'a rien voulu m'expliquer. »

Sa cousine ne la crut pas et répondit amèrement :

« Il ne t'a rien dit ou tu ne veux pas me le révéler ?

— Je te jure que c'est vrai. Je n'en ai rien tiré.

— Tu sais, bien que ce soient de mauvaises nouvelles, tu peux me les dire. Je m'attends à ce qu'il me quitte et j'ai peur qu'il le fasse sans m'en parler.

— Je t'assure qu'il ne m'a rien raconté : j'ai essayé de lui parler de ses enfants, de toi, mais il n'a pas répondu. À mon avis, ajouta-t-elle, je crois qu'il ne sait pas où il en est et qu'il tient toujours à toi.

— Dieu t'entende », répliqua Solange en essuyant une larme.

42

Une autre visite

Depuis la fin de la guerre, beaucoup de choses avaient changé. Une politique de rapprochement avec l'Allemagne avait commencé timidement et, maintenant, faisait couler beaucoup d'encre. Elle devenait peu à peu une réalité que tout le monde n'acceptait pas de bon cœur. Marie bougonnait chaque fois qu'elle en entendait parler à la radio :

« On s'est battus trois fois avec ces gens-là, je me demande pourquoi on devrait faire ami-ami avec eux maintenant !… »

Jules haussait les épaules et Solange répliquait :

« Il vaut mieux s'entendre que se battre… »

Tous les soirs, on écoutait la radio que les enfants avaient convaincu leur mère d'acheter. Antoine et Denise étaient souvent suspendus à l'antenne pour écouter les chansons nouvelles dont ils étaient friands. Même la petite Juliette chantait avec eux et n'était pas la dernière à virevolter en musique à la grande joie de tous. Tous les jours, matin, midi et soir, on tournait le bouton et toutes les nouvelles du monde se déversaient dans la cuisine. Le soir, à la veillée, variétés et pièces de théâtre égayaient la morosité. Après avoir couché Juliette, Solange descendait à la hâte et, avec Jules et les deux grands, se plaçait autour du poste pour leurs émissions préférées. Marie, un peu dure d'oreille, ne comprenait pas cet engouement et regagnait sa chambre en maudissant cette boîte qui empêchait les conversations d'autrefois.

Le poste était un compagnon apprécié pendant l'hiver. Au printemps et surtout l'été, il était un peu délaissé à cause du travail et de la fatigue. La façon de vivre changeait aussi. On voyait arriver des gens de la ville qui s'en venaient chercher l'air pur de la campagne. Solange et Jules avaient entrepris des réparations à la maisonnette, qui était devenue une agréable résidence qu'ils louaient tous les étés. Denise avait ainsi rencontré des filles de la ville ; elle imitait leur coiffure et s'habillait comme elles, ce qui ne l'empêchait pas d'aider à la ferme. Antoine et son père avaient pris des terres en fermage et étaient débordés de travail. Maintenant qu'elle avait quitté l'école après avoir passé le certificat d'études, Denise allait, de Toussaint à Pâques, suivre des cours ménagers dans un établissement de Mende. Elle revenait aux vacances, heureuse de retrouver Cardabelle et d'essayer les nouvelles recettes apprises pendant le trimestre.

Cet été-là, le soleil semblait ne devoir jamais se lasser d'apparaître, chaque matin, et de disparaître, le soir, dans un océan de couleurs. Les paysans soupiraient après la sécheresse qui brûlait les cultures et affamait les animaux. Le temps était si beau que Denise et ses amies de l'été profitaient de l'heure de la sieste pour se rencontrer sous un grand frêne qui avait dû voir passer des générations de jeunes sous ses branches. Elles chantaient les rengaines que la radio susurrait à longueur de journée ou s'en allaient au bord de la Nize, qui apportait seule un peu de fraîcheur, dans un paysage que le soleil asséchait et qui prenait les teintes chaudes du désert.

Ce jour-là, elles étaient trois : Denise, Andrée et Jeannine, deux estivantes venues du Midi qui s'ennuyaient un peu dans ce village d'une cinquantaine d'habitants. Heureusement, souvent, tous les garçons venaient les rejoindre et alors c'étaient des parties de fous rires et quelquefois de longues baignades qui rendaient ces vacances moins monotones. Toutes trois partirent vers la rivière et, comme par hasard, croisèrent Antoine, Jean et Roger qui s'y rendaient aussi. Ils arrivèrent à la Gravière et les garçons se mirent à faire des ricochets. Ils lançaient les cailloux pour éclabousser les filles qui partaient se sécher au soleil. Ils étaient tellement pris par leur jeu qu'ils ne virent pas arriver une automobile qui s'arrêta non loin d'eux. Le premier,

Antoine s'en aperçut et regarda, intrigué, descendre de l'engin un homme de belle taille, encore jeune, suivi d'une femme blonde et de deux enfants : une fillette de sept ou huit ans et un garçon beaucoup plus jeune. Il s'arrêta pour les regarder et les autres firent de même. Ce qui les intrigua le plus, c'est que la voiture ne portait pas le numéro d'un département français, mais était marquée *D.* « Ce doit être le Danemark », pensa-t-il.

Ils observaient tous les étrangers qui ne semblaient pas se préoccuper d'eux. L'homme alluma une cigarette tandis que la femme donnait à boire aux enfants dans des timbales en métal.

« Qu'est-ce qu'ils viennent foutre ici, ceux-là ? murmura Jean.

— Ils se promènent, répliqua Denise. Ils ne sont pas français.

— D ? Je me demande si ce n'est pas l'Allemagne », expliqua Andrée. Du haut de ses seize ans, elle était la mieux renseignée.

« Des Boches ! fit Antoine.

— On ne doit plus dire ça. Ce sont nos amis, maintenant. »

Le garçon haussa les épaules : il se rappelait la guerre et n'approuvait pas l'arrivée d'Allemands dans son village. Nonchalamment, l'homme s'avança vers eux. Il retira sa cigarette et les salua :

« Bonjour, les jeunes… »

Il parlait correctement le français mais avait un accent guttural qui mit Antoine sur ses gardes.

« Bonjour, répondirent les autres.

— Vous pêchez ?

— Non, on fait des ricochets.

— Ricochets ? » fit l'homme qui n'avait visiblement pas compris.

Ils n'osèrent lui expliquer mais Denise, la plus curieuse, demanda :

« Vous êtes en vacances ? »

Antoine lui lança un regard noir : c'était bien d'elle !… Ne pouvait-elle pas ignorer ces Boches comme les autres ? Mais l'adolescente était tout sourires.

« En vacances, oui », répondit l'homme, alors que la femme s'approchait suivie des enfants. La fille saisit une pierre et la jeta à l'eau, le garçon l'imita.

« Beau pays », reprit l'étranger.

La femme ne dit mot. Personne ne répondit et Antoine leur tourna le dos pour leur faire voir que leur présence le laissait indifférent.

« Vous venez d'Allemagne ? » demanda Denise.

« Encore ! songea Antoine, quelle imprudente, elle ne sait pas à qui elle s'adresse ! »

« Oui, répondit l'homme, et nous cherchons une ferme qui s'appelle Cardabelle. »

La foudre fut tombée aux pieds des adolescents qu'ils n'eussent pas été aussi surpris !

« Cardabelle ? C'est chez nous », répliqua Denise.

« Quelle sotte, pensa Antoine, pourquoi l'a-t-elle dit ? »

« Vous venez peut-être voir mon père ? Il a été prisonnier en Allemagne, continua-t-elle.

— C'est cela même. Nous cherchons M. Jules Maurel.

— Je vais vous conduire. »

Et abandonnant ses copains, Denise prit rapidement le chemin de la maison suivie par le couple et les enfants. Antoine tremblait de rage mais il choisit de rentrer, lui aussi, pour voir qui étaient ces gens. Denise marchait rapidement mais elle dut ralentir pour permettre aux enfants de suivre.

« Vous êtes la fille de Jules Maurel ? demanda l'homme.

— Oui. Et voici mon frère Antoine », fit-elle en désignant le garçon.

L'homme se retourna et croisa le regard hostile de l'adolescent. Il se pencha, prit le petit garçon dans ses bras et, ainsi, ils avancèrent plus facilement. Quand ils arrivèrent à la maison, c'était la fin de la sieste. Jules, assis sur une pierre dans la cour, se frottait les yeux. Il vit entrer Denise suivie des visiteurs. Il se leva d'un bond et devint tout pâle.

« Dieu du ciel ! » s'exclama-t-il.

L'homme approcha tandis que la femme hésitait. Jules, plus pâle que la mort, regardait la fillette blonde qui se serrait peureusement contre sa mère.

« Vous êtes Jules Maurel ? » demanda l'homme.

Le rideau de la porte s'écarta, laissant passer Solange qui s'approcha du groupe.

« Qui est-ce ? demanda-t-elle.

— Bonjour madame, reprit le visiteur, je cherche Jules Maurel. Il était dans une ferme de notre village pendant sa captivité.

— Bonjour monsieur, répondit Solange alors que son mari demeurait étrangement silencieux.

— De passage en France, nous avons voulu lui faire une visite.

— Mais entrez donc », fit-elle en les entraînant vers la maison.

Jules s'écarta pour les laisser passer et ils entrèrent juste au moment où Juliette apparaissait à la porte de la cuisine, les cheveux sur les yeux et les chaussures à la main.

« Maman ! » cria-t-elle, affolée devant les inconnus.

Solange ne lui répondit pas. Ce fut Denise qui la prit sur ses genoux, l'habilla, la chaussa et remit de l'ordre dans ses cheveux.

« Asseyez-vous, reprit Solange en jetant un coup d'œil à la femme blonde qui semblait très mal à l'aise. Quand tout le monde fut installé, elle demanda à son mari :

— Tu les connais ?

— Oui, répondit Jules, monsieur était au village et madame tenait une épicerie bazar. »

Pendant ce temps, les deux fillettes s'étaient rapprochées et Juliette entraînait sa nouvelle amie vers le coin où étaient rangés ses jouets. L'homme s'adressa en allemand à Jules et il lui répondit en hésitant. La femme aussi parla un long moment et Jules l'écouta attentivement. Bientôt, le garçon échappa aux bras de son père et courut vers les fillettes qui ne parurent pas ravies de son arrivée. Cela fit rire tout le monde et détendit l'atmosphère. On discuta vacances et beau temps… L'homme expliqua que sa femme ne comprenait pas le français. De temps en temps, il lui traduisait la conversation et elle hochait la tête en souriant. Jules demeurait silencieux. Il ne se mêlait à la conversation que si on l'en priait. Marie était arrivée. Après qu'on lui eût expliqué de qui il s'agissait, elle prit un air pincé et se réfugia dans le silence. Solange servit des rafraîchissements mais Marie ne voulut rien accepter. Les hommes et la femme burent de la bière. Les enfants engloutirent un verre de grenadine et essuyèrent, avec leur main, leurs moustaches rouges.

Quand les invités se levèrent pour partir, Jules fut le premier à sortir tandis que l'homme remerciait Solange. Il s'entretint avec la femme avant que les autres ne les rejoignent. Après une poignée de main et un baiser aux enfants, les visiteurs s'en allèrent vers leur voiture et leurs vacances…

« Je ne vois pas pourquoi vous avez fait tant de grimaces pour des gens qui t'ont gardé prisonnier pendant cinq ans ! s'exclama Marie.

— Ce n'est pas eux qui l'ont emprisonné. C'est la faute de la guerre, répondit Solange.

— Ils ont l'air gentil, dit Denise.

— Je n'ai pas eu à me plaindre. Il y avait plus malheureux que moi… »

Jules était toujours aussi pâle et se servit une seconde bière. Antoine avait tout observé sans dire un mot. Il ne savait pourquoi, mais cette visite le mettait mal à l'aise. Il regarda sa mère et vit qu'elle paraissait aussi désorientée que lui. Que voulaient donc ces Allemands ? Et pourquoi son père avait-il cet air malheureux mais aussi soulagé d'un grand poids ? Il se posait des questions mais n'en connaissait pas la réponse. Solange, à présent silencieuse, avait compris qu'en cet après-midi s'était joué son destin. Elle s'était efforcée d'être aussi cordiale que possible mais avait deviné qu'elle avait, face à elle, la femme qui lui avait volé son mari.

43

Révélations

À peine la famille allemande eut-elle disparu de la vue que Marie se tourna vers son fils et cria d'une voix haut perchée qui traduisait sa colère et l'effort qu'elle avait fait pour ne rien en laisser paraître :

« Mais enfin, à quoi penses-tu ?… Avoir laissé entrer des Boches, chez nous, et leur avoir servi à boire !… Tu as perdu l'esprit.

— Mais enfin, mère, la guerre est finie !… »

Marie demeura stupéfaite comme si elle se rendait compte seulement aujourd'hui que la paix était revenue. Elle partit en maugréant :

« Ce n'était pas une raison.

— Papa, pourquoi ces gens venaient te voir ? »

Jules sursauta :

« C'étaient des gens avec qui j'ai travaillé.

— Oui, mais tu les connaissais bien ? Pourquoi venaient-ils ?

— Je les connaissais assez bien, oui… »

Il répondait par monosyllabes et ses yeux étaient fixés au plancher. Denise n'insista pas et sortit retrouver ses amies. Marie était déjà dehors, à raconter, sur la place, la visite des Allemands. Antoine tourna quelque temps. Sans le dire et sans savoir pourquoi, il comprenait sa grand-mère. Certes, il ne songeait pas à leur reprocher la captivité de son père mais il aurait préféré qu'ils continuent leur chemin et ne viennent pas bouleverser son père. Il voyait bien que cette visite l'avait profondément meurtri. Il n'y avait qu'à le regarder affalé sur sa chaise les yeux au sol… Il n'avait pas besoin d'être bouleversé. Il avait bien assez de mal à s'adapter à Cardabelle et les années qui avaient passé n'avaient pas réussi à l'aider à retrouver sa vraie place. Tout cela, il le ressentait avec ses intuitions d'adolescent et en souffrait sans jamais l'avouer… Pour se distraire, il alla rôder du côté de la grange où était remisé le tracteur. Il ne se lassait pas de l'admirer. En entrant, il lui passa la main dessus comme une caresse et resta là, à le contempler. Un rire frais le fit se retourner :

« Ma parole, on dirait que tu es amoureux de cet engin !… »

Denise le regardait d'un air moqueur. Sans prendre cette plaisanterie au sérieux, il demanda à sa sœur :

« Qu'est-ce que tu en penses de ces Allemands ?

— Qu'est-ce que tu veux que j'en pense ? Ils ont connu papa, là-bas. Ils sont de passage et viennent le voir. Rien d'anormal, tu ne trouves pas ?

— Peut-être, mais ça m'ennuie qu'ils soient venus ici.

— Ne me dis pas que tu fais comme mémé ? Que, pour toi, tous les Allemands ne sont que des Boches qu'il faut chasser…

— Non, je ne pense pas ça, mais, tout de même, ça m'ennuie qu'ils soient venus chez nous. »

Sa sœur le regarda attentivement et déclara :

« Toi, tu sais quelque chose !… Allons, avoue.

— Non, je ne sais rien mais je n'arrive pas à comprendre et il y a quelque chose qui me gêne dans cette visite. C'est drôle, mais j'aurais préféré qu'ils ne viennent pas… »

Denise l'observa du haut de ses quinze ans et sourit :

« Tu aimes trop couper les cheveux en quatre. Un jour, cela te perdra ! »

Et, dans une pirouette, elle disparut de la grange.

Pendant ce temps, de part et d'autre de la table, Solange et Jules s'observaient en silence. La femme attendait une confession qui ne venait pas et l'homme était trop bouleversé pour prononcer un seul mot. Juliette, qui jouait dans son coin, vint vers eux, grimpa sur les genoux de son père et lui demanda :

« Pourquoi Martha pas rester ?

— Martha ? demanda Solange.

— Martha a joué avec moi. »

Elle levait vers Jules un regard anxieux mais il ne lui répondit pas. Elle observait son visage, beaucoup d'émotions s'y bousculaient. Soudain, il empoigna la petite fille et la serra très fort contre lui, les yeux inondés de larmes. Juliette se laissa cajoler sans dire un mot ni faire un mouvement. Au bout de quelques minutes, il relâcha son étreinte mais la fillette ne partit pas. Elle resta assise sur ses genoux et demanda naïvement :

« Papa, pourquoi tu pleures ?

— Parce que j'ai tant de souvenirs dans ma mémoire que je ne sais plus ce que je dois dire ou faire. »

Il soupira et leva les yeux vers Solange comme pour chercher du secours auprès d'elle. Elle se détourna et il se sentit abandonné. Il était seul, bien seul… Il posa doucement la fillette sur le sol et se dirigea vers la porte.

« Arrête, cria Solange, qui voyait s'envoler avec son départ la chance d'éclairer, un jour, les mystères qui enveloppaient la vie de son mari… Reste, ordonna-t-elle plus sèchement qu'elle ne l'aurait voulu. »

Il revint vers elle et lui fit face.

« Cette femme…, commença Solange. Cette femme, c'était ta maîtresse… »

Effrayé de voir sa femme employer de tels mots, affolé de la voir au courant de son secret, Jules fondit en larmes : de gros sanglots qu'il ne pouvait maîtriser et qui le secouaient tout entier. Il pleurait, toussait, gémissait… Juliette, voyant son père si bouleversé, courut vers sa mère et se cacha, en pleurant, dans ses jupes. Solange souleva son enfant et poussa son mari vers la chambre conjugale où elle s'enferma avec eux. Elle posa la fillette sur la courtepointe du lit et y fit asseoir Jules. Elle prit l'unique chaise de la pièce et s'assit face à eux. Jules pleurait encore, mais à petits bruits. Les sanglots avaient disparu, il fermait les yeux, la tête basse. Juliette, ravie d'être sur la belle couverture du lit de ses parents, sautait comme un cabri, oubliant sa peur. Solange, pâle, laissa passer quelques minutes puis, regardant son mari, demanda :

« J'aimerais que tu m'expliques ce que ce couple te voulait. Pourquoi ils t'ont poursuivi jusqu'ici ? »

Jules baissait toujours la tête et paraissait ne pas pouvoir dire un mot.

« Je savais qu'il y avait quelque chose et j'espérais que tu me le dirais. Depuis que tu es revenu, je ne suis plus vraiment ta femme, tu… »

Jules releva la tête et lui coupa la parole :

« Ce n'est pas vrai, tu es ma femme et… et… »

Il s'arrêta n'osant finir sa phrase.

« Je suis peut-être ta femme, mais pas celle que tu aimais, que tu as épousée, je ne suis que… »

Elle laissa sa phrase en suspens, fit un geste vers la porte et se leva. Jules l'arrêta au passage, la fit asseoir sur le lit, près de lui.

« Reste, fit-il, faut que je t'avoue ce que j'aurais dû te dire plus tôt, mais je suis un lâche et c'est tellement difficile… »

Solange leva vers lui des yeux secs qui reflétaient toute la détresse du monde. Il n'osa soutenir ce regard plein de douleur et de reproche. Il baissa les yeux, saisit ses mains et les enferma dans les siennes.

« Je te demande pardon, Solange, si je ne suis plus l'homme que tu as épousé, celui qui t'aimait à en perdre la raison, celui à qui tu avais tout donné… La guerre m'a changé physiquement mais aussi moralement : six ans, c'est long ! soupira-t-il.

— Ces six années ont aussi été longues pour moi, répondit-elle.

— Je sais. Mais toi, tu es une femme forte. Tu as tout supporté sans te plaindre, tu as élevé les enfants, tu t'es occupée de ma mère, toute seule. Tu as sauvé Cardabelle…

— Pas toute seule, avec Agnès. »

Il continua, ignorant l'interruption :

« Moi, au contraire, j'ai tout gâché : notre ménage, ma place à la ferme, je suis un misérable ! »

« C'est bien son genre, songea Solange, de s'apitoyer sur lui-même et d'oublier les autres. » Elle essaya de le ramener à la conversation :

« Bon, ça, c'était la guerre, mais elle est finie depuis longtemps !… Alors, explique-moi ce qui s'est passé pendant ta captivité pour que ce couple vienne te relancer jusqu'ici.

— Il ne venait pas me relancer, il venait me signifier que tout était terminé.

— Tout ? Quoi ?

— Une aventure que j'avais eue en Allemagne avec Frédérika.

— Frédérika ?

— La jeune femme à qui tu as offert des rafraîchissements.

— Je m'en suis doutée de la façon dont vous vous regardiez. »

Il leva sur elle des yeux étonnés :

« Pourtant, j'aurais cru…

— Mon pauvre Jules, j'ai toujours su lire en toi. C'est pourquoi, dès la première minute de ton retour, j'ai su qu'il s'était passé quelque chose et que tu ne revenais que par devoir…

— Non, tu t'es trompée ! Il s'est bien passé quelque chose, mais je ne suis pas revenu par devoir ; je suis revenu parce que je vous aimais toi et les enfants !… Je sais que je n'ai pas d'excuses, mais c'était si long sans toi… C'était si triste de contempler une photo et de ne pas voir grandir ses enfants… Aussi, quand Frédérika est venue me retrouver, je ne l'ai pas repoussée.

— Tu l'as aimée ?

— Je… je ne sais pas… Ce n'était pas pareil que toi,

mais je l'aimais bien… Pardon, ajouta-t-il, en voyant couler des larmes des yeux de sa femme. Et puis, il y a eu Martha…

— Qui est Martha ?

— La petite fille que tu as vue et qui jouait avec Juliette, c'est sa demi-sœur… »

Cette fois, Solange se leva et alla se poster devant la fenêtre dont les persiennes occultaient la lumière, ne laissant passer que de faibles lueurs. Ce nouveau coup, auquel elle ne s'attendait pas, lui était plus cruel que le premier :

« Tu… tu as eu… une fille ? » balbutia-t-elle à travers ses larmes.

Jules se leva et vint se placer derrière elle, à la toucher. Il tenta de la prendre dans ses bras ; elle ne le repoussa pas mais semblait inerte, comme morte. Elle ne pleurait plus mais regardait les persiennes comme si elle voyait un paysage où elle se serait noyée. Juliette s'approcha. Elle la souleva de terre comme une somnambule. Jules les serra toutes deux contre lui et la fillette éclata d'un rire sonore qui parut redonner vie à sa mère.

« Solange, je t'en prie, pardonne-moi », murmura Jules à son oreille.

La femme reposa l'enfant et se tourna vers lui :

« Dis-moi tout. »

Jules commença alors le récit de cet amour défendu et de la naissance de la petite Martha. Il tenta d'expliquer le cas de conscience qui, à la fin de la guerre, l'avait déchiré : devait-il abandonner Frédérika et Martha dans l'Allemagne de la Libération ?… Malgré son désir de revoir Solange et ses enfants, il était demeuré là-bas jusqu'à ce qu'il soit certain que les deux femmes étaient en de bonnes mains, en l'occurrence, celles d'une tante qui était veuve. Il n'était rentré que longtemps après les autres. Une fois au pays, il se croyait libéré mais les souvenirs étaient venus le ronger. Il se demandait ce qu'elles étaient devenues et n'avait plus eu une minute de paix.

Aujourd'hui, Frédérika était venue lui dire qu'elle avait refait sa vie et que, si elle ne l'avait pas totalement oublié, il n'était plus qu'un beau souvenir pour elle. Son mari, que Jules connaissait, était un vieux garçon dont la ferme était la voisine de celle où il travaillait. On le disait très riche. Il vivait avec sa mère qui était morte après la guerre. C'était un homme respectable, il était heureux que Frédérika l'ait épousé pour elle et pour l'avenir de Martha. Maintenant qu'il était rassuré sur l'avenir de sa fille, il avait la conscience en paix. La seule chose qui le tourmentait était le mal qu'il lui faisait à elle, Solange, qu'il n'avait jamais cessé d'aimer même si, pour elle, cela était difficile à croire…

Il se tut, guettant la réaction de sa femme. Elle gardait le silence. Dans la pénombre de la chambre à coucher, on entendait voler les quelques mouches prisonnières qui essayaient de rejoindre le soleil qui perçait à travers les lattes de la persienne.

« Solange, implora Jules, Solange, pardonne-moi. Je sais que c'est difficile à croire, mais, malgré tout ce que j'ai fait, je n'ai jamais cessé de penser à toi et de t'aimer.

— Sais-tu, répondit-elle d'une voix rauque que l'émotion faisait trembler, qu'Auguste Pilot m'avait dit que tu m'avais oubliée ; moi, je n'ai jamais voulu le croire. Je t'aimais tant », fit-elle en tournant vers son mari son visage baigné de larmes.

Il la prit dans ses bras et posa ses lèvres sur ses yeux, buvant ses larmes et y mêlant les siennes. Ils restèrent longtemps enlacés, mais Juliette s'approcha, quêtant elle aussi des baisers. Elle sépara ses parents et grimpa à la jambe de son père. Il se baissa, la saisit et la plaça entre sa femme et lui. La fillette passa un bras sur l'épaule de chacun de ses parents et les attira vers elle. Et, ainsi réunis, tous les trois, elle éclata d'un rire frais, séchant les larmes de ses parents et dessinant un sourire sur leur visage.

44

Et la vie continue

C'était l'automne. Cardabelle avait retrouvé ses longues soirées sous la lampe. Maintenant, c'étaient des chansons que l'on écoutait en mangeant des châtaignes que Jules faisait griller dans une poêle trouée posée sur la cuisinière.

« Ah ! Où est le feu d'autrefois ? soupirait Marie. Vous avez voulu fermer la cheminée, mais pour les châtaignes, c'était bien mieux !…

— Il fait plus chaud maintenant, et le fourneau ne fait pas de fumée », répondit Denise.

C'était maintenant une jeune fille accomplie qui finissait ses cours dans une école ménagère et aidait sa mère pour les travaux d'intérieur. Jules et Antoine, bien outillés, suffisaient aux travaux de la ferme et Juliette avait remplacé ses aînés à l'école du village. Elle avait une intelligence vive et une excellente mémoire. Elle apprenait ses leçons en les lisant une seule fois et passait le reste du temps à taquiner les chiens de la maison ou à jouer avec les chats. Les animaux étaient sa passion et son père déclarait en riant :

« Nous en ferons une vétérinaire ! »

Solange avait retrouvé sa gaieté et sa vitalité. Quelques cheveux blancs étaient apparus dans sa chevelure brune. Denise la poussait à les cacher :

« La prochaine fois, je viendrai avec toi chez le coiffeur et je lui demanderai de te faire une teinture. »

La mère hésitait, mais Agnès, venue la visiter au début du mois, lui avait avoué :

« Fais-le ! Moi, il y a longtemps que je le fais.

— Toi, tu es jeune et on ne le remarque pas.

— Tu sais, il n'y a pas d'âge. Il y a longtemps que j'ai des cheveux blancs. »

Tout cela, c'étaient les jours ordinaires, mais,

aujourd'hui, la journée promettait d'être exceptionnelle : Marie avait soixante-dix ans et on fêtait son anniversaire. À cette occasion, Solange et Jules avaient invité toute la famille. Ce dimanche, alors qu'elle assistait à la grand-messe en compagnie de Jules, Antoine et Juliette, Solange et Denise préparaient le repas. La veille déjà, les volailles avaient été tuées, plumées et vidées. La tête de veau qu'Antoine était allé chercher avec sa nouvelle voiture cuisait doucement depuis plus d'une heure, dans la maisonnette vide de ses locataires. C'était là, d'ailleurs, que se déroulerait le repas. Denise et Juliette y avaient dressé la table pour tous les invités. Déjà, au milieu de la matinée, ceux de Saint-Chély étaient arrivés. Agnès et Pedro, d'abord, avec leurs deux garçons : Pierre qui allait sur ses cinq ans et Julien qui, à trois ans, promettait d'être un fier luron. Clément viendrait plus tard avec sa fille, Annette, et les jumeaux qui, avec leur année de plus que Julien, étaient ses compagnons de jeu et de bêtises… Gabriel devait amener la tante Émilie et l'oncle Joseph, sa femme Lucie et leur fille Irène. Tout ce monde, arrivé avant la sortie de la messe, s'était dirigé vers la maisonnette après avoir caché les voitures dans l'aire, à un endroit où Marie ne pourrait les voir. D'ailleurs, Juliette y veillait. C'était elle qui devait l'amener à la maisonnette sous un prétexte quelconque. Elle avait longtemps hésité, puis avait fini par la convaincre de la suivre à la maisonnette pour lui montrer un chiot extraordinaire. La vieille femme avait d'abord refusé : elle n'avait pas envie de faire un détour pour voir un chien, mais la fillette avait tant insisté qu'elle avait fini par céder, ne pouvant rien refuser à celle qui était sa préférée…

Jules et Antoine avaient suivi la discussion de loin. Quand ils virent que Marie était convaincue, ils s'enfuirent à toutes jambes prévenir les autres alors que Juliette et sa grand-mère musardaient en chemin. Quand Juliette ouvrit la porte et que toute la famille chanta : « Joyeux anniversaire », la vieille femme porta la main à son cœur et faillit s'évanouir. Puis, elle y alla de sa petite larme et se tourna vers Juliette en disant :

« Ah, garce, tu m'as bien eue ! »

Un immense éclat de rire salua cette réplique et Marie, mi-amère mi-ravie, se prêta aux embrassades. Le repas fut plein d'entrain. La vieille femme fut bientôt à son aise, ravie d'être la reine de la fête. Elle s'amusa avec les enfants, bavarda avec les parents et se montra très heureuse de rencontrer sa sœur Émilie qu'elle ne voyait pas souvent. Elle fut enchantée de la venue d'Agnès dont elle avait enfin oublié l'incartade et qui était redevenue pour elle, comme pour les autres, la fille de la maison. Après le repas, pendant que les petits faisaient la sieste, les hommes sortirent dans la cour et suivirent Jules qui les entraîna, comme toujours, admirer les nouveaux engins.

« On se réunit, expliqua-t-il, et on achète des outils en commun. Quant à la batteuse, elle passe dans le village et on l'utilise les uns après les autres. Il y en a qui disent que des moissonneuses-batteuses fonctionnent dans le Midi ; il paraît que les années prochaines ce seront elles qui feront le travail et qu'on n'aura plus qu'à les regarder !... »

Joseph, Clément, Pedro et Gabriel écoutaient en silence. Joseph finit par dire :

« On n'arrête pas le progrès ; dire que dans ma jeunesse, on moissonnait à la faucille comme on raconte dans la Bible ! Moi aussi, mon métier a disparu, personne ne porte plus de sabots, aujourd'hui. Votre tante voulait que je l'apprenne à Gabriel, heureusement que je ne l'ai pas fait... »

Pendant ce temps, les femmes s'affairaient à la vaisselle. Marie et Émilie, assises côte à côte, savouraient leurs retrouvailles tout en se plaignant de leur santé qui allait en se dégradant. Émilie, de deux ans l'aînée, souffrait de rhumatismes que nul traitement n'arrivait à soulager.

« Tu devrais aller trouver Auguste Pilot, lui conseilla sa sœur, tu t'en sentirais mieux.

— Encore celui-là, intervint Agnès qui avait entendu, il vient encore ici ?

— Bien sûr, se moqua Solange, il n'est pas prêt à renoncer aux petites gâteries de la mémé !... »

Marie allait défendre son protégé quand Agnès reprit :

« Vous auriez dû l'inviter, il fait presque partie de la famille !

— Il aurait bien voulu », marmonna Solange entre ses dents pour n'être entendue que de sa cousine.

Elles éclatèrent de rire toutes les deux et les autres les regardèrent étonnées.

« Qu'est-ce qu'il y a ? fit Marie comprenant qu'elles se moquaient du guérisseur.

— Rien, seulement un souvenir qui nous revient », répondit Agnès.

La soirée se terminait. Les enfants, reposés par la sieste, reprirent leurs jeux et goûtèrent de bon appétit. Après un café - du vrai celui-là - que les hommes arrosèrent d'une goutte d'eau-de-vie, chacun retourna à son véhicule et, après les embrassades d'usage, tout le monde s'éclipsa dans un nuage de fumée. Marie, que la fatigue faisait tituber, partit se reposer et Juliette, ravie de sa journée, s'en fut rejoindre ses copines du village.

Restés seuls, Solange et Jules se regardèrent et se sourirent.

« Eh bien, tout a été parfait reconnut Jules, on a passé une bonne journée.

— Oui. Je crois que cette réunion leur a fait plaisir », ajouta Solange.

Jules garda le silence. Il sentait, dans sa poche, la lettre que Frédérika lui envoyait chaque année pour le tenir informé de la vie de Martha. En accord avec Solange, il lui envoyait un chèque et, en retour, il recevait une photo d'une petite jeune fille blonde dans laquelle il hésitait à reconnaître Martha. Maintenant que ses remords n'étaient plus qu'un souvenir, Jules ne se cachait plus et Solange l'encourageait à s'intéresser à sa fille. Il lui en gardait une reconnaissance éternelle. Il leva les yeux sur sa femme, s'approcha d'elle et la prit dans ses bras :

« Grâce à toi, tout marche bien dans cette maison. Tout marche toujours bien quand tu es là !... Et dire que tu es toujours aussi belle que le jour où je t'ai épousée !...

— Pas tout à fait, sourit-elle, je vieillis comme tout le monde.

— Tu vieillis mais tu es la force, la fierté et l'âme de Cardabelle. Ma mère, toi et Agnès avez su conserver cette ferme à la famille, alors que nous, les hommes, nous ne sommes capables que de vous entraver et de vous donner des soucis... »

Solange se tourna vers son mari et posa ses lèvres sur les siennes :

« Ne dis pas de bêtises, nous sommes heureux chez nous.

— Oui, nous sommes heureux et nous le devons aux femmes de Cardabelle. »

Table des matières

Achevé d'imprimer par GGP Media GmbH, Pößneck
en mai 2013
pour le compte de France Loisirs,
Paris

Composition et mise en pages réalisées
par Text'oh! – 39100 Dole

N° d'éditeur : 72878
Dépôt légal : janvier 2013

Imprimé en Allemagne